读客

**读客悬疑文库**

认准读客读悬疑，本本都是大师级。

马里奥·普佐作品03

# 教父Ⅲ
# 最后的教父

[美] 马里奥·普佐 著

依廉 译

江苏凤凰文艺出版社
JIANGSU PHOENIX LITERATURE AND
ART PUBLISHING LTD

# 目 录

# 序 幕

/1965年，科沃格

与桑塔迪奥家族的大战过去一年之后，在这个棕枝全日，唐·多梅尼科·克莱里库齐奥一边为自家嫡出的两个婴儿庆祝受洗，一边作出了一生中最重要的决定。他请来了美国各大家族的头目，以及拉斯维加斯"桃源"酒店的所有者阿尔弗雷德·格罗内韦尔特，还有在美国建立起巨大毒品帝国的大卫·雷德菲洛。这些人都是他不同程度的合伙人。

　　如今，美国最如日中天的黑手党家族头目、唐·克莱里库齐奥，准备放弃他在明面上的势力了。是时候换一种玩法了，太过明目张胆会有危险。不过，放弃权力这种事本身就很危险。他不仅得靠自己的声誉把这件事做得和风细雨，更要牢牢把控住自己的根基。

　　克莱里库齐奥庄园位于科沃格，占地二十英亩，四周围着十英尺高的红砖墙，墙顶缠着带刺的铁丝网，还安装了电子探头。他的三个儿子都住在庄园主楼的旁边，此外还有二十幢房子，供家族信任的亲随们居住。

　　客人们还没到，唐和他的儿子围坐在后花园一张白色铁艺桌子前。大儿子乔治高高的个子，髭须修得精细硬朗，量身裁剪的衣服修饰出他那英国绅士一般修长的身形。他二十七岁，寡言少语，面色阴沉冷漠。唐告诉乔治，他准备让乔治去申请沃顿商学院。在那儿，他可以学到各种敛财而不触犯法律的把戏。

乔治并没有质疑他的父亲，这就好比圣谕，没有让他讨论的余地。他恭顺地点了点头。

接着，唐嘱咐他的侄子，约瑟夫·"皮皮"·德·莱纳。唐把皮皮当成亲生儿子一样喜欢。不光是因为血缘这么简单——皮皮是他亡姊的孩子，更主要的是，冲锋陷阵拿下桑塔迪奥家族的，正是皮皮。

"你去拉斯维加斯定居，"他说道，"你负责照看我们在桃源酒店的股份。既然我们家族不再动刀动枪了，这里就没什么事情可做了。不过，你照样是家族的'铁锤'。"

他看得出来，皮皮不怎么开心。于是他给出了理由："你老婆娜莱内没法在家族这种氛围里生活，也没法在布朗克斯生活。她太与众不同了，大家不会接纳她。你只能到离我们远一点儿的地方过日子。"这些都是真的，不过此外，唐还有另一个原因：皮皮是克莱里库齐奥家族的英雄战将。如果他继续当布朗克斯地区的"市长"，一旦唐死了，他的儿子们怕是都得活在皮皮的阴影里了。

"你就是我在西部的代理人，"他对皮皮说，"等着发财吧。不过，有些要紧事得办了。"

他把拉斯维加斯一幢房子的房契递给了皮皮，然后转向了小儿子、二十五岁的文森特。几个孩子中，文森特的个子最矮，可结实得简直像石头城门。他的话不多，一副软心肠。还在母亲怀里撒娇的时候，他就学会了意大利的各种经典农家菜式；他母亲去世得早，他当时哭得最伤心。

唐朝他笑了："我要决定你的命运了，"他说，"我要让你去

4

做真正想做的事，你去纽约开一家最好的餐馆。别不舍得花钱，要让法国人见识一下什么才是真正的美食。"皮皮和其他的子侄都笑了，连文森特自己都乐了。唐笑着对他说："你去欧洲最好的烹饪学校学上一年。"

虽然很高兴，文森特还是嘟囔了一句："就他们能教我什么？"

唐严肃地看着他："你的点心技术还可以再提高些，"他说，"不过，最主要的目的是学习怎么经营和管理财务。说不定你能开自己的连锁餐馆。乔治给你投钱。"

最后，唐看着佩蒂耶。佩蒂耶是二儿子，三个儿子里他最活跃。他性情温和，虽然不过是二十六岁的毛头小伙子，唐却知道，他的身上，有着西西里克莱里库齐奥家族昔日的风采。

"佩蒂耶，"唐说道，"皮皮去西部的话，你就是布朗克斯的头领了。你要为家族提供能够拼命的人。我给你揽了一桩大买卖，是一个建筑公司。以后就由你来翻修纽约的摩天大楼，兴建州警署的营房，铺设城市道路。这桩生意很稳当，但是我希望你能把它做大。这样一来，你手下的人都有了合法工作，你也能大赚一笔。你先去给这公司现在的老板当学徒。不过记住，你的主业，是要给家族供应和调配人手。"他转向了乔治。

"乔治，"唐说，"你来继承我的位置。除非绝对有必要，否则那些有危险的事情，你和文尼就不要再参与了。眼光要往前看。你的孩子、我的孩子、小丹特，还有克罗奇菲西奥，他们不能在这种环境里成长。我们有钱，犯不着为了吃饱饭豁出命去。从今以后，我们家族的角色，就只是其他家族的财政顾问。我们帮他们出谋划策、调停他们的纠纷。但是要做这份差事，我们手头要有底牌和得力的人手。而且，我们必须保护每个家族的财产，这样他们才能让我们分享利益。"

他顿了顿，又说道："二三十年之后，等我们全都藏身于合法世界时，就可以无忧无虑地享受财富了。今天受洗的两个孩子，永远不必替我们赎罪，也不必因为我们而担惊受怕。"

"那我们为什么还要留着布朗克斯的地盘不放？"乔治问道。

"我们要做的是助人为乐，"唐说道，"不是舍己为人。"


一小时后，唐·克莱里库齐奥出现在主楼的阳台上，俯视着下面的庆典。

巨大的草坪上摆满了餐桌，翅膀一样的绿色遮阳伞包围了桌子，两百位客人都聚集在这里，他们中许多人都来自布朗克斯地区。洗礼庆典本来应该是一片欢腾，但是眼下却稍显压抑。

克莱里库齐奥家族花费了巨大的代价才铲除了桑塔迪奥家族。唐失去了他最爱的儿子西尔维奥，唐的女儿萝塞·玛丽耶也失去了自己的丈夫。

此刻，人们流连在餐桌旁。桌上的水晶容器里装着深红色的葡萄酒，银白的汤盏里盛着汤和各种意大利面，浅盘中是切片的肉和奶酪，还有形状不一、松香脆软的面包。一支小乐队演奏着轻柔的曲子，唐让自己沉浸在这种轻松的氛围中。

唐看见那两辆盖着蓝色毯子的婴儿车停在环形餐桌的正中央。两个小家伙可真勇敢，没入圣水的时候他们一点都不怕。婴儿车的边上是两位妈妈——萝塞·玛丽耶，还有皮皮的妻子娜莱内·德·莱纳。他看得见婴儿的脸蛋，上面还没有一丝生活的印迹。他有责任确保这两个孩子——丹特·克莱里库齐奥、克罗奇菲西奥·德·莱纳——永远衣食无虞。他的计划一旦成功，他们就能生活在平常人的世界。他觉得很好奇，在场这些人谁都没对两个婴儿表示敬意。

他看见了文森特。平时一张脸总是冷得像石头的文森特，正在从他专门为庆典制作的热狗推车上给小孩子们发热狗。虽然跟纽约街头卖热狗的推车有点像，但是它更大些，上面的遮阳伞更鲜艳，而且文森特做出来的食物更美味。他系着一张干干净净的白围裙，把酱菜、黄芥末、红葱和辣酱夹进热狗里。孩子们谁想得到热狗，就得在他的面颊上亲一口。虽然外表粗粝，但文森特其实是他儿子里心肠最软的。

地掷球场上，佩蒂耶跟皮皮·德·莱纳、维吉尼奥·巴拉佐，还有阿尔弗雷德·格罗内韦尔特在一起比赛。佩蒂耶最善于恶作剧，对此唐十分不赞成，因为这容易带来危险。这会儿，佩蒂耶又在给比赛捣乱了——掷出去的球才击中一下，就四分五裂了。

维吉尼奥·巴拉佐是唐的代理人，是替克莱里库齐奥家族办事的执行官。他永远精力充沛，见到佩蒂耶就假装要追上去抓住他，佩蒂耶就假装逃命。对唐来说，这种把戏可有点讽刺。因为他知道，他的儿子佩蒂耶生来就是当杀手的料；而巴拉佐看上去没个正经，但凭真本事闯出了名声。

可是这两个人，谁也比不上皮皮。

唐注意到，除了萝塞·玛丽耶和娜莱内这两位母亲，其他姑娘们都盯着皮皮不放。他是个非常英俊的男人，跟唐本人一样高的个头，强健硬朗的躯体，粗犷俊朗的面庞。许多男人也在注意着他，一些是他在布朗克斯领地的手下。人们在观察他领导者的气魄和灵活潇洒的身手，对他的传说也有所耳闻——他是"铁锤"，是"最合格的人"。

面颊红润的大卫·雷德菲洛年纪轻轻就成为美国最有势力的毒品贩子，此刻他正揉捏着婴儿车里两个宝宝的脸蛋。还有阿尔弗雷德·格罗内韦尔特，他西装革领，置身这场奇怪的比赛中显然感到局促不安。格罗内韦尔特跟唐年纪相仿，都已经快六十岁了。

今天，唐·克莱里库齐奥要改变这里所有人的生活。他希望会有一个好结果。

乔治来到阳台通知唐参加今天的第一次会议。十个黑手党头目正在书房等候，乔治已经把唐的计划简要知会给了他们。洗礼庆典是这场会面的绝佳掩护，但是这些人跟克莱里库齐奥家族并没有真正的社交往来，他们想尽快建立这种联系。

克莱里库齐奥的书房没有窗户，只有沉重的家具和一个小吧台。十个人围着宽阔的黑色大理石桌子坐下，个个表情肃然。他们依次跟唐·克莱里库齐奥打招呼，然后急切地等待着他开口。

唐·克莱里库齐奥把他的儿子文森特和佩蒂耶、他的执行官巴拉佐，还有皮皮·德·莱纳也叫来参加会议。人来齐之后，态度冷漠不屑的乔治作了简单介绍。

唐·克莱里库齐奥端详着面前众人。这些都是地下世界中权势最为煊赫的人物，致力于解决人们真正的需求。

"该讲的我儿子乔治已经都给你们交代了，"他说，"我的计划就是这样。我会放弃目前的一切权益，只留博彩。我在纽约的活动都移交给我的老朋友维吉尼奥·巴拉佐。他会组建他自己的家族，独立于克莱里库齐奥家族之外。我在国内其他地方的收益，包括工会、运输、烟酒，还有毒品，我都转让给你们各个家族。我的一切合法关系都对你们敞开大门。作为回报我的要求是，我要管理你们的收入，我会保证它们的安全，你们可以随时支取。用不着担心政府追踪这些钱，而我只要求抽取百分之五的手续费。"

对十个人来说，这笔交易简直像做梦一样。他们千恩万谢，因为克莱里库齐奥家族本可以进一步控制甚至捣毁他们的家族，却在这个时刻选择了急流勇退。

文森特绕过桌子，给每个人都斟了酒。大家举起酒杯，庆祝唐金盆洗手。


黑手党头目作了隆重告别之后，佩蒂耶陪着大卫·雷德菲洛来到密室。大卫坐在唐对面一把真皮扶手椅里，文森特给他倒了酒。雷德菲洛的与众不同不光是因为那一头长发，还因为他戴的钻石耳环、身上的粗棉布外套和干净平整的牛仔裤。他有斯堪的纳维亚血统，因此一头金发，眼睛湛蓝，总是显得热情、率性。

唐对大卫·雷德菲洛十分感激，因为正是大卫证实了，做毒品买卖时，法律机构也能靠贿赂摆平。

"大卫，"唐·克莱里库齐奥说，"你退出毒品生意吧，我有更好的事让你做。"

雷德菲洛并未反对，"为什么现在退出？"他问道。

"第一，"唐说，"政府花很多时间打击毒品买卖，麻烦太大。你后半辈子根本活不安稳。更重要的是，太危险。我不允许我儿子佩蒂耶和他的手下一直给你当保镖，那些哥伦比亚人太野蛮，说动手就动手，简直不要命。毒品生意就让给他们算了。你去欧洲。我会安排人在那保护你。要是你想找点事干，就去意大利买家银行，定居罗马。我们在那会有很多生意。"

"太好了，"雷德菲洛说，"我既不懂意大利语，也不懂银行。"

"你都可以学，"唐·克莱里库齐奥说，"你在罗马肯定过得舒服，或者你希望留下来也行，但是我不会再支持你。佩蒂耶也不会保障你的安全。你选吧。"

"谁接我的买卖？"雷德菲洛问道，"给我买断的钱吗？"

"哥伦比亚人会接管毒品买卖，"唐说，"谁也阻止不了，这是大趋势，不过政府少不了找他们麻烦。那么，去还是不去？"

雷德菲洛思忖片刻，笑了："告诉我该怎么做。"

"乔治带你去罗马，把你介绍给我的人，"唐说，"以后他会一直协助你。"

唐抱了抱他："多谢你听从我的建议。在欧洲我们还是伙伴。相信我，这对你绝对是好事。"


大卫·雷德菲洛离开后，唐让乔治把阿尔弗雷德·格罗内韦尔特带到书房。作为拉斯维加斯桃源酒店的所有人，格罗内韦尔特曾经受到过桑塔迪奥家族的庇护，可这个家族现在已经不存在了。

"格罗内韦尔特先生，"唐说，"桃源酒店继续由你经营，我会提供保护。不必担心你自己或财产的安全。你仍然持有酒店百分之五十一的股份。桑塔迪奥家族原来百分之四十九的股份现在归我，法律身份保持不变。你同意吗？"

格罗内韦尔特尽管上了年纪，仍举止庄重、仪表堂堂。他谨慎开口道："如果由我继续经营，我的权力必须保持不变。否则我宁可把我的股份卖给你。"

"把这座金矿卖了？"唐不相信，"不，不，别害怕我。我始终是个生意人。桑塔迪奥家族要是收敛一点，什么事都不会发生。虽然他们不存在了，但你和我都是讲道理的人。我会派代表接替桑塔迪奥家族。约瑟夫·德·莱纳，也就是皮皮，得到他应得的一切。他是我西部的代理人，年薪十万，由你的酒店支付，具体方式你看着办。如果你得罪了人或是惹上什么麻烦，你可以找他。做这一行，总是会有麻烦。"

瘦高的格罗内韦尔特看上去非常平静："你为什么看中我？你完全有其他办法赚更多钱啊。"

唐·多梅尼科郑重说道："因为你是这一行的天才。拉斯维加斯每个人都这么说。这些回报表示我对你的敬重。"

格罗内韦尔特笑了："你已经给我很多了。你把酒店还给了我，还有什么比这更重要呢？"

唐宽厚地笑了。虽然他一向是个严肃的人，但他很乐意用自己的权势给别人一个惊喜。"你可以任命下一个内华达州博彩业委员会成员，"唐说道，"目前他们空了个席位。"

格罗内韦尔特生平第一次感到惊讶，而后十分佩服。他高兴至极，因为他看到了酒店的未来，这是他之前做梦都不敢想的。"你要是连这都做得到，"格罗内韦尔特说，"我们将来就真要发大财了。"

"已经安排好了，"唐说，"现在你可以离开了，祝你玩得愉快。"

格罗内韦尔特说："我要回拉斯维加斯去了，让人知道我来你这可不是件好事。"

唐点点头，"佩蒂耶，派人开车送格罗内韦尔特先生去纽约。"

现在，除了唐之外，屋子里就剩下他的几个儿子、皮皮·德·

11

莱纳，还有维吉尼奥·巴拉佐了。这几个人都在面面相觑。只有乔治是唐的心腹，其他人并不知道唐的打算。

作为代理人，巴拉佐还年轻得很，他只比皮皮大上几岁。他控制了工会、纽约服装区的运输业，还有一部分毒品产业。唐·多梅尼科告诉他说，从今开始，他的生意要从克莱里库齐奥家族独立出去。他对经营有完全的控制权，而只需要上缴百分之十的收入而已。

维吉尼奥·巴拉佐被这样的慷慨大方搞得茫然失措。平时他总是激情饱满地表达感谢或是不满，可现在这种感激让他不知如何是好，只能拥抱唐。

"你收入的一半我会帮你保存，用于养老或者你运气不好的时候。"唐对巴拉佐说，"请你原谅，但是人是会变的，他们的记忆会出问题，他们对曾经的慷慨大方的感激之情也会淡化。我要提醒你把账目弄准确。"他顿了顿，"我毕竟不是税官，总不能征利息或者罚款。"

巴拉佐明白这一点。唐·多梅尼科必然会迅猛地给予惩罚，甚至不会事先警告。而且，这种惩罚往往就是死亡。不过，对付一个敌人，还有别的方法吗？

唐·克莱里库齐奥打发走了巴拉佐。但当他把皮皮送到门口时，他停住脚，然后把皮皮拉过来，在他耳边嘱咐了几句。"记住，我们之间有个秘密。这个秘密你必须永远保守住。我从没给你下过命令。"


楼外的草坪上，萝塞·玛丽耶正等着要跟皮皮·德·莱纳说话。她是个年轻美丽的寡妇，但是黑色不适合她。失去丈夫和哥哥的哀恸压抑着她那种与生俱来的活力，使她的美丽黯然失色。她棕色的大眼睛异常暗淡，小麦色的肤色接近蜡黄。她怀抱着刚刚受浸、扎着蓝丝带的儿子丹特，只有他才能给她带来一抹生气。今天，她跟父亲唐·克莱里库齐奥，还有她的三个哥哥乔治、文森特、佩蒂耶，一直刻意保持着距离；而现在，她想找皮皮·德·莱纳当面谈谈。

他们是表亲。皮皮要年长十岁。她还是少女的时候，曾经疯狂地爱上了他。但是皮皮始终摆着长辈的架子，让人生厌。虽然他出了名的纵情肉欲，来者不拒，但是他足够谨慎，不至于对唐的女儿乱来。

"皮皮，"她说，"恭喜你。"

皮皮露出了迷人的笑容，使他的粗犷更加吸引人。他俯下腰亲了亲婴儿的额头，随即惊讶地注意到小婴儿那带着淡淡的教堂熏香的毛发已经如此浓密。

"丹特·克莱里库齐奥，名字真美。"他说。

这本是一句无心的恭维。萝塞·玛丽耶给自己和儿子重新用上了娘家姓。唐用无可挑剔的逻辑说服了她才让她同意这么做，但她仍然有一种罪恶感。

正是出于这种罪恶感，萝塞·玛丽耶说："你是怎么说动你新教徒妻子参加天主教庆典的受洗仪式？而且还给孩子起了这么虔诚的名字？"

皮皮朝她笑了笑说："我妻子爱我，她想取悦我。"

萝塞·玛丽耶想，这倒是真的。皮皮的妻子爱他，因为根本不了解他，起码没有她自己这么了解他，不如她曾经那么爱他。

"你给你的儿子起名叫克罗奇菲西奥，"萝塞·玛丽耶说，"你本来可以起个美国名字让她高兴一下。"

"我给他起了你祖父的名字，为了让你父亲高兴。"皮皮说。

"我们都得让他高兴。"萝塞·玛丽耶说道。不过，她的刻薄被微笑掩盖住了。她的脸型让脸上自然挂着笑容，显得亲切甜美，说什么话都让人感到愉快。她顿了顿，犹豫道："谢谢你救了我的命。"

皮皮茫然地盯着她看，有点惊讶，又稍稍有些忧虑。然后他轻声开口道："你从来也没遇到什么危险啊。"他搂住她的肩膀，"相信我，"他说，"别想这些了，都忘了吧。好日子还在后头呢。过去的就过去了。"

萝塞·玛丽耶探下头去亲吻婴儿，实际上只是为了不让皮皮看到她的脸而已。"我什么都明白。"她说道。她知道，这些谈话他都会告诉她的父亲和哥哥们的。"我没事的。"她想让家人知道，她依然爱他们；她的孩子被家族接纳、受到圣水的濯洗和救赎，免于陷入无尽的地狱，她很知足了。

这个时候，维吉尼奥·巴拉佐领着萝塞·玛丽耶和皮皮来到了草坪的中央。唐·多梅尼科·克莱里库齐奥走出楼门，身后跟着三个儿子。

男士穿着正装，女士身着长裙，婴儿被缎子裹着，克莱里库齐奥家族面对着摄影师聚成了一个半圆。来宾热烈鼓掌、欢呼庆祝，这一刻被永远地保留了下来：平安的、胜利的、爱的一刻。

之后，这张照片被放大装裱好挂在了唐的书房里，紧挨着他儿子西尔维奥的最后一张肖像照。西尔维奥在他们和桑塔迪奥家族的斗争中被杀害。

唐站在卧室的阳台上，观看着余下的庆典。

萝塞·玛丽耶推着婴儿车，走过了地掷球场；皮皮的妻子娜莱内，身材苗条、高挑，举止优雅，沿着草坪一路走来，怀里抱着她的儿子克罗奇菲西奥。她把自己的孩子也放在了丹特的婴儿车里，两位母亲慈爱地看着自己的孩子。

唐突然感到一阵喜悦涌上心头——这两个孩子会受到很好的庇护、平安长大，他们永远不会知道这样的幸福生活要花多大代价。

佩蒂耶把一只奶瓶放进了婴儿车，大家都乐了——两个宝宝争夺了起来。萝塞·玛丽耶从婴儿车里抱起了自己的孩子。唐还记得她几年前的样子，他叹了口气，满怀遗憾地想，没有什么比陷入爱情的女人更美丽，也没有什么比突然成为孀妇更令人心碎。

萝塞·玛丽耶是他最爱的孩子。她从来都是光芒四射，热情洋溢。但是，萝塞·玛丽耶变了。丈夫和哥哥的死对她打击太大了。然而，照唐的经历看来，真正的有情人总会再度找到爱情，孀妇也会有厌倦黑纱的一天。再说现在的她，有个婴儿可以照顾。

唐回首自己的一生，对于这样的收获，他感到惊讶。当然，为了追求权势与财富，他曾经作出过可怕的决定，但是他并不怎么后悔。这一切都是必要的，而且也证明是正确的。让别人为罪孽呻吟涕泣去吧，唐·克莱里库齐奥接受自己的罪恶，他知道，他所信仰的主会宽恕他的。

皮皮在跟布朗克斯来的三个手下玩地掷球。这几个人都比他年长，在布朗克斯都有各自真正的生意，但他们尊敬皮皮。一贯精神百倍、技艺高超的皮皮，仍然是众人注意的焦点。他是个传奇，他跟桑塔迪奥家族的人都玩过地掷球。

皮皮掷出的球击中了对手的球，使它偏离了目标，他兴高采烈地大喊大叫。皮皮这样的人真难得，唐想。他是个忠诚的战士，知心的伙伴，他强壮而敏捷，狡猾又稳重。

他的好朋友维吉尼奥·巴拉佐来到了地掷球场。他是唯一能跟皮皮的球技相抗衡的人。巴拉佐出手掷球的时候耍了个炫目的花式，球成功击中目标的时候，他收到了热烈的喝彩。他带着胜利的姿态举手向阳台的方向示意，唐也拍手回应。唐感到骄傲，这些杰出的人在他的带领下大放异彩，还让他们能在棕枝全日齐聚科沃格。而且，他的远见会在艰难岁月到来的时候，给他们提供庇护。

唐预见不到的是，尚未成形的意识当中，竟已埋下了邪恶的种子。

# 第一部

/1990年，好莱坞
/拉斯维加斯

# 第一章

加利福尼亚的春天，金色的阳光洒在了博兹·斯堪尼特的一头红发上。躯体强健发达的他即将投入一场大战。他情绪高昂，因为他的行动即将为世界上的十数亿人所目睹。

斯堪尼特在网球短裤的护腰里藏了一把手枪，然后把外套的拉链拉上，把衣角一直抻到胯部挡好。这件白色外套上有红色的闪电竖纹。一块猩红色带着蓝色斑点的头巾裹住了他的头发。

他右手拎着一只银色的"依云"矿泉水瓶。博兹·斯堪尼特要向娱乐界完美地展示自己。

洛杉矶多萝西·钱德勒音乐厅前的人群正在等待来参加奥斯卡颁奖典礼的影星们。观众们候在特别搭建的看台上，街道上到处都是摄像机镜头和电视记者，他们会把这些偶像的图片发往全世界。今晚，人们将会亲眼目睹那些电影巨星的本尊，没有了精心打造的神秘面纱，他们要在真实世界里一较输赢。

保安身穿制服，锃亮的警棍一丝不苟地塞在皮套里。他们排成了一个环形，以便维持观众秩序。

博兹·斯堪尼特并不在乎他们。相比这些人，他更壮、更快，还更威猛。他有搞突然袭击的天赋。他小心地注意着无畏的电视记者和摄像师随意拦住名人采访。对于突发事件，他们更愿意抓拍，而不是阻止。

一辆白色礼宾车停在了音乐厅的入口。斯堪尼特看见了安提娜·阿奎坦内——许多杂志都封她为"全世界最美丽的女人"。她刚一现身，人群便挤上了栅栏，高叫着她的名字。相机簇拥着她，把她的美丽传播到世上最远的角落。她挥了挥手。

斯堪尼特翻过观众看台的围栏，迂回穿过了路障。他注意到穿棕色衬衫的保安聚集过来，还是老一套，他们包抄的角度不对。他用上了几年玩橄榄球时对付对方擒抱的身法，一个滑步就绕过了他们，分秒不差。安提娜正对着麦克风讲话，她稍稍歪着头，把自己最美的一面展示给镜头。她身旁站了三个人。斯堪尼特确认了摄像机拍到他后，才把瓶子里的液体泼向安提娜·阿奎坦内的脸。

他吼道："硫酸，臭婊子！"随即转身盯着镜头，表情严肃而平静。"她自找的。"他说。一拨手持警棍、身穿棕衬衫的人一拥而上。他跪在了地上。

最后一刻，安提娜·阿奎坦内看到了他。她听见他的吼声于是转过头来，液体正好溅在她的面颊和耳朵上。

十亿人都在电视上看到了这一幕：安提娜美丽的脸庞，她面颊上晶莹的液体，人群的震惊和惶恐。在她认出袭击者的那一刻，一种真正的恐惧瞬间摧毁了她不可一世的美丽。

十亿人看着警察拖走斯堪尼特。他高举着被缚的双手，比着胜利的手势，仿佛他自己才是个大明星。但这一刻被一个愤怒的警察打碎了——警察在他腰带里搜到了那把枪，于是朝他后腰重重来了一下。

安提娜·阿奎坦内惊魂未定，下意识地抹了一把脸颊上的液体。并没有灼烧感。那些液体滴在她手上，很快挥发了。人们纷纷挤在她周围，试图护送她离开。

她甩开了，然后对众人说："只是水而已。"为了证明所言非虚，她还舔了一下手上的水珠。她强自做出一个笑容："我丈夫，他一向是这个样子。"她说道。

安提娜快步走进了奥斯卡奖的音乐厅，向众人展示出助她成为传奇的那种勇气。她摘取最佳女主角桂冠之时，观众纷纷起立鼓掌致意，掌声经久不息。

在拉斯维加斯桃源赌场酒店那冰冷的顶楼套房里，八十五岁高龄的酒店老板已是行将就木。但是，在这个春日里，他觉得自己似乎能够听见十六层楼之下，象牙白色的珠子在红黑交替的轮盘格子里滴溜溜转动的声音，赌客朝着翻滚的骰子叫嚷祈祷的声音，还有老虎机哗啦啦喷吐硬币的声音。

虽然阿尔弗雷德·格罗内韦尔特已经时日无多，却仍然过得很快活。近九十年岁人生中，他诈骗、拉皮条、赌博、参与谋杀、搞政治投机，最终成为桃源赌场酒店严格而仁慈的主人。因为害怕遭到背叛，他从来没真正爱上任何一个人，可他对许多人都和蔼可亲。他毫不后悔。眼下，他盼着感受余生中剩下的每一点小乐趣，比如下午去赌场巡视一圈。

克罗奇菲西奥·"克罗斯"·德·莱纳在过去五年一直是他的左膀右臂。他走进卧室问道："可以走了吗，阿尔弗雷德？"格罗内韦尔特朝他笑了笑，点点头。

克罗斯扶着他坐进轮椅。护士把毯子给老人披好，男助理则负责推动轮椅。女护士把药盒递给克罗斯，打开了阁楼的门。她就不用跟去了。下午的出游，格罗内韦尔特可受不了让她跟着。

轮椅轻快地经过了阁楼花园的人工草皮，从快速电梯直达十六楼之下的赌场。

格罗内韦尔特笔直地坐在轮椅上左右望着。他很喜欢这样观察挑战他的男男女女，而运气永远站在他这边。他坐在轮椅上闲适地经过了二十一点和轮盘的场地、百家乐的牌池，还有一张张的骰桌。几乎没几个赌客注意到轮椅上这位老人警惕的双眼，还有凝滞在他枯瘦的脸上的笑容。坐轮椅的赌徒在拉斯维加斯很常见。他们觉得自己如此不幸，命运总该给他们点运气作为补偿。

最后，轮椅来到了茶室里。护工把他送到预订好的小包间，在另一张桌子旁等待离开的信号。

透过玻璃墙，格罗内韦尔特可以看见巨大的游泳池。内华达的太阳照在碧蓝氤氲的水面上，年轻的姑娘们和小孩子徜徉其间，仿佛五颜六色的小玩偶。这都是他一手所创——他不由感到一阵欣慰。

"阿尔弗雷德，吃点儿东西吧。"克罗斯·德·莱纳说。

格罗内韦尔特朝他笑了笑。他很喜欢克罗斯的模样。克罗斯的英俊无论对男人还是女人都有吸引力。而且，格罗内韦尔特这辈子算得上信赖的人不多，他是其中之一。

"我真喜欢这一行，"格罗内韦尔特说，"克罗斯，我在酒店的位置就由你继承了。我知道，你必须应对我们纽约的合伙人。但是，不要离开桃源。"

克罗斯拍了拍老人骨瘦如柴的手。"我不会的。"他说道。

格罗内韦尔特觉得阳光映入玻璃墙，一直溶进了他的血液里。"克罗斯，"他说道，"我会的已经全教给你了。我们干了很多坏事，非常坏的事。别往回看。要知道，好坏的比例总是可以改变的。所以，多做好事，会有回报的。我说的可不是被爱情冲昏了头脑，或者因为仇恨而蒙蔽了双眼。这样的事情，只会增大坏的比例。"

他们都喝着咖啡。格罗内韦尔特只吃了一小片果仁点心，克罗斯则用橙汁就着咖啡喝。

"记住，"格罗内韦尔特说，"输不起一百万的人，就不能让他住那些别墅。千万别忘了。那些别墅是最值钱的。它们非常重要。"

克罗斯拍了拍格罗内韦尔特的手，又把自己的手放在老人手上。他的感情是真挚的。某些方面，他爱格罗内韦尔特胜过爱自己的父亲。

"别担心，"克罗斯说道，"谁也动不了别墅。还有别的吗？"

格罗内维尔特眼神浑浊，白内障黯淡了沧桑的目光。"要小心，"他说，"永远小心。"

"我会的。"克罗斯说道。为了让老人不去注意随时可能到来的死亡，他开口道："你什么时候给我讲讲桑塔迪奥家的事？当时你和他们合作过。对这事儿谁都是一字不提。"

格罗内韦尔特发出了一声垂老之人的叹息，又几乎无法察觉地低语了几句。"我知道我的时间没多少了，"他说，"但是这件事我还不能给你讲。去问你父亲吧。"

"我问过皮皮，"克罗斯说，"他不说。"

"过去的事就过去了。"格罗内韦尔特说，"永远别回头。无论是为了找借口、为自己辩解还是找乐子，永远都不要回头。你现在是什么人，就是什么人，世界眼下是什么样，就是什么样。"

回到阁楼的套房，护士为格罗内韦尔特进行了下午的沐浴清洁，又测量了他的生命体征。她皱了皱眉，格罗内韦尔特却说道："时好时坏罢了。"

那一晚他的睡眠时断时续。刚破晓，他就让护士把他扶到阳台上。她搀着他坐进一把宽大的椅子，裹好毯子，然后在他旁边坐下量脉搏。她试图移开手的时候，格罗内韦尔特握住了她的手没有放开。于是他们一起眺望着太阳从沙漠彼端冉冉升起。

太阳这个火红的球体把天空从深蓝色变成了暗橙色。格罗内韦尔特看见了网球场、高尔夫球场、游泳池，还有七座飘着桃源酒店旗帜的别墅，像凡尔赛宫一样闪烁，远远看上去仿佛是翠绿的草地上落着几只白鸽。远处，是无边无际的沙漠。

格罗内韦尔特想，这一切都是我创造的。我把废墟变成乐土，为自己创造了快乐的生活。我白手起家。我尽量让自己在这个世界上做个好人。难道这有错吗？他的思绪飘回了童年，他和他的小伙伴仿佛一群十四岁的哲学家，像所有这么大的男孩一样讨论着上帝和道德价值之类的问题。

"如果要你按下一个按钮杀掉一百万个中国人，就可以挣一百万美元，"他的一个小伙伴洋洋得意地说道，觉得自己抛出了一个伟大而无法解答的道德难题，"你会这么做吗？"漫长的争执过后，他们一致同意说不应该这么干。除了格罗内韦尔特。

如今他想，他那时的选择是对的。不是因为他的一生是成功的，而是因为这个伟大的道德困境如今早已经不存在了。这个两难的选择现在只有一种情况。

"如果你按下一个按钮杀掉一百万个中国人"——干吗非要

是中国人呢？——"给你一千美元，你会做吗？"这才是现在的问题。

阳光使整个世界都变成了绯红色。格罗内韦尔特捏着护士的手保持住平衡。他不怕直视太阳——白内障挡住了强光。他恍恍地想到了几个他爱过的女人和采取的行动；他还想到那些被他无情击垮的男人，和他曾经施与的仁慈。他想起克罗斯就像想到自己的儿子，他可怜他，可怜桑塔迪奥家族和克莱里库齐奥家族。如今都抛到身后了，他很高兴。话说回来，快活的一辈子和高尚的一辈子哪个更好？难道必须是中国人才能明白？

这最后的迷惑彻底摧毁了他的心神。护士握着他的手，感到他的手逐渐冰冷、肌肉逐渐僵硬了。她俯身检查了他的体征——毫无疑问，他已长辞于世了。


克罗斯·德·莱纳作为继承人，为格罗内韦尔特安排了盛大的葬礼。阿尔弗雷德·格罗内韦尔特是拉斯维加斯博彩界公认的天才，因此拉斯维加斯所有的名流和顶级赌手、格罗内韦尔特的所有女性朋友、酒店的所有员工都收到丧讯和葬礼邀请。

他给各个教派都赞助了资金，鼓励他们兴建教堂，他常说："相信宗教和赌博的人应该为他们的信仰得到回报。"他杜绝了贫民窟的出现，并且修建了最高级的医院和学校。他一贯宣称，这都是利人利己的事情。他瞧不起大西洋城——在州政府的管理下，他们把所有的钱都藏进口袋，不肯为城市基础建设花上一分一厘。

格罗内韦尔特率先致力于劝导大众，赌博并不是一种可鄙的恶习，而是中产阶级的娱乐项目，跟高尔夫球或者棒球一样平常。他使得博彩在全美成为了一种受到尊敬的产业。整个拉斯维加斯都要缅怀他。

克罗斯深深地感到失落，他们二人之间始终维系着真情，不过他还是要把个人情感暂时放在一旁。现在，他拥有桃源酒店百分之五十一的股份，价值至少五亿美元。

他知道，他的生活必须要有所变化了。更加富有、更加有权势意味着会遇到更大的危险。他与唐·克莱里库齐奥及其家族的关系会变得更加微妙，因为如今他们是一家巨型企业的合伙人了。

克罗斯首先给科沃格的乔治通了话。乔治知会他说，除了皮皮之外，家族其他人不会去参加葬礼。丹特会搭下一班飞机去完成一桩已经讨论过的任务，但并不会去吊唁。至于克罗斯如今拥有了桃源酒店一半股份这件事，则并没有提及。

他从妹妹克劳迪娅那儿收到一则留言，但他拨回去的时候克劳迪娅不在，只有自动答录机。还有一则消息是厄内斯特·维尔留的。他喜欢维尔这个人，他手中还有维尔在赌场价值五万元的现金凭据。不过，这事得等到葬礼结束后再说了。

还有一则留言是他父亲皮皮留的。皮皮跟格罗内韦尔特是一生的挚友，今后的日子怎么过，他也要向皮皮咨询。他父亲会怎么看待他新得到的地位和财富呢？这个问题可不好应对，而且如何应对克莱里库齐奥家族的问题也是一样棘手。他们如今要适应自己的西部代理人是如此财大气粗，可以独霸一方。

唐会公平持重，这一点克罗斯毫无疑问，他的父亲也会支持他，这几乎可以肯定。但是唐的孩子们呢，乔治、文森特，还有佩蒂耶——他们会作何反应？还有唐的孙子丹特。自从婴孩时候一起在教父的私人礼拜堂里受洗时，二人就已经成了敌人——这一直是家族的笑谈。

　　眼下，丹特就要来拉斯维加斯对"偷牛贼"大蒂姆动手了。克罗斯一向挺欣赏大蒂姆，因而对此很是心烦。不过大蒂姆的命运是唐的决定，克罗斯很担心丹特会如何下手。


　　格罗内韦尔特的葬礼规模在拉斯维加斯是前所未有地隆重，这是对天才的致敬。他的遗体庄重地安置在一座新教教堂里。这是他亲自投资兴建的，既有欧洲教堂的宏大，又有带着浓厚美洲印第安文化特色的棕色斜墙；同时，还符合拉斯维加斯一贯闻名的实用性——停车场巨大无比，并未采用欧洲的宗教风格，而是装饰成了印第安土著风格。

　　唱诗班吟唱着赞美主的诗篇，祈祷格罗内韦尔特能升入天堂。他为唱诗班所在大学的人文学系赞助了三个教授职位。

　　几百名因为他赞助的奖学金才能大学毕业的吊唁者看上去真的非常悲痛。一些人是在酒店赌场里丢了手气的老赌棍，他们似乎都庆幸自己至少在这一点上赢了格罗内韦尔特。还有些中年女人各自默默地哭泣着。他资助的犹太教和天主教堂也派代表参加了葬礼。

　　赌场要是关门，那可就大大地违背了格罗内韦尔特的原则，所以只有没排上班的经理与荷官们到了场。就连一些入住别墅里的人也露了面，受到了克罗斯与皮皮的特别致敬。

　　内华达州长沃尔特·维文也在市长的陪同下出席了仪式。拉斯维加斯大道被警戒线封锁，银色的灵车、黑色的贵宾车和步行来吊唁的宾客一直蜿蜒到墓地，阿尔弗雷德·格罗内韦尔特此生最后一次走过这个他所创造的世界。

夜晚，拉斯维加斯的游客们以一种最能让格罗内韦尔特慰怀的形式，向他致以最后的敬意。这一夜，玩家输钱的金额达到了一个仅次于新年夜的记录。赌客们告别了他的遗体，也告别了自己的钱，以表哀悼。

这一天过去，克罗斯·德·莱纳准备开始新的生活。

这一夜，安提娜·阿奎坦内独自坐在位于马里布的海滩别墅里，思忖着自己应该何去何从。海风穿门而入吹拂在身上，让长椅上的她微微发抖。

她小时候，很难想象她会成为闻名世界的电影明星，也很难想象她从女孩蜕变到女人的过程。电影明星的巨大魅力让人们觉得这些英雄和美女都是直接从宙斯的脑袋里迸发出来的一样。仿佛他们从来没尿过床，从来没长过青春痘，从没有过丑小鸭似的面孔，从没因为羞涩而畏缩；也从没有过青春期的局促不安，从没自慰过，没渴望过爱情的降临，也没祈求过命运的怜悯。谁能没经历过这些呢？安提娜想不出来。

安提娜觉得自己属于最幸运的那一种人。一切就这么自然而然地来了。她有非常好的父母，他们看到了她的天赋，悉心培育她。他们呵护她的美貌，又尽其所能教育她的头脑。她爸爸教她体育运动，妈妈则教她文学与艺术。安提娜想不出她的孩提时代有过任何不开心的时候，直到她十七岁。

她与博兹·斯堪尼特陷入了爱河。博兹大她四岁，大学里是个在当地小有名气的橄榄球星。他家拥有休斯敦最大的银行。博兹的英俊，一如安提娜的美貌，而且他幽默风趣，魅力十足。他渴求她。两具完美的肉体如磁石般吸引，神经末梢的快感像是高压电一般战栗，交融像丝绸和牛奶一样契合，他们进入了另外一种天堂，为了让这一切永不消散，他们结婚了。

没过几个月，安提娜就怀了孩子，但体重没怎么增加，身材跟往常一样完美。她从没呕吐过，因此怀孕这种感觉让她很享受。于是她继续去上学，学习戏剧、打高尔夫球和网球。网球她不是博兹的对手，但高尔夫球打败博兹则是轻而易举。

博兹到他父亲的银行里上班了。安提娜生下了女儿，起名叫贝萨妮。博兹的钱足够请奶妈和保姆，所以她就接着去上学。婚姻让安提娜更加渴求知识了。她贪婪地阅读各种文字，尤其是剧本。皮兰德娄的作品让她愉悦，斯特林堡的文字让她惶惑，田纳西·威廉姆斯的作品让她流泪。她变得更加活力四射，智慧给她的美丽增添了一份端庄。因此，许多男人，无论老少，都拜倒在她的石榴裙下。博兹·斯堪尼特的朋友们都嫉妒他能有这样一位娇妻。起先，她为这种完美感到异常骄傲，但是过了几年她就发现，这种完美让很多人感到不舒服，包括朋友们和爱人。

博兹开玩笑说，他这就好像是每天晚上都不得不把劳斯莱斯轿车停在大街上一样。他够聪明，知道他的老婆注定要有更大的成就，知道她太不同凡响了。而且他也很清楚，他注定会失去她，就像他已经失去了自己的梦想。虽然他觉得自己勇敢无畏，但是没有战争，他的勇气无处施展。他知道虽然自己有魅力、长得帅，但是身无所长。他对挣大钱没什么兴趣。

他嫉妒安提娜的天分，嫉妒这个世界已经预留了她的一席之地。

博兹·斯堪尼特干脆去迎合这种命运了。他没完没了地喝酒，他勾引同事们的老婆，在他父亲的银行里搞起了灰色交易。

就跟所有刚学会点新玩意儿的人一样，他对自己的这种小聪明洋洋得意，以此掩盖他对自己妻子日渐增长的仇视——能憎恨像安提娜这样美丽无瑕的女人，不也是一件威风凛凛的事吗？

虽然沉湎酒色，博兹可是健康得很。他很注意这一点。他去健身房、上拳击课。他喜欢拳击台带来的感觉，他能用拳头狠狠揍别人的脸。他喜欢从直拳突然换成勾拳的狡黠，喜欢接受惩罚时那种隐忍，他喜欢狩猎这种杀戮游戏，喜欢挑逗天真的女人这种浪漫的伎俩。

为了维持现状，他用自己新发现的小聪明想到了一个办法。他要跟安提娜生更多的孩子。四个、五个、六个，这样一定会让两个人回到以前那样。这样就可以让她不再越跳越高，离他越来越远。可是等到安提娜发现他的意图时，她说了"不"。她还说："你想要孩子的话，跟你上过的那些女人生去吧。"

这是安提娜第一次对他说出这么粗俗不堪的话来。至于她已经知道了他的不忠，博兹并不惊讶，他本来也没想隐藏。事实上这正是他自以为聪明的地方——因为这样一来就等于安提娜是被他撵走的，而不是她主动离开的。

安提娜发现了博兹的变化，可她太年轻，而且太专注在自己的生活上，所以没能给予足够的关注。直到博兹真正变得残酷无情时，二十岁的安提娜才发现自己性格中刚强的一面：她无法忍受愚蠢。

博兹像那些憎恨女人的男人一样玩起了把戏。在安提娜看来，他纯粹是疯了。

他总是在下班路上去取干洗好的衣服，因为他总说："宝贝儿，你的时间比我的宝贵得多。除了专业课之外，你还有专设的音乐课和戏剧课要上呢。"他觉得，她听不出来自己那种阴阳怪气的嘲讽口气。

有一天，博兹拎着她的几套衣服回家，这时她正在洗澡。他低头看着她的一头金发和白嫩的皮肤，浑圆的双乳和臀部上满是香皂沫。他粗声大气地说："我把这堆衣服扔进浴缸里，你觉得怎么样？"但他没这么做，他把衣服挂在衣帽间里，把她从浴缸里扶出来，用玫瑰红的毛巾帮她擦干身体，然后跟她做爱。几周之后，这样的事情又出现了一次，但这一次，他把衣服扔进了水里。

有天晚上他威胁说要砸了所有的盘子，但他没有。一周以后，他把厨房里的东西全摔了。这类事情之后他总会道歉，总要跟她做爱。但是这回安提娜拒绝了他，他们分房睡了。

另一晚吃饭的时候，博兹挥起拳头说："你的脸过于完美了。要是我把你鼻梁打折，你会显得更有性格一点，就像马龙·白兰度那样。"

她躲进厨房，他也跟了进去。她吓坏了，拿起了一把刀。博兹笑了，说道："这种事你不行。"他说得对。他轻而易举地夺走了刀。"我只是开玩笑，"他说，"你唯一的缺点就是没有幽默感。"

安提娜才二十岁，她本可以向父母求助的，可她没有。她也没找朋友倾诉烦恼，她慎重地思考着解决之道，她相信自己的头脑。她知道自己没法毕业，情况已经十分危险，学校根本保护不了她。她也曾动念让博兹重新爱她，变回曾经的那个博兹。可如今她反感他，一想到他的抚摸就恶心。于是她明白，虽然假装爱他并不困难，但她再也装不出来了。

最终把安提娜逼到忍无可忍、非走不可的不是博兹对她所做

31

的事，跟她其实并没有关系——事情关系到贝萨妮。

　　他常闹着玩儿地把一岁大的女儿抛到空中，然后假装不去接她，直到最后一刻才猛扑上去接住。不过有一次，他让宝宝落下来弹在了沙发上，看起来像是意外。最后有一天，他终于故意让孩子掉在了地板上。安提娜吓得喘不过气来，赶紧冲过去抱起孩子抚慰着。整晚她都没睡觉，守在婴儿床旁边，以确保孩子平安无事。贝萨妮的头上肿了个吓人的包。博兹声泪俱下地道歉，说再也不开这种玩笑了，但是安提娜还是下了决心。

　　第二天，她把自己的支票和存款账户全都清空了。她把自己的行程安排得复杂无比，这样就没法追踪。两天之后博兹回家时，她已经带着女儿消失了。

　　六个月之后安提娜只身来到洛杉矶，开始了她的职业生涯。她轻易就找到了一个中等级别的经纪人，在小剧团工作。在马克泰帕论坛剧场的演出帮助她得到了小电影里的小角色，然后就有大制作电影中的配角找上门。之后的一部电影终于让她成了一个叫座的影星，博兹·斯堪尼特却再次进入了她的生活。

　　成名后的三年时间里，她用钱打发了他，奥斯卡奖上这一幕，她并不惊讶。这是老把戏了。这一次，只是小玩笑而已……但是下一次，瓶子里就是真的硫酸了。


　　"片场出了点儿问题，"茉莉·弗兰德斯这天早上对克劳迪娅·德·莱纳说，"是安提娜·阿奎坦内。大家都担心因为奥斯卡的袭击她不会回来接着拍片了。邦茨要你去片场。他们希望你能跟安提娜谈谈。"

　　克劳迪娅是跟厄内斯特·维尔一起到茉莉的办公室来的。

"这边一收工，我就给她打电话。"克劳迪娅说，"她不会的。"

茉莉·弗兰德斯是混娱乐圈的律师。在这个遍地是可怕人物的城市里，她是电影界最让人望而生畏的法律大鳄。她热衷于法庭上的唇枪舌剑，而且几乎屡战屡胜，因为她既是个优秀的演员，又熟谙法律条文。

从事娱乐业法之前，她是加利福尼亚州首屈一指的辩护律师。她从毒气室里挽救了二十个谋杀犯，他们因为不同级别谋杀入狱，但是判得最重的也只是坐上几年牢而已。可是她的神经撑不住了，她转向了娱乐业。她常说，这个地方虽然没那么血腥，但是罪犯更多，也更狠。

现在，她专门为大导演、当红影星和一流编剧代理。奥斯卡奖典礼第二天早晨，她最喜欢的客户克劳迪娅·德·莱纳来到了她的办公室。和她一起的，是正与她合作的编剧，著名小说家厄内斯特·维尔。

克劳迪娅·德·莱纳是老朋友了，虽然她是弗兰德斯最无关紧要的当事人之一，但两人的关系却最为亲密。所以，当克劳迪娅问她能不能代理维尔时，她答应了。现在她后悔了，维尔的麻烦她解决不了。而且，她不喜欢这个人，通常情况下她连凶杀案的当事人也会尝试着喜欢。眼下的情形，要把这个坏消息告诉他，这让她有一种罪恶感。

"厄内斯特，"她说道，"所有的合同和法律文件我都看过一遍，你坚持起诉罗德斯通已经没有意义了，唯一能拿回这些权利的情况是：你在版权过期之前——也就是五年之内——死了。"

厄内斯特·维尔十年前曾是美国最炙手可热的小说家，评论界对他一片褒扬，他拥有无数的读者。罗德斯通电影公司买下了一本小说里某个角色的使用权、买断了相关权利，拍成电影之后获得了巨大的成功，两部续集也挣了大钱，于是电影公司又追加了四部续集。不幸的是，维尔在第一份合同里就把角色和标题"在任何地方，任何已知或未知娱乐手段的使用权"卖给了电影公司。对电影界尚未有影响力的小说家来说，这就是标准合同范本。

厄内斯特·维尔老是一副苦大仇深的别扭样。这是有原因的，虽然评论界仍然推崇他的书，公众却不愿再读了。还有，他才华横溢，生活却是一团糟。过去二十年里，他老婆带着三个孩子离开了他。好不容易有一本书成功搬上了大银幕，却被一次性买断了，而电影公司能在未来几年赚上好几亿。

"这怎么解释？"维尔说。

"合同写得很清楚，"茉莉说道，"工作室拥有你的角色。只有一个空子可钻——版权法有规定，如果你死了，你作品的一切权利由你的继承人取得。"

维尔头一次露出了笑容："赎回来呢？"他问。

克劳迪娅插嘴问道："得多少钱？"

"公平交易的话，"茉莉说，"是总收入的百分之五。如果他们再接着拍出五部片子，其中没有太烂的，全球总票房差不多有十亿。所以大概是三到四千万。"她顿了顿，哂笑着说，"你要是死了，我能给你的继承人达成一笔更可观的交易。这等于把枪抵在他们脑袋上了。"

维尔说："给罗德斯通的人打电话吧，我要跟他们见面，我要告诉他们如果不算我一份，我就自杀。"

"他们不会信的。"茉莉说。

"那我就真自杀。"维尔说。

"别说气话，"克劳迪娅恳切地说，"厄内斯特，你才五十六岁。这才多大年纪，值得为了钱去死吗？为了原则、为了祖国利益或者为了爱情，都行——但是别为了钱去死啊。"

"我要供养妻子和孩子。"维尔说。

"是前妻，"茉莉说，"看在老天的分上，在那之后你都再婚两次了。"

"我说的是我真正的妻子，"维尔说，"有我孩子的。"

茉莉明白为什么好莱坞谁都不喜欢他了。她说："电影公司不会答应的。他们知道你不会自杀，也不会被你——一个作家吓着。你要是个一线明星，也许可以；你要是个大导演，也许也行。但是作家，想都别想。你在这行算个屁。抱歉我说粗话了，克劳迪娅。"

克劳迪娅说："厄内斯特明白，我也明白。要不是好莱坞还有人离不开剧本，他们早就彻底摆脱我们了。可是，难道你就没有办法了吗？"

茉莉叹了口气，给伊莱·马林打电话。她的影响力足够大，完全能跟鲍比·邦茨——罗德斯通的大老板搭上话。


之后，克劳迪娅和维尔坐在波罗餐厅一起喝了一杯。维尔若有所思地说："这女的块头真大，这样的女人更容易勾搭。在床上，她们比娇小的女人更棒。注意到没有？"

克劳迪娅不止一次地想自己为什么会欣赏维尔。没多少人喜欢他。她一直喜欢他的小说，现在也是。"胡说八道。"她说。

维尔说："我是说胖女人更贴心。她们会把早餐给你端到床上，她们会替你做许多小事儿，很有女人味的事。"

克劳迪娅耸了耸肩。

维尔说："胖女人心肠好。有天晚上有个女人从聚会上把我带回了家，但不知道该干点什么好了。她把卧室看了个遍，就像没东西可吃的时候我妈翻找厨房寻思着怎么凑合出一顿饭来那样。她在想，就手头这点东西，到底怎么才能找点乐子呢。"

二人呷着杯子里的饮品。就跟平常一样，他让她松弛下来，她就凑上去了。"你知道茉莉怎么跟我成为朋友的吗？"克劳迪娅说，"当时她给一个谋杀自己女友的家伙做辩护，我就像写电影剧本一样给他写了在法庭上该说的话，最后她的当事人只判了误杀罪。我记得，那之后我们继续合作了三次才不干的。"

"我讨厌好莱坞。"维尔说。

"你只是因为罗德斯通坑了你，才讨厌好莱坞。"克劳迪娅说。

"不光是这个，"维尔说，"我就像那些古代文明，什么阿兹特克、中国的朝代、美洲印第安土著一样，被更先进的科技给摧毁了。我是一个真正的作家。我写小说，是让人们花心思去读的。这样一种写作，就好比落后的科技，没有办法对抗电影。电影有镜头，有场景，有音乐，还有那些大明星。作家光靠文字，怎么能实现这些呢？电影还把战场变得更狭隘了，用不着征服头脑，只要催泪就行了。"

"去你的，我不是作家，"克劳迪娅说，"编剧就不是作家吗？你说这种话，只是因为你不擅长这个而已。"

维尔拍拍她的肩。"我不是在贬低你，"他说，"我甚至不是贬低电影这种艺术形式。我只是在下定义而已。"

"很幸运我喜欢你的书，"克劳迪娅说，"很显然，这儿没人喜欢你了。"

维尔温和地笑了。"不，不，"他说，"他们并不是不喜欢我。他们只是在小瞧我而已。但是等我死了，我的角色使用权收回来，他们就服气了。"

"你是认真的吗？"克劳迪娅说。

"我想是的，"维尔说，"这种事情很有诱惑力。自杀——如今这种事儿还属于'政治不正确'吗？"

"去你的吧，"克劳迪娅的手臂勾上了维尔的脖子，"较量才刚开始，"她说，"我保证，我出面他们会听的。相信我。"

维尔朝她笑了笑："不着急，"他说，"我得花上至少六个月时间才能想好怎么自杀。我讨厌暴力。"

克劳迪娅突然意识到，维尔是认真的。她很惊讶她居然害怕维尔会死。他们曾经有过一段恋情，但并不是这个原因。甚至不是因为她喜欢他的作品。是因为对他来说，他的那些作品还没有钱重要。他创造的艺术竟然会被金钱这种卑鄙的敌人给打垮。出于这种惶恐，她说道："要是到了最坏的地步，我们就去拉斯维加斯，找我哥哥克罗斯。他也喜欢你，他会帮忙的。"

维尔笑道："他可没喜欢我到那个地步。"

克劳迪娅说："他心肠好，我了解我哥哥。"

"不，你才不了解。"维尔说。


奥斯卡之夜，安提娜并没参与庆祝，径自从多萝西·钱德勒音乐厅回到家里，一头躺在床上。她辗转反侧了几个小时，却无法入睡。她身上每一块肌肉都僵硬着。我再也不会让他得逞了。

再也不会了。我再也不要活在恐惧中了。

她给自己沏杯茶，试图喝下去。但当她注意到自己轻轻颤抖的手时，她忍不下去了。她走出门站在阳台上，凝望着夜晚的天空。她就这么站了几个小时，还是心有余悸。

她换了一身衣服，穿上白色短裤和网球鞋。红色的太阳出现在地平线时，她跑出了门。她沿着海滩越跑越快，试图一直踩在湿硬的沙滩上，试图追着海岸线，让冷水没过她的脚。她必须让自己清醒起来。不能被博兹击败。她工作得太久、太辛苦了。她毫不怀疑他会杀了自己。但是在此之前，他会先玩弄她、折磨她，最后才会毁她的容。他会让她变成丑八怪，认为这样的话她就又属于他了。她突然觉得怒不可遏，一阵凛风裹挟着水汽拍在她的脸上。不行，不行！

她想到了电影公司。他们一定会急疯，逼她妥协。但是他们在乎的不是她，是钱。她想到了她的朋友克劳迪娅，这本来是她出名的大好机会，她觉得一阵悲哀。她又想到了其他爱她的人，不过她知道，她承担不起心软的后果。博兹疯了，没疯的人竟还想着跟他讲道理。他很聪明，让别人以为他认输了，但是她看得更清楚。她不能冒险，她不允许自己去冒险……

跑到北边海滩尽头的黑色岩崖时，她已经彻底上气不接下气了。她坐在地上，试图稳定心跳。听见咕咕的海鸥叫声，她抬头望去，看见这些鸟儿俯冲下来，掠过海面。她的眼里满是泪水，但她强忍着不让泪水流下来，压抑着喉咙里的哽咽。长久以来，她头一次希望父母离得不那么遥远。她觉得自己像个渴望回家的小孩子，回到安全的港湾，有人把她搂在怀里，能让一切好起来。她不禁苦笑，自己曾经竟然真的相信这是有可能的。现在这么多人爱慕她、渴求她、艳羡她……那又怎么样呢？她觉得自己比谁都空虚孤独。有时候，她与某个普通女人擦肩而过，这个女人也许过着平凡的生活，但她羡慕她能挽着丈夫和孩子。够了！她对自己说，好好想想吧！这取决于你自己，拿出个计划来，付诸行动。还有其他人需要你……

过了许久她才转身往家走。她高昂着头，眼睛望着正前方：她知道自己该怎么办了。

博兹·斯堪尼特被拘留了一整夜。放出来后，他的律师准备了一场记者招待会。斯堪尼特对记者说，他与安提娜·阿奎坦内结了婚，不过彼此已经十年不曾相见了；他的行为只不过是个恶作剧而已。那瓶液体就是水。他暗示自己有她一桩大秘密掌握在手里，还预计安提娜不会提起指控。这一点事后证明是对的：没有记录在案的指控。

那一天，安提娜通知罗德斯通公司，她不会继续拍摄这部史上耗资最大的影片了。因为这次袭击给她造成了恐慌。

没有了她，《梅莎琳娜》就无法完成。先期五千万美元的投资就要全部打水漂。这还意味着，有鉴于此，以后大型电影公司不会再邀请安提娜·阿奎坦内演电影了。

罗德斯通工作室发布了一纸声明说，他们的大明星最近过于疲劳，但是一个月之后就会重返片场继续拍摄。

# 第二章


罗德斯通工作室是好莱坞最有影响力的电影公司。安提娜·阿奎坦内拒绝继续工作，这是对他们的背叛，而且代价高昂。即使是当红影星，造成如此沉重打击的情况也十分罕见，可《梅莎琳娜》是公司圣诞节档期的主打制作，漫长的寒冬里，公司就要靠这部鸿篇巨制来推动其他作品的发行。

碰巧下周日是兄弟慈善会的晚会。宴会将在伊莱·马林比弗利山的庄园里举行。伊莱是罗德斯通最大的股东兼董事长。

伊莱·马林的大宅子建在比弗利山后的峡谷深处，二十个富丽堂皇的房间中，只有一间卧室。伊莱·马林从不愿让人在他的住处过夜。当然，有另外供客人居住的单层小屋，还有两个网球场和一个大游泳池。六间屋子都用来摆放他收藏的画了。

五百位好莱坞最杰出的人物都收到了慈善庆典的邀请，每个人的入场费是一千美元。吧台、自助餐棚和舞池都分散在户外，还邀请了一支乐队伴奏。但是，房屋不开放，设计巧妙、装饰豪华的帐篷里提供了移动盥洗设备。

庄园主楼、客房、网球场和游泳池都被绳子隔开，有专门的警卫把守。宾客并没有觉得不妥，声望和名气到了伊莱·马林这种程度，已经谈不上能冒犯谁了。

宾客们在草坪上聊天跳舞打发三个钟头的规定时间，马林正跟一群人坐在巨大的会议室里为《梅莎琳娜》能否如期完成而焦虑不安。

伊莱·马林在这群人里说话最有分量。他已经八十岁了，但是怎么看都只有六十岁的样子。他的灰发修剪得十分细致并且染成了银色。深色西装让他的肩膀和身体显得更宽、更结实，还可以掩盖骨瘦如柴的小腿。红棕色的皮鞋踏在地上，竖纹白衬衫和玫瑰色的领带让他青灰色的脸有了生机。只要他想，他就能完全控制罗德斯通，但有时候，让手下的人各安其职、各行其是更适合。

安提娜·阿奎坦内拒绝按期完成电影的拍摄，这个问题的严重性足够引起马林的注意。《梅莎琳娜》耗资一亿美元，是公司的强档作品，这部电影的录像、公共电视、有线电视网和海外版权等都被预售用来承担成本支出。这本来是个大宝藏，现在却像一艘眼看要沉没的西班牙大帆船，别想再打捞上来了。

还有安提娜自己。三十岁，大明星，已经跟罗德斯通签约了另外一部大制作。什么也比不上一个名副其实的当红明星。马林一向喜欢当红明星。

但是，当红明星又好比炸弹一样危险，所以你得控制得住才行。要想控制住，你就得付出爱，要厚颜无耻地讨好，用物质征服他们。你得扮演他们的父亲、母亲、兄弟、姐妹，甚至是情人，作出什么样的牺牲都不过分。但是到了关键时刻，你就不能再示弱了。这时候，你必得毫不留情。

眼下这间屋子里和马林坐着的人还有鲍比·邦茨、斯基比·迪尔、梅洛·斯图尔特，还有迪塔·汤美，他们就是要贯彻他意愿的人。

这间会议室是伊莱·马林最常用的，里面陈列的画作、桌椅和地毯总价值达两千万美元，算上水晶杯和茶具的话，还要再添上五十万美元。面对众人，马林感到骨头都快支撑不住身体了。他诧异，每天向世界展示一个无所不能的形象竟变得如此困难。

清晨不再让人振奋了。剃须、打领带、系衬衫扣子让他疲惫不堪。更危险的是意志变得薄弱：他开始同情权势不如自己的人了。如今他越发重用鲍比·邦茨，给他越来越大的权力。毕竟，这个人比自己年轻三十岁，还是自己的挚友，多年以来，一直忠心耿耿。

邦茨是公司的总裁和首席执行官。三十多年来，邦茨是马林的亲信，经年累月的相处使他们亲密无间、形如父子。他们配合默契。年届七十以后，马林的心肠变得太软，许多必须要做的事情，他已经心有余力不足了。

邦茨从导演手中接管电影，把片子改得更符合大众口味。他跟导演、影星和编剧讨论收入分成，用上法庭逼他们接受一个小数目，或者迫使大腕儿们，尤其是编剧，签下条款苛刻的合同。

对于编剧，邦茨连空头许诺都不愿给。没错，要想开拍，得先有剧本，但邦茨相信，作品成败靠的是演员阵容、明星的力量。导演之所以重要，是因为他们会在不知不觉中掏空你的钱。制片人虽然也十分乐于坑钱，但要启动一部电影，少不了他们那种旺盛精力。

那么，编剧们呢？需要他们做的，不过是在几张白纸上开个头。然后你还得再另雇十几个人完成。制片人敲定情节，导演开始拍（有时候拍出来的是完全不同的电影），影星们用点点滴滴的灵感即兴编几句对白。接下来，电影公司的创意人员对照着又长又细致的备忘录，给写手提意见和要求，提供情节。邦茨见过好多次，某个著名编剧写出来的剧本号称价值百万，也拿到了百万美元的酬劳，结果等到电影最后拍出来，连一个情节、一句对白都没用上。伊莱对待编剧的态度当然会软一些——不过是因为他们在签合同的时候好欺负罢了。

马林和邦茨辗转于伦敦、巴黎、戛纳、东京和新加坡，把片子卖给电影节和院线。他们决定着年轻艺术家们的命运，他们就像皇帝和宰相，共同治理着一个帝国。

伊莱·马林和鲍比·邦茨一致认为，那些明星，无论是编剧、演员还是导演，全是这个世界上最忘恩负义的白眼狼。这些心怀希望的纯艺术家，奋力往上爬的时候什么条件都答应，他们积极热情，得到机会感激涕零，一旦功成名就，马上就变了。勤劳的小蜜蜂成了愤怒的大黄蜂。所以，马林和邦茨雇了二十人的律师团，专门用来约束他们，这太合情合理了。

为什么他们总是惹麻烦？为什么总是不高兴？毫无疑问，追求金钱比追求艺术更有前途、更快乐，比那些试图表现人类光辉的艺术家，他们更和善、更有社会价值。可惜，金钱比艺术和爱情更治愈这种题材不能拍成电影，因为公众不买账。


鲍比·邦茨把大家从外面的庆典上找过来。这里面唯一的明星是《梅莎琳娜》的女导演迪塔·汤美。众所周知她和女明星们相处得最好——在如今的好莱坞，这意味着女权主义而不是同性恋。她的确是女同性恋，但这件事跟会议室在座的诸位也毫无关系。迪塔·汤美拍片子不会超出预算，还总是卖座。而且，她勾搭女演员比男导演惹的麻烦少很多。女同性恋名流都好打发。

伊莱·马林坐在会议桌的上首位，示意邦茨带大家讨论。

邦茨开口道："迪塔，讲一下这部片子的处境吧，你对解决这个问题有什么看法。我压根儿就不明白问题是什么。"

汤美小巧精悍，说话也言简意赅。她说："安提娜怕得要死。在座的聪明人不消除她的恐惧，她就不回来。她不回来，你们的五千万美元就打水漂了。这部片子没她不行。"她顿了顿，"前几周我一直在赶拍她的镜头，也算是给你们省钱了。"

"这他妈的破电影，"邦茨说，"从一开始我就不想拍。"

这话可惹急了屋子里的其他人。制片人斯基比·迪尔叫道："去你妈的，鲍比。"安提娜·阿奎坦内的经纪人梅洛·斯图尔特也开口了："屁话。"

事实上，每个人都大力支持《梅莎琳娜》。这是有史以来能"一路绿灯"的少数几部电影之一。

《梅莎琳娜》从女性主义视角讲了克劳狄一世统治下罗马帝国的故事。男人写就的历史当中，梅莎琳娜皇后被描述成一个堕落、嗜杀、一夜之间让整个罗马帝国都沉沦于淫乐当中的娼妇。但两千年之后，在这部刻画她生平的电影里，她被描绘成了一个悲剧形象，被描绘成了另一个安提戈涅①和美狄亚②。她的角色是要利用女人唯一的武器改变这个男性奴役女性的世界。

这是个宏伟的构想——大量浓墨重彩的性爱场面和热点流行题材——还需要完美的包装让整个故事有可信度。首先，克劳迪

---

① 希腊神话中的一个悲剧角色，是忒拜国王俄狄浦斯与其母乱伦所生的女儿。
② 希腊神话中的一个悲剧角色，因为爱人移情别恋而心生恨意，杀死了二人所生的两个孩子。

娅·德·莱纳的剧本台词精彩、主线清晰。选迪塔·汤美当导演也是明智之选，她才华横溢、保证了票房。安提娜·阿奎坦内是扮演梅莎琳娜的不二人选，拍摄到现在她完全有能力掌控整部电影。她有美丽的外表和天才的演技，让一切设想都切实可行。更重要的是，她是全球最卖座的三位女星之一。克劳迪娅用她另类的编剧才智让梅莎琳娜不但接二连三被天主教徒引诱，还从竞技场上救出了原本难逃一死的殉道者。汤美读到这个场景，对克劳迪娅说："编也要有限度。"

克劳迪娅朝她诡秘一笑，说："电影嘛，无所谓。"

斯基比·迪尔说："安提娜不回来，我们就得停拍。每天要白花十五万。情况就是这样。我们已经花出去五千万了。电影都拍一半儿了，又不能把安提娜写死，也不能用替身。所以如果她不回来，这片子就只能中止。"

"不能中止，"邦茨说，"影星拒绝上工，保险公司可不赔钱，把她从飞机上扔下去，倒是可以。梅洛，把她找回来是你的工作。这是你的职责。"

梅洛·斯图尔特说："我是她的经纪人，但是对她这样的女人，我的影响力只有这么多。坦白说，她真的吓坏了。她不是要大牌，她是真害怕。再说，她是个聪明人，她这么做肯定是有原因的。眼下的情况很危险，要小心应付。"

邦茨说："要是她把一部投资上亿的片子毁了，她再也别想接戏了，这话你告诉她了吧？"

"她清楚。"斯图尔特说。

邦茨问道："她到底听谁的话？斯基比试过，失败了。梅洛也是。迪塔，我知道你尽力了。连我都试过了。"

汤美接口道："你不算，鲍比。她不喜欢你。"

邦茨犀利地回答："是啊，不喜欢我的方式没关系，听我的话就行了。"

汤美平静地说："鲍比，明星都不喜欢你。但是安提娜不喜欢你还有个人原因。"

"是我把她捧成了明星。"邦茨说。

梅洛·斯图尔特冷淡地说："她天生就是明星，你只不过运气好挖到她罢了。"

邦茨说："迪塔，你是她的朋友。让她回来是你的工作。"

"安提娜不是我的朋友，"汤美说，"她是我的同事。她尊重我，因为我追她没得手就适可而止了。跟你不一样，鲍比。你纠缠她好几年了。"

邦茨平心静气地问道："迪塔，她看不起我们，她以为自己是谁？伊莱，你得立立规矩了。"

大家都把注意力转向了伊莱，可他看起来已经倦了。他实在太瘦了，曾经有一位男星拿他开玩笑说，应该在他头上安块橡皮，就成橡皮头铅笔了——这个恶意的玩笑并不贴切。相比身材，他的头略大，宽脸盘更适合出现在一个大块头的身体上。他的鼻梁宽阔，嘴唇厚实，但是他的面孔看上去非常慈祥温和，有些人甚至说他英俊。不过，他的眼睛暴露了他。他暗灰色的眼睛放出精光，专注的眼神让人们望而生畏。他要大家直呼他的名字，估计就是为了抵消这种印象。

马林的声音没有一丝起伏："你们的话安提娜要是不听，我的话她也不会听。她不在乎我的地位，但奇怪的是，一个白痴毫无意义的攻击，把她给吓成那个样子。能不能花点钱解决？"

"可以试试，"邦茨说，"但是对安提娜来说都一样。她不相信。"

制作人斯基比·迪尔说："我们也试过来硬的。我找了警察朋友施加压力，但他不好惹，他有钱有势，而且是个疯子。"

斯图尔特说："要是停拍，我们具体的损失是多少？我尽量让你们在以后的合约里补偿回来。"

如果梅洛·斯图尔特知道了确切的损失，容易有麻烦。他是安提娜的经纪人，知道损失了多少他就有讨价还价的资本了。马林没有接茬儿，但朝鲍比·邦茨点了点头。

邦茨不情不愿地开口道："实际花出去的是五千万。好吧，这五千万我们可以不追究。但是海外预售款和录像带的钱要返还、圣诞主档期的空白，这些加在一起还要再多支出……"他掐住了话头，因为他不愿意给出具体数字，"还有，如果把利润也算进去，那我们就损失了……妈的，两亿五千万美元。梅洛，那可是很多份合约。"

斯图尔特觉得，为了安提娜他不得不抬价了。他说："但实际上，你只损失了五千万。"

马林开口的时候，声音里带了一丝愠怒。"梅洛，"他说，"我们出多少钱你的当事人才肯回来干活？"大家明白，马林是打算把这当成一次敲诈。

斯图尔特明白了他的意思——你准备用这种小把戏讹多少钱？这是对他人品的质疑，但是他并不打算辩解，他可不想纠正马林。这话要是邦茨说出来，他早就暴跳如雷了。

斯图尔特在电影圈是个很有手腕的人物，他不用拍任何人的马屁，包括马林。他控制了五位大牌导演，虽然不是最卖座的，但是十分有影响力；他手中还有两个有票房号召力的男星、一位叫座的女星——就是安提娜。这意味着，有了这三位巨星，他可以顺利拍成很多部电影。但无论如何，触怒马林都是不明智的。懂得趋利避害才使斯图尔特有了现在的地位。这种情况看似可以讹上一笔钱，但并不是这样的。这种难得一见的机会，开门见山才是上策。

梅洛·斯图尔特最宝贵的财富就是他的真诚。他真的相信自己做的事。十年之前，安提娜还默默无闻的时候，他就已经相信她很有天赋，现在他仍然相信。但是如果他真能劝她回心转意、继续拍摄呢？那肯定再好不过，他相信肯定还有这样的可能。

"这不是钱的事。"斯图尔特恳切道。他对自己流露出的真诚感到一阵喜悦。"你再给她一百万，她也不会回来的。你必须解决她那个'长期分居'的丈夫。"

一阵压抑的沉默，每个人都聚精会神。刚才他提到了一百万，这是要开始讨价还价了吗？

斯基比·迪尔说："这种钱她不会拿的。"

迪塔·汤美耸了耸肩。她根本不相信斯图尔特，但是反正不是她的钱。邦茨瞪着斯图尔特，而斯图尔特镇静地看着马林。

马林准确地理解了斯图尔特的意思，安提娜不是要钱。电影红星从来没有这么狡猾过。他决定结束这次会议。

他说："梅洛，给你的当事人仔细地解释清楚，一个月之内她不回来，这部片子就终止，损失公司承担。然后我们会起诉她，让她用全部家当来赔。必须让她清楚，以后没有大的电影公司会请她拍电影。"他朝在座诸位笑笑，"那又怎么样，不就是五千万美元嘛。"

大家都知道，他要动真格的了，他已经失去了耐心。迪塔·汤美感到恐慌，因为这部片子对她的意义比对任何人的都重大。这是她的小宝贝，如果成功，她就会跻身最有票房号召力的导演行列，她就有能力为电影开启一盏绿灯。她慌忙开口道："让克劳迪娅·德·莱纳找她谈谈吧。她是安提娜的好友。"

鲍比·邦茨讥诮道："大明星和无名小卒上床，还跟编剧做好朋友，都够丢人现眼的了。"

马林再次不耐烦了："鲍比，废话少说。让克劳迪娅找她谈谈。但是不管怎么办，赶紧把这事儿解决掉。还有别的片子要拍。"

但是第二天，罗德斯通工作室收到了一张五百万美元的支票。是安提娜·阿奎坦内寄来的。她把《梅莎琳娜》预付的片酬退回来了。

现在，轮到律师们操心了。


安德鲁·波拉德用十五年将太平洋安保公司发展成了一家在西海岸声名远扬的安保组织。从最初宾馆里的套间开始，如今他拥有圣莫尼卡的一幢四层楼，有五十名正式员工在总部工作，独立调查员和保安有五百多人，还有一支不固定的团队每年大部分时间都在为他工作。

太平洋安保为巨富和名流提供安保服务。它提供武装人员和电子系统保护名流的住宅，为明星和制作人提供保镖，为奥斯卡奖这类的大型媒体活动提供警卫，还针对敲诈勒索一类的棘手问题提供调查工作。

安德鲁·波拉德的成功源于对细节的注重。他为客户的宅邸安装了写着"武装反击"的室外标识，这些标识会在夜里闪耀刺目的红光。不仅如此，他在有围墙的房屋外安排巡逻队。他严格挑选手下，他支付的薪水高到手下的人担心会被解雇。这种慷慨他承担得起，因为他的主顾都是最有钱的人，也给得起价钱。他的聪明之处还在于，他跟洛杉矶警察署从上至下都保持着密切关系。他和吉姆·洛西是生意上的朋友。吉姆是洛城的传奇警探，是警界的英雄。更重要的是，他有克莱里库齐奥家族为他撑腰。

十五年前，他还是个年轻的警察，做事不小心被纽约警察署的内部调查科抓到把柄。这种小小的贪污行为，谁也免不了。但是波拉德拒绝揭发自己的上司。克莱里库齐奥家族的人注意到这一点，在审判过程中动了手脚，于是安德鲁·波拉德得到了一个协议：从纽约警局辞职，逃脱惩罚。

波拉德带着妻儿来到了洛杉矶。克莱里库齐奥家族出钱让他开了太平洋安保。然后家族放出话，凡是波拉德的客户，谁都不许去找麻烦。不许撬他们的门，不许抢劫他们的人，不许偷他们的珠宝——谁要是一不小心偷错了，必须还回去。正是由于这个原因，闪闪发光的"武装反击"标识也让公司声名远扬。

安德鲁·波拉德的成功真是个奇迹。他保护的地方，从来没人敢碰。他手下的保镖们几乎跟联邦调查局特工一样训练有素，因此公司从来没接到过类似监守自盗、性骚扰雇主，或者猥亵儿童等安保界常常出现的指控。只有少数企图敲诈的情况出现，也有几个保安把桃色秘闻兜售给了花边小报，但这些是避免不了的。总体来说，波拉德做事高效、手脚干净。

他公司里的电脑可以查到各行各业客人的机密信息。可想而知，只要克莱里库齐奥家族需要这些信息，他们就能得到。波拉德过上了体面的生活，因此他很感激。此外，有一些事他不能交给手下的人去做，这时他就会向西部的代理人寻求家族的帮助。

对于贪婪的捕食者来说，洛杉矶和好莱坞是遍地肥美猎物的丛林。因为桃色陷阱被勒索的电影人、没出柜的演员、受虐狂导演、恋童癖制作人，唯恐自己的秘密曝光。波拉德处理这些案子时干脆利落、口风严实。他能把封口费谈到最低，而且保证无后顾之忧。


奥斯卡奖典礼过后那天，鲍比·邦茨把安德鲁·波拉德找来。"我要这个叫博兹·斯堪尼特的家伙的全部信息，"他对波拉德说，"还有安提娜·阿奎坦内的个人信息，我们对这个大明星几乎一无所知。另外，你去跟斯堪尼特谈个交易，安提娜得给我们再拍上三到六个月的片子，让他有多远滚多远。一个月给他两万，最多不能超过十万。"

波拉德平静地问："拍完电影，他就能随心所欲了？"

"那就是警察的事儿了，"邦茨说，"一定要小心，安德鲁，这家伙的家庭很厉害。做电影，不能被指控使用下三烂的手段，这样可能会毁了电影，伤害公司的利益。所以，达成交易就好。另外，我们会雇你们公司的人做她的私人保镖。"

"他要是不答应呢？"波拉德问。

"那你就得日夜守着她了，"邦茨说，"到电影拍完为止。"

"我可以给他稍稍施加点儿压力，"波拉德说，"当然，肯定合法，我可什么都没暗示。"

"这家伙关系太硬，"邦茨说，"警察都盯着他，就连跟斯基比·迪尔关系那么好的吉姆·洛西也没法动他。除了公关问题，公司也会被起诉罚一大笔钱的。我也不是说你就得小心翼翼呵护他，不过……"

波拉德明白了。先吓唬他然后用钱收买。"协议给我。"他说。

邦茨从抽屉里掏出一个信封。"一式三份让他签，里面有张五万美元的支票算是定金。金额按你谈成的数目填就行。"

他离开时，邦茨在身后说："你的人在奥斯卡奖一点都没帮上忙。都他妈睡大觉呢。"

波拉德无所谓。邦茨就这个刻薄的德行。

"那些保安都是负责控制人群的，"他说，"别担心，我给阿奎坦内小姐派最好的人。"


二十四小时内，太平洋安保的电脑上已经有了关于博兹·斯堪尼特的所有信息。他三十四岁，毕业于德州农工大学，是学校全明星队的跑卫，毕业后还打过一个赛季的职业比赛。父亲在休斯敦开了一家银行，此外，他的叔叔掌控了德州共和党的政治机器，还是总统的好朋友，这意味着他非常富有。

博兹·斯堪尼特本人的事迹也不少。他是他父亲银行的挂名副总裁，惊险地逃脱了一次油井租赁欺诈的指控。他曾六次因为斗殴被逮捕，其中有一次，他把两个警察打得重伤住院。斯堪尼特并未遭到起诉，因为他给了这两个警察一笔补偿金。他身上还有达成庭外和解的性骚扰指控。在这之前，他二十一岁时和安提娜结婚，第二年生了一个女儿，孩子的名字叫贝萨妮，他妻子二十岁时带着女儿一起消失了。

这些事情给安德鲁·波拉德的印象是，这小子是个混蛋。这家伙忌恨自己妻子十年之久，揍了警察然后还有勇气送他们去医院。这种人能被吓唬到的概率太小了。把钱给他，签了合同，还是别蹚这潭浑水了。

波拉德给吉姆·洛西打了电话，他是洛杉矶警署负责斯堪尼特这件案子的人，波拉德很敬畏洛西，他一度很想成为洛西那样的警察。他们保持着工作上的联系。洛西每年圣诞节都会从太平洋安保收到一份精致礼物。现在，波拉德想从警察那儿打听点内幕消息，他要知道洛西手上关于这件案子的一切资料。

"吉姆，"波拉德说，"你能把博兹·斯堪尼特的材料发给我吗？我想知道他在洛杉矶的地址，还有其他一些情况。"

"行啊，"洛西说，"但是对他的指控已经撤销了。你要干什么？"

"保安的工作，"波拉德说，"这家伙有多危险？"

"他是个疯子，"洛西说，"告诉你的人，要是他靠近，就直接开枪。"

"那你不得把我逮起来？"波拉德笑道，"这犯法啊。"

"是啊，"洛西说，"还真是，真他妈可笑。"


博兹·斯堪尼特住在圣莫尼卡海洋大道的一个小旅店中。对此安德鲁忧心忡忡，因为那离安提娜在马里布的房子只有十五分钟车程。波拉德派了个四人小组保护安提娜的房子，又派两个人待在斯堪尼特所在的旅店里。下午，他安排了跟斯堪尼特的会面。

波拉德带着他最高大强壮的三个手下。跟斯堪尼特这种人打交道，你永远不知道会出什么事。

斯堪尼特把他请进了旅店的房间。他很和气，笑着跟波拉德打了招呼，但什么茶水点心都没招呼。奇怪的是，他竟然穿了西装打着领带。大概是要表明，不论怎么样，他只是个银行家。波拉德介绍了自己和三个保镖，三个人都出示了太平洋安保的工作证。斯堪尼特朝他们一笑，说："你们几个块头确实不小，但是我赌一百美元，一对一的话，我能把你们都揍得哭爹喊娘。"

　　三个人训练有素，只是微微一笑示意，但波拉德却刻意表示不满。这种愠怒的分寸拿捏得极好。"我们是来谈生意的，斯堪尼特先生，"他说，"不是来相互威胁的。罗德斯通公司愿意马上支付给你五万美元的定金，接下来的八个月每个月两万。而你呢，只需要离开洛杉矶就可以了。"波拉德从公文包里取出了合同和白底绿字的支票。

　　斯堪尼特看了看，"合同很简单，"他说，"我连律师都不用找。不过钱也不多。我想，十万首付，五万一个月。"

　　"太多了，"波拉德说，"我们有一份法官给你开出的人身限制令。要是你接近安提娜一个街区之内的距离，你就得坐牢。我们还给安提娜安排了二十四小时的警卫。我还会派人监视你的行动。对你来说，这是捡钱。"

　　"我真应该再早点儿来加利福尼亚的，"斯堪尼特说道，"连大马路都是金砖铺地啊。为什么要给我钱呢？"

　　"电影公司要让阿奎坦内小姐放心。"波拉德说。

　　"她还真是大明星啊，"斯堪尼特若有所思，"嗯，她总是与众不同。我原来每天都要干她五次才够哪。"他朝三个人咧嘴一笑，"讨价还价她也是个好手。"

　　波拉德好奇地打量着这个男人。这个人很英俊，就像万宝路香烟广告上那个狂野牛仔一样，只不过他的皮肤因为日晒和酗酒而发红，块头也更大。他带着南方人那种慢吞吞的腔调，显得既有趣，又带着危险。一大堆女人愿意向他这种人投怀送抱。在纽约，有些警察也是这样，他们就跟土匪一样肆无忌惮。你派他们调查谋杀案子，不到一个礼拜，他们就安慰孀妇安慰到床上去了。说起来，吉姆·洛西就是这种警察，而波拉德可从没交过这种好运。

"还是谈生意吧。"波拉德说。他想让斯堪尼特当着众人的面签了合同、收下支票。这样如果将来有必要，电影公司就可以告他勒索了。

斯堪尼特在桌子旁边坐下："有笔吗？"他问道。

波拉德从包里掏出笔，填上了每月两万。斯堪尼特看着他写字，打趣道："我本可以拿到更多的钱。"他签了三份合同："要我什么时候离开洛杉矶？"

"就在今晚，"波拉德说，"我送你上飞机。"

"不必，谢谢。"斯堪尼特说，"我要开车去拉斯维加斯，就拿这张支票赌上几把。"

"我得看着你离开。"波拉德说。现在他觉得有必要来点儿硬的了："我警告你，如果你再出现在洛杉矶，我就叫人以勒索罪逮捕你。"

斯堪尼特红色的脸庞上满是笑意："那我可太荣幸了，"他说，"那我岂不是跟安提娜一样有名了？"

晚上，监视小组报告，博兹·斯堪尼特虽然走了，但却搬进了比弗利山庄酒店，他把那张五万美元的支票存进了他在美国银行的户头。波拉德看出了几个事实：他既然能入住比弗利山庄酒店，说明他有点影响力，而且他根本没把这桩交易当回事。波拉德把这些情况汇报给了鲍比·邦茨，并问有什么指示。邦茨要他别漏了口风。为了让安提娜放心回来工作，已经把合同给她看了。不过他并没有告诉波拉德，她对此嗤之以鼻。

"你可以冻结支票。"波拉德说。

"不，"邦茨说，"他既然把支票兑现了，我们回头就拿欺诈、勒索之类的罪名告他。我不想让安提娜知道他还在城里。"

"我再增派一倍的人手看着她，"波拉德说，"但是如果他真是个疯子，他真想对付她的话，根本不起作用。"

"他只是说说而已，"邦茨说，"又不是第一次了，他还能干出什么来？"

"我告诉你他能干出什么来，"波拉德说，"我们撬开了他的房间。你猜我们发现什么了？一罐子真正的强酸。"

"这个混蛋，"邦茨说，"你不能报告警察吗？比方说找吉姆·洛西。"

波拉德说："家里有强酸不是犯罪，入室行窃可是犯罪。我会被斯堪尼特搞进监狱的。"

"你什么都没跟我说过，"邦茨说，"这次谈话没发生过，忘了你知道的事。"

"当然可以，邦茨先生，"波拉德说，"我也不会记得寄给你情报费的账单的。"

"那太谢谢了，"邦茨挖苦道，"保持联系。"


斯基比·迪尔把情况简要讲给了克劳迪娅，然后就像电影制片人给编剧安排工作那样吩咐她。

"你必须去讨好安提娜，"迪尔说道，"你得对她毕恭毕敬，你得大哭大闹，你得表现出精神崩溃来。你要提醒她作为挚友和同事你为她所做的一切，必须要让她回来接着拍这部片子。"

克劳迪娅已经习惯斯基比这副样子了。"为什么是我？"她无动于衷，"你是制作人，迪塔是导演，邦茨是罗德斯通的总裁。要拍马屁你们去，你们经验比我丰富。"

"因为这是你的电影，"迪尔说，"剧本的第一稿就是你写的，你说服了我，你也说服了安提娜。要是这个项目失败了，你的名字就永远跟失败两个字在一起。"

迪尔走了，办公室就剩她一个。克劳迪娅知道迪尔说得对。无奈之下，她想到了哥哥克罗斯。他是唯一能帮得上忙的人，只有他能把博兹惹的这个麻烦解决掉。她痛恨拿自己跟安提娜的友谊来做交易的这种想法。而且她知道，安提娜可能连她都会拒绝。但是克罗斯可不会。他从来没拒绝过自己。

她往拉斯维加斯的桃源酒店拨了个电话，但是被告知克罗斯在科沃格，明天才会回来。这唤起了她所有关于童年的记忆，尽管她一直试图把这些都忘掉。她绝不会往科沃格打电话找哥哥。她绝不会自愿与克莱里库齐奥家族再发生任何关系了。她从不愿想起自己的童年，不愿想到父亲，或者克莱里库齐奥家族的任何一员。

# 第二部

/克莱里库齐奥家族
/皮皮·德·莱纳

# 第三章

　　一百多年前，克莱里库齐奥家族在西西里就有心狠手辣的传奇名声了。为了争夺一片森林，克莱里库齐奥家族与对手展开了长达二十年的战争。对方家族的族长，唐·皮耶特罗·福尔伦扎，已经是八十五岁高龄，中风卧床，奄奄一息。医生都说他活不过一个礼拜了。克莱里库齐奥家的一员闯进卧室刺死了他，还大叫着让他不得好死。

　　唐·多梅尼科·克莱里库齐奥时常讲起这则古老的杀人故事，让大家明白这种过时的做法是多么愚蠢，还指出：不加选择地行凶纯属炫耀武力。暴力这种武器太宝贵了，浪费不得，必须用以达到重要目的才行。

　　他是有证据的。正是凶残让西西里的克莱里库齐奥家族走上了末路。墨索里尼和法西斯党徒攫取了意大利的绝对权力时，意识到了必须把黑手党消灭掉。他们省略了应有的法律程序，黑手党被瓦解了，代价是数千无辜的人被牵连进了监狱或者流放。

　　只有克莱里库齐奥家族有勇气用武力反抗法西斯的法令。他们杀了当地的法西斯总督，袭击了法西斯党的敢死队。最让墨索里尼暴跳如雷的是，当他在帕勒莫发表演讲的时候，他们偷走了他珍视无比的圆顶礼帽和雨伞——那可是从英国进口的啊！这种粗人的幽默感和轻蔑，让墨索里尼成了整个西西里的笑柄，却导致了他们的灭亡。大批武装部队集结到了西西里，克莱里库齐奥家族有五百名成员遭到杀害，还有五百个人被流放到地中海那些专门用于服刑的荒岛上。只有克莱里库齐奥家族的核心成员活了下来，小多梅尼科·克莱里库齐奥被送到了美国。凭借血液里一脉相承的品质，唐·多梅尼科在美国建立起了自己的帝国，他比西西里的先辈们更加狡猾、更有远见。他始终记得，纲纪不存的国家才是最大的敌人。所以，他爱美国。

很早他就听说过美国那句著名的司法格言：宁可错放一百人，不能冤枉一个人。他被这个美妙的概念震撼得哑口无言，于是他成为了热心的爱国者。美国就是他的家。他永远不离开美国。

受到这种精神的激励，唐·多梅尼科在美国所建立的克莱里库齐奥帝国比西西里的家族更加稳固。他用现金确保了与一切政治、司法机构之间的友谊。他的收入来源不是单一的，而是分散到美国最下游的传统行业中：建筑施工业、垃圾处理业、各种形式的运输业，但最大的现金流要数博彩业。相比利润最为丰厚的毒品生意，他还是喜欢博彩业，他总觉得毒品买卖靠不住。所以后来的几年，他只允许克莱里库齐奥家族操作博彩业。其他收入仅仅占据克莱里库齐奥家族抽来的份子钱中毫不起眼的百分之五而已。

二十五年以后，唐的计划和梦想就要实现了。如今的博彩业是受人尊敬的，更重要的是它正在逐步合法化。各州的乐透奖券越搞越大，都是政府骗老百姓的把戏。奖金要分二十年付清，等于州政府根本没出钱，光是这笔钱产生的利息就已经等于本金了。更可笑的是，这笔收入还要课税。这些细节唐·多梅尼科了解得一清二楚，因为他的家族拥有一家管理州乐透奖的公司，管理费颇为可观。

但是，唐一直盼望体育博彩在全美合法化。眼下只有内华达是合法的。这是他在收取地下博彩的份子钱时了解到的。光拿超级碗[1]来说，一旦赌博合法化，一天之内就能挣到十亿美元。世界大赛[2]的七场比赛收益也差不多。还有大学橄榄球赛、曲棍球、篮球，这都是丰厚的利润来源。到了那时，还会有种类繁多、让人欲罢不能的体育彩票，全都是合法的大金矿。唐知道，自己有生之年是看不到这辉煌的一天了，但对他的子女们来说，这是多么美妙的世界！克莱里库齐奥家族的子孙将会跟文艺复兴时期的王族血脉一样，他们可以成为艺术家的赞助者、成为政府的顾问和领导者，甚至青史留名。披上这么一件金光四射的斗篷，财富的根源就会完全被掩盖。他的后代、追随者和真正的朋友都会永享太平。当然，唐向往文明的社会，这样的世界就好比一棵大树，庇护和滋养人类。但是这棵大树的根部，盘踞着克莱里库齐奥家族这条巨蟒，它所吮吸的营养，来自于永远不会消亡的源头。


如果克莱里库齐奥家族是美国各黑手党组织的神圣教会，那么家族的首领唐·多梅尼科·克莱里库齐奥就是教皇。人们敬佩他，不光因为他的智慧，而且由于他的力量。

唐·克莱里库齐奥在家族中严格奉行一套道德标准，受到众人的尊崇。每个男人、女人和孩童，在压力之下、悔恨之中，或是艰难的环境面前，都要完全对自己的行为负责。决定一个人的是行为，言语只不过是个屁。他对一切社会科学和心理学嗤之以

---

① 美国职业橄榄球锦标赛。
② 美国职业棒球大联盟冠军赛。

鼻。他是个虔诚的天主教徒：生时赎清原罪，死后求得解脱，是债就得还清。在这个世界里，他有严格的是非判断。

忠诚方面，首先是忠于自己的血脉；其次是忠于上帝（他的宅邸不是修了一所私人礼拜堂吗？）；最后是忠于克莱里库齐奥家族的一切义务。

社会方面，政府——虽然他是爱国者——从来不在考虑范围之内。唐·克莱里库齐奥生于西西里，在那里，社会与政府是敌人。他对自由意志的概念非常明确，你既可以自由地放弃尊严和希望，像个奴隶一样换来每天的面包，也可以像个真正的男人一样，挣得面包的同时还能受到尊重。你的家族就是你身处的社会，你的天主处罚你的罪过，你的追随者为你提供保护。你对其他人有一份责任：他们也需要充饥的面包，他们也需要世界的尊重，他们也需要能够抵御他人冒犯的盾牌。

唐建立了这个帝国，并不是为了让他的子孙有一天湮没在一大群无望的人类之中。他建立和扩大自己的势力，为的是使家族的名字和财富能真正像教会一样长久存在。人活于世的目的，不就是在此生挣到每天的食物，在死后求得主的宽恕吗？至于芸芸大众和他们那种漏洞百出的社会结构，让他们见鬼去吧。

唐·多梅尼科带领家族登上了权力的巅峰，靠的是波吉亚式的冷酷、马基雅维利式的精明和对美国商业的深刻理解。但最重要的，是对追随者们那家长式的爱：奖赏美德，报复仇恨，保障生活。

就如唐所规划的，克莱里库齐奥家族现在的地位，除了极端险恶的情况之外，不需要再参与一般的犯罪活动。其他各个黑手党家族都成了它的封臣或者叫"代理人"，他们遇到麻烦的时候就会恭敬有加地向克莱里库齐奥家族求援。在意大利语里，"封臣"和"代理人"押同一个韵。然而，在意大利方言中，"代理人"指的是那些执行最琐碎任务的人。封臣们持续不断地寻求帮助，唐·多梅尼科因而受到启发，把"封臣"统统变成了代理人。克莱里库齐奥家族在他们之间调停，把他们从牢里弄出来，把他们的非法收益藏在欧洲，用简单的手段把他们的毒品运到美国，还利用家族在法官和政府官员当中的影响力——这种影响力从各州一直延伸到整个联邦。通常来说，是用不着市政官员的帮助的。要是某地的代理人连他们自己所在的城市都影响不了，他们也就没资格做下去了。

唐·克莱里库齐奥的大儿子乔治以其在经济学上的天赋巩固了家族的力量。他就像巧手的洗衣妇，把现代文明倾泻出的大笔大笔的黑钱统统洗白。正是乔治一直试图缓和唐残酷的手段，努力让克莱里库齐奥家族从公众视线中淡出。因此，家族得以存活。但他们的存在像不明飞行物一样，也许会有人看到什么事情、听到什么流言，也许会给人留下或恐怖或仁慈的印象，也许在联邦调查局和警察局的档案里有些许提及，但是报纸上不会刊载，甚至不会出现在以描写其他黑手党家族功绩为荣的出版物上，那些家族粗心大意、刚愎自用，等于自掘坟墓。

但是，克莱里库齐奥家族绝不是没牙的老虎。乔治的两个弟弟，文森特和佩蒂耶，虽然没有乔治那么聪明，却几乎完全继承了唐的勇猛凶悍。家族在布朗克斯意大利人聚集区养了一帮杀手。这片由四十个街区组成的地盘可以用来拍一部表现旧时代意大利的电影了。这里没有留大胡子的哈西德派犹太人、黑人、亚洲人、波希米亚人。在这儿，这些人也没有任何的生意，连一家中餐馆也没有。克莱里库齐奥家族要么持有要么控制着这一带所有的地产。当然，有些意大利家庭的后代会留长发、背吉他，一副叛逆小青年的形象，但是他们全都被送到加利福尼亚的亲戚家去了。每一年都会从西西里过来一批经过仔细筛选的新移民，以扩充人口。布朗克斯尽管被世界上犯罪率最高的地区所环绕，却是一片没有罪恶的净土。

皮皮·德·莱纳从布朗克斯聚居地的头领，被擢拔为克莱里库齐奥家族在拉斯维加斯地区的代理人。但是他仍然直接听命于克莱里库齐奥家族，家族需要他的特殊才干。

皮皮就是所谓"中选者"的典型代表。"中选者"的意思是"合格的人"。他入行非常早，十七岁干掉了第一个人，值得一提的是，他是用绳子把这个人活活勒死的——在美国，年轻人在不知天高地厚的年纪，总是看不上绳子。他的体格非常好，个子挺拔，结实威猛。他理所当然是火器和爆炸物的行家。除此之外，他还极富人格魅力，因为他热爱生活。他总是让男人们感到如沐春风，跟他相处很放松；女人呢，则为他一半西西里的粗犷和一半美国电影式的风度倾心不已。虽然他对待工作极为认真，但他相信，生活是用来享受的。

他也有小小的缺点。他嗜酒好赌，对女人的兴趣永不消减。大概是因为他太享受与人交际的乐趣，他并不像唐所期待的那样冷酷无情。不过这些缺点反倒让他成为更具威力的武器。这种人身上的缺点是用来为身体"排毒"的，却不会让身体沾染毒害。

他是唐的侄子，这一点对他的事业当然也有帮助。他是血统传承中的一分子，在他打破家族传统的时候，这一点非常重要。

没人一辈子不犯错误。皮皮·德·莱纳二十八岁的时候，因为爱情而步入了婚姻。错上加错的是，他选的妻子，与他"中选者"的身份完完全全不相吻合。

她叫娜莱内·杰瑟普，在拉斯维加斯桃源大酒店表演舞蹈。皮皮很骄傲地指出，她可不是那种在你面前露胸露屁股的舞女，她可是舞者。而且娜莱内很聪颖——按照拉斯维加斯的标准。她喜欢看书，对政治感兴趣。而且，由于她来自加州萨克拉门托典型的白人盎格鲁–撒克逊新教徒圈子，她的价值观很老派。

他们完全是两个极端。皮皮对文艺毫无兴趣。他基本不读书，也不听音乐、看电影，或者看戏。皮皮仿佛公牛，娜莱内仿佛鲜花。皮皮外向、热情，却带着危险的气息，娜莱内则是与生俱来的温润，其他舞女和舞者从来没跟她红过脸，尽管他们自己经常借此打发时间。

皮皮跟娜莱内唯一的共同点就是跳舞了。皮皮·德·莱纳，克莱里库齐奥家族让人闻风丧胆的铁锤，走进舞池却笨拙得像个呆子。舞蹈是一首他读不懂的诗，好似中世纪圣骑士的勇武、温柔，好似性爱的刺激美妙，这是他唯一一次对不懂的东西产生兴趣。

对娜莱内·杰瑟普来说，她仿佛瞥见了他的灵魂。做爱之前他们会跳上几个小时的舞，这让性爱更加飘飘欲仙，真正成为灵与肉的交流。他们跳舞时，无论在她的住所，还是在拉斯维加斯酒店的舞池中，他对她敞开心扉，无所不谈。

他擅长讲故事，他的故事也十分精彩。他用一种既殷勤又巧妙的方式表达了他的爱慕。他男子气概十足，却心甘情愿对她俯首帖耳，而且他愿意倾听。她谈论书、戏剧、民主拯救被剥削阶级的意义、黑人权利、南非的解放、救助第三世界苦难人民的责任，皮皮骄傲而兴致盎然地听着。皮皮为这些言论激动不已，因为对他而言，这一切都十分新奇。

他们的性爱因此更为和谐，他们的差异反倒让两人彼此吸引。这样对他们的感情很有好处——皮皮看到了一个真正的娜莱内，而娜莱内并没有看到真正的皮皮。她所见到的，只是一个爱慕她的人，一个用礼物淹没她的人，一个倾听她梦想的人。

他们相识一周后就结婚了。娜莱内只有十八岁而已，懵懂无知，皮皮二十八岁，坠入爱河。他接受的传统观念虽然是另一个极端，但两个人都想组建一个家庭。娜莱内是个孤儿，皮皮也不想克莱里库齐奥家族介入他们的热恋。他也知道，他们不会同意的。不如先斩后奏，让他们慢慢接受好了。他们的婚礼在拉斯维加斯的一座教堂举行了。

不过，他的判断再次出现了失误。唐·克莱里库齐奥同意了他们的婚事。就像他常说："男人在生活中最基本的责任就是养家糊口。"如果没有妻儿，生活的目的又算什么呢？让唐不快的是，婚事没有征询他的意见，婚礼没有与整个克莱里库齐奥家族共同庆祝。毕竟，皮皮的身上流着克莱里库齐奥家的血。

尽管唐气急败坏地说"他们愿意跳舞就一起跳到死"，他还是慷慨地送出了大量贺礼：一辆别克大轿车、一家年收入十万美元的讨债公司，还有擢升。皮皮·德·莱纳继续作为关系最为密切的西部代理人之一为克莱里库齐奥家族效命，他不能留在布朗克斯的聚居地，他的外族妻子怎么能跟忠于家族的人一起生活？对他们来说，她全然是个外国人，就跟被隔离在此地之外的穆斯林、黑人、哈西德派犹太人和亚洲人一样。所以实质上讲，虽然皮皮仍然是克莱里库齐奥家族的铁锤，虽然他是个"封疆大吏"，他终究失去了一部分对家族的影响力。

阿尔弗雷德·格罗内韦尔特作为伴郎、桃源酒店的主人出席了他们的世俗婚礼。他举办了一次小型的晚宴，新郎新娘翩然起舞、共度良宵。之后的若干年里，格罗内韦尔特跟皮皮·德·莱纳建立起了密切而忠诚的友谊。

婚姻维持了很长时间，他们有了两个孩子：一个儿子，一个女儿。哥哥受洗时取了名字叫克罗奇菲西奥，但大家总是叫他克罗斯。十岁大的时候，他已经长得很像妈妈了。他的身形优雅，面容柔和而英俊。但是，他也继承了父亲的力量和过人的协调能力。妹妹叫克劳迪娅，九岁，像爸爸。她的五官粗犷，好在带着孩提稚气和灵巧，才不算难看。她可没能继承父亲的天赋，却继承了妈妈对书、音乐和戏剧的爱好，以及妈妈的温柔气质。自然而然，克罗斯跟皮皮走得很近，克劳迪娅则更愿意黏着妈妈娜莱内。

德·莱纳一家和睦地度过了十一年。皮皮在拉斯维加斯的代理人事业顺风顺水，他为桃源酒店收债，充当克莱里库齐奥家族的铁锤。他发了财，过上了体面的日子，但是按照唐的要求，并不铺张奢华。他酗酒，他赌钱，他跟老婆跳舞，他跟孩子们嬉闹，尽力为孩子们成人之后走上社会作准备。

皮皮从自己危机四伏的生活中学会了及早盘算。这是他成功的原因之一。很早开始，他就把克罗斯当作大人。他希望孩子长大后能成为他的援手。也可能，是因为他希望身边能至少有一个人他能充分信任。

于是他开始训练克罗斯，教他赌博的各种手法，带他跟格罗内韦尔特共进晚餐，让他了解赌场里的各种骗术。格罗内韦尔特每次的开头都是"每天晚上都有上百万的人不眠不休，琢磨着如何在我的赌场里出老千"。

皮皮带着克罗斯去打猎，教他如何给动物剥皮、掏内脏，让他了解血腥味，让他看到自己血红色的双手。他让克罗斯上拳击课，让他感觉疼痛，教他枪械的保养使用，但是勒脖子这一套皮皮有所保留。毕竟这只是他自己的嗜好，如今已经不大用得上了。再说，他没办法跟孩子的妈妈解释绳子的用途。

克莱里库齐奥家族在内华达州的群山之中拥有一片广阔的猎场。皮皮就带着全家到那儿去度假。他带着孩子们打猎，娜莱内则在温暖的猎场小屋里读书。打猎的时候，克罗斯轻而易举就打中了狼和鹿，有时候还能打到美洲狮和熊。克罗斯的能力展露无遗，他对枪械的天赋过人，对武器的保养认真细致，在危险中能保持冷静，无论是摘血淋淋的内脏还是掏一圈一圈的肠子都不会畏缩。肢解猎物、收拾尸体，这些从来吓不着他。

克劳迪娅可没有这些品质。听到枪响她就害怕，给鹿剥皮她会呕吐出来。没过几次，她就拒绝再离开小屋了，而是跟妈妈一起读书、沿着附近的小溪散步。克劳迪娅连钓鱼都不去，让她把硬铁钩从软乎乎的虫子中间穿过去，她可受不了。

皮皮把心血都浇灌在儿子身上，从最基本的行为抓起。不轻易动怒，不谈论自己。要用行动而不是言语来赢得尊重。尊重家庭的每一分子。赌博是消遣，可不是营生。爱父母和妹妹，但是小心，别爱上老婆以外的女人。老婆就是给你生孩子的女人。有了妻儿，就要牺牲自己的生活去养活他们。

克罗斯真是个聪明的学生，他爸爸喜欢得不得了。他还喜欢克罗斯像极了娜莱内。他有着她的优雅，简直就是她的翻版，更妙的是他没有艺术细胞这种破坏婚姻的天赋。

唐梦想所有的子孙后代将来都能进入合法的社会，但皮皮从来不相信，他甚至不相信这种做法有多大好处。他认可唐天才的一面，但是这一次，伟大的唐也显出浪漫主义情怀了。不管怎么说，父亲永远希望子承父业，永远希望孩子能像自己一样。血缘就是血缘，永远变不了。

这一点上皮皮证明自己是对的。尽管这都是唐·克莱里库齐奥一手规划的，可是就连唐的孙子丹特也抵制这份宏伟蓝图。丹特仿佛回归了西西里的血统，渴望力量、意志坚定。他可从来不怕破坏什么社会法律，也不敬畏天主。


克罗斯七岁、克劳迪娅六岁的时候，克罗斯带着与生俱来的攻击性，没事就喜欢打克劳迪娅的肚子，哪怕当着爸爸的面也敢动手。克劳迪娅哭着找爸爸，而身为家长的皮皮呢，则有若干种方式解决这个问题。他可以命令克罗斯停手，如果克罗斯不听，他就拎起克罗斯的脖颈在空中来回晃，他时常这么做。他也可以要求克劳迪娅还手。他还可以一巴掌把克罗斯掴到墙上，他这么干过一两次。但是有一回，可能是因为刚吃过晚饭犯懒，更主要是因为娜莱内总是因为他对孩子们使用暴力发牢骚，总之他平静地点着了雪茄，对克罗斯说："你打你妹妹一下，我就给她一美元。"克罗斯接着对妹妹动手，皮皮就把一美元的钞票撒在克劳迪娅头上，可把克劳迪娅乐坏了。终于，克罗斯沮丧地收手了。

皮皮总是给妻子送小礼物。但是这些礼物都像是主人赏给奴隶的，是伪装奴役的贿赂。都是些贵重的礼物：钻石戒指、裘皮大衣，还有欧洲旅行。因为她讨厌拉斯维加斯，他就为她在萨克拉门托买下了一座度假别墅。他曾装扮成司机的模样把一辆宾利轿车开过来送给她。就在他们的婚姻解体之前，他还送给她一只古董戒指，那是波吉亚的藏品。他只在刷信用卡上限制她，要求她拿家里的零用钱还款。皮皮从来不用信用卡。

他在其他方面也很开明。娜莱内有完全的自由。皮皮可不是爱吃醋的意大利丈夫。尽管他自己除了生意之外从不出国旅行，他还是同意了娜莱内跟女伴们一起去欧洲游玩。因为她那么渴望看看伦敦的博物馆、巴黎的芭蕾舞，还有意大利的歌剧。

有好几次娜莱内都觉得奇怪，皮皮为什么不会吃醋，经年累月之后她才明白，没人够胆子向她献殷勤。

对于这桩婚事，唐·克莱里库齐奥曾经刻薄地说："他们难道觉得自己能跳舞跳上一辈子吗？"

答案当然是不能。娜莱内的腿长得出奇，没法成为一流舞蹈演员，她的性格太死板，又当不了交际花。于是她安于婚姻生活。起初的四年，她很开心。她照看孩子，她到内华达大学去上课，如饥似渴地读书。

但皮皮不再关心周围的一切了，他也不关心那些黑人了，反正他们连偷东西都能叫人抓住。至于那些美国土著，管他们是谁，让他们自生自灭吧。讨论书籍和音乐，他根本不是这块料。而且，娜莱内要求他不能打孩子，这也让他大惑不解。小孩子就像小动物一样，不镇住他们，怎么能让他们受到教化呢？他从来都是小心翼翼的，不会真伤到孩子。

于是，到了婚姻的第四年，皮皮有了情妇。一个在拉斯维加斯，一个在洛杉矶，还有一个在纽约。娜莱内的报复，则是拿到了教育学的文凭。

他们努力维系着婚姻。两个人都爱孩子，尽量让孩子快乐成长。娜莱内的许多时光都陪着他们读书、唱歌，还有跳舞。而婚姻则全靠皮皮的好脾气维系着。而且他精力旺盛，像动物一样欲求不竭，这多少调剂了夫妻的关系。两个孩子喜欢母亲的温柔优雅、美丽率真，敬畏父亲的强大。

夫妻两个都是孩子的好老师。母亲教他们优雅的社交、得体的举止，还有跳舞、打扮、整理仪容等，父亲教给他们立世之道，怎么避免受到伤害，怎么赌博，怎么锻炼体魄。他们从来不会觉得父亲太过粗暴，因为只有教训他们的时候他才如此。而且他教训他们时也不动肝火，所以他们并不会心怀怨愤。

克罗斯无所畏惧，却能放低姿态，克劳迪娅从来没有哥哥的那种勇气，却很倔强。好在他们从来不缺钱。

时日渐久，娜莱内注意到了一些细节。一开始都是些琐碎小事。皮皮教孩子们玩牌的时候，无论是德州扑克、21点，还是金拉米，都是皮皮洗牌，把他们的零用钱赢个精光，到了最后关头又让他们运气好得打着瞌睡都能赢牌。有趣的是，孩提时代的克劳迪娅远比克罗斯喜欢赌博。后来，皮皮就给他们演示他是怎么出千的。娜莱内很生气，她觉得他根本不把孩子的未来当回事，就好像不把她的生活当回事一样。皮皮解释说，这是对他们的教育的一部分。她说这算什么教育，分明是教他们学坏。他要孩子们面对生活的现实，而她希望孩子们面对生活的美丽。

皮皮的钱包里总是塞着一大沓现金。对这种事，妻子就跟税务官一样，充满疑虑。虽然皮皮的生意——那家讨债公司——确实挺红火，可是他们的开支跟这档买卖的收入也太不成比例了。

全家去东海岸度假、与克莱里库齐奥家族发生接触的时候，娜莱内怎么会感觉不到皮皮有多么受到尊重呢。她注意到了人们在他面前是多么小心翼翼，注意到了对他的恭敬有加，也注意到了这些人没完没了的闭门会议。

还有其他的小事情。皮皮每周至少要出差一趟。对他的行程细节她从来一无所知，他也从不吐露半个字。他有持枪执照，对于专门清讨大笔欠款的人来讲倒合情合理。他谨慎得很。娜莱内和孩子们都没法接触到他的武器。子弹都是在不同的柜子里分别锁起来的。

一年一年过去，皮皮的出行越发频繁，而娜莱内大部分时间都在家里陪孩子。皮皮和娜莱内的夫妻生活越来越少。而且，皮皮在情欲方面越来越成熟，两个人自然渐行渐远。

时间一久，谁也没法向最亲近的人掩饰自己的本性。娜莱内发现，皮皮完全是我行我素。尽管对她从不粗暴，他的本性却相当凶悍；他装作坦诚，其实诡秘难以捉摸；他面目和蔼，却极度危险。

他也有一些可爱可恼的小毛病。比方说，他喜欢的东西，别人也得喜欢。有一天，他带一对夫妇去一家意大利餐馆吃饭。这对夫妇对意大利菜并没有特别的兴趣，因此没怎么动刀叉。皮皮注意到这个，饭就没法儿吃了。

有些时候，他会说起讨债公司的生意。几乎所有拉斯维加斯的大酒店都是他的客户。他向赌场上借钱不还的顾客收债。他坚持说从来没使用过暴力，只不过用一种比较特殊的方式说服他们罢了。欠债还钱，天经地义，每个人都得为自己的行为负责，明明有钱却不履行义务，这种人很让他冒火。医生、律师或者公司高管享受了酒店服务，却不愿意付账。但是找这些人要钱很容易：到他们的办公室大吵大闹让客户和同事都听见就是了。你要让他们出尽洋相，恐吓是不行的，骂他们烂赌棍、欠钱不还、厚颜无耻、给他们自己的职业抹黑，这就行了。

做小买卖的人就麻烦多了。这帮锱铢必较的家伙恨不得一毛钱一毛钱跟你讲价。还有的要小聪明，写张银行兑不出来的支票，然后说搞错了。这种把戏他们最愿意干了。他们给你写一张一万美元的支票，户头上却只有八千。但是皮皮能搞到银行资料，所以他干脆帮他再存两千，然后把一万整个提出来。他给娜莱内讲这些事的时候，笑得十分开心。

皮皮对娜莱内说，他的工作中最重要的部分，不光是劝赌徒还钱，还要劝他们接着赌下去。哪怕身无分文的赌徒也有价值。他可以干活挣钱。所以你只要把他的债宽限几天，就算没有信用抵押也可以接着在赌场里玩儿，只要赢钱，就能还账。

有天晚上，皮皮给娜莱内讲了个故事，他觉得这个故事太好笑了。他的讨债公司开在桃源酒店附近一家小购物中心里。那天他正在办公室里工作，外边的街上突然有枪响。他赶忙跑出去，正好看见两个蒙面人从旁边的珠宝店里逃跑。皮皮想都不想就掏枪朝两个人射击。有辆车接应这两个人跑了。几分钟之后警察赶过来，挨个问了一圈之后，他们竟然把皮皮给抓起来了！他们明知道他的枪是上了牌照的，但是他犯了"疏忽致危"罪。最后是阿尔弗雷德·格罗内韦尔特把他保释了出来。

"我他妈的为什么开枪？"皮皮嚷道，"阿尔弗雷德说，这是因为我骨子里是个猎人。我可不明白。我开枪打劫匪？我保护社会？结果他们反倒把我关起来了。把——我——关起来啦！"

但是，某种程度上讲，这都是皮皮的小花招。他不经意地流露一点出来，娜莱内就会以为这是他的本性，而不会深究到真正的秘密上去。而最终让她决定与皮皮·德·莱纳离婚的，是因为皮皮因为涉嫌谋杀被捕了……

丹尼·福波尔塔靠着放高利贷挣的钱，在纽约买下了一家旅行社。他曾经靠的是桑塔迪奥家族提供的保护，不过桑塔迪奥家族如今已经不存在了。他的大部分收入，来自组织拉斯维加斯旅游团。

所谓旅游团，其实就是跟拉斯维加斯的某家酒店签订独家合同，专门给这家酒店输送前来度假的赌客。丹尼·福波尔塔每个月都包一架747客机，凑齐两百个顾客飞赴拉斯维加斯的桃源酒店。一千美元的总价里，包括了纽约到拉斯维加斯的往返机票、航班上的免费酒水和餐点、酒店房间、酒店里的酒水和食物。许多人都报名等着排期参加这样的旅游团，福波尔塔总要对顾客加以精心挑选。能参团的，必须有高薪工作（是否合法无所谓），每天至少能在赌场里玩上四个钟头。还有，如果可能的话，他们得在桃源酒店的收银台申请一个信用户头。

福波尔塔有一笔宝贵财富，他跟一帮三教九流的人关系不错。这些人里有诈骗犯、银行劫匪、毒枭、香烟走私客、服装街的混混，还有在纽约各种藏污纳垢的地方混得有声有色的家伙。这些人都是他的主顾。毕竟他们的日子过得担惊受怕，总得找个时间放松一下。他们有大笔的黑钱，都是现金，又热衷赌博。

每次桃源酒店送去一个两百人旅游团，丹尼·福波尔塔都会收到两万的酬劳。如果桃源的住客输得太多，他还会分到提成。所有这些，再加上他收到的参团费用，使他的月收入相当可观。可惜福波尔塔嗜赌如命。终于有一次，他入不敷出了。

福波尔塔是个擅长耍手腕的人，很快就想到了让收支平衡的办法。身为旅游团组织者，他的职责之一就是给申请信用账户的参团游客开具证明。

福波尔塔雇用了一群凶悍无比的武装抢劫犯。他计划靠着这些人，从桃源酒店偷八十万美元出来。

福波尔塔给四个人做了假材料，把他们说成是时装中心的老板，信用评级都很高。具体细节都从旅行社保存的档案里抄出来的。根据这些材料，他给这些人开了二十万美元的信用证明，然后把他们送进旅游团。

"唉，他们根本就是来白拿的。"格罗内韦尔特后来说道。

两天的行程里，福波尔塔和他的爪牙们在酒店大肆消费、款待美丽的女歌手、在礼品店签单买礼物——这些都不算什么。他们从赌场里换来的都是黑色筹码①，在账单上签了字。

他们分成两组。一组跟庄，一组跟闲。这样的话，他们顶多赔掉一点，或者不赔不赚。所以，他们要从赌场里签单提出一百万美元的筹码，福波尔塔最后全部去兑成现金。他们看起来全都赌得昏天黑地，实际上只不过是装样子而已。整个过程中他们忙得不亦乐乎，真把自己当成好演员了。开骰子的时候他们求天求地，输掉的时候脸色铁青，赢了的时候又喜形于色。这一天过去，他们把筹码交给福波尔塔提出现金，再从收银台签单换出新筹码。两天的闹剧结束之后，这个小团伙已经赚到了八十万美元。他们还高高兴兴地在食宿购物上消费了两万美元，但在收银台上留下的，是一百万美元的借据条子。

丹尼·福波尔塔作为头头儿，独得四十万，剩下的让抢劫犯们平分。他们非常满意，尤其是福波尔塔还许诺说将来可以再干一票。大酒店的漫长周末、免费的酒水食物、漂亮姑娘，每人还

---

① 一般是美国赌场中面值最高的筹码，每个价值一百美元。

有十万美元入账。还有什么能比这更滋润呢？这比脑袋别在裤腰带里抢银行好赚多了。

格罗内韦尔特第二天就发现了这个骗局。日常报告上显示的金额有异样，就算是福波尔塔的旅游团数目也太大了。而赌客们在台面上输的钱和一晚上开局之后剩下的钱，相比换成筹码的钱来说又太少了。格罗内韦尔特把监视摄像头的录像找来，还没看上十分钟，就明白了整套把戏。他还意识到，这些欠款单不啻一沓草纸，这些人用的都是假身份。

他忍无可忍。这么多年他见过的骗术多了，没见过这么拙劣的。还有，他很喜欢丹尼·福波尔塔这个人。这个人给桃源酒店挣了大钱。他知道福波尔塔会怎么辩解：福波尔塔会说自己也上了假身份的当，自己也是无辜受害。

对于赌场员工的无能，格罗内韦尔特很生气。骰桌的荷官应该能察觉，巡场的应该抓住这帮搞"两头赌"的家伙啊。这又不是什么高明手段。人一旦日子过得好了就心软，在拉斯维加斯也不例外。他满心悔恨地想，非得把荷官和巡场的人打发去转轮盘不可。但是有件事他躲不过去，他必须得把整件事情向克莱里库齐奥家族汇报。

他先把皮皮·德·莱纳叫到酒店来，给他看了材料和录像。皮皮认得福波尔塔，但不认得另外四个人。于是格罗内韦尔特从视频里截了图像给皮皮。

皮皮大摇其头："丹尼还真以为自己能带着钱远走高飞吗？我本来还以为他是个挺聪明的骗子。"

"他是个赌徒，"格罗内韦尔特说，"这种人永远觉得自己手里的牌是能赢钱的牌。"他沉默了一会儿，又说，"丹尼肯定会跟你说这事儿跟他无关。但是记住，他必须证明他们拿得出钱来。他肯定说他是根据身份材料做证明的。一个组团人必须证实每个人的身份。他必须知道这一点。"

皮皮笑笑，拍了拍他的后背："放心，他说不动我。"二人大笑。丹尼·福波尔塔有没有罪并不重要。他得为自己的过错负责。

第二天，皮皮飞到了纽约。他来到科沃格，向克莱里库齐奥家族讲了来龙去脉。

穿过大门岗哨，他驱车而上。长长的沥青路面从斜坡草坪中穿行而过，四周的围墙缠着带刺的铁丝电网。主楼门前站着一个警卫。这便是和平时期的景象。

乔治向他打了招呼，带他穿过主楼，来到后花园。花园里种了番茄、黄瓜、莴苣，甚至还有甜瓜，周边是阔叶的无花果树。唐从不种花。

全家正围坐在一张木头圆桌边吃早餐。无花果树的香气在院子里弥漫，唐就坐在院中。他快七十岁了，依然精神矍铄，这会儿他正喂自己十岁大的外孙丹特吃饭。他跟克罗斯同样年纪，虽然容貌漂亮，却十分专横。皮皮老是忍不住想上去掴他一耳光。唐对外孙百依百顺，又是给他擦嘴，又是好话哄着。文森特和佩蒂耶看起来颇不自在。一直到孩子吃完饭被妈妈萝塞·玛丽耶带走，会议才算开始。唐·多梅尼科笑着看孩子走开，然后对皮皮说："啊，我的'铁锤'啊，福波尔塔这个无赖，你说该怎么办？我们让他吃穿不愁，他竟然贪心不足。"

乔治抚慰道："要是他把钱还回来，他还是可以替我们接着挣钱的。"这是唯一可以宽宥这个人的理由。

"不是小数目啊，"唐说，"必须追回来。皮皮，你怎么看？"

皮皮耸了耸肩。"我尽量。但是这些人全都是有钱就花干净的人。"

文森特讨厌闲谈。他说："看看照片吧。"皮皮掏出照片，文森特和佩蒂耶端详着四个抢劫犯。然后文森特说道："我和佩蒂耶认识他们。"

"那好，"皮皮说，"那你们就负责这四个家伙吧。要我怎么处理福波尔塔？"

唐说道："他们没把我们当回事儿。他们把我们当什么了？只知道报警的废物吗？文森特、佩蒂耶，你们俩去帮皮皮，我要钱如数归还，这几个流氓受到应有的惩罚。"他们明白了。这件事皮皮负责，这五个人都得死。

唐离开众人，到院子里散步去了。

乔治叹了口气，说："老头子太狠了，时代变了。这样冒险不值得。"

"文尼和佩蒂耶对付那四个手下的话，就没事，"皮皮说，"没问题吧，文尼？"

文森特说道："乔治，你得跟老爷子谈谈。那四个人肯定没钱。我们做个交易，让他们出去弄钱来还给我们。要是杀了他们，钱就没了。"

文森特是个实在的杀手，从不因为嗜血的欲望而放弃更为可行的解决方法。

"好吧，这倒可以商量。"乔治说，"这几个人都是跟班。但是他肯定不会放过福波尔塔。"

"福波尔塔必须接受惩罚。"皮皮说。

"皮皮表弟，"乔治笑着说，"事成之后你想要什么奖励呢？"

皮皮讨厌乔治这么叫他。文森特和佩蒂耶这么叫他是出于热情，可乔治呢，只有在讨价还价时才会这么叫他。

"做了福波尔塔是我分内事，"皮皮说，"你们把讨债公司给我了，我还从桃源领薪水。但是追回这笔钱就比较难，所以我得分个成。要是文尼和皮提也从那几个小杂碎的钱抽成的话，就跟他们一样好了。"

"很合理。"乔治说，"但是这可跟追讨赌债不一样。没有五十那么多。"

"不，不用，"皮皮说，"让我沾点光就够了。"

听到这句西西里俗话，大家都笑开了。佩蒂耶说："乔治，别给得太少了。你别想剥削我和文森特。"如今，佩蒂耶负责管理布朗克斯地区，是打手头领。他一向主张底层的人应该多得点钱。他愿意把自己拿到的份儿拿出来分给手下。

"你们这帮家伙真贪得无厌，"乔治笑道，"我就跟老爷子说两成好了。"皮皮知道，这种情况的意思就是一成半或者一成。这是乔治的老传统了。

"我们三个凑一起分怎么样？"文森特对皮皮说。意思是，不论谁弄回来的钱，不论多少，三个人都放在一起平分。这是友好的表示。从活人身上搞钱总比死人身上的机会要大得多。文森特明白皮皮的价值。

"好的，文尼，"皮皮说，"多谢了。"

远处的院子边上，他看见丹特和唐手拉着手一起散步。他听见乔治说:"丹特跟我父亲怎么会相处得这么好?太奇怪了。爸爸可从来没对我这么好过。他们俩成天在一起说悄悄话。嗯,老爷子这么精明,孩子早晚学得跟他一样。"

皮皮看见孩子扬起脸看着唐。两个人的表情,就仿佛他们之间有一个凌驾天地的大秘密。后来皮皮才相信,此情此景就是他的厄运之眼,为他带来了不幸。

皮皮·德·莱纳的行动一向是精心策划。他可不是一味蛮干的莽夫,而是个手艺娴熟的技师。所以,他在具体行动的时候,非常依赖心理分析策略。丹尼·福波尔塔这件事有三个问题:第一,他得把钱拿回来;第二,他得跟文森特和佩蒂耶·克莱里库齐奥仔细协调(这部分倒是很简单,文森特和佩蒂耶办事效率非常高。两天之内他们就找出了那几个喽啰,迫使他们悔过,然后安排他们作出赔偿);第三,他得杀了丹尼·福波尔塔。

皮皮"偶遇"福波尔塔并不难,然后热情邀请他到东城吃中国菜。福波尔塔知道皮皮为桃源酒店追讨赌债。这么多年,他们生意上少不了打交道。因此在纽约碰到皮皮,福波尔塔无法推辞他的邀请。

皮皮非常低调。一直等到点完菜,他才开口道:"格罗内韦尔特跟我说他被骗了。你有责任证明这些家伙的信用能力,这你知道吧。"

福波尔塔赌咒发誓他是无辜的,皮皮咧嘴一笑,友好地拍拍他的后背:"得了吧,丹尼,"他说,"格罗内韦尔特手里有录像,你那四个伙计都招了。你麻烦大了,但是如果你把钱还回来,我可以帮你解决这件事。没准儿我还能让你接着搞旅游团呢。"

为了证明他的话，他掏出了四个人的照片："都是你的人吧，"他说，"他们实话实说，把一切都赖在你头上。他们交代了你们怎么分的钱。所以你要是能把那四十万吐出来，你就没事了。"

　　福波尔塔说："对，我是认识这几个孩子。但是他们都有种，不会张嘴的。"

　　"审他们的是克莱里库齐奥家族的人。"皮皮说。

　　"妈的，"丹尼说，"酒店是他们的啊？我不知道啊。"

　　"这下你知道了，"皮皮说，"你要是不把钱还回来，你就真有大麻烦了。"

　　"我应该现在就走。"福波尔塔说。

　　"不，不，"皮皮说，"别走，这里的北京烤鸭太棒了。听着，这件事可以解决的，没什么大不了，谁都想过骗点钱，还回来就行了。"

　　"我一毛钱也没有。"福波尔塔说。

　　皮皮这时才露出一点怒意。"你得有点最起码的尊重，"皮皮说，"先拿十万出来，然后打个三十万的欠条。"

　　福波尔塔一边咽下了一个煎饺，一边思忖着。"我只能给你五万。"他说。

　　"好，很好，"皮皮说，"你以后再送旅游团过去，酒店扣下你的劳务费，用来还钱。这很公平吧？"

　　"好吧。"福波尔塔说。

　　"别担心，好好吃饭。"皮皮说。他取了些鸭肉卷在饼里，放在甜面酱里蘸了蘸，递给福波尔塔。"这真棒，丹尼，"他说，"吃吧，吃完再办事。"

他们点了巧克力冰淇淋当甜点，又约好下班后，皮皮去旅行社拿那五万。皮皮接过午餐的账单付了钱。"丹尼，"他说，"你注意到没有，中国餐馆里的巧克力冰淇淋里，可可粉加得特别多。你猜我是怎么想的？肯定是第一个来美国开中国餐馆的人把配料搞错了，于是后来跟风过来的全都学的这个错误配方。真棒！这冰淇淋真棒！"

　　不过，丹尼·福波尔塔已经有四十八年不干那些上不了台面的事了，以至于一下子没能读出皮皮话里的讯号。跟皮皮一分开他就消失了，只留了个口信说他跑去凑钱还给酒店。皮皮并不惊讶。福波尔塔这两手在这种事里太常见了。他躲起来，就可以在保证安全的情况下讨价还价。这说明他没钱，也说明除非文森特和佩蒂耶那头搞到钱，否则皮皮就抽不成。

　　皮皮从布朗克斯聚居地里调了些人手搜索他的下落，并散出口风说克莱里库齐奥家族正在通缉丹尼·福波尔塔。一周过去，皮皮的怒气越发难平。找福波尔塔要钱就是打草惊蛇，他早该想到这一点。福波尔塔心里有数，五万根本不够，再说他连五万都没有。

　　又过了一周，皮皮忍无可忍了。于是事情一有突破，他就贸然行动，全不复原来的谨慎。

　　丹尼·福波尔塔在上西城的一家小餐馆里露面。店主是克莱里库齐奥家族的一个手下，见到他就赶紧打了电话。皮皮赶到的时候，福波尔塔恰好准备离开餐馆。皮皮没想到他带了一把枪。福波尔塔是个混混，哪里会有开枪的经验。所以他的一枪打歪了。而皮皮连着打中他五枪。

　　事发现场有几个不利因素。第一，有好几个目击证人；第二，没等皮皮逃走，警察的巡逻车就赶到了；第三，皮皮本来打算的是把福波尔塔带到一个安全的地方说话，仓促之下竟然开了枪；第四，虽然可以说是正当防卫，却有几个目击者说是皮皮先开的枪。那句老话再次应验了：法律这种东西，对无辜的人比对真正有罪的人更加危险。还有，皮皮在枪上装了一支消音器，这是为了跟福波尔塔的友好对话万一无法继续而准备的。

倒霉的巡逻车赶到时，皮皮的正确反应派上了用场。他并没有"杀出一条血路"，而是服从了警察的要求。克莱里库齐奥家族有一条严令：绝对不许朝法务人员开枪。所以皮皮没开枪。他把枪扔到地上踢开了。他平静地接受了逮捕，否认自己跟几尺之外那个死人有任何关系。

虽然早就料到了这样的突发事件，也有对应的方法，但是再小心都敌不过命运恶意捉弄。眼下，皮皮仿佛被湮没在厄运中，但他知道，他只需要让自己放松，然后等待克莱里库齐奥家族救他上岸就好了。

首先得花大价钱请到能把他保释出去的辩护律师。其次，介于双方都持枪，可以在公平这一点上劝说法官和检察官偏袒自己。证人的记忆可以出现一点偏差。那些急于强调自己独立性的陪审员愿意看见当局颜面无光，所以只要稍稍鼓励他们一下，他们就会拒绝裁定有罪。克莱里库齐奥家族的手下不需要像疯狗一样杀出一条血路。

但是，皮皮·德·莱纳为家族效命了这么多年，还是第一次开庭受审。而且按照通常的司法习惯，他的妻子和子女必须到庭旁听。陪审团必须意识到自己的决定将左右这个无辜家庭的未来幸福。十二个陪审员必须努力硬起心肠，而对心怀怜悯的陪审员而言，"合理怀疑"则是天赐利器。

庭审当中，警察作证说他们并没见到皮皮持枪，也没见到他把枪踢开。三名证人无法指认出被告，另外两人指认皮皮时太过干脆，反倒引起了陪审团和法官的猜疑。饭馆的主人、克莱里库齐奥家族的手下作证说，他跟着丹尼·福波尔塔出了餐馆的大门，因为丹尼没付钱。他目击了枪击，但开枪的人绝对不是被告皮皮。

开枪的时候，皮皮戴了手套，所以枪上并没有指纹。法庭提交了医学证据，皮皮·德·莱纳患有间歇性皮疹。原因不明、无法治愈，所以大夫建议他戴手套。

为求万全，家族还贿赂了一名陪审员。皮皮毕竟是家族的高层。但是这项预防性措施并没有派上用场。皮皮被宣判无罪。在法律看来，皮皮永远是无辜的。

但在他妻子娜莱内·德·莱纳看来就不是了。宣判六个月后，娜莱内对皮皮提出了离婚。

神经紧绷着过日子的代价太大了。身体每况愈下，暴饮暴食伤了肝脏和心脏，睡眠严重不足。他对她的美丽无动于衷，她对他再没有一丝信任。皮皮和娜莱内都非常痛苦。她无法接受跟皮皮同床共枕，他也受不了一个没法跟他分享快乐的人。她掩饰不住自己对他这个杀人犯的恐惧，他再也不必在她面前藏头遮面，感到前所未有的解脱。

"好吧，那就离婚，"皮皮对娜莱内说，"但孩子我可不给你。"

"我看清你的真面目了，"娜莱内说，"我再也不想看见你，也不会让孩子们跟着你过日子。"

这很出乎皮皮的意料。娜莱内从来没这么粗声大气地讲过话。而且他也想不到她竟敢跟他皮皮·德·莱纳这么说话。不过，女人嘛，都是不考虑后果的。他又想到了自己的立场。他没有抚养孩子长大的条件。克罗斯十一岁，克劳迪娅十岁，他意识到，尽管他跟克罗斯很亲近，两个孩子都更爱妈妈而不是他。

他想对妻子公平一点。毕竟，他想要的她都给了：家庭、孩子、生活的基础，每个男人都需要这些。要是没有她，谁知道他能是个什么样儿呢？

"我们都理智点，"他说，"好聚好散吧。"他又变得魅力十足，"想想看，我们幸福地过了十二年。我们有那么多的好时光。我们还有两个好孩子，这都是多亏你啊。"他顿住了，诧异地看着她不为所动的表情，"好吧，娜莱内。我是个好父亲，孩子们喜欢我。你想干什么，我都会帮助你。拉斯维加斯这所房子你可以留着。桃源酒店的店铺我可以给你弄一间，你可以去卖衣服、珠宝、古董什么的。一年挣个二十万不成问题。我们共同抚养孩子好了。"

娜莱内说："我讨厌拉斯维加斯，我一直讨厌。我拿到了教育学的文凭，在萨克拉门托找了一份工作。我已经安排孩子们在那边入学了。"

直到这个时候皮皮才意识到她是个对手，她很危险。这对他来说太陌生了。在他的理解范围里，女人和危险就不沾边。老婆、情妇、姑姑婶婶、朋友的妻子，就连唐的女儿萝塞·玛丽耶都不会带来危险。皮皮生活的世界里，女人从来就不是敌人。他突然觉得怒不可遏，这种力量的涌动只在对付男人的时候才有过。

所以，他说："我可不会去萨克拉门托看孩子。"有人无视他的热情、拒绝他的友好时，他就会恼怒。谁想不买皮皮·德·莱纳的账，谁就是找死。既然决定要对抗，就要战斗到最后。但是他再次诧异了：他的妻子这是早就计划好的。

"你不是说你看清我的真面目了吗？"皮皮说，"那就给我小心点儿。不管你搬到萨克拉门托，还是随便去哪儿。两个孩子你只能带一个，另一个跟着我。"

娜莱内不动声色地看着他。"那就让法庭决定吧。"她说，"我觉得你应该请个律师跟我的律师谈谈。"看到他那张惊讶的脸，她都快忍不住乐出来了。

"你连律师都找了？"皮皮问，"你拿法律吓唬我？"他放声大笑。他笑得得意忘形，几乎要歇斯底里了。

真奇怪。十二年来，这个男人都是个温顺的情人，渴望她的肉体、不让残酷的世界伤害她，而现在却变成了一个危险可怕的野兽。这一刻她终于明白，为什么别的男人对他都是恭敬有加，为什么大家都惧怕他。现在，他那鄙陋的魅力再也没法让人卸下心防了。奇怪，她并不怎么害怕，却只是感到伤心，因为他对她的爱竟然消散得如此之快。不管怎么说，十二年来，他们彼此拥抱、一同欢笑、一起跳舞，共同抚育孩子。对于她的付出，他表示过感激。可是现在一切都物是人非了。

皮皮冷冰冰地说："你怎么决定的我不管。法官怎么决定我也不管。你讲道理，我也讲道理。你不让步，就什么也没有。"

她第一次对曾经爱过的一切感到畏惧：他健壮的躯体、宽大的双手、粗犷的五官轮廓——别人都觉得凶悍，她却一直认为这是男人味。结婚以来，他始终彬彬有礼得不像一个丈夫，从没对她大声说过话，从没开过让她难堪的玩笑，她超支的时候他也从不生气。而且他确实是个好父亲，只有孩子们对母亲不恭敬的时候，才会对他们显得粗暴。

她感到一阵眩晕，可皮皮的脸虽然遮在几层阴影里，却更加分明。他腮上生着横肉，下巴上微微凹下去的地方像是一片乌青。他的两条剑眉中间已经夹杂了些许的白色，但大头颅上却仍是硬如马鬃的黑发。他的棕色眼睛一向带着愉悦，此刻却冷酷无情。

"我还以为你爱过我呢，"娜莱内说，"你怎么能这样威胁我？"她呜呜地哭了起来。

皮皮心软了。"听我说，"他说，"别信律师的。上法庭的话，就算我真的全输光了，你也照样不能把两个孩子都带走。娜莱内，别逼我，我真不想的。我知道，你不愿意再跟我一起生活了。我一直都觉得自己很幸运，能拥有你这么长时间。我希望你能幸福。我能给你的，比法庭能判给你的要多。但是，我老了，我不想没有家人。"

娜莱内泛起一阵促狭，这在她一生当中没几次。"你还有克莱里库齐奥家族呢。"她说道。

"的确，"皮皮说，"这你得记住。可我不想年纪大了还一个人生活。"

"这样的男人成千上万，"娜莱内说，"女人也是。"

"因为他们无能为力，"皮皮说，"他们的存在和生活都掌握在其他人手中，我绝对不允许这样的事发生。"

娜莱内不屑道："你不允许？"

"没错。"皮皮说道，笑着端详她，"就是这样。"

"你随时可以去看孩子们，"娜莱内说，"但是两个孩子都要跟着我。"

这时，他转过身去，平静地说："随你怎么想。"

娜莱内说："等等。"皮皮回头看着她。她看到他的表情那么吓人，脸上一副乖戾的神色，于是喃喃道："如果有哪一个孩子愿意跟着你，也行。"

皮皮一下子变得喜形于色，仿佛问题已经解决了一样。"太棒了，"他说，"你的孩子来拉斯维加斯看我，我的孩子到萨克拉门托看你。再好不过了。今晚就办。"

娜莱内最后试探了一句。"四十岁并不老啊，"她说，"你还可以再组建一个家庭。"

皮皮摇头道："不会了。"他说，"我这辈子就为你这一个女人着迷。我结婚晚，我知道我不会再结婚了。算你走运，我有自知之明，知道留不住你，也知道没法儿从头再来了。"

"是的。"娜莱内说，"你无法逼我再爱你。"

"但是我有法儿杀了你。"皮皮说道。他望着她笑，就好像刚才的话是在开玩笑。

她看着他的眼睛，相信这话是真的。她意识到，这就是他力量的源泉：只要他开口威胁，别人绝对会当真。她强迫自己鼓起勇气。

"记住，"她说，"如果两个孩子都愿意跟着我，你不能拦着。"

"他们爱爸爸，"皮皮说，"一定得有一个陪着他们的老爹。"


晚饭过后，房间里有凉爽的空调，室外则是燥热的沙漠。他们已经给十一岁的克罗斯和十岁的克劳迪娅解释了现在的情况。

两个人谁都不吃惊。克罗斯，长得像妈妈一样漂亮，内心却已经像爸爸一样坚韧。他警惕心强，但无所畏惧。他立即开口说："我跟妈妈在一起。"

克劳迪娅被这个选择吓到了。出于小孩子的狡黠，她说："我跟克罗斯在一起。"

皮皮很吃惊。克罗斯跟他比跟娜莱内更加亲近。跟他一起打猎的是克罗斯，跟他一起玩牌、打高尔夫和拳击的都是克罗斯。妈妈沉迷于书籍和音乐当中，他丝毫不感兴趣。皮皮周六还在讨债公司整理内部文件，是克罗斯跑过去陪他。事实上，他已经决定要抚养克罗斯了。他期望克罗斯也作出同样的选择。

克劳迪娅狡猾的回答让他觉得好笑。这个孩子很聪明。但是克劳迪娅的长相跟他太像了，他可不想每天跟自己这张丑脸大眼瞪小眼。让克劳迪娅跟着她妈妈也合情合理。克劳迪娅跟妈妈有同样的爱好。他带着克劳迪娅又能干什么呢？

皮皮端详着两个孩子。他为他们骄傲。他们知道，妈妈是父母当中弱势的一方，他们必须支持她。他又注意到，娜莱内凭着表演的本能，为眼下这个场合作了精心的准备。她穿了一条黑色裤子和一件黑色毛线衫，显得十分严肃，一头金发用细细的黑色发带扎了起来，露出她白皙的鹅蛋脸，令人心碎。他知道自己粗糙的外表在小孩子眼中是什么样子。

于是他发挥出了特有的热情。"我只是想让你们其中一个陪着我。"他说，"你们可以随时看望对方，对吧，娜莱内？你们两个小家伙不会留我一个人待在拉斯维加斯吧？"

两个孩子木然地看着他。他又对娜莱内说："你得帮帮我，"他说，"你得挑一个。"这时，他恼怒地想：我干吗听你的啊？

娜莱内说："你答应过的，要是他们两个都想跟着我，你不能阻拦。"

"劝劝他们。"皮皮说。他并没有因此而伤心——他知道，孩子们爱他，不过孩子们更爱妈妈。他觉得这很正常。只不过这并不能说明，他们的选择是对的。

娜莱内不屑道："没什么可劝的，你说话要算数。"

皮皮并不知道在三人看来，他的脸色有多阴沉，也不知道他的眼神变得多么冰冷。他觉得他说话的时候已经注意语气，而且尽量保持理智了。

"你必须选一个。我答应你，如果事情还是解决不了，那就按你说的办。但是你得给我个机会才行。"

娜莱内摇摇头。"你蛮不讲理，"她说，"法庭见吧。"

就在这个时候，皮皮作出了决定。"没关系，按你想的办吧。不过你要想好，你要想想我们共同的日子。想想你是谁，想想我是谁。算我求你，讲讲道理。想想我们的未来。克罗斯像我，克劳迪娅像你。克罗斯跟我一起过会很快活，克劳迪娅跟你一起过会很快活。事情就是这样。"他沉默了半晌，"知道他们两个都更爱你而不是我，这还不够吗？他们会更怀念你而不是我，还不够吗？"最后一句话被硬生生地掐断了。他不想让孩子明白他是什么意思。

但是娜莱内明白了。出于惊惧，她连忙走到克劳迪娅旁边，把她往自己身旁拉了拉。这个时候克劳迪娅用祈求的眼神望着哥哥："克罗斯……"

克罗斯的面庞有种冷峻的美，动作则十分优雅。突然，他站到父亲旁边说："爸爸，我跟你走。"皮皮一下子拉过他的手，感激之情显而易见。

娜莱内呜呜地哭了。"克罗斯，要常来看我们，能来几次就来几次。我给你专门在萨克拉门托留一间卧室，专给你留着，谁也不许用。"这到底是一种背叛。

皮皮兴奋得都飘飘欲仙了。一块大石头从他心上彻底落了地，已经打算好的那件事他总算用不着去做了。"我们得庆祝庆祝，"他说，"就算我们离婚了，那也是从一个幸福的家庭变成了两个幸福的家庭。从此之后，永远幸福。"听到这话，大家都面无表情地盯着他。"又怎么了，我们尽量总可以吧。"他说。

最开始的两年里，克劳迪娅一次也没到拉斯维加斯去看爸爸和哥哥。克罗斯则每年都到萨克拉门托去看娜莱内和克劳迪娅。但去的次数越来越少，到他十五岁的时候，只有圣诞假期才会一家人团聚。

两个家长，过着两种迥异的生活。克劳迪娅和妈妈越发地像了。克劳迪娅喜欢上学，喜欢看书、看戏、看电影，她在母亲的爱护下快乐成长。娜莱内在克劳迪娅的身上发现了她爸爸的那种活力四射、热情洋溢。她喜欢她的直率，这种直率并不带有她父亲的那种野蛮。她们两人在一起很快乐。

克劳迪娅毕业之后就去了洛杉矶，想在电影业一试身手。娜莱内很遗憾她离开，但是娜莱内已经在萨克拉门托安定下来，有朋友的陪伴，还做了一家公立高中的副校长。

克罗斯和皮皮组成了完全不同的幸福家庭。皮皮掂量着这些情况：高中里，克罗斯在体育方面大放异彩，学业表现平平；他不想上大学；虽然他长得一表人才，但对女人没有过多的兴趣。

克罗斯很喜欢跟父亲一起生活。不论当时的决定做得多艰难，如今看来，这是个正确的选择。的确是两个幸福家庭，只不过水火不容。皮皮也证明了自己是个好家长，就像娜莱内之于克劳迪娅那样的好家长。换句话说，他也照自己的形象造就了克罗斯。

克罗斯对桃源酒店的事情很有兴趣。管理顾客心理、收拾老千。克罗斯对跳舞的姑娘们也保持着正常的兴趣。皮皮可没法儿用自己衡量儿子。皮皮决意要克罗斯加入家族。皮皮相信唐经常挂在嘴边的那句话："人活着，最重要的就是养活自己。"

皮皮让克罗斯当上了讨债公司的合伙人。他带着克罗斯去桃源酒店跟格罗内韦尔特吃晚饭，费尽心思让格罗内韦尔特关照克罗斯。他平时跟桃源酒店的大赌客们打高尔夫，他让克罗斯也加入进来。四人比赛里，他总是把克罗斯划到对手一方去。十七岁的克罗斯早就通晓了高尔夫球赌博的各种把戏。哪个球洞的赌注高，他就在哪个球洞发挥超常。赢家总是克罗斯那一方。皮皮欣然接受失败；纵然他费了点钱，却为儿子赢得了好感。

他带着克罗斯到纽约去参加克莱里库齐奥家族的交际活动：无论什么假期都去，尤其是独立日。克莱里库齐奥家族对这种爱国主义节日尤其热衷。还参加所有克莱里库齐奥家族的婚礼和葬礼。克罗斯毕竟是他们的第一个表亲，他的身上也流着克莱里库齐奥家族的血液。

皮皮每周都到桃源酒店的赌桌上，从他认识的荷官那里赢走八千美元。克罗斯就坐在那儿看。皮皮把每种博彩的收益比例告诉他，教他如何管理赌资，告诫他状态不好的时候千万别去赌博，一天别玩两小时以上，一个礼拜别玩三天以上，手气不好就别下大注，就算手气好，出手也要谨慎。

对皮皮来说，做父亲的本来就应当让孩子看到这个世界的种种丑恶。而作为讨债公司的初级合伙人，克罗斯也有必要了解这些。因为讨债并不是皮皮告诉娜莱内的那样人畜无害。

虽然在收债过程中遇到过几次困难的情况，但克罗斯并不感到厌恶。他还太年轻，长得又英俊，吓不着人。但是他的身体够壮，皮皮的吩咐他都能完成。

最后，皮皮为了考验儿子，派他接了一个特别棘手的任务，只能动口，不能动手。克罗斯出面意味着不会硬来，是对债务人示好。债务人是加利福尼亚北部的黑手党代理人，他欠了桃源酒店十万美元。这不是什么大事，犯不上搬出克莱里库齐奥家族的名号。事情尽量低调处理，能有商有量就不要动刀动枪。

克罗斯找到这个黑手党管家的时机不当。这个叫法尔科的人听到克罗斯好言相劝，掏出枪抵住了年轻人的喉咙："你再他妈废话，我就把你扁桃腺打烂。"

克罗斯一点都不害怕，这一点连他自己都吃惊。"五万块就能解决的事，"他说道，"就为了区区五万美元，你不至于想杀了我吧？那我父亲可不高兴。"

"你父亲是谁？"法尔科问，枪却没移开。

克罗斯说："皮皮·德·莱纳。你开枪也无所谓，反正他要是知道我只问你要五万美元，也会开枪崩了我。"

法尔科笑着收起枪。"好吧，告诉他们，我下次来拉斯维加斯就把钱还了。"

克罗斯说："你来了就给我打电话吧。房间酒水和餐点我给你免单。"

法尔科早就知道皮皮，但是真正让他改变主意的还是克罗斯。他一点儿都不害怕，十分冷静还有说有笑。这些都提醒他，这样的人不好惹。不过，这件事情也给克罗斯上了一课。以后再去讨债的时候，他都带着一把枪，跟着一个保镖。

为祝贺他的勇敢表现，皮皮陪他在桃源酒店一起度假。格罗内韦尔特送给他们两套西装，还给了克罗斯一袋子黑色筹码。

这个时候的格罗内韦尔特已经八十高龄了。头发花白，但他的高大身躯依然灵活自如、充满活力。他有点学究的气质，而且喜欢指点克罗斯。当他把装了黑色筹码的袋子递给克罗斯的时候，他说："你赢不了的，这些筹码迟早还是我的。不过听我说，你还是有机会的：我的酒店还有其他乐子。大高尔夫球场，日本来的那些赌客常常去打球；供应美食的餐厅，还有歌星、影星出演的一流节目。我们还有网球场、游泳池和专门的观光飞机，带你飞越大峡谷。全都是免费的。所以，别浪费袋子里的五千美元去赌博。"

三天的假期里，克罗斯听从了格罗内韦尔特的建议。每天早上，他都跟格罗内韦尔特、爸爸，还有一个住在酒店的大赌棍一起打高尔夫。赌注丰厚但并不过分。格罗内韦尔特赞许地看到，只要赌注加到最大，克罗斯的发挥就最好。"他的神经坚韧得像钢铁一样啊。"格罗内韦尔特对皮皮钦羡不已地说。

格罗内韦尔特最欣赏的是克罗斯过人的判断力和心智。不用别人指点，他就知道该去做什么。最后一天早晨，跟他们一起打球的老赌客快快不乐。他嗜赌而且技术高超，靠出版色情刊物变得极为富有。可是昨天晚上，他一口气输掉了五十万。对他来说，钱不算什么大问题。他生气的是明明手气不好，却陷进去无法自拔了——这是赌博界的愣头青才会犯的毛病。

那天早上格罗内韦尔特提的赌注是五十美元一杆。老赌客讥诮道："阿尔弗雷德，你昨天晚上赢了我那么多钱，现在就算一千美元一杆你也打得起了。"

格罗内韦尔特感到不快。他清早起来打高尔夫是交际活动，把这跟酒店的生意扯到一起不是他的作风。但他一向客气有礼貌："没问题。你甚至可以跟皮皮搭档，我和克罗斯一起。"

开球后，色情业大亨打得不错，皮皮和格罗内韦尔特打得也棒。只有克罗斯发挥失常。大家从来没见他打得这么糟过。他开球就打个大弧线，然后不断打入沙坑和小池塘里（在内华达的大沙漠里，这可是花了大价钱）。推杆进洞时，他彻底败下阵来。色情业大老板的口袋里添了五千块，终于恢复了自信，坚持要请大家吃早餐。

克罗斯说："对不起，格罗内韦尔特先生，我让你失望了。"

格罗内韦尔特郑重地看着他说道："等什么时候你父亲同意了，你就过来为我工作。"

多年以来，克罗斯见证了他父亲跟格罗内韦尔特的亲密关系。他们是好朋友，每周都一起吃顿饭；而且皮皮很明显对格罗内韦尔特言听计从，对克莱里库齐奥家族都没到这个程度。格罗内韦尔特也不害怕皮皮，而且给了他桃源酒店的种种便利，除了别墅。此外，克罗斯发现皮皮每周都会去酒店赢上八千美元。克罗斯想到了这其中的联系。克莱里库齐奥家族和格罗内韦尔特是桃源酒店的合伙人。

克罗斯知道格罗内韦尔特对他很感兴趣，对他照顾有加。比如那一袋当作礼物的黑色筹码，还有之前许多其他的好处。克罗斯和朋友们在桃源酒店的消费全部免单。克罗斯高中毕业，格罗内韦尔特送了他一辆敞篷车当礼物。十七岁的时候，格罗内韦尔特极为热情地向酒店里的舞女们介绍了他，让他很有面子。还有，年头一久，克罗斯发现，虽然格罗内韦尔特年纪一大把，仍然时常带女人到他的阁楼套房共进晚餐。从这些女人口中他得知格罗内韦尔特是十分受欢迎的情人——他对感情从没认真过，但是他的慷慨大方，让女人们全都目瞪口呆。哪个女人要是能让他宠上一个月，她就发大财了。

在两人师徒般的一次谈话中，当格罗内韦尔特正给他讲解如何经营桃源这种大型赌场酒店的时候，克罗斯借着员工关系的话茬，大胆地问他女人的事。

格罗内韦尔特笑着对他说："表演节目的女人都归娱乐总监管，其他女人呢，我完全把她们当男人用。不过，如果你是在问情感方面的建议，那我得告诉你：聪明的、理智的男人，绝大多数情况下都不必害怕女人。两种人你必须警惕：第一种是最危险的，那就是遭遇了不幸的小姑娘；第二种就是比你还有野心的女人。可别觉得我心肠狠，我倒是可以对女人一视同仁，但是我们的目的不在这个。我运气好，我对桃源酒店的爱超过了世界上任何事情。但是我得告诉你，没有孩子我很遗憾。"

"我觉得你的日子过得逍遥极了。"克罗斯说。

"是吗？"格罗内韦尔特说，"那是因为我付出了代价。"

在科沃格的家中，克罗斯在克莱里库齐奥家族的女人们中间引起了一阵骚动。二十岁的他血气方刚、青春四射，他英俊、文雅、健壮，而且与年龄不相称地风度翩翩。家族的人开他的玩笑，不无西西里粗鄙的恶趣味，说感谢上帝，他幸好长得像妈妈不像爸爸。

复活节周末，正当一百多个亲戚集聚一堂共庆耶稣基督复活的时候，他父亲身上的最后一处秘密被他的表弟丹特揭开了。

家族公馆用高墙围起的花园里，克罗斯看见了一位漂亮的小姑娘，身旁围着一群献殷勤的小伙子。他看到自己的父亲走到自助餐台拿了一盘烤香肠，然后朝那几个人友好地打了个招呼。他明显注意到，姑娘面对皮皮时很害怕。女人通常都喜欢他爸爸。他的粗糙、随和与热情让她们感到自在。

丹特也看到了。"她很漂亮。"他笑着说，"走，去打个招呼。"

他作了引荐。"莉拉，"他说，"这是克罗斯表哥。"

莉拉跟他们年纪仿佛，但并未真正显露出成年女性的模样，还带着青春期的一点点缺憾美。她有蜂蜜色的头发，皮肤由内焕发着光彩。可她的嘴唇太娇嫩了，仿佛尚未长成，会一触即破。她穿了一件白色的安哥拉兔毛衫，把皮肤映成了金色。克罗斯对她一见钟情。

但当他试图搭话的时候，莉拉却不理不睬，径自走到另一张桌子，找女管家们去了。

克罗斯大窘，对丹特说："看起来她不喜欢我这一型的。"丹特诡秘地朝他笑了笑。

这时的丹特，已经是一个与众不同的年轻人。他意气风发，看上去敏锐而狡黠。他有克莱里库齐奥家族的一头粗硬黑发，总是戴着一顶文艺复兴款式的帽子。他个子很矮，只有五英尺过一点，但神气十足，大概是因为唐最为宠爱他。他总是带着一股促狭劲儿。他对克罗斯说："她姓安纳科斯塔。"

克罗斯记得这个姓氏。一年以前，安纳科斯塔家族罹难了。家族首领和他的大儿子在迈阿密的一家酒店房间里被人开枪打死。这会儿，丹特盯着克罗斯，等着他的回应。克罗斯不动声色地问："然后呢？"

丹特说："你帮你爸爸做事，对吧？"

"没错儿。"克罗斯说。

"那你还想追莉拉？"丹特说，"你有病。"他乐了。

克罗斯嗅到了一丝不对头。他仍旧沉默着。丹特接着说道："你不知道你爸爸是做什么的吗？"

"他讨债。"克罗斯说。

丹特摇摇头："你爸爸是家族的清道夫，头号'铁锤'。"

克罗斯的生命中曾经有那么多惶惑不明的地方——妈妈憎恶爸爸，皮皮在朋友们和克莱里库齐奥家族中间受到的尊敬，爸爸有时神秘地消失几个星期，他总是带着枪，说一些他不理解的话——此刻一下子都清楚了。爸爸因为谋杀受审的事情他还记得，自从那天晚上爸爸攥住了他的手，这件事就从记忆中消失了。接着，他突然觉得父亲十分亲切，他无论如何必须要保护自己的父亲。

他怒不可遏的是，丹特竟然敢这样对他实话实说。

他对丹特说："不，我可不知道，你也不知道，这些事谁都不知道。"——去你妈的，你这个讨人厌的家伙——他忍不住就要破口大骂，但他没有。他朝丹特笑笑，说道："你这破帽子哪儿来的？"


维吉尼奥·巴拉佐像个手舞足蹈的小丑，正带着小孩子们四处寻找藏好的复活节彩蛋。孩子们围拢在他身边，全都身穿复活节的盛装，小脸儿嫩得像花瓣，皮肤白得像蛋壳，帽子用粉色的丝带点缀着，人人脸上带着兴高采烈的红晕。巴拉佐给他们每人一个小草筐，一人狠狠亲了一口，然后大叫一声"出发"。孩子们笑闹着四散跑开了。

维吉尼奥·巴拉佐总是打扮得赏心悦目。他的西装是伦敦裁剪的，他的皮鞋是意大利制作的，衬衫是法国缝制的，而为他做发型的师傅则号称曼哈顿的米开朗基罗。生活如此垂青于维吉尼奥，给了他一个跟那些孩子一样漂亮的女儿。

她叫露琪尔，大家都叫她琪儿。她十八岁，今天她在帮父亲打下手。她把小草筐递过去的时候，草坪上的男人们看见这样的美人儿，都朝她吹口哨。她穿了一条短裤、一件敞口白上衣。她深色的皮肤泛着奶油色，黑色长发盘在头上像皇冠一样。她青春健美、朝气蓬勃，洋溢着喜悦，像一位年轻的女王。

恰巧此时，她无意中瞥见了克罗斯和丹特在争执什么。突然克罗斯挨了重重的一拳，痛得龇牙咧嘴。

她手里就剩一个草筐了，便走到丹特和克罗斯那里。"你们有谁想去找彩蛋吗？"她甜甜地笑着，一边问，一边递过草筐。

两个人看着她，都不由失神了。时近中午，阳光把她的皮肤照耀成了金色，她的眼睛闪烁不定。高高耸起的白色上衣既让人浮想联翩，又显得清纯无瑕。她浑圆的大腿牛奶一般洁白。

这时，一个小女孩儿惊叫了一声，所有人都看着她。这个小姑娘找到了一颗特别大的蛋，大得像个保龄球，用红蓝两色画了鲜艳的图案。小家伙在使劲地把这个蛋装在小筐里，漂亮的小白帽歪到了一侧，小脸上的大眼睛里又是惊讶又是倔强。可是蛋突然破了，飞出一只小鸟，把小姑娘吓得尖叫起来。

佩蒂耶跑过草坪，抱起小丫头安慰着她。这又是他的恶作剧。大家都笑了。

小姑娘认真地正了正帽子，尖声嚷道："你竟然捉弄我！"她捆了佩蒂耶一耳光，然后跑开了，佩蒂耶则赶紧追过去乞求原谅。大家笑得更厉害了。他把孩子抱在臂弯里，递给她一只镶了珠宝的复活节彩蛋，上面还坠了一条金链子。小家伙接过蛋，亲了他一下。

琪儿牵着克罗斯的手来到了主楼一百码开外的网球场，在三面环墙的休息室里坐下。休息室的开口是背着庆典方向的，所以没人看得见他们。

丹特看着他们离开，感到了一点屈辱。他很清楚，克罗斯更有吸引力，他觉得自己受了冷落。但是，有这么一个英俊的表哥，他还是觉得骄傲。他突然意识到，自己竟然提着草筐，于是耸耸肩，加入了寻找彩蛋的行列。

琪儿和克罗斯藏在网球休息室里，琪儿双手捧着克罗斯的面颊，吻上了他的嘴唇。吻得很温柔，轻轻地一触。但是当他把手探入她的上衣里时，她推开了他。她的脸上满是明媚的笑容。"我十岁大的时候就想吻你了，"她说，"今天正是时候。"

克罗斯被她的吻撩拨得不能自已，但只问了一句："为什么？"

"因为你太英俊、太完美了，"琪儿说，"今天一切都很完美。"她把手塞进他的手里，"我们有个很棒的家庭，不是吗？"她说。突然她问道："你为什么跟你爸爸一起生活呢？"

"不为什么，事情就这样发生了。"克罗斯说。

"你刚才跟丹特打起来了？"琪儿问道，"他真讨厌。"

"丹特不坏，"克罗斯说，"我们刚才只是瞎闹。他跟佩蒂耶叔叔一样，都喜欢恶作剧。"

　　"丹特太粗鲁。"琪儿说着，又亲了克罗斯一下。她紧紧地拉着他的手。"我爸爸挣了好多钱，他准备在肯塔基州买一栋房子，再买一辆1920年款的劳斯莱斯。他已经有三辆老爷车了，还准备在肯塔基买几匹马。明天你来我家好不好？你想看看那几辆车吗？而且你一直喜欢我妈妈做的菜。"

　　"明天我得回拉斯维加斯了，"克罗斯说，"我现在在桃源酒店工作。"

　　琪儿用力捏了一下他的手。"我讨厌拉斯维加斯，"她说，"那个城市让我恶心。"

　　"我觉得还不错啊，"克罗斯笑着说，"你都没去过，为什么讨厌它呢？"

　　"因为人们辛辛苦苦挣来的钱，在那儿一下子就花光了，"琪儿的口气里带着年轻人的意气，"感谢上帝，我爸爸可不赌博。还有那些肮脏的舞女。"

　　克罗斯大笑。"这我可不知道，"他说，"我只负责高尔夫球场。我还从来没见过赌场里是什么样儿呢。"

　　她知道他在取笑她，但还是问他："我去上学的时候，如果邀请你来学校看我，你会来吗？"

　　"当然。"克罗斯说。这种游戏，他比她老练得多。她天真烂漫地牵着他的手，不知道她爸爸和家族的真正意图，这些都触动了他的心。他明白她只是在小心翼翼地试探，在这令人愉快的一天，她的身体涌动着女性的欢愉。他在香甜却没有情欲的吻中迷醉了。

"我们得回到宴会上去了。"他说。他们手挽着手回到了野餐区。第一个发现的，是她父亲维吉尼奥。维吉尼奥搓着手指，笑着说道："看看，看看。"然后拥抱了两个人。克罗斯永远记得这单纯美好的一天，孩子们身着洁白的衣服庆祝基督复活。在这一天他终于知道了，自己的父亲究竟是什么样的人。

　　回到拉斯维加斯之后，皮皮与克罗斯之间变得不一样了。显然，皮皮知道秘密已经暴露，于是他对克罗斯倾注了更多的爱护。克罗斯很惊讶，自己对父亲的感觉并没发生变化。他仍然爱着他。他无法想象没有父亲、没有克莱里库齐奥家族、没有格罗内韦尔特和桃源酒店的生活会是什么样。这是他要过的生活，而他对这样的生活并无不满。但是，一种躁动逐渐在他心里滋生。要采取行动了。

# 第三部

/克劳迪娅·德·莱纳

/安提娜·阿奎坦内

# 第四章

　　克劳迪娅·德·莱纳从太平洋帕丽萨德的住处开车前往安提娜在马里布的家。她思忖该怎样说服安提娜接着拍《梅莎琳娜》。

　　这件事对她和电影公司同等重要。《梅莎琳娜》是她第一部真正意义上的原创剧本，她其余的作品都是小说改编、重写或者修改剧本，最多也只是共同创作。

　　不仅如此，她还是《梅莎琳娜》的联合制片人，她从没有过这么大的权力。而且还有票房分成。这回她可真正能见识到什么才叫一大笔钱了。而且，以后她还可以再接再厉，成为编剧兼制片人。整个密西西比河西岸，估计也只有她不想当导演。因为当导演就得六亲不认，她可受不了这一点。

　　克劳迪娅跟安提娜的关系可不是电影业同行的职业往来而已。她们两个是挚友。安提娜肯定知道这部片子对她的职业生涯有多么大的意义。安提娜可不笨。真正让克劳迪娅不能理解的，是安提娜对博兹·斯堪尼特的恐惧。安提娜从没害怕过任何人、任何事。

　　这就是她要解决的事。她得先搞明白安提娜为什么害怕，然后才能帮她。当然，她要阻止安提娜毁了自己的前程。不管怎么说，谁能比她还了解电影业的钩心斗角呢？

克劳迪娅·德·莱纳曾经的梦想是到纽约当作家。二十一岁时，她的第一部小说被二十家出版社拒绝。但她并不气馁，反而来到洛杉矶，试着做起了电影编剧。

由于她聪明活泼，而且才华横溢，很快就在洛杉矶交到了许多朋友。她到加州大学洛杉矶分校报名参加了一门电影剧本写作课，在这门课上认识了一个小伙子，他的父亲是位著名的整形医师。他们成了情侣，他被她的身材和灵气迷住了，于是他把两个人的关系从"床伴"升级成了"一段认真的感情"。他带她回来跟家人共进晚餐。他爸爸，那位整形医师，对她大加激赏。饭后，医生用手捧着她的脸庞说："这太不公平了，像你这样的姑娘，应该更漂亮才对，"他说，"别介意，这完全是与生俱来的不幸。不过这是我的本行，如果你愿意，我可以帮你。"

克劳迪娅虽然不介意，却觉得愤愤不平。"我怎么就非得漂亮不可呢？对我有什么好处呢？"她笑着说，"配你儿子，我足够漂亮了。"

"好处可太大了，"医生说，"要是我帮你整形，我儿子就配不上你。你可爱聪明，不过，美貌也是一种力量。你总不愿意瞪眼瞧着男人们围着那些连你十分之一智商都没有的漂亮女人转吧？就因为鼻梁塌了点儿，或者下巴长得像个黑手党小混混，你就愿意干坐着？"说到这里，他轻轻地拍了拍她的面颊，"不用花什么大力气。你的眼睛和嘴都很漂亮。你的身材当个电影明星都没问题。"

克劳迪娅躲开了。她知道她长得像爸爸，那句"黑手党小混混"触动了她的神经。

"没关系，"她说，"我可请不起你。"

"还有，"医生说，"我了解电影业这一行。我延长了许多演员的事业。有一天，你到电影公司去宣传自己的电影，你的外观会有很大影响的。你可能觉得不公平，我知道你很有才气。但是电影这行就这样。你得把这个问题当成职业来考虑，而不是男女两性之间的问题——其实就是男女两性的问题。"见她仍在踌躇，他又说，"我不收你钱。我既是为了你，也是为了我儿子。不过，等你像我想象中那么美丽的时候，恐怕他已经没有女朋友了。"

克劳迪娅一直都清楚，自己并不漂亮，对爸爸的记忆涌上了脑海。如果她一开始就很漂亮，命运会不一样吗？这时，她才仔细打量起了这位整形医师。他很英俊。他的眼睛柔和似水，仿佛看穿了她的所有心思。她笑了。"好吧，"她说，"让我成为灰姑娘吧。"

手术需要动的地方并不多。他削薄了她的鼻梁骨，让她的下巴变得更圆润，又磨光了她的皮肤。克劳迪娅再次出现的时候，已经是一个英气十足、自信满满的女人了，拥有完美的鼻梁骨和征服一切的气质，也许不算绝对漂亮，但却更有吸引力了。

样貌的变化对事业上的影响神奇无比。年纪轻轻的克劳迪娅取得了与梅洛·斯图尔特单独会面的机会，梅洛成了她的经纪人。他安排她给剧本作局部改动，邀她参加各种聚会，让她结识制片人、导演和影星。大家都为她所倾倒。后来的五年里，年轻的克劳迪娅成了一线编剧，参与主流大制作电影。她的个人生活也发生了惊人的变化。那位整形医师说对了，他儿子在竞争中失败了。克劳迪娅征服了许多男人——其中颇有几个对她百依百顺——怕是连电影明星也会对这种经历感到骄傲吧。

克劳迪娅喜欢电影行业。她喜欢跟其他作家合作，喜欢挑战制片人，告诉他怎么拍一个场景才最省钱，她劝说导演拍出艺术水准。男女演员都佩服她写出的对话更契合他们，让他们演得更出色、表演更真挚。大部分人都觉得片场无聊，她却喜欢片场的魔力，她喜欢与剧组打成一片，从来不会担心"有失身份"。看着一部电影开机，最后无论成功或失败，她都感到兴奋无比。她信仰电影这种伟大的艺术形式。她改编剧本的时候，总是把自己想象成一位医者，从不为了在演职员表上留个名而应付差事。二十五岁，她已经有点名气了，跟许多明星都成了好朋友，其中最亲密的就要数安提娜·阿奎坦内了。

她情欲旺盛到出乎自己的预料。在她看来，跟喜欢的男人上床，这是很自然的事情，跟其他形式的友谊没什么区别。她才华横溢，用不着出卖色相；相反，有时候她开玩笑说，男明星们为了出演她的下一部剧本，才会跟她上床。

整形医师是她第一个情人。事实证明，他比他儿子更加有魅力、更擅长此道。可能是出于对自己作品的激赏，他想用一幢公寓把她包养下来，每周给她零花钱，不是为了性，而是喜欢有她陪着。克劳迪娅拒绝了他，不无幽默地打趣道："我记得你说过手术可是免费的。"

"你已经付过了，"他说，"可我希望我们能常见面。"

"当然可以。"克劳迪亚说。

跟她上床的对象各式各样，无论是年龄、性格还是长相都差别迥异，她乐在其中，仿佛一个尝遍天下珍馐佳肴的美食家。她偶尔指导新演员和编剧，但是她并不喜欢这种关系。她希望能学东西，所以她觉得成熟男人才更有味道。

在一个难忘的日子里，她与伟大的伊莱·马林本人发生了一夜情。虽然她很享受，但当时并不太成功。

他们是在罗德斯通工作室的宴会上碰面的。马林被她吸引了，因为她不害怕他，而是狠狠地批评了公司新上映的电影。而且，马林还听见了她聪明地回绝了鲍比·邦茨的挑逗，又避免了双方尴尬。

伊莱·马林最近几年都没有性生活了。他颇为力不从心，这种事就成了负担而非消遣。当他邀请她一同前往罗德斯通在比弗利山庄买下的一栋小别墅时，他本以为她是因为敬畏他的权势才会接受邀请的。他不知道，她在性爱上喜欢猎奇。跟有权有势的老人上床会是什么感觉呢？当然这不是全部原因。马林尽管年事已高，却很有吸引力。他告诉她大家都叫他伊莱，就连他孙子也不例外，他笑起来时那张粗犷的脸甚至可以算英俊。他的机智和天生魅力吸引住了她，因为她早就听说过这个人的冷酷无情。这肯定会非常有意思。


在比弗利山庄酒店别墅的卧室里，她兴味盎然地看见马林竟然害羞。克劳迪娅可一点都不怯，帮他宽衣解带。在他把衣服叠好放在沙发椅上的时候，她已经一丝不挂了。她拥抱他，和他一起钻进被窝。马林开起了玩笑："所罗门王临死的时候，让好几个处女到床上抱着他取暖。"

"那我可帮不了你了。"克劳迪娅说。她亲吻他、爱抚他。他的嘴唇很温暖、很舒服。他的皮肤光滑干燥，并不让人反感。当他脱下衣服和鞋子的时候，她感到十分惊讶：原来他竟然这么瘦小，三千美元的西装果然没有白花钱。他身材虽小，脑袋却大，让人忍俊不禁，她完全没有抗拒感。可互相爱抚和亲吻了十分钟之后（马林这样的大人物，接起吻来却像个小孩子），两个人终于意识到，他已彻底不能人道。马林想，这是我最后一次跟女人上床了。她把他抱在臂弯里，他叹了口气，反倒释然了。

"好吧，伊莱，"克劳迪娅说，"那我就说说，为什么你的电影无论从票房角度还是从艺术角度都很烂。"她一边爱抚他，一边针对剧本、导演和演员作了一番单刀直入的分析。"不只是烂，"克劳迪娅说，"根本没法看。完全不能算是个故事，只是一个破导演拍了一堆幻灯片，以为这就是故事。演员只是走走过场，因为他们都知道，这片子根本就是扯淡。"

马林听着她说话，面带善意的微笑。他感到非常愉悦。他意识到，人生的一个重要部分已经离他远去，接下来的就是死亡了。他再也不能跟女人做爱了。这没什么丢脸的。他知道克劳迪娅不会把今晚上的事四处乱说的。再说，就算她真说了，又能怎么样呢？他还是有实实在在的权力。只要他活着，他仍然可以改变很多人的命运。而眼下，她对电影的分析很让他觉得新奇。

"你不明白，"他说，"我可以拍电影，但我不会创作。你说得很对，那个导演我肯定再也不用了。这些人是不用赔钱，可我会。但是承受批评的可是他们。电影能不能挣钱，这才是我关心的问题。要是电影成了一部艺术作品，那只能算是意外之喜。"

他们一边说话，马林一边翻身下了床穿衣服。克劳迪娅讨厌穿着衣服的男人，跟他们说话太费劲儿。就比方说马林，对她来说，光着屁股的马林虽然看起来有点古怪，但是绝对可爱得多。他的细腿、小身板、大脑袋，都让她充满怜爱。奇怪的是，他的阴茎尽管一蹶不振，却比跟他差不多的人都要大。她暗暗记住了这一点，回头要问问她的整形医师：难道那东西越没用，个头反倒越大吗？

她看见马林系衬衫扣子和别上袖扣的时候有多么艰难。于是跳下床去帮忙。

马林端详着一丝不挂的她。她的身材比许多跟他睡过觉的女星都要好，但他感觉不到精神上的兴奋，身体细胞也不再对她的美作出反应。他并不感到遗憾或者悲伤。

克劳迪娅帮他穿好裤子、为他系上衬衫的纽扣，替他别好袖扣。她为他正了正深红色的领带，用手指替他把一头灰发向后拢拢。他穿好西装外套站在那里，风采依旧。她亲了他，说："我很愉快。"

马林审视着她，仿佛她是什么敌人似的。过了一会儿，他露出了招牌笑容，笑容把他丑陋的面部轮廓一扫而光。他明白了，她是真的很天真烂漫，真的心地善良。他相信，这是因为她还年轻。可惜的是，她所生活的这个世界早晚会改变她的。

"嗯，至少我可以让你不饿肚子。"马林说道。他打电话叫了客房服务。

克劳迪娅确实饿了。她喝光了汤，吃了鸭肉、蔬菜和一大碗草莓冰淇淋。马林几乎什么也没吃，但两个人一起喝光了红酒。他们讨论书籍和电影，马林比她读的书还要多得多。

"我也想当作家，"马林说，"我喜欢写作。书籍给了我很多乐趣。但是见过的作家，我几乎一个都不喜欢，虽然他们的书我可能很喜欢。就比方说厄内斯特·维尔。他的书写得多棒，但是现实中这家伙实在讨厌。怎么会有这种事呢？"

"因为作家跟作家的书不是一回事，"克劳迪娅说，"他们的书就好比萃取了他们身体里最精华的部分。就好像你劈开成吨成吨的山岩，终于淘到一小颗钻石——如果钻石确实是这么来的话。"

"你认识厄内斯特·维尔？"马林问道。克劳迪娅很欣慰，他问这句话的时候什么暧昧的神色都没有。他肯定知道自己跟维尔的韵事。"你说的没错，我喜欢他的作品，但我受不了他这个人。而且他对公司横加指责，真是疯了。"

克劳迪娅拍拍他的手。这样的亲近在他们坦诚相见后是默许的。"所有的大牌明星都抱怨电影公司，"她说，"这不是针对个人的。话说回来，生意场上你也不是什么善心人。好莱坞这么多作家，估计也只有我真心喜欢你了。"两个人都笑了。

分手之前，马林对克劳迪娅说道："有问题就打电话找我好了。"这意味着，他不打算继续这段关系了。

克劳迪娅明白他的意思。"美意心领了，"她说道，"如果哪个剧本有什么问题，打电话找我好了。咨询免费，但是如果让我动笔重写的话，稿酬可得另计。"这是告诉他说，从业务角度讲，不是她需要他，而是他需要她。这当然不是真的，不过可以让他知道，她对自己的才华是有信心的。他们像朋友一样分手了。


沿着太平洋的海岸公路，车行缓慢。克劳迪娅望着左边波光粼粼的海面，沙滩上竟然没什么游客，这跟小时候去过的纽约长岛很不一样，她感到非常惊奇。头顶上，她看见滑翔翼飞越层层电线，落到海滩上。她的右边有一群人围着一台广播车和大型摄像机。有人正在拍电影。她太喜欢这条太平洋海岸公路了。厄内斯特·维尔竟然那么讨厌这条路。他说，在这条路上开车，就像搭渡轮下地狱……

克劳迪娅·德·莱纳第一次见到维尔的时候，她正在改编他的畅销小说。她一直很喜欢他的书，他的句子真美，就像一个个音符彼此融会贯通。他理解生活，理解人物的悲剧性。他的情节不落窠臼，让她神往不已，就像童年时候被童话故事牢牢吸引。所以，能见到他，她真的很高兴。可惜现实中的厄内斯特·维尔本人，完全是另外一码事。

维尔五十岁刚刚出头。他的形象一点都没有他文字的那种风雅。他又矮又胖，谢了顶都懒得掩盖一下。也许对他书里的角色，他能理解，能倾注感情，但对于日常生活的微妙细节，他毫不在乎。可能这正是他的魅力之一吧，因为他有一种孩子气的天真。等到更加了解他之后，她认识到了隐藏在天真下的另类智慧。他有小孩子不经意显露出的几分狡黠，还有孩子般脆弱的自尊心。

在波罗餐厅用早餐的厄内斯特·维尔看上去像是全世界最幸福的人。他先前的小说为他带来了巨大声望，但收入差强人意。而他最新的作品有了突破，不仅成为了炙手可热的畅销书，还将被罗德斯通工作室改编成电影。维尔写了剧本，此刻鲍比·邦茨和斯基比·迪尔正在吹捧他的剧本有多棒。维尔就像个想出镜想疯了的新人，对这些褒奖竟然照单全收。维尔难道不知道克劳迪娅来开会的目的吗？她气愤的是前一天晚上，正是邦茨和迪尔告诉她，这个剧本纯属狗屁。绝对不是刻薄，甚至也没有贬义。所谓"狗屁"，无非是行不通、用不上的东西而已。

克劳迪娅并没有因为维尔的毫不出众而气馁。毕竟她自己也曾经毫不起眼，是整形手术才让她初露峥嵘。她甚至觉得，他这种天真和热忱很可爱。

邦茨说道："厄内斯特，我们找了克劳迪娅来帮你。她是个非常棒的写手，这一行里最厉害的，她肯定能把你的小说变成一部好电影。我有预感这部片子肯定大卖。还有，记住——净收入你占百分之十。"

克劳迪娅明白，维尔已经上钩了。这个可怜的小笨蛋哟，他哪里会知道净收入的百分之十就是零的百分之十。

维尔似乎非常感激他们的帮助。他说："好，我也可以向她多学习。写剧本比写书有意思得多，但是对我来说是个全新的尝试。"

斯基比·迪尔宽慰他说："厄内斯特，你很有天分。这里就是你大显身手的地方。这部电影能让你大赚一笔。尤其是如果能有个好票房，甚至能拿下奥斯卡，那就不得了了。"

克劳迪娅打量着这几个人。两个骗子，一个笨蛋。这种三人组在好莱坞比比皆是。不过，她也没聪明到哪儿去。斯基比·迪尔不是也把她给搞定了吗——身心都给搞定了。但是她还是很钦佩斯基比。他看上去总是那么真挚。

克劳迪娅知道这是个非常麻烦的项目，独一无二的宾尼·斯莱才是真正的幕后写手，斯莱把维尔的书变成了集詹姆斯·邦德、夏洛克·福尔摩斯和卡萨诺瓦于一身的大杂烩。这么一改，维尔的书除了一副骨架子，什么都不剩了。

出于同情，克劳迪娅同意晚上跟维尔共进晚餐，顺便商量一下剧本合作的事。合作这种事的诀窍之一，就是要避免任何私人的关系。所以她尽可能把自己搞得像个工作狂，一点也不吸引人。她写作的时候，爱情这种事太让她分心了。

她惊喜的是他们共事的两个月成就了一段长久的友谊。当他们同一天被这个项目开除的时候，他们一起去了拉斯维加斯。克劳迪娅一直热衷于赌博，维尔也是一样。在拉斯维加斯，她把哥哥克罗斯介绍给了他。没想到，这两个人一拍即合。她想不通这两个人有什么共同之处。厄内斯特是学者，对高尔夫或者别的运动并无兴趣；克罗斯多少年都不读书了。于是她问厄内斯特这是为什么。

"他愿意听人说话，我愿意对人说话，仅此而已。"他说。克劳迪娅觉得不对，事情不是这么回事。

她又问克罗斯。虽然这是她哥哥，却比谁都神秘莫测。克罗斯思忖了一会儿，终于说道："因为你用不着提防着他，他没什么想捞的。"克罗斯一开口，她就知道这才是真相。她恍然大悟。厄内斯特·维尔一点城府都没有，真是不幸。

她跟厄内斯特·维尔的关系有点不一样。他虽然是享誉世界的小说家，在好莱坞却没什么影响力，也没什么交际能力，还总是招来别人的反感。他在杂志上刊载的文章都是关于国内热点问题的，永远保持政治正确，可讽刺的是，这反倒把两方阵营都得罪了。他嘲笑美国的民主进程；他扬言除非男女在体力上达到平等，否则女人就只是屈服于男人的命，因此建议女权主义者去搞个准军事训练组织；谈到种族问题的时候，他写了一篇关于语言的文章，他说黑人应该改称自己为"有色人种"，因为用"黑色"来表示贬义的场合太多了。比如"黑暗的念头""黑得跟地狱一样""肤色黑"——而且"黑"这个字永远跟消极方面联系在一起，除了"纯黑色的外衣"之外。

可当他接下来又主张说地中海人种，包括意大利人、西班牙人、希腊人等，也应该被称作"有色人种"的时候，双方都被激怒了。

他说有钱人就应该冷酷无情、保持警惕性，而穷人应该成为罪犯以对抗法律，因为法律都是有钱人为了保护他们自己的钱而定的。他还写道，所有社会福利都是给穷人的贿赂，以防他们发动革命。提到宗教时，他说这些宗教都应该像药一样管制，凭处方才能使用。

不幸的是，谁也不知道他说这些到底是在开玩笑还是认真的。这些奇谈怪论从来没在他的小说里出现过，所以即便是阅读他的作品，也捉摸不透他的观点。

但是，当克劳迪娅跟他一同改编他的畅销书时，他们建立起了紧密的友谊。他是个好学生，十分尊重她，而她也挺喜欢他那些尖酸刻薄的笑话，和他对社会严肃认真的思考。他花钱随意，对金钱的概念完全是抽象的。还有，权势对这个世界，尤其是对好莱坞的影响，他竟然一无所知。他们十分合得来，于是她把自己的小说拿给他看。第二天，当他带着读小说时做的笔记来到片场，她真是受宠若惊了。

凭借她编剧事业的成功，以及经纪人梅洛·斯图尔特的影响力，她的小说终于发表了。可是她只得到了几句敷衍的赞扬，还有一堆讥诮，因为她是编剧，不是作家。但是克劳迪娅仍然很喜欢自己的书。书卖得很不好，也没人来买电影改编的版权。但至少是出版了。她还加了一条献词给维尔："致美国在世的最伟大的小说家"。然而无济于事。

"你运气好，"维尔说，"你运气好，没当小说家，去当编剧了。你永远也当不了小说家。"接着，他花了三十分钟时间，不带任何恶意和嘲讽地把她的小说条分缕析，让她认识到这纯属一本平庸之作。没有结构、没有深度、没有引起共鸣的角色，就连她的长项对白都一塌糊涂，通篇小聪明，没有重点。这是一次残忍的打击，但维尔言之有理，克劳迪娅明白这全是事实。

他以一种自以为善意的方式作了结语："如果是个十八岁的姑娘，这书还真不错。"维尔说，"我提到的这些缺点，都可以用经验加以弥补，只要年纪渐长就会好起来。但是还有一个问题永远没法弥补，你没有自己的语言风格。"

虽然克劳迪娅被批评得体无完肤，但是这句话真正惹怒了她。评论家们其实还赞扬了这本书抒情的风格。"你错了。"她说，"我挖空心思，就为了把句子写得完美。而且，你的作品最让我钦佩的一点，就是诗一般的语言。"

维尔这才笑了起来。"谢谢，"他说，"我并没有刻意追求诗意。我的语言全都是人物情感的真实迸发。而你的语言、你所谓的诗意，都是强加的，是假的。"

克劳迪娅的眼泪终于忍不住了，"你算什么东西？"她说，"你也太打击人了，你怎么就知道你是对的？"

维尔被逗乐了。"听着，你可以写能出版的小说然后等着饿死。可你明明是个天才编剧，何必这样呢？至于我为什么这么肯定，因为这是我唯一完全了解的事务。除非我说错了。"

克劳迪娅说："你没说错，但你是个残忍的混蛋！"

维尔很快地扫了她一眼。"你很有天赋，"他说，"你对电影对白很敏感，你是串联故事情节的专家。你真正能够理解电影。你属于电影，你不属于小说啊。"

克劳迪娅的大眼睛惊讶地瞪着他："你知不知道你多侮辱人？"

"我当然知道，"维尔说，"不过，这都是为了你好。"

"我真不敢相信，你这样的人能写出那样的书来，"她尖刻地说，"谁也没法相信是你写的。"

对此，维尔报以一阵大笑。"没错，"他说道，"这才妙呢，对不对？"

接下来的整个一周，他都一本正经地跟她共同改编剧本。他估计这段友谊算是完了。最后，克劳迪娅对他说："厄内斯特，放松点，我原谅你了，我甚至相信你说得对。可是你干吗要把话说得这么难听呢？我还以为你在耍那些男人的手段呢，比方说，先损我一通，再把我推倒在床上。但是我知道，要干这种事儿你还太迟钝了。上帝啊，以后你下猛药的时候，记得塞块儿糖。"

维尔耸耸肩。"我一直坚持一条原则，"他说道，"写作的事我要是不实话实说，那我就什么都不是了。还有，我说话难听，因为我很欣赏你。你这样的女孩子很难得。"

克劳迪娅笑着问："是说我的才华、智慧，还是美貌？"

维尔挥着手，打发她道："不是，都不是，"他说，"是因为你受到了祝福。你是个幸福的人。不会有什么悲剧能把你摧垮的。太难得了。"

克劳迪娅思忖着。"等一下，"她说，"你隐隐地在骂我。你是说我其实很愚蠢吗？"她顿了顿，"多愁善感才是敏锐啊。"

"没错，"维尔说，"我就很多愁善感，所以我就比你更敏感？"二人大笑，然后她抱住了他。

"谢谢你的坦率。"她说。

"别盲目自信，"维尔说，"我妈妈总说生活就像一箱子手榴弹，你永远不知道哪一颗会送你见上帝。"

克劳迪娅扑哧乐了，说道："天哪，你一定要说这么丧气的话吗？你这辈子也当不了编剧了，从你这句话就看得出来。"

"但这更真实。"维尔说。

没等剧本写完，克劳迪娅就把他拖上了床。她如此迷恋着他，只有脱了他的衣服才能脱了他的心防，真诚地交流。

就情人而言，维尔热情有余，技巧不足。他比大多数男人都知足。最重要的是，做爱之后他喜欢聊天。赤身裸体丝毫不影响他口若悬河、大肆说教。克劳迪娅喜欢看他一丝不挂。不穿衣服的他像个猴子似的灵活、性欲勃发，而且体毛浓密。他的体毛从胸前一直蔓延到后背。而且他还像猴子一样贪得无厌，总是紧紧抓住她光溜溜的身体，就好像她是枝头的果实。他的品味逗得克劳迪娅忍俊不禁，而她则享受性爱本身的愉悦。他享誉世界，她在电视上看到他时觉得他的演讲太装腔作势了。他痛批道德沦丧的世界，像模像样地攥着一个烟斗，几乎没吸过几口。他身穿粗花呢的外套，肘部缝了两块皮革，看上去非常专业。但是，他在床上比在电视里风趣得多。他一点儿也不上镜。

他们并不谈什么真爱、什么感情关系。克劳迪娅不需要这些，而对这些事情维尔只有文学上的认知而已。他比她年长三十岁，除了名气响亮，再没什么拿得出手的优点，这些两个人都承认。除了文学，两个人毫无共同语言。恐怕这种情况最不适合建立婚姻了，这点两个人也都同意。

不过，她喜欢跟他争论电影的事情。维尔一再宣称电影不是艺术，只是向远古的山洞里发现的那些原始壁画致敬而已。电影没有自己的语言风格，而人类发展靠的就是语言，所以这种东西是一种退化了的、最低等级的艺术。

克劳迪娅说："这么说，绘画也不是艺术，巴赫和贝多芬也不是艺术，米开朗基罗也不是艺术。你这纯粹扯淡。"这时候她才意识到，他是在逗她。他喜欢捉弄她，不过只是在做爱之后，而且他总是小心翼翼的。

等到剧组不再用他们两个的时候，他们已经是很亲密的朋友了。维尔动身回纽约之前，送给了克劳迪娅一枚小小的戒指，戒指镶了四种不同颜色的珠宝，外形并不对称。看起来，它并不昂贵，却是个很有价值的古董，他花了很长时间淘到的。从此之后，她就一直戴着。她已经把这枚戒指当成护身符了。

她送给他的分手礼物，则是对好莱坞运作方式的完整介绍。她告诉他，剧本会交给出色的本尼·斯莱改编。本尼是个善于剧本改编的传奇人物，曾经获得奥斯卡剧本改编奖的提名。本尼·斯莱最擅长的，就是把文艺故事变成票房上亿的大片。毫无疑问，维尔的书经过他手，一定会变成一部维尔讨厌得要死，却能卖一大笔钱的电影。

维尔耸耸肩。"无所谓，"他说，"反正我有百分之十的净利润，我会很有钱。"

克劳迪娅面带愠色地看着他。"净收入？"她嚷道，"不管电影有多少票房，你一分钱也见不到。罗德斯通最擅长的就是把钱变没。你听清楚，五部大卖的片子我都有净收入分成，我一毛钱都没见过，你也一样见不到。"

维尔再次耸了耸肩。看起来他并不在乎，这使得其后几年里他的行为更加扑朔迷离了。

克劳迪娅的下一段感情让她记住了厄内斯特所说的生活就像一箱子手榴弹。尽管她聪明伶俐，却还是跟一个完全不合适的人坠入爱河。他是个年轻的"天才"导演。在这之后，她又爱上一个全世界女性都会为之倾倒的男人，可惜对她而言仍是完全不合适。

她原本自大地认为自己能够驾驭这样的完美男人。但是他们对待她的方式很快让她打消了这种念头。

那个导演只比她大几岁，并不招人喜欢。但是他已经拍出了三部非同凡响的片子，口碑票房双丰收。每家电影公司都想请他。罗德斯通工作室给了他三部电影的合约，还安排克劳迪娅帮他改写电影剧本。

这个导演的天才之处在于他很清楚自己想要什么。一开始，他就对克劳迪娅摆架子，因为她是女人，又是作家。在好莱坞的权力体系中，这两种身份都没什么地位。他们很快就发生了争执。

克劳迪娅认为他要求的场景跟情节的结构不吻合。她认为这场戏本身是个亮点，但在整部电影中，只会起到导演炫耀技巧的作用而已。

"这场戏我写不出来，"克劳迪娅说，"这场戏对情节起不到作用。只有动作和镜头而已。"

导演硬邦邦地回应道："所以叫作电影。按我们讨论的写就行了。"

"我不想浪费你的时间，也不想浪费我的，"克劳迪娅说，"愿意写的话你拎着摄影机自己写去吧。"

导演连发火的时间都没浪费。"你被解雇了。"他说，"这部电影用不着你了。"他拍了拍手。

但是斯基比·迪尔和鲍比·邦茨让他们两个妥协了。如果不是她的执拗激起了那个导演的兴趣，这原本是不可能的。影片很成功，克劳迪娅不得不承认，这个成功主要是因为这个导演的天才，而不是她的剧本，她没有导演的那种眼光。他们上床纯粹是个偶然。但是这个导演太扫兴了。他拒绝光着身子。就算做爱，他也得穿着衬衫。但是，克劳迪娅仍然梦想着两个人可以一起做出好看的电影来，成为最棒的编导搭档之一。在这个组合里，她心甘情愿附属于导演，用她的才华服务他。他们一定能共同创造伟大的艺术，成为传奇。两个人的感情维持了一个月，直到克劳迪娅完成了《梅莎琳娜》的待售剧本大纲，并交给他看。他看了一遍就扔到了一边。"女权主义的狗屁，除了胸就是屁股，"他说道，"你很聪明，但是我可不想浪费一年的生命拍这种东西。"

"这只是第一稿。"克劳迪娅说。

"天哪，我真讨厌那些利用私人关系来给电影搭顺风车的人。"导演说。

克劳迪娅觉得自己对他的爱雾时间烟消云散了。她愠怒不已。"我用不着靠着跟你上床来拍电影。"她说。

"你当然用不着了，"导演说，"你有才华，而且电影圈对你的屁股的评价是最高的。"

克劳迪娅悚然。她从来没在私底下议论过她的性伙伴。她讨厌他的语气。做的都是同样的事，凭什么男人就天经地义，女人就得感到羞耻。

克劳迪娅对他说道："你也很有才华。但是一个穿着衬衫做爱的男人更加无耻。还有，至少我不会拿试戏来骗人上床。"

两人的关系就这么结束了。她因此想到了让迪塔·汤美来做导演。她断定，只有女人才配得上她的剧本。

去他妈的，克劳迪娅想。这个混蛋从来不把衣服脱光，而且做爱之后也不愿意说话。他的确是个拍电影的天才，但他没有自己的语言。在天才当中，他又是个无趣至极的人，只有谈起电影才好一点。

此刻，克劳迪娅的车马上就要开到太平洋海岸公路的大转弯处了。那里的海面像镜子一样映出她右侧的悬崖。这是她最喜欢的风光。大自然的美永远能让她愉悦。离马里布只有十分钟的路了，安提娜就住在那儿。克劳迪娅理了理思路：她得挽救片子，她得让安提娜回来。她记得，她们有过相同的情人，只不过时间不同。爱过安提娜的人也爱过她，她的心头忽然涌起一阵自豪。

太阳正是最耀眼的时候，海浪在阳光照射下像一块块巨大的钻石。克劳迪娅突然踩下刹车。她看到一架滑翔翼，她觉得这架滑翔翼会从她的汽车前方掠过去。她看得清滑翔翼下面的人。一个年轻姑娘，露出了半边乳房，一边挥手，一边飞向海滩。没人管他们吗？警察哪儿去了？她摇摇头，踩下了油门。车辆渐渐少了，公路转弯，她看不见海面了，不过半英里后还会再出现的。就像真爱一样，克劳迪娅笑着想。她生命里，真爱总是会重新出现。

她真正坠入爱河时，却换来了一次痛苦的体验，给她好好上了一课。这其实并非她的错，因为对方是斯蒂夫·施塔林斯，卖座红星，女人的梦中情人。他洋溢着阳刚之气，浑身散发着魅力，还有一定量可卡因所带来的旺盛活力。他还很有表演天分。更重要的是，他是当代的唐璜。无论他走到哪里都处处留情——非洲外景棚、美国西部的小镇、孟买、新加坡、东京、伦敦、罗马，还有巴黎。而且他这么做的时候，都仿佛是一位绅士施舍穷人，或者是基督教的慈善活动。他们之间从来谈不上有恋情，乞丐怎么有资格接到慈善家的宴会邀请呢？他对克劳迪娅倾心不已，这段感情持续了整整二十七天。

尽管他们在一起很快乐，对克劳迪娅来说，这二十七天真是一种耻辱。斯蒂夫·施塔林斯是个不可抗拒的情人，吸食了可卡因之后更是如此。他甚至比克劳迪娅还习惯于赤身裸体，他完美的身材比例起了很大的作用。克劳迪娅经常发现他对着镜子端详自己，就像女人在试戴帽子一样。

克劳迪娅知道，自己只是个小情人而已。他们约会的时候，他总是打来电话说要晚到一个小时，结果六个小时之后才出现。有时候他干脆就把约会取消掉。对他而言，她无外乎是个后备。还有，他们做爱的时候，他总逼着她一起吸食可卡因，当时飘飘欲仙，却让她的脑子变得一团糟，过后好几天她都没法工作，就算写出来点什么，她也不相信自己。她发现她正在变成自己最为痛恨的那种人——全部生活都寄托在男人的兴致上的女人。

她只是他第四或者第五个选项，这让她大感耻辱。但其实她并不怪他，她只是怪自己。不管怎么说，名声大噪的斯蒂夫·施塔林斯愿意要哪个女人都能到手，而他选了自己。施塔林斯会渐渐老去、不复俊朗；他总有一天会变成过气明星，而吸食的可卡因会越来越多。趁着年头尚好，他得及时行乐。她一生中很少有不快乐的时候，而她虽然坠入了爱河，却非常不快乐。

所以，第二十七天，施塔林斯打电话说他晚到一个小时的时候，她说道："别麻烦了，斯蒂夫，我不想再当个百依百顺的奴隶了。"

他似乎并不意外，回应道："我希望我们分手了还是朋友。"他说，"和你在一起我很高兴。"

"当然。"克劳迪娅说着就挂了电话。这还是头一次她不想在分手后保持朋友关系。她还是太傻了，这使她懊恼不已。显然他的行为都是让她主动离开的小伎俩，可她这么长时间都不知趣。想想真丢脸。她怎么能这么傻呢？她哭了，但是一周以后她发现自己根本不怀念这段感情。她可以自己分配时间了，她能工作了。没有可卡因和真爱，重新扑在写作上的感觉真好。

那位天才导演情人拒绝了她的剧本后，克劳迪娅花了六个月时间，拼命修改完了剧本。

克劳迪娅·德·莱纳在《梅莎琳娜》的初稿里，把女权主义定为基调。但她在电影这行摸爬滚打了五年，深知不论要传达什么信息，都得用一些最基本的元素包装起来。比如贪婪、性爱、谋杀，还有对人性的信仰。她不但要给主角安提娜·阿奎坦塑造一个丰满的角色，至少还得准备出三个女配角的戏份。好的女性角色太少，这个剧本肯定能吸引一线明星。最后，一个迷人、冷酷、英俊、睿智的大反派是必不可少的。她不禁想起，她的父亲是最好的原型。

最初克劳迪娅希望找到一位影响力足够的女独立制片人，不过电影公司掌握生杀大权的人大部分都是男人。他们虽然喜欢这个剧本，但是也忧虑如果制片人和导演都是女人的话，这部片子的女权主义倾向会不会过于明显。这个时候克劳迪娅已经决定导演由迪塔·汤美来担任，而高层们则希望主创人员中至少有一位男性。

对这个拍摄预算充裕的邀约，汤美肯定欣然接受。这样的片子一旦成功，她就会跻身最卖座的导演之中。而就算片子的票房失败，她的名号起码也打出去了。有时候，相比挣了钱的小成本电影，一部血本无归的大手笔更能让导演声名远播。

此外，迪塔·汤美只对女人感兴趣。这部片子能让她一下子接近四个漂亮女明星。

克劳迪娅之所以想找汤美来拍，是因为若干年前她们曾经愉快地合作过一部电影。她非常直率、敏锐，很有才华。而且，她不是"编剧杀手"那类导演，她不会找自己的朋友来修改剧本，然后在编剧里加上自己的名字。除非她确实做了相应的工作，否则她绝不会署名。她不会像其他导演和演员一样性骚扰。话说回来，在电影圈里"性骚扰"这个词其实并不成立，因为出卖色相也是工作的一部分。

克劳迪娅特意等到周五才把剧本发给了斯基比·迪尔。他只有周末才会认真读剧本。尽管他背叛过她，她还是把剧本寄给了他，因为他是好莱坞最好的制片人。而且，她从来都没法儿跟往日旧情一刀两断。她等来了回音。周日上午她接到他的电话，约她共进午餐。

克劳迪娅把电脑扔在奔驰车里，一身工作装：男款蓝色牛仔衬衫、褪了色的牛仔裤和帆布鞋。头发用红色的头巾扎到后面。

她从圣莫尼卡的海洋大道出发，途经海洋大道和高速之间的帕丽萨德公园时，她看到圣莫尼卡无家可归的人们正排队等着领早午餐。公园里空气清新，有木头桌椅，每个星期天，社工都会给他们送来食物和饮料。克劳迪娅为了能看见他们，一直都走这条路，她提醒自己，另外一个世界里的人没有奔驰和游泳池，也没钱去罗迪欧道购物。前几年，她经常自发去公园派发食物，如今她只是写张支票捐给教堂。在两个不同的世界里来往太痛苦了，让她追求成功的欲望都变得迟钝了。她不可避免地观察着他们。这些人衣衫褴褛，生活困窘，但一些人还是活得很有尊严。没有希望地活着在她看来实在不可思议。其实这根本就是钱的问题而已。她写剧本，挣钱轻松愉快；她半年赚的钱，比这些人一辈子见过的钱都多。

斯基比·迪尔的家在比弗利山庄的山谷里。管家把她引到了游泳池。游泳池的更衣室漆成了明亮的黄蓝两色，迪尔靠在太阳椅上，旁边的大理石桌子上摆着他的电话和一沓剧本。他戴着一副只在家里使用的红框老花镜，手里端着一杯冰镇的"依云"矿泉水。

他起身拥抱了她。"克劳迪娅，"他说，"我们很快就要有事可干了。"

她在琢磨他的口气。她通常能从说话的语气里听出对剧本的态度。有时候他们字斟句酌地表扬你，其实是在说"根本不行"；有时候他们先是热情洋溢地把你夸得天花乱坠，然后紧接着给你至少三个他们不能买你的剧本的理由——别的电影公司已经在做类似的题材，没有合适的演员阵容，我们公司不做这类题材——诸如此类。但是迪尔的口气听上去就像出手果断的生意人锁定了目标。他谈的是钱和操作，意思是"这个剧本我们要了"。

"这是一部大制作，"他对克劳迪娅说，"非常非常大。其实这个制作根本小不了，你的意图我明白，你很聪明。但是我必须要用性爱这个主题说服电影公司。当然了，我肯定会对女演员说这是关于女权的电影。男主角呢，如果你能让这个角色再温和一点儿，给他添几场正面的戏份，也没问题。我知道你想当这部片子的联合制片人，但最终我说了算。说说你的想法吧，我很乐于接受意见。"

"我希望能决定导演的人选。"克劳迪娅说。

"这可得由你、电影公司和主要演员共同决定。"迪尔笑着说。

"除非同意我的导演人选，否则我不卖剧本。"克劳迪娅说。

"好吧，"迪尔说，"那这样，你先跟电影公司说你要当导演，然后再让步，他们放下心的时候，也就同意你的人选了。"他顿了一下，"你准备找谁？"

"迪塔·汤美。"克劳迪娅说。

"聪明。她不错。"迪尔说，"女演员都喜欢她。电影公司也是。她不会超出预算，也不借拍电影捞好处。不过把她拉进来之前，我们先把演员阵容定下来。"

"你准备找哪家公司？"克劳迪娅说。

"罗德斯通，"迪尔说，"他们跟我磨合得很好了，所以演员和导演的问题上我们不用太费心。克劳迪娅，你的剧本非常棒。很有灵气，很引人入胜，从早期的女权主义这个角度入手，选得非常棒，这个话题现在正火。当然还有性。你给梅莎琳娜和所有的女人正名了。回头我就找梅洛和茉莉·弗兰德斯谈你的合同问题，茉莉会联系罗德斯通的业务部。"

"你这家伙，"克劳迪娅说，"你已经跟罗德斯通谈过了吧？"

"昨天晚上，"斯基比·迪尔微笑着说，"我把剧本给了他们。他们说只要我能安排好一切，就给我绿灯。听着，克劳迪娅，可别小瞧我。我知道安提娜已经答应出演了，所以你才敢这么强硬，"他停了一下，"我跟罗德斯通也这么说了。那么，行动吧。"

这个大项目开始了。她不会让努力付诸东流的。


克劳迪娅从交通灯左侧转入辅道，这是到马里布的必经之路。她不由得感到一阵慌乱。安提娜意志坚定，这是明星必须有的特质，她不会轻易改变心意。无所谓，要是安提娜拒绝的话，她就飞到拉斯维加斯去找哥哥克罗斯帮忙。克罗斯从没让她失望过。一起长大的时候没有，她跟母亲一起离开之后没有，母亲去世之后也没有。


克劳迪娅还记得长岛克莱里库齐奥家族聚会的盛大场景。围墙之中的宅院仿佛置身格林童话之中，她跟克罗斯就在无花果树林里嬉戏。一群八到十二岁的小男孩分成两队。没有克罗斯的那个小团体里，丹特·克莱里库齐奥带领的一队是克罗斯的对手。那时唐总是静立在楼上的窗子前，好像岩洞里的巨龙。

丹特年少气盛，喜欢打架，喜欢当首领。他是唯一一个敢跟克罗斯单挑的孩子。丹特把克劳迪娅按在地上揍她，要她屈服，恰好被克罗斯看见。于是丹特跟克罗斯就打了起来。尽管丹特是那么凶狠好斗，克罗斯却自信十足，轻轻松松就打赢了。

所以，克劳迪娅很不能理解妈妈的心思。妈妈为什么不多喜欢克罗斯一点？克罗斯更值得拥有她的爱。他选择了跟父亲一起生活，这就是证明。克罗斯其实是很想跟妈妈和她一起生活的，克劳迪娅从不怀疑这一点。

分开后的几年中，他们多少还是维持着一些联系。从两人的谈话和从周围人群的举止中，克劳迪娅知道，她的哥哥在某种程度上已经接近爸爸的地位了。虽然他们已经完全不是一路人了，兄妹两个人的感情始终如一。她意识到，克罗斯是克莱里库齐奥家族的一员，而她不是。

克劳迪娅搬到洛杉矶两年以后，也就是她二十三岁那一年，她的妈妈被诊断出了癌症。那个时候的克罗斯已经为克莱里库齐奥杀了第一个人，成了格罗内韦尔特的合伙人。他来到萨克拉门托，与她们共度了最后的两个星期。克罗斯雇了护士二十四小时照看娜莱内，还找了厨师和管家。这是离婚以来，三个人第一次重新住在一起——娜莱内不让皮皮来看她。

癌症影响了娜莱内的视力，所以克劳迪娅经常读报纸、杂志和书给她听。克罗斯负责外出购物。有些时候，他必须回拉斯维加斯花一个下午的时间处理酒店生意，但是他一定会在傍晚赶回来。

夜里，克罗斯和克劳迪娅轮流握着妈妈的手让她安心。虽然她已经用了大量的药，还是离不开他们的手。有时候她会产生幻觉，以为孩子们又回到了小时候。有一天晚上情况很糟，她呜呜地哭着，祈求克罗斯原谅她的所作所为。克罗斯把她抱在怀里，想方设法让她安心，告诉她一切都很好。

漫漫长夜里，母亲服药睡下后，克罗斯和克劳迪娅就给彼此讲述自己生活里的点点滴滴。

克罗斯说，他把讨债公司卖了，离开了克莱里库齐奥家族，不过还是靠着他们的影响力，在桃源酒店谋了一份营生。他隐晦地提到了一些他的影响力，告诉她欢迎她随时来桃源酒店玩，住宿和餐饮一律免单。克劳迪娅问他这怎么可以，他有一丝得意地说："我有签单的权力。"

克劳迪娅觉得这种得意很好笑，又有一点悲哀。

对于母亲的死，克劳迪娅比克罗斯要更伤心。但是这段经历让他们重新走到了一起。他们又回到了儿时的亲密无间。之后的几年里，克劳迪娅常常飞到拉斯维加斯去，她见到了格罗内韦尔特，看得出这位老人与她哥哥关系密切。这些年来，克劳迪娅知道，克罗斯有一定的影响力，可他从来不会把这种影响力跟克莱里库齐奥家族联系起来。克劳迪娅跟家族的关系一向很紧张，家族无论是葬礼、婚礼还是洗礼，她一概不参加。她并不知道，克罗斯仍然是家族的一员。克罗斯也从来不跟她提及这些。她很少见到爸爸。他对她没兴趣。

新年夜是拉斯维加斯最大的盛事。人们从四面八方汇集到这里，但克罗斯总是给克劳迪娅留出一间客房。克劳迪娅并不热衷于赌博，可是有一年元旦的前一夜，她昏了头。她带了一个年轻气盛的男演员，使劲浑身解数讨好他，一时失控，整整签了五万美元的借据条子。克罗斯攥着欠款单来到她的房间，脸上带着好奇的神情。他一开口，克劳迪娅就发现，这根本就是爸爸的神情。

"克劳迪娅，"克罗斯说，"我一直觉得你比我聪明多了。这到底怎么回事？"

克劳迪娅有点不知所措。克罗斯经常告诫她，赌注一定要小，运气不好就别再加注。还有，每天最多赌两三个小时，因为赌博最大的陷阱就在于让人没完没了地赌。这些忠告，克劳迪娅这一次全都当了耳旁风……

她说道："克罗斯，给我几个礼拜时间，我一定还上。"

哥哥的反应大大出乎她的意料："让你还钱，我还不如直接杀了你呢。"他慢条斯理地把借据撕得粉碎，然后揣进了口袋。他说："听我说，我邀请你来这儿，是因为我想见到你，不是因为我想赚你的钱。永远记住，你赢不了的。这根本不是运气的事。这是真理，就像2加2等于4一样。"

"好的，好的。"克劳迪娅说。

"撕了欠条我无所谓，但是你要是笨我可受不了。"克罗斯说。

事情就这样不了了之。但是克劳迪娅却开始好奇。克罗斯真有那么大的权力吗？格罗内韦尔特会同意吗，还是说他根本就不知道？

类似的事情还有几件，但让她心悸的是发生在一个叫洛蕾塔·兰的女人身上的事情。

洛蕾塔是桃源酒店滑稽剧演出的歌舞明星。她活力四射，有一种与生俱来的幽默特质。克劳迪娅很喜欢她，于是演出结束后，克罗斯介绍她们认识。

洛蕾塔·兰无论在舞台上还是在台下都很有个人魅力。但是克劳迪娅发现，克罗斯对她颇为不屑。不仅如此，她的精力充沛让他颇为愠怒。

克劳迪娅再次来到拉斯维加斯的时候，带了梅洛·斯图尔特专程来看滑稽剧演出。梅洛本来完全是出于好意，并不抱什么期望。他以品评的眼光观赏着演出，对克劳迪娅说："这女孩真不错。我说的不是唱歌跳舞。她有演喜剧的天分。对女演员来说，比金子还宝贵。"

到后台找洛蕾塔时，梅洛扮出一副不顾一切的表情说道："洛蕾塔，我爱你的表演，我爱你的表演，你懂吗？下周你来一趟洛杉矶，我会安排你拍一段试镜，给我的一个电影公司的朋友看。不过，你得先跟我的经纪公司签一份合同。你也知道，想挣钱的话，我得先做大量的前期工作。这个行业就是这样。我爱你的表演。"

洛蕾塔兴奋地拥抱了梅洛，不是装模作样的感谢。约好了日子之后，三个人一起去吃饭庆祝。梅洛第二天一早就回洛杉矶了。

晚饭的时候，洛蕾塔说了实话，她跟一家经纪公司有个夜店演出的合同。合同还有三年到期，没有商量的余地。梅洛让洛蕾塔放心，什么事都有解决的办法。

但是这个问题没法解决。洛蕾塔的演出经纪公司坚持她完成三年的工作。惊慌失措的洛蕾塔求克劳迪娅找她哥哥克罗斯帮忙。这让克劳迪娅很是吃惊。

"克罗斯又能怎么帮你呢？"克劳迪娅问道。

洛蕾塔说："他在这里说话很有分量。他一定能帮我弄到合理的协议。求你了。"

克劳迪娅在酒店套房找到了克罗斯，把事情跟他说了。她的哥哥一脸嫌恶地看着她，摇了摇头。

"又不是什么大事，"克劳迪娅说道，"帮她说句话，我也没求你多做什么。"

"你真傻，"克罗斯说，"这种女人我见多了。她们专门踩着像你这样的朋友往上爬，回头就把你忘个干干净净。"

"那又怎么样？"克劳迪娅说，"她很有天分。这个好机会可能改变她的一辈子。"

克罗斯再次摇头。"别找我干这事儿。"他说。

"为什么？"克劳迪亚问道。她习惯于帮别人找关系。电影圈就这个习惯。

"因为要是我插了手，我就非办成不可。"克罗斯说。

"我不是要求你非办成不可，你尽力就好了。"克劳迪娅说，"那样的话，我至少能跟洛蕾塔说我帮她问过了。"

克罗斯笑了。"你真是个笨蛋。"他说，"好吧，告诉洛蕾塔和她的经纪人明天来找我一趟。十点钟，不许迟到。你最好也能过来。"

第二天早上的会议上，克劳迪娅第一次见到了洛蕾塔的演出经纪人。他叫托里·内文思，一身拉斯维加斯的休闲打扮，但还是特意为这次会面的严肃性做了一些休整，也就是无领白衬衫，外面套了件蓝色夹克，一条蓝色牛仔裤。

"克罗斯，很高兴又见面了。"托里·内文思说。

"我们见过？"克罗斯问道。他从来没亲自管理过滑稽剧表演。

"很早以前了。"内文思并不介意，接着说，"那还是洛蕾塔第一次在桃源演出呢。"

克劳迪娅注意到了洛杉矶大明星的经纪人和托里·内文思之间的差别，他是夜店小明星经纪人，显得有点紧张，外表也不强势。他没有梅洛·斯图尔特那种强悍的自信心。

洛蕾塔亲了亲克罗斯的面颊，但是什么话都没有说。其实，她还是带着平时那种活力。她坐在克劳迪娅旁边，克劳迪娅感觉到了她的紧张。

克罗斯穿着打高尔夫球时穿的夹克、肥肥大大的白裤子、白T恤，还有白色帆布鞋。他的头上戴了一顶蓝色棒球帽。他招呼大家喝点什么，大家都说不用了。于是他淡淡地说："那我们就把这事解决了。洛蕾塔？"

她的声音哆哆嗦嗦。"托里要从我的一切收入里抽成，这其中也包括电影。洛杉矶的经济公司自然要从我拍的所有电影收入里抽成。可我又不能让两边都抽成。所以托里决定控制我的所有工作。洛杉矶的经纪人不会接受的，我也接受不了。"

内文思耸了耸肩。"我们签了合同的。我们只是希望她履行合同而已。"

洛蕾塔说："可那样的话，电影经纪人是不会签我的。"

克罗斯说："我看很简单。洛蕾塔，你把合同买断就是了。"

内文思说："洛蕾塔是个好演员，给我们挣了很多钱。我们给了她很多机会，一直都相信她的天分。我们也投入了一大笔钱。现在是她回报我们的时候，我们是不会让她走的。"

克罗斯说："洛蕾塔，让他抽成。"

洛蕾塔都快急哭了："我不能抽两份成，那也太残忍了。"

克劳迪娅极力想要保持微笑。但是克罗斯拉下了脸。内文思看上去很委屈。

终于，克罗斯开口道："克劳迪娅，去把你的高尔夫球杆拿来。我们去打9洞。等我这边完事，就到楼下的收银台找你。"

克劳迪娅原本看到克罗斯穿得这么随便，似乎根本不在乎这件事，这让她很不舒服，而且她知道这也让洛蕾塔很不舒服。但是这种打扮却让托里放宽了心，以至于毫不妥协。克劳迪娅对克罗斯说："我哪儿也不去，我想见识见识所罗门王的才干。"

克罗斯永远无法跟自己的妹妹生气。他大笑起来,她也对着他微笑。这时,克罗斯对内文思说:"看来你不准备让步,我也觉得你有道理。这样如何,一年之内,她的电影收入可以给你一份?但是你必须放弃控制权,否则事儿就不成了。"

洛蕾塔怒道:"我不会把钱给他的!"

内文思说:"我也觉得不行,不是抽人提成那个方面,而是如果我们给她联系了一场好演出,可她拍电影抽不开身怎么办?那我们要赔钱了。"

克罗斯叹了口气,语气几乎有些悲哀了:"托里,你必须终止跟她的合同。这是我的要求。我们酒店跟你有大量业务往来。给我个面子。"

内文思第一次感到警觉。他用近乎恳求的口吻说道:"我很愿意帮忙,克罗斯,但是我得跟我经纪公司的合伙人确认一下啊。"他想了想又说,"我应该可以安排一下合同买断。"

"不对,"克罗斯说,"我是说给我个面子,不是买断。我现在就要你答复,然后我还要去打高尔夫。"他顿了顿,说,"行还是不行,你说吧。"

这个要求太无礼,克劳迪娅瞠目结舌。克罗斯并不是在威胁或者恐吓。事实上,他只是打算放弃了,似乎这件事他已经失去兴趣了一样。但是克劳迪娅发现,内文思在发抖。

内文思的回答更出人意料。"可这不公平啊。"说着他剜了洛蕾塔一眼,洛蕾塔低头避开了他的目光。

克罗斯潇洒地把棒球帽歪了歪。"这只是个要求而已。"他说,"你完全可以拒绝我。怎么办都行。"

"不,不,"内文思说,"我只是不知道你这么在乎,你们交情这么深。"

突然，克劳迪娅发现她哥哥的态度立即发生了变化。克罗斯探过身子，浅浅地拥抱了托里·内文思一下。他的微笑让整个面容都显得春风和煦。这个混蛋真帅，她想。克罗斯用满是感激的口吻说道："托里，这件事情我不会忘记的。在桃源，你想捧哪个新人随便你，名字我保证放在演出海报的前三位上。我甚至可以给你安排个滑稽剧专场之夜，把你所有的演员阵容全搬出来，而且演出当夜，我希望你还有你的合伙人能跟我一起吃个饭。有事就给我打电话，我会吩咐他们把你的电话转进来。你可以直接跟我联系。没问题吧？"

克劳迪娅意识到两件事。克罗斯是故意展示了他的影响力。还有，克罗斯早就仔细考虑过如何补偿内文思的问题，但是得在内文思点头同意之后才行，而不是之前。托里·内文思会得到一个举办专场之夜的演出机会，那他得出尽风头了。

之后克劳迪娅才明白，克罗斯让她见识了他的能力，是一种爱的表现，而且这种爱是有物质倚仗的。克劳迪娅望着克罗斯，他精致的面容和他那令人嫉妒的美丽似乎定格在这一刻，仿佛就要变成远古的大理石雕像。


克劳迪娅离开太平洋海岸公路，来到了马里布的入口。她喜欢马里布。房子就建在海边，正对着波光粼粼的海面，远远倒映着山峦。克劳迪娅把车停在了安提娜的家门前。


博兹·斯堪尼特此刻躺在马里布南侧的公共海滩。铁丝栅栏横跨整个沙滩，延伸到海里十步左右。但是这种栅栏纯粹是做做样子，你完全可以游泳绕过去。

博兹正酝酿下一次对安提娜的攻击。今天是试探，他穿着一件T恤、一条网球裤，里面套了一条泳裤，开车来到公共海滩上。他的沙滩包其实是个网球袋，里边装了一瓶用毛巾裹好的酸液。

他在海滩上这个位置，正好可以透过铁丝栅栏看到安提娜的家。他看见海滩上的两个私人保镖。这两个人都配了武器。既然屋后都有人守着，那屋前肯定也有。他不在乎保镖受伤，但他不想搞得像个大开杀戒的疯子一样。那样就损害了他报复安提娜的正当理由。

博兹·斯堪尼特脱下T恤和长裤，铺开毯子。他出神地看着沙滩和蔚蓝的太平洋。温暖的阳光让他昏昏欲睡。他又想起了安提娜。

上学的时候他听教授讲爱默生的时候引用过一句诗："美因美而在。"是爱默生写的吧？写的是"美"吧？但他又想起了安提娜。

同时拥有美丽的外表和善良的品质的人实在是少见。他想起了安提娜还是花季少女的时候，大家都叫她提娜。

他年轻时如此爱她，他一直活在她爱他的美梦里。他无法相信生活还能如此美妙，可一点一点地，一切都不复当年。

她怎么敢如此完美？她怎么敢如此苛求爱情？她怎么敢让那么多人倾心于她？难道她不知道这有多危险吗？

博兹又想到了自己。他的爱怎么变成了恨呢？其实很简单。因为他知道，他不可能天长地久地拥有她；他早晚有一天要失去她，早晚有一天她会躺在其他男人的身边，早晚有一天她会从他的世界消失，永远不再想他。

他察觉到阳光的温暖从他脸上消失了。他睁开眼睛，看到一个身材高大、穿着得体的男人，拎着一把沙滩椅在居高临下地打量他。博兹认得他，吉姆·洛西。他往安提娜脸上泼水那次，审他的探员就是吉姆·洛西。

博兹眯起眼睛抬头看着他："多巧啊，我竟然有幸跟你在同一片海滩游泳。你他妈想怎么样？"

洛西展开椅子坐上去："这把椅子是我前妻给我的。我抓的人里有不少都是玩冲浪的，所以她说我也该让自己舒服一点儿。"他颇为和善地俯视着博兹·斯堪尼特，"我只是想问你几个问题而已。第一个，你离安提娜·阿奎坦内小姐的房子这么近干什么？你违反了人身限制令。"

"我在公共海滩上，中间隔着栅栏，我还穿着泳裤，你觉得我看着像是要骚扰她吗？"博兹说道。

洛西的脸上露出了同情的笑。"我明白，"他说，"我要是能娶她，我也离不开。让我看看你的沙滩包里都有什么，怎么样？"

博兹把沙滩包拉过来枕在头下。"不行，"他说，"除非你有搜查令。"

洛西和善地笑了笑。"别逼我抓你，"他说，"或者揍你一顿才把包拿过来。"

这句话挑动了博兹。他站起来，伸手作势把包递给洛西，随即又把手缩回来。"来拿啊。"他说。

吉姆·洛西很诧异。他没想到有人会比他更加强硬。换了别人，他早就抽出警棍或者手枪，把对方痛揍一顿。这一次，也许是脚下的沙地，也许是斯堪尼特的无谓，他觉得不妥。

博兹笑着说："你只能开枪了。"他说，"我比你壮，跟你一样高。如果你开枪，你又没有正当理由。"

洛西很佩服这个男人的洞察力。真要是打起来，他未必打得赢。要掏枪又确实没理由。

"好吧。"说罢，他收起椅子起身离开。然后又回头，用一种赞许的口吻说道："算你狠。你赢了。但是，可别给我找到什么理由。我没测量你距离房子有多远，也许你正好超过了法官限定的范围……"

博兹大笑："我不会给你这个机会的，放心好了。"

他注视着吉姆·洛西离开沙滩、上车离开了。博兹把毯子塞进沙滩包里，找到了自己的车。他把沙滩包放进车的后座，拔下钥匙塞在前座底下。然后回到海滩，准备游过栅栏。

# 第五章

安提娜·阿奎坦内的成名之路中规中矩，不是那种街头巷尾津津乐道的故事。她花了数年时间接受训练：表演、舞蹈、形体、台词，大量阅读戏剧文学。这些都是表演艺术不可或缺的部分。

当然，无谓的事也做了不少。她得与经纪人、选角导演周旋，要面对好色的制作人、导演和电影公司高管热情的追求。

她入行的第一年，全靠接拍商业广告、模特走秀，还有衣着清凉地做车模来糊口。但仅仅一年之后，她的演技就开始大放异彩。爱慕她的人们给她送了数不清的钱财和珠宝，有些人还向她求婚。这些韵事来得快去得也快，都是友好结束的。

对她来说这并不痛苦也不耻辱，甚至那个劳斯莱斯的买主暗示她是随车附带的东西时也无所谓。她拒绝了他，开玩笑说她的价钱可跟车一样贵。她喜欢男人、享受性爱，但仅仅是奖励自己付出的努力而已。在她的世界里，男人不是必需品。

表演才是生命。虽然她不为人知的秘密很重要，虽然世界上的种种危险很要紧，但是表演永远排在第一位。不是那种只够她养活自己的小角色，而是小剧院的主角，马克泰帕论坛剧场的重头大戏，如今她终于接到了两部电影的主角邀约以及最终出演大制作电影的机会。

她的生活就是表演的一部分。她为角色赋予了生命，让这些角色在她的内心中与她共同生活。而她的感情生活，就像打高尔夫和网球、跟朋友吃饭一样，只不过是一种消遣，梦幻泡影。

只有在神圣庄严的剧场里，才有真实的生命。上妆、试服装、面部表情随着台词的跌宕起伏而变幻，看着观众席黑压压的一片——这一刻上帝与她同在——她在命运面前俯首帖耳。她泪流满面，她爱意缠绵，她高声喊叫撕心裂肺，她为隐秘的罪恶而祈求宽宥……有时候，她发现幸福，感受到了救赎的喜悦。

她指望成功能够让她与过去一刀两断，让她忘记博兹·斯堪尼特，忘记他们共同养育的孩子，忘记她被自己的美丽所背叛。名利是仙女给她的恩惠。

一切艺术家都追求世界的欣赏，她也不例外。她知道自己的美——她怎么可能不知道，全世界都是这么告诉她的——但她也知道自己的智慧。她从一开始就相信自己。起初她不敢相信，真正的天才所不可或缺的品质她都有：旺盛的活力、高度的注意力，还有一颗好奇的心。

表演和音乐是安提娜的真爱，为了能在这两方面全神贯注，她还花心思使自己成为其他各个方面的专家。她学会了修车、做得一手好菜，还擅长体育。她从文学和生活中汲取情爱知识，因为她知道在她这行里这事有多重要。

她也有缺点。她不愿意给周围的人带来困扰，可这类事情总是在所难免，因此她活得并不快乐。不过，为了出人头地，她仍然会作出非常现实的决定。她善于利用自己卖座红星的地位；她的冷酷有时一如她的美艳让人窒息。大导演求她出演电影，男人们期盼着爬上她的床。她能影响甚至干涉导演和演员的选择。她

144

犯轻罪不受惩罚，她挑战传统，她蔑视几乎一切道德准则。谁都不知道哪个才是真正的安提娜。大牌明星有的神秘莫测她都有，银幕上的她和生活中的她是一对双胞胎，你无法区分她们之间的差别。

就算这样，世界仍然爱她。这还不够。她知道自己内心的丑陋。有一个人并不爱她，这让她非常难过。女演员就是如此，就算有一百个人喜欢她，但只要有一个不喜欢她，也能让她痛不欲生。

在洛杉矶的第五年，安提娜得到了第一部由她主演的电影，开始了她最伟大的征程。

斯蒂夫·施塔林斯跟所有的大牌男星一样，对跟自己演对手戏的女演员是有否决权的。他在马克泰帕论坛剧场看到了她的演出和天赋。但他更多地还是惊艳于她的美貌，于是他挑中了安提娜跟他一起主演下一部电影。

安提娜惊喜万分。她知道这是天赐良机，可最开始她并不知道为什么会挑中自己。她的经纪人梅洛·斯图尔特让她恍然大悟。

梅洛的办公室装修得十分华丽，摆满了精致的东方小古董，镶金线的挂毯，还有厚重雅致的家具。窗帘阻挡了外面的阳光，房间里用灯光照明。相比外出用餐，梅洛还是喜欢中午时分在办公室里喝上一杯英国茶，一边往嘴里塞小三明治一边说话。他只跟真正名气大噪的当事人去外面吃饭。

"这个机会你当之无愧，"他对安提娜说，"你是个非常棒的演员。但是这座城市你毕竟初来乍到。你很聪明，但是经验稍稍欠缺了一点儿。所以我接下来要说的话你别介意——是这样的——"他顿了顿，说，"一般来说我可不会解释这些的，通常根本没这个必要。"

"但是我没有经验。"安提娜笑道。

"也不至于那么没经验，"梅洛说道，"不过你太专注于你的艺术，似乎没有意识到演艺圈的复杂。"

安提娜被这话逗笑了："那就告诉我，我是怎么拿到这个角色的。"

梅洛说："施塔林斯的经纪人给我打电话了。他说施塔林斯在锥度剧院看了你的戏，被你的表演折服了。他非常坚决地要你来演这部片子。所以制片人就给我打电话，我们达成了协议。片酬二十万，不分成。你以后的片子就慢慢有分成了。对你接拍别的片子没有限制。这交易很不错啊。"

"多谢你。"安提娜说。

"我本来不应该这样说的，"梅洛说，"斯蒂夫有个习惯，他会疯狂地爱上跟他演对手戏的女演员。是真正地爱上，他是个非常热情的追求者。"

安提娜打断了他："梅洛，用不着解释得这么详细。"

"我觉得我得说清楚。"梅洛说。

他深情地望着她。平时他不是这个样子的，这一次却从一开始就爱上了安提娜。但是安提娜并没有表现出对他有意思，他也很识趣地，没有坦露自己的感情。不管怎么说，她是一笔价值连城的财富，有朝一日会给他挣很多的钱。

"你是不是想告诉我说，只要我跟他有个单独相处的机会，我就应该主动扑上去？"安提娜艰难地说，"难道我的天分还不够吗？"

"绝对不是，"梅洛说，"你的天赋绝对足够。好演员就是好演员，这一点谁也改变不了。但是你知道演员是怎么当上明星的吗？他们得在最好的时机拿到最好的角色。这就是你最好的角色。要是错过了你后悔也来不及。再说了，爱上斯蒂夫·施塔林斯哪儿有那么难啊？全世界能有一亿女人都爱他，怎么就你不行？你应该感到荣幸才对。"

"我受宠若惊。"安提娜冷冷地说，"可是，万一我讨厌他怎么办？"

梅洛又捏起一个点心三明治送进嘴里。"讨厌他什么？我跟你说实话，他的确是个好男人。你至少也得拍到他们没办法换人的时候。"

"要是我的表现特别出色，他们根本没法儿让我出局呢？"安提娜问道。

梅洛叹了口气道："实话告诉你吧，斯蒂夫根本等不了那么久。你要是没爱上他，三天就把你换掉。"

"这不是性骚扰嘛。"安提娜冷笑道。

"电影圈没有性骚扰这种事儿，"梅洛说，"你踏进这一行，就得献身，只不过形式不一样而已。"

"我是说，我为什么一定要爱上他，"安提娜说，"上床还不够吗？"

"他想跟谁上床，就能跟谁上床，"梅洛说，"他爱上你了，他也希望你能爱他。一直到电影结束为止。"他叹气道，"因为那个时候你们就会忙得没时间相爱了，"他顿了顿，"不会让你抬不起头来的，"他说，"像斯蒂夫这样的男明星总是会表现出他的兴趣。而你呢，作为被动的一方，就表现得对于他的这种兴趣没有兴趣。第一天，斯蒂夫会送花给你。第二天彩排之后，他请你吃饭，一起研究剧本。他不会强求，只不过如果你不去的话，这部片子就没有你了。当然，钱还是会给的，这点我可以安排。"

"梅洛，你不觉得我的能力用不着出卖色相吗？"安提娜佯装责备地说。

"我当然觉得，"梅洛说，"你年轻，才二十五岁，你可以等上两三年，甚至四五年。我绝对相信你的天赋。但是给你自己个机会吧。人人都爱斯蒂夫。"

事情跟梅洛·斯图尔特预测得一模一样。第一天，安提娜收到了一束花。第二天，他们跟全剧组进行了彩排。这是一部喜剧，笑中带泪，这种戏最难演。斯蒂夫·施塔林斯的演技给安提娜留下了很深印象。他淡淡地读着台词，毫不刻意雕琢，可对白就那么鲜活起来了。那么多处理台词的方法，他总是能找到最为真实的。有一场，他们用各种不同方式进行了表演，互相配戏，就像舞蹈演员那样配合。最后，他喃喃地说"真不错，真不错"，微笑着看着她，流露出纯粹出于职业角度的赞赏。

一天过去，斯蒂夫终于开始了攻势。

"有你在，我相信这部电影肯定很棒，"他说，"今晚要不要一起研究一下剧本？"他顿了顿，露出了一个孩子气的可爱笑容，"我们搭档真合适。"

"谢谢你，"安提娜说，"什么时间，到哪儿呢？"

斯蒂夫立刻露出了礼貌有加、兴致盎然的表情。"噢，我都行，"他说，"你选吧。"

这个时候，安提娜决定接受自己这个角色，就纯粹把它当作职业表演好了。他是超级明星，她是新人。选择都是他来做，而她要做的则是选出他想要的。她耳边响起了梅洛的话："你要等两年、三年、四年、五年。"她不要等。

"你愿意来我家吗?"安提娜说,"我可以做顿简单的晚餐,这样我们可以边吃边谈。"她顿了顿,说,"七点钟?"


安提娜是个完美主义者,所以在肉体和精神两方面都作了挑逗的准备。晚餐得清淡一点,才不会影响工作和做爱。尽管她几乎不喝酒,还是准备了一瓶白葡萄酒。这顿饭得显示出她的过人厨艺,她可以一边做菜,一边和他谈工作。

还有衣服。她知道,这种挑逗必须是不经意间的,不是刻意安排的。但是也不能成为要他敬而远之的信号。作为一个演员,一切信号斯蒂夫都会加以解读。

所以,她穿了一条褪色牛仔裤,衬托出她臀部的美妙曲线。不均匀的蓝色和若隐若现的白色发送着热情的邀请。没有腰带。上身是一件白色的丝质百褶衣,乳沟没露出来,却更加掩映出了衣服下面乳白的双峰。耳朵上戴了两只小圆坠,绿色的,跟她眼睛的颜色正相配。但是,这还是有点太刻意、太拘谨,会让人心存疑虑。她灵光一闪,把脚趾染成了猩红色,裸着双足迎接斯蒂夫。

斯蒂夫·施塔林斯带着一瓶上好的红酒,虽然不是最好的,但是很不错。他也精心打扮了一番。他穿着绒线的棕色灯笼裤,蓝色牛仔衬衫,白色帆布鞋,黑发梳得一丝不苟。他的胳膊下边挟了一沓剧本,还装模作样地粘了黄色的便笺。只是古龙水淡淡的香味出卖了他。

他们坐在厨房的桌旁随意地用餐。他恰如其分地恭维了她的厨艺。他们一边吃饭,一边翻看剧本、交流心得、把对白改得更加通顺。

饭后，他们来到了起居室，把剧本中他们觉得比较不好处理的几个地方过了一遍。但是两个人始终注意着对方，干扰了他们的工作。

安提娜注意到了斯蒂夫·施塔林斯得心应手的表演。他非常专业，而且举止得体。他称颂她的美丽，他赞扬她的表演天赋和对台词的自如处理，只是他的眼睛背叛了他。终于，他开口问她排练关键的床戏会不会太累了。

这个时候，晚餐已经消化得差不多了，他们已经成为亲密的朋友了，就跟剧本里的角色一样。他们排练了那段爱情戏。斯蒂夫浅浅地吻上了她的唇，并不摸索她的身体。轻轻一吻之后，他真挚地凝视着她的双眸，用他磁性的完美嗓音说道："第一次见到你，我就想这样吻你了。"

安提娜也望着他的眼睛，然后轻轻捧低了他的头，印上了一个单纯的吻。这是个必要的信号，而出乎两个人的意料，他的回应是一阵原始的激情。这说明，我的表演技高一筹，安提娜心想。但是他熟练得很。他褪去了她的衣衫，双手探上了她的胴体。还不坏，两个人移进卧室的时候她想。斯蒂夫的美真是让人目眩神迷，他的面庞隽永古典，洋溢着激情，这种强烈的情感无法复制到电影里。因为放到电影里就只剩下情色了。他演床戏非常节制。

现在，安提娜已经把自己的角色变成了沉沦于狂野激情中的女人。他们契合完美，在眩晕的一刹那同时高潮。两个人精疲力竭地躺下来时都在想，这一幕放在电影里是什么样，不行，这样还不够，既无法表现人物，也无法推进剧情。无论是真爱还是单纯的欲望，还缺乏发自内心的柔情。必须得再练一次。

斯蒂夫·施塔林斯坠入了爱河，不过对他来说是家常便饭。安提娜虽然觉得这是某种程度上的职业强奸，但她还是很高兴事情进展顺利。除了并非出于自由意愿，这件事似乎没有真正的坏处。事实证明，谨慎地镇压自由意志对人类生存很有必要。

斯蒂夫很高兴。新电影的拍摄让他称心如意。他有了一个好搭档，他们有愉悦的关系，他用不着到处寻花问柳。而且，他几乎从没见过像安提娜这样绝妙的女人。她才貌双全，床上功夫一流。她正对他爱得如痴如醉，不过这件事以后可能是个问题。

接下来的事情更加深了他们的爱。他们同时从床上一跃而起："我们接着工作吧。"他们捡起剧本，光着身子开始修改对白。

但是有件事让安提娜很别扭。斯蒂夫穿上内裤的时候，她发现这条内裤竟然是粉红色的，还有波浪的花纹。这条内裤是为了展现他那让无数女影迷神魂颠倒的翘臀而专门设计的。他还神气地告诉她，他所用的安全套是为他特制的，生产厂家得到了他的投资。你绝对感觉不出来用了安全套。而且绝对没有意外怀孕的风险。然后，他问她这种避孕套叫"亚瑟王"或者"王者之剑"怎么样，他比较倾向于"亚瑟王"。安提娜闻言思忖了一会儿。

然后她故作正经地说："要不然换个更加政治正确的名字？"

"你说得对。"斯蒂夫说，"这种安全套成本太高，我们必须得吸引男女两性都来买才行。我们的推广口号是'明星使用的安全套'，那就拿这个做名字怎么样？就叫'明星安全套'吧。"

电影和他们的感情都取得了巨大的成功。安提娜成功地登上了通向明星的第一层阶梯，而接下来的五年之间里，她所拍的每一部电影都让她的成功变得更加坚定稳固。

就如同大多数的明星情事一样，他们的关系尽管美妙，却好景不长。靠着剧本做媒人，斯蒂夫和安提娜爱上了对方；但是他的声名和她的野心让他们的爱情不胜其扰。谁都禁不起付出更多的爱，这样的计较是激情的坟墓。而且两地分离也是个原因。电影拍摄完，两个人的关系也就结束了。安提娜去了印度拍外景，斯蒂夫的外景则在意大利。他们打电话，寄圣诞卡，送小礼物，他们还飞赴夏威夷共度销魂的周末。一起拍电影，就好比圆桌武士；而争名逐利，则好比寻找圣杯——只能单打独斗。

人们猜测说他们可能会结婚。当然，毫无可能。虽然安提娜觉得这段关系颇为愉快，但她始终觉得很滑稽。虽然她用职业演员对待工作的方式表现得更爱斯蒂夫，但她总忍不住笑场。斯蒂夫真挚、完美，是个热情而细腻的情人，她只要看一部他的电影就知道了。

他的外形赏心悦目，但无法让人长久爱慕。他吸毒、饮酒适度，让人没法指责。他把可卡因当作处方药来用，而酒精让他更加魅力焕发。成功并没有让他随心所欲或是情绪阴晴不定。

可是当斯蒂夫竟然求婚的时候，安提娜大吃一惊，委婉地拒绝了他。她知道，斯蒂夫随便和周围的人上床，无论在好莱坞的片场，还是在康复中心的时候。她可不想跟这样的人一起生活。

对于她的拒绝，斯蒂夫没说什么。过量的可卡因让他感到了短暂的虚弱，但他很快就振作起来了。

后来的五年里，安提娜终于成为了顶级明星，而斯蒂夫渐渐过气了。对他的影迷，尤其是女影迷而言，他仍然是偶像，但他运气不好，选片也不明智，毒品和酒精则让他更加无心事业。斯蒂夫通过梅洛·斯图尔特问安提娜，能不能把《梅莎琳娜》的男主角给他。如今，决定权换人了。安提娜同意了这个请求，把角色给了他。她之所以答应，是出于一种有悖常理的感激之情，再说这个角色正适合他。而且他不用陪她上床。

五年以来，安提娜有过几段短暂的感情生活。其中一次是跟年轻的制片人凯文·马林——伊莱·马林的独生子。

凯文·马林跟她年纪相仿，但在电影界经验丰富。他二十一岁那一年完成了第一部主流电影的制作，一炮而红。他因此觉得自己是电影天才。可在那之后他接连遭遇了三次票房滑铁卢，如今，整个行业里只有他父亲肯相信他。

凯文·马林长相英俊，毕竟伊莱·马林的第一任妻子是电影圈的大美人。可惜他的俊美不属于镜头，他试镜从来都通不过。那么作为一名严肃的艺术家，他只能当一名制片人了。

凯文邀请安提娜主演他的新电影，安提娜听着凯文说话，心里既惊且惧。一本正经的人谈吐往往有一种特有的无知。

"这是我读过的最好的剧本，"凯文说，"坦率地说，我本人也参与了修改。安提娜，这个角色非你莫属。这个圈子里任何女演员我都能请到，但是我只想要你来演。"他一眨不眨地盯着她，要她明白他的真诚。

他的剧本让安提娜很着迷。故事是关于一个无家可归的女人的。她露宿街头，偶然在垃圾桶里发现了一个弃婴，继而成了全美流浪者的领袖。电影中有一半镜头都是在拍她推着超市的手推车，里边装着她的全部家当。酗酒、吸毒、饥饿、强奸都没能打垮她，政府也没能从她手里夺走捡来的孩子。于是她以独立候选人的资格参选美国总统。不过，竞选失败了——这种剧本都是这样。

安提娜的这种着迷其实是一种恐惧。这个剧本要她扮演一个无家可归的绝望女人，身处的环境凄惨无比，衣服也破旧褴褛。从视觉上看，就是个灾难。影片的情绪基调一塌糊涂，戏剧冲突的建构愚蠢无比。整个剧本不知所云，完全一团糟。

凯文说："你要是能演这个角色，我死了都愿意。"

安提娜想，是我疯了还是这家伙是个白痴？但他是个很有影响力的制片人。他很真诚，也想真正地拍电影。她无助地看着梅洛·斯图尔特，而梅洛则报以一个鼓励的微笑。她不知怎么开口。

"有意思，这个点子很有意思，"梅洛说，"经典，跌宕起伏。这就是戏剧的精髓。但是凯文，安提娜刚刚取得了突破，你知道她下一部电影的选择十分重要。让我们考虑一下，然后再答复你，怎么样？"

"当然没问题，"说着，凯文给了他们一人一份剧本，"你们一定会喜欢的。"梅洛带安提娜来到了梅尔罗斯的一家泰国小餐馆。他们点了餐，然后哗啦啦地翻着剧本。

"还不如让我自杀算了。"安提娜说，"这个凯文是怎么回事？"

"你还是不懂电影圈啊，"梅洛说，"凯文算是聪明的。他只是还没找到合适的电影。我见过更糟的。"

"在哪？什么时候？"安提娜问道。

"记不大清了，"梅洛说，"你可以拒绝他，但是你还没红到可以随意树敌的地步。"

"伊莱·马林那么精明，肯定不会支持他儿子拍这部电影，"安提娜说，"他肯定知道这剧本有多烂。"

"当然，"梅洛说，"他甚至开过玩笑说，他儿子拍商业电影没票房，他女儿拍严肃电影也赔钱。但是伊莱总得哄着自己的孩子们吧。我们用不着。我们完全可以对这片子说不。但是也有个问题。罗德斯通买下了一部小说，其中有个很适合你的角色。你要是拒绝了凯文的话，那个角色也没了。"

安提娜耸耸肩："这次我宁可多等几年。"

"干吗不把两个角色都拿下来呢？提个条件，你得先做那部小说，然后想个办法拒绝凯文不就行了。"

"那样就不会树敌了吗？"安提娜笑着问道。

"第一部电影一定大卖，所以这就不成其为一个问题了。那个时候你得罪人也无所谓了。"

"你确定我能退出凯文的电影吗？"安提娜说。

"我要是没法儿把你弄出来，你就解雇我好了。"梅洛说。他已经跟伊莱·马林商量好了。伊莱不能对自己的儿子说"不"，所以只好迂回逃避这场灾难，让安提娜和梅洛来做恶人。梅洛无所谓。电影经纪人有时就是做剧本里的反派。

每件事情都按部就班。小说改编的电影让安提娜坐稳了一线红星的交椅。但这一连串的事情之后，她决定独身一段时间。

虽然凯文的片子根本不会投拍，但还是装模作样地进行前期准备。他毫不意外地爱上了安提娜。作为电影制作人，凯文·马林还缺乏经验，他追求安提娜时，一往无前、一片赤诚。热情和社会责任感是他最大的魅力所在。一晚，出于一时的脆弱和背叛这部电影的负罪感，安提娜跟他上了床。两个人都很享受，凯文坚持要跟她结婚。

安提娜和梅洛说服克劳迪娅修改剧本。她把剧本改写成了荒诞喜剧，凯文开除了她。他十分生气，也变得越来越讨厌。

对安提娜来说，这段感情还不错。时间正好配得上她的档期，凯文在床上的激情也让人感到愉快。还有，他连婚前协议都不用就坚持要结婚，这让安提娜受宠若惊，他将来可是要继承整个罗德斯通电影公司啊。

但是一天晚上，他喋喋不休地讨论着他的电影，安提娜突然想："要是我再听这家伙多废话一分钟，我还不如去死。"善良的人要是翻脸就会不留任何余地。安提娜知道自己一定会感到愧疚，决定一次性全部说清楚。她对凯文说，她不会嫁给他，不会跟他睡觉，而且那部电影她也不拍了。

凯文惊讶得目瞪口呆："我们可是签了合同的，"他说，"合同有强制力。你这是彻彻底底地背叛我。"

"我知道。"安提娜说，"去找梅洛谈好了。"她觉得自己真恶心。当然，凯文说得对。可是有件事她觉得很有意思：相比失去她的爱，凯文更加关心的是电影怎么办。

这段感情之后，她的电影事业已经是一片坦途了，而安提娜对男人也失去了兴趣。她一直保持着独身。她还有更重要的事情要做，而情爱显然不在其中。


安提娜·阿奎坦内和克劳迪娅·德·莱纳之所以成为了挚友，完全是因为克劳迪娅坚持跟她喜欢的女人交朋友。她最开始见到安提娜时，正在修改一部安提娜参加演出的剧本。那个时候安提娜还没那么走红。

安提娜坚持要帮她一起改剧本。剧作家往往会被这种情形吓到，但安提娜证明了自己的睿智，帮了大忙。她把握角色和情节有一种良好的本能，而且她总是无私地给予意见。因为她知道，她合作的人物角色越完美，她就会有更多的表演空间。

她们经常在安提娜的马里布别墅里一块儿工作，因而发现了许多彼此的共同之处。她们都擅长体育：游泳、高尔夫球、网球都不错。马里布海滩网球馆里，她们两个组成的搭档击败了众多男组合。所以，电影拍完后，她们仍然维持着友谊。

克劳迪娅对安提娜是无话不谈。而安提娜对自己的事却讳莫如深。这种友谊就是这样。克劳迪娅明白这一点，但是没觉得有什么大不了。克劳迪娅讲了她跟斯蒂夫·施塔林斯的感情。安提娜闻言大笑，还跟她交流起了心得。她们达成了共识，的确，斯蒂夫很让人愉快，床上也很棒。而且很有才华，他是个天赋惊人的演员，而且是个好男人。

"他的长相可差不多跟你一样出众呢。"克劳迪娅说。她向来不吝于赞美别人的美貌。

安提娜好像完全没听到这话。有人提到她的美貌时，她一向是这个反应。

"但他演技更好？"安提娜捉弄地问道。

"不，你是个好演员。"克劳迪娅说。为了让安提娜多说说自己的事儿，她又说道："可他比你开心多了。"

"真的？"安提娜说，"也许吧，不过早晚他要比我更不开心。"

"是啊，"克劳迪娅说，"可卡因和纵酒早晚要毁了他。他将来不会好过的。不过他很聪明，也许能适应。"

"我可不想变成他将来的那个样子。"安提娜说，"我也不会那样的。"

"你最棒了，"克劳迪娅说，"不过你敌不过年龄的。我知道你不怎么喝酒，不乱搞，但是你的小秘密会击垮你。"

安提娜笑了，"我的秘密就是我的救赎，"她说，"我的秘密太没劲了，简直不值一提。我们电影明星需要一些神秘感。"

周六上午没有工作的时候，她们一起到罗迪欧道去购物。为了不让影迷或者店员认出来，安提娜总要改头换面一番，对此克劳迪娅叹为观止。安提娜戴了一顶黑色假发，用头巾遮住面部轮廓。她还变了妆，让下巴显得更阔，嘴唇更饱满。但最有意思的是，她好像可以重新排布五官在脸上的分布似的。她还戴了隐形眼镜，让亮绿色的瞳孔变成褐色。就连口音都带了点南方腔。

安提娜买东西的时候，都让克劳迪娅结账，然后等她们一起吃饭的时候再用支票还给她。扮成普通人在饭馆里自由自在可真好；克劳迪娅半开玩笑地说，谁都认不出来编剧长什么样儿。

克劳迪娅每个月都会去马里布两次，和安提娜打网球、游泳。克劳迪娅给安提娜看了《梅莎琳娜》的第二稿，安提娜问她能不能把女主角给她。就好像她不是什么头牌明星，而克劳迪娅原本也不需要低三下四地求她一样。

所以，当克劳迪娅来到马里布劝安提娜回去接着拍摄的时候，她觉得还是有希望成功的。不管怎么说，这种行为不光会毁了安提娜的前程，也会给克劳迪娅造成很大伤害。

除了马里布住宅小区大门的保安，安提娜的家里还增设了严密的警戒。见到这番光景，克劳迪娅的信心动摇了。

两个身穿太平洋安保公司制服的人站在房子正门。还有两个

158

人在大院子里巡逻。南美洲的管家把她带到海景房的时候，她看见外面的海滩上还有另外两个保安。这些保安都带着警棍，还有装在套子里的枪。

安提娜热情地拥抱了克劳迪娅。"我会想你的，"她说，"我一周之后就走了。"

"你疯了吗，"克劳迪娅说，"难道让一个自以为是的男人毁了你？还有我。我真不敢相信你胆子这么小。这样，今晚我住在你这儿，明天我们就去办持枪证、学射击。用不了几天我们就是神枪手了。"

安提娜闻言笑了，又抱了她一下。"你的黑手党血统起作用了啊。"她说。克劳迪娅给她讲过克莱里库齐奥家族和她爸爸的事情。

她们倒了些喝的，坐在躺椅上。这样看见大海的景色，就好像在看一幅青绿色的水景写生。

"你劝不了我的，我也不是什么胆小鬼。"安提娜说，"你不是一直想知道我的秘密吗？我现在就告诉你。你也可以告诉电影公司，这样也许你们就都能理解了。"

于是她给克劳迪娅讲了她的婚姻，讲了施虐成性、心肠如铁、挖空心思要让她出丑的博兹·斯堪尼特，还讲了她是怎么逃出来的……

克劳迪娅很聪明，又是讲故事的行家，她发现了安提娜的故事里少了些东西。安提娜是故意略掉这些重要东西不提的。

"孩子呢？"克劳迪娅问道。

安提娜的五官瞬间罩上了一层电影明星的面具。"眼下我能告诉你的只有这么多了。说实话，我有孩子的事情仅限于你我之间，你绝对不能告诉公司。我相信你。"

克劳迪娅知道她问不出来什么的。"可是你为什么一定要退出这部电影呢？"克劳迪娅说，"公司会保护你的，然后你再远走高飞就是了。"

"你不懂，"安提娜说，"公司只会保护我到拍摄结束。就算如此也不管用。我太了解博兹了。什么也拦不住他的。就算我不走，这片子我也根本拍不完。"

就在这个时候，她们都注意到，有个穿着泳裤的男人从水里钻出来，朝房子走来。两个警卫拦住了他。其中一个警卫吹了一声口哨，花园里的两个人也立刻跑过来。四个对一个的悬殊比例下，穿泳裤的男人好像稍稍退了一步。

安提娜一下子站起来，明显地浑身发抖。"是博兹，"她悄悄对克劳迪娅说，"他这么干完全是要吓唬我。这不是他真正的行动。"她跑到凉台上，看着楼下的五个人。克劳迪娅也跟了过来。

博兹·斯堪尼特抬头看了看他们。他眯着眼睛，阳光把他的面颊映成了古铜色。他的身体只穿了一条泳裤，带着一种致命的危险。

他笑了笑说："嗨，安提娜，怎么不请我进去喝一杯呢？"

安提娜明媚地笑了："可惜我没有毒药，要不然一定请你喝。你违反了法庭的命令——我可以让你进监狱。"

"不，你不会的。"博兹说，"我们太亲密了，我们有太多小秘密了。"虽然他在笑，可看起来凶悍无比。

克劳迪娅想到了在科沃格的时候，参加克莱里库齐奥家族庆典的那些人。

其中一个保安说："他从公共海滩绕过栅栏游过来的。他肯定把车停在那儿了。我们可以把他关起来。"

"不，"安提娜说，"把他带到他的车那边去。告诉你们公司，我要再多派四个人手。"

博兹仍然抬着头。他的身躯仿佛一座立在沙滩里的雕像。"再见，安提娜。"他说。保安把他带走了。

"确实很吓人，"克劳迪娅说，"也许你说得对。要阻止他，非动用加农炮不可。"

"我逃走之前会给你打电话的，"安提娜的语气有些刻意，"我们还可以一起吃顿晚餐。"

克劳迪娅都快哭出来了。博兹真把她吓坏了，让她想起了她的父亲。"我飞到拉斯维加斯找我哥哥克罗斯去。他精明得很，认识好多人。我保证他能帮忙。别走，等我回来。"

"他凭什么帮忙呢？"安提娜说，"又怎么帮呢？他是黑手党？"

"当然不是，"克劳迪娅不悦道，"他帮忙是因为他爱我。"她的口气带着骄傲，"除了爸爸之外，他真正爱的就只有我一个人。"

安提娜蹙眉看着她："你哥哥有问题。你也太天真了，不像个电影圈的女人，我就奇怪你怎么会跟那么多人睡觉的？你又不是演员，再说我觉得你也不放荡。"

"这没什么奇怪的。"克劳迪娅说，"为什么男人要搞那么多女人？"她抱了抱安提娜，"我要去拉斯维加斯了，"她说，"别走，等我回来。"

那晚，安提娜坐在凉台，望着黑漆漆的海面，天上没有月亮。她回顾了一遍她的计划，愉快地想起了克劳迪娅。真有意思，她连自己的哥哥是什么人都不知道。不过，爱，就是这样。

那天下午，克劳迪娅见了斯基比·迪尔，告诉他安提娜的故事，两个人都沉默良久。终于，迪尔开口道："她隐瞒了一些事。我曾经找过博兹·斯堪尼特，想用钱把他打发了。他拒绝了，还警告我说如果我们耍什么花招，他就给报纸透露点儿能毁了我们的小故事——安提娜是怎么遗弃了他们的孩子的。"

克劳迪娅怒不可遏。"撒谎！"她说，"认识安提娜的人都知道，这种事她干不出来。"

"没错，"迪尔说，"但是我们可不知道她二十岁的时候什么样。"

"你也少胡说八道，"克劳迪娅说，"我要飞到拉斯维加斯找我哥哥克罗斯。他比你们这些家伙脑子都快，比你们有种。他一定能摆平这事儿。"

"我觉得他吓不着博兹·斯堪尼特，"迪尔说，"我们花大力气试过了。"不过这会儿，他又看到了一线希望。

他听说过克罗斯的一些事。克罗斯想找机会进入电影业。他给迪尔的六部电影投过钱，总体来看是亏了钱的。所以克罗斯也不是那么精明。有传言说克罗斯和黑手党有联系，在黑手党里也有影响力。但是，每个人都跟黑手党多少有点联系，这也并没让这些人看起来有多危险。他怀疑克罗斯解决不了博兹·斯堪尼特这件事。但是，制片人永远要善于听别人的意见，考虑长远。再说了，他总可以劝克罗斯再给一部电影投些钱。拉合伙人进来总是有用的，他们也控制不了电影的拍摄和财务情况。

斯基比·迪尔顿了顿，对克劳迪娅说："我跟你一块儿去。"

尽管斯基比·迪尔曾经为了五十万美元骗过她，克劳迪娅·

德·莱纳仍然爱他。她爱迪尔的小毛病，还有层出不穷的捞钱手段，还因为斯基比是个好伙伴，拥有制片人的一切好品质。

若干年前，他们合作一部电影的时候成为了朋友。当时，迪尔已经是好莱坞最成功、最有趣的制片人之一。有一次，有部电影的男主角在片场吹嘘自己搞了迪尔的老婆，而迪尔正好在三楼的吊杆架上听到了他的话，他跳到了那个演员的头上，不仅把他的肩给砸骨折了，还用一记漂亮的右直拳让他的鼻子开了花。

克劳迪娅还记得一件事。他们两个在罗迪欧道上散步的时候，克劳迪娅从橱窗里看见了一件女式衬衫。克劳迪娅从没见过这么漂亮的衣服，纯白色上面隐隐约约有绿色的暗纹，美得像莫奈的画。要进这间商店，你得事先预约，就好像店主是高明的内科医生一样。不过没问题的。斯基比·迪尔跟店主私人关系很好。迪尔跟电影公司的主管、大企业的董事，甚至西方国家的统治者都是好友。

他们走进商店，店员告诉他们说这件衣服五百美元。克劳迪娅震惊得退了一步，双手捂住了胸口。"一件衣服要五百美元？"她问道，"别开玩笑了。"

店员被克劳迪娅的失态给弄得不知所措。"这是最好的料子做的，"他说，"纯手工……而且这种绿条纹，全世界也找不出别的料子能有这种绿色了。价钱很合理的。"

迪尔笑了。"克劳迪娅。"他说，"你知道要洗这衣服得多少钱吗？至少三十美元。你穿一次，三十美元就没了。而且伺候这件衣服得跟伺候孩子一样。不能沾上食物渣子，绝对不能抽烟。你要是烫了个洞，五百块就飞了。"

克劳迪娅对店员笑了笑。"请问，"她说，"要是我买下这件衣服，有免费的礼品赠送吗？"

这位衣着华美的店员此刻眼里已经有泪水打转了。他说道："请你离开。"

他们走出了商店。

"什么时候店员敢把客人撵出去了？"克劳迪娅笑着问道。

"这儿可是罗迪欧道啊，"斯基比说，"能进来就不错了。"

第二天克劳迪娅来电影公司上班的时候，发现桌子上有个礼品盒。盒子里装十二件那种样式的女式衬衫，还有一张斯基比·迪尔留的字条，写着："奥斯卡奖的时候再穿。"

克劳迪娅这才知道，那个店员和斯基比·迪尔都在信口胡扯。后来她又见到过同样的漂亮绿条纹，一次是在一件连衣裙上，还有一次则是卖一百美元的特别款网球头巾。

她跟迪尔合作的是一部三流爱情动作片，这种电影要是能跟奥斯卡扯上什么关系，斯基比·迪尔就能到最高法院当法官了。但是不管怎么说，她还是很感动。

终于有一天，他们合作的电影竟然奇迹般地赚到了一亿美元的票房，克劳迪娅觉得有钱了。斯基比·迪尔请她共进晚餐庆祝。斯基比满肚子都是玩笑话。"今天真是我的幸运日啊，"他说，"片子整整卖了一亿，鲍比·邦茨的秘书给我吹箫，昨天晚上我前妻还叫车给撞死了。"

一起的其他两个制片人闻言都皱着眉。克劳迪娅以为迪尔在说笑话。但迪尔对两个制片人说："我知道你们嫉妒得眼珠子都发绿了。不过从此以后我每年能省下五十万的赡养费，我的两个孩子继承了她的地产，那都是她从我这儿拿走的，所以我再也不用管他们了。"

克劳迪娅突然觉得情绪很低落。迪尔对她说道："我只是实话实说而已，这种话每个男人都想过，但是绝不会大声说出口而已。"

斯基比·迪尔在电影圈能走到今天，花了很大的代价。他是个木工的儿子，原来帮着父亲在好莱坞给电影明星修房子。他成了一个中年女影星的情人，这种情况也只能发生在好莱坞。这个女人给他在经纪公司里谋了个学徒的工作，这是准备甩了他的前奏。

他工作勤奋，学着控制自己的急脾气。最重要的是，学着如何讨好一线红星、如何恳求炙手可热的导演新秀、如何哄骗影视新人、如何成为蹩脚编剧的良师益友。他自比为文艺复兴时期与法兰西国王谈判的红衣主教。法兰西国王露出屁股，当众大便，以示对教皇的轻蔑。而那个红衣主教则高呼："噢，这是天使的屁股！"然后冲上去大亲特亲。

不过，迪尔的业务水平相当扎实。他掌握了谈判的技巧，并把这种技巧总结成"什么都得主动要"。他了解文学，眼光毒辣，专门挑出适合改编成电影的小说来。他能发现表演天赋，他对影片的制作中坑钱的不同手段洞烛于心。他成了一个成功的制作人，能把剧本内容减掉百分之五十，把预算降到百分之七十。

他喜欢读书，还能写剧本，这都帮了他的忙。虽然他没法完全从零开始写，但是他善于删减场景、修改对话，还能设计动作场面、加一些固定桥段。这些桥段虽然对情节没什么作用，但是反响往往不错。他最引以为自豪的是，他的电影之所以能有好票房，是因为他很善于拟定电影的结局，这些结局往往都是大团圆，正义战胜了邪恶——要是实在安不进去，也起码要搞个虽败犹荣什么的。他的得意之笔是一部讲原子弹摧毁纽约的电影。这部电影的结局是，原来所有的角色都是人类楷模，为了同胞的福祉奋不顾身，就连那个引爆了炸弹的角色都算在内。他多雇了五个编剧才搞出这一场戏来。

作为一个制作人，这些对他来说本来没有什么价值，但是他对金融十分敏感。谁也不知道他的投资都是从哪儿拉来的。有钱人为他的剧组慷慨解囊，就好像那些漂亮女人对他投怀送抱一样。他实话实说，连赞美生活中的好事时也是满嘴脏话，不过明星和导演们倒是喜欢他这一点。他能从电影公司以外的地方弄来赞助，还发现用贿赂电影公司高层的方法换得电影一路绿灯完全行得通。他分配圣诞卡片和圣诞礼物的送礼清单长得没完没了，有送给明星们的，有送给报纸杂志的影评人的，甚至还有高级司法官员。这些人都被他叫作好朋友，就算有朝一日他们没用了，他也只是从礼品名单上把他们删掉，但是卡片名单上永远留着他们。

当好制作人的诀窍之一是资本。可以是一本毫无名气的小说，就算印出来卖得不好也没关系，这是实实在在的东西，有了它就有跟电影公司谈判的内容。迪尔以每年五百美元的价格买下了这些作品未来五年的期权。他也会买下剧本的期权，跟作者一起修改成电影公司更愿意购买的剧本。这种事最劳心劳力。作家们都太脆弱了。迪尔最喜欢用"脆弱"形容他认为愚蠢的人。对女演员来说，这个词尤其有用。

与克劳迪娅·德·莱纳合作很成功，也很愉快。他很喜欢克劳迪娅，希望能把诀窍都教给她。他们花了三个月的时间一起修改剧本。他们一起吃饭，一起打高尔夫（迪尔感到不可思议，克劳迪娅竟然能击败他），还一起去圣安妮塔看赛马。他们一起在斯基比·迪尔家里游泳，穿泳装的秘书在旁边等着随时记下指示。在一个周末，克劳迪娅甚至带着迪尔去了桃源酒店见她的哥哥克罗斯。为了方便有时候他们干脆睡在一起。

这部片子的票房取得了巨大成功。克劳迪娅以为能赚上一大笔钱了。迪尔的分成中有她的一份，而且她知道，分成的时候他的钱总是优先付的，照他的话说，这叫"上游"。但是克劳迪娅不知道的是，迪尔有两个不同的抽成，一个基于全部票房收入，一个基于净利润。而克劳迪娅能拿到多少抽成，得看斯基比·迪尔在净利润分成时能拿多少。虽然片子挣了一亿多美元，迪尔在净利润分成上却一分钱都没能入账。公司的会计程序、迪尔的总票房抽成、制片成本让净利润一毛都不剩了。

克劳迪娅提起了起诉，斯基比·迪尔跟她以一个小数额达成了和解，友谊也得以持续。克劳迪娅谴责他的时候，迪尔说："这事跟我们俩的私交没关系，这是两个律师之间的事。"

斯基比·迪尔说："我曾经也是个人，但是我结婚了。"不仅如此，他真的坠入了爱河。他的理由是，当时他太年轻，而且他看得出来，她是个有天分的演员。他是对的。但是他的妻子克里斯蒂并没有那种成为明星的特殊潜质。她的最好成绩也只是第三女主角而已。

不过，迪尔真的很爱她。他在电影圈有了一席之地，便尽全力帮克里斯蒂成为明星。他找其他制片人、导演和电影公司高管帮忙，让她出演重要的角色。偶尔几部片子他为她争取到了第二女主角，但是等她年龄渐长，工作就越来越少了。他们生了两个孩子。可是克里斯蒂越来越不开心，这占据了迪尔大量的工作时间。

成功的制片人都忙得不可开交，斯基比·迪尔也是一样。他必须满世界跑，监制片子、谋求资助、开发项目等。既然跟这么多美丽迷人的女性有接触，而且还缺个伴，浪漫韵事就不罕见了。对此他照单全收，但仍然爱他的妻子。

有一天，一个开发部门的姑娘给他带来了一部剧本，说正适合克里斯蒂，这种角色再好演不过，而且真的非常适合她。这是一部黑色电影。女人爱上了年轻的诗人，杀死了自己的丈夫，于是不得不躲避孩子们的伤痛和丈夫家人对她的怀疑。当然，最后她得到了救赎。虽然是纯粹胡扯，但是电影卖座就可以了。

斯基比·迪尔要解决两个问题：说服一家公司拍这部电影，再说服他们把主角留给克里斯蒂。

他动用了一切关系，他投资都押在了净收入的分成上。他说服了一位一线男星友情客串。他还找来了迪塔·汤美做导演。事情如梦幻般顺利。克里斯蒂的表演堪称完美，迪尔的制片工作也十分完美，百分之九十的预算都投入到电影的拍摄当中。

电影成功了。电影票房反响非常好。他从净收入中得到的分成比一般总票房的分成还要多。克里斯蒂靠着这部片子拿下了奥斯卡最佳女主角。

就像斯基比·迪尔告诉克劳迪娅的一样，电影就应该这样结尾：从此过上了快乐的生活。但是现在他妻子重拾了自信，她意识到了自己的真正价值，她成了各大电影公司竞相追捧的明星，她的剧本有专人送到，角色都是一些美丽、充满大银幕魅力的人物。可是迪尔却建议她接一些更适合她的角色，下一步电影的成败至关重要。他从不怀疑她的不忠，事实上，他默许了她外出拍电影时寻欢作乐的自由。但是获奖之后没几个月，她成了街头巷尾热议的话题，所有的名流聚会都向她发出了邀请，她的名字出现在各种娱乐专栏上，年轻的男演员围着她大献殷勤以求谋个角色。她重新找回了年轻女性的魅力。她公开跟小她十五岁的演员约会。小报记者大写特写，女权主义者给她欢呼加油。

斯基比·迪尔似乎完全接受了这一切。整件事情他都理解。不管怎么说，谁让他自己总是勾搭年轻女孩子呢？既然如此，他的妻子为什么不能享有同样的乐趣呢？但是话又说回来，他凭什么还要挖空心思拓展她的事业呢？尤其是她竟然真的开口替她的一个情人索要角色。他不再为她寻找剧本，不再利用其他制片人、导演和电影公司的大人物为她造势。出于男人之间的兄弟情义，这些老男人与他同仇敌忾，不再重用克里斯蒂。

克里斯蒂又接了两部片子的主角，但是由于她选角失当，两部电影都遭遇了惨败。因此，她也耗尽了奥斯卡所带给她的信誉保证。三年之后，她又只能接第三女主角了。

这个时候她爱上了一个一心想成为制片人的小伙子。他的确很像她丈夫，但是他需要资金。克里斯蒂因而提起了离婚诉讼，得到了一幢大房子和每年五十万美元的赡养费。她的律师没有发现斯基比安置在欧洲的财产，所以他们还能和平地分了手。而现在，七年之后，她死于了车祸。那个时候，虽然迪尔的圣诞卡片名单上还有她，她却也被列在了他著名的"生命短暂"名单上——意思是，生命太短，时间有限，他是不会浪费时间回电话的。

克劳迪娅·德·莱纳对迪尔有这样一种扭曲的感情。他不介意向他人展示真实的自我，他公然为自己而活。他直视你的双眼、称呼你朋友的时候不在乎你已经看透了他虚伪的外表。他是个主动、热情、让人愉快的伪君子。除此之外，迪尔非常善于说服人。而且她觉得在认识的所有人里，只有他跟克罗斯的精明不相上下。于是他们搭了下一班飞机，赶赴拉斯维加斯。

# 第四部

/克莱里库齐奥家族
/克罗斯·德·莱纳

# 第六章

克罗斯二十一岁的时候，皮皮·德·莱纳已经迫不及待让克罗斯走上他的路。这是一个公认的事实：男人一辈子最重要的事情就是养活自己。他必须为自己的衣食住行挣钱，还得养活孩子。不消说，要想不经历不必要的苦难而得到这些，一个男人在这个世界上就必须得有一定的影响力。克罗斯必须接替皮皮在克莱里库齐奥家族当中的地位，这跟夜晚接替白天一样自然。但他必须先证明自己的实力。

克罗斯在家族的名声很好。丹特告诉他皮皮是"铁锤"时，他的回答让唐大为赞赏。唐反复念叨着这几句话："我可不知道，你也不知道，这些事谁都不知道，你这破帽子哪儿来的？"这话说得多好！唐乐坏了。这么年轻的小伙子，却有城府，还精明，真是他父亲的骄傲！我们必须给这孩子一个机会。这些话都传到了皮皮的耳朵里，皮皮知道，火候差不多了。

他开始着力培养克罗斯。让他去催的账款都很难追回来，必须动手来硬的。他给克罗斯讲家族的历史和以前的做事方式。这没什么特别的，他强调。但是如果想做得特别，就必须把每一处细枝末节都计划好。要说简单，那就是最简单的办法。把一小块地方清空，把目标堵在里头。先监视，再派杀手，最后用车封路，然后躲一阵子避避风头。这是简单的套路。复杂的呢，那就要做得够复杂。你可以开动脑筋天马行空，但是要有切实可行的计划。不到绝对必要的时候，别把事情搞得复杂。

他还给克罗斯讲了一些黑话。"圣餐礼"指的就是杀人之后把尸体处理掉，这是复杂情况；"坚信礼"就是曝尸街头，这就简单了。

皮皮给克罗斯简单讲了克莱里库齐奥家族和桑塔迪奥家族的过节，以及奠定了他们家族地位的那次大战。皮皮完全没提他做了什么，对细节也含糊带过。但是他对乔治、文森特和佩蒂耶赞誉有加。不过最让他佩服的，要数唐·多梅尼科的高瞻远瞩。

克莱里库齐奥家族有许多生意网，覆盖最广的是博彩业。他们控制了美国所有的赌场和地下博彩，对美国土著赌场的影响力鲜为人知，他们直接控制着内华达合法的体育博彩和其他地区非法的体育博彩。家族开办了生产吃角子老虎机的工厂，在骰子和纸牌的制造业、赌场酒店的瓷器和银器供应、酒店洗衣业等等方面都有股份。博彩业是他们这个帝国最为璀璨的珠宝，他们不遗余力地在全国推行赌博合法化。

如今，全美各地的合法赌博受到联邦法律保护，成了克莱里库齐奥家族的圣杯。不仅有赌场和乐透彩票，还有体育博彩：棒球、美式足球、篮球，应有尽有。体育在美国人心目中是神圣的，一旦赌博合法化，这种神圣也会扩散到体育博彩本身。到时候就有赚不完的钱。

乔治的公司管理着某几个州的乐透彩票。乔治给家族算过一笔预期收入的细账。美国超级碗杯吸引的赌资就超过二十个亿，大部分都是非法的。光是拉斯维加斯卖出去的合法体育彩票就超过五千万。世界大赛的赛事总数不固定，总计下来又是十亿的进项。篮球的份额要小得多，但是那么多季后赛，还能再贡献十亿，这还不算每个赛季每天下的注。

一旦合法，有了特殊乐透彩票和组合式投注，这些数目还能翻两三倍。超级碗不止翻两三倍，超级碗能整整翻十倍，甚至达到每天十亿净收入的程度。全部收入能达到一千亿，而且这根本就是空手套白狼，市场费用和管理费是唯一的开支。对克莱里库齐奥家族来说，这纯粹是只赚不赔坐等收钱的买卖，每年的纯利润至少有五十亿美元。

而且，克莱里库齐奥家族长于此道，有过硬的政治关系和控制大部分市场的实力。乔治用几张图表说明了体育赛事可以构建起来的各种复杂奖券。赌博就好比一块大磁铁，从美国人民这座大金矿里源源不断地吸出钱来。

所以，博彩业风险低，增长率高。为了让赌博实现合法化，花多少钱也不是问题，风险高也值得去做。

毒品也给家族带来了巨大收益，不过家族只参与毒品生意的最上游环节。风险太高了。他们控制了欧洲的加工环节、提供政治庇护和法律干预，还负责洗钱。他们的毒品生意丝毫没有法律漏洞。他们把钱分散地存在欧洲和美国，巧妙地避开法律的约束。

但是皮皮还审慎地指出，尽管如此，有时候仍然必须承担一些风险，必须展示一下铁拳。对于这种情况，家族一定会表现得绝对慎重、不留情面。这就是出人头地、自力更生的时候。

克罗斯过完二十一岁生日不久，就迎来了考验。


克莱里库齐奥家族最大的政治财富之一是内华达州长沃尔特·

维文。他年届五十，高高瘦瘦，身上的西装剪裁得当，却戴着一顶牛仔帽。他面貌俊朗，虽然已经结婚，但对女性的热爱丝毫不减。他还喜欢美食和美酒，热衷体育博彩，是个狂热的赌徒。他极度在乎大众对他的印象，所以从来不会把这些特质暴露在公众面前，也不会冒险勾搭谁。所以，他就得靠格罗内韦尔特和桃源酒店满足他的需求，同时保持他那副敬事天主、恪守传统家庭价值观的个人政治形象。

格罗内韦尔特早就认识到了维文的特别天赋，于是资助他在仕途上一路高升。维文成为内华达州长之后，想要有个放松的周末。格罗内韦尔特便把其中一套豪华别墅给了他。

这些别墅，是格罗内韦尔特最厉害的创作……

格罗内韦尔特来到了拉斯维加斯的时候，这里只算是个西部牛仔的赌博窝点。他研究赌博，研究赌博的人，就好像科学家们研究对进化意义重大的昆虫。有个问题始终让他百思不得其解，那些已经很有钱了的人，为什么还要浪费那么多时间要赢钱呢，他们根本用不着那么多钱啊。格罗内韦尔特推断，他们这么干，也许是为了掩盖其他罪行，也许是因为他们乐于征服命运，但最有可能的解释是，他们只是希望能炫耀一下相比于同类的优越感而已。因此他得出结论，他们在赌博的时候，需要别人把他们当成神。他们赌钱的派头，要表现得好像是众神来赌钱了，或者是凡尔赛宫里的法国国王前来下注。

因此，格罗内韦尔特斥资一亿建造了七幢豪华别墅，又在桃源酒店的首层修造了美轮美奂的赌场（由于他一贯的远见卓识，他早就买下了比桃源酒店所需大得多的土地）。这些别墅不仅有套房，还有六间公寓可以容纳十二个人。装修极尽奢华之能事：手织地毯、大理石地面、金碧辉煌的洗手间、墙上挂着织锦。餐厅和厨房的人员都是由酒店配备的，最先进的声像设备让客厅变成了家庭剧场。别墅的小吧台里藏有极品红酒和各种烈酒，还有一匣走私进来的哈瓦那雪茄。每幢别墅都有独立的室外游泳池，室内有水流按摩浴缸。一律免费。

有一片配备了专门的保安人员的区域连接了各栋别墅。这是一个小型的椭圆形赌场，叫作"珍珠赌坊"，赌场大亨们可以在此享受私人包间。这里的百家乐，每次最小的赌注也要一千美元。这座赌坊的筹码也与众不同。黑色的一百美元筹码在这里是最小面值，金边灰白筹码价值五百美元，金边的蓝色筹码是一千美元，而一万美元的筹码用黄金特殊加工而成，中间还嵌了一颗真正的钻石。不过，为了女宾们的方便，轮盘区可以把一百美元的筹码换成五美元的筹码。

慕名而来的有钱人多得不可思议。格罗内韦尔特算了一笔账，这些免费房间、酒水、食物的奢侈享受，每周都要花上酒店五万美元，不过这些成本都可以抵税，而且每样东西的价钱都有所夸大。数据显示（他还有本单独的账），每幢别墅平均每周可以带来一百万美元的利润。为别墅和其他重要来宾提供膳食的高级餐馆也是一个减税条目。成本清单上，四个人一顿晚餐要花一千美元以上，但是餐饮是免费提供的，所以算作经营成本，可以从税额里除去。其实这样的一顿饭连工带料也就需要一百美元，利润空间自然就出现了。

正因如此，对格罗内韦尔特来说，七幢别墅就像七座皇冠，只会授予那些敢于在短短两三天的行程里掷出百万赌注的客人。

输赢无关紧要，只要赌博就行。而且他们一旦有欠款就要尽快结清，否则就会被从别墅移到一般酒店套房。套房虽然也很华丽，毕竟是无法跟别墅媲美的。

当然，还不止如此。各界要人也可以将情妇或者男友一并带到这些别墅来，更可以匿名下注。奇怪的是，许多商业巨头，尽管身家以亿万计，有妻子情人，还是感到孤独。他们独自一人，希望不必有任何顾忌地找个女伴，或者找个格外有同情心的女人。对于这样的人，格罗内韦尔特一定会送去符合他们心意的女人。

沃尔特·维文州长就是这些人当中的一个。而且只有他不在格罗内韦尔特百万美元之限。他玩得不大，赌博用的钱也是格罗内韦尔特私下塞给他的，就算他的欠款积累到了一定数额也不用急着还，以后赢钱的时候抵扣就是了。

维文来酒店散心，在桃源酒店的球场打高尔夫，跟美女喝酒调情。

格罗内韦尔特一直在苦心经营州长这条关系。二十年里他从没赤裸裸地要他帮忙，只是找他疏通一下，让格罗内韦尔特的立法提案得以提交而已。这些提案都能让拉斯维加斯的博彩业从中得益。大多数时候，他的观点都能得到支持；要是没能通过的话，州长一定会给他详细地分析一下政治形势，为什么他的提案遭到了驳回。但是，州长提供了一项极为宝贵的服务：他把格罗内韦尔特介绍给了一些颇有影响力的法官和政客，这些人都是见到现钞就眼红的。

格罗内韦尔特的愿望是，沃尔特·维文州长有朝一日当选美国总统。那个时候的回报就不可估量了。

但命运最喜欢愚弄聪明人，格罗内韦尔特深知这一点。最是毫不起眼的凡人，却能给最不可一世的人带来灾难。这一次扮演这个角色的是个二十五岁的小伙子，是州长十八岁的大女儿的情人。

州长娶的太太聪明貌美，但她的政治观点更公平自由，不过两个人配合默契。他们生了三个孩子，这个家庭是州长的重要政治财富。最大的孩子是玛尔西，她在加州大学伯克利分校读书。这是她和妈妈的选择，不是州长的选择。

远离了政治家庭的死板，自由的校园、左倾思潮、新音乐、毒品都让她着迷。她对性的兴趣非常公开坦率，这点继承了她的父亲。出于年轻人的天真烂漫和对社会公平的本能支持，她非常同情穷人、工人阶级、悲惨的少数群体。她还爱上了纯粹的艺术。因此她自然常跟诗人和音乐家学生在一起厮混，还顺理成章地爱上了一个写剧本、弹吉他的穷学生。

他叫西奥·塔托斯基，是校园爱情的最佳人选。他皮肤黝黑，长相迷人，他的家人笃信天主教，都在底特律的汽车厂工作，他经常以诗人的才情发誓宁愿和轮胎睡觉也不要做父母从事的那种工作。尽管如此，为了付学费，他还是找了几份兼职。他自视甚高，不过也确实有些才华。

整整两年，玛尔西与西奥都形影不离。她把西奥带到了州长的宅邸见父母。西奥对她的父亲并不逢迎，她感到很高兴。之后在他们的卧室里，他告诉她说，她的父亲是个典型的伪君子。

西奥大概是察觉到了她父母面对他时那种刻意隐藏的优越感。州长和妻子虽然私下里觉得他们俩根本不合适，但为了表示尊重女儿的选择，对他异乎寻常地友好和周到。妈妈倒是并不担心，因为她知道，随着女儿慢慢长大，西奥的吸引力也就慢慢消失了；爸爸试图以亲切和和蔼掩饰他的不安，可即使是按照政客的标准，他也热情过头了。毕竟州长是工人阶级的捍卫者，工人阶级是州长的政治平台；而妈妈则是接受了良好教育的自由派，她觉得女儿跟西奥的这段感情没有害处，只会增加玛尔西的生活阅历而已。此时，玛尔西跟西奥已经同居了，打算一毕业就结婚。西奥可以写剧本来演，玛尔西则想教授文学，她是他的灵感女神。

很稳妥的安排。两个年轻人都不沉迷于毒品，性关系也无伤大雅。州长甚至想当然地觉得，就算最坏的情况，两个人的婚姻也可以在政治上助他一臂之力。这桩婚姻会让公众看到，虽然他出身白人盎格鲁-撒克逊新教徒圈子，尽管他身家巨富，文化修养也高，他仍然民主地接纳了一个蓝领阶级做女婿。

他们都准备好适应这个平淡的结局。这对父母只是希望西奥不那么招人讨厌就更好了。

但青春就是善变。玛尔西在大学的最后一年爱上了另一个学生。他比西奥有钱，出身和玛尔西更接近。但是她仍然希望能跟西奥保持朋友关系。周旋于两个情人之间，又不必背上劈腿的骂名，她觉得非常刺激。她天真地觉得自己是与众不同的。

西奥的反应却让人惊讶。他表现得不像是个伯克利激进派，倒像个野蛮的波兰杂碎。尽管他是个放荡不羁的诗人、音乐家，尽管他接受过女权主义和性爱自由的熏陶，他还是嫉妒得发狂。

西奥从来喜怒无常，这本来是他魅力的一部分。跟人说话的时候，他总表现出一种极端激进的立场，他扬言说如果能构建一个自由的未来社会，炸死一百个无辜的人完全是微不足道的代价。但是玛尔西知道，这类事他是做不出来的。有一次他们放完了两个星期的假回到住所时，发现床上有一窝刚生下来的小老鼠。西奥并没伤害它们，只是把这些小生命放在了大街上。玛尔西觉得他很可爱。

但是，当西奥发现玛尔西还有另一个情人的时候，他一拳打在了她脸上。然后他又声泪俱下地号哭着乞求她的原谅。她原谅了他。她仍然觉得他们的性爱很刺激，出轨的暴露让她掌握了主导权，这让她感到更加刺激。但是他变得越来越暴躁，他们时常吵架，在一起的生活也没那么快乐了。于是，玛尔西搬了出去。

她和另一个情人也分手了。玛尔西后来又谈过几次恋爱，但是她跟西奥仍然是朋友，偶尔还睡在一起。玛尔西计划去东部，申请一所常春藤盟校的硕士学位。西奥搬到了洛杉矶，写话剧剧本，也找电影编剧的工作。他的一部音乐短剧被一个小剧团所采用，排了三场演出。于是他邀请了玛尔西来看。

玛尔西飞到洛杉矶观看了演出。这部戏烂透了，一半观众都半途离了场。为了安慰他，玛尔西当晚就住在了西奥的公寓里。那天晚上的场景谁都无法还原了，能够证实的是第二天凌晨的某个时刻，西奥把玛尔西给刺死了，两只眼睛各攮了一刀。他又往自己的肚子上捅了一刀，然后报了警。及时赶到的警察救下了他的性命，但没能救回玛尔西。

审判在加利福尼亚进行。这件事顺理成章地成了媒体的焦点。一个是内华达州长的千金小姐，一个是蓝领阶级出身的诗人，两个人苦恋三年，大千金始乱终弃，诗人因爱生恨，最终发生了谋杀。

辩护律师茉莉·弗兰德斯对"激情杀人"的辩护颇有造诣。不过这是她最后一个刑事案件，在此之后她就进入了娱乐业。她的辩护策略非常经典。证人被传唤到庭，作证说玛尔西至少有过六个情人，而西奥还以为两个人会结婚。这个家境富裕、交际广泛、生性淫荡的玛尔西甩了对她一往情深的蓝领作家，让他痛彻心扉。弗兰德斯把当事人的表现归咎于"暂时性精神失常"。最让人津津乐道的一句台词正是出自克劳迪娅·德·莱纳之手：他永远不应该为自己的所作所为承担责任。这句话绝对会让唐·克莱里库齐奥暴跳如雷。

整个庭审过程当中，西奥都是一副丢了魂的样子。他那笃信天主教的父母说动了加利福尼亚有威望的教士作证——西奥已经抛弃了原来的享乐主义生活，如今他立志深造神学。辩方还指出，西奥尝试过自杀，这表示他有多么后悔。因此可以证明他精神失常。就好像自杀和精神失常有必然的联系。茉莉·弗兰德斯能言善辩地为大家描述了西奥能够为这个社会带来的巨大贡献，但现在西奥却要因为自己的一时糊涂接受惩罚。而一切都是因为一个道德沦丧的女人，一个玩弄蓝领阶级感情的女人，一个没心没肺、腰缠万贯的女人——只不过这个女人运气不太好，死掉了。

茉莉·弗兰德斯爱死加利福尼亚的陪审团了。他们聪明，有教养，理解精神疾病和精神创伤之间的细微差别；他们受过戏剧、电影、音乐、文学的熏陶，充满同情心。弗兰德斯陈述完，结果显而易见。西奥被宣判无罪，理由是暂时性精神失常。立即有人找他签了合同，要把他的经历拍成电视迷你剧，他也会参与演出。不是主角，而是一个小角色。这个角色要唱他自己写的歌，将整个故事串联起来。对这个当代悲剧来说，这样的结局算是十分令人满意的。

但是这件事情对姑娘的父亲，沃尔特·维文州长，造成了灾难性的影响。阿尔弗雷德·格罗内韦尔特二十年的投资眼看就要打了水漂，因为维文州长在别墅里私下对格罗内韦尔特说，他不会再寻求连任了。要是随便哪个王八蛋穷鬼白人小瘪子都能把他女儿用刀捅死，甚至差点把她的脑袋给割下来，而且如今还活得跟个没事人似的，那要权力还有个屁用啊？不但如此，他的宝贝女儿如今叫报纸和电视给描述得像个没脑子的臭婊子，简直死不足惜。

生活中，有些悲剧是永远没法治愈的，对州长来说，眼下就是其中之一。他几乎成天泡在桃源酒店里，再不复昔日的风光。他对女人不再有兴趣，也懒得掷骰子。他整日酗酒、打高尔夫。这个问题让格罗内韦尔特头痛不已。

对于州长的不幸他深表同情。你对一个人倾注了二十年的心血，即便是出于一己之私，不可能不产生感情。但现实问题是，如果沃尔特·维文州长退出政坛，就不再是什么宝贵财富了，也没有任何可以挖掘的潜力，只剩下一个用酒精麻醉自己的男人。还有，他赌博的时候也是心不在焉，欠格罗内韦尔特的钱已经积累到了二十万。所以他必须拒绝州长使用别墅。当然，他可以给州长在酒店开一间套房，但终究还是降了一等。在此之前，格罗内韦尔特最后做了一次尝试，想要他振作起来。

有一天早上，格罗内韦尔特说动了州长跟他一起去打高尔夫。为了凑齐四个人，他还找来了皮皮·德·莱纳和他儿子克罗斯。州长一直很欣赏皮皮的洒脱不羁，而克罗斯年轻英俊、彬彬有礼，长辈们都愿意他陪。他们打完球以后，来到了州长的别墅吃午餐。

维文的体重急剧下降，样子已经惨不忍睹。他穿着满是污渍的汗衫，戴一顶印着桃源酒店标识的棒球帽。胡子也不刮。他总是笑，不是政客的笑，而是意气全无的苦笑。格罗内韦尔特注意到了他满嘴的黄牙。他醉气熏天。

格罗内韦尔特决定打开天窗说亮话。他说："州长，你太让你的家庭失望了，你太让你的朋友们失望了，全内华达州的市民都对你失望了。你不能再这样下去了。"

"为什么不行，"沃尔特·维文说，"去他妈的什么内华达州市民，谁在乎他们？"

格罗内韦尔特说："我在乎。我在乎你。我来筹钱，下次选举你必须要竞选参议员。"

"我他妈还非去不可啊？"州长说，"在这个疯狂的国家里，一点儿意义都没有。我可是内华达州的州长阁下啊！可是一个混蛋杀了我的女儿，居然无罪释放。而且我还必须要接受。大家都拿我死去的孩子开玩笑，替杀人犯祈祷。你知道我祈祷什么吗？一颗原子弹把这个国家炸个稀巴烂，尤其是加利福尼亚！"

皮皮和克罗斯从头到尾都一言不发。州长的怒火让他们两个感到局促。再说两个人都明白，格罗内韦尔特是带着目的来的。

"你必须把这些都放下。"格罗内韦尔特说，"别让这个悲剧把你一辈子都毁了。"他的虚情假意能把圣徒都给激怒。

州长把棒球帽朝屋子里一甩，到吧台去又给自己倒了一杯威士忌。

"我忘不了，"他说，"晚上，我躺在床上睡不着，我就想掐死那个杂种，把他眼珠子挤出来。我想活活烧死他，把他的手脚全都给剁了。但是我得让他活着，让他活着我才能一遍一遍地折磨他。"他醉醺醺地咧嘴朝他们笑，差点摔倒在地。他们看得见他的满口黄牙，闻得见他嘴里的恶臭。

维文稍微清醒了点。他的声音轻了下来，几乎是絮絮叨叨地在说话。"你们看见他是怎么捅死她的吗？"他问道，"他是朝着她眼睛里捅的刀。法官不让陪审团看那些照片，怕影响他们的判断。但是我，孩子爸爸，看得到那些照片。所以那个小西奥就这么被判无罪了，他脸上还带着笑。他用刀捅我女儿眼睛，他天天早上起来照样能看到太阳。我希望我能把他们全都杀了——法官、陪审团、律师，全都杀了。"他又倒了一杯，怒气冲冲地在房间里走来走去，他的话前言不搭后语。

"我可没法当着众人说些我自己都不相信的东西。只要那个杂种还活着，我什么都不信。我和我的妻子把他当个人一样对待，其实我们根本就不喜欢他。对他没把握的时候我们选择了相信他——没有把握，永远别信任何人——我们对他敞开家门，给他床，让他跟我女儿睡觉，他始终嘲笑我们。好像在说你是州长，你有钱有教养、生活体面又能怎么样？只要我愿意，我就能弄死你女儿，而且你什么也做不了。我要毁了你们所有人，我要强奸你的女儿，我还要弄死她，最后你们只能看着我离开。"维文的身子一晃，克罗斯抢步上去搀住了他。州长的目光越过克罗斯，盯着高高的天花板出神。天花板的壁画上是粉色的天使和白袍圣徒。"我要他死，"州长呜呜地哭了，"我要他死。"

格罗内韦尔特轻声说道："沃尔特，都会过去的，只是需要时间。登记竞选参议员吧。你未来的日子还很漫长。你能做的事还有很多。"

维文挣开了克罗斯，静静地对格罗内韦尔特说："你还不明白吗？我再也不相信做善事了。我不能对任何人说出我的真实想法，就连跟我老婆都不行。告诉你，选民瞧不起我；他们觉得我是个窝囊废。自己的女儿被杀了也束手无策。谁敢把内华达州的前途交到这种人的手里？"他冷笑道，"那个混蛋说不定比我还厉害。"他顿了顿，说，"阿尔弗雷德，别想了，我什么竞选也不参加。"

格罗内维尔特仔细地打量着他。他想到了什么，但皮皮和克罗斯还没想到。强烈的悲伤之后通常是脆弱，不过格罗内韦尔特决定冒险尝试一下。他说："沃尔特，如果收拾了这家伙，你会竞选参议员吗？你还能跟以前一样吗？"

州长好像没明白。他的眼睛往皮皮和克罗斯那边稍稍斜了斜，又盯着格罗内韦尔特的脸看。格罗内韦尔特对皮皮和克罗斯说："在我办公室里等我。"

皮皮和克罗斯快步离开了。只剩下格罗内韦尔特和维文州长两个人。格罗内韦尔特严肃地对他说："沃尔特，我们这一次必须打开天窗说亮话。我们认识二十年了，你觉得我是一个轻率冒失的人吗？所以你尽管回答。不会有事的。如果这小子死了，你会振作起来吗？"

州长来到吧台，倒了一杯威士忌，但并没喝，而是笑了。"他葬礼当天我就去注册，我还要亲自出席他的葬礼表达我的宽恕。"他说，"支持我的选民一定愿意看到这个。"

格罗内韦尔特放松下来了。这事成了。他如释重负。"第一件事，去看牙医，"他对州长说，"去把你那口牙洗干净。"

皮皮和克罗斯在顶楼套房等格罗内韦尔特。他把他们领到了起居间，这样大家更自在一些，然后给他们讲了刚才的对话。

"州长没事吧？"皮皮问道。

"州长没喝醉，他装的。"格罗内韦尔特说，"虽然没直说，但是我明白他的意思。"

"我今晚就飞到东部去，"皮皮说，"这件事必须得克莱里库齐奥家族点头才行。"

"告诉他们，我觉得州长的前途不可限量，"格罗内韦尔特说，"他能爬到最顶层。交这个朋友，那是无价之宝。"

"乔治和唐会明白的。"皮皮说，"只不过我得把事情全都讲清楚，然后让他们说行。"

格罗内韦尔特看着克罗斯笑了，又扭头看着皮皮。他轻声说："皮皮，我觉得克罗斯到了加入家族的时候了。我想，他最好跟你一起飞到东部去。"

但是，乔治·克莱里库齐奥决定到西部来一趟，在拉斯维加斯会面。他希望听格罗内韦尔特亲自给他讲一遍这件事，而十年来，格罗内韦尔特从没离开过这里。

乔治和保镖虽然不是什么赌场大亨，但还是住进了其中一幢别墅。格罗内韦尔特是个特殊情况特殊处理的人。他的别墅拒绝过权势煊赫的政客和金融巨鳄，拒绝过好莱坞的一些著名影星，拒绝过跟他睡过觉的漂亮女人，拒绝过关系密切的私交好友。就连皮皮·德·莱纳他都拒绝过。但是他给乔治·克莱里库齐奥开了一幢别墅。他知道乔治习惯于简朴生活，对铺张奢华并不感兴趣。但一点点累积起来的尊重总会收到回报。而一次小的疏忽，无论多么微不足道，某一天都会被记起来。

格罗内韦尔特、皮皮和乔治在别墅里商量这件事。

格罗内韦尔特介绍了一下形势。"州长对家族来说是一笔巨大的财富，"格罗内韦尔特说，"如果他能振作起来，他的前途一片光明。先是参议员，然后就是总统。这很有可能，你们也就有希望把体育博彩在全国合法化。对家族来说，这是好几十亿的价值，而且这好几十亿里没有黑钱，都是干净钱。我认为我们必须做这件事。"

干净钱比黑钱更有价值。但是乔治最大的财富在于，他从来不会草率地作决定。"州长知道你跟我们是一起的吗？"

"应该不知道，"格罗内韦尔特说，"但是他肯定听到过传闻。他可不傻。我帮他办过一些事，他肯定知道我要是单打独斗的话根本没这个能力。他很聪明。他只说了句要是那孩子死了，他就参加竞选。他什么都没要我做。他演得太好了，看上去都崩溃了，但其实没醉成那样。整件事他都想好了，他的痛苦是真的，只是夸张了很多。他不知道怎么才能报仇，但是他算计着我能帮忙。"他顿了顿，"我们如果在这个时候拉他一把，他就去竞选参议员，那他就是我们的参议员了。"

乔治小心翼翼地在屋子里踱着步，绕开了过道里的那些雕像，还有挂了浴帘的冲浪式浴缸。透过浴帘，浴缸的大理石好像在闪着光。他对格罗内韦尔特说："你没等我们点头就答应他了？"

"是的，"格罗内韦尔特说，"只是为了劝他。我必须积极回应一下，这样才能让他感觉他还是有影响力的，让他感觉他说话还是有分量的。这样权力才能再次吸引他。"

乔治叹了口气，"我讨厌来硬的。"他说。

皮皮笑了。乔治完全是在扯淡，他是把桑塔迪奥家族连根拔起的一员悍将，让唐他老人家骄傲不已。

"我想，这件事儿我们需要皮皮的手艺。"格罗内韦尔特说，"而且我觉得，是时候让他儿子克罗斯加入家族了。"

乔治看着皮皮。"你觉得克罗斯可以了吗？"他问道。

皮皮说："他一直吃穿不愁，也该自力更生了。"

"他会干吗？"乔治说，"这可是一大步啊。"

"我跟他谈谈，"皮皮说，"他会的。"

乔治转向了格罗内韦尔特："我们替州长办了这件事儿，可要是他把我们忘了怎么办？那我们就白干了。他可是内华达州的州长，他的女儿被杀了他就要死不活的，太没种了。"

"他行动了，他来找我了。"格罗内韦尔特说，"你得理解州长这种人。能做到这步，已经要很大的勇气了。"

"他能听我们安排？"乔治说。

"我们留着他，只有大麻烦才会用得着他。"格罗内韦尔特说，"我跟他打了二十年交道。我保证，只要处理得好，他一定听我们的话。他非常精明，这种事他明白。"

乔治说："皮皮，得把这件事布置成意外。这肯定是个热门话题。我们得让州长置身事外，不能让他的政敌、报纸或者电视节目有任何机会影射他。"

格罗内韦尔特说："是的，一定不能对州长有什么影响，这非常重要。"

乔治说："把这一次当作克罗斯的成人礼也许太复杂了。"

"不，这对他正合适。"皮皮说。大家都没法反对。这种事一直都是皮皮干。他已经通过许多行动证明了自己，尤其是对抗桑塔迪奥家族的那次大战。他经常告诉克莱里库齐奥家族："冲锋陷阵的是我。所以如果我栽了，我希望是因为我自己的错误，而不是别人的错。"

乔治拍了拍他的手。"好吧，那就干吧。阿尔弗雷德，上午要不要打局高尔夫？明天晚上我要去洛杉矶谈生意，后天回东部。皮皮，你要谁帮忙，尽管告诉我。另外，克罗斯这次是否参与也要告诉我。"

从这句话里皮皮知道，如果克罗斯拒绝参加这次行动，就永远进入不了家族的内部。

高尔夫是克莱里库齐奥家族里皮皮这一代人热衷的运动。唐开玩笑地说，这是代理人专用游戏。那天下午，皮皮和克罗斯来到了桃源球场打球。他们没开高尔夫球车，皮皮希望走路锻炼，还能享受一下球场的绿意。

过了第九个球洞之后是一个果树园，园里有条长椅。他们就坐在那儿。

"我不能一直干下去，"皮皮说，"你总得去自食其力。讨债公司很挣钱，但是经营起来很麻烦。你必须与克莱里库齐奥家族建立牢固的关系。"皮皮已经让克罗斯做好了准备，早就派他去完成一些需要用暴力解决的任务，他了解家族和他们做事的方式。皮皮一直在耐心地等一个合适的时机，找一个不会引发同情的目标下手。

克罗斯不动声色地说："我明白。"

皮皮说："杀了州长女儿的人是个杂种，杀人不偿命。这是不对的。"

克罗斯被他爸爸的想法逗笑了。"再说州长又是我们的朋友。"他说。

"没错，"皮皮说，"克罗斯，记住，你可以不去。不过这是我必须完成的工作，我希望你能帮我的忙。"

克罗斯低头看着起伏的绿波。燥热无风的沙漠让球洞上插的旗子垂头丧气。银色的山岭一路延伸到远方，拉斯维加斯大道的霓虹目力难及，照亮了天际。他知道，他的生活即将发生变化，这一刻他突然觉得有点害怕。"要是我觉得不喜欢，我随时可以去为格罗内韦尔特工作。"他说。不过他把手放在了爸爸的肩上，让他明白这只是个玩笑。

皮皮看着他微笑。"这次的工作就是替格罗内韦尔特做的。他跟州长是一路的。我们要去实现他的心愿。格罗内韦尔特得先征求乔治的同意。我说你能帮我的忙。"

克罗斯看到，远方的某个果岭上有两男两女四个人。沙漠的太阳让他们像卡通人物一样闪闪发光。"我必须证明我的能力。"他对父亲说。他知道，他必须答应，否则他眼下的生活就会发生天翻地覆的变化。对现在这种生活他很满意，他乐于帮爸爸跑腿，在桃源酒店，有格罗内韦尔特的指导，有漂亮的姑娘，轻轻松松可以挣到钱，还有权力在手的感觉。做完这次的活，他就永远摆脱了普通人的命运。

"我会做好整个行动的计划，"皮皮说，"我从头到尾一直跟着你。危险是不会有，但是开枪必须由你来。"

克罗斯从长椅上起了身。虽然没有风，他还是看见七幢别墅上的旗帜在高高飘扬。他年轻的生命里第一次感受到，如果失去这个世界，他将多么失落。"我听你的。"他说。

接下来的三周里，皮皮对克罗斯进行了特训。他说，他们现在要等盯梢小组提交关于西奥的报告，他的作息、习惯，还有最近的照片。此外，从纽约来的六人行动队已经守在西奥洛杉矶住所的附近。整个行动计划都是根据监视报告制订的。皮皮还给克罗斯讲了这一行的学问。

"这是生意，"他说，"必须做好一切提前准备，以防不测。谁都能杀人，关键是永远别被抓住。被抓住才是真正的罪恶。永远不要考虑个人感情。通用汽车的老板一下子裁掉了五万人，那就是生意。毁了他们的生活，他也没办法，他不得不这么做。还有吸烟，吸烟要死好几千人，那又能怎么样？人们还是抽烟，你不能禁止价值几十亿美元的生意。枪也一样。谁都有枪，谁都能杀人。有利可图的生意我们不能放弃。人必须养活自己，这是第一位的。永远都是这样。你要是不相信这一点的话，那就混不下去了。"

克莱里库齐奥家族非常严格，皮皮对克罗斯说道："你必须让他们点头才行。不能因为有人朝你吐口痰你就大开杀戒，必须得到家族的首肯，因为这样你就不用坐牢了。"

克罗斯记住了这些话。他只问了一个问题："乔治说要把这个做成意外？应该怎么办呢？"

皮皮大笑道："别让任何人告诉你该怎么做，不要让别人插手你的事。他们只能告诉你他们的期望，而且我们只找最有利于我们的方法办事。最简单的就是最好的。如果你必须把事情搞复杂，那就搞到最复杂。"

监视报告送来的时候，皮皮让克罗斯把所有资料全都研究一遍。有西奥的几张照片，西奥车牌的照片；有一张地图，是他从布伦特伍德到奥克斯纳德去看他女朋友的路线。克罗斯问爸爸说："他还能再找到个女朋友？"

"你不明白女人，"皮皮说，"她们要是喜欢你，你在水槽里撒尿都无所谓。她们要是不喜欢你，就算你把她捧成英国女王，她也会骑在你头上拉屎。"

皮皮飞到了洛杉矶安排行动小组。两天之后他回来对克罗斯说："明天晚上动手。"

为了避开沙漠的酷热，第二天破晓前，他们就驱车从拉斯维加斯赶到洛杉矶。车子在沙漠里穿行时，皮皮告诉克罗斯放松。沙漠中的日出胜景让克罗斯目眩神迷。初升的太阳仿佛要把沙漠熔化成一条金色的河流，蜿蜒流淌，绵延到遥远的内华达山脉之下。他感到了一丝焦虑，他想要赶紧把事办妥。

他们来到太平洋帕丽萨德的一幢民宅，这是家族的房子，从布朗克斯聚居地来的六个人已经在等他们了。车道上停着一辆偷来的车，重新喷了漆，车牌也是假的。房子里有几把无法查到来源的手枪可以使用。

克罗斯惊讶于这间房子的奢华。隔着公路，可以看到美丽的海景，有游泳池、大凉台和六间卧室。这几个人似乎跟皮皮很熟。但是皮皮并没介绍他们相互认识。

午夜动手，现在还有十一个小时要打发。那几个人对大屏幕电视视若无睹，而在凉台打起了牌。他们都穿着泳裤。皮皮看了看克罗斯，笑了："妈的，我忘了这儿还有个游泳池。"

"没关系，"克罗斯说，"穿着内裤游泳也行。"反正房子偏僻得很，绿树环绕，还隔了一条缓冲坡。

"光着屁股下去就行了。"皮皮说，"谁都看不见。直升机倒是能看见，不过直升机都盯着住在马里布那些晒日光浴的妞儿呢。"

两个人游了一会儿泳，还晒了几个小时的日光浴。六人中的一个给他们准备了饭。牛排是在凉台烤架上煎的，还用芝麻菜和莴苣拌了沙拉。大家都边吃饭边喝红酒，只有克罗斯在喝汽水。他注意到，他们喝酒都很有节制。

吃完饭，皮皮带着克罗斯检查了一下这辆偷来的车。他们沿着太平洋海岸公路来到了一家西部风情的咖啡餐馆，他们会在这儿找到西奥。监视报告说，周三晚上，西奥开车去奥克斯纳德时，习惯于停在太平洋海岸公路餐厅点份餐。时间一般是午夜，他一般都会点咖啡、火腿和鸡蛋。他大概一点钟离开。今天晚上，监视他的两个人会一直跟踪他，用电话通报他的位置。

回到房子里，皮皮再次给众人通报了行动计划。六个人三辆车。一辆车开路，一辆断后，第三辆停在餐馆停车场，应付任何突发情况。

克罗斯和皮皮坐在凉台上等电话。车道上停着五辆车，都是黑色的，在月光下闪闪发亮，像硬甲虫。六个人还在打牌，他们用来下注的都是五分、十分还有二十五美分的硬币。终于，八点三十分电话响了：西奥已经从布伦特伍德出发，往餐馆方向去了。六个人钻进三辆车按计划分头行动。皮皮和克罗斯钻进偷来的车里，多等十五分钟再走。克罗斯在外套口袋里揣了一把精巧的点二二口径手枪，没有消音器，但是开枪时只会发出轻轻的一声锐响。皮皮带的是格洛克手枪，枪声巨大。自从唯一一次涉嫌谋杀被捕之后，皮皮就再也不装消音器了。

开车的是皮皮。行动计划得非常详细。参与行动的人员不会到餐馆里去。探员会问服务员所有顾客的情况的。监视小组已经报告了西奥的衣着、车和车牌号。他们很幸运，西奥的车是亮红色的福特便宜货，在一片奔驰和保时捷中，认出这辆车太容易了。

皮皮和克罗斯来到餐馆停车场，看见西奥的车已经停在那儿了。皮皮挨着他的车停下，熄火，关灯，坐在黑暗当中。隔着太平洋海岸公路，海面隐隐发光，被金色的月光分割成一条一条的。行动小组的一辆车停在了远处。他们知道，另外两辆车也各自就位，等待着掩护他们，拦住一切尾随而来的车，提前解决一切麻烦。

克罗斯看了看表。午夜零点三十分。还要再等十五分钟。突然皮皮一拍他的肩膀。"他出来早了，"皮皮说，"走！"

克罗斯看见那个人从餐馆出来，门前的灯光让他无所遁形。克罗斯感到不可思议，他竟然看上去还像个孩子，又矮又瘦，乱蓬蓬的卷发下面是苍白纤细的面颊。这个西奥也太单薄了，不像有杀人的本事。

出乎意料的是，西奥并没有钻进车里，而是躲开车流，穿过了太平洋海岸公路。到了公路的另一边，他又一路从沙滩上晃到了海边，踩进了海浪。他站在那儿，望着海面，望着天际线上黄澄澄的月亮。然后他又转回来，穿过公路，进了停车场。海浪湿了他的脚，因此他那双时髦的靴子走起路来咯吱作响。

克罗斯慢慢跨下了车。西奥来了。擦身而过时，克罗斯礼貌地一笑，错开身去让出了位置。西奥刚钻进车里，克罗斯就拔出了枪。车窗开着，西奥刚要打火，却注意到了旁边的阴影。就在这个时候克罗斯开了枪。两人目光对视，西奥一动不动，子弹打在他的头上，顷刻间满脸是血，眼睛外凸。克罗斯拉开车门，又朝西奥的头上补了两枪。血溅了他一脸。他抓出一袋毒品扔到西奥车里，"砰"一下关了车门。克罗斯开枪的一瞬皮皮已经把车点着了火。他打开车门，克罗斯钻了进来。他不能扔掉枪，否则的话就会让人察觉这是蓄意杀人，而不是毒品买卖出了差错。

皮皮开车出了停车场，掩护的车也跟了上来。领头的两辆车已经就位，五分钟之后，他们回到了家族的房子里。又过了十分钟，皮皮和克罗斯已经开着皮皮的车出发回拉斯维加斯了。偷来的车和使用的枪都由行动小组负责处理。

他们路过那家餐馆的时候，并没发现警察。显然，还没人发现西奥。皮皮打开车载收音机，留意着新闻广播。什么也没有。"很完美，"皮皮说，"计划得好，就一定顺利。"

日出时分，他们抵达了拉斯维加斯。沙漠再次变成了连绵的红海。克罗斯永远忘不了这段沙漠之旅，他们穿过黑夜，穿过无尽的月光，太阳冉冉升起，又过了一小会儿，拉斯维加斯大道的霓虹灯出现了，像灯塔一样昭示着安全，昭示噩梦的苏醒。拉斯维加斯永无黑夜。

差不多就在这个时候，西奥的尸体被发现了。苍白的黎明中他的脸鬼魅一样可怕。公众关注的焦点在于西奥携带的可卡因，总价值整整超过了十万美元。显然这是毒品买卖引起的仇杀。州长跟这起事件完全无关。

从这件事里，克罗斯学到了很多。他栽赃给西奥的毒品不超过一万美元，可官方竟然说价值十万。州长向西奥的家庭表达了哀思，赢得一片赞誉。过了一个星期，媒体已经彻底把这件事情忘记了。

皮皮和克罗斯被叫到东部正式会见了乔治。乔治赞许二人计划周密，行动利落，对本来应该设计成一场意外的事只字不提。克罗斯知道，从此以后克莱里库齐奥家族就会把他当作家族的"铁锤"对待。最重要的信号是：克罗斯得到了拉斯维加斯博彩收入的抽成，合法非法的都包括在内。除此之外，他已经成为克莱里库齐奥家族的正式成员，因此执行任务的时候，视风险高低，还会有专门的奖励。

格罗内韦尔特也拿到了自己的奖赏。沃尔特·维文当选参议员之后，找了个周末来桃源酒店度假。格罗内韦尔特为他开了一幢别墅，祝贺他的胜利。

维文又回到了老样子。他开始赌博赢钱，跟桃源酒店的姑娘共进晚餐。他似乎已经完全振作起来了。对于之前的人生危机，他只说了一句话。他告诉格罗内韦尔特说："阿尔弗雷德，我欠你一张空白支票。"

格罗内韦尔特笑了，说："空白支票谁也揣不进钱包里去，不过还是多谢你。"

他要的不是一张支票两不相欠，他要的是一段长久、持续的友谊，永不中断。

后来的五年里，克罗斯成了博彩专家，经营着赌场酒店。他担任格罗内韦尔特的助手，不过最主要的工作还是配合他爸爸皮皮。他不但证明了自己有能力经营讨债公司，他还是克莱里库齐奥家族的二号"铁锤"。

二十五岁的时候，克罗斯已经成了克莱里库齐奥家族的"小铁锤"。他执行任务的时候冷酷无情，连他自己都感到奇怪。他从来不知道下手的目标都是些什么人，反正只不过是一些砧板上的肉，外边裹着脆弱的皮肤，里头撑着骨头架子，跟他小时候和爸爸一起捕猎到的野生动物没什么区别。他冷静思考这一切的时候也会害怕，但是他的行动不会受到影响。安宁的日子里，清晨醒来的时候，偶尔会莫名其妙地感到一阵恐惧，就好像做了一个可怕的噩梦。有时他会心情低落，他会想起妹妹和妈妈，童年的点点滴滴，还有家庭破碎之后去探访她们的日子。

他想起妈妈温暖的脸颊，光滑的皮肤，清透得仿佛听得到皮肤下面血液平静安详地流淌着。但是在他的梦里，妈妈的皮肤皱裂，血液从裂缝之中喷涌而出，一直汇成了猩红色的瀑流。

这又勾起了其他的记忆。妈妈亲吻他的嘴唇是冰冷的，妈妈臂弯的拥抱是礼貌性的点到即止。她从来没有像领着克劳迪娅那样拉过他的手。每次去看她，离开的时候都觉得喘不过气来，胸口像受了伤。他不觉得现在失去了她，他早就失去了她。

他想起妹妹克劳迪娅的时候，不会感到失落。他们一起的过往仍在记忆当中，而她仍然是他生活里的一部分，只不过这部分要是再多一点就好了。他记得冬天他们在一起打闹，把拳头放在大衣口袋里，然后朝对方挥过去。没有伤害的决斗。生活好得很，克罗斯想，只不过有些时候会想念妈妈和妹妹。但是，跟爸爸和克莱里库齐奥家族在一起，他仍然很高兴。

在他二十五岁那年，克罗斯以家族铁锤的身份执行了最后一次行动。行动目标是他认识了一辈子的人。

联邦调查局在全国抓获了一大批黑手党名义上的首领和真正的代理人。维吉尼奥·巴拉佐便是其中之一。他是家族在东海岸最大的首领。

二十多年来，维吉尼奥·巴拉佐一直尽职尽责为克莱里库齐奥家族敛财。作为回报，克莱里库齐奥家族让他拥有了巨富身家，巴拉佐被抓的时候已经拥有了超过五千万美元的家产。他和家人过着真正优越的生活。但意想不到的事情还是发生了。他虽然感激家族的恩惠，但还是背叛了帮他步步高升的那些人。"缄默规则"禁止他向官方提供任何信息，可如今他背弃了这个信条。

他因涉嫌谋杀受到指控。但牢狱之灾还不足以让他变成叛徒，毕竟纽约州没有死刑。不管他的刑期有多长，就算罪名成立，克莱里库齐奥家族也能在十年之内把他弄出来，而且确保这十年他会过得很舒服。这些他都清楚。审判的时候，证人会作有利于他的伪证，陪审团也会事先打点好。即便在他服了若干年刑之后，也会有人准备好新材料，提交新的证据，证明他的清白。克莱里库齐奥家族的一个委托人坐了五年牢之后，家族就是通过这种方式把他捞了出来，政府还给了他一百多万美元，作为误判的补偿。

不，巴拉佐并不怕坐牢。让他成为叛徒的真正原因是，联邦政府威胁他说，根据国会颁布的"反黑法"，要没收他的全部家当。要从他和孩子们的手中夺走新泽西那幢富丽堂皇的房子，佛罗里达的奢华公寓，肯塔基的马场，他可受不了这个，虽然马场培养出的三匹马在肯塔基州马赛中都输掉了，那也不行。一旦谁涉嫌密谋犯罪而被捕，这部臭名昭著的"反黑法"就允许联邦政府没收他的所有财产。股票、债券、老爷车，都会被夺走。对于反黑法，唐·克莱里库齐奥本人也火冒三丈，但他也只是说了一句——"富人们这是搬起石头砸自己的脚。有了这个反黑法，总有一天他们会把整个华尔街的人全抓起来的。"

最近几年里，克莱里库齐奥家族疏远了这位巴拉佐老朋友。这不是幸运，而是远见。对家族来说，他太惹眼了。《纽约时报》曾经报道过他收藏的那些老爷车，照片里的维吉尼奥·巴拉佐头戴遮阳帽，站在一款1935年的劳斯莱斯车旁边。维吉尼奥·巴拉佐还出现在了肯塔基州马赛的电视转播上，他以进口地毯富商身份，手执马鞭，大谈特谈跑马这项贵族运动之美。对于克莱里库齐奥家族来说，这些都太张扬了，必须要警惕这个人。

收到巴拉佐的律师捎来的消息，克莱里库齐奥家族才知道维吉尼奥·巴拉佐对美国地方检察官开了口。唐本已经是半退休状态，闻知此事马上从儿子乔治手里接管了权力。这种情况需要用西西里的方式解决。

家族召开了会议：唐·克莱里库齐奥，他的三个儿子——乔治、文森特和佩蒂耶，还有皮皮·德·莱纳。巴拉佐会对家族结构造成危害，但是受影响最大的只是较低级别。叛徒虽然会供出大量有价值的信息，却提供不了合法的证据。乔治建议说，真要是到了最坏情况的话，他们也随时可以在国外建立一个新总部。但是唐怒不可遏地驳斥了他：除了美国，没有地方能让他们生活。美国让他们有了钱；美国是全世界最强大的国家，能够保护他们的钱。唐时常引用那句话："宁可错放一百人，不能冤枉一个人"，然后他总会再加上一句"多好的国家啊"。麻烦在于，这样养尊处优的日子，让他们都软弱下来了。如果在西西里，巴拉佐绝不敢当叛徒，做梦也不敢想到打破缄默规则，否则就算他的亲生儿子都会弄死他。

"我太老了，没法出国。"唐说，"我可不会让一个叛徒把我从家里撵出去。"

维吉尼奥·巴拉佐的事只是一个小问题，但这种事情是会传染的症状。像他这样的人还有很多，旧日的法则让他们强大起来，他们却不再受其约束。路易斯安那州、芝加哥、坦帕，都有家族的代理人，他们挥霍财富，向全世界炫耀自己的权力。这些下贱坏子粗心大意，一旦被逮到，就会为了逃脱制裁而出卖恩主，违反缄默规则，背叛同伴。这种毒瘤必须彻底根除，唐一直这样认为。但是眼下，他要听听大家怎么说。毕竟他已经老了，也许会有其他解决办法。

乔治简要介绍了目前的情况。巴拉佐跟政府方面的律师讨价还价。他说要是政府承诺不援引反黑法、如果他的妻儿能够保住他的财产，他愿意坐牢。当然了，他还提出如果可以不坐牢，他愿意出庭指证他所背叛的那些人。他和妻子会被保护起来，使用假身份，还会整形改头换面。他的孩子能过平静、舒适的生活。交易就是这样。

不管巴拉佐犯了多大的错，大家都同意他是个好父亲。他精心养育了三个孩子。一个儿子马上就要从哈佛商学院毕业；女儿琪儿在曼哈顿第五大道开了一间高级化妆品店；还有一个儿子从事空间项目的计算机研发工作。他们有资格享受这样的福祉，他们是真正的美国人，真正实现了美国梦。

"那么，"唐说话了，"给维吉尼奥捎个话，让他搞清楚状况。他可以告发其他人，让他们坐牢让他们死，都无所谓。但是如果他讲出克莱里库齐奥半个字，他的孩子就没命了。"

皮皮·德·莱纳说："威胁的话估计已经吓不着谁了。"

"这是我的威胁，"唐·多梅尼科说，"他必须相信我。至于他本人，什么承诺都别做。他自己明白。"

这个时候，文森特说了话："要是他进入保护程序的话，我们根本没机会接近他。"

唐对皮皮·德·莱纳说："那你呢，我的'铁锤'，你怎么说？"

皮皮·德·莱纳耸了耸肩。"就算他作证了，就算保护程序把他藏起来，我们照样能找到他。但是那样的话太明目张胆，会引起很多的关注。值得吗？能改变什么吗？"

唐说："做这件事的意义就在于引人注目。我们得向全世界传达我们的意思。既然要做，就要做得漂亮。"

乔治说："我们完全可以顺其自然。不管巴拉佐说什么，也不能把我们怎么样。爸爸，你这种办法只能解决一时的问题。"

唐闻言沉思了一会儿。"你说的没错。但不是任何事都有长远的解决办法。生活本来就充满意外和随机应变。你是担心怀疑惩罚起不到杀一儆百的作用吧？也许能，也许不能。不过多少还是能阻止一些人。就连上帝也没法创造出一个没有惩罚的世界。我会亲自跟巴拉佐的律师谈谈。他会明白的，他会向巴拉佐传达我的意思。巴拉佐会相信的。"他顿了顿，叹了口气，"审判结束后动手。"

"那他老婆呢？"乔治说。

"好女人。"唐说，"但是太像美国人了。我不能让一个寡妇到处哭诉，把秘密都抖出去。"

佩蒂耶第一次开了口："维吉尼奥的孩子们呢？"佩蒂耶才是真正的杀手。

"不是必要的话，就不用。我们又不是杀人狂，"唐·多梅尼科说，"再说，巴拉佐从来没跟孩子们讲过他的事。他一直想让全世界知道他是个骑手。那就让他骑马下地狱好了。"众人沉默不语。然后唐悲哀地说："放过孩子们吧。毕竟这个国家里，孩子们用不着为父母报仇。"

第二天，维吉尼奥·巴拉佐就收到了律师带来的一段冠冕堂皇的口信。唐告诉律师，他希望老朋友维吉尼奥对克莱里库齐奥家族只有最美好的回忆，对于这位不幸的朋友，家族永远都会保护他的利益。巴拉佐绝对不用为孩子担心，孩子们不会遇到任何的危险，哪怕在第五大道也不会。唐会亲自保证他们的安全。唐非常了解巴拉佐有多么珍视自己的孩子。哪怕是牢狱、电椅，或者地狱里的恶魔，都不可能吓倒这位勇敢的朋友，这位朋友唯一害怕的就是对孩子们的伤害。"告诉他，"唐对律师说道，"我，唐·多梅尼科·克莱里库齐奥，保证他们不会遭遇到任何的不幸。"

律师把这段口信逐字逐句地转达给了他的当事人。而维吉尼奥的反应如下："告诉我的朋友、我最亲爱的、跟我父亲一起在西西里长大的朋友，我对他的保证感激不尽。告诉他，我对克莱里库齐奥家族只有最美好的回忆，这些深厚的回忆我甚至无法用言语表达。代我亲吻他的手。"

巴拉佐对着律师哼起了小调："特拉——啦——啦……"然后他说："我觉得我们最好把证词再梳理一遍，我可不想把我的好朋友牵扯进来。"

"好的。"律师说。稍后，他汇报给了唐。

一切都与计划一致。维吉尼奥·巴拉佐打破了缄默规则出庭作证，无数的小喽啰被弄进了监狱，甚至牵连到了纽约市的一位副市长。但是关于克莱里库齐奥他一个字都没有说。然后，巴拉佐夫妇在证人保护程序下消失了。

报纸和电视大肆报道：无所不能的黑手党被瓦解了。上百张照片，还有电视直播，都记录了这些恶棍的锒铛入狱。《每日新闻》专门用巴拉佐做了插页图片，标题是"黑手党最大的教父落网"，报道上登载了他的老爷车、肯塔基赛马、伦敦定做的衣装。这是一场媒体的狂欢。

唐安排皮皮找到巴拉佐夫妇，实施惩罚。唐说："这件事办得越大越好，造成的公众影响就要像现在这样才行。我们可不想人们忘了维吉尼奥。"可是，"铁锤"花了一年多才完成这个任务。


克罗斯记得巴拉佐，印象中他是个慷慨、快活的人。他和皮皮在巴拉佐的家里一起吃过饭，因为巴拉佐太太很会做意大利菜，尤其是通心粉，加了花椰菜，再放点蒜和香料，克罗斯至今记得这道菜。很小的时候他就跟巴拉佐家的孩子一起玩，甚至十几岁的时候还爱上过巴拉佐的女儿琪儿。那个神奇的星期天之后，她从学校给他写过好几封信，但是他一封都没回。现在只有他和皮皮，他说："这次行动我不想做。"

皮皮看着他，苦笑着说："克罗斯，总会有这样的事。你得克服。否则的话没法生存。"

克罗斯摇头。"我下不了手。"他说。

皮皮叹了口气。"好吧，"他说，"我会告诉他们你负责计划，让他们派丹特动手。"

皮皮开始了搜查。在巨额贿赂之下，克莱里库齐奥家族突破了证人保护程序的屏障。

巴拉佐一家觉得很安全。他们的身份、出生证明、社保号和结婚证都是新的，还通过整形手术改变了外貌，看上去年轻了十岁。但是他们的体态、举止、声音让他们非常易于辨认，只是他们自己没意识到这一点。

身份容易改变，但是本性难移。一个星期六的晚上，维吉尼奥·巴拉佐和妻子一起到南达科他州的一个小镇赌钱。这里离他们的新家不远，是一家地方联办的小赌坊。回来的路上，皮皮·德·莱纳和丹特·克莱里库齐奥，带着另外六个人拦住了他们。丹特破坏了计划，因为在他勾下霰弹枪的扳机之前，忍不住向两个人泄露了自己的身份。

尸体没有被藏起来，也没丢失任何值钱的东西。大家都明白了这是一起报复行动，向全世界传递了一个消息。报纸和电视掀起了轩然大波，警方承诺一定要将凶手绳之以法。这场事件引发的激烈反响，似乎撼动了克莱里库齐奥帝国的根基。

皮皮被迫在西西里躲了两年。丹特成为了家族的头号铁锤。克罗斯成了克莱里库齐奥家族西部的代理人。他拒绝参与处决巴拉佐的行动，这一点被大家注意到了。他不配成为一把真正的铁锤。


皮皮躲去西西里之前，跟唐·克莱里库齐奥和唐的儿子乔治开了最后一次会，共进了欢送晚宴。

"我必须为我的儿子道歉，"皮皮说，"克罗斯太年轻，年轻人都多愁善感。他很喜欢巴拉佐一家。"

"我们都喜欢维吉尼奥，"唐说，"他是我最喜欢的人。"

"那为什么还要杀了他呢？"乔治说，"这得不偿失啊。"

唐·克莱里库齐奥严厉地看着他。"没有规矩，不成方圆。有了权力，就得令行禁止。巴拉佐犯了非常大的错误。这一点皮皮明白，对吧，皮皮？"

"没错，唐·多梅尼科，"皮皮说，"但是我们都喜欢老方法。我们的孩子不明白。"他顿了顿，"我要感谢你让克罗斯在我离开的时候做你的代理人。他不会让你失望的。"

"这一点我清楚，"唐说，"我信任他就像信任你一样。他一时畏缩是因为他还太年轻，时间会让他的心肠硬起来的。"

他们一起用餐。饭菜是一个手下的妻子准备的。她本应该给唐准备一碗磨碎的巴马干酪，但是忘记了。为表示尊敬长者，皮皮就起身到厨房，亲自把碗端给了唐。皮皮小心地把干酪磨碎装进碗里，看着唐用一把银制大汤匙插进黄色的干酪，送进嘴里，再从杯里呷一口家酿的葡萄酒。皮皮想：这个男人胃口真好，八十岁高龄，他依旧能够轻易结束别人的性命，吃着味道浓郁的奶酪、喝烈酒。他随口问道："萝塞·玛丽耶在家吗？我想跟她道别。"

"她又犯病了，"乔治说，"她把自己锁在屋子里不出来。还真是谢天谢地，要不然，这顿饭我们甭想吃顺喽。"

"唉，"皮皮说，"我一直以为时间一长她就好了呢。"

"她想得太多了。"唐说，"她太爱她儿子丹特了。是她自己不愿意明白。世界是什么样就是什么样，你是什么就是什么。"

乔治旁敲侧击地说："皮皮，巴拉佐这次行动完成了，你怎么评价丹特的表现？他的胆量怎么样？"

皮皮耸耸肩，不发一言。唐不满地哼了一声，目光犀利地盯着他。"有话直说，"唐说，"乔治是他的舅舅，我是他的教父。我们流的都是同样的血，允许互相评价。"

皮皮停下刀叉，与唐和乔治对视着。他不无惋惜地说："丹特太嗜血了。"意思是一个人太过野蛮，完成必要的工作时像野兽一样凶残。这种行为在克莱里库齐奥家族是绝对禁止的。

乔治靠回椅子上，说："上帝啊！"听到不敬的话，唐不满地瞥了乔治一眼，然后挥挥手，示意皮皮继续。看起来，他并不感到惊讶。

"他是个好学生，"皮皮说，"他有这方面的特质，体力也不错。他动作快，也聪明。但是他太享受这个过程了。他花了很多时间处理巴拉佐一家。开枪打死那个女人之前，他整整说了十分钟的废话。然后又等了五分钟，才朝巴拉佐开枪。这不符合我的习惯，更重要的是你永远不知道什么时候会有危险，必须争分夺秒。其他的工作他也表现出不必要的残忍。就像过去有人觉得用挂肉的钩子吊死人是什么聪明方法。太详细的我就不说了。"

乔治不悦道："这都是因为我这个杂种侄子太矮了，他就是个侏儒，就因为这个他才戴那些个狗屁帽子。那些破帽子他到底是从哪儿捡来的？"

唐不愠不火地说："黑人的帽子哪儿来的，他的就是哪儿来的。我在西西里长大的时候，人人都戴个傻乎乎的帽子。为什么？谁知道？谁在乎？好了，别说废话。我也戴那些傻帽子，也许大家都学我。都是他妈的错，从小就给他灌了一脑子的屁话。她要是再嫁一次就好了。寡妇就跟蜘蛛一个样，就知道胡编乱造。"

乔治激动地说："但是他干得很漂亮。"

"克罗斯永远也赶不上他。"皮皮的话说得很圆滑，"但是有时候我觉得他跟他妈妈一样疯，"他顿了顿，"有时候连我都怕他。"

唐吃了一大口干酪，又喝了一口酒。"乔治，"他说，"你要教导你的侄子，改改他的毛病。否则的话早晚对我们家族所有人都是个危险。但是别告诉他是我说的。他太年轻，我太老，我不想影响他。"

皮皮和乔治都知道这不是实话。但是他们也知道，如果唐想躲在幕后，那肯定有原因。就在这个时候，他们听到楼上传来了脚步声，有人从楼梯上下来了。萝塞·玛丽耶走进了餐厅。

三个人绝望地发现她还在犯病。她的头发乱蓬蓬的，她的妆一塌糊涂，她的衣服也皱皱巴巴。最严重的是，她的嘴一直张着，但是一个音都发不出来。她不说话，而是靠体态和挥舞的手来表达意思。她的手势快得不可思议，不过还是比说话清楚一些。她恨他们，她要他们死，她要他们的灵魂在地狱之火里永受煎熬。他们吃东西得噎死，喝酒得喝瞎，跟老婆睡觉的时候生殖器得掉下来。她抄起乔治和皮皮的碟子，"啪"地摔在了地上。

这些都可以容忍。但是若干年前，她第一次发作的时候，她也是这么对待唐的碟子的。所以他命人制止了她，把她锁在屋子里，又把她送到一家特殊护理中心待了三个月。哪怕是现在，唐也赶紧用盖子把干酪碗盖上。她到处吐痰。但是突然，她好了，她变得十分安静。她对皮皮说："我是来跟你道别的。祝你死在西西里。"

皮皮对她感到无比的同情。他站起来，抱住了她，而她并没有反抗。他亲了她的面颊，说："我宁可死在西西里，也不愿意回来之后看见你这个样子。"她挣开他的臂膀，跑上楼去了。

"很感人，"乔治颇带讥诮地说，"不过你也用不着每个月都对她来上这么一手吧。"他这话略带轻薄。但是他们都知道，萝塞·玛丽耶早就绝经了，而且她每个月可不只发作一次。

唐似乎并没有因为自己的女儿而感到不快。"她要是不好起来就会死，"他说，"否则我就把她打发走。"

然后他对皮皮说："你什么时候可以从西西里回来，我会告诉你的。好好享受后半辈子吧，我们都老了。不过，给布朗克斯招人的时候，要非常小心。这很重要。这些人绝对不能背叛我们，他们得从骨子里遵守缄默规则。不像这个国家生出来的无赖，总想过好日子，却不付出代价。"

第二天，皮皮去了西西里，丹特则被叫到科沃格来过周末。第一天，乔治都让丹特跟萝塞·玛丽耶在一起。他们母子的关爱很是感人，在妈妈面前丹特完全是另外一个人。他绝不会戴着奇怪的帽子，他带着她在庄园里散步，带她出去吃晚餐。他周到地照顾着她，就像十八世纪殷勤的法国男人。她要是歇斯底里地哭起来，他就把她抱在怀里，她的病一直也没发作。他们两个人说话时一直是窃窃私语，谁也听不见。

晚饭时，丹特帮萝塞·玛丽耶布置席面，把唐的干酪磨碎，一直在厨房陪着她。她做了他最喜欢的菜式：通心粉加花椰菜，以及加了培根和蒜的烤羊排。

唐和丹特之间的无拘无束始终让乔治大惑不解。丹特很周到，他舀出些通心粉和花椰菜放在唐的盘子里，还把唐用来舀碎干酪的那把银制大汤匙卖力地擦了又擦。丹特对老人家开玩笑。"祖父，"他说，"你要是有新牙，我们就用不着磨碎干酪了。现在的牙医太厉害了，他们可以在你下颌骨里边支钢架。简直是个奇迹。"

唐的兴致也很好："我的牙要跟我一起进棺材，"他说，"再说我太老了，奇迹对我不管用了。上帝干吗要在我这个老古董身上浪费奇迹呢？"

因为儿子的缘故，萝塞·玛丽耶精心打扮了一番，她年轻时的美丽依稀可辨。自己的爸爸和自己的儿子能这么融洽，她感到很高兴。这种感觉驱散了她一直以来的焦虑。

乔治也感到很安心。看到妹妹高兴，他也很高兴。她不再那么让人伤脑筋了，而且厨艺那么好。她不再用谴责的目光盯着他，病也不再发作。

唐和萝塞·玛丽耶各自回房休息之后，乔治把丹特带到了书房。这间房子既没有电视、电话，也无法跟房子里其他任何地方传递消息，而且门也非常厚。屋子里摆了两张黑色真皮沙发，还有黑色皮座椅。屋子里有个威士忌酒柜，还有个小吧台，配了一个小冰箱和一架酒杯。桌子上放了一匣哈瓦那雪茄。不过，这间屋子没有任何窗户，像个小山洞。

丹特的那张脸太狡黠有趣，完全不像这么年轻的人，所以总是让乔治感到不自在。他的眼睛老是闪着过于精明的亮光，而且他的矮小也让乔治很不喜欢。

乔治给两个人都倒了杯酒，点燃了一支哈瓦那雪茄。"感谢老天爷，你总算是没在你妈妈面前戴那些怪帽子，"他说，"说老实话，你到底干吗要戴它呢？"

"我喜欢，"丹特说，"而且可以让你、佩蒂耶舅舅和文森特舅舅注意到我。"他顿了顿，脸上浮现出一种促狭地笑，"还能让我看起来个子高一些。"这是实话，乔治想，那些帽子确实让他看起来帅气了一点。他那张长得像个雪貂的脸扣上帽子之后确实效果好多了。不戴帽子的话，他的五官很不协调。

"你执行任务的时候不应该戴帽子，"乔治说，"让你太容易被认出来了。"

"死人不会说话，"丹特说，"我会杀了所有看见我干活的人。"

"丹特，别顶嘴，"乔治说，"这不聪明，这是给自己找麻烦。家族从来不冒风险。另外，还有一件事。有人觉得你嗜血。"

丹特非常生气，但是突然又面无表情。他放下酒杯，问："唐知道吗？是他说的吗？"

"唐不知道。"乔治撒了谎。撒谎他是行家。"我也不打算告诉他。他最喜欢你，这种事会让他不舒服的。但是我可告诉你，以后干活不许再戴帽子，也别做无谓的事。如今你是家族的头号铁锤，但是你太享受杀人的过程了。这样很危险，也违背家族的规矩。"

对此丹特似乎充耳不闻。他想了想，再次露出了笑容。"皮皮一定跟你说了。"他温和地说。

"对，"乔治草率地回答，"皮皮是最棒的。让你跟着他，就是为了让你能学到完成任务用什么方法才合适。还有，你知道为什么他是最棒的吗？因为他有心。杀人不是用来找乐子的。"

丹特忍不住爆发出一阵大笑，他笑得跌倒在沙发里，又从沙发滚到了地上。乔治阴沉地盯着他，心想他跟他妈妈一样疯疯癫癫。终于，丹特站起身来，灌了一大口酒，极为和颜悦色地说："也就是说，我没心喽？"

"没错，"乔治，"你是我的侄子，但是你是什么样的人，我很清楚。你因为跟两个人吵了起来，就把他们干掉了，也没经过家族同意。唐不想处理你，他甚至都不会训斥你。你还干掉了一个舞女，这个姑娘跟你整整鬼混了一年，你一生气就把她杀了。你给她'吃了圣餐'，让警察找不到她的尸体——也确实没有——你觉得你他妈的有点小聪明，但是家族有足够的证据证明你有罪。"

这回丹特一言不发了。他不是害怕，只是在算计。"这些事唐都知道？"

"对，"乔治说，"但他还是最喜欢你。他说过去的就过去吧，你还年轻，以后就懂了。嗜血的事我就不说了，他年纪那么大了。你是他外孙，你妈妈是他女儿。这样太伤他的心。"

丹特又是一阵大笑。"唐也有心。皮皮·德·莱纳也有心，克罗斯也他妈的一副滥好心，我妈妈也有一颗破碎的心。但是我没有心？那你呢，乔治舅舅，你有心吗？"

"当然，"乔治说，"我一直忍受着。"

"也就是说，没心没肺的就他妈只有我一个了？"丹特说，"我爱我妈妈和我的祖父，他们两个却互相憎恨。我长大之后祖父没那么爱我了。你、文尼和佩蒂耶呢？虽然我们流着一样的血，但是你们根本就不喜欢我。这些你当我不知道？但是我还是爱你们大家，可是你们觉得我还不如皮皮·德·莱纳那个混蛋。你们以为我就那么没脑子吗？"

对这突如其来的爆发，乔治瞠目结舌。而且他说的都是真的，这让他感到很不安。"你错怪唐了。他还是一样在乎你。佩蒂耶、文森特和我也是。我们什么时候没把你当成一家人过？当然，唐是有点儿疏远。但是他年纪都那么大了。至于我，我只是提醒你，这是为了你个人的安全。这一行很危险，你必须小心。你不能把个人感情放进去。否则那简直就是灾难。"

"这些事，文尼和佩蒂耶知道吗？"丹特说。

"不知道。"乔治说。这也是撒谎。关于丹特，文森特也早就跟乔治谈过。佩蒂耶没有。虽然佩蒂耶天生就是个杀手，但是他也不愿意跟丹特在一起。

"还有谁抱怨我做事的方式吗？"丹特问道。

"没有，"乔治说，"别这么计较。我是以舅舅的身份建议你，但是我是站在家族的立场说话的。以后没有家族的同意，绝对不能杀人灭口、毁尸灭迹，明白吗？"

"好。"丹特说，"但是我仍然是家族的头号铁锤，对吧？"

"一直到皮皮休完假回来，"乔治说，"看你表现了。"

"既然你这么要求，我会收敛的，"丹特说，"行吧？"他亲热地拍了拍乔治的肩膀。

"很好，"乔治说，"明天晚上带你妈妈出去吃饭吧。陪陪她。你祖父会很高兴的。"

"好。"丹特说。

"文森特在东汉普顿有家餐馆，"乔治说，"带你妈妈到那儿去吧。"

丹特突然问："她情况恶化了吗？"

乔治耸了耸肩。"她忘不了过去。她应该忘掉的，但就是放不下。唐一直说，'世界是什么样就是什么样，我们是什么就是什么'。这是他的老生常谈。但是她不接受。"他热情地拥抱了丹特。"好啦，忘了这次谈话吧。我讨厌干这事儿。"就好像他并不曾接到唐对此事的专门指示一样。

周一早上，丹特离开之后，乔治把整个谈话过程汇报给了唐。唐叹口气说："他以前是个多么可爱的小男孩，如今到底怎么了？"

乔治还有一个好品质。只要他愿意，就可以完全坦白，就连对他父亲也是如此。"他跟他妈妈谈得太多了。他的性子太狠。"说罢，二人沉默良久。

"皮皮回来之后，您的外孙怎么办？"乔治问道。

"不管怎么说，我也觉得皮皮该退下来了。"唐说，"得给丹特个机会让他到最前线去。毕竟他也是克莱里库齐奥的一员。皮皮可以到西部给他儿子做代理人顾问。如果有必要的话，他随时可以给丹特做顾问。这类事情没人比他更有经验。桑塔迪奥家族那次就是明证。但是他应该安享晚年了。"

乔治讥诮地嘟囔了一句："荣誉退休的铁锤啊。"但是唐假装没明白这个笑话。

他皱了皱眉头，对乔治说："很快，你就要挑起我的担子了。永远记住，我们的任务是有一天让克莱里库齐奥家族从地下走到地上。家族必须永远传承下去。不管这个选择有多艰难，都要坚持。"

两个人走了。皮皮要等上两年，才能从西西里回来。那个时候，巴拉佐的死已经罩上了一团扑朔迷离的薄雾，一团克莱里库齐奥家族编织的薄雾。

# 第五部

/拉斯维加斯
/好莱坞
/科沃格

# 第七章

　　克罗斯·德·莱纳在桃源酒店的阁楼行政套房接待了妹妹克劳迪娅和斯基比·迪尔。这兄妹俩的巨大差异一直给迪尔留下非常深的印象。克劳迪娅不是非常漂亮，不过让人很愿意接近；而克罗斯长相英俊，身材健美修长。克劳迪娅的亲近气质浑然天成，克罗斯则客气友善却拒人于千里之外。亲近和友善是不一样的，迪尔想。一个是天生的，另一个呢，学出来的。

　　克劳迪娅和斯基比·迪尔坐在沙发上，克罗斯对着他们坐下。克劳迪娅把博兹·斯堪尼特的事情讲了一遍，然后探过身子说："克罗斯，你听我说。这不仅仅是生意问题。安提娜是我最好的朋友，而且她真的是我见过的最好的人。我需要帮助的时候她总是伸出援手。这是我求你帮我做的最重要的一件事。帮帮安提娜吧，以后我再也不给你找麻烦了。"然后她又对斯基比·迪尔说："钱的问题你跟克罗斯谈吧。"

　　迪尔求人之前总是先让对方冒犯他。他对克罗斯说："我一直去你的酒店捧场，你怎么不给我开间别墅啊？"

　　克罗斯大笑："都客满了。"

　　迪尔说："那就撵几个人出去好了。"

　　"好啊，"克罗斯说，"让我看看你电影的利润报表，然后你玩每注一万美元的百家乐的时候再说吧。"

克劳迪娅说:"我是他妹妹,那些别墅连我都没住过。别瞎扯了,斯基比,说正经事吧。"

等迪尔说完,克罗斯看着自己做的记录说:"我开门见山吧。如果这个安提娜不回去工作的话,你们,还有公司,会损失五千万的现金,两亿美元的预期利润也没了。她之所以不回去工作,是因为她害怕博兹·斯堪尼特,你们可以花钱把他打发走,但是她不信,因为她不相信你们阻止得了他。整个事情就是这样,对吧?"

"对,"迪尔说,"我们跟她保证说,整个摄制过程当中,我们会尽全力保护她,比保护美国总统还要周到。哪怕是眼下,我们也派人跟着这个博兹·斯堪尼特。我们派人二十四小时给她警卫。她就是不回来。"

"我还是没太明白问题到底出在哪里。"克罗斯说。

"这个家伙的家庭在德克萨斯州很有政治影响力,"迪尔说,"而且这家伙非常狠。我曾让保安去给他施加点儿压力……"

"保安是谁?"克罗斯问道。

"太平洋安保公司。"迪尔说。

"那又为什么来找我呢?"克罗斯问道。

"因为你妹妹说你能帮忙,"迪尔说,"不是我的主意。"

克罗斯对他的妹妹说道:"克劳迪娅,你怎么会想起我能帮忙呢?"

克劳迪娅的表情不太自在。"过去我见过你解决麻烦,克罗斯。你很能说服人,而且你总能想出办法来。"她天真烂漫地一笑，"再说，你是我哥哥，我相信你。"

克罗斯叹了口气说："又他妈来这套。"但是迪尔看得出来，这对兄妹的感情有多么深厚。

三个人坐在那里默默无言。良久，迪尔说："克罗斯，我们知道找你希望不大。不过，如果你在寻找投资机会的话，我有个非常好的项目。"

克罗斯看了看克劳迪娅，又看了看迪尔，若有所思地说："斯基比，我想见见这个安提娜。然后的话，估计我能帮你们把麻烦解决掉。"

"太好了，"克劳迪娅松了一口气，说，"我们明天就一起飞过去好了。"她抱了他。

"好。"迪尔说。其实他已经开始算计，《梅莎琳娜》这部电影的损失，能不能从克罗斯身上找一些回来了。

第二天，他们飞到了洛杉矶。关于这次见面，克劳迪娅已经跟安提娜打过了招呼，而且迪尔也接过电话谈了几句。打完这个电话，他断定安提娜是不会回来了。他为此火冒三丈，但是为了分散自己的注意力，飞机上他一路都在算计着。他一直在想，下次来拉斯维加斯的时候，怎么才能让克罗斯给他一间别墅。


安提娜·阿奎坦内所住的马里布海滩距离比弗利山庄和好莱坞的北部大约四十分钟的行程。这个地区有一百多幢房屋，每一幢价值三百万到六百万美元不等，但从外观上看不出什么稀奇，甚至破烂不堪。每幢房子都用篱笆围着，有的还有样式华丽的门。

进入马里布，只有一条道路，由警卫亭中控制闸门的保安把守。所有的访客，保安都会通过电话或者记录表加以核查。住户的车要挂上特制的标签，这种标签每周都会更换。克罗斯觉得，这些安全措施都是花架子，没有实际作用。

但是守护在安提娜住所的太平洋安保公司则另当别论。他们身穿制服，一律配枪，个个身高体壮。

顺着海滩从人行道走过去，他们进了安提娜的家。里面还有其他的警戒，由安提娜的秘书控制。秘书从附近的一座小会客间用通话器跟他们联系，让他们进入。

会客间里还有两个身穿太平洋安保制服的人，房门口站着第三个人。穿过会客间，众人穿过了一座大花园，四处都是鲜花和柠檬树，让带着咸味的空气多了丝缕清香。终于，他们来到了主楼，一幢正对太平洋的房子。

一位瘦小的拉丁女仆带他们进屋，穿过大厨房，来到起居室。透过窗户，整间屋子仿佛充满了海水。房子里有竹制家具、玻璃桌，还有深蓝色的沙发。女仆带他们穿过这间屋子，又打开一扇玻璃门，走上一座露台。宽阔的露台临着海，摆着桌椅，还有一辆自行车健身器熠熠闪光。再往远看，就是碧蓝一片的汪洋，连向天边。

克罗斯·德·莱纳在露台上看到安提娜第一眼时就呆了。她比在电影上还要精致，这是很罕见的事。电影捕捉不到她的色彩，捕捉不到她深邃的眼和她湛绿的瞳孔。她举手投足之间像运动员一样轻快优雅。一头蓬乱的金碎发，肯定会让其他女人逊色不少，但却凸显了她的美丽。她穿了件灰蓝色的运动衫，傲人身材遮掩不住。她修长的双腿与躯体形成了完美的比例，她赤裸着双足，脚趾没有颜色。

但给他印象最深的，还是她脸上流露出的机敏和专注。

她礼节性地亲了一下斯基比·迪尔的面颊，热情地拥抱了克劳迪娅，然后跟克罗斯握了握手。她的眼波有如一泓秋水。"克劳迪娅总是说起你呢，"她对克罗斯说，"她的哥哥英俊、神秘，只要他想，就能让地球都停止转动。"她笑了起来。她的笑无比自然，完全不像受了惊吓的女人。

克罗斯如沐春风，没有比这个词更形象的了。她的声音来自喉咙深处，像是一件音色低沉的乐器，撩动人的心弦。大海衬托着她的轮廓，精雕细琢的面颊，未修饰的嘴唇，饱满红润，自然散发的慧黠气质。这时，克罗斯的突然想起格罗内韦尔特告诉他的一句话：在这个世界上，金钱可以让你安全地避开任何困难，除了漂亮的女人。

克罗斯在拉斯维加斯见过许多漂亮女人，跟在洛杉矶和好莱坞一样多。但是在拉斯维加斯，美就只有美貌而已，几乎没有才华可言，许多这样的美人在好莱坞一无所获。在好莱坞，美丽的女人通常都有才华，少数美丽的女人也有艺术天赋。两座城市都吸引着全世界的漂亮女人。然后才会有女演员一飞冲天，成为当红巨星。

有种女人，除了美貌和气质之外，还带着一点孩子气的天真和勇气。她们的好奇心会变成一种艺术形式，赋予她们特有的端庄。虽然两座城市都不乏美女，但只有在好莱坞，才会出现女神，赢得全世界的倾慕。安提娜·阿奎坦内就是这寥寥无几的女神之一。

克罗斯潇洒地对安提娜说："克劳迪娅告诉我说，你是全世界最美的女人。"

安提娜说："她有没有对你说我的头脑？"

她倚着凉台的栏杆，做起了后踢腿练习。在别的女人显得矫情做作，在她身上却无比自然。而且实际上，整个会面的过程中，她一直在做练习。一会儿下腰，一会儿靠着栏杆压腿，双臂还配合着她的话语做着手势。

克劳迪娅说："提娜，你从来不觉得我们是亲兄妹，对吧？"

斯基比·迪尔说："我是不觉得。"

但是安提娜看了看他们，说道："你们确实长得很像。"克罗斯看得出来，她真是这么想的。

克劳迪娅说："这下你明白我为什么喜欢她了吧。"

安提娜停下了动作。然后她对克罗斯说："他们说你能帮忙，我不知道你能怎么帮。"

克罗斯尽量让自己不去盯着她看。她的一头金发，在蔚蓝的海水映衬之下，仿佛一轮艳阳。他说："我擅长说服人。如果真是你丈夫让你没法回去工作，也许我可以跟他达成一笔交易。"

"我不相信博兹会遵守交易内容，"安提娜说，"公司已经跟他谈过一次交易了。"

迪尔尽可能柔和地说："安提娜你实在没必要担心。我向你保证。"但是出于某些原因，他的话连自己都不信。他认真地端详着众人。他知道安提娜多能征服男人。女演员是世界上最无可抵挡的一群人，只要她们想，就做得到。但是迪尔发现，克罗斯并没有什么变化。

"斯基比只是不能接受我退出这部电影，"安提娜说，"这部片子对他来说太重要了。"

"难道对你来说不重要吗？"迪尔怒道。

安提娜深深地看了他一眼。"曾经对我很重要。但是我太了解博兹了。我必须消失。我必须开始一段新生活。"她朝众人调皮一笑。"我在哪都能活下去。"

"我可以跟你丈夫达成一个协议，"克罗斯说，"而且我保证，他会遵守的。"

迪尔自信满满地说："安提娜，电影业这一行里，疯子骚扰明星这种事儿怕是不下几百次。我们有很简单的办法。真的没危险。"

安提娜继续做起了练习，她的一条腿不可思议地伸展到了头顶上。"你们都不了解博兹，"她说，"我了解。"

"你不回去工作只是因为博兹吗？"克罗斯问道。

"是的，"安提娜说，"他会永远跟着我的。就算你们能保护我，保护我到拍完，那之后呢？"

克罗斯说："我想达成的交易，还没遇到过办不到的。他要什么我就给他什么好了。"

安提娜停下了动作。她第一次直视着克罗斯的眼睛。"我永远不会相信博兹达成的任何交易。"说罢，她转过身去，示意他们可以走了。

克罗斯说："抱歉耽误你时间了。"

"没有，"安提娜洋洋得意地说，"我做了练习呢。"这时，她盯着他的眼睛，说道，"多谢你，让你费心了。我也希望自己能像在电影里一样无所畏惧。但实际情况是，我怕死。"然后她马上又回到了泰然自若的神态，说，"克劳迪娅和斯基比老是提起你那些个鼎鼎大名的别墅。如果我到拉斯维加斯去的话，你愿意给我开一间别墅让我躲进去吗？"

她的神情非常严肃，但是她的眼神却顽皮得很。她这是在向克劳迪娅和斯基比炫耀自己的影响力。显然，她希望克罗斯能为了献殷勤说出个"是"字来。

克罗斯朝她笑了笑。"别墅一般都是客满的。"他说。他顿了顿，然后又开了口。他的口气前所未有地郑重其事，让大家都吓了一跳："不过，如果你到拉斯维加斯来，我可以保证，绝对不会有人伤害你。"

安提娜直截了当地对他说："谁也阻止不了博兹。他不在乎被抓住。无论他做什么，都希望让大家看见。"

克劳迪娅焦躁道："为什么？"

安提娜大笑，说："因为他曾经爱过我。因为我比他活得更精彩。"她望着大家，片刻之后又开了口。"真是耻辱，"她说，"相爱的两人变得相互憎恨。"

这时，拉丁女仆来到露台上，打断了众人的会面。女仆还带来了一个男人。

这个男人身材颀长，面容俊朗，一身正装是从头到脚的名牌：阿玛尼的西装、滕博阿瑟的衬衫、古驰的领带、百丽的皮鞋。他立即开了口，轻声致歉。"她可没告诉我你们在忙啊，阿奎坦内小姐。"他说，"我猜她是被我的证件吓坏了。"他给她看了一块警徽。"我是来调查一下那天晚上发生的事情的。我可以等，或者下次再来也行。"

他的言辞客气，他的眼神却大胆。他瞥了两个男人一眼，说："你好啊，斯基比。"

斯基比·迪尔大怒。"没有公关和法务人员在场，你不能跟她说话，"他说，"这点你比我清楚，吉姆。"

探员朝克劳迪娅和克罗斯伸出了手："吉姆·洛西。"

他们都认识这个人。这是洛杉矶名气最大的警探，他的经历甚至被改编成了一部电视迷你剧。他还扮演过一些电影里的小角色。迪尔的圣诞送礼和卡片名单上都有他的名字。迪尔壮着胆子说："吉姆，回头给我个电话，我安排你正式跟阿奎坦内小姐见面。"

洛西亲切地一笑，说："好啊，斯基比。"

但是安提娜说道："我不会在这儿待多长时间了。干吗不现在就问呢？我不介意。"

洛西举止得体，但眼神一直保持警惕。多年与犯罪所打的交道，使他的身体有了一种警觉。

他说："在他们面前？"

安提娜的身体终于停下了动作。她收束起全部的魅力，冷漠地说："我更相信他们。"

洛西只当没听见。这种事情他见多了。"我只是想问你一下，为什么你撤销了针对你丈夫的指控。他用什么手段威胁你了吗？"

"噢，没有。"她轻蔑地说，"他只不过在十亿人面前洒了我一脸水，大喊一声'硫酸'而已，他第二天就被放出来了。"

"好吧，好吧，"洛西端起了双手，表示妥协，"我只是觉得也许我可以帮忙。"

迪尔说："吉姆，稍后打我电话吧。"

克罗斯的心里突然敲响了警钟。他若有所思地盯着迪尔，不去看洛西。洛西的视线也避开了他。

洛西说："我会的。"他随手从一把椅子上拿起安提娜的手袋。"我在罗迪欧道上看到过这个，"他说，"两千美元。"他直视着安提娜，用一种虽然礼貌却不屑的口气说："你能不能解释一下，人们为什么要花这么多钱买这种东西呢？"

安提娜的面容冷若冰霜。她走到一边，身后不再是汪洋大海。她说："别侮辱人。滚出去。"

洛西鞠了一躬，离开了。他一直在笑。他来的目的已经达到了。

"不管怎么说你也只是个普通人，"克劳迪娅用手臂揽住安提娜的肩，说，"为什么要发火？"

"我不是发火，"安提娜说，"我只是表明我的立场。"


三位访客离开后，从马里布来到了比弗利山庄的内特-阿尔熟食店。迪尔向克罗斯断言，整个落基山以西，就只有这里的五香烟熏牛肉、腌牛肉和康尼岛风格的热狗算得上食物。

吃东西的时候，迪尔若有所思地说："安提娜是回不来了。"

"我早就知道，"克劳迪娅说，"但我不明白她为什么对那个警探发火。"

迪尔大笑，对克罗斯说："你明白吗？"

"不明白。"克罗斯说。

迪尔说："好莱坞的传奇之一就是，谁都能睡大明星。这就是希望艳遇男明星的女人总在外景地或者比弗利威尔希尔酒店出没的原因了。女明星嘛，就没这么幸运了……在她们家里干活儿的工人，木匠啊，花匠啊，可能会有桃花运，比如她突然就饥渴了，这种事儿在我身上就发生过。特技演员遇上这类事的概率比较高，剧组其他人也可能有这种好运气。但是这是让人瞧不起的事，会影响女明星的前程。当然了，她们要是超级明星就不怕了。我们这帮高层的老头子可不喜欢这样的事。他妈的，怎么有钱有势的男人还比不上他们吗？"他笑眯眯地看着他们，"就比方说这个吉姆·洛西吧。他块头大，长得帅。他真的杀过人，生活在虚幻世界里的人觉得他最迷人了。他明白这一点，就利用这一点。所以他从来不低三下四地求那些明星，他都是连唬带吓就搞到手了。这就是为什么他问了那么一句话的原因。实际上，他就是冲这个来的。他找个借口来见安提娜，觉得自己有机会。那个侮辱人的问题其实就是个宣言，他在宣告说他想干她。结果安提娜把他赶出去了。"

"这么说，她洁身自好？"克罗斯说。

"对电影明星来说，算是了。"迪尔说。

克罗斯突然问道："你觉不觉得她是在敲诈公司，只是想讹点儿钱罢了？"

"这种事情她绝对不会做的，"克劳迪娅说，"她绝对有话直说。"

"她是不是有什么不满，借机出气？"克罗斯问道。

"你不明白这一行。"迪尔说，"首先，公司是可以接受明星讹他们的。明星都这么干。其次，如果她有什么不满，早就满城风雨了。她这个人只是比较奇怪而已。"他顿了顿，"她讨厌鲍比·邦茨，对我也没什么兴趣。我们两个都追了她好多年了，一点儿机会都没给我们。"

"你帮不上忙真是太可惜了。"克劳迪娅对克罗斯说。但是他并没回答。

马里布的整个行程里，克罗斯都在冥思苦想。他一直等的就是这个机会。虽然会有危险，但是一旦成功，他就可以从克莱里库齐奥家族脱身出来了。

"斯基比，"克罗斯说，"我有一项提案，给你和公司的。

我会立刻把你们这部片子买下来。你们已经投进去的五千万，我付给你们，后期追加的投资也由我解决，公司负责发行。"

"你有一亿美元？"斯基比·迪尔和克劳迪娅全都难以置信地问道。

"我认识有这笔钱的人。"克罗斯说。

"安提娜回不来的。没有安提娜就没有这部电影。"迪尔说。

"我说过，我说服人很有两下子。"克罗斯说，"你能安排我见一下伊莱·马林吗？"

"没问题，"迪尔说，"不过我得继续当这部片子的制片人。"

这个会议安排得并不容易。必须让罗德斯通公司，也就是伊莱·马林和鲍比·邦茨相信，克罗斯·德·莱纳不是空口说大话的人，得让他们相信他有足够的钱和信用。当然，拉斯维加斯的桃源酒店有他一部分，但是他个人的财务记录并不能说明他推得动所提出的这笔交易。迪尔为他作了保，但真正一锤定音的是，克罗斯出示了一张五千万美元的信用证。

在他妹妹的建议之下，克罗斯·德·莱纳聘用了茉莉·弗兰德斯担任这次交易的律师。

茉莉·弗兰德斯在办公室里接待了克罗斯。克罗斯保持警觉，他知道一些关于她的事。在他一辈子所生活的这个世界里，他还从来没见过哪个女人能驾驭权力，但克劳迪娅则告诉他，茉莉·弗兰德斯是好莱坞权力最大的人物之一。电影公司的高管们亲自接她的电话；梅洛·斯图尔特这样的经纪人得在大额交易上寻求她的帮助；安提娜·阿奎坦内这样的明星在跟片场发生争执的时候，也得用她。一次，弗兰德斯停掉了一部热门迷你电视剧，只是因为她明星当事人的薪水支票在邮寄的过程中延误了。

她比克罗斯想象的要好看得多。虽然她人高马大，但比例协调，衣着搭配也很讲究。她的面容仿佛一个金发的精灵女巫，鹰钩鼻，阔嘴巴，眯着棕色的眼睛，眼中流露出争强好胜的神情。她的头发挑出一绺编成了麻花辫。只有微笑时，她才不再是那副冷峻的表情。

茉莉·弗兰德斯尽管强悍，却对英俊男人毫无抵御力。见到克罗斯的第一眼她就看上了他。她感到诧异，因为她以为克劳迪娅的哥哥不会有特别之处。她看到的不光是英俊的外表，还有一种克劳迪娅不曾有过的气势。看上去，仿佛一切皆在他的掌握。然而，要接纳他成为当事人，这些还不足以说动她。她听说他有某些关系。她并不喜欢拉斯维加斯的世界，而且对于这场大得吓人的赌博他究竟有多大的决心，她心存疑虑。

"德·莱纳先生，"她说，"有件事我得说清楚。我是安提娜·阿奎坦内的律师，不是她的经纪人。她继续坚持这种行为的后果，我已经给她解释过了。但是我相信，她会继续坚持下去。所以，如果你跟公司达成了协议，而安提娜还是没有回来工作的话，如果你对她采取法律行动，我将为她辩护。"

克罗斯专注地看着她。这样的女人他没法看明白。他必须把大部分的牌都亮出来。"我可以签一份放弃声明，说如果我买下这部电影，我不会起诉阿奎坦内小姐。"他说，"还有，如果你做我的代理人，我这里有一张二十万的支票。这是首付。你还可以追加账单。"

"你的意思是，"茉莉说，"你会立即支付电影公司五千万美元。以后的款项都由你来负责，一直到影片拍摄完成为止。这至少还要五千万美元。也就是说，你赌一亿美元安提娜会回来工作。另外你还赌电影一定会大卖。片子是有可能失败的。这个风险非常非常大。"

只要克罗斯想，他就能释放出吸引力来。但是他意识到，对这个女人来说，吸引力没用。"我清楚，靠着海外发行、录像，还有电视播放的销售，哪怕这片子失败了，我也赔不了钱。"他说，"真正的问题只有一个，那就是让阿奎坦内小姐回来工作。也许这一点，你能帮上忙。"

"不，我不行。"茉莉说，"我不想误导你。我的确试过，但是失败了。大家都试过，都失败了。伊莱·马林更干脆，他要终止拍摄、承担损失，他还要毁了安提娜。不过我不会让他这么做的。"

克罗斯饶有兴趣地问："那你要怎么做呢？"

"马林不想跟我闹翻，"她说，"他是个精明人。我会跟他在法庭上较量，我会让他的公司在每一笔交易上都讨不了好。就算安提娜不能再工作了，我也不能看着他们掏走她所有的钱。"

"如果你代理我，你就能保住你当事人的前程。"克罗斯说。他从西装口袋里掏出一个信封，递给她。她打开信封，端详了一下，然后抓起电话确认了一下支票的有效性。

她朝克罗斯微笑着说："我这可不是在侮辱你。即便是跟最大的电影制片人，我也是这么做的。"

"好比斯基比·迪尔？"克罗斯笑了，"我给他的六部电影投过钱，其中有四部都很叫座，但是我还是没挣到钱。"

"因为你没找我代理你。"茉莉说，"那么，在我同意代理之前，你得告诉我，你打算怎么把安提娜找回来。"她顿了顿，"我听说过你的一些传闻。"

克罗斯说："我也听说过你的传闻。我记得几年前，你还是个刑事辩护律师。你救了一个杀人犯。他杀了自己的女朋友，你的辩护理由是暂时性精神失常。于是还不到一年，他就又活蹦乱跳了。"他顿了片刻，装出一副愠怒的样子，"你根本不在乎他是什么样的人。"

茉莉面无表情道："你没回答我的问题。"

克罗斯意识到，说谎也要说得有魅力。"茉莉，"他说，"我可以叫你茉莉吧？"她点了点头。克罗斯继续说道："你知道我在拉斯维加斯开了一家酒店。我明白，有钱能使鬼推磨。有了钱，什么东西也不可怕。所以，无论影片挣了多少钱，我都会分百分之五十给安提娜。如果这笔交易你做得好而且我们走运的话，这对她来说就是三千万美元。"他沉默了片刻，然后郑重其事地说，"想想吧，茉莉，换了是你，三千万还不值得一试吗？"

茉莉摇摇头。"安提娜真的不怎么在乎钱。"

"唯一让我困惑的问题在于，像这种交易，电影公司为什么不跟她做。"克罗斯说。

整个会面里，茉莉第一次露出了笑容。"你不明白电影公司。"她说，"他们担心的是，这种先例一开，那所有的明星都会来这套了。不过我们接着说。我觉得，电影公司会接受你的交易的。因为光靠电影发行，他们已经能挣一大笔钱了。他们一定会抓住发行权不放的。还有，他们肯定会要利润分成。但是我再告诉你一遍，安提娜不会接受你这个建议的。"她顿了顿，促狭地笑着说，"我还以为你们这些拉斯维加斯的赌场老板从来不赌博呢。"

克罗斯也报以微笑。"谁都赌。概率合适的时候我就赌。另外，我打算卖掉酒店，在电影圈混。"他沉默了一会儿，让她能看清楚他进入这一行的强烈愿望，"我觉得，这一行更有意思。"

"明白了，"茉莉说，"也就是说，这不是一时头脑发热的决定。"

"这件事成功了，我一只脚就踏进门了。"克罗斯说，"而且以后我会更需要你的帮助。"

茉莉终于被打动了。"我会为你代理。"她说，"不过在进一步合作之前，先看你会不会赔掉这一亿美元吧。"

她抓起电话说了几句，挂断之后对克罗斯说："我们会先跟他们的业务人员会面，谈好条件。你还有三天的时间重新考虑。"

克罗斯感叹道："这么快。"

"是他们着急，不是我。"茉莉说，"片子没有进度的话，他们的成本太高了。"

"我知道这句话其实我没必要说，"克罗斯说，"不过，我给阿奎坦内小姐的那个价码是机密，仅限于你我二人知道。"

"嗯，你确实没必要说。"茉莉说。

他们的手握在一起。克罗斯离开以后，茉莉才反应过来：克罗斯·德·莱纳为什么要提那桩案子呢？她打赢过那么多为谋杀犯辩护的案子，为什么特别提起那一桩？


三天以后，克罗斯·德·莱纳跟茉莉·弗兰德斯在办公室里见了面。在去罗德斯通工作室开会之前，她需要检查一遍克罗斯的各种财务文件。然后，茉莉开上自己的奔驰SL-300，两个人来到了罗德斯通工作室。

过了大门的安检之后，茉莉对克罗斯说："看看停车场那边，你看见一辆美国车，我就给你一美元。"

两人路过了一大片的车——奔驰、阿斯顿·马丁、宝马、劳斯莱斯——克罗斯看见一辆凯迪拉克，指了出来。茉莉笑道："这肯定是纽约来的哪个穷作家了。"

罗德斯通工作室占地广阔，里面小建筑林立，都是各自独立的制片公司。主楼只有十层高，看上去像个摄影棚。自从二十世纪二十年代竣工以来，公司一直保持着这幢建筑的原始风貌，只做了一些必要的修缮。克罗斯想到了在布朗克斯的聚居地。

公司行政楼里的办公室狭窄而拥挤，只有第十层不是这样，因为伊莱·马林和鲍比·邦茨的行政套房设在这里。两个套房之间是一个巨大的会议室。会议室里远远的一头有吧台，有服务员，还有一间小厨房与吧台相连。会议桌旁摆放了深红色的豪华座椅。罗德斯通出品的电影海报都被加了镜框，挂在会议室的墙上。

伊莱·马林、鲍比·邦茨、斯基比·迪尔、公司高层，还有另外两名律师，已经在等他们了。茉莉把财务文件递给各位高层，双方的三名律师把整个文件过了一遍。酒保送来酒水之后就离开了。斯基比·迪尔给各位作了介绍。

伊莱·马林还是老样子，坚持要克罗斯称呼自己"伊莱"，然后讲了他最喜欢的故事——他常常用这一招来让谈判对手放下戒心。伊莱·马林说，他的祖父在二十世纪二十年代早期创办了这家公司。当时他想把公司叫作"磁石工作室"，但是他的德国口音太重，结果律师给弄错了。当时这个公司才值一万美元。虽然发现了错误，但是根本不值得一改。结果，如今这家公司价值七十亿美元，公司名字却没有任何意义。但是，马林又说了——没有深刻意味的笑话他从来不讲——纸上印的字没什么意义，在标识图案上的那颗天然磁石，从宇宙的四面八方汲取着光，让公司的整个标识都充满了力量。

茉莉拿出了协议方案。克罗斯付给公司已经投入的五千万美元、授予公司发行权，并聘请斯基比·迪尔为制片人。克罗斯负责追加投资以完成拍摄。罗德斯通工作室会拿到百分之五的利润分成。

大家都听得十分认真。鲍比·邦茨说："这个分成比例太荒唐了。我们要提高比例。再说，我们怎么知道你们不是跟安提娜串通好来骗我们的钱？"

茉莉的反应让克罗斯大吃一惊。出于某些原因他还一直以为，这里的谈判会比拉斯维加斯的文明一点。

但是茉莉几乎是咆哮了出来。她那张女巫一样的脸上满是暴怒。"去你妈的，鲍比，"她对邦茨说，"你竟然怀疑我们串通一气？现在这种情况，保险根本不赔付。今天你们本来可以脱身，可你竟然侮辱我们。你要是不道歉，我现在就带着德·莱纳先生走，你们等着吃屎去吧！"

斯基比·迪尔插了进来："茉莉、鲍比，得了。我们是来挽救这部片子的。至少我们先把事情都商量一遍……"

马林看着这一切，微笑不语。只有最后决定"行"还是"不行"的时候，他才会说话。

"我觉得这个问题很有道理啊。"鲍比·邦茨说，"这家伙能给安提娜什么呀？我们都不能让安提娜回心转意，凭什么他就能啊？"

克罗斯坐在那儿笑了。茉莉告诉过他，只要可以，就都让她来回答。

她说："显然德·莱纳先生能给的东西很特殊。他凭什么要告诉你呢？要是你拿出一千万来买他这条消息，说不定我会劝劝他。一千万都便宜了。"

就连鲍比·邦茨这时都笑了。

斯基比·迪尔说："他们觉得，如果克罗斯先生没有把握的话，不会冒险把全部这些钱都拿出来的。所以他们觉得这件事儿有点儿可疑。"

"斯基比，"茉莉说，"我还见过你花了一百万买部小说，但是从来没拍成过电影呢。这次有什么不同？"

鲍比·邦茨插话道："那是因为斯基比那一百万都是我们公司投的。"

大家都笑了。克罗斯觉得这次会议谈不出什么来。他的耐心正在一点一点地流失。还有，他知道，不能让自己显得太积极，这样的话，让他们看看自己来脾气是什么样也无妨。他低声说道："我突然有个想法。如果这件事儿操作起来太麻烦，那就算了吧。"

邦茨怒道："我们谈的可是一大笔钱。这部电影在全世界能卖上五个亿。"

"那也得安提娜回来才行。"茉莉迅速接上去，"我可以告诉你，今天早上我跟她谈过。为了证明她的态度，她把头发全剪了。"

"戴顶假发不就行了嘛，可恶的女演员。"邦茨说。此刻，他正恶狠狠地盯着克罗斯，想从他那儿看出点儿什么来。他想到了什么，又说："如果安提娜不回来，你赔掉了五千万，片子也拍不下去了，已经拍完的那些胶片怎么办？"

"我要。"克罗斯说。

"啊，"邦茨说，"你就用现有的片子，说不定还能当成情色片。"

"也有这种可能性。"克罗斯说。

茉莉朝克罗斯摇了摇头，示意他别出声。"如果你们同意这笔交易的话，"她对邦茨说，"海外发行、录像、电视，还有利润分成这些，都可以商量。只有一个条件绝不让步：协议必须保密。德·莱纳先生希望自己的名字只以联合制片人的头衔出现。"

"我没问题。"斯基比·迪尔说，"但是我跟公司的分账协议必须继续生效。"

马林第一次开了口。"那是另一码事。"他说道。这就是表示"不行"。"克罗斯，你的律师有没有完全的谈判自主权？"

"有。"克罗斯说。

"这段话要记录下来。"马林说，"你必须知道，我们原来的计划是终止拍摄、承担损失。我们相信安提娜不会回心转意了。我们也并没有对你说明她可能回来。如果这笔交易形成，你付给我们五千万，我们并不负责任。那个时候你只能起诉安提娜，而且她也拿不出那么多钱来。"

"我不会起诉她的，"克罗斯说，"我会原谅她，然后忘掉。"

邦茨说："你不用给你的投资人一个交代？"

克罗斯耸了耸肩。

马林说："这等于贪污。你不能随心所欲背叛信任你的投资人。因为他们有钱，这一个理由就够了。"

克罗斯郑重道："我从来没想过跟有钱人对着干。"

邦茨大怒："你到底玩什么花招！"

克罗斯的脸上流露出淡定。他说道："我这一辈子都在说服别人。在拉斯维加斯，我必须说服来我酒店的那些精明人下去玩几把，试试手气。要做到这一点，我就得让他们高兴。也就是说，他们真正要的是什么，我就给他们什么。对阿奎坦内小姐也是一样。"

邦茨对这种说法完全嗤之以鼻。他非常确定，他的公司被耍了。他直截了当地说："如果我们发现安提娜已经答应跟你一起工作了，我们就起诉。那种情况下我们不会承认这份协议的。"

"我早就想进入电影这一行了。"克罗斯说，"我愿意跟罗德斯通工作室合作。大家都能赚钱。"

整个会议上，伊莱·马林一直在琢磨克罗斯，试图看清他的意图。这个人非常低调，不吹牛，也不像是骗子。太平洋安保找不到他和安提娜之间有什么真正的联系，不像是串通一气的。必须得做个决定了，但是这个决定其实没那么难做，屋子里的这些人都是装出来的而已。马林的身体太虚弱了，连衣服穿在身上都觉得沉。他想赶紧结束这个会。

斯基比·迪尔说："说不定安提娜就是疯了，她精神绷得太紧崩溃了。那样的话我们就能拿到保险钱了。"

茉莉·弗兰德斯说："她比这个屋子里的任何人都清醒。在你们证明她精神失常之前，我会先证明你们都有病。"

鲍比·邦茨直勾勾地盯着克罗斯："你愿意签一份文件，证明你目前跟安提娜·阿奎坦内没达成任何协议吗？"

"可以。"克罗斯说。他毫不掩饰自己对邦茨的厌恶。

马林听到这个,终于满意了。至少会议的这个部分是按照计划来的。邦茨扮演一副恶人嘴脸。很奇怪,人们总是几乎下意识地反感他,其实这不是他的错。他扮演的就是这个角色。话说回来,这个角色跟他的性格也挺配。

"我们要片子利润的百分之二十。"邦茨说,"国内和海外都由我们发行。拍摄任何续集,我们都要合伙。"

斯基比·迪尔大怒:"鲍比!片子到最后,他们全都死了,不可能有续集!"

"那好吧,"邦茨说,"那就改成前传。"

"前传、续集,莫名其妙,"茉莉说,"这可以答应。但是利润你们最多分百分之十。光是发行你们就能挣大钱,连风险都没有。不同意就算了。"

伊莱·马林再也撑不动了。他起身,站得笔直,他的声音缓慢而平静。"百分之十二,"他说,"就成交。"

他顿了顿,盯着克罗斯说:"钱不是什么问题。但是这部片子很可能大获成功,我不想把它拿下。而且,我很好奇接下来会是什么样儿。"他又转向了茉莉:"那么,行,还是不行?"

茉莉·弗兰德斯甚至不去看一下克罗斯的反应,就说:"成交。"

然后,会议室只剩下伊莱·马林和鲍比·邦茨两个人了。他们谁也不说话。这么多年以来他们懂得了,有些东西是一定不能说出来的。终于,马林说:"这是道德问题。"

邦茨说:"我们已经签了保密协议了,伊莱。不过如果你觉得应该的话,我来打电话。"

马林说:"那样的话,片子就保不住了。这个叫克罗斯的是我们唯一的希望。而且,如果他发现消息是你泄露的,可能会有危险。"

"不管他是谁,也不敢找罗德斯通的麻烦。"邦茨说,"我担心的是,这样的话他就等于进入这一行了。"

马林呷了口酒,吐出一口烟。木头气味的烟雾让他感到一阵刺痛。

伊莱·马林现在真是累坏了。他太老了,没有精力担心未来的灾难。宇宙最大的灾难已经离他不远了。

"别打电话,"他说,"我们得遵守协议。也许是我老糊涂了,不过我真想看看,他有什么能耐。"


会后,斯基比·迪尔回到住所,打电话让吉姆·洛西来见他。两个人见面时,他要洛西发誓保密,然后把这件事情原原本本讲了一遍。"我觉得你应该盯着点儿克罗斯,"迪尔说,"也许你能发现点什么。"

斯基比·迪尔投拍了一部讲圣莫尼卡连环谋杀案的电影。一直到等他答应让洛西出演一个小角色之后,迪尔才说出了这句话。


至于克罗斯·德·莱纳,他回到了拉斯维加斯。在他的阁楼套房里,他思忖着新生活。为什么他要冒这种风险呢?最重要的是,一旦成功,回报实在太丰厚了:不仅仅是钱而已,更是一种全新的生活。但是让他疑虑的是,他还有个潜意识里的动机。蓝天碧水映衬下的安提娜·阿奎坦内,一直在运动的胴体,还有那种念头:总有一天她会认识他、爱上他——不是永远，只是一瞬间。格罗内韦尔特是怎么说的来着？"待解救的女人对男人来说最危险，小心，小心，"格罗内韦尔特说，"小心待解救的美女。"

但是他把这些从脑海中尽数驱散。居高临下地看着拉斯维加斯大道，五颜六色的彩灯形成的光墙，流光溢彩中穿行的人潮——他们仿佛背着大包袱的蚁群，忙着把金钱藏回自己的巢。他终于能够以一种冷静客观的方式分析整个问题了。

如果安提娜·阿奎坦内真是这样的一位天使，那么为什么她会提出这样的要求呢？虽然她没有明说，可实际上已经开出了价码。要想让她回到摄制组，就得找人杀了她丈夫。当然，所有人肯定都明白。工作室提出在拍摄期间保护她，但是毫无价值，因为她只是在一步步靠近死亡罢了。等电影拍完，剩下她一个人的时候，斯堪尼特就跟上她了。

伊莱·马林、鲍比·邦茨、斯基比·迪尔，他们都知道这个问题，也都知道答案。但是没人敢说出来。对他们这些人来说，风险太大了。他们已经爬上了那么高的位置，有了那么优渥的生活，他们输不起。对他们来说，收益与风险是不对等的。他们宁可承担电影的损失，对他们来说，这只是个小挫折而已。但他们受不了从社会最高层跌入万丈深渊。这样的风险是致命的。

说实在的，他们所作的是个明智的选择。他们不是这一行的专家，他们会犯错误。没了这五千万，就当华尔街的股票指数跌了。

那么，眼下有两个主要问题。第一，处决博兹·斯堪尼特，但绝对不能影响到电影或者安提娜；第二，也是更重要的问题，就是获得他父亲皮皮·德·莱纳，还有克莱里库齐奥家族的首肯。因为克罗斯清楚，所有这些安排，瞒不住他们多久了。

# 第八章

克罗斯·德·莱纳之所以想保住大蒂姆的性命，是有许多原因的。其一，他每年都在桃源酒店消费五十万到一百万；其二，他很喜欢这个人，因为这个人活得实在是有滋有味，总有一大堆让人哭笑不得的小花招。

蒂姆·斯内登，外号"偷牛贼"，拥有加利福尼亚北部的好几家购物中心。他还是一个拉斯维加斯的大赌棍，经常在桃源酒店流连。他尤其热衷于体育博彩，而且运气出奇的好。"偷牛贼"从来都下重注，五万块买美式足球，偶尔一万块买篮球。他觉得自己很聪明，小赌没赢过，大赌没输过。克罗斯立刻就注意到了这一点。

"偷牛贼"人高马大，身高差不多有六英尺半，体重超过三百五十磅。他的胃口也配得上他这副身材，看到什么吃什么。他逢人便说，自己做过胃分流术，所以食物直接流下去，体重却永远不增加。这件事他感到洋洋得意，这是蒙骗了自然规律。

"偷牛贼"生下来就是个骗子，他这个外号就是这么来的。在桃源酒店，他用免费待遇招待朋友，把房间服务折腾得一塌糊涂。他还想把付给应召女郎的钱和花在礼品店的钱都混入免费待遇里。他输钱的时候，欠酒店一大笔债，一直拖到下次再来桃源酒店的时候才还钱。守规矩的赌客们都是在一个月内就把账还清的。

虽然体育博彩上他运气好得很，赌场里边的花样儿他就没那么走运了。他技术很娴熟，了解赔率，下注也准。但是他就是天生好赌，把他从体育博彩上赢的钱赔光了都不够。所以，克莱里库齐奥家族对他发生了兴趣，不是钱的关系，而是一种长期策略的原因。

家族的终极目标是让美国的体育博彩合法化，那么涉及体育的任何欺诈行为都会影响到这一目标。所以家族开始研究要不要取了"偷牛贼"大蒂姆·斯内登的性命。研究的结果令人担忧，皮皮和克罗斯都被叫到东部，到科沃格去参加会议。自从皮皮从西西里回归以来，这还是他的第一个行动。

皮皮和克罗斯一起搭上了飞往东部的班机。克罗斯担心克莱里库齐奥家族已经知道了他买下了电影《梅莎琳娜》，他也怕爸爸生气，因为他没有征询他的意见。五十七岁的皮皮尽管已经退休，仍然在为担任代理人的儿子充当顾问。

所以，克罗斯在飞机上告诉皮皮电影的事，又向他保证他仍然尊重他的意见，只是不想让他在克莱里库齐奥家族面前难做而已。对于这次被叫回东部，他的语气中还流露出了焦虑，因为唐已经知道了他在好莱坞的计划。

皮皮一言不发地听他说完，然后嫌恶地叹了口气。"你还是太年轻了呀。"他说，"跟电影交易没关系。唐不会那么快下手的。他会等，看看接下来的形势。文森特、佩蒂耶和丹特都认为乔治在打理家族事务。但是他们错了。唐比我们谁都精明。不过别担心他，这类的事情他一向很公正。你要担心的是乔治和丹特。"他顿了顿，似乎不愿意谈论家族的这些事情，哪怕面对克罗斯也是一样。

"你注意到没有，乔治、文森特和佩蒂耶的孩子对家族的生意一无所知？唐和乔治已经计划好了，这些孩子绝不能犯法。唐打算让丹特也过这样的生活。但是丹特太聪明了，他弄清楚了所有的事，而且他想加入。唐也拦不住他。看看我们所有这些人——乔治、文森特、佩蒂耶、你、我，还有丹特——我们都是后卫，我们拼死拼活，为的就是让克莱里库齐奥家族能跑到安全地带去。这就是唐的计划。他有这个力量，这是他伟大之处。所以你要是也打算金盆洗手，他甚至会很高兴。他希望丹特也能这样。不是吗？"

"我也觉得。"克罗斯说。可他这么做是因为爱上了一个女人——他不会坦承这种可怕的软弱，即使是对着自己的父亲。

"放长线，钓大鱼。学学格罗内韦尔特。"皮皮说，"时机合适的话，直接跟唐说。而且要让家族也从中获益。但是要小心乔治和丹特。文森特和佩蒂耶可不会在乎这个。"

"为什么是乔治和丹特呢？"克罗斯问道。

"因为乔治太贪心，"皮皮说，"丹特一直嫉妒你，而且你是我儿子。还有他是个疯子。"

克罗斯大感诧异。这还是他第一次听爸爸批评克莱里库齐奥家族的任何一员。"为什么文森特和佩蒂耶不在乎？"他问道。

"因为文森特开着自己的餐馆，佩蒂耶有建筑公司，还领着布朗克斯的地盘。文森特想安度晚年，佩蒂耶喜欢动手。再说，他们两个都喜欢你，也尊重我。我们年轻的时候一起完成过很多任务。"

克罗斯说："爸爸，我没告诉你这件事，你不生气吗？"

皮皮冷笑了一下。"少废话，"他说，"你明知道我不会同意，唐也不会同意。你准备什么时候杀了这个叫斯堪尼特的家伙？"

"还不知道，"克罗斯说，"这件事很棘手。我得弄个'坚信礼'，才能让安提娜知道，她再也用不着担心他了。这样她才能回来接着拍摄。"

"我来帮你计划。"皮皮说，"可要是这个叫安提娜的女人还是不拍呢？那你的五千万可就打水漂了。"

"她会回来的。"克罗斯说，"她和克劳迪娅关系非常好，克劳迪亚说她会的。"

"我的宝贝女儿，"皮皮说，"她还是不愿意见我吗？"

"可能吧。"克罗斯说，"但是她在酒店住的时候，你可以直接过来。"

"不，"皮皮说，"如果等你把事儿办完，这个安提娜还是不回心转意，那我就给她安排个'圣餐'，我管她是个多大的电影明星呢。"

"不，不，"克罗斯说，"你应该去看看克劳迪娅，她现在可漂亮多啦。"

"那不错啊，"皮皮说，"她小时候长得那么丑，像我一样。"

"为什么不跟她和好？"克罗斯说。

"她都不让我参加我前妻的葬礼，再说她也不喜欢我。那还有什么意义呢？说实话，我死的时候，你也别让她来参加我的葬礼。去他妈的吧。"他顿了顿，"小孩子的时候她就那么厉害。"

"你现在就应该去看她。"克罗斯说。

"记住，"皮皮说，"什么事儿都别主动跟唐说。这次的会议是关于别的事的。"

"你怎么知道？"克罗斯说。

"因为他会先来找我，看我会不会把你供出去。"皮皮说。

事实证明，皮皮是对的。


在宅邸里，乔治、唐·多梅尼科、文森特、佩蒂耶，还有丹特已经在花园的无花果树下等着迎接他们了。按照惯例，他们先一起吃午餐，然后进入了正题。

乔治说"偷牛贼"斯内登在中西部地区操纵了一些大学的比赛。他可能在职业美式足球和职业篮球比赛中做了假。他贿赂了比赛官员和一部分球员，这种行径非常恶劣和危险。一旦事发，那就是一个会引起轰动的大丑闻，而且对于克莱里库齐奥家族寻求体育博彩在美国合法化的努力不啻致命一击。而且这种事情早晚会败露出去的。

"盯着操控比赛的警察比调查连环谋杀案的还多，"乔治说，"为什么？我不知道。谁赢，谁输，这能有什么大不了的？这种犯罪对谁都造不成影响，顶多就是让那些卖地下彩票的家伙吃亏，反正警察一向瞧不上他们。要是'偷牛贼'操纵了圣母大学的比赛，让他们一路赢下去，全国都高兴。"

皮皮不耐烦道："这种事儿有什么可讨论的，找个人警告他就行了。"

文森特说："我们试过。他很特别，他不知道什么是恐惧。我们警告过他了，他照样我行我素。"

佩蒂耶说："他们叫他大蒂姆，也叫他'偷牛贼'，这些称呼他都喜欢。他从来不付账单，甚至连美国国税局的钱都敢欠。他在购物中心有许多商铺，但他拒绝交营业税，还和加利福尼亚州政府对着干。妈的，他连自己前妻和孩子们的抚养费都逃。他天生就是个贼，跟他根本讲不了道理。"

乔治说："克罗斯，他在拉斯维加斯赌博，你认识他吧？你觉得呢？"

克罗斯想了想。"他总是拖着欠款，但不管怎么样他还是能把钱还清的。他赌得很精明，没那么下三烂。他这种人很难招人喜欢，但是他太有钱了，所以能带一大把朋友到拉斯维加斯来。实际上，就算他出千、赢走我们点儿钱，他仍然算是我们的大主顾。就这么算了吧。"他说话的时候注意到了丹特在笑。丹特知道点什么，但他不知道。

"不能就这么算了，"乔治说，"这个大蒂姆，这个'偷牛贼'，他是个疯子。他正琢磨操控超级碗的比赛。"

唐·多梅尼科第一次说了话。他直接对克罗斯说："这种事儿可能吗？"

这个问题其实是对他的一种褒奖。这表示唐认可了克罗斯是这一行的专家。

"不可能，"克罗斯对唐说，"你不可能买通超级碗的人，因为谁也不知道会是谁。你也没法收买球员，因为最重要的选手本来就能挣很多钱。再说，任何运动项目，你都永远不能百分之百地操纵结果。要想操控就得操控五十场或者一百场比赛。这样的话如果有三四场输掉了，你才不会受到影响。也就是说，除非你能控制许多场比赛，否则不值得冒这个险。"

"精彩。"唐说，"既然如此，这个人又有钱，怎么会干这种傻事儿呢？"

"他想出风头，"克罗斯说，"要操纵超级碗，风险太大，他肯定会暴露。这件事太疯狂了，太不可思议。'偷牛贼'觉得他很聪明。他相信他能摆脱任何麻烦。"

"我可从来没见过这种人。"唐说。

乔治说："这种人也只能出生在美国了。"

"这样的话，他会威胁到我们的事业。"唐说，"从你们给我讲的这些来看，他是个不听劝的人。这样的话，我们就没有选择了。"

克罗斯说："等等，可他每年至少给赌场带来五十万美元的利润。"

文森特说："这是原则问题。赌场经纪人付给我们钱，就是要我们保护他们的。"

克罗斯说："让我跟他谈谈。也许他会听我的话。整个事情都没什么大不了的。他不可能在超级碗兴起风浪来。我们不值得采取行动。"他看到父亲的眼神，突然意识到他并不是争执的合适人选。

唐一锤定音。"这个人太危险。克罗斯，你别跟他谈了。他不知道你的真实身份，为什么要给他一次机会？这个人危险是因为他愚蠢。他愚蠢得就跟动物一样，什么东西都想占便宜。而要是他被抓住了，就胡搅蛮缠、大搞破坏。不管是真是假，他都会把大家都卷进去的。"他顿了顿，看着丹特，"外孙，"他说，"我觉得这次任务就交给你吧。但是计划让皮皮来做。他熟悉地盘。"

丹特点了点头。

皮皮知道他的立场很危险。无论丹特出了什么事，他都有责任。他还明白了一件事。唐和乔治已经决定了，有朝一日整个家族都会由丹特来掌管。但是眼下，他们还不相信丹特的判断力。

到了拉斯维加斯，丹特在桃源酒店要了一间套房。"偷牛贼"斯内登已经一个星期没来拉斯维加斯了。在此期间，克罗斯和皮皮一直在给丹特补充消息。

"'偷牛贼'是个大赌棍，"克罗斯说，"但是还没到能开别墅的程度。跟那些阿拉伯人和亚洲人也不是一路。他的免费酒水账单高得惊人，凡是免费的东西他都要。他带朋友去餐馆，点最好的红酒，然后他这些朋友的账也要放在免费账单下边。他甚至还想把礼品店的钱也混到免费单据里。就连住在别墅的人也没有这种待遇。他很会虚张声势，所以荷官们都得看好他。他总是在骰子落下之前说他也赌；玩百家乐的时候他要到第一张牌之后才下注；玩21点时他手上拿着3点也会说有18点。他总是拖着欠款，但是就算扣掉在体育赌博上赢的钱，每年还是能给我们带来五十万的收入。他很聪明。他甚至会以自己的名义签欠款单，然后把筹码给朋友，这样的话，我们会以为他赌得比实际上要大。他要的全都是这类鸡毛蒜皮的小花招，就跟过去洗衣店那帮家伙搞的把戏差不多。但是手气要是不好，他就发疯了。去年他整整扔进去两百万，我们给他开了一场宴会，还送他一辆凯迪拉克。他一直在嘀咕说怎么不是辆奔驰呢。"

丹特愤愤道："他从收银台提出来筹码和钱，却不拿去赌？"

"对，"克罗斯说，"很多人都这么干。我们并不介意。我们喜欢装得傻一点儿。这样他们在赌桌前面更有信心，让他们觉得自己比我们聪明。"

"为什么叫他'偷牛贼'？"丹特问。

"因为他拿什么东西都不给钱，"克罗斯说，"就连他招妓，都像是恨不得从人家身上咬下一块肉来，最后还不给钱。他这套江湖骗子的把戏都快出神入化了。"

丹特出神地说："我真是等不及见他了。"

"格罗内韦尔特永远不会给他开别墅的，"克罗斯说，"我也不会。"

丹特犀利地盯着他："我怎么没有别墅？"

"一间别墅一晚的开销就是十到一百万。"

丹特说："但是乔治都拿到别墅了。"

"好吧，"克罗斯说，"我会找他结账的。"两个人都知道，丹特的这种要求一定会让乔治火冒三丈。

"他肯定会给你的。"丹特正话反说。

"你结婚的时候，"克罗斯说，"我给你开间别墅度蜜月。"

皮皮说："我的行动计划是利用大蒂姆的弱点。克罗斯，你在拉斯维加斯配合我们让这个家伙上套。你得让丹特无限制地提钱，然后让欠款单消失。时间方面，洛杉矶安排好了。你得确保这家伙一定回去。所以你给他举办个宴会吧，送他一辆劳斯莱斯。他来了，你就把我和丹特介绍给他。然后你的部分就完成了。"

皮皮花了一个小时，把整个计划巨细靡遗地讲了一遍。丹特钦慕地说："乔治一直说你是最棒的。唐让我跟着你，我本来不服气。现在我知道了，他是对的。"

皮皮面无表情地接受了恭维。他对丹特说："记住，这是'圣餐'，不是'坚信礼'。要把他弄得像是要逃跑，他有案底和官司，这是可行的。丹特，行动时可别再带你那些破帽子了。人们总是会记住这些有意思的细节。还有，记住，唐说他要这家伙交代作假的事。但其实没有必要。他是罪魁祸首，他死了作假也就消失了。所以，别办傻事。"

丹特冷冷地说："没有帽子，我觉得就没有运气。"

皮皮耸耸肩："还有一件事。别想在你的无限信用额度上动手脚。这是唐亲口说的。他不想酒店因为这次行动而蒙受什么损失。一辆劳斯莱斯肯定要赔进去了。"

"别担心，"丹特说，"工作就是我的快乐。"他顿了顿，然后狡猾地一笑，说，"但愿这次你对我的表现感到满意。"

克罗斯很惊讶。事情很明显，这两个人之间存在敌意。他还想不到的是，丹特竟然会试图挑衅爸爸。无论是不是唐的外孙，发生这种事的后果都是灾难性的。

但是皮皮不在意。"你是克莱里库齐奥家族的一员，"他说，"我又能向谁汇报你呢？"他拍了拍丹特的肩膀，"我们要一起干活了，那就高兴点。"


"偷牛贼"斯内登来了。丹特观察他。他又高又胖，但是很结实，不是一片肥肉。他穿蓝色的牛仔衬衫，前胸各有一只大口袋，口袋正中是白色的纽扣。一只口袋里装的是黑色的一百美元筹码，而另一只口袋里则是青白镶金的五百美元。红色的五美元和绿色的二十美元筹码都塞在肥大的白帆布裤子口袋里。脚上穿着一双棕色凉鞋。

"偷牛贼"主要是玩花旗骰，这种游戏的赢面概率最大。克罗斯和丹特知道他已经在两场大学篮球赛上押了一万块，还给圣安妮塔的赛马下了五千块赌注。都是在地下票贩子那儿买的，"偷牛贼"才不会缴税。而且看起来，对押下去的钱他也毫不在乎。他每天都在这里掷骰子玩。

　　他是花旗骰桌上的赌侠，告诉别的赌客都跟着他下注。好心劝别人别缩手缩脚的。他押的全是黑筹码，每个数字他都码上几个筹码，一直都这样赌押上。轮到他扔的时候，他简直是要豁出命一样把骰子甩出去，这样才能让骰子从台尾后墙反弹回来时离他近一些。他老想把骰子抓在手里。但是执棒人警觉得很，直接用软棒把骰子钩回来，好让其他赌客下注。

　　丹特站在花旗骰的桌子旁边，跟着大蒂姆下注，赢了几把。然后他就开始孤注一掷，专门押那些偏门的点数。除非他运气好得挡都挡不住，否则他绝对输个血本无归。他押一对2或一对5；以1赔30的赔率押一对6，以1赔15押一个1和一个2，一个5和一个6。他借了两万块，换成黑筹码之后，全都撒上了赌桌。然后他继续借款。这个时候，他终于引起了大蒂姆的注意。

　　"哎，戴帽子那个，你留心学着点。"大蒂姆说。

　　丹特兴致勃勃地朝他挥挥手，然后继续玩命地往桌上扔钱。大蒂姆掷出了一把7点，这一局结束了。丹特抓过骰子，要了五万美元的借款。他把黑色筹码全都推上台面，暗想千万别交好运。好运道果然没来。这下，大蒂姆玩味他的眼神更不寻常了。

　　"偷牛贼"大蒂姆在咖啡厅吃饭，这里也是一家餐馆，供应简单的美国食物。大蒂姆很少在桃源酒店那些精美的法国餐馆、北意大利餐馆，或者真正的英国皇家俱乐部餐厅吃饭。跟他一起的还有五个朋友。"偷牛贼"大蒂姆掏出基诺彩票给每个人，这样他们可以边吃边看电视开奖的号码。克罗斯和丹特则坐在角落一个小隔间里。

"偷牛贼"有一头金色的短发，看起来就像布吕赫尔笔下快活的德国小市民。他点了一大堆菜，足够三顿饭吃的，但他不负众望——不但一个人差不多全吃光了，还从那几个朋友的盘子里抓东西吃。

"太可惜了，"丹特说，"我还从来没见过谁能活得像他这么有滋有味的。"

"这样容易树敌，"克罗斯说，"尤其是你有滋有味了却让别人掏钱。"

他们看到大蒂姆签了单，他不必付款，但却让他的一个朋友用现金给了小费。他们走后，克罗斯和丹特喝起了咖啡。克罗斯很喜欢这间大屋子，玻璃墙映着粉红色的街灯和绿意盎然的草坪和树木，让水晶吊灯的灯光变得柔和起来。

"我记得，三年前的一个晚上，"克罗斯对丹特说，"'偷牛贼'赢了花旗骰一大笔钱。我估计他赢了十万美元以上。那时候大概是凌晨两三点钟。主管把他的筹码送去收银台提现的时候，'偷牛贼'跳到骰子桌上撒尿。"

"你怎么处理的？"丹特问道。

"我叫保安把他带到他的房间里，罚了他五千块。但是这笔钱他从来没交过。"

"换了是我，我非把他的心给挖出来不可。"丹特说。

"如果他一年给你五十万呢？"克罗斯说，"但后来我就一直特别注意。谁知道他会不会去别墅的赌坊撒尿？"

第二天，克罗斯跟大蒂姆一起吃午饭的时候，给他讲了宴会还有劳斯莱斯的事。皮皮也来了，克罗斯作了介绍。

大蒂姆一向是贪心不足。"劳斯莱斯的事儿我得谢谢你，不过我什么时候能住一回别墅呢？"

"没问题，这是你应得的。"克罗斯说，"下次你来拉斯维加斯，我一定给你开一间别墅。我答应你，哪怕我得先把房客撵出去都行。"

"偷牛贼"大蒂姆对皮皮说："你儿子人真好，比格罗内韦尔特那个老家伙强多了。"

"他最后那几年变得有些奇怪。"皮皮说，"我应该算是他最好的朋友了，他也从来没给我间别墅。"

"肯定不给你，"克罗斯说，"你又不赌博。"众人大笑。

但这个时候，大蒂姆突然换了个话题。"有个小个子的怪人，戴一顶傻乎乎的帽子。我就没见过玩花旗骰比他玩得还烂的人。"他说，"不到一个小时，这个家伙签了差不多二十万的欠条。能告诉我他是什么人吗？你也知道，我一直在找给我投资的人。"

"这个我不能说，"克罗斯说，"要是我告诉别人你是什么人，你能答应吗？我只能告诉你，只要他想，他随时有资格要一间别墅，但是他从来没开过口。他不喜欢张扬。"

"介绍我们认识就行了，"大蒂姆说，"我要是跟他做成交易了，算你一份。"

"不行，"克罗斯说，"不过我爸爸也认识他。"

"有钱赚我不会拒绝。"皮皮说。

大蒂姆说："好说。给我说几句好话。"

皮皮热情地说："你们两个肯定会是好搭档。这家伙有的是钱，但是没有你做大生意的能耐。我知道你办事儿一向讲究。你觉得该给我多少，就给我多少好了。"

大蒂姆满脸笑容。因为他可以占皮皮的便宜。"太好了，"他说，"今晚我还去花旗骰，带他过来就行了。"


花旗骰桌旁，众人作了介绍。让丹特和皮皮都措手不及的是，大蒂姆一把抓下了丹特所戴的那顶文艺复兴帽子戴在自己脑袋上，又把自己戴的洛杉矶道奇队的棒球帽扣到了丹特头上。大蒂姆戴着文艺复兴大花帽子，看上去就像跟着白雪公主的小矮人。

"这样可以转转运。"大蒂姆说。众人大笑。但是皮皮不喜欢丹特眼里一闪即逝的凶光。而且，他很生气，因为丹特把他的指示当成了耳旁风，还是戴着那顶帽子。他把丹特介绍成了斯蒂夫·夏普，给大蒂姆编了一大段故事，说斯蒂夫是东海岸的大毒枭，需要"洗"好几百万美元。斯蒂夫还是个烂赌棍，在超级碗上押了一百万，血本无归，但是连眼睛都不眨一下。他的信用好比真金白银，欠款单从来都是即刻还清。

于是，大蒂姆用粗壮的手臂揽过丹特的肩膀说："斯蒂夫，我们好好聊聊。到咖啡厅里吃东西吧。"

大蒂姆要了个隔间。丹特点了咖啡，而大蒂姆则点了一大堆的甜点：草莓冰淇淋、法式夹心千层酥、淡奶香蕉派，外加一碟各种各样的小饼干。

然后他就开始了长达一个小时的推销演说。他有一间小型的购物中心，是个长期收入源，但是他想要出手。他可以安排用黑钱支付。另外他还有个肉类加工厂，整车整车的新鲜现货，都可以用来洗黑钱，还有利润可赚。他在电影圈里有关系，他可以帮忙投资或发行录像带，还有只在色情电影院放映的片子。"这绝对是美差，"大蒂姆说，"你能见到那些明星，不但能睡她们，还可以把钱洗干净了。"

丹特觉得这种演戏很有意思。大蒂姆把什么都说得天花乱坠，谁要是上当了，肯定做起发大财的梦了。他问了几个问题，这几个问题暴露了他的强烈兴趣，又故意显得扭扭捏捏不愿意表态。

"给我你的名片，"他说，"我会打电话给你，或者让皮皮打你电话。到时候我们一起吃晚饭，顺便详细地研究一下，这样我也好作决定。"

大蒂姆掏给他名片。"尽快吧，"他说，"我还有一桩'稳赚的'生意可以算你一份。但是动作一定要快。"他顿了顿，"体育方面的。"

这个时候，丹特才真正流露出前所未有的兴趣。"老天爷啊，我做梦都想干这个。我爱死体育了。你能买下大联盟的棒球队吗？"

"没那么大，"大蒂姆躲躲闪闪道，"但也够大了。"

"我们什么时候见？"丹特问道。

大蒂姆傲然道："明天，酒店会给我开个宴会，还送我一辆劳斯莱斯。庆祝我是他们最大的输家之一。后天回洛杉矶。就那天晚上怎么样？"

丹特假装思忖了一会儿。"好吧，"他说，"皮皮会跟我一起到洛杉矶，我让他给你打电话安排一下。"

"太好了。"大蒂姆说。虽然他奇怪这个人为什么小心翼翼的，但是他更清楚，不该问的不问，省得把交易搞砸。"那今晚上我就让你见识一下该怎么玩花旗骰子。"

丹特故作局促道："赔率我都清楚，我就是随便玩玩而已。找机会搞上几个跳舞的姑娘。"

"那你没希望了，"大蒂姆说，"不过，你我合作，一定赚钱。"

第二天，桃源酒店的大舞厅里举行了给"偷牛贼"大蒂姆的宴会。许多特殊活动，比如元旦前夜的宴会、圣诞的自助餐会、大赌客的婚礼、特殊奖项和礼物的颁发典礼、超级碗的宴会、世界大赛、甚至一些政治会议，都把地点设在这个大舞厅里。

房间高大宽阔，四处飘浮着气球。两张巨大的自助餐台将房间一分为二。餐台布置成了两座巨大的冰山，冰里镶嵌着水果，五颜六色，风情各异。切开的哈密瓜露出金黄的瓜瓤，紫色的葡萄饱满鼓胀，汁液就要四溢而出；还有菠萝、猕猴桃、金橘、油桃、荔枝，以及大片大片的西瓜。十二种不同的冰淇淋装在小桶里埋进雪堆，像潜水艇一样探出头来。此外，热菜在餐台上排成一列：一整块没切开的牛肉、一只巨大的火鸡，还有一条白嫩肥美的火腿。若干盘各式各样的意大利面，浇了绿色的蒜酱和红色的番茄酱。红色的汤盏大得像垃圾桶一样，装饰着银色的把手，里边炖的号称"野猪肉"，其实是猪肉和牛肉混在一起烹制而成的。各种不同的面点和甜点：奶油泡芙、奶油甜甜圈、装饰着桃源酒店标识图案的多种小点心。最漂亮的酒店服务员给来宾端来咖啡和酒水。

没等第一批客人到达，"偷牛贼"大蒂姆就已经开始风卷残云了。

劳斯莱斯就停放在房间的正中心，四面围上了隔离绳。流光溢彩、洁白无瑕、奢华尊贵，凝集了真正的优雅与天才的设计，与拉斯维加斯的虚荣形成了鲜明的对照。为便于这辆车的进出，房间的面墙已经换成了帘幕。此外，一边的角落里还停放着一辆紫色的凯迪拉克，这是来宾抽奖的奖品。来宾的数量是有限的，只有大赌客和各大酒店的赌场经理才会接到邀请。这是格罗内韦尔特的绝妙主意之一，这样的宴会让酒店的赌场赚个盆盈钵满。

大蒂姆是如此的光芒四射，宴会取得了巨大的成功。在两个招待小姐的服侍下，他几乎一个人就把所有的自助餐扫荡一空。他端来装得满满的三个大盘子，当众表演自己的饕餮功夫，差点都省得丹特动手了。

克罗斯代表酒店做了开场演讲，然后大蒂姆发表了致谢感言。

"我要谢谢桃源酒店，能给我这样精美的礼物，"他说，"我一分不花，就得到了这辆价值二十万的车。这是我十年来一直为桃源酒店捧场的奖赏，这十年里，他们把我当成王子一样招待，当然，也掏空了我的钱包。我估计了一下，如果给我五十辆劳斯莱斯的话，我差不多才算是不赚不赔。不过管他呢，反正我一次只能开一辆车而已。"

他的话语淹没在掌声和欢呼声中。克罗斯的脸抽动了一下。这种冠冕堂皇的场合一向让他觉得万分困窘，因为酒店的虚情假意在这种情况下往往暴露无遗。

大蒂姆张开双臂揽住了两边的招待小姐，又亲昵地捏了捏她们的胸。他仿佛一个老练的喜剧演员一样，等着掌声平息下去。

"不是开玩笑。我是真的感激不尽。"他说，"这是我一辈子最快乐的时候之一。跟我当年离婚一样快乐。还有一件小事，谁能帮我把开车回洛杉矶的油钱掏了？桃源酒店又把我赢个一干二净了。"

大蒂姆是知道见好就收的。掌声和欢呼声再次响起的时候，他走上平台，钻进汽车。金色的大幕拉开，大蒂姆开车离开了。

凯迪拉克被一位大赌客赢走之后，宴会就很快结束了。整个庆典持续了四个小时，大家都急着回到赌桌上。


格罗内韦尔特的在天之灵应该感到欣慰了。那一夜的宴会让赌场的收入比平均数高了一倍。不知道多少对男女搞在了一起，精液的味道弥漫了整个门厅。美艳的应召女郎们应邀来到大蒂姆的宴会，纷纷依偎到大赌客们的怀里，用他们给的黑色筹码去赌钱。

格罗内韦尔特时常对克罗斯说，男女赌客做爱的习惯是不同的。这一点非常重要，作为赌场老板，必须了解。

首先，格罗内韦尔特高度评价了"生殖器的重要性"，这是他自己编的词。生殖器能战胜任何事情。甚至可以让一个嗜赌如命的人改过自新。酒店的住客里曾经有过各种世界级的大人物：获得了诺贝尔奖的科学家、亿万富翁、宗教信仰复兴运动的先驱者，还有文坛巨匠。曾经有个诺贝尔物理学奖的获得者，也许算是世界上最聪明的人了，在酒店住了六天，跟一大群舞女颠鸾倒凤。虽然他没怎么赌，但他的莅临就是赌场的荣耀。格罗内韦尔特亲自给每个姑娘都送去了一份礼物，这位诺贝尔奖得主都没想到要这样做。姑娘们反馈说，这个人的床上功夫世界第一，激情、生猛，技艺娴熟，不要花样，她们几乎没见过这么漂亮的生殖器。最妙的是，他魅力无穷，从来不拿一本正经的话题烦她们。他跟这些姑娘一样，爱闲聊、爱八卦。出于某种原因，这个消息让格罗内韦尔特振奋不已。这种聪明人竟然也懂得取悦异性。不像大作家厄内斯特·维尔，人到中年了还像个孩子，只是一根硬着的生殖器，连调情都不会。还有维文参议员，说不定能当未来的美国总统，却把性爱看得跟打高尔夫球一样。更不用说耶鲁大学里学院的院长、芝加哥教区的红衣主教、美国民权委员会的领袖，还有共和党里那些乖戾的显贵们了。这些人见到了生殖器，马上变成了三岁小孩儿。只有同性恋和瘾君子不会拜倒在生殖器下，不过反正这些人也不会是什么赌客，无所谓了。

格罗内韦尔特注意到，男赌客们一般都是先招妓，然后才去赌钱；而女人呢，则更喜欢先赌钱，后做爱。酒店必须满足每一个人的性需求，可是酒店里又没有男妓，只有吃软饭的小白脸，所以酒店就用起了酒吧招待、低级荷官来满足女人的需要。男女的这种差别就是他们反馈上来的。由此，格罗内韦尔特得出了一个结论：男人的性爱是踏上战场之前的热身；而女人的性爱则是失败后的慰藉，或是胜利后的奖赏。

的确如此。大蒂姆在宴会开始一小时前叫了一个妓女，又在第二天凌晨输了一大笔钱之后，带着那两个女招待上了床。两个姑娘很不情愿，她们不是女同性恋。但大蒂姆用他特有的手段解决了这个问题。他掏出一万美元的黑色筹码，扬言说如果她们陪他过夜，筹码就归她们；他还含糊其词地承诺，他要是玩得爽快，她们能得到更多的钱。他满心欢喜地看那两个姑娘盯着一大堆筹码左思右想。但有趣的是，两个姑娘用美食和美酒把他灌得不省人事，一番温存还没来得及结束，他就已经呼呼大睡了。他躺在两个姑娘中间，臃肿的身躯把两个人全都挤到了床边。两个姑娘只能艰难地攀住他，最后到底还是跌在地上睡着了。

那天的深夜，克罗斯接到了克劳迪娅打来的电话。"安提娜不见了，"她说，"全公司都急疯了，我也担心死了。不过自从我认识她开始，我就发现她每个月都要失踪至少一个礼拜。但是我觉得你也应该了解一下这个情况。你最好做点儿什么，别让她真远走高飞了。"

　　"没关系的。"克罗斯说。他已经派了人手盯着斯堪尼特，不过没告诉她。

　　不过这通电话让他满脑子都是安提娜。那张仿佛有魔力的脸庞，似乎诉说着她的每一种情绪；那修长、美丽的双腿，还有那双慧黠的眼睛，和那种来自内心深处的悸动。

　　他抓起电话，找到了一个叫蒂芙尼的舞女。他跟这个姑娘有过几次约会。

　　蒂芙尼是桃源酒店歌舞表演团的领队，负责维持纪律。歌舞团的姑娘们时常吵架拌嘴，或者一言不合就大打出手，她得负责调停，所以能领到一份额外的补贴。她是个身材标致的美女；但她没通过电影试镜，因为在胶片上，她看起来块头太大。在舞台上，她的美可以倾倒众生，到了电影里，却显得魁梧健壮。

　　她来了，但是克罗斯做爱的简单粗暴却让她诧异不已。他一把将她拉过来，撕开她的衣服，在她的身体上印满了吻。他进入得快，很快高潮。这跟他平时判若两人。姑娘怅然若失地说："看来这次是真爱。"

　　"没错。"克罗斯说着，又跟她做了一次。

　　"可惜不是我，你这个负心汉。"蒂芙尼说，"是哪个姑娘这么走运？"

　　克罗斯很不快，自己这么容易就被人看穿了。可面对身旁的肉体，他又无法自持。她丰满的双乳、如滑香舌，还有双腿之间天鹅绒一般的肌肤，这一切都在散发着无可抵挡的热量。几个钟头之后，激情退去，他又情不自禁想起安提娜。

蒂芙尼抓起电话，给两个人都要了客房服务。"你要是真把那可怜的姑娘追到手了，我会同情她的。"蒂芙尼说。

她走之后，克罗斯觉得轻松多了。虽然沉沦于爱情之中是一种软弱，但肉欲上的满足却给了他信心。凌晨三点钟的时候，他最后巡视了一遍赌场。

他在咖啡厅看到了丹特，还有三个漂亮热情的女人。其中一个是歌手洛蕾塔·兰，他曾经帮她毁约，但他没认出来。丹特朝他挥手要他过去，但他摇摇头拒绝了。上楼回到阁楼套房里，他服了两片安眠药才上床睡觉，却依然梦见了安提娜。


和丹特坐在一起的三个女人都是好莱坞名媛，她们都是一线红星的妻子，自己也在影坛小有名气。她们都出席了大蒂姆的宴会。并没有收到请柬，而是靠着魅力敲开了宴会厅的门。

年龄最大的是茱莉亚·德莱丽。她的丈夫是电影圈里最炙手可热的当红影星之一。她有两个孩子。他们一家经常出现在杂志上，从来都是美满婚姻的最佳典范。

第二位是琼·瓦尔德。虽然年届五十，她仍然十分有吸引力。如今她扮演第二女主角，银幕形象通常包括睿智的女性，因为孩子的不幸而痛苦万分的母亲，在第一段婚姻中惨遭抛弃、却在第二段婚姻里迎来幸福的女人，或者是女权主义的激进斗士。她的丈夫是一家电影公司的老板，无论她的信用卡开销多大，为她付账从无怨言。而他的唯一要求是，在他组织的众多社交宴会上，她要当好女主人。她没有孩子。

第三位明星是洛蕾塔。如今她已经成为各种滑稽喜剧的不二人选。她嫁得也很好，丈夫也是位卖座明星，专拍无脑动作片，一年当中大部分时间都在各个国家出外景。

因为拍摄同一部电影、一起到罗迪欧道购物、一起在比弗利山庄的波罗餐厅用餐，三个人成了朋友，时常交流自己的丈夫，她们对签账卡毫无怨言。这就好像提起铲子就能挖出金矿，她们的丈夫也从来没对账单提出过任何的质疑。

茱莉亚抱怨她丈夫在孩子身上花的时间太少了。琼的丈夫是个好星探，他总是抱怨她不生孩子。洛蕾塔则抱怨自己的丈夫应该寻求一些严肃电影的角色。不过有一天，洛蕾塔说了一段话，口气还是一贯的活泼开朗："我们都别自欺欺人了。我们过得快活，婚姻也门当户对，都嫁给了大人物。其实我们真正痛恨的是男人们把我们打发到罗迪欧道去，于是搞别的女人时他们就没有什么负罪感了。"三人大笑。这话再真实不过了。

茱莉亚说："我爱我丈夫，但是他在塔希提拍片子都一个月了。我清楚得很，他可不会坐在沙滩上靠自慰度日。可是我又不愿意到塔希提待一个月。所以，他要么是在干女主角，要么就是搞上当地的小演员了。"

"就算你在那儿，他也得这么干。"洛蕾塔说。

琼怅然道："虽然我丈夫的精子连个蚂蚁都生不出来，可他的生殖器就像个喷水管。我就不明白，怎么他发掘的明星全都是女的呢？他的试镜方法，就是看她们能把他的生殖器含进去多长。"

她们都有点醉了。因为相信葡萄酒不含卡路里，所以她们只喝酒。

洛蕾塔坚定道："这也不能怪他们。全世界最漂亮的女人都往他们身边凑。他们没有选择。但是我们干吗要活受罪呢？去他妈的签账卡，我们也要找点乐子。"

于是她们每月一次庄严神圣的女子之夜活动开始了。她们的丈夫们一出门——反正他们经常出门——她们就开始了彻夜不归的大冒险。

由于大部分美国人都认得她们，她们得伪装自己。事实证明，伪装再容易不过了。用假发换个发型和发色，用化妆品把嘴唇加厚或者修薄。她们挑些中产阶级女人的衣服来穿。虽然美貌会受到一些损害，不过没关系，因为就跟大多数女演员一样，她们拥有无比的魅力。而且，她们很喜欢这种角色扮演。她们喜欢看到男人们为了她们费尽心机（他们一般都会得偿所愿）。这部戏是真实的生活，角色神秘莫测，不受剧本限制，充满愉快的惊喜。有诚挚的求婚和真爱，有男人愿意分担她们的痛苦，因为他们觉得自此一别将无缘再见。她们所得到的爱慕不源于她们的真实身份，而源于她们内在的魅力。她们还愿意给自己创造各种不同的身份。有时候是来度假的电脑打字员，有时候是休班的护士、牙医、社会工作者。为了进入角色，她们还要刻苦钻研自己新职业的各种知识。有时候她们会扮成办公室里的法律秘书，说自己为洛杉矶娱乐界的一位大律师工作，还散布各种丑闻，有的是关于她们自己丈夫的，还有的是关于她们的男演员朋友们的。她们这样出行太多次了，但是从来都是到洛杉矶城外去。洛杉矶太危险了，搞不好会碰上朋友，就算有伪装也能轻易认出她们来。她们发现，旧金山也太冒风险。有些男同性恋看她们一眼就能戳破她们的真实身份。所以她们最喜欢的地方，还是拉斯维加斯。

丹特是在桃源俱乐部的休闲馆里碰到她们的。赌客们如果觉得累了，就可以到休闲馆里去休息一下，听听乐队表演、滑稽剧，或者女歌手的演唱。在职业生涯之初，洛蕾塔也曾经在这里表演过。这里没有舞蹈演出，因为酒店希望顾客们休息好就快回到赌场去。

她们的活力和天生的魅力吸引了丹特。而丹特赌钱时一掷千金而且没有信用上限，则吸引了她们。喝过酒，他带着三个人来到了轮盘区，一人分了一千块钱的筹码。她们被他吸引住了，他戴了顶奇怪的帽子，荷官和赌场主管对他极度恭敬，还因为他总是带着讥诮的狡黠气质。丹特的精明显得粗野，有时还显得冷酷。他赌钱时候的挥金如土让她们感到刺激。她们自己也有钱，她们都是挣大钱的人。但他手里的都是现钞，现钞总是有独特魔力的。她们每天都在罗迪欧道花出去好几万，但是相应的，她们买到了奢华的名品。丹特赊账十万美元让她们大吃一惊。尽管她们的丈夫买给她们的车价值更高，但是丹特这可是在拿钱打水漂啊。

她们并不总是跟挑中的男人睡觉。可是去洗手间的时候，她们却开始讨论今晚丹特归谁。茱莉亚恳求说，她很想往丹特的那顶滑稽帽子里撒尿。于是另外两个人成全了她。

琼一直想要赢钱。她并不是缺钱，但赢到手的可都是现钞，是真正的钱。洛蕾塔并没有像其他两个人一样为丹特着迷。这要归功于在拉斯维加斯的表演生涯，这样的男人她有所了解，他们的秘密太多，大部分都不是什么好事。

这几个女人在桃源酒店订了一间套房，有三个卧室。像这样出行的时候，她们从来都住在一起，既是出于安全考虑，也是为了方便在一起说些冒险中遇到的八卦。她们约法三章，不要跟挑中的男人过一整夜。

茱莉亚跟丹特走了。丹特嘴上没说什么，其实最中意的还是洛蕾塔。不过他坚持要带茱莉亚回自己的套房。他的套房就在她楼下。"我会送你回房的，"他潇洒地说，"我们只有一个小时，明天早上我还得早起。"这时茱莉亚才意识到，他把她们当妓女了。

"到我房间来吧，"茱莉亚说，"我送你回来。"

丹特说："你的两位饥渴少妇朋友还在那，万一你们全都扑到我身上强奸我怎么办？我这么弱小。"

茱莉亚被这话逗乐了，只好跟他回了房。她就喜欢他那种坏笑。回房间的路上，她开玩笑地说："我想在你的帽子里撒尿。"

丹特冷着脸说："如果你觉得这样有趣，我没意见。"

一进房两个人就顾不上说话了。茱莉亚把手包扔到沙发上，拽开了连衣裙的上半身。她的双峰露了出来，这是她最美的所在。可是丹特似乎是个异类，这是个对乳房不感兴趣的男人。

他把她领到卧室，扯去了她的裙子和内衣，把她剥得一丝不挂之后，他也脱光了自己的衣服。"你得戴安全套。"她说。

丹特把她扔到了床上。茱莉亚是个很健美的女人，可他不费吹灰之力就抱起她把她扔了过去。然后，他骑上她的身体。

"你一定要用安全套，"她说，"我认真的。"

下一刻，她突然感到头昏目眩。她意识到，他狠狠地捆了她一个耳光，差点把她打昏过去。她想要挣开他，可这个如此矮小的男人体格竟然健壮得叫人难以置信。她又挨了两个耳光，脸上火辣辣的，牙也疼起来了。然后她感觉到，他进入了她的身体，抽插只持续了几秒钟，就猛地瘫在了她的身上。

两个人纠缠在一块儿，他把她的身子扳了过去。她看见他的下体仍是勃起的。她意识到，他想要从别的地方插进去。她喃喃地对他说："我喜欢这样，但是我得抹点儿凡士林，就在我的手包里。"

他抬起身子，让她从身下钻了过去。她走到了起居室。丹特靠在卧室的门口。两个人的身子都光着，他还在勃起。

茱莉亚在手包里四处摸索，突然，她动作夸张地掏出一把银色的小手枪。这是她一部电影里的道具，她一直幻想着有一天在现实生活里能派上用场。她拿枪指着丹特，按照拍电影时学的，微微下蹲，说道："我现在穿衣服，然后离开。如果你想阻止我，我就开枪。"

出乎她意料的是，一丝不挂的丹特竟然爆发出一阵无比开怀的大笑。不过茱莉亚满意地发现，他的勃起一下子消失了。

她很喜欢这种场面。她在心里想着，上楼之后把这件事情讲给琼和洛蕾塔，她们听了得笑成什么样。她还壮起胆子要他的帽子，她要朝里面撒尿。

但是丹特的反应让她大吃一惊。他慢慢朝她走过去。他微笑着，温柔地说："这么小的口径，除非你运气好一枪打中我的头，否则根本拦不住我。永远不要用小枪。就算你打中我三枪，我照样能掐死你。还有，你持枪的姿势是不对的。你不需要采用蹲姿，这枪没有后坐力。再说了，有可能你根本打不中我，这种小破玩意儿准头太差。所以，你还是把枪扔了吧，我们好好谈谈，然后你就可以走了。"

他继续朝她走过去，她只好把枪扔在沙发上。丹特捡起手枪，看了看，摇摇头。"假枪？"他说，"你真是找死。"他几乎是享受地摇着头表示不赞成。"你要真是妓女，那这应该是把真枪才对。那么，你到底是谁？"

他把茱莉亚推倒在沙发上，用一条腿压住了她。他的脚趾抵在她的耻毛上。他打开她的手包，把里面的东西倒在咖啡桌上。他又在手包口袋里摸了摸，抽出了装有信用卡和驾照的小钱夹。他端详着这些东西，兴高采烈地咧开嘴笑了起来。他对她说："假发摘了。"然后顺手抽过来一块沙发巾，把她脸上的妆全都抹掉。

"上帝啊，你是茱莉亚·德莱丽。"丹特说，"我强奸了一个电影明星。"他又是一阵大笑，"你可以随时在我的帽子里撒尿。"

他的脚趾蹭着她的下身。他把她拉起来。"别害怕。"他说。他亲了亲她，把她的身子翻过去，用手扶住她，让她趴在沙发背上，双乳乱晃，臀部对着他高高撅起。

茱莉亚哭哭啼啼地对他说："你答应放我走的。"

丹特一边亲她的臀，手指一边探索着。突然，他粗暴地进入了她，痛得她一声大叫。结束之后，他轻轻地拍着她的臀。

"现在你可以穿衣服了。"他说，"对不起，我食言了。但是能跟朋友炫耀我把茱莉亚·德莱丽给强奸了，还是从她美妙的屁股进去的，这种机会我不能错过。"

第二天早上，一个叫醒服务电话让克罗斯早早起了床。今天可忙得很。他要合计丹特的欠款，把必要的账务做好，然后让欠款单消失。他得把赌场主管手里的欠款簿收上来改掉，撤销那辆给大蒂姆的劳斯莱斯，还要做必要的文书工作。乔治已经准备好了法律文件，一个月之内这辆车的所有权都不会正式发生变动。乔治就善于干这个。

正忙的时候，一个电话打断了他。是洛蕾塔·兰打来的。她在酒店里，急不可耐地要见他。他以为是有什么关于克劳迪娅的事，就让警卫领她来到了阁楼。

洛蕾塔吻了他的两侧面颊，把茉莉亚和丹特的事情告诉了他。她说，那个男人自称斯蒂夫·夏普，花旗骰输了十万块，给她们留下了深刻印象。茉莉亚要跟他睡觉。她们三个本来是来放松一下，赌一晚上钱就走的。但是现在她们很害怕，怕这个斯蒂夫会把这事当丑闻抖出来。

克罗斯同情地点点头。他陷入了沉思。丹特这干的是什么蠢事啊，竟然选在行动前这个节骨眼上。而且那些黑色筹码都是临时供他使用的，这个混蛋竟然转手就送人了。他冷静地对洛蕾塔说："我当然认识这个人。跟你在一起的那两个女人都是谁？"

洛蕾塔知道，最好还是别糊弄克罗斯。她把两个人的名字告诉了他。克罗斯笑了。"你们三个经常做这种事吗？"

"我们总得找一点点乐子吧。"洛蕾塔说。克罗斯同情地朝她笑了笑。

"好吧，"他说，"你的朋友去了他的房间，脱了衣服。现在她说她被强奸了，不会吧？"

洛蕾塔吞吞吐吐地说："不是，不是。我们只是想让他别声张。他要是说出去的话，我们的前程就完了。"

"他不会说的。"克罗斯说，"这个人很有意思。他很低调。但是，听我的话，千万别再跟他混在一起了。你们应该小心点。"

这最后一句话让洛蕾塔很不痛快。这三个女人已经决定把这种出行活动继续下去了。一点小事故是吓不着她们的。又没发生什么真正可怕的事。她说道："你怎么知道他不会说呢？"

克罗斯郑重地看着她。"看在我的面子上，他不会说的。"他说。

洛蕾塔走后，克罗斯调来了秘密摄像头的录像。在登记柜台出现过的所有宾客都有记录。他一一排查。既然他掌握了这么一条消息，要看穿洛蕾塔·兰身边两个女人的伪装就很容易了。连这种消息都不去搞，丹特这事办得真够蠢的。

皮皮来到阁楼办公室吃午餐。饭后他就要去洛杉矶，把大蒂姆这次行动需要运送的物资检查一遍。克罗斯把洛蕾塔讲的事情转述给了他。

皮皮大摇其头。"这个小兔崽子要是把时间都浪费在这些事上，非把这次行动毁了不可。我告诉过他别戴那顶破帽子，他还非戴不可。"

克罗斯说："这次行动千万小心。盯着点儿丹特。"

"我做的计划，他不可能搞砸的。"皮皮说，"今晚我在洛杉矶见到他，我会再把计划讲一遍。"

克罗斯告诉了他，乔治是怎么准备劳斯莱斯那些手续的。大蒂姆一个月之内都拿不到合法所有权。所以他死之后，酒店还能把车收回来。

"典型的乔治。"皮皮说，"换了是唐的话，肯定把这车当大蒂姆的遗产留给他孩子。"

两天以后，"偷牛贼"大蒂姆·斯内登在桃源酒店留下六万块的欠款，离开了拉斯维加斯。他搭了近黄昏的飞机飞到洛杉矶，到办公室忙了几个小时，就开车去了圣莫尼卡跟前妻和两个孩子共进晚餐。他的口袋里有几卷五美元的钞票，准备跟纸盒子里装的一夸脱银币一起送给孩子们。给妻子的则是有效的赡养费支票，没有这个他就无权来探访。孩子们睡觉之后，他跟妻子软磨硬泡了好一会儿，可她就是不同意跟他上床。虽然从拉斯维加斯回来之后，他并不是太想要跟妻子干这种事，但白占便宜的事他不介意试一下。

第二天，"偷牛贼"大蒂姆真是忙得不可开交。两个国税局的人跑过来吓唬他，让他把几笔有争议的税目缴掉。他告诉他们法庭上见，就把他们撵出去了。然后，他巡视了储藏罐装食品和成药的仓库。这些货都是以最低价买下来的，因为保质期马上就到了。这些保质期都得改掉。中午他去见了一个连锁超市的副总裁，这个人会把这些货都收走的。吃午饭的时候，他给这位高管塞了一个信封，里边是一万美元。

午餐之后，他接到了一个意料之外的电话。两个联邦调查局探员询问他与一位众议员的关系，这个人目前被起诉了。大蒂姆让他们滚蛋。

"偷牛贼"大蒂姆从来不知道什么是恐惧。可能是因为他的大块头，也有可能是因为他脑子缺根弦儿。因为他不仅没有任何肉体上的恐惧，也没有任何精神上的恐惧。他与人斗，与天斗。医生告诉他这么胡吃海喝非死不可，必须认真开始节食。他却选了另外一种方案——他做了胃分流手术，这危害可比节食大多了。可结果非常理想。他可以大吃特吃，不会再有什么显著的伤害了。

他建起自己的金融帝国也是同样方式。他签下合同，一旦没有利润他就毁约。他背叛朋友、背叛合伙人，每个人都起诉他，但拿到的钱终归比合约规定的少。作为一个从来不为未来打算的人，他这辈子实在是成功。他永远觉得自己会笑到最后。他永远都能搞垮各种法人团体、无视各种私人关系。对女人，他甚至更加冷酷无情了。他答应给投怀送抱的女人们整栋购物中心、公寓、精品时装店，结果她们只能在圣诞节的时候收到一小件珠宝，或者生日的时候收到一张小额支票。虽然总额也不少，但跟原来的承诺根本没办法比。大蒂姆并不想保持什么感情关系。他只是想确认当他有需要的时候，可以随时友好地把谁搞上床。

这些占便宜的手段大蒂姆都喜欢。这样的日子才有乐趣。曾经有一次，他因为赌橄榄球而欠了洛杉矶一个独立经营的彩票贩子七万块。彩票贩子拿枪抵住了他的脑袋，大蒂姆却说"去你妈的"，然后提出要用一万块解决这笔债。彩票贩子最终还是接受了。

他富有，身强力壮，厚颜无耻，做什么事都能成功。他相信人都是可以腐蚀的，这种纯真在勾引女人和上法庭的时候都能派上用场。而且，他对生活的热情也让他有了魅力。他是个亮出底牌的骗子。

因此，大蒂姆并没想过皮皮·德·莱纳那天晚上帮他做的安排有什么蹊跷。这个人也是个骗子，跟他一样。他有办法治他。承诺可以随便给，要钱只有一点点。

至于斯蒂夫·夏普，大蒂姆嗅到了机会。放长线，钓大鱼。他亲眼看见，这个小个子一天之内在赌桌上输掉了至少五十万。这就说明，他在赌场里的信用额度高得不可思议，所以这个人挣的肯定是相当一大笔黑钱。要操纵超级碗，他绝对是个完美人

271

选。他不但能提供下注的钱，也会让赌注经纪人对他充满信心。不管怎么说，那些人不会随便接受任何人的巨额赌注的。

大蒂姆梦想着下次去拉斯维加斯的事情。他总算可以住进别墅了。他思忖着应该带什么人一起去。是谈生意还是消遣？是带几个可以下手敲一笔钱的人呢，还是只带女人？终于到时间了，他得跟皮皮和斯蒂夫·夏普一起用晚餐。他给前妻和两个孩子打电话聊了几句，然后就出发了。

晚餐的地点定在洛杉矶港口区的一家海鲜餐馆。门口没有门童，所以大蒂姆自己把车停进了停车场。

进了餐馆，瘦小领班看了他一眼，就带他去见皮皮·德·莱纳。

大蒂姆很专业地来了个意大利式贴面礼，他抱住了皮皮，说："斯蒂夫呢？他不会要我吧？我可没那么多时间跟他扯淡。"

皮皮拿出了他全部的热情。他拍了拍大蒂姆的肩膀。"那我成什么了？说话不算数的小喽啰吗？"他说，"坐吧，这里的鱼绝对是你吃过最棒的。吃完饭我们就去见斯蒂夫。"

大堂经理走过来准备点菜时，皮皮对他说："我们什么都要最好的，什么都要最多的。我这位朋友最热爱美食。要是他走的时候肚子还饿着，我就去找文森特说说。"

大堂经理自信满满地笑了，他相信餐馆的水平。这家餐馆是文森特·克莱里库齐奥餐饮帝国的一部分。警察来这里追查大蒂姆的线索只会碰一鼻子灰。

他们一道接着一道吃菜。蛤蜊、贻贝、虾，接着又上了龙虾。大蒂姆三只龙虾，皮皮一只。皮皮吃完半天之后，大蒂姆才吃完。皮皮对他说："这家伙是我的朋友，我可以告诉你，他可是最大的毒贩子。如果你怕了，现在就告诉我。"

"我怕他就跟怕这只龙虾一样。"大蒂姆一边说，一边拎起吃了一半的龙虾大钳子朝皮皮比画着，"还有什么？"

"他需要一直洗黑钱，"皮皮说，"你的交易里必须把这项包括进去。"

大蒂姆正吃得不亦乐乎。各种海鲜的腥味直往他鼻孔里钻。"没问题，这些我都清楚。"他说，"他人在哪里？"

"他在自己的游艇上。"皮皮说，"他不想让任何人见到你跟他在一起。这是为了你好。他办事非常谨慎。"

"我他妈才不在乎谁看见我们在一起。"大蒂姆说，"我得亲眼看见他。"

大蒂姆终于吃完了。他的甜点是水果加一杯浓缩咖啡。皮皮娴熟地帮他削了一个梨。蒂姆又点了一杯咖啡。"这样我才能清醒。"他说，"第三个龙虾快把我撑死了。"

并没有人把账单送来。皮皮在桌子上留了一张二十美元的钞票，然后两个人离开了餐馆。大堂领班默默地对蒂姆的饕餮大加赞赏。

皮皮带着大蒂姆来到一辆租来的车旁。蒂姆艰难地把自己的身子挤了进去。"老天啊，你连大一点儿的车都租不起吗？"大蒂姆说。

"没多少路，"皮皮不动声色道。确实，路上只花了五分钟。这个时候夜色已经很暗了，只有拴在码头上的一艘游艇还在闪着灯光。

跳板已经放好了，放哨的人块头差不多跟蒂姆一样大。还有一个人在甲板的另一头。皮皮和大蒂姆走上跳板，来到游艇甲板

273

上。丹特这时才出现在甲板上，走上前来跟他们握了手。他还是戴着那顶文艺复兴风格的帽子，善意地防范大蒂姆再把这顶帽子抓走。

丹特带着两个人走下甲板，来到船舱。这间屋子是当作餐厅来装饰的。他们围着桌子坐下来。椅子很舒服，四只脚用螺栓拧在了地板上。

桌子上有一排烈酒、一桶冰和放着玻璃杯的托盘。皮皮给每个人都倒了一杯白兰地。

这时引擎发动了。游艇动了起来。大蒂姆说："我们到底要去哪儿？"

丹特自然地回答道："出海透透气。只要我们一到公海，就可以上甲板舒服舒服了。"

大蒂姆并不是一点怀疑都没有。但是他充分信任自己。无论发生什么事情，他都能解决。所以他接受了这个解释。

丹特说："蒂姆，照我的理解，你是想要跟我合作做生意。"

"不对，我希望的是你跟我合作才对。"大蒂姆盛气凌人地说，"我来操作。你用不着多添钱就能把钱洗了。还能挣到一大笔差价。我要在弗雷斯诺的城外建一家购物中心，可以卖给你五百万或者一千万的股份。我还有很多别的生意。"

"听起来很不错嘛。"皮皮·德·莱纳说。

大蒂姆冷冷地瞪了他一眼："那么你是谁？我一直想问问。"

"他是我的初级合伙人。"丹特说，"也是我的顾问。我出钱，他想办法。"他顿了顿，然后真诚地说，"他跟我讲了你的不少好话，蒂姆。所以我们才会有谈话的机会。"

这时，游艇已经开得很快了。托盘上的玻璃杯在颤动。大蒂

274

姆心里在嘀咕，到底要不要让这家伙参与到超级碗的事情里来。突然他有了一种灵感。他的这种灵感从来没错过。他靠回椅子上，呷了一口白兰地，表情严肃而满是疑虑。他经常这么做，事实上，他练习过好多次了。这种表情看起来，仿佛一个人马上就要把信任给予他最好的朋友。"我准备告诉你们一个秘密，"他说，"但是在这之前，我们到底要不要合作？购物中心，你干不干？"

"我加入。"丹特说，"明天让我们的律师去谈。我会拿点诚意金出来。"

大蒂姆把杯中的白兰地一饮而尽，向前探出身子。"我能操纵超级碗的比赛结果。"他一边说，一边傲慢地示意皮皮给他斟酒。看到两个人脸上的震惊神色，他感到神清气爽。"你觉得我满嘴胡说八道，对吧？"

丹特摘下他那顶文艺复兴花帽，若有所思地盯着它看。"我觉得你这是在往我帽子里撒尿，"他说，脸上浮现出一丝意味深长的笑容，"很多人都想过这种事儿。但是皮皮可是这方面的专家。皮皮？"

"不可能。"皮皮说，"超级碗还有八个月就开始了，可是你连哪些队伍会参加都不知道。"

"那就算了，"大蒂姆说，"万无一失的事你都不想加入，我倒是无所谓。但是我现在就是告诉你，我能操纵它。你要是不想做，没关系，我们只谈谈购物中心。把游艇开回去，别他妈浪费我的时间。"

"先别急着发火，"皮皮说，"你倒是说说你怎么能操纵。"

大蒂姆咽了一口白兰地，用一种惋惜的口吻说道："这个我不能说。但是我可以跟你保证。你赌一千万，赢的钱我们五五分账。无论出什么问题，我都会把这一千万还给你。公平吧？"

丹特和皮皮彼此对望了一眼，露出了戏谑的笑容。丹特低下了头，文艺复兴风格的这顶花帽让他看起来像个古灵精怪的小松鼠。"你还给我现钞？"他问道。

"也不是，"大蒂姆说，"我从别的生意里补偿给你。比如优惠一千万。"

"你是操纵球员吗？"丹特问道。

"他操纵不了，"皮皮说，"他们挣的钱实在太多了。肯定是从官员身上下手。"

大蒂姆兴奋起来了。"我不能告诉你，不过其实很简单。别想钱，想想成就感。这可是体育界有史以来最大规模的假球。"

"可不是嘛，哪怕到了牢里他们都得高看我们一眼。"丹特说。

"这就是我什么都不告诉你的好处。"大蒂姆说，"我去坐牢，你们用不着。但是我的律师和人脉能够确保我没事，我无所谓。"

丹特第一次篡改了皮皮的剧本。他说："我们走得够远了吧？"

皮皮说："是的。不过如果我们再谈谈的话，蒂姆会告诉我们的。"

"去他妈的蒂姆吧。"丹特愉悦地说，"听见没有，大蒂姆？现在我要你告诉我你是怎么操纵假球的。不许胡说八道。"他的口气无比轻蔑，大蒂姆的脸一下子就涨得通红。

"蠢货，"他说，"你以为能威胁我？你以为你比联邦调查员、国税局，还有西海岸放高利贷的人还厉害？我非把屎屙在你那帽子里不可。"

丹特靠回椅背上，捶了一下舱壁。几秒钟后，两个高大狠戾的男人打开了门，为他们把风。作为回应，大蒂姆站起身，一只巨大的胳膊把桌子上的东西全抢飞了。酒瓶、冰桶，还有玻璃杯和托盘，全都砸在了地面上。

"等下，蒂姆，听我说。"皮皮大叫。他想让蒂姆少受点不必要的折磨。还有，他不想亲自动手，计划不是这样的。但是大蒂姆朝门口冲过去，已经做好搏斗的准备了。

丹特突然一个滑步钻到大蒂姆胳膊下面，抵住他巨大的身躯。两个人分开时，大蒂姆双膝一软跪了下去。这一幕让人触目惊心。他的衣服已经被切没了一半，原先体毛浓密的右胸只剩下一个红色的巨大伤口，鲜血狂涌而出，溅满了半张桌子。

丹特手里握着刚才他所用的刀。暗红的血液从宽阔的刀刃蔓延到了握柄。

"把他放到椅子上。"丹特对守卫说道，然后又扯下桌布捂住他流血的伤口。大蒂姆意识模糊，快要休克了。

皮皮说道："你本来可以再多等等的。"

"不。"丹特说，"这是个狠角色，我倒要见识一下他有多狠。"

"我去甲板准备一下。"皮皮说。他不想看见这些。他从来没折磨过人。真的没有什么秘密重要到必须严刑拷打的地步。杀人，不过是把他跟这个世界隔绝，让他没法再伤害你。

甲板上，他看到手下的两个人已经准备好了。铁笼子挂在钩子上，钢筋做成的笼门也关紧了。甲板上铺了一层塑料布。

他感觉到了空气中的腥咸和芳香。夜里的海洋泛着紫色，一片宁静。游艇慢慢减速、停下来了。

皮皮盯着海面，足足十五分钟之后，下面把风的两个人才出现在甲板上，拖着大蒂姆惨不忍睹的尸体。皮皮不禁移开了视线。

四个人把大蒂姆的尸体装进笼子，然后把笼子浸入海中。其中一个人把钢筋做了些调整。这样一来，海底生物就完全可以从钢筋条之间钻来钻去，把尸体当成美食了。钩子一松，铁笼子一口气沉到了海底。

不等日出，大蒂姆的尸体就会只剩一副骨架了。和铁笼子一起永远待在海底。

丹特来到了甲板上。看得出他冲了个澡、换了套衣服。文艺复兴风格的花帽底下，他的头发湿滑油亮，不过并没有血的痕迹。

"看来他已经吃完圣餐啦，"丹特说，"你应该等我一下的。"

皮皮说："他说了吗？"

"噢，说了，"丹特说，"办法确实很简单。只不过，他从头到尾都在胡扯。"

第二天，皮皮飞到了东部。他给唐和乔治完整地作了汇报。"大蒂姆真是疯了，"他说，"他贿赂了给超级碗球队提供饮食的承办商。他们给他没下注的球队下药。就算球迷没发现，教练和队员们也会注意到的，连联邦调查局都得介入进来。舅舅，你说得对，这样的丑闻搞不好真会永远毁掉我们的计划。"

"他是白痴吗？"乔治问道。

"我觉得他只是想出名而已。"皮皮说,"有钱已经不能满足他了。"

"其他人怎么处理?"唐问道。

"他们一旦发现'偷牛贼'失踪了,肯定就吓跑了。"皮皮说。

乔治说:"我同意。"

"非常好。"唐说,"还有我的外孙,他的表现怎么样?"

唐好像只是随便一问而已。但是皮皮太了解唐了,他知道这是个非常严肃的问题。所以他谨慎地回答,但显然话里有话。

"我跟他说过这次行动,无论洛杉矶还是拉斯维加斯,都别戴他那帽子。但他还是戴了。他也没按照行动的计划来。本来谈话就能问到的事情,他非得见血。他把这家伙给肢解了,把生殖器官都给切下来了。根本用不着这么做。他觉得有意思,但是对家族来说这是非常危险的事情。必须有人跟他谈谈了。"

"你得跟他谈谈了。"乔治对唐说,"他不听我的。"

唐·多梅尼科思忖良久。"他还年轻,长大了就好了。"

皮皮明白,唐什么也不会做的。所以他又把行动前一天晚上,丹特跟那个电影明星的鲁莽事情讲给了唐。他看到唐转过了身体,乔治也厌恶地皱着眉头。三个人沉默了很长时间。皮皮想,他是不是说得太过火了。

终于,唐摇了摇头,说:"皮皮,你的计划一向都很出色。放心吧,以后你不必再跟丹特一起工作了。但是你必须理解,丹特是我女儿唯一的儿子。乔治和我必须尽全力培养他。他会慢慢聪明起来的。"

克罗斯·德·莱纳坐在桃源酒店行政套房的凉台上,反复考虑行动可能遇到的危险。他的房间位置很好，可以居高临下看到整条拉斯维加斯大道、两侧的豪华赌场和酒店，还有街上来往的人群。他还可以看到桃源高尔夫球场上的赌客们。他们迷信只要打出个一杆进洞，就可以助他们在赌场里大展雄风。

第一个危险：这是他没有征询家族的意见而作出的重要决定。他确实是家族在西部的代理人，内华达州和加州南部都是他的势力范围，在一定程度上他可以独立行动，不必事事请示，只要给克莱里库齐奥家族上交一部分收入就可以了。但是也有严格的规定。"代理人"在没有得到克莱里库齐奥家族许可的情况下，绝不允许开展如此重大的行动。原因很简单：一旦失手，检察官是不会放过他的，也不会有人干预司法。除此之外，在对付自己领土上的后起之秀时，他不会得到任何援助；没有渠道给他洗钱，也没有钱让他养老。克罗斯知道，他应该去见乔治和唐，征求他们的同意。

这次行动非常敏感。当时格罗内韦尔特把桃源酒店百分之五十一的股份留给了他，而他正是用这笔财产去投资电影。虽然这是他自己的钱，但是这笔钱跟克莱里库齐奥家族在酒店里的幕后利益是联系在一起的。而且，这是靠家族得到的钱。克莱里库齐奥家族觉得，他们手下的财产就是他们的财产。这种念头很扭曲，但也是人之常情。要是他不征询他们的意见就拿这笔钱去投资，一定会招致怨恨。这种观念并没有法律基础，倒是跟中世纪的规矩很相似：没有皇家御准，封臣不得把城堡卖给他人。

这笔钱的巨大数额也是一个原因。克罗斯继承了格罗内韦尔特手中百分之五十一的股份，而整个桃源酒店价值十亿美元。但是他已经赌进去五千万了，还要再投五千万，总共是一亿美元。

经济上的风险非常大。克莱里库齐奥家族又是出了名地保守谨慎。要生活在他们那个世界里，也确实需要如此。

克罗斯又想起一件事。很久以前，那时候桑塔迪奥家族和克莱里库齐奥家族还交好的时候，两个家族在电影圈有一席之地。但运作得不理想。桑塔迪奥家族没落之后，唐·克莱里库齐奥下了命令，中止所有跟电影有关的生意。"那些人太精明了，"唐说，"而且他们什么也不怕，因为回报太高。要进这一行，就得把他们全干掉，可我们自己又不懂行。这比毒品生意复杂多了。"

不行。克罗斯下了决心。只要提出这种要求，一定会被驳回。那就进行不下去了。如果事成之后他再来忏悔，他可以用钱收买整个家族，成功能够赦免最无耻的罪恶。如果他要是失败了，他也自身难保，无所谓赞成不赞成。这样的话，就剩下最后一个问题了。

做这件事到底是为了什么？他又想到了格罗内韦尔特说的"小心不幸的女人"。他以前也见过身处不幸的女人，但尽管让她们自生自灭。拉斯维加斯满大街都是不幸的女人。

他知道他渴望安提娜·阿奎坦内的美。她的面容、双眼、头发、双腿，还有胸，但不止如此。他更加渴望的是从她的眼睛、面颊的轮廓和优美的唇形一起散发出来的智慧和温暖。他觉得，如果能认识她，和她在一起，整个世界都会焕发别样的光彩，太阳都会释放别样的能量。他看见她身后的汪洋，那一泓装饰了白色浪花的碧波，仿佛光环笼罩在她的四周。他突然意识到：他妈妈一生的执念，就是成为安提娜这样的女人。

他十分惊讶，他很想去见她，和她依偎在一起，听她的声音，看她的举手投足。这思念汇成一口深井，蓬勃欲发。这时他又想到，噢，天哪，这就是我要做这件事的原因吗？

他释然了。他很高兴终于认清了真正的动机。这让他更加有决心，更加专注。现在最主要的问题是怎么干。忘掉安提娜，忘掉克莱里库齐奥——最棘手的问题是博兹·斯堪尼特，必须速战速决。

另一个难题是克罗斯的立场太明显，他公然从斯堪尼特的意外里得到好处是很危险的。

克罗斯决定找三个人帮忙。第一个是安德鲁·波拉德。太平洋安保是他开的，整件事情他都参与其中。第二个是利亚·瓦齐。他是克莱里库齐奥家族在内华达的猎场的看守人。利亚有一帮手下，平时充作守林人，随时待命完成特殊任务。第三个人是莱纳德·索萨，是个做假证的。他虽然退休了，还是听命于家族，做一些零碎的工作。克罗斯·德·莱纳作为西部的代理人，这三个人都是他的手下。


两天以后，安德鲁·波拉德接到了克罗斯·德·莱纳打来的电话。"我听说你工作很辛苦，"克罗斯说，"来拉斯维加斯度假怎么样？房间和酒水都免单。把你老婆也带上。如果玩累了，就顺便来我办公室聊聊。"

"多谢了，"波拉德说，"现在我很忙，下周怎么样？"

"可以，"克罗斯说，"但是下周我不在拉斯维加斯，我就见不着你了。"

"那我明天就去。"波拉德说。

"太好了。"克罗斯说完撂下了电话。

波拉德靠回椅子上，心想：这个邀请其实就是命令。他要掌握好分寸了。

只有从极刑底下死里逃生的人，才会像莱纳德·索萨那样热爱生命。他珍爱日出和日落，他珍爱破土而出的小草，还有食草的奶牛；他珍爱形形色色的美丽女人、自信青年，还有聪明小孩子；他珍爱一片面包、一杯酒、一块奶酪。

二十年前他替桑塔迪奥家族制造一百元面值的伪钞被联邦调查局抓走了。他的同伙认罪出卖了他。他一度相信自己最好的时光要在监狱里荒废了。印制伪钞比强奸、谋杀、纵火更加危险。这种行为是直接挑战国家机器。其他罪行充其量算是食腐动物吞食大型野兽的尸体——他们只是人类链条中的可消耗品。他不指望法庭开恩，这种事也确实没发生。莱纳德·索萨被判处二十年有期徒刑。

但是索萨的牢只坐了一年。他对如何运用墨水、铅笔和钢笔有着惊人的天赋，一个狱友为他的技能所折服，于是替克莱里库齐奥家族招揽了他。

突然，他有了一位新律师和一位从没见过的私人医师。一次突如其来的庭审中，由于他的智力退化到儿童水平，法庭认为他对社会不再具有危害性。莱纳德·索萨突然自由了，并成了克莱里库齐奥家族的手下。

家族需要一流的造假专家。不是做假币，他们知道政府对制造假币的打击决不手软。他们需要造假专家完成更重要的任务。乔治需要处理堆积如山的文件、应付国内外的公司、以空壳公司的名义签署法律文件、存储和提取大量资金，这些都需要不同的签名和假冒的签名。莱纳德慢慢在别的领域也派上了用场。

桃源酒店最大程度地利用他的这种技能。要是有身家巨富的大赌客没等还清赌场债务就死了，酒店就找来索萨再多签出一百万美元的欠款单。虽然欠的账没法用遗产来偿还，但这种情况下，所有的欠账都可以列为酒店损失，用来抵税。这类事情频繁发生。寻欢作乐的人死亡率似乎特别的高。这种方法也适用于对付不还债和只还一小部分债的人。

作为回报，莱纳德·索萨每年能拿到十万美元。但其他类似的造假工作他都被严禁参与，尤其是造假钞。这是跟家族整体利益相符的。克莱里库齐奥家族有一条道德准则，任何家族成员都不得参与印制假钞以及绑架。这是会引来联邦执法机构重点打击的两种罪行。得不偿失。

二十年来索萨一直像个艺术家一样在毗邻马里布的多盘加峡谷享受生活。他在住处的小花园里养了山羊、猫，还有狗。他白天画画，晚上喝酒。峡谷一带不乏年轻姑娘，她们也是自由奔放的画家。

除了去圣莫尼卡购物，索萨从没离开过峡谷，除非他被克莱里库齐奥家族叫去完成任务。一个月通常会找他两次，每次只有短短几天。他们安排他做什么，他就做什么，绝不多问。他对克莱里库齐奥家族十分有价值。

所以，当一辆车过来接他，司机告诉他带上工具和衣物，准备离开几天时，索萨把山羊、狗和猫都赶到山谷里。动物能照顾自己，毕竟它们不是小孩子。不是说他不喜欢它们，但是动物都短命，在峡谷里更是如此。跟自己养的动物离别这么多次，他早都习惯了。监狱生涯把莱纳德·索萨变成了现实主义者，意外重见天日又让他成了个乐观主义者。

利亚·瓦齐一直在内华达山脉看守克莱里库齐奥家族的猎场。刚到美国的时候他才三十岁，却已经成了意大利头号通缉犯。十年来，他说英语时的意大利口音已经很淡，读写能力也说得过去。他可是出身于西西里岛上最有威望、最有学问的家族。

十五年前，利亚·瓦齐已经是帕勒莫的黑手党领袖，也是"最合格的人"。但是他做得太过了。

罗马当局委任了一位地方预审法官，授予了他空前的权力去铲除西西里的黑手党。这位地方预审法官在军队和警察的护卫下，带着妻儿来到帕勒莫。他作了一次强硬的演讲，承诺对几个世纪以来统治美丽的西西里的罪犯们毫不留情。他说，法治的时代到了，主宰西西里命运的应当是意大利的民选代表，而不是秘密结社的无耻恶棍。瓦齐火冒三丈，认为这番言论是对他本人的侮辱。

由于这位地方预审法官需要听取证词、签发逮捕令，因此有重兵对他日夜保护。他的法庭设置得像个堡垒，他的住处也围了一圈军队。看起来，他的防卫牢不可破，他的行程也是机密，以防有人突袭。但是三个月之后，瓦齐还是搞到了法官的行程安排。

法官经常到西西里各大城镇去收集证据、签发逮捕状。而这一次，他要回到帕勒莫接受一枚奖章，表彰他为西西里铲除黑手党这个祸害。利亚·瓦齐带着手下在法官必经的一座小桥埋下地雷，把法官和卫队全都炸成了碎渣，以至于后来必须要用筛子才能从水里把尸身碎块捞起来。罗马当局雷霆震怒，对嫌犯展开了大清查。于是瓦齐不得不躲起来。虽然政府并没有证据，但是他知道，落到他们手里是生不如死。

克莱里库齐奥家族每年都派皮皮·德·莱纳去西西里岛为布朗克斯的地盘招募。这是因为唐坚信，只有西西里人，数百年来恪守缄默规则，才信得过，不会成为叛徒。美国的年轻人软弱又虚荣，地方检察官轻而易举地就能把他们变成警方的线人，然后把许多代理人关进监狱。

作为一种为人处世的方式，缄默规则非常简单。对警察讲出任何不利于黑手党的事情都是死罪。如果敌对黑手党当着你的面杀了你父亲，你也不许报警。如果你中了枪、奄奄一息，你也不许报警。如果他们偷了你的骡子、你的山羊、你的珠宝，你也不许报警。政府当局就是地狱大魔王，一个真正的西西里人永远不会去寻求他们的帮助。为你报仇雪恨的是家族和黑手党。

十年前，皮皮·德·莱纳带着克罗斯去西西里训练他。这样的任务更像是"筛选"而不是"招募"。希望被选上去美国的有好几百人。

他们来到帕勒莫五十英里外的一个小镇，进入镇郊。村落都是石头砌的，装点着西西里的鲜花。镇长亲自迎接他们。

镇长个子不高，挺个大肚腩。在西西里，黑手党的头领就被称为"大肚皮男人"。

房子带了一座漂亮的院落，里面种着无花果、橄榄和柠檬树。皮皮的面试地点就在这里。这座小院跟克莱里库齐奥家在科沃格的花园很像，只不过科沃格那里的花儿没有这么艳，也没种柠檬树。显然，镇长是个喜欢追求美的人，不光因为这处小院，还因为他美丽的妻子和三个娇艳的女儿。她们才十几岁，却已经含苞待放了。

克罗斯发现，皮皮一到西西里就仿佛变了一个人。他平时殷勤温和的态度都不见了，对女人们完全是敬而远之，他的热情也收束起来了。那天深夜里，他在房间里告诫克罗斯说："你得小心西西里人。他们不信勾搭女人的男人。你要是搞了他的女儿，我们肯定吃不了兜着走。"

之后的几天，皮皮筛选着面试的人。他有自己的一套标准。不能超过三十五岁，也不能小于二十岁。要是结婚了，只能有一个孩子。最后，镇长要为他们担保。他解释道，太年轻，就容易被美国文化过分影响；太老就适应不了美国。孩子多了，就会变得谨小慎微，担不起完成任务所需要的风险。

来的人里，有些是因为法律已经容不得他们在此存身，不得不离开西西里；有些则是不管多大代价，都要到美国过好日子；还有些则是不甘心屈从于命运，迫切地想为克莱里库齐奥家族卖命——这最后一种人是最理想的。

一周过去，皮皮挑齐了二十个人，把名单给了镇长。镇长批准之后就会帮他们迁移。但镇长却从名单上勾掉了一个名字。

皮皮说："我觉得这个人非常适合我们。是我判断有误吗？"

"不是，不是，"镇长说，"你一直很有眼光，这次也一样。"

皮皮糊涂了。这些人招来之后待遇都很好。给单身汉安排公寓，给已婚带孩子的安排一幢小房子。都给他们安排稳定的工作，都住在布朗克斯地区。他们中间有些人会成为克莱里库齐奥家族的手下，收入可观、前途光明。镇长勾掉的名字一向都是名声不好的人。那他怎么还能通过面试呢？皮皮感到有猫腻。

镇长狡黠地看着他，似乎在琢磨着他的心思，而且因为猜中了他的心思感到得意。

"你也是西西里人，我骗不了你。"镇长说，"我女儿想要嫁给这个人。我想再留他一年，让我女儿高兴高兴。然后你就可以把他带走了。但无论如何我不能拒绝他来面试。另外还有一个原因。我手头有个人选你应该留下，可以替掉他的位置。你愿意给我个面子见见他吗？"

"当然。"皮皮说。

镇长说："我不想误导你，但是他的情况比较特殊，必须立刻离开这里。"

"你也知道，我必须慎重考虑。"皮皮说，"克莱里库齐奥家族很挑剔。"

"他肯定对你们的胃口，"镇长说，"不过有一点儿危险。"然后他把利亚·瓦齐的来龙去脉讲了一遍。暗杀地方预审法官的新闻在全世界都登上了头条，所以皮皮和克罗斯对这件事也很熟悉。

"他们要是没有证据，瓦齐为什么着急走？"克罗斯说。

镇长说道："年轻人，这里是西西里。警察也是西西里人。法官也是西西里人。谁都知道这是利亚干的。什么法律证据根本无所谓。要是他落到他们手里，他就死定了。"

皮皮说："你能把他送到美国去吗？"

"能，"镇长说，"问题是怎么藏在美国。"

皮皮说："听起来，他的麻烦比价值大多了啊。"

镇长耸了耸肩。"他是我的朋友，这点我承认。不过这点暂且不提，"他顿了顿，然后慈祥地一笑，意思是这点可不能真不提，"他还是个最出色的'中选者'。他是爆破专家，这可永远都是一门厉害学问啊。他知道怎么用绳子，这是老手艺了，非常有用。刀枪就不用提了。最重要的是，他很聪明，是个全才。而且意志坚定，像岩石一样。他从来不乱说话。他既懂得听人说话，又懂得怎么套别人的话。你说，这样的人你能不用吗？"

"梦寐以求，"皮皮圆滑地说，"可是这样的人为什么还要逃跑？"

"因为他除了这些品质之外还有一条，"镇长说，"他很小心。他可不想挑战命运。要是在这儿待着，他就没几天活头了。"

"一个合格的人，"皮皮说，"甘心到美国给家族当打手吗？"

镇长带着遗憾和同情低下了头。"他是个真正的基督徒，"他说，"他十分谦逊，就像耶稣一直教导我们的那样。"

"这样的人我得见。"皮皮说，"就当开开眼界，不过我可什么也保证不了。"

镇长大大地伸开了手臂。"当然啦，他肯定得符合你们的要求嘛。"他说，"不过还有一件事我必须得告诉你。这一点他绝不让我瞒着你。"镇长第一次失去了那种底气。"他有老婆和三个孩子，都得带走。"

当时皮皮就知道，答案肯定是"不行"。他说："那可有点困难。我们什么时候见他？"

"天黑之后他就到院子里来。"镇长说，"没有危险，我会安排妥当。"


利亚·瓦齐个子不高，但是结实强壮，这是许多西西里人从他们的阿拉伯祖先那里继承的气质。他有张英俊、棱角分明的脸，深棕色的面庞意气风发。他的英语说得还算流利。

他们在镇长的院子里围着桌子坐下。桌子上有一瓶家酿的红酒、一碟从旁边的树上摘下的橄榄，还有新鲜松脆的圆面包。旁边是整条的意大利熏火腿，撒了些像黑宝石一样的小胡椒粒。利亚·瓦齐只是吃喝，一言不发。

"别人极力推荐你，"皮皮客气地说，"但是我担心。像你这种资历和教育的人，愿意到美国屈居人下吗？"

利亚看看克罗斯，然后对皮皮说："你也有儿子。要是需要救他的命，你会怎么做？我想救我老婆孩子的命，所以我愿意效命。"

"那对我们来说会有危险，"皮皮说，"你得理解，我肯定得权衡一下利弊。"

利亚耸了耸肩："反正我说了不算。"看起来他已经做好被拒绝的准备了。

皮皮说："如果你一个人来，事情就简单了。"

"不行。"瓦齐说，"我们必须一起活着，或者一起死，"他顿了顿，"要是我把他们留在这儿，政府肯定不会给他们好日子过的。我宁可豁出自己去。"

皮皮说："问题在于，怎么才能把你和你的家人都藏起来。"

瓦齐耸了耸肩。"美国那么大。"说着，他把装橄榄的碟子朝克罗斯端了端，略带戏谑地说，"你爸爸会遗弃你吗？"

"不会，"克罗斯说，"他是个老派的人，就像你一样。"他的口气郑重其事，却隐隐带出了一丝笑意。他又说："我听说，你还干农活儿。"

"橄榄。"瓦齐说，"我自己榨油。"

克罗斯对皮皮说："塞拉山的猎场不是正缺人？他能在那照顾家人，还能挣点钱。那个地方与世隔绝。他的家人也能一起帮忙。"他对利亚说："在林子里住的话，可以吗？"在西西里，一切不是城市的地方都可以叫林子。利亚耸了耸肩。

最后说服皮皮·德·莱纳的，是利亚·瓦齐的个人气质。瓦齐并不高大，但是浑身上下透着威严，让人不寒而栗。死亡无法征服这个人，无论是地狱还是天堂，他都无所畏惧。

皮皮说："好主意。这是完美的伪装。如果有特殊的任务，我们会找你，让你挣额外的钱。这些工作就是你去美国要承担的风险。"

他们看见，当利亚终于意识到自己被挑中的时候，他脸上的肌肉终于松弛下来了。他说话的时候，声音都在微微颤抖。"多谢你救了我的老婆孩子。"他一边说，一边凝视着克罗斯·德·莱纳。


在此之后，利亚·瓦齐一再证实了自己的能力，他的贡献远远超出了对当年恩情的回报。他从一个打手被擢拔为克罗斯手下行动小组的头领。他带着六个人一起看管猎场，他自己的家也建在猎场里。他的生活欣欣向荣。他成为了美国公民，孩子上了大学。所有这些，都是凭了他的勇气、他过人的品质，还有最重要的一点：他的忠诚。当接到消息，要他去拉斯维加斯见克罗斯·德·莱纳时，他欣然收拾好了行装，开上他新买的别克轿车，一路开到了拉斯维加斯的桃源酒店。

第一个抵达拉斯维加斯的是安德鲁·波拉德。他搭了中午的班机从洛杉矶飞过来，在桃源酒店的大游泳池旁歇了歇，玩了几把骰子，就悄悄来到了克罗斯·德·莱纳的阁楼行政套房。

两人握了手，克罗斯说："我不会耽误你很长时间，今晚你就可以飞回去。我需要的是那个叫作斯堪尼特的家伙的全部资料。"

波拉德把所有事的原委都讲了一遍，包括斯堪尼特现在住在比弗利山庄酒店。他还讲了跟邦茨的那次谈话。

"所以说，他们根本就不在乎她死活。他们只是想把片子拍完而已。"他对克罗斯说，"还有，对于那种角色，工作室从来不会认真对待。我公司里有个二十人的部门，就是用来应付这类骚扰的。对于他这种人，电影明星很是头疼。"

"警察呢？"克罗斯说，"他们就什么也不管？"

"管不了，"波拉德说，"不发生实质性的伤害，就管不了。"

"你呢？"克罗斯说，"你的手下很厉害。"

"我得小心。"波拉德说，"要是硬来，我就做不下去了。你也知道法庭怎么做事。我不能让他们抓到把柄。"

"这个博兹·斯堪尼特，是个什么样的人？"克罗斯问道。

"他什么也不怕，"波拉德说，"说实话，我怕他。他是那种狠到骨子里的人，从来不考虑后果。他家里有钱，还有政治影响力，所以他心里有数，惹出什么来他都不会有事的。而且他非常喜欢制造麻烦，你知道，有些家伙就是这样。你要是想插手的话，必须得慎重才行。"

"我从来都很慎重。"克罗斯说，"现在有人盯着斯堪尼特吗？"

"我保证有人盯着，"波拉德说，"他绝对有能力捅出大娄子来。"

克罗斯说："撤掉你的人。谁都不许盯着他。明白没有？"

"听明白了，照你意思办。"波拉德说。他顿了片刻，说道："小心点儿吉姆·洛西。他也盯着斯堪尼特呢。你认识洛西吧？"

"我见过他。"克罗斯说，"还有件事你得帮我办一下。把你太平洋安保的工作证借我一会儿。晚上你坐飞机回洛杉矶之前我就还给你。"

波拉德很担心。"你知道我肯定会为你做任何事，但是你要小心。这件事很棘手。我现在生活得很好，不想毁了一切。我知道这一切都是克莱里库齐奥家族给我的，我一直都是感激不尽，我也一直都在回报。但是干这一行真不容易。"

克罗斯朝他宽慰地一笑："你对我们太重要了。还有，如果斯堪尼特打电话找你，要核实你们公司是不是有人找过他，你承认就行了。"

听到这话，波拉德的心猛地一沉。这下可是真麻烦了。

克罗斯说："还有什么他的事情，都告诉我。"波拉德踌躇着，克罗斯又补了一句，"回头我会报答你的。"

波拉德思忖了一会儿。"斯堪尼特叫嚣说他知道一个关于安提娜的大秘密，只要秘密不泄露出去，让安提娜做什么都行。这就是她为什么撤销了针对他的指控的原因。这个秘密不得了。斯堪尼特爱死这个秘密了。克罗斯，我不知道你是怎么卷进来的，也不知道为什么。不过也许搞到这个秘密，你的问题就解决了。"

头一次，克罗斯盯着他看的目光失去了方才的亲切。这下他突然明白了克罗斯怎么会有那么大的威望。这种眼神冰冷、直指人心，伴随着死亡的威胁。

克罗斯说："你很清楚我为什么感兴趣。邦茨肯定已经把整件事都告诉你了。他还派你来调查我的背景。那么，关于这个大秘密，你知道多少？电影公司又知道多少？"

"我不知道，"波拉德说，"谁都不知道。克罗斯，我尽力了，你知道的。"

"我可不知道。"克罗斯说道。突然，他的口气又平和下来了。"我给你指条路吧。电影公司非常想知道我打算怎么让安提娜回心转意。我可以告诉你，我会把整个片子的一半利润分给她。这件事情你完全可以告诉他们，我没有意见。这样你就能拿到佣金了，说不定他们还能给你多发一笔奖金呢。"他从桌子里取出一个圆形的皮袋子，塞进波拉德的手里。"五千美元的黑筹码。"他说，"我叫你来谈正事，但是还总担心你输钱。"

他大可不必担心。安德鲁·波拉德从来都是把这些筹码直接拿去提现的。

莱纳德·索萨刚在桃源酒店的商务套房里安顿好，就接到了波拉德的工作证。他用自己的工具仔细地仿造出四套太平洋安保的工作证，连特制的翻盖钱夹都配齐了。这些东西瞒不过波拉德本人的眼睛，但这无关紧要，因为波拉德永远不会见到它们。索萨完成之后几个小时，两个人开车送他去内华达的猎场，把他安置在密林深处的一间小屋中。

那天下午，他在小屋的门廊里看到了一只鹿和一头熊在附近游荡。夜里，他清洗好工具，等待着。他不知道自己这是在哪儿，要去做什么，不过他也不想知道。他每年拿十万美元，自由自在地生活。为了打发时间，他在一百页纸上都画了熊和鹿，然后把它们撮好，"哗啦啦"地迅速翻动，看起来就好像是鹿追逐起了熊。

利亚·瓦齐受到的欢迎则截然不同。克罗斯拥抱了他，在他的套房里安排了晚餐。瓦齐来到美国这么多年，在克罗斯的手下完成了许多次行动。虽然瓦齐凶狠果敢，却从来没有过僭越行为。克罗斯因此一直把他当作同伴一样尊重。

这些年，克罗斯会去猎场度周末，两个人也会一起去打猎。瓦齐给克罗斯讲西西里的琐事，还有在美国生活的不同感觉；而克罗斯则邀请瓦齐带着家人到拉斯维加斯去，在桃源酒店的房间酒水一律免单，还有赌场五千美元的信用额度，而且也用不着利亚偿还。

晚餐时，他们随便闲聊。瓦齐在美国的生活又有了令他感慨不已的变化。他的大儿子在加州大学读书，对父亲的秘密身份一无所知。这点让瓦齐感到很不自在。"有时候我都觉得，他身上流的不是我的血，"他说，"教授讲的什么东西他都信。他相信男女是平等的，他相信应该把空地都分给农民。他在学校里参加了游泳队。我在西西里生活了那么多年——再说西西里还是个岛——就从来没见过西西里人游过泳。"

"除非是渔民从船上掉下去了。"克罗斯笑道。

"不，那也不会，"瓦齐说，"他们肯定淹死。"

饭后，他们开始谈正事。瓦齐一向不喜欢拉斯维加斯的食物，但是他很喜欢白兰地和哈瓦那雪茄。每年圣诞，克罗斯都会送给他一箱子白兰地，还有一匣细长形哈瓦那雪茄。

"有件事需要你来办。不过很麻烦。"克罗斯说，"一定要办得漂漂亮亮的。"

"这样的事一向都麻烦。"瓦齐说道。

"就在猎场干。"克罗斯说，"有一个人会到猎场写几封信、交代点事。"他收住话头，微笑着看瓦齐。瓦齐满不在乎地摆摆手。看美国电影的时候，遇到主角或者是反派无论如何都不肯开口交代的情节，瓦齐一向嗤之以鼻。"就算要让他们说中国话，我也能办到。"瓦齐一向都是这么说的。

"困难的地方在于，"克罗斯说，"他身上绝对不能留下痕迹，尸体里边也不能有药物。还有，这个人非常强悍。"

"只有女人才能动口不动手就让男人开口说话。"瓦齐吸了一口雪茄，打趣道，"看来你要亲自出马。"

克罗斯说："没办法。动手的事由你的人来，但是先得把女人和孩子们送到别的地方去。"

瓦齐晃了晃雪茄。"他们就去迪士尼乐园好了。无论好事坏事，去那儿都不错。我们从来都是把他们送去迪士尼乐园的。"

"迪士尼乐园？"克罗斯闻言大笑。

"我还从来没去过呢。"瓦齐说，"我希望快死的时候去一回。这次是坚信礼还是圣餐？"

"坚信礼。"克罗斯说。

然后他们开始研究细节。克罗斯把行动给瓦齐仔细讲了一遍，告诉他为什么要办，以及具体怎么办。"觉得怎么样？"他问道。

"你比我儿子更像西西里人，可你却是在美国出生的。"瓦齐说，"但是如果他还是坚持不说，怎么办？"

"那样的话，责任都是我的。"克罗斯说，"和他的。而且我们就得付出代价。这一点美国和西西里都一样。"

"没错，"瓦齐说，"这一点在中国，在俄罗斯，在非洲，也都一样。就像唐说的一样：那样的话我们就得一起下地狱了。"

# 第九章


伊莱·马林、鲍比·邦茨、斯基比·迪尔，以及梅洛·斯图尔特在马林家里紧急聚会。安德鲁·波拉德已经向邦茨报告了克罗斯·德·莱纳的打算。这个消息也得到了警探吉姆·洛西的证实，不过洛西拒绝透露自己的消息来源。

"这纯粹是抢劫，"邦茨说，"梅洛，你是她的经纪人，你对她和你的所有当事人都要负责。难道以后我们拍大制作的片子，你的明星拍到一半突然拒绝接着干了，我们就得把一半的利润分给他们？"

"你疯了才会答应他们，"斯图尔特说，"让这个叫德·莱纳的家伙愿意付钱就付吧，他在这行混不下去的。"

马林说："梅洛，你说的是长远的策略，而我们说的是眼下的事。如果安提娜真回来了，然后你和你的当事人都像抢银行似的狮子大开口，你能允许吗？"

大家全都大吃一惊。马林很少这么直截了当地说话，至少从他年纪大了之后就不这样了。斯图尔特在心里敲响了警钟。

"安提娜完全不知道有这回事。"他说，"要不然她早就告诉我了。"

迪尔说："如果知道，她会接受吗？"

斯图尔特说："我会建议她接受，然后再签一份附加协议，把这笔钱跟公司对半分。"

邦茨咬牙切齿道："那样的话，她之前说什么害怕简直就是笑话。说白了就是放屁。还有，梅洛，你纯粹是胡说八道。你以为公司会因为分到德·莱纳给安提娜的一半的钱就妥协吗？那些钱本来就应该是我们的。再说，就算她最后能跟德·莱纳一起发大财，她的事业也完了。没有电影公司会请她了。"

"到国外，"斯基比说，"国外的电影公司也许会试试。"

马林拿起电话，递给斯图尔特。"说这些都没意义。给安提娜打电话。告诉她克罗斯·德·莱纳开的价钱，问她接不接受。"

迪尔说："她消失了。整个周末都没见她。"

"她回来了。"斯图尔特说，"她周末常常找不到人。"他在电话上摁下了号码。

通话很短。斯图尔特挂了电话，笑了。"她没听说过这件事，但即使是这样她也不会回来。她根本就不在乎什么事业了。"他顿了顿，钦佩地说，"我真想见见这个斯堪尼特。能把一个女演员吓到连前程都不要了，也算有点儿本事。"

马林说："事情就这样吧。我们已经从无望的情况下挽回了损失。可惜了，安提娜确实是个好演员。"


安德鲁·波拉德收到了指示。第一是告诉邦茨，克罗斯·德·莱纳愿意分利润的一半给安提娜，只要她回来继续拍电影；第二是撤掉所有盯梢斯堪尼特的人手；第三是约博兹·斯堪尼特见个面。

波拉德来到比弗利山庄酒店的套房时，斯堪尼特只穿着汗衫，身上一股古龙水的味道。"刚刮完胡子，"他说，"这个酒店在卫生间里洒的清新剂比妓院洒得还多。"

"你不应该在这个城市里出现的。"波拉德责难地说道。

斯堪尼特拍了拍他的后背。"我知道，我明天就走。手头剩下点儿事情要处理一下而已。"换了以前，他健壮的体魄和狠戾的笑意也许会吓到波拉德，但是克罗斯插手这件事，波拉德的心里就只剩下了同情。不过，他仍然得小心行事。

"安提娜料到你没离开。"他说，"她感觉电影公司不了解你，但是她了解。所以她想私下跟你见上一面。她觉得如果只有你们两个人在场的话，也许可以达成一笔交易。"

他看见，兴奋在斯堪尼特的脸上一闪即逝；他知道，克罗斯猜对了。这个家伙仍然爱着安提娜，他肯定会相信。

突然博兹·斯堪尼特警惕道："这不像是安提娜说的话。她根本不愿意看见我，当然，这也不怪她。"他大笑，"她可不能没有那张宝贝脸蛋儿啊。"

波拉德说："她是认真的。她可以给你一份终生赡养费。如果你同意的话，她可以每年从她的收入里给你分一部分，一直到她死。但是，她要跟你单独面谈，没有外人在场。还有一些别的要求。"

"我知道她有什么要求。"斯堪尼特说。他的脸上显出一种奇怪的神情，就像悔过的强奸犯感到遗憾不已。

"七点钟，"波拉德说，"我的两个手下会过来接你，把你带到见面的地方。他们会一直跟着她，给她当保镖。这两个都是我最得力的手下，都配了枪。所以你最好不要动什么歪脑筋。"

斯堪尼特笑了。"别担心。"他说。

"那就好。"波拉德说完就离开了。

门关上之后，斯堪尼特朝着空中猛地挥了挥拳头。他又能见到安提娜了，只有两个半吊子私家侦探保护她。而且他还能证明，这个见面要求是她主动提的，他完全没有触犯法官的限制令。

这一整天里，他都怔怔地想着他们重逢的场景。这的确出乎他的意料，想到这里他就知道，安提娜一定会用身体说服他接受交易的。他躺在床上，想象着再次跟她在一起会是什么样。她的身体无比清晰，白嫩的肌肤，小腹平缓的曲线，双乳和粉红色的乳头，她的眸子碧绿一片，仿佛一种别样的光芒，她温润精致的嘴唇，她的呼吸，她的金发，仿佛夜空里一轮云雾缭绕的旭日。恍惚间，旧日的爱意遍布他的全身；他爱她的聪慧和勇敢，是他把她的勇敢彻底变成了恐惧。于是，他从十六岁以来头一次爱抚起了自己的身体。在他的头脑里，安提娜的轮廓是那么清晰，她不停呼唤着他，直到他达到了高潮。在那一瞬间，他是幸福的，他爱过她。

平静下来，他感到了一种羞耻，一种侮辱。他再次痛恨起她来。突然他开始坚信，这是一个陷阱。关于这个叫波拉德的家伙，他了解些什么呢？斯堪尼特匆匆穿好衣服，端详着波拉德留给他的名片。办公楼的地址离酒店只有二十分钟距离。他冲下楼，跑出酒店大门，门童为他取来了车。

他走进太平洋安保的大楼时，这幢建筑的规模和富丽堂皇让他惊叹不已。他来到前台，说明了来意。一位武装警卫把他送到了波拉德的办公室。斯堪尼特注意到，墙上挂着许多奖状，有洛杉矶警察署发的、有无家可归者救助协会发的，包括美国童子军在内许多其他组织，甚至还有一个电影奖项。

安德鲁·波拉德小心翼翼地迎接了他。斯堪尼特让他放心。

"我只是想来跟你说，"他说，"我会自己开车去跟她见面。你的人可以开车跟着我，给我带路。"

波拉德耸了耸肩。这跟他无关，反正他已经完成指示里的要求了。"无所谓，"他说，"不过你可以先打电话的。"

斯堪尼特朝他咧嘴一乐："可是我只是想来看看你的办公室。还有，我会给安提娜打个电话，确认这件事。我想，你应该可以替我打这个电话。她不接我的电话。"

"行。"波拉德欣然说道，然后摘起电话。他不知道到底发生了什么。他在心里希望斯堪尼特取消这次会议，他就能从克罗斯的计划里抽身出来了。他还知道，安提娜不会直接跟他讲话的。

他拨出了号码，找安提娜说话。他按下了外放，让斯堪尼特也能听见。安提娜的秘书答复他说，阿奎坦内小姐出门了，明天才会回来。他放下电话，扬起一边眉毛瞧着斯堪尼特。斯堪尼特一脸兴奋。

斯堪尼特确实很兴奋。他猜对了。安提娜果然打算用身体来换取交易。她这是准备要跟他过夜。血液涌上了他的脑袋，他脸上微红的皮肤几乎闪耀出了古铜色的光泽。他想起她年轻的时候，想起她还爱他的时候，想起了他也爱她的时候。


晚上七点，利亚·瓦齐带着一个手下来到酒店时，斯堪尼特已经整装待发地等着他们了。斯堪尼特经过了精心打扮，穿得像个大男孩儿。他穿了一条暗蓝色的牛仔裤、水洗磨白的蓝色牛仔衬衫，还有一件白色的运动外套。他的胡子刮得干干净净，金发向后梳得整整齐齐。微红色的皮肤看起来白多了，因而五官看起来也没那么狠戾。利亚·瓦齐和手下给斯堪尼特看了他们伪造的太平洋安保工作证。

斯堪尼特没有把这两个人放在眼里。两个小矬子，其中一个带着口音的可能是墨西哥人。真要收拾这两个家伙太轻松了。这些私家侦探都是没用的废物，他们就这样保护安提娜？

瓦齐对斯堪尼特说："我知道你要自己开车。我坐你的车走，我的朋友开我的车跟着我们。你同意吗？"

"可以。"斯堪尼特说。

他们走出电梯、进入一楼大堂的时候被吉姆·洛西拦住了。警探一直坐在壁炉边的沙发里，拦住他们完全凭的是直觉。他一直在盯着斯堪尼特，以防万一。他掏出证件，出示给了三个人。

斯堪尼特查看了证件，说："你他妈要干什么？"

吉姆·洛西说道："这两个跟你在一起的是谁？"

"与你无关。"斯堪尼特说道。洛西打量着瓦齐和他手下的脸，两个人一言不发。

"我想单独跟你说几句话。"洛西说。

斯堪尼特把他拨到一边，但洛西拽住了他的胳膊。两个人都是大块头。斯堪尼特急着要走。他气急败坏地对洛西说："指控已经撤销了，我不用跟你说什么。你要是不松手，我就不客气了。"

洛西松开了手。他不是被吓唬住了，而是一直在盘算着。这两个跟斯堪尼特一起来的人很面生。肯定有什么猫腻。他让开了一步，但跟着他们来到了住客等着取车的门廊。他看到斯堪尼特钻进了自己的车，利亚·瓦齐也跟了进去。但是另外一个人留了下来。洛西注意到了这一点，他等待着，看是否还有一辆车会从停车场开出来，但是没有。

跟着他们没用，盯着斯堪尼特的车被揍一顿也没有意义。他犹豫着要不要把这件事报告给斯基比·迪尔，最后还是否决了这个主意。有件事是肯定的：斯堪尼特要是再有什么出格的举动，一定会后悔今天对他的侮辱。


路途很远，斯堪尼特一直在抱怨询问，甚至还威胁要掉头回去。但是利亚·瓦齐一直在安抚他。斯堪尼特被告知见面的地方是安提娜在内华达山脉拥有的猎场，他们要在那里住一夜。安提娜一再坚持说这次见面是个秘密，不能告诉任何人，她会把这个问题解决掉，让各方都满意。斯堪尼特并不明白这是什么意思。她怎么能解决这十多年来滋生出的恨意呢？她难道真的傻到这种地步，以为她的身体和钞票就会让他心软吗？她难道觉得他就这么好打发吗？一直以来他都钦羡她的聪慧，可现在看来，也许她只不过是好莱坞那些傲慢自大的女演员中的一个而已，还以为用自己的身体和钞票就什么都能得到吧。但是她的美丽还是一直萦绕在他心头。这么多年之后，她终于又要对他笑了，取悦他，臣服他。不管发生什么，今晚他是来定了。


斯堪尼特威胁着要回去，对于这件事利亚·瓦齐并不担心。他知道后面跟着三辆护送的车，而且他也接到了指示。万不得已的情况下，他可以干脆杀掉斯堪尼特。但是给他的指示也明确了一点：杀了斯堪尼特即可，不得让他受到其他伤害。

车开进了敞开的大门。猎场的巨大规模让斯堪尼特感到诧异，简直像个小型酒店。他钻出车门，舒展身体。猎场小屋的旁边还停了五六辆车，他感到有点奇怪。

瓦齐带他来到门前，为他拉开了屋门。这时，斯堪尼特听见，又有几辆车开进了屋前的小路。他想，可能是安提娜来了。但他看到的，却是三辆车停在门口，每辆车里都下来了两个人。利亚又带他从小屋的正门来到有个大壁炉的起居室。一个男人坐在沙发里等他，他从来没见过这个人。这个人就是克罗斯·德·莱纳。

接下来的事情都发生在电光石火之间。斯堪尼特咆哮道："安提娜在哪儿？"两个人抱住他的胳膊，另外两个人拿枪抵住了他的头。看起来毫无威胁的利亚·瓦齐弯腰拽住了他的双腿，他仰躺在地板上。

瓦齐说："不想死就按我们说的做，不许挣扎，躺着不许动。"

另外一个人把斯堪尼特的两条腿死死地捆在了一起，然后把他拉起来，让他面朝着克罗斯。虽然这些人放开了他的胳膊，斯堪尼特还是惊讶地发现自己竟然如此孤立无助。他的双脚被绑住了，让他浑身的力量都使不出来。他猛地挥拳想要至少揍那个混蛋一通，可是瓦齐向后错了一步。斯堪尼特的胳膊也被捆住，因此来回蹦，还是无法保持平衡。

瓦齐无比轻蔑地打量着他。"我们知道你是个喜欢用暴力的家伙，"他说，"但是现在该用用脑子了。力量在这儿没用……"

斯堪尼特似乎接受了这个建议。他竭力思考着，要是谁想让他死，他们早就动手了。眼下这一套只不过是恫吓，要他同意些什么事情而已。那好吧，他会同意的。以后预先防范一下就是了。有一件事他很确定。安提娜并没有参与这件事情。他无视了瓦齐，而是转向了坐在沙发里的男人。

"你到底是谁？"

克罗斯说："我有几件事需要你办，办完你就可以开车回家了。"

"如果我不答应，你就折磨我，对吧？"斯堪尼特大笑道。他开始觉得这是在模仿好莱坞电影的俗套剧情。

"不会的，"克罗斯明明白白地说道，"不会折磨你的。谁都不会碰你。我要你做的，就是到那边的桌子坐下，写四封信。第一封是给罗德斯通工作室的，保证永远不会靠近他们的摄影棚；第二封给安提娜·阿奎坦内，为你以往的行径道歉，发誓再也不接近她了；第三封给警察局，供认你买了硫酸，准备再次袭击你的妻子；另外还有一封给我，告诉我你妻子的那个秘密。很简单。"

斯堪尼特一步步朝着克罗斯蹦过去。其中一个人推了他一把，他跌坐到了对面的沙发里。

"别碰他。"克罗斯严厉地说。

斯堪尼特用胳膊支撑着自己站了起来。

克罗斯指着桌子。桌子上面有一沓纸。

"安提娜在哪儿？"斯堪尼特说。

"不在这里。"克罗斯说，"都出去，利亚留下。"其他人退出了门外。

"过去，到桌子那儿坐下。"克罗斯对斯堪尼特说。

斯堪尼特照做了。

克罗斯对他说："我想认真地跟你谈谈，别硬撑了，什么蠢事都不要做。你的手是自由的，可别因为这个就胡思乱想。我要你做的，就是把那四封信写了，你就自由了。"

斯堪尼特傲慢地说："去你妈的。"

克罗斯对瓦齐说道："不浪费时间了，杀了他。"

克罗斯的语气毫无起伏，但他漫不经心更加可怕。这个时候，斯堪尼特感到了一种从未有过的真正的恐惧。他这才意识到这些人全都是用来对付他的。利亚·瓦齐尚未动手。斯堪尼特说道："好好，我写就是了。"他取过一张纸，开始写字。

他很狡猾，用左手写信。就像一些优秀的田径运动员一样，他两只手几乎一样灵活。克罗斯走到他身后，看他写字。斯堪尼特为自己突然的怯懦感到羞耻，他双脚抵着地板，凭着对自己身体协调性的自信，他把笔换到右手，跳起来用笔朝克罗斯的脸上刺，希望能扎进这个杂种的眼睛里。他剧烈地挣扎着，两只胳膊疯狂地四处挥舞，整个身体都扑了上去。可是克罗斯轻松地就躲开了。但斯堪尼特仍在拼命挪动着绑在一起的双脚。

克罗斯一言不发地打量着他，说："每个人我都可以容忍一次。你的这一次已经用完了。现在，把笔放下，把信纸给我。"

斯堪尼特照做了。克罗斯扫了一眼信纸，说："那个秘密你还没告诉我。"

"我不写，让这家伙出去，"他朝瓦齐示意着，"我就告诉你。"

克罗斯把信纸递给利亚，说："处理一下。"

瓦齐离开了屋子。

"好了，"克罗斯对斯堪尼特说，"这回可以说说你的大秘密了。"

瓦齐离开猎场小屋，来到几百英尺外的一间小房子里，莱纳德·索萨就住在这儿。索萨正等着哪。他看了两张信纸，一脸嫌恶地说："这是左手写的，左手写的东西我模仿不了，克罗斯知道的。"

"再看看，"瓦齐说，"他想要捅克罗斯的时候，用的可是右手啊。"

索萨又端详了一下信纸。"嗯，对。"他说，"这家伙并不是真的左撇子。他在耍你们。"

瓦齐拿着信纸回到了猎场小屋，走进图书室。从克罗斯的脸色他就知道，什么事不对劲。克罗斯的表情满是困惑，斯堪尼特则倒在沙发里，被捆起来的双腿搭在沙发上，他盯着天花板笑得十分快活。

"这些信没用。"瓦齐说，"他用左手写的，但是专家说他惯用右手才对。"

克罗斯对斯堪尼特说："你很强悍，我应付不了，我不能威胁你、强迫你做这件事，我放弃。"

斯堪尼特从沙发里探出身子，耍狠地对克罗斯说："但是我告诉你的可都是真的。人人都爱安提娜·阿奎坦内，但是谁都没有我了解她。"

克罗斯不动声色地说："你不了解她，你也不了解我。"他走到门口示意了一下。四个人进入了房间。克罗斯转头对利亚说："你知道我要的是什么。如果他不给我的话，就除掉他。"说完，他走出了房间。

利亚·瓦齐明显长出了一口气。他很敬佩克罗斯，这么多年来一直心甘情愿做他的手下。但是克罗斯实在是太有耐心了。的确，西西里所有伟大的唐都很有耐心，但是他们知道什么时候该打住。瓦齐猜想，克罗斯·德·莱纳肯定还是有美国人的心软，否则早就成为那样的大人物了。

瓦齐扭头看看斯堪尼特，和风细雨地对他说："你和我，咱们开始吧。"他又对屋子里的四个人说："把他的胳膊铐起来，但是要轻点儿。别伤了他。"

四个人抓住了斯堪尼特，其中一个掏出了手铐，斯堪尼特彻底无力反抗了。瓦齐推了他一把，让他跪在地上，另外几个人逼住了斯堪尼特，让他动弹不得。

"喜剧已经结束了。"瓦齐对斯堪尼特说。他坚毅的身体似乎放松下来了，说话也像是交谈的口吻："用右手把这几封信写一遍，你可以拒绝。"其中一个人拿过一把巨大的左轮手枪，还有一盒子弹，交给利亚。他当着斯堪尼特的面，一发一发地把手枪上满了子弹。他走到窗口，朝着树林打光了所有子弹，然后回到斯堪尼特旁边，重新填了一发。他"哗"地拨动了转轮，用枪抵住斯堪尼特的面颊。

"我不知道子弹在哪。"利亚说，"你也不知道。如果这几封信你还是不写，我就扣扳机。写不写？"

斯堪尼特盯着利亚的眼睛，没有回答。利亚扣动扳机，只是空膛的一声轻响。利亚赞许地点点头。"我真要为你喝彩。"他对斯堪尼特说。

他朝转轮里看了看，把子弹填在了第一个弹巢里，走到窗口，开了火。爆炸声震彻整个屋子。利亚走回来，又从桌子上取了一发子弹填进枪里，拨动了转轮。

"我们再玩一局。"他用枪抵住斯堪尼特的面颊。可这一次，斯堪尼特畏缩了。

"把你的老板叫回来，"斯堪尼特说，"我还有别的事告诉他。"

"不行，"利亚说，"耍花招的时间过去了，就说写还是不写吧。"

斯堪尼特盯着利亚的眼睛，却看不到威胁，只能看到对死人的哀悼和惋惜。"好吧，"斯堪尼特说，"我写。"

几个人立刻拉他起来，又按着他坐在书桌前。瓦齐坐在沙发里，而斯堪尼特则在奋笔疾书。他拿过斯堪尼特写完的东西，来到索萨的小房子里。"这回行了吗？"他问道。

"这回没问题了。"索萨说。

瓦齐回到猎场小屋，把事情汇报给了克罗斯。他走进图书室，对斯堪尼特说："都结束了。等我准备好，马上就开车送你回洛杉矶。"说完，利亚把克罗斯送出门，送上了车。

克罗斯说："该做什么你都知道。明天早上再动手。那个时候我已经回拉斯维加斯了。"

"别担心，"瓦齐说，"我还以为他不会写信了，真是个禽兽。"他看得出来，克罗斯心事重重。"我出去的时候他跟你说什么了？"瓦齐问道，"有什么事情需要让我知道吗？"

克罗斯开了口。瓦齐从来没见过他这么阴狠地说过话。"我应该直接杀了他。我宁可冒这个险了。我讨厌顾虑那么多。"

"好啦，"瓦齐说，"事情已经办好了。"

他目送克罗斯的车开出大门，想起了西西里，十年来这样的情况没有几次。在西西里，男人从来不会因为一个女人的秘密而心烦意乱。在西西里，根本不会有这些麻烦。斯堪尼特早就应该死了。

破晓时分，一辆密闭的小客车开进了猎场小屋。

利亚·瓦齐拿到了莱纳德·索萨伪造的自杀信之后，就把他送进了载他回托潘加峡谷的车里。瓦齐把小房子清理好，烧掉斯堪尼特写的信，抹掉房间里一切有人住过的痕迹。莱纳德·索萨在此期间一直没见到斯堪尼特，也没见到过克罗斯。

然后利亚·瓦齐开始准备处决博兹·斯堪尼特。

六个人参与了行动。他们蒙住斯堪尼特的眼睛，塞住他的嘴，把他装进小客车。两个人跟着他一起上了车。斯堪尼特手脚都被捆住，完全动弹不得。另一个人负责开车，此外还有一个人拎着霰弹枪坐在副驾驶上。第五个人开的是斯堪尼特的车，而利亚·瓦齐和第六个人开另一辆车在前面引路。

利亚·瓦齐看着太阳从群山的阴影中冉冉升起。车队开了六十英里，然后拐进了一条幽深的林间小路。

车队终于停下了。瓦齐仔细地指点着要如何停放斯堪尼特的车，然后把斯堪尼特从小客车中拖了出来。斯堪尼特完全没有反抗，看起来已经彻底认命了。看来他终于想明白了。瓦齐想。

瓦齐从车里掏出了绳子，仔细量好长度，把绳子一段绑在附近一棵树的粗干上。两个人把斯堪尼特直直地抱起来，好让瓦齐把绳圈套上他的脑袋。瓦齐掏出莱纳德·索萨伪造的两封绝笔信，塞进了斯堪尼特的上衣口袋。

四个人合力才把斯堪尼特举到小客车顶上。利亚·瓦齐朝司机一挥拳头，小客车一下子蹿了出去，斯堪尼特掉下车顶，在空中来回摇荡。他的脖子扭断的声音在树林中回响。瓦齐检查了一下尸体，解开了捆他的绳子，其他人去掉了他的眼罩和塞在嘴里的东西。嘴边有些小小的擦伤。但是在林子里挂个几天之后就没那么明显了。他检查了一下手腕和脚腕上捆绑的痕迹。虽然有些小痕迹，但是什么问题也说明不了。他很满意。他不知道这些安排会不会起作用，但是克罗斯吩咐的每件事情现在都完成了。

两天之后，在一条匿名线索的指引下，郡治安官发现了斯堪尼特的尸体。当时一头棕熊正拍打着绳索，让尸体来回晃荡个不停，治安官不得不先把熊赶走。等法医带着助手赶到的时候，他们才发现尸体的皮肤早已腐烂，被虫子吃得差不多了。

# 第六部

/好莱坞式的死亡

# 第十章

十个姑娘翘起她们光溜溜的屁股，迎向摄像机闪亮的镜头。尽管片子前途未卜，迪塔·汤美仍在《梅莎琳娜》的摄影棚内面试女演员，给安提娜·阿奎坦内的屁股找个替身。

安提娜拒绝拍裸戏。也就是说，她拒绝在镜头面前暴露双乳和臀部。对于一位明星来说，这种矜持实在是让人大感诧异，但也不至于对她的星途产生什么致命影响。迪塔只需要从现在面试的不同女演员里挑几个出来，用她们的胸部和臀部代替安提娜的就可以了。

当然，她还是会把有台词的整场戏份发给来面试的女演员们。她不会让她们像拍色情片一样搔首弄姿，那样太侮辱人了。但是决定性的因素还是最后的情爱镜头，当她们在床上翻滚的时候，需要把赤裸的臀部对着摄像机。专门负责情爱镜头的艺术指导正在勾勒她们和男明星斯蒂夫·施塔林斯纠缠在一起的床戏镜头。

和迪塔·汤美一起观看面试的，还有鲍比·邦茨和斯基比·迪尔。除了他们之外，就只有必要的剧组成员留在现场。汤美并不介意迪尔来看，但是鲍比·邦茨来这儿瞎凑什么热闹。她也考虑过禁止他进入摄影棚，不过《梅莎琳娜》要是拍不下去了，她就没什么地位了，她需要他的帮助。

邦茨不耐烦道："我们到底在挑什么？"

情爱场面的艺术指导是个叫作威利斯的小伙子，他还是洛杉矶芭蕾剧团的团长。他无比陶醉地说："我们要找到全世界最美的屁股，而且肌肉的形状也要漂亮。脏兮兮的不要，股沟太宽的也不要。"

"没错，"邦茨说，"脏兮兮的肯定不能要。"

"胸怎么办？"迪尔问道。

"胸不能乱颤。"艺术指导说。

"明天我们来看胸。"汤美说，"女人不可能同时拥有美丽的胸和屁股。也许安提娜是个例外，可她还不愿意脱。"

邦茨促狭地一笑："你应该知道的，迪塔。"

汤美顾不上她现在的处境："鲍比，如果我们要找个混蛋，你肯定是最合适的人选。你勾搭不到她，就说她是同性恋？"

"好吧，好吧，"邦茨说，"上百个电话可等着我回呢。"

"我也是。"迪尔说。

"鬼才会相信你们。"汤美说。

迪尔说："迪塔，有点儿同情心好不好。鲍比和我，我们俩能有什么娱乐活动啊？没时间打高尔夫球，看电影是工作，也没时间去看话剧和歌剧。晚上还得陪老婆孩子，剩下的要是能抽出一个小时找找乐子就很不错了。你说一天就一个小时，能干什么？只能干女人。这是最不消耗精力的娱乐活动了。"

"哇，斯基比，快看，"邦茨说，"我就没见过这么漂亮的屁股。"

迪尔赞叹地摇摇头。"鲍比说得对。迪塔，就是她了，签了她吧。"

汤美无可奈何地大摇其头。"老天啊,你们真是一对白痴,"她说,"那是个黑人的屁股。"

"反正签了就是了。"迪尔兴高采烈道。

"对呀,"邦茨说,"让她演梅莎琳娜的埃塞俄比亚奴隶。但是话说回来,她怎么能进来面试的?"

迪塔·汤美玩味地打量着这两个人。眼前这两个人都是电影界翻云覆雨的大人物,每天都得回上百个电话,眼下却像两个十几岁的小青年,寻找第一次性高潮。她耐心地解释:"我们找演员的时候,不允许要求只要白人。"

邦茨说:"我想见这个姑娘。"

"我也是。"迪尔说。

但是这些都被闯进摄影棚的梅洛·斯图尔特打断了。他笑得意气风发。"我们可以重新开始工作了,"他说,"安提娜要回来接着拍了。她的丈夫,博兹·斯堪尼特,上吊自杀了。博兹·斯堪尼特跟这部电影再也没关系了。"他一边说,一边拍着手,就像剧组杀青后拍手庆祝一样。斯基比和鲍比也跟着他拍起了巴掌。迪塔·汤美看着这三个人,一脸嫌恶。

"伊莱要你们俩马上过去一趟,"梅洛说,"你不用去,迪塔。"他歉意地笑笑,"只是谈生意,不是谈创意。"几个人离开了录音室。

他们走后,迪塔·汤美把那个臀部特别美的姑娘叫到了自己的工作车里。她很美,皮肤是那种真正的黑色,而不是古铜色。而且她带着一种冒冒失失的热情劲儿,迪塔觉得这是她的天性,不是演员的做作。

"我准备把梅莎琳娜皇后手下一个埃塞俄比亚奴隶的角色给

你。"迪塔说，"你有一句台词，不过镜头主要还是拍你的屁股。可惜的是给阿奎坦内小姐当替身的话必须得是个白屁股，你的太黑，否则你肯定会抢风头了。"她友善地一笑，"法莱内·方特，这个名字很适合电影圈嘛。"

"可能吧，无所谓。"姑娘说，"多谢你的赞美，也多谢你给我这份工作。"

"还有一件事，"迪塔说，"我们那个制片人斯基比·迪尔，他觉得你的屁股是全世界最漂亮的。还有公司的总裁和制片总监邦茨先生也这么想。他们会找你的。"

法莱内·方特诡秘地一笑。"那你觉得呢？"她说。

迪塔·汤美耸了耸肩。"我不像男人们那样对屁股那么感兴趣。但是我觉得你很有魅力，是个好演员，我觉得完全可以在片子里拿到更多的台词。今晚来我家吧，我们可以谈谈你的事业。我给你做晚饭。"

那天晚上迪塔·汤美和法莱内·方特在床上共度了两个钟头。然后迪塔做了晚饭，她们讨论起了法莱内的职业生涯。

"我很快活，"迪塔说，"不过我觉得我们还是保持朋友关系比较好，就把今天晚上当成一个秘密吧。"

"好，"法莱内说，"谁都知道你只搞女人，是因为我是黑人吗？"她咧嘴笑着。

"只搞女人"这种话，迪塔全当没听见。她暗示了要拒绝继续来往，自然会招致小小的报复。"你的屁股棒极了，管它是黑的、白的、绿的，还是黄的呢。"迪塔说，"不过你真的很有天赋。光演我的电影，你没法展露出天赋来的。我两年才拍一部电影，这对你来说远远不够。大部分的导演是男性，他们总想选你这样的姑娘演电影，然后找机会搞你上床。要是他们以为你也只搞女人的话，就不会考虑选你了。"

"要是我傍到了一个制片人或者电影公司的老板，谁还用得着导演啊。"法莱内快活地说。

"用得着的。"迪塔说，"别人都只能把你领进门，但只有导演才能真正让你留下来。或者，他还可以把你的形象和声音都拍得非常糟糕。"

法莱内满脸悲伤地摇着头："我得和鲍比·邦茨上床，让斯基比·迪尔搞我，而且我已经和你睡过了。非这样不可吗？"她瞪大了眼睛，满脸无辜。

迪塔这个时候真是爱死她了，这个姑娘一点都不装清高。"今晚我过得非常愉快，"她说，"你真是太厉害了。"

"唔，我从来不明白做爱有什么大惊小怪的，"法莱内说，"对我来说一点儿也不难。我不嗑药，也不酗酒，总得找点乐子吧。"

"好吧。"迪塔说，"现在说说迪尔和邦茨。迪尔更有希望帮你。我告诉你为什么。迪尔爱自己，也爱女人。所以他真会帮你办事儿。他可以给你找个好角色，他还很敏锐，能发现你的天赋。而邦茨呢，他除了伊莱·马林之外谁都不喜欢。而且他没有品位，也没有发现天赋的眼睛。邦茨肯定跟你签一份制片合同，签完就让你自生自灭去了。他老婆就是很好的例子，虽然她出演过很多大制作电影，但是从来没演过什么重要角色。而斯基比·迪尔呢，如果他喜欢你的话，一定会替你的前程铺路的。"

"听起来真是残酷。"法莱内说。

迪塔拍拍她的手臂。"不用跟我装，我也是个女人，我了解演员，无论男女，为了往上爬，他们什么都能做。下赌注不就是为了赢大钱吗？你是愿意到俄克拉荷马州去找个朝九晚五的工作呢，还是愿意当个电影明星，住在马里布呢？你的资料上写你才二十三岁。你跟几个人上过床？"

"算上你吗？"法莱内说，"大概五十个吧，不过可都是因为找乐子啊。"她自嘲地说。

"那再多来几个也无所谓了。"迪塔说，"再说了谁知道呢，没准儿也有乐子可找啊。"

"知道吗，"法莱内说，"我要是对成名成星没有信心的话，才不会这么干呢。"

"那是当然啦，"迪塔说，"谁都不会的。"

法莱内笑了。"那你呢？"她问道。

"我没得选。"迪塔说，"我全是靠自己过人的天分。"

"小可怜儿。"法莱内说。


罗德斯通工作室里，鲍比·邦茨、斯基比·迪尔和梅洛·斯图尔特在伊莱·马林的办公室里见到了他。邦茨气急败坏地嚷道："这个愚蠢的混蛋，他把大家都吓个半死，然后自杀了。"

马林对斯图尔特说："梅洛，我想你的当事人可以回来了对吧？"

"当然。"梅洛说。

"她没别的要求，也不需要其他好处，对吧？"马林不动声色地问道。梅洛·斯图尔特这才意识到，马林已经是怒火中烧了。

"没有，"梅洛说，"明天她就上工。"

"太好了，"迪尔说，"这样的话预算就不会超了。"

"你们全都给我闭嘴，听我说。"马林说。这种毫无征兆的粗鲁口气让大家全都安静了。

马林又用他通常那种沉稳轻松的语气开了口。但是毫无疑问，他动怒了。

"斯基比，超没超预算跟我们有个屁的关系？这电影已经不是我们的了。当时我们害怕了，我们犯了个愚蠢的错误。我们全都有责任。片子不是我们的了，被外人拿走了。"

斯基比·迪尔想打断他："做发行的话，罗德斯通还是能赚不少钱的。再说利润也有分成，这笔交易挺不错的。"

"但是德·莱纳挣的钱比我们多，"邦茨说，"这不对。"

"关键是，德·莱纳什么力都没出。"马林说，"这样的话，从法律上讲，我们当然有立场把片子夺回来。"

"说得对，"邦茨说，"去他妈的，上法庭。"

马林说："我们用打官司吓唬他，然后另做一笔交易。他的钱还给他，再分给他一成票房收入。"

迪尔笑道："伊莱，茉莉·弗兰德斯不会让他接受你这个交易的。"

"我们直接跟德·莱纳谈，"马林说，"我觉得我能说服他。"他顿了顿，"一收到消息我就给他打了个电话。他会尽快赶过来。还有，你们也知道，他有点儿背景。自杀的事过于巧合了。我觉得他不会在乎上法庭的。"


克罗斯·德·莱纳正在桃源酒店的阁楼套房里看报纸。报纸上登载了斯堪尼特的死讯。一切都很理想。自杀的事实很清楚，尸体上的两封绝笔信就是明证。博兹·斯堪尼特没写过多少信，莱纳德·索萨的技艺又那么高明，所以笔迹鉴定专家们不可能认出来这是伪造的。斯堪尼特手脚上的束缚也早就松开了，不剩任何痕迹。利亚·瓦齐可真是个专家。

找克罗斯的第一通电话完全不出他所料。乔治·克莱里库齐奥找他去科沃格的家族宅邸。克罗斯不会自欺欺人，他绝不侥幸以为克莱里库齐奥家族不知道他干了些什么。

克罗斯接到的第二通电话是伊莱·马林打来的，找他去洛杉矶，别带律师。克罗斯答应了。但是离开拉斯维加斯之前，他给茉莉·弗兰德斯打了电话，把马林的电话内容告诉了她。她暴跳如雷。"这帮卑鄙的混蛋，"她说，"我到机场接你，我们一起去。以后记住，除非你带了律师，否则就连'早上好'这种话都别对电影公司的任何人说。"

二人来到罗德斯通工作室，走进马林的办公室，他们意识到会有麻烦。四个等着他们的人都是一副凶狠的样子，恨不得扑上来就要动手。

"我决定还是带着律师比较好。"克罗斯说，"你不介意吧？"

"没关系。"马林说，"我只是不想让你太尴尬而已。"

茉莉·弗兰德斯面色铁青。她恶声恶气地说："多好啊，太好了。你们想把电影要回来，可惜我们的合同也不是白签的。"

"你说得对，"马林说，"但是我们恳请克罗斯有点公平交易的意识。他没有做任何能解决问题的事，而罗德斯通投入了大量的金钱和时间，还有创意。没有这些，这部电影根本不可能拍出来。克罗斯把他的钱拿回去，还能拿到一成票房收入。他没有任何风险。"

"他当时就遇到了风险，他挺过来了。"茉莉说，"你们的提议太侮辱人了。"

"那我们就只好上法庭了。"马林说，"克罗斯，我知道你跟我一样讨厌上法庭。"他朝克罗斯笑了笑。这个慈祥的笑容竟让他那大猩猩一样的脸看上去像个天使。

茉莉怒不可遏。"伊莱，你讨厌上法庭？你一年出庭的次数能有二十次，你一贯要的就是这套把戏。"她扭头对克罗斯说："我们走！"

但是克罗斯知道，他可招架不住长年累月地打官司。从他买下电影到斯堪尼特适时的死了这么巧合的事全都会遭到详细的调查。他们会一点点地挖出他的身份，他们会把他大书特书，把他暴露在众目睽睽之下。对这种事情，唐绝对无法容忍。毫无疑问，马林对这些全都一清二楚。

"等一下。"克罗斯对茉莉说完，转向了马林、邦茨、斯基比·迪尔，还有梅洛·斯图尔特，"要是有赌客到我的酒店里来赌了一笔大钱还赢了，他赢了多少我付给他多少，绝不可能把赌资还给他扯平了就行。你们现在就在这样做。"

邦茨不快地说："这是生意，不是赌博。"

梅洛平心静气地对克罗斯说："你稳稳当当就能赚来一千万，当然很公平。"

"尤其是你还什么都没干。"邦茨说。

站在他这边的似乎只有斯基比·迪尔。"克罗斯，你确实应该再多要点儿。接受他们的出价比打官司要保险，万一你官司输了怎么办？这次就这样吧，下次我们两个合作，不跟罗德斯通干了。我保证你得到应得的一份。"

克罗斯知道，一定不能显得太强势。于是他无奈地笑了笑。"也许你们是对的。"他说，"我想在电影这一行里混下去，我想跟各位都保持个好关系。一千万的利润，这个开头也不错。茉莉，你起草一下文件吧。我得赶飞机，抱歉失陪了。"他离开了房间，茉莉也跟他一道出了门。

"上法庭我们能赢的。"茉莉告诉他。

"我不想闹到法庭去。"克罗斯说，"答应他们。"

茉莉认真看了看他，终于说道："好吧，不过我可不能只拿一成。"

第二天，克罗斯赶到科沃格的家族宅邸，唐·多梅尼科·克莱里库齐奥，还有他的儿子乔治、文森特、佩蒂耶，还有外孙丹特，都在等着他。他们在花园里吃午餐，意大利冷火腿、奶酪、一大木碗的沙拉，还有一条意大利硬面包。还给唐准备了一碗磨碎的干酪。他们一边吃，唐一边不经意地问道："克罗奇菲西奥，我们听说你做起了电影生意。"他呷了一口红酒，然后舀了满满一勺磨碎的意大利巴马干酪送进嘴里。

"是的。"克罗斯回答道。

乔治说："你挪用了你在桃源酒店的股份，投资电影，是真的吗？"

"这是属于我的权力范围，"克罗斯说，"毕竟我是你们西部的代理人啊。"他笑了起来。

"说的没错，代理人。"丹特说。

唐责备地瞥了自己的外孙一眼，然后对克罗斯说："你牵扯进了一个意义重大的事件里，但是没征询家族的意见和我们的想法。最重要的是，你采取了暴力行动，这些暴力行动可能会有严重的负面影响。关于这个问题，我们的惯例非常明确，你必须取得我们的同意，否则如果你自行其是的话，就要承担一切后果。"

"而且你动用了家族的资源，"乔治不留情面地说，"山里的猎场。你用了利亚·瓦齐、莱纳德·索萨，还有波拉德和他的安保公司。他们都是你的手下，但是他们也是家族的资源。你运气好，一切顺利，但是万一出了意外呢？那我们就都得担风险。"

唐·克莱里库齐奥不耐烦道："他都懂。问题是为什么。我的外孙，几年前你还请求我不要让你参与这样的行动。尽管我那么器重你，还是同意了你的要求。但是这一次，为了你自己的利益，你反倒动了手。这可不像是我一直以来认识的那个好外孙啊。"

克罗斯知道，唐还是很可怜他的。他知道他不能说实话，不能说他是被安提娜的美丽所吸引才会动手的。这不是个理智的解释，这根本就是侮辱人，甚至是致命的。一个女人的吸引力竟然高于了对克莱里库齐奥家族的忠诚，还有什么比这更不可原谅的呢？他字斟句酌地开了口。"我看到了一个挣大钱的机会。"他说，"这个机会可以让我和家族在一个新行业里扎根。这种生意可以把黑钱洗白。但是我必须迅速行动。当然了，我绝对没有对家族保密的意思。我用了家族资源，你们不可能不知道，这就是明证。我只是想等这件事儿大功告成的时候再告诉你们而已。"

唐微笑地看着他，温和地问道："成功了吗？"

克罗斯立刻意识到，唐什么都知道了。"后来又发生了一件事儿。"克罗斯说，然后说了他跟马林做成的交易。听完之后，唐朗声大笑，让他大感诧异。

"你做得完全正确。"唐说，"打官司的话麻烦就大了。让他们沾沾自喜，真是一群无耻之徒。我们一直不做这个生意，也不是什么坏事。"他顿了片刻，"至少你挣到了一千万，都是干净钱。"

"不，"克罗斯说，"我和家族各挣一半。我觉得我们不能就这么算了。我还有几个计划，不过需要家族帮忙。"

"那我们就得多分点儿钱了。"乔治说。他跟邦茨真是一个样儿，克罗斯想道，总是得寸进尺。

唐不耐烦地打断了他："兔子先打，兔子肉后分。家族支持你。但是有一点：使用任何激烈手段之前，必须跟家族研究。明白吗？"

"明白。"克罗斯说。

离开科沃格时，他心头一块石头落了地。唐还是喜欢他的。


已经八十多岁的唐·多梅尼科·克莱里库齐奥，仍在统治着他的帝国。他花费了毕生的心血、付出了巨大的代价才创造了这个世界，他感到这一切都有所回报了。

耄耋之年的人，大多会因当年不得已犯下的罪行而悔恨，因梦想不再而遗憾，甚至会怀疑自己的一辈子。而唐仍然毫不动摇地保持着他的诸多品质，一如他十四岁的时候。

唐·克莱里库齐奥恪守自己的信条、笃行自己的判断。上帝创造了一个危险的世界，而人类把它变得更加危机四伏。上帝创造的世界如同监牢，在这监牢里，人们必须自己挣出每日的食物；而同伴其实都是猛兽，弱肉强食、毫无怜悯。唐·克莱里库齐奥非常骄傲，因为他保护自己所爱的人平安度过了这一生。

他觉得很欣慰。这个年纪，他仍然有坚定的意志结束敌人的生命。当然，他会宽恕他们，他不是个基督徒吗？他的宅邸里甚至修了一所私人礼拜堂。但是他对敌人们的宽恕，就好比上帝对所有人类的宽恕。上帝免了人的罪，却还是会给人类带来无可避免的死亡。

唐·克莱里库齐奥在他所创造的世界里受到家人、布朗克斯的手下和牧守一方的代理人的尊敬。代理人们把自己的钱交给他保管，在与社会发生冲突的时候，就会寻求他的调停。他们都知道，唐就是公正。无论是贫穷、疾病还是其他危难，都可以寻求他的恩惠。所以，他们都爱他。

唐也知道，无论爱有多么深，这种情感都不可靠。爱不一定带来感激和顺从，也不一定能在如此艰难的世界里带来和睦。这一点没人比唐·克莱里库齐奥更清楚了。所以，为了激励真正的爱，必须让人有所畏惧。爱本身一钱不值，必须包括信任和服从才有意义。若是他的规矩不能得到认可，爱对他来说又能有什么好处呢？

唐要对他们的生命负责，唐是他们福祉的根源，所以在履行责任的时候，他不可以犹疑。他必须严格执行自己的裁决。如果有人背叛他，如果有人破坏了他的世界的公正，那么这个人就必须受到惩罚、必须受到限制，哪怕这意味着死。他不接受任何借口，也不会酌情原谅或是给予怜悯。该做的事情就一定要做。他的儿子乔治有一次曾经说他守旧过时。他同意，但事别无选择。

眼下，他有太多的事情需要思量。自从二十五年前消灭了桑塔迪奥家族，一切都尽在他的掌握。他有远见，狡猾，必要的时候心狠手辣，情况允许他也会表现出怜悯。如今，克莱里库齐奥家族如日中天，似乎任何攻击都伤害不了他们。很快整个家族就会进入到法治世界里，真正坚不可摧。

唐·多梅尼科能活这么久，绝不会因为乐观而只考虑当下。毒草破土而出之前，他就能有所察觉。眼下最大的危险来自于内部。丹特正在崛起，他正在成长为一个真正的男人，可他的行事方式却无法让唐完全满意。

还有克罗斯。他受到格罗内韦尔特的青睐，做重要决定的时候没有请示家族的意见。这个年轻人起初非常厉害，就像他的爸爸皮皮，只差一步成为合格的人选。维吉尼奥·巴拉佐的那件事之后他开始变得挑三拣四。家族知道他心肠软，允许他不用亲自动手，可他竟然为了自己的利益，在没有得到唐的批准的情况下，处决了那个叫斯堪尼特的人。唐·克莱里库齐奥原谅了自己纵容的行为，因为他有些伤感，他很少这样。克罗斯正在努力逃离他的掌控，进入另外一个世界。虽然这些行动是——或者可能是——背叛的苗头，唐·克莱里库齐奥还是能够理解。但是，皮皮和克罗斯的同时存在对家族一定是个威胁。还有，唐不是看不出来丹特有多恨德·莱纳一家。皮皮那么精明，也不可能不明白。皮皮是个危险人物，尽管他的忠诚已经得到了证实，但必须对他严加防范。

唐的容忍源自于对克罗斯的赏识和对皮皮的爱。皮皮是他忠实的旧臣、他姐姐的儿子。毕竟他们都流着克莱里库齐奥家族的血。实际上让他更为担忧的，反而是丹特对家族造成的危险。

对丹特来说，唐·克莱里库齐奥一直是慈祥可亲的外祖父。两个人十分亲近，直到丹特十岁那一年，美好的表象被打破了。

唐发现了丹特有一些让他头疼的性格特质。

十岁时的丹特是个活泼顽皮的孩子。他的身体协调性很好，很有体育天分。他喜欢跟人说话，尤其是跟祖父。而且他跟妈妈萝塞·玛丽耶在一起说了好多好多的悄悄话。可是，十岁之后，他变得粗鲁顽劣，和男孩打架过于激烈，戏弄女孩子时超越年龄的下流，虽然有趣但让人惊讶。他折磨小动物——唐知道这种事情对小男孩来说算不了什么——可他曾经试图在学校的游泳池里淹死一个比他小一点的男孩。

唐并没有因为这些事情就下了定论。不管怎么说，孩子就好比小动物，需要教育才能变得文明。即便像丹特这样的小孩子，长大了也有成为圣徒的时候。让唐感到困扰的是他总是多嘴多舌，跟他妈妈没完没了的谈话，还有最重要的，他不听唐的话。

唐一向对大自然的神秘莫测充满了敬畏，丹特十五岁的时候个子停留在了五英尺三英寸，再也不长了，这也让唐十分苦恼。家族为此请来了大夫，却被告知他最多还能再长高三英寸，永远不可能达到家族中平均六英尺的身高。唐认为丹特矮小的身材是个危险信号，就像双胞胎一样。他认为，生命是受到祝福的奇迹，但是双胞胎就太离谱了。布朗克斯一个手下曾经生下了三胞胎，大为惊骇的唐把他们全家都打发到了俄勒冈州的波特兰，给他们在那儿买了一爿杂货店，让他们富裕孤单地过日子。唐还迷信地忌讳左撇子和口吃的人。不管别人怎么说，他都觉得这不是什么好兆头。而丹特天生就是左撇子。

但就算这些全加起来，也不至于让唐对自己的外孙多一些提防，或者少一丝喜爱。唐对流着他的血的人，自然是特别地宽容。但是随着丹特一点点长大，却和唐的希望渐行渐远。

十六岁时，丹特退了学，随即加入了家族事务当中。他反应快又精明，在文森特的餐馆工作时很受欢迎，能挣许多小费。厌倦了之后，他去华尔街为乔治工作了两个月，尽管乔治热心教他认识错综复杂的金融资产，他却讨厌这类事情，而且丝毫没有天赋可言。最后，他在佩蒂耶的建筑公司安顿了下来，而且很喜欢跟布朗克斯的人一起工作。他对自己越来越强壮的身体感到自豪。在这期间，他从三个舅舅那里学到了一些性格特质，唐注意到之后觉得非常骄傲。他拥有文森特的直率、乔治的冷静，还有佩蒂耶的剽悍。不仅如此，他也确立了自己的个性，他精明、狡诈、阴险。就是从那时起，他开始戴起了那些文艺复兴风格的帽子。

谁也不知道他的帽子都是从哪儿弄来的。这些帽子都是五颜六色的亮线织成的，有圆的也有方的，扣在他头上就好像漂在水面上。这些帽子让他看上去高了一点，更加英俊讨人喜欢。帽子戴起来使他像个小丑，让人卸下心防，而且让他两颊的轮廓显得匀称。这些帽子很适合他，它们盖住了他油腻的头发，克莱里库齐奥家族的人都有一头又黑又粗的头发。

西尔维奥的照片仍然挂在书房的醒目之处。一天丹特问他的外祖父："他是怎么死的？"

唐简要地回答："意外。"

"他是你最喜欢的儿子，对吧？"丹特问道。

唐大为惊异。丹特只有十五岁。"你怎么这么肯定？"唐问道。

"因为他死了呀。"丹特狡黠地一笑。唐一会儿才反应过来，这个小毛孩子竟然敢开这种玩笑。

唐还知道，丹特曾经趁他下楼吃饭的时候，到他的办公室里东翻西找。他觉得无所谓，小孩子总是对老东西感到好奇，唐从来不会让任何信息从纸上泄露。唐·克莱里库齐奥的头脑里有块巨大的黑板，一切必要信息都用粉笔写在上面，包括他最亲近的人的罪恶与美德。

虽然唐·克莱里库齐奥越来越提防丹特，但他却表现得越来越喜爱他，让丹特确信自己将是这个家族的继承者之一。而告诫、训斥的事都是他的几个舅舅来做，尤其是乔治。

终于，唐他不再冀求丹特能够回归合法的社会，因而准许了丹特受训成为一把"铁锤"。


唐听见他的女儿萝塞·玛丽耶在叫他吃饭。只有他们两个人的时候，都是在厨房里吃的。他走进厨房，坐在椅子上，彩色的碗里是意大利细面条，上面放了番茄，还有从园子里刚摘的罗勒。她把装在银碗里的碎干酪放在了他面前。干酪是嫩黄色的，说明有坚果的甜味。萝塞·玛丽耶坐在他的对面，兴高采烈。看到她情绪很好，他也欣慰了。今晚她的病不会发作了。她终于回到跟桑塔迪奥家族那场大战以前了。

真是一场悲剧。他很少犯这样的错误，这个错误却证实了，胜利并不一定总是胜利。可是谁会想到萝塞·玛丽耶要孀居一辈子呢？情人总会移情别恋的，他一直深信这一点。这时，唐感觉到对女儿强烈的爱意。为了她，他可以原谅丹特的罪恶。萝塞·玛丽耶探过身子，怜爱地轻抚着唐斑白的头发。

他往嘴里送了一整勺碎干酪，感觉着里面掺杂的干果抵住了他的牙床。他呷了一口酒，凝视着萝塞·玛丽耶切开羊腿。她给他递过来三个脆嫩的土豆，泛着油脂的光泽。他的烦恼顿时不见了，谁还能比他幸福呢？

他的心情非常愉快，在萝塞·玛丽耶的劝说下，一起到起居室里看电视。这竟然已经是一周内的第二次了。

惊恐地看了四个小时的电视之后，他对萝塞·玛丽耶说："像这样的世界，谁都可以为所欲为，怎么能生活得下去呢？谁都不会受到上帝或者他人的惩罚，谁都不必养活自己？真有这种为所欲为的女人吗？真有男人如此愚蠢和软弱，任何一点欲望、梦想或者快乐都可以使他们屈服吗？那些诚实的丈夫在哪？他们为了食物而工作，想方设法保护孩子们不受命运和这个残酷的世界摆布。谁能真正明白一片奶酪、一杯酒、一个温暖的家，人生就足够了？向往虚无缥缈的幸福的都是什么人？看看他们把生活搞得多么乱七八糟、凭空制造了多少悲剧。"唐拍了拍女儿的头，冲着电视荧幕不屑地摆摆手，说，"让他们都下地狱吧。"最后，他又加了一句金玉良言，"每个人都要为自己的所作所为负责。"

这天晚上，唐独自走到了卧室的凉台上。所有的房子都灯火通明，他听得见网球场地上的击球声，看得见灯下打网球的众人。这么晚了，孩子是不会在外面玩的。他看见了大门和房子四周警戒的保安。

他思忖着，怎么样才能阻止未来的悲剧。对女儿和外孙的爱袭上他的心头，这是让年老变得有意义的事。他要做的很简单：全力保护他们。他又为自己感到生气。为什么他总是预见悲剧呢？他解决了自己一生中所有的问题，这个问题也不在话下。

他的脑中不断计划着。他想起了维文参议员。若干年以来他塞给这个人的钱足有几百万，都是为了推动立法，让博彩合法化。但是他老奸巨猾，格罗内韦尔特不在人世了，真可惜。克罗斯和乔治的手腕还不足以支使这个参议员。也许博彩帝国永远也实现不了。

这时他又想到了老朋友大卫·雷德菲洛。他如今在罗马过着滋润的日子，是时候让他回到家族了。克罗斯这一次宽恕了好莱坞的合伙人。他做得很对，毕竟他还年轻，不懂得小小的软弱就可能惹来杀身之祸。唐决定了，他要把大卫·雷德菲洛从罗马叫回来，让他在电影圈帮帮克罗斯。

# 第十一章


博兹·斯堪尼特死了一周以后，克罗斯从克劳迪娅那里接到了来自安提娜·阿奎坦内的邀请，请他到马里布的家里共进晚餐。

夕阳就快沉入汪洋的时候，克罗斯从拉斯维加斯飞到洛杉矶，租车来到了马里布的住宅小区。特设的警卫已经撤走了，秘书还在会客间里，用通话器为他开了门。他穿过长长的花园来到海滩的房子里。瘦小的拉丁女仆带他到一片碧绿、仿佛连着太平洋的起居室。

安提娜在等着他，她甚至比记忆中还要漂亮。她的上衣是绿色的，宽大的裤子也是绿色，看起来似乎要融化在身后的万顷碧波之中。他无法把视线从她身上移开。她亲切地跟他握了手，没有像好莱坞通行的那样吻他的双颊。她已经准备了加了酸橙的"依云"矿泉水，递给他一杯。他们坐在薄荷绿色的宽椅子里，面朝大海，夕阳西下，屋子里洒下一地碎金。

她的美如此强烈地侵袭着克罗斯，他不得不低下头，不去看她的金发、奶油色肌肤和慵懒地卧在椅子里的样子，夕阳映着她碧绿的眼睛，光影转瞬即逝。一种急切的欲望在他心头燃起，他想抚摸她，想亲近她，想占有她。

安提娜似乎对她所引起的这种情愫一无所知。她喝了一口水，轻轻地说："我要谢谢你，能让我继续拍电影。"

克罗斯更加心醉神迷。她的声音不撩拨，也不诱人，但那天鹅绒一般柔软细腻的声调，既带着雍容，又那么温和。他只想听她再多说一点。天哪，他想，我这到底是怎么了？他感到羞耻，自己面对她的时候竟然如此不能自持。他仍然低着头，喃喃道："我以为满足你的贪婪，你就会回来工作。"

"我的缺点不少，不过这一项不算。"安提娜说。她不再望着窗外的汪洋，而是转过头来，凝视他的眼睛，"克劳迪娅告诉我说，我丈夫刚一自杀，公司就反悔你们的交易了。你必须把电影还给他们，只拿分成。"

克罗斯强装作无动于衷。他真希望能把对她的所有感觉都从脑海里驱逐出去。"也许我不是个好的生意人。"他说。他想要给她留下一种印象，以为他不过如此。

"你的合同是茉莉·弗兰德斯拟的，"安提娜说，"她是这行最好的律师。你不该让步的。"

克罗斯耸了耸肩。"策略而已。我想在电影界继续待下去，所以不想树敌，尤其像罗德斯通这样的强敌。"

"我可以帮你，"安提娜说，"我可以拒绝回去拍摄。"

克罗斯一阵兴奋。她竟然肯为了他这么做。他思考着这个建议。这样的话，电影公司仍然会把他告上法庭。而且，他不想接受安提娜的帮助。他突然想到，虽然安提娜很美，但这可不意味着她不聪明。

"你为什么肯这么做呢？"他问。

安提娜从椅子上起身，站在观景窗旁边。沙滩变成了一片灰影，太阳已经消失不见，海水朦胧地映出了她屋子后面的山峦和太平洋海岸公路。她出神地注视着已经变成深蓝色的海水，和在海面上顽皮地翻涌的细浪。她并没回头看他，说道："我为什么肯呢？因为我比谁都要了解博兹·斯堪尼特，就算他留下一百封绝笔信我也不信他会自杀。"

克罗斯耸了耸肩。"死了就是死了。"他说。

"没错。"安提娜说。她转过身，直视他的眼睛，"可是你买下了电影，博兹恰巧就自杀了。你有凶手的嫌疑。"哪怕是表情冷峻的时候，克罗斯也觉得她如此美丽。克罗斯竭力想稳住自己的声调，却无法完全随心所愿。

"电影公司呢？"克罗斯说，"马林是这个国家最有权势的人之一。还有邦茨和斯基比·迪尔呢？"

安提娜摇了摇头。"我要的是什么他们都明白，就跟你一样明白。可他们没有那么做，而是把电影卖给了你。他们才不在乎片子拍完之后我会不会死，但是你在乎。甚至就在你说帮不了忙的时候，我就知道你会的。当我听说你买了电影之后，我就知道你要做什么了。我没想到你做得这么绝妙。"

突然，她朝他走过去，他站了起来。她拉过他的手。他能闻到她的体香，能感受到她的气息。

安提娜说："这是我一辈子做过的唯一一件坏事。利用人去杀人。这太可怕了，比我动手杀人还要恶劣，可是我自己做不到。"

克罗斯说："你怎么肯定就是我做的？"

安提娜说："克劳迪娅经常跟我讲起你。我知道你是什么人，但是她太天真了。到现在她还没明白。她一直只是觉得你有胆量、有些影响力而已。"

克罗斯突然警觉起来。她在诱导他认罪。他绝不会做这种事情，哪怕面对神父，甚至是上帝，他也不会的。

安提娜说："还有你看着我时的样子。很多男人都是那样看着我的。我不是自夸，但是我知道我很美。从我还是个小孩子的时候，人们一直都是这样告诉我的。我一直知道我有一种力量。但是我从来没能真正明白这种力量。虽然拥有它我并不感到快乐，我还是会去用这种力量。人们把这种力量叫作'爱'。"

克罗斯放开了她的手。"你为什么这么怕你丈夫？是因为他会毁了你的前程吗？"

她的眼中闪出了愤怒的火焰，过了一小会儿她才开口。"不是前程，"她说，"甚至不是因为我怕他。我知道他想杀了我，不过还有一个更重要的理由。"她顿了顿，说，"我可以让他们把电影还给你。我可以拒绝回去拍摄。"

"不必。"克罗斯说。

安提娜笑了，然后她用一种亲热、快活的语调说："那我们就上床吧。我发现你真是很吸引人呢，我们一定会很开心的。"

他的第一个反应是生气，她竟然觉得这样就可以收买他。她这是在逢场作戏，是在施展女人特有的手段，跟男人们用暴力解决问题一样。可真正让他难受的是，他听出安提娜的口气里隐约带着一丝嘲弄。她在嘲弄他的大献殷勤，把他的真爱贬成了简单的求欢。她仿佛是说她对他的爱是假的，就像他对她的爱一样假。

他冷淡地说："我跟博兹谈了很长时间，想要跟他达成交易。他说你们结婚的时候，他一天要干你五遍。"

看到她的惊异，他感到一阵愉悦。她说："我没数过，不过确实很多。那时我十八岁，而且那时我是真的爱他。可如今我竟然要他死。多可笑啊，不是吗？"她蹙起了双眉，过了一会儿又漫不经心地问，"还跟你说什么了？"

克罗斯阴沉沉地说："博兹还告诉了我你们之间的一个秘密，可怕的秘密。他说你离家出走之后，就在沙漠里把孩子活埋了。"

安提娜面无表情，她碧绿的双眸也黯淡了下来。克罗斯第一次觉得她不可能是在演戏。她的脸变得苍白一片，哪个演员也演不出这一点。她低低地问了克罗斯一句："你真的相信我会杀了我的孩子？"

"博兹说这是你告诉他的。"克罗斯说。

"我确实是这么跟他说的。"安提娜说，"现在，我再问你一遍。你真相信我会杀了我的孩子吗？"

没有比谴责美丽的女人更糟糕的事情了。克罗斯知道，如果他说真话，就会永远失去她。突然，他把她轻轻搂进了臂弯。

"你太美了，像你这么美的人，不可能做出那种事。"男人对美的永恒崇拜否定了一切证据。"不会的，"他说，"我相信你不会的。"

她退后一步挣开了他。"哪怕我对博兹的死负有责任，你也相信我吗？"

"你没有责任，"克罗斯说，"他是自杀的。"

安提娜目不转睛地盯着他看。他拉过她的双手。"你会相信我杀了博兹吗？"他问道。

这时，安提娜笑了。女演员终于知道这场戏该怎么演了。"那你相信我会杀了自己的孩子吗？"

两个人都笑了起来。他们互相证实了对方的清白。她挽过他的手说：“现在呢，我给你做饭，然后我们上床。”她牵着他来到了厨房。

这样的戏码她演过多少次了，克罗斯嫉妒地想。美丽的女王像普通女人那样尽家庭主妇的职责。他看着她做饭，她并没系围裙，技艺娴熟得不可思议。她可以一边跟他聊天，一边切菜、热锅、摆桌子。她递过来一瓶葡萄酒让他打开，挽着他的手，轻拂他的身体。不过半个小时，一桌晚餐就已经准备好了，她看到他的眼光里满是感叹。

她说：“我最早那些角色里有一个是厨师，所以我去上了培训班，把每样事情都搞明白。当时有个影评家说：‘要是安提娜的演技跟厨技一样好的话，就是大明星了。’”

他们在厨房的拐角处用餐，这样可以看见翻滚的海浪。食物非常美味，小块牛肉配蔬菜，一盘苦苣沙拉、一碟奶酪、温热的面包像鸽子一样圆滚滚的。此外，还准备了浓缩咖啡和柠檬蛋挞。

“你真应该做个厨师。”克罗斯说，“我表叔文森特开了几家餐馆，他肯定随时都愿意雇你当厨师。”

“我可什么都能做呢。”安提娜假装自夸。

晚餐时，她会不经意地触碰他，这种触碰很性感，仿佛她是在他的肉体中寻找某种精神的印记。每次触碰都让克罗斯感到一阵对她身体的渴望。吃到最后他已经是食不甘味了。终于，他们用完餐，安提娜牵着他的手，带他离开了厨房，上了两级楼梯，来到她的卧室。她动作优雅，几乎带着羞涩，似乎脸上也泛起了潮红，仿佛她是急不可耐的新娘。克罗斯不禁为她的演技叫绝。

卧室很大，在房子的最顶层，有个小凉台，临着海洋。墙壁上画了画，怪诞而艳丽，好像把整个房间都照亮了。

他们站在凉台上，看着房间里的黄色灯光影影绰绰地映照着沙滩。马里布其他的房子里也闪耀着如豆灯光。小鸟在浪波之间飞来飞去，仿佛在玩不要被海水沾湿的游戏。

安提娜的手搭上克罗斯的肩膀，环上他的身体。另一只手则捧着他的头，让他的唇迎向自己的唇。他们拥吻良久，任温暖的海风吹拂着他们。然后安提娜带他回到了卧室。

她很快就脱去了衣服，绿色的上衣和裤子从她的身上滑落。她和他想象中的一样美丽，白色的身体在月夜中发亮，双乳挺拔看起来像是棉花糖，上面有两颗覆盆子形状的乳头。她一动不动站着，雾蒙蒙的海风勾勒出她修长的双腿，臀部的曲线和金色的耻毛。

克罗斯伸出手去触摸她的身体。她的肉体如同天鹅绒般细腻，她的唇满是花草的芬芳。爱抚她的感觉是如此美妙，他无法进行下一个步骤。安提娜帮他脱下衣服。她动作轻柔，双手也探索着他的身体。然后，她一边吻他，一边揽住他的身体，和他一起躺倒在床上。

克罗斯不知道、也没想过做爱会有这样的激情。他如此急不可耐，安提娜抚摸着他的脸庞，让他柔和下来。哪怕高潮过去，他还是搂着她的身体不愿放手。他们纠缠着、厮磨着，然后再次开始。这一次她更加热情，仿佛是一场激烈的争斗，仿佛是某种宣誓。终于，他们沉沉睡去，相拥而眠。

太阳刚刚从天际线上升起的时候，克罗斯便醒了。他感到头阵阵作痛，这还是有生以来的第一次。他光着身子来到凉台，拣了一张竹椅坐下。他望着太阳渐渐跃升于海面，金光万缕。

她是个危险的女人。她杀了自己的孩子，埋在沙漠里。她在床上是那么娴熟。他觉得她有可能是他的终结，决定以后不要再见她了。

这时他察觉到她的胳膊环上了他。他扭过脸去吻她。她穿着一件白色的绒质浴袍，头发束了起来。头发上的夹子熠熠生辉，仿佛金色皇冠上的珠宝。"洗个澡吧，我给你做早餐，然后你再走。"她说。

她带着他来到双人浴室。这里有两个水槽，两个大理石的洗手台，两个浴缸，还有两个淋浴间。男人的清洁工具，剃刀、剃须泡沫、爽肤水、牙刷、梳子，这里都齐全。

他沐浴完，又来到了凉台上。安提娜为他端过来牛角面包、咖啡，还有橙汁，放在了桌子上。"我还可以给你做点儿培根和鸡蛋。"她说。

"不麻烦了。"克罗斯说。

"我还能再见到你吗？"安提娜问道。

"拉斯维加斯那边有很多事在等着我，"克罗斯说，"下周我会给你打电话的。"

安提娜若有所思地打量着他。"这是说'再见'，是吗？"她问道，"昨天晚上我真的非常快活。"

克罗斯耸了耸肩。"你已经履行义务了。"他说。

她咧嘴一笑，温和地说："而且热情似火，不是吗？一点都不勉强。"

克罗斯笑了。"没错。"他说。

她好像窥探到了他内心的想法。昨天晚上他们用谎言相互欺骗，而今天早上这个谎言已经失效了。她好像明白了，她太过美丽，让他难于信任；她承认的罪行让他感觉到了危险。她陷入了沉思，一言不发地吃饭。然后，她对他说："我知道你很忙，不过我想给你看点儿东西。你搭下午的飞机走行吗？这件事情很重要，我想带你去一个地方。"

和她共度最后一段时间，这样的事情克罗斯无法拒绝。所以他说了"可以"。

安提娜开上了自己的车，一辆奔驰SL-300，带着克罗斯向南往圣地亚哥的方向开去。但是就快要进城的时候，她转而走上了一条小窄路，穿过群山之间。

十五分钟后，他们来到了一处被带刺铁丝网围住的大院。院子里有六幢红色的砖砌小楼，中间隔着绿草坪，漆成天蓝色的甬路把它们连接起来。在其中一块绿草坪上，有二十几个小孩子在踢足球；另外一块绿茵上则是十来个孩子在放风筝。三四个成年人站在旁边看着他们，但是眼前的这一幕多少有些古怪。足球飞到空中，踢球的孩子们大都不去接球，却一哄而散；另外一块草地上的那只风筝一直飞上天空，再也没有回来。

"这是什么地方？"克罗斯问道。

安提娜用恳求的眼光看着他："现在先跟我来就好了，晚些时候我再回答你的问题。"

安提娜把车开到大门口，向门卫出示了一张金色的身份牌。穿过大门，她把车停在了最大的那栋楼前。

在接待处，安提娜低声问护工一些问题。克罗斯站在她后面，不过还是听到了回答："她情绪不错，所以我们在她的房间里安了一台拥抱机。"

"拥抱机是什么东西？"克罗斯问道。

但是安提娜并没有回答。她牵着他的手，穿过一条贴着瓷砖的长走廊，来到隔壁的宿舍楼中。

坐在门口的护士问了他们的名字，点了点头。安提娜带着克罗斯进入另一条长长的走廊。两侧都是房门。终于，她打开了其中的一扇。

这间漂亮的卧室宽阔明亮。这里也有古怪的深色调图画，跟安提娜家里墙上的一样。但是这里的画都涂在地上，到处都是。墙上，一个小架子摆了一排漂亮的娃娃，这些娃娃都穿着过浆的阿米什服饰。地板上还有一些图画的碎片。

一张小床上面盖了粉红色的毛毯，白色的枕头上绣满了绽开的红玫瑰。但是孩子并不在床上。

安提娜朝一个大箱子走过去。这个箱子顶部是开口的，两壁和底部都包裹了浅蓝色的垫子，又软又厚。克罗斯看见一个孩子躺在里面。孩子没注意到他，而是正在拨弄箱子上的一个球形把手。她拨下把手之后，带着软垫的两壁就合在一起，紧紧夹住她。

小姑娘才十岁，简直和安提娜是从一个模子里刻出来的，却毫无情感，脸上一片木讷，没有半分表情。她绿色的眼睛像架子上的瓷娃娃一样茫然无神。但是每次她拨动开关、让夹板紧紧夹住她的时候，她的脸上就有一刻安宁的神情。对他们两个人的到来，她完全没有一点反应。

安提娜俯身看着木箱子。她关掉开关，把孩子从箱子里抱出来。孩子似乎轻得一点分量也没有。

安提娜像抱小婴儿似的抱着她，低头亲吻孩子的面颊。但是孩子躲了一下，挣开了。

"是妈妈，"安提娜说，"你不想亲妈妈一下吗？"

她的语调让克罗斯心碎。她简直是低三下四地在乞求，孩子却只顾在她的臂弯里拼命挣扎。安提娜只好把她轻轻放在地上。孩子马上爬开了，抓起一盒彩笔和一块画板，开始画画，全神贯注。

克罗斯站在安提娜的身后，看着安提娜使出一个演员的浑身解数，想跟孩子亲近。她先是挨着小姑娘跪在地上，像一个亲密无间的玩伴和她一起画画。可孩子不理不睬。

然后安提娜坐起身子，变成了一个谆谆教导的慈母，给孩子讲了最近的各种奇闻异事。安提娜又扮作宠溺孩子的大人，夸她的画真漂亮。可是，孩子只是一个劲儿地躲。安提娜抓起一支笔刷想要帮忙，孩子发现了，竟一下子把笔刷抢过来。从头到尾，孩子都没有开口说一句话。

安提娜终于放弃了。

"我明天再来噢，宝贝儿，"她说，"明天我带你出去兜兜风，买套新的水彩笔，你看——"她说，泪水噙在她的眼眶里，"你的红颜色可要用完了。"她想在走之前再亲亲孩子，却被两只漂亮的小手挡在一边。

安提娜终于站起身，带着克罗斯走出了房间。

安提娜把汽车钥匙交给他，回去马里布的路让他开车。路上她一直用双手抱住头在哭泣。克罗斯目瞪口呆，完全不知说些什么好。

他们走下车时，安提娜看起来平静了许多。她把克罗斯拉进房间，转过身来看着他。"那就是我的孩子，我对博兹说在沙漠里活埋了的那个。这下你相信了吧？"克罗斯第一次真正从心里觉得，也许她爱他。

安提娜带他进了厨房，煮了咖啡。他们坐在厨房的拐角，看着外面的大海。喝咖啡的时候安提娜随意讲起了孩子的事，声音平缓，面无表情。

"我离开博兹之后，就把孩子拜托给了我在圣地亚哥的远亲。当时她还是个小宝宝，看起来很正常。那时候我不知道她有自闭症。我把她放在亲戚家，是因为我下决心要成为一个成功的演员。我必须挣钱养活我们两个人。我相信我是有天赋的——谁知道呢？每个人都说我很漂亮。我一直认为当我成功之后，就可以把宝宝接回来了。

"所以我在洛杉矶工作，但是只要有空我就去圣地亚哥看孩子。那个时候正是我的突破期，所以没法经常去看她，大概一个月去看她一次。终于，我能把她接回来了。她三岁生日的时候我带了一大堆礼物去看她，可贝萨妮变得好像完全生活在另外一个世界里。她一片空白，我根本就没法跟她沟通。当时我惊慌失措，以为她是得了什么脑瘤，因为我记得，博兹曾经把她摔在地板上过，我想也许就是那个时候受的伤，不过到现在才表现出来。之后的几个月我带她看了好几个医生，能做的检查全都做了；我带她去找各科专家，把什么都查了一遍。就是那个时候有个人，我不记得是波士顿的哪个医生还是德克萨斯儿童医院的心理学家了，告诉我说她有可能是自闭症。当时我根本就不知道自闭症是什么东西，我还以为智障之类。'不是的，'大夫说，他说自闭症表示她生活在自己的世界里，完全意识不到其他人的存在，对他们也不会产生任何的兴趣，对任何人和任何事都没有感情。就是那个时候，我才把孩子送到这家诊所，这样孩子能离我近一些。我们发现，她能对拥抱机产生反应，就是你看到的那个机器。也许会有用。所以我只能把她留在这里。"

克罗斯默默地坐着，安提娜继续说道："自闭症意味着她永远不会爱我。但是医生们告诉我，有些自闭症的孩子很有天赋，甚至可能是天才。我想，贝萨妮就是个天才。不只是她的画，还有别的。大夫告诉我，长年刻苦的训练，可以让一些自闭症的人关心别人和别的事物。甚至还有一些人能过上接近正常人的生活。眼下，贝萨妮不能听音乐，连一点杂音她都受不了。但是最开始的时候，她连我碰她都受不了，现在她已经学会容忍我了，也就是说，她比原来好些了。

"她仍然排斥我，不过没那么强烈了。我们的确有进步。有段时间我觉得，这是不是对我的惩罚，我太想出名而忽略了她。但是专家说，虽然有时候这种病症看起来是遗传的，其实也有可能是后天的。不过他们也说不清楚病因究竟是什么。大夫跟我说，这跟博兹把她掉在地上或者我遗弃了她都没有关系，不过我也不知道该不该相信。他们一直在宽慰我说这不是我们的责任，只是生命中的不解之谜，也许这一切都是注定的。他们一再说，这种事情的发生是没办法阻止的，甚至都没办法改变。这些说法我心里都不愿意相信。

"一开始我就一直在想。我必须作出非常艰难的决定。我知道，除非我挣很多钱，否则根本就没有能力帮她。所以我把她送进看护中心，每个月至少有一个周末都过去看她，有些时候不是周末我也过去。终于，我有钱了，我也出名了，以前我在乎的事情，如今全都不在乎了。我就是想跟贝萨妮在一起。就算没发生最近这些事情，我也打算拍完《梅莎琳娜》就息影了。"

"为什么？"克罗斯问道，"你打算做什么？"

"法国有个特殊医疗诊所，有个非常好的医生，"安提娜说，"我打算拍完这部电影就到那去。博兹出现的时候，我知道他要杀了我，那贝萨妮就没有任何能依靠的人了。所以我才想到用斯堪尼特的命做回来拍戏的条件。她谁也没有，只有我。所以为了她，我愿意承担这种罪恶。"安提娜顿了片刻，朝克罗斯笑了笑，"比肥皂剧还烂俗套，是不是？"她露出一丝微笑来。

克罗斯怅然望着汪洋。阳光映照着一片碧海晴天。他想起了那个小姑娘和她像面具一样空洞的脸，这副面具怕是永远不会向世界揭开了。

"她躺的那个箱子是什么？"他问道。

安提娜笑了起来。"就是那个东西给了我一线希望，"她说，"多可悲，不是吗？那就是个大箱子。很多自闭症的孩子在感到情绪低落的时候就会用它。它用起来就好像有人在拥抱你，你不必跟任何人有接触。"安提娜深吸一口气，接着说道，"克罗斯，总有一天我会取代那只箱子。如今这就是我全部的生活目标。除此之外，我的生命毫无意义。是不是很滑稽？公司告诉我说给我写信求爱的人有成百上千，在公共场合总有人想要触摸我。那么多人都在告诉我说他们爱我。每个人都是这样，只有贝萨妮不是，可她却是我唯一在乎的人。"

克罗斯说："我会尽我所能帮你的忙。"

"那就下周给我打电话吧，"安提娜说，"趁《梅莎琳娜》还没拍完，我们就尽量多在一起吧。"

"我一定给你电话。"克罗斯说，"我无法证明我的清白，但是我爱你胜过世上的一切。"

"你真的清白吗？"安提娜问道。

"是的。"克罗斯说。既然她已经证实了自己的清白，他无法忍受让她知道事实真相。

克罗斯的心想着贝萨妮。她茫然的小脸儿精致、美丽、轮廓分明，她的眼睛明亮得像镜子一样。这是一个没有任何罪孽的人，这样的人寥寥无几。

安提娜也一直在琢磨克罗斯。她认识的那么多人里，自从女儿被诊断为自闭症，只允许他见过。这是一次考验。

这辈子最出乎她意料的一个发现是，虽然她聪明又美丽（而且她自嘲地想，她还很和善、优雅、大方），她的那些密友、爱她的男人、羡慕她的亲戚，却有时候会因她的不幸而感到庆幸。

博兹把她的眼睛打青的那次，虽然大家都指责博兹是"无可救药的混蛋"，她还是发现了他们眼中的一丝幸灾乐祸。起先她觉得是自己太过敏感了，都是自己的胡乱猜测而已。但是当博兹再一次打青了她的眼睛的时候，她又发现了这种表情。这让她非常受伤，因为这下她彻底明白了。

当然，他们全都爱她，这一点她毫不怀疑。但是似乎谁都忍不住会有一丝小小的恶意。任何形式的伟大都会招致嫉妒。

她喜欢克劳迪娅的原因之一就是，克劳迪娅从没辜负她，从没有过这样的表情。

正因如此，贝萨妮的存在是个秘密，避开了她的日常生活。她讨厌看到所爱的人眼中那种满足，仿佛她因自己的美貌而受到了惩罚。

所以，她深知美貌的力量，也擅长利用它，她却憎恶这种力量。她期待有一天，皱纹会深深地刻进她完美的面庞之中，每条皱纹都显示出她选择的道路和艰辛的旅途。她期待自己有一天发福、松弛，那时候她丰满的体形可以为她在乎的人遮风挡雨；见到那么痛苦的遭遇之后，她的眼睛会因为曾经未能流下的眼泪而更加清澈，满是怜悯。那时她嘴角的笑纹会慢慢漾开，因为她嘲笑自己、嘲笑生活。若是能不再惧怕美丽的外表所带来的后果，而是欣然接受青春不再，取而代之享受持久安宁，那是多么自由。

因此，在克罗斯·德·莱纳见到贝萨妮的时候，她一直在关注他的一举一动。她看到他起先有所退缩，很快就恢复了正常。她知道，他这是无可救药地爱上她了；而且她看见，在他知道她和贝萨妮的不幸时，他的脸上并没有那种幸灾乐祸的表情。

# 第十二章

克劳迪娅和伊莱·马林有过一夜风流，她决定是时候兑现这份人情了。她要利用马林的羞耻之心让他同意厄内斯特·维尔能从他的小说改编的电影中得到他想要的分成。虽然希望渺茫，但是她愿意妥协。鲍比·邦茨在电影票房上是绝对不可能让步的，但是伊莱·马林则从来不按常理出牌，对她也是一副软心肠。此外，电影圈可敬的惯例是：陪别人上床，无论时间多么简短，都必须给予实质性的回报。

维尔威胁要自杀，才会有了这次会议。要是他真这么干，小说的各项权利就会转到他前妻和孩子们的名下，那个时候茉莉·弗兰德斯肯定得狮子大开口。谁也不相信维尔的威胁，就连克劳迪娅都不信。但是鲍比·邦茨和伊莱·马林以己度人，想想自己为了钱能干出什么事来，对此类事情一向留心。

克劳迪娅、厄内斯特和茉莉来到罗德斯通，发现行政套房里只有鲍比·邦茨。他看上去很不自然，但他和众人打招呼试图掩盖这一点，尤其是对维尔。"我们的国宝。"他热情洋溢地拥抱了厄内斯特。

茉莉立刻警觉了起来，试探了一句。"伊莱呢？"她说，"这件事情只有他能决定。"

邦茨的声音很镇定："伊莱住院了，在希达-塞奈医院。没什么大事儿，就是检查一下而已。这可是秘密，他的健康状况会影响罗德斯通的股票。"

克劳迪娅干巴巴地说："他都八十多岁了，所有的事都不是小事。"

"不，不，"邦茨说，"我们每天都在医院里谈生意。他甚至更厉害了。有什么事就跟我说吧，等我见到他的时候会告诉他的。"

"不行。"茉莉直截了当地说。

但厄内斯特·维尔却说："我们就跟鲍比说说吧。"

他们把要求说了一遍。尽管邦茨心里暗笑，脸上却装得若无其事。他说："好莱坞的事我都知道，这件事尤其特别。我咨询过律师了，他们说维尔的死不会影响我们的权利的。这是个复杂的法律问题。"

"那你应该也咨询过公关部门了，"克劳迪娅说，"要是厄内斯特真自杀了，事情一旦捅出去，罗德斯通的脸就全丢尽了。伊莱可不喜欢看到这种事。他还有点人性。"

"只是比我有点人性。"鲍比·邦茨的言语仍然客气，心里却大为光火。他干的所有事情都是马林点了头的，大家怎么就不明白呢？他对厄内斯特说："你准备怎么死呢？吞枪、割腕还是跳楼？"

维尔朝他微微一乐："就在这里切腹。"二人大笑。

"这样谈没用。"茉莉说，"干吗不去医院看看伊莱呢？"

维尔说："到医院跟病人谈钱，这种事儿我可干不出来。"

众人同情地看着他。当然一般意义上讲，这么做的确不近人情。但是病榻中的人也会策划谋杀、革命、欺诈，或者背叛电影公司的事。病房才不是圣堂。他们知道，维尔这种做法，只是一种浪漫主义情结而已。

茉莉冷漠地说："厄内斯特，你要是还想做我的当事人，就给我把嘴闭上。哪怕伊莱住院，也能算计一百个人。鲍比，我们做个明智点的交易。那些续集对你们来说就是个大金矿，给厄内斯特分两个点的毛利，就当保险了，你完全掏得起这笔钱。"

邦茨大惊失色，这是活生生往他肚子上捅了一刀啊。"毛利？"他简直不敢相信自己的耳朵，大嚷道，"不可能。"

"好吧，"茉莉说，"那净利润分五个点呢？不能预先扣除广告成本，不能扣除利息，也不能扣除给明星的毛利分成。"

邦茨轻慢道："那跟毛利润有什么区别。再说了，谁都知道厄内斯特是不会自杀的。这种事多愚蠢啊，他那么聪明的人。"他的言下之意是，这人没那个种。

"干吗要赌呢？"茉莉说，"我把你们的数字过了一遍。你们至少准备了三部续集。最少算来也是五亿美元的院线和海外收入，还不包括录像和电视。再说了，鬼知道你们到底发行了多少录影带。所以说，为什么不能分点儿给厄内斯特呢，不就是两千万嘛。随便什么半吊子明星你都肯开这个价钱。"

邦茨思忖着，然后故作热情地开了口。"厄内斯特，"他说，"你呢，是个小说家里的国宝，我比谁都要尊敬你。就说伊莱吧，他十分崇拜你，你所有的书他都读过。所以我们还是愿意和解的。"

克劳迪娅发现厄内斯特对这种屁话很是受用，让她很是难为情。不过，听到"国宝"这种奉承，厄内斯特也打了个冷战。

"说点实在的。"他说。这下克劳迪娅又替他自豪起来了。

邦茨对茉莉说："这样，五年的合同，每周一万美元，做原创剧本，也会做点儿改编工作。当然啦，原创剧本我们肯定是有优先采用权。每次做改编的时候每周都多加五万。五年的话，他挣的也差不多一千万了。"

"翻倍，"茉莉说，"翻倍的话还值得谈谈。"

这个时候，维尔终于失去他那天使的耐心了。"你们谁都没把我当回事儿。"他说，"算术我懂。鲍比，你开的价码一共才两百五十万。你才不会从我这儿买什么原创剧本呢，也不会让我写出来。你也永远不会安排我做改编。还有，你要是做六部续集呢？那你可就挣了十亿啊。"维尔开怀大笑，"两百五十万甭想打发我。"

"你他妈笑什么？"鲍比说。

维尔笑得都快歇斯底里了。"哪怕一百万，我这辈子都没梦见过。如今这些钱根本打发不了我了。"

克劳迪娅了解维尔的这种诡异的幽默感。她说："打发不了你，什么意思？"

"因为我还活着，"维尔说，"我的家人需要那笔分成。他们信任我，我却背叛他们。"

这个时候的众人本来应该大为感动的，可惜维尔的口气太假惺惺，透着一股洋洋得意。

茉莉·弗兰德斯说："还是跟伊莱谈去吧。"

维尔气急败坏。他怒气冲冲地夺门而去，大吼道："受不了你们这些人了。我不会去医院跟病人讨价还价的。"

他走之后，鲍比·邦茨说："你们还要帮那家伙吗？"

"要不然呢？"茉莉说，"我曾经代理过一个人，他捅死了自己的妈妈和他三个亲生孩子。厄内斯特多少比他还是强点儿。"

"你的理由呢？"邦茨问克劳迪娅。

"我们作家要相互帮助。"克劳迪娅苦笑道。闻言大家都笑了。

"那就没什么可说的了。"鲍比说，"我尽力而为了，你们说呢？"

克劳迪娅说："鲍比，为什么你就不能给他一两个点呢，很公平呀。"

"因为这么多年来他一直在欺负人，他欺负了成百上千的作家、演员和导演。这就是他的做人原则。"茉莉说。

"没错儿，"邦茨说，"他们要是翅膀硬了，也会欺负我的。这都是生意。"

茉莉一脸假惺惺的关切对邦茨说："伊莱还好吧？真没什么事儿吗？"

"他没事儿，"邦茨说，"别急着卖股票。"

茉莉就势道："那他就能见我们了。"

克劳迪娅说："要不然我也想见见他。我真的很关心伊莱。是他给了我第一个机会。"

邦茨无奈地耸耸肩。茉莉说："厄内斯特要是真想不开了，你就真成了自己挖坑自己跳。那些续集比我说的还要值钱。我说话的时候已经替你考虑了。"

邦茨不屑道："那个废物不会自杀，他没那个胆子。"

"刚才还是'国宝'，这会儿又成'废物'了。"克劳迪娅被逗乐了。

茉莉说："这家伙绝对有问题，搞不好真会出问题。"

"他不会嗑药吧？"邦茨略带忧虑地问。

"不，"克劳迪娅说，"但是厄内斯特从来不按套路出牌。这人怪到根本不觉得自己怪。"

邦茨思忖了一会儿。他们的话也有一定道理。再说，他从来不愿意树没必要的敌——他可不愿意招致茉莉·弗兰德斯的不满。这个女人太可怕。

"我给伊莱打个电话吧，"他说，"如果他说行，我就带你们去医院。"他确信马林一定会拒绝的。

没想到，马林却说："当然可以，快让他们都来。"

他们坐着邦茨的专车去了医院。这是一辆加长型轿车，但不奢华。车里设有一台传真机、一台电脑，还有一部移动电话。一个太平洋安保派来的保镖坐在司机旁边。还有两个人坐着护卫车跟在后边。

车窗的茶色玻璃把整个城市都染成了一片昏黄，像老西部片的画面。越往市中心走，楼宇就越高，仿佛他们正在一片石林中穿行。克劳迪娅对此总是觉得不可思议。刚才还是四野绿草如茵的小镇，十分钟的路，竟然就变成了混凝土和玻璃的繁华都市了。

希达-塞奈医院的走廊宽阔得就像机场大厅，但天花板却压得很低，仿佛德国印象主义电影里的怪诞镜头。一位导医员接待了他们。这个女人模样俊俏，一身制服庄重又典雅，让克劳迪娅想起了拉斯维加斯那些酒店里的礼宾小姐。

病房都是黑色橡木做的雕花门，从地面一直开到天花板，门上的黄铜把手闪闪发亮。房门是像院子的大门一样双扇平开的，里面的每一间病房都是套房，有卧室，有起居室。起居室很大，是半隔断的，摆了餐桌和椅子、沙发和安乐椅。一个文书间，摆了电脑和传真。一间小厨房。除了给病人的卫生间之外还专设了一个访客洗手间。天花板很高，用作厨房的空间和起居室之间没有墙，而角落里专供处理商务的文书间则让整套房子看起来像个摄影棚。

伊莱·马林倚在整洁雪白的病床上，身后垫着大枕头。他正在看一本橘黄色封皮的剧本。旁边的桌子上都是商务档案夹，里边是正在拍摄的电影的预算。一位年轻漂亮的秘书坐在床的另一边做记录。马林总是喜欢漂亮女人围着他转。

鲍比·邦茨吻了马林的面颊，说："伊莱，你气色很不错啊。"茉莉和克劳迪娅也亲了他的面颊。克劳迪娅一再坚持要带束花来，她把花摆在了床上。这种亲近情有可原，因为伊莱·马林病了。

克劳迪娅就像研读剧本一样端详着各种细节。医学题材的戏一向都是只赚不赔的买卖。

事实上，伊莱·马林可不是"气色很不错"。他的嘴唇泛出一丝丝青色的细线，好像用墨水画上去的一样；说话时的气息也不匀称。一根绿色的双头插管插在他的鼻子里，一端通过细细的塑料管连到水瓶上，水瓶里汩汩地升起气泡，连着氧气瓶隐藏在了墙后。

马林注意到了她的视线。"氧气。"他说。

"只是临时措施。"鲍比·邦茨赶紧解释，"辅助呼吸的。"

茉莉·弗兰德斯对他充耳不闻。"伊莱，"她说，"我把情况跟鲍比解释过了，他需要你点头。"

马林情绪似乎不错。"茉莉，"他说，"你是好莱坞最不好

356

对付的律师，我都快死了你还来烦我？"

克劳迪娅很是忐忑。"伊莱，鲍比跟我们说你没什么事儿。再说我们也确实想看看你。"克劳迪娅明显羞愧不安，马林抬手宽慰了她。

"你们的立场我都明白了。"马林说。他示意秘书可以走了，她离开了房间。他的私人护士则是一个面容姣好却英气十足的女人，正在餐厅里看书。马林打手势让她离开，她看看他，摇摇头，然后继续看书。

马林笑了，他笑的时候声音很低，喉咙里带着呼哧呼哧的气息。他对众人说："她叫普瑞希拉，加州最好的护士。她很敬业，所以这么凶。我的医生这次专门请了她来。她才是大老板呢。"

普瑞希拉朝众人点头致意，接着看书。

茉莉说："我愿意把他的分成加个两千万的封顶。这就是个保险。没必要冒风险。再说这也太不公平了"

邦茨怒道："有什么不公平的，他都签合同了。"

"去你妈的，鲍比。"茉莉说。

马林权当没听见。"克劳迪娅，你怎么想？"

克劳迪娅想了很多。显然马林比大家说的要严重得多。再说给这样一位老人施加压力也太残酷了，他连说话都困难。她很想说算了，可她觉得马林愿意见他们肯定有自己的意图。

"厄内斯特是个不按套路出牌的人，"克劳迪娅说，"他一心要给家人争取点儿东西。可是伊莱，他是个作家，你不是一直都喜欢作家嘛。考虑一下，就当是为艺术奉献。你给大都会博物馆捐了两千万，为什么不能给厄内斯特呢？"

"然后等着所有的经纪人都像这样来找我们要钱？"邦茨说。

伊莱·马林深吸了一口气。绿色的插头好像插得更深了些。

"茉莉，克劳迪娅，就把这件事当成我们的小秘密吧。给维尔两个点的毛利分成，两千万封顶。预付一百万。这样你们满意吗？"

茉莉想了想。这几部电影加起来，两个点的毛利至少是一千五百万，可能还要多。她只能做到这步了，而且马林能开出这种价钱，出乎她的意料。要是她再得寸进尺，他完全有能力收回这个提议。

"非常好，伊莱，谢谢你。"她俯下身子亲了他的面颊，"明天我把备忘录发到你的办公室。还有，伊莱，祝你早日康复。"

克劳迪娅控制不住她的情绪了。她紧紧握住了伊莱的手，手冰凉，皮肤上有褐斑，他时日不多了。"你救了厄内斯特的命。"

正在这时，伊莱·马林的女儿带着自己的两个小孩子进了病房。护士普瑞希拉从椅子上站起身来朝孩子走过去，仿佛见了老鼠的猫。她拦住了孩子不让他们靠近病床。马林的女儿离了两次婚，跟父亲处得也不好。但是马林很喜欢自己的孙子，所以她还是得到了罗德斯通的一家制作公司。

克劳迪娅和茉莉离开了。她们开车来到茉莉的办公室，给厄内斯特打电话说了这个好消息。他力邀二人共进晚餐，以示庆祝。


马林的女儿带着两个孩子只在病房里待了短短一会儿，不过已经足够让她爸给她买下一本价格高昂的小说了。她的下一部电影就要翻拍这部小说。

只剩下了鲍比·邦茨和伊莱·马林两个人。"你今天很心软啊。"邦茨说。

马林能感到自己身体的疲倦，甚至能感觉到吸进身体的空气。跟鲍比在一起他很放松，用不着在他面前演戏。他们经历了这么多，一起利用职权赢得胜利、一起四处奔波算计，他们完全明白对方的心思。

"我给女儿买下的那部小说，能拍成片子吧？"马林问道。

"小制作，"邦茨说，"你女儿做的都是'严肃'电影。"

马林倦怠地摆了摆手："别人的好意为什么都是我们来掏钱？给她找个好编剧吧，但是别用明星演员。这样她高兴，我们也不赔钱。"

"你真打算把毛利分给维尔吗？"邦茨问道，"我们的律师说，要是他死了，打官司我们能赢。"

马林笑了笑："要是我挺过这一遭，就说话算话。要是我死了，你就看着办。到时候作决定的人就是你了。"

马林悲凉的话让邦茨很是吃惊。"伊莱，你一定会康复的。"他绝对是真心的。他真的没有继承伊莱·马林的念头。而且实际上他真的不愿意去想，尽管这一天早晚要来。只要马林同意，他什么都愿意干。

"你看着办吧，鲍比。"马林说，"其实换了是我，我不会做这个交易的。可是大夫告诉我，我得做个心脏移植，但是我决定这个手术不做了。我大概还能活半年，或者一年，或者根本活不了多久了，因为我的心脏已经完了。再说了，我太老了，不符合做移植的要求。"

邦茨目瞪口呆。"不能做搭桥手术吗？"他问道。马林摇摇头，邦茨又说："别瞎想了，你必须做移植。这家医院有一半都是你建的，他们必须得给你换个心脏。你还能健健康康地再活十年。"他顿了顿，"你累了，伊莱，我们明天再说这事儿吧。"可这个时候，马林已经打起了瞌睡。邦茨出门找到大夫，告诉他们立即着手为伊莱·马林物色一颗新的心脏。

厄内斯特·维尔、茉莉·弗兰德斯，还有克劳迪娅·德·莱纳为了庆祝，来到圣莫尼卡的"甜蜜生活"餐厅共进晚餐。这是克劳迪娅最喜欢的餐馆。她还记得小时候，爸爸带着她来到这里，对他们的招待简直如同皇室莅临。她还记得窗户壁龛、墙边的座位下面和所有的角落都码着葡萄酒瓶。顾客们伸手就可以取下一瓶，仿佛那不是一瓶葡萄酒，而是一串葡萄。

厄内斯特·维尔精神大好。克劳迪娅又不禁想：谁相信他会自杀？他正兴奋地口若悬河，说自己的威胁多么有用。在红酒的刺激下，他们吹嘘得更起劲了。他们为自己感到高兴。地道的意大利菜肴不断补充着他们的精神。

"现在我们要考虑考虑了，"维尔说，"是不是可以再多要一个点。"

"别太贪心，"茉莉说，"交易都已经达成了。"

维尔带着大明星的范儿吻了她的手，说："茉莉你真是个天才，一个冷血天才，真的。你们俩怎么能吓唬一个卧病在床的人？"

茉莉用面包蘸了一点番茄酱。"厄内斯特，"她说，"你永远不明白好莱坞，这里没有同情。在这里酗酒、吸毒、恋爱、分手都是一样的。凭什么有病就不一样了呢？"

克劳迪娅说："斯基比·迪尔有一次给我讲过，你要是准备买进，就带对方去中餐馆，你要是准备卖出呢，就带他去意大利餐馆。这话有道理吗？"

"他是个制片人，"茉莉说，"谁知道他打什么算盘。没有个前提条件，就什么也说明不了。"

维尔像个刚拿到缓刑的犯人一样贪婪地大嚼着。他点了三种不同的意大利面，全都是给自己的。不过他给克劳迪娅和茉莉各分了一点，让她们品尝。"除了罗马，就属这儿的意大利菜最好了，"他说，"斯基比的做法也有点道理。中国菜便宜，有利于把价钱拉低；意大利菜能让你昏昏欲睡，所以你砍价就没那么狠了。不过这两种菜我都喜欢。话说，知道斯基比什么时候都在算计，不是也挺有意思的吗？"

维尔从来都要点上三道甜点。他不是要全都吃掉，而是想在一顿饭里尽量多尝尝不同的东西。这对他来说不足为怪。他的穿衣打扮也是，好像衣服唯一的功能就是遮风挡雨；他剃须时的漫不经心，一边的鬓角总是比另外一边的低一截；他威胁要自杀也毫不稀奇、合情合理；他毫无顾忌的坦率总是很伤人。克劳迪娅不是没见过怪人，好莱坞怪人多的是。

"你知道，厄内斯特，你注定是好莱坞的人。因为你够怪。"她说。

"我才不怪，"维尔说，"我只是有点儿不拘小节而已。"

"为了钱就喊着要自杀，这还不叫怪？"克劳迪娅说。

"这是一种针对我们的文化的极端冷静的反应，"维尔说，"我受够默默无闻了。"

克劳迪娅不耐烦道："你怎么能这么想呢？你写了十本书，你还得了普利策奖。全世界都知道你的名字。"

维尔已经把三份意大利面都一扫而光，正盯着他的主菜，加了柠檬的三片极品小牛肉。他拿起刀叉。"那有什么用。"他说，"我没钱。我活了五十五年才明白一个道理：没钱你什么都不是。"

茉莉说："你的确不是怪，你是疯了。别发牢骚说你没钱了。你没钱，可你也不穷啊，要不然我们就不会在这儿了。你也没为了艺术遭多大罪。"

维尔放下了刀叉，拍拍茉莉的手臂。"你说得对。"他说，"你说的都对。每时每刻我都珍惜生命。让我感到沮丧的，是人生大起大落。"他喝光杯里的葡萄酒，宣言似的说，"我再也不写小说了，"他说，"写小说是条死路，跟打铁的没区别。如今是电影和电视的天下了。"

"胡说八道，"克劳迪娅说，"人们总要读书的。"

"你纯粹是懒。"茉莉说，"你那些都是借口。懒得活着才是你想自杀的真正原因。"三个人都笑了起来。厄内斯特给她们分了小牛肉，又分了甜点。只有用餐的时候他才会显出风度来，他似乎很喜欢给别人添菜。

"都是实话，"他说，"但是对小说家来说，除非写浅薄的东西，否则他根本挣不到钱。就算写浅薄的东西，也没有出路。小说永远没有电影来得浅薄。"

克劳迪娅怒道："你为什么总是贬低电影？你看电影也会哭。电影也是艺术啊。"

维尔很快活。毕竟跟工作室这场仗他打赢了，拿到了分成。"克劳迪娅，我的确同意。"他说，"电影是艺术。我这是出于嫉妒才抱怨的。电影让小说变得无关紧要了。用抒情的文字描写大自然还有什么意义呢？美丽的夕阳、积雪覆盖的山峦、一碧万顷的大海，还写这些干什么呢？"他挥舞着双手滔滔不绝，"激情火热的世界和女人的美，你还能写些什么？你既然都在电影里看见了，都在彩色大银幕上了，写它还有什么用？啊，谜一般的女子，火热的红唇，散发着魔力的眼神，还有她们光溜溜的屁股，嫩得像威灵顿牛排一样的大胸脯，看到这些不就够了吗？这些全都比现实生活要精彩多了，更不用说比散文了。还有，那些英雄事迹我们怎么写？战胜了一切艰难和诱惑英雄事迹，你全都看得见，大银幕把大量的血浆和因折磨而扭曲的脸直接展现给观众了。这些事情演员和摄像机全都替你办到了，根本不用费脑子去想。你看斯莱·史泰龙，就跟《伊利亚特》里的阿喀琉斯一样。大银幕唯一做不到的事情，就是深入角色的思想中去，电影没有办法复制思维过程的，也没有办法复制生活的复杂性。"他顿了顿，又愁苦地说，"可你们知道最最悲哀的地方是什么吗？我是个精英主义者。我之所以想要成为一个艺术家，就是因为我想要做出与众不同的东西来。所以我最恨最恨的是，电影是个民主的艺术。谁都可以拍电影。克劳迪娅，你说得对，我的确看电影流泪过。问题是有件事情我清楚得很，这些做电影的人都是一群白痴，他们没有感情和教养，连一点点最起码的道德感都没有。编剧写出来的东西狗屁不通，导演都是自大狂，制片人简直就是道德的刽子手，演员呢？让他们表演焦虑不安，他们就只懂得拿拳头捶墙、砸镜子。问题是，这样的确就能拍出电影了。怎么能拍出来呢？因为电影把雕塑、绘画、音乐、人体、科技全都用在它自己身上了，可小说家呢？只有一串文字组合而已，除了黑墨水就是白稿纸。不过说实话，没那么糟。这是一种进程，这是一种伟大的新艺术。一种群众性的艺术。而且创作这种艺术完全不用体会痛苦。去买部摄像机、找一帮朋友，你的电影就成了。"

维尔看着两个女人微微一乐。"多妙啊，这种艺术根本就不需要真正的天赋，真是民主又治愈，去拍一部你自己的电影吧。早晚有一天连做爱都可以用这个取代了。我去看你的电影，你来看我的电影。这种艺术形式肯定会改变世界，变得更好。克劳迪娅，你很幸福啊，你的艺术形式，就是未来。"

"你这个傲慢自大的混账，"茉莉说，"克劳迪娅竭力为你争取、帮你辩护；我对你的耐心比对我以前辩护过的任何一个谋杀犯都多。结果你却借着请我们吃饭来羞辱我们。"

维尔看起来完全震惊了。"我可没有羞辱你们的意思啊，我只是下个定义而已。我对你们非常感激，而且我爱你们两个。"他顿了顿，然后谦卑地说，"我可不是在说我比你强。"

克劳迪娅爆发出一阵大笑。"厄内斯特，你纯粹是胡说八道。"她说。

"只在现实生活里胡说，"维尔和颜悦色道，"我们谈点正经事，茉莉，要是我死了，我的家人拿回所有权利的话，罗德斯通会花五个点买下来这些权利吗？"

"至少五个点，"茉莉说，"你不会是想为了多几个点自杀了吧？你完全把我给搞糊涂了。"

克劳迪娅看着他，一脸忧色。对于他表现出来的高昂情绪，她并不相信。"厄内斯特，你还是不高兴吗？我们给你拿到了一个很不错的交易，我已经很满意了。"

维尔亲切地说："克劳迪娅，你对这个世界究竟是什么样完全没有概念。正因如此，你才是个完美的编剧。我究竟高不高兴，这又有什么区别呢？就算全世界最高兴的人，一辈子里也要有痛苦的时候。我刚刚大获全胜，我用不着自杀了。我享受这顿丰盛的美食，而且还有两个又漂亮、又聪明、又有同情心的女人陪着我。再说，我的老婆和孩子经济上也有保障了。"

"那你还在抱怨什么？"茉莉问道，"你为什么总是这么煞风景？"

"因为我写不出来东西了，"维尔说，"这不是什么大悲剧。这件事情也不再那么重要了，问题是我只会做这个。"他一边说，一边欣然吃光了三份甜点，那种洋洋自得的劲头让两个女人忍俊不禁。维尔朝他们一乐。"我们的确是把老伊莱给吓怕了。"他说。

"你太害怕作家的瓶颈了，"克劳迪娅说，"慢慢就会好了。"

"剧作家没有作家的瓶颈，因为他们根本就不是作家，他们什么也不写。"维尔说，"我写不出来东西的原因是我没有什么可说的。这样吧，我们说点儿更有意思的事儿。茉莉，有件事我一直没明白。一部毛利润一亿美元、成本只有一千五百万的电影，我明明可以拿到百分之十的净利润，可是我一分钱都没见着。我很想在死前把这个谜底搞清楚。"

茉莉来了精神。她一向很喜欢给人讲法律。她从手袋里掏出一本笔记，潦草地写下来几个数字。

"这没什么稀奇的，"她说，"他们的确履行了合同，但是这份合同你从一开始就不应该签。你看，就拿这一亿美元总收入来说，院线拿走一半，所以公司只拿到五千万，这叫电影拷贝的院线租赁。

"公司拿走一千五百万的成本。还剩三千五百万。但是根据你的合同和大部分制片公司的合同来说，公司要拿百分之三十的租赁收入作为电影的发行费用。也就是说他们又拿走了一千五百万。你还剩两千万。然后还要扣除印刷品的成本、电影广告的成本，随便就得要五百万。剩下的一千五百万——精彩的地方来了——根据合同，公司要拿走预算的百分之二十五，是管理费、电话费、电费、摄影棚租赁等。还剩一千一百万。你以为从一千一百万里拿走一成也可以。但是一线明星们还得拿走租赁收入的最少五个点，导演和制作人是另外五个点。这就是另外的五百万。你还剩六百万。至少你还有钱可拿。但是别急，他们还得从这里头扣除所有的发行成本，比如把印刷品送到英国需要五万，送到法国或者德国还需要五万，诸如此类。最后他们还得问你要一千五百万本金的利息，因为这笔钱他们是借来拍电影的。就是这儿把我弄糊涂了，总之最后的六百万也没了。你不找我当律师，就会碰到这种情况。要是我拟定合同，我肯定会确保这个金矿有你的一份儿。不是毛利润，仍然是净利润，不过是定义得非常清楚的净利润。这下明白啦？"

维尔笑了。"就算我明白了吧。"他说，"那电视和录像的收入呢？"

"电视收入倒是有，"茉莉说，"谁也不知道他们在录像上挣了多少钱。"

"那我跟马林的这笔交易完全是基于毛利润吗？"维尔问道，"他们这回要不了我了？"

"我写合同就要不了你。"茉莉说，"完全基于毛利润。"

维尔悲哀地说："那我就再也没什么可抱怨的了。也没有借口不写东西了。"

"你真是太怪了。"克劳迪娅说。

"不，不，"维尔说，"我只是老把事情搞砸而已。怪人做怪事，是为了让人们注意不到他们的真面目。他们自卑。所以搞电影的人才都那么怪。"


谁能想到，原来死亡竟是一个如此愉悦的过程呢？竟然可以如此安宁，毫无恐惧。最重要的是，谁能想到，天地间的这个大谜题马上就要被他解开了呢？

伊莱·马林病卧在长夜之中。他一边从墙里引来的管子吸入氧气，一边思考他的一生。他的私人护士普瑞希拉值夜班，此刻正在屋子另一侧昏暗的灯光下看书。他看见，她的眼睛不时抬起瞥他一眼，大概是每读完书上的一行字就要确认一下他的状况。

马林在想，在电影里的话，这个场景该是多么不同啊。电影中的这类镜头更有张力，因为描写的是生与死之间的挣扎。护士一定会俯在他床头忙前忙后，医生们一定会争分夺秒进进出出。肯定还得加上嘈杂的人声，肯定得让整个镜头看起来扣人心弦。可现在呢，屋子无比安静，护士在看书，马林则轻轻松松从一根塑料管子里就能呼吸。

他知道，整个阁楼层都是豪华病房，只会接待极为重要的人物。像有权有势的政治家、身家亿万的房产大亨、娱乐界昔日的大明星等。他们曾经都是手掌大权的君王，如今也得在这夜里躺在医院，成为死亡的奴仆。他们孤独无助地躺着，只有花钱雇来的人才会稍稍安慰他们，他们的权力已经瓦解。身体里插着管子，鼻子里接着呼吸管头，静待医生用手术刀取出他们衰竭心脏里的废物，或者就像他现在一样，静待植入一个新的心脏。他好奇，他的心脏是不是也像他一样认命了。

为什么要认命呢？为什么他要拒绝医生做心脏移植、宁可靠着衰竭的心脏活过剩下的短暂时光呢？他想，谢天谢地，看来我还是能作出理智的决定，不被情感所左右。

对他来说一切都很清楚，就跟电影达成交易一样清楚：成本、收入分成、附属版权的价值，还有和明星、导演、预算透支有关系的各种陷阱。

第一，他已经八十岁了，不再健康。做了心脏移植之后，他至少一年不能工作。他当然无法再执掌罗德斯通工作室，那他肯定无法大权在握了。

第二，没有权力的生活是难以忍受的。话说回来，像他这样的老人，就算换个全新的心脏，又能再做些什么呢？他无法运动、无法风流，美食美酒也无法再享受。这可不行，对老人来说，唯一的快乐就剩下权力了，而且权力又有什么不好的？权力是可以用来做好事的。他不是抛弃了一切谨慎原则、抛弃了笃信一生的偏见，给了厄内斯特·维尔好处吗？他不是跟大夫说了，他不愿意夺走一个孩子或者年轻人也能使用的心脏？这难道不是权力所做出的更大的善事吗？

但是，他一辈子都在跟伪善打交道，现在终于在自己身上也发现了它。他拒绝移植心脏，根本原因是这笔交易划不来。他给厄内斯特·维尔分成，是因为他想看到克劳迪娅对他的爱慕，以及茉莉·弗兰德斯对他的尊重，其实无外乎一时冲动。他想留个好印象而已，这有那么糟吗？

对自己的一生，他很满意。他白手起家，终于出人头地。他把同胞都比了下去：他享受到了人一辈子所能享受的一切快乐，爱过漂亮女人、住过奢华房子、穿过精致衣衫。他还为艺术创造作出了贡献。他得到了巨大的权力和财富。他也想着帮助同胞们：光是这家医院就收到过他的一千万美元捐款。但更重要的是，他喜欢跟同胞们勾心斗角的过程。这又有什么不好的吗？不这样的话，又怎么能把大权攥在手里呢？没有大权，又怎么做善事呢？恰恰这个时候，他开始后悔给厄内斯特·维尔的恩惠了。不能把自己辛辛苦苦与人相争得来的战利品就这么简单地拱手让人，哪怕是面对威胁也不行。

鲍比会讲述他如何拒绝了心脏移植、把器官源让给年轻人的故事。鲍比会把承诺给厄内斯特·维尔的分成都收回来。鲍比会解散女儿的电影公司——长期以来这家公司都是罗德斯通亏钱的无底洞。鲍比会承担所有的骂名。

他似乎听到遥远的地方传来了一阵轻微的铃声，然后是蛇一样的沙沙声，那是传真机传来了纽约的票房数据。这种声音断断续续，就像在附和他衰朽得不堪跳动的心脏。

这就是真相。他已经享受完了美好人生。最终背叛他的不是他的身体，而是他的意识。

这就是真相。他对人类失望了。他见到了太多的背叛、太多可怜的软弱、太多争名逐利的贪婪。相爱的人之间却都是逢场作戏，夫妻也好、父子也好、母女也好，都是一样。谢天谢地，他总算制作了那么多给人以希望的电影；谢天谢地，他有了子孙；谢天谢地，他总算不用再看着他们长大成人之后的丑恶嘴脸了。

传真机还在响。马林听见自己疲惫不堪的心跳声。清晨的阳光洒进他的房间，他看到护士关了台灯合上书。要死了，真是孤独啊，有那么多了不起的人爱他，临死的时候屋子里却只有这个陌生人。护士扒开他的眼皮，把听诊器放在他的胸口。病房的门像上古神庙的大门一样推开了，他听见早餐托盘和碟子碰撞，发出叮当的响声……

屋子一下子明亮起来。他感觉到有人在用拳头捶打他的胸口，他奇怪这些人到底在干什么。一层迷云覆上了他的脑海，一阵尖叫声穿过了这层密云。某部电影里的台词突然涌进了他已经缺氧的脑中："众神也是这样死去的吧？"

整个好莱坞都会哀恸不已，但是谁也没有夜班护士普瑞希拉更悲伤。为了养活两个小孩，她不得不值夜班，马林恰好就死在了她的夜班里。她一直被誉为全加利福尼亚最好的护士，这让她骄傲不已。她讨厌死亡。但是她刚刚读的那本书太精彩了，她还想着要跟马林谈谈，把这本书改编成电影呢。她不会一辈子都当护士的，她闲暇时候还是个编剧。不过就算现在她也没有放弃希望。这间医院顶楼的豪华病房里住的都是好莱坞最大的人物，她会守护着他们，防止死神来袭。

其实这一切都只发生在马林死前的脑海里，那里装载了他看过的成千上万的电影。

实际上，他死了十五分钟之后，护士才走到他的床前。他静悄悄地离开了。她想了半分钟到底要不要采取急救手段唤回他的生命。对死亡她司空见惯了，因此有了更多的怜悯。唤回他的生命只能让他继续忍受折磨。她走到窗边，看太阳升起，看石阶上踱着方步的鸽子。普瑞希拉是马林命运的最后裁决……也是对他最为悲悯的法官。

# 第十三章


维文参议员有个大消息，不过这消息得让克莱里库齐奥家族花上五百万美元。这是乔治派来送信的人说的。这意味着克罗斯得从赌场提出五百万，而且还得做出一堆记录来抹平账面，也就意味着堆积如山的账面工作。

克劳迪娅和维尔也给克罗斯留了个消息。两人正待在酒店，只开了一间房。他们想尽快见到他，有急事。

还有，利亚·瓦齐从猎场来了一通电话。他要尽快和克罗斯单独见面。他倒没说事急，不过他这个人要么不打电话，一旦提出要求就一定是急事。况且，他现在都在路上了。

为了把五百万交给维文参议员，克罗斯开始做账。这笔钱数额太大，手提箱和大号的旅行袋都装不下。他给酒店的礼品店打了个电话，那里卖的中式老款旅行箱可以装得下那么多钱。这款箱子漆成深绿色，画有红色的龙纹，镶了人造绿宝石，装着特别牢靠的锁。

格罗内韦尔教过他如何做账才能从酒店赌场正当合理地提钱。这是个耗时费力的活儿，得把钱打到好几个户头上，比如支付给不同供应商的餐饮酒水费用，特殊训练计划和宣传活动，还得编出几个子虚乌有的债务人，说他们欠了赌场的钱。

克罗斯忙活了一个小时，维文参议员得周六，也就是明天才能到。五百万必须在他周一清晨离开前交到他的手里。克罗斯终于集中不了注意力了，他得歇歇。

他给克劳迪娅和维尔的房间打过去电话。接电话的是克劳迪娅："我和厄内斯特遇上麻烦了，得找你谈谈。"

"好。"克罗斯说，"你俩下楼玩几把去吧，一个小时后我去骰子赌台接你们。"他顿了顿说，"然后我们出去吃顿饭，咱们在饭桌上聊。"

"我们没钱赌，"克劳迪娅说，"厄内斯特的信用上限超了，而你只给我一万的额度。"

克罗斯叹了口气，这也就是说厄内斯特·维尔欠了赌场十万，而且这些欠款单现在就可以当手纸了。"一小时后来我房间吧，我们吃顿晚饭。"

克罗斯还得打给乔治，核实一下参议员要的那笔钱。他不是怀疑，只是按规定办事。他们有一套约定好的口令，姓名字母用数字代替，而金额数字则用字母代替。

克罗斯想继续做账，但就是无法静下心来。为了这五百万，维文肯定有很重要的话要说。还有利亚，能让他开那么久车来拉斯维加斯，肯定出大事了。

门铃响了，是克劳迪娅和维尔。警卫把他俩带到了屋里。克罗斯异常热情地拥抱了克劳迪娅，因为他不想让她觉得自己是在埋怨她输钱。

他在房间起居室里把客房服务目录递给了他俩，还给他俩点了菜。克劳迪娅瘫坐在沙发里，维尔则直直地背靠沙发，表情一副漠然。

克劳迪娅说:"克罗斯,维尔遇上大麻烦了,我们得帮他。"

克罗斯觉得维尔看上去可没有那么糟,他似乎悠闲得很,眼睛半开半闭,嘴角一丝愉悦的笑。这让克罗斯很不痛快。

"没问题,首先要做的就是取消他在这里的所有信用额度,这样就能省钱了。我第一次见笨成他这样的赌客。"

"和赌博无关。"克劳迪娅说,她把马林承诺给维尔的事情说了出来,可马林竟然死了。

"那又怎么样?"克罗斯问。

"现在的鲍比·邦茨可不会管马林留下的承诺,"克劳迪娅说,"自从鲍比当了罗德斯通工作室的头儿,已经被权力烧昏头了。他干什么都想学马林的做派,可是脑子和魄力都不够。所以厄内斯特的事情又没人管了。"

"你就说到底要我做什么吧。"克罗斯说。

"你是罗德斯通拍《梅莎琳娜》的合伙人,"克劳迪娅说,"你对他们肯定有影响力,我想要你出面,让鲍比·邦茨履行马林的承诺。"

每次碰上这类事情,克罗斯都觉得自己真是拿克劳迪娅毫无办法。邦茨才不会让步,他就是干这个的,他就是这样的人。

"不行,"克罗斯说,"我早就跟你说过,没把握的事我不会做的。比如这件事,根本没希望。"

克劳迪娅皱起了眉。"为什么?"她顿了顿,说,"厄内斯特他是认真的,他想自杀,好让家人拿回那些权利。"

这时候维尔来了兴致,他说:"克劳迪娅你这个傻瓜,你还不明白你哥哥吗?要是对方拒绝他的要求,他就得把那些人都干掉。"说完,他朝克罗斯龇牙一乐。

克罗斯被维尔激怒了，他竟敢在克劳迪娅面前说这种话。幸好，就在这个时候，服务员推着小车送来客房服务，在起居室准备好了晚餐。他们坐下吃饭时，克罗斯控制了一下情绪，但还是忍不住冷笑道："厄内斯特，你只要一死，所有问题都解决了。这点我倒可以帮你，不如我把你的套房挪到十楼，你只要从窗户跳下去就可以了。"

　　克劳迪娅大怒。"我可不是开玩笑！"她说，"厄内斯特是我最好的朋友之一。而你是我的哥哥，口口声声说爱我、愿意为我做任何事。"她泪流满面地说着。

　　克罗斯起身过去抱了抱她。"克劳迪娅，我是真的无能为力，我没那么神通广大。"

　　厄内斯特·维尔正在享用他的晚餐。要是连他这么惬意的人都想自杀，那谁都有自杀嫌疑了。"你太谦虚了，克罗斯，"他说，"我没胆子跳出窗户。我想象力丰富，在落地之前就能想到一千种自己落地后摔得七零八落的样子，还有可能会砸到别人；我不敢割腕，见血就晕；我也不敢用刀、枪或者撞车、卧轨。我不想一无所成就死了，不想邦茨和迪尔那对混蛋拿了我的钱还笑话我。不过你确实能帮我个忙。雇个人杀了我，随时都可以。"

　　克罗斯笑了起来，他拍拍克劳迪娅的头宽慰着她，然后坐回了自己的椅子。"你以为这他妈的是拍电影啊？"他对厄内斯特说，"你以为杀人是开玩笑吗？"

　　克罗斯起身坐回办公桌前。他打开抽屉的锁，拿出一袋黑色筹码。他把袋子丢给厄内斯特说："这里是一万块。最后赌一回吧，说不定有好运气。别再当着我妹妹的面侮辱我。"

　　维尔情绪倒是不错。"走吧，克劳迪娅，"他说，"反正你哥哥是不会帮忙的。"他把黑色筹码装进口袋，似乎迫不及待想要去赌博。

克劳迪娅似乎心不在焉。她把今天听到的事综合起来，却不肯接受真相。她看着哥哥平静英俊的脸庞。他才不会是维尔说的那种人呢。她吻了吻克罗斯的脸颊，说："对不起，哥哥，但是我很担心厄内斯特。"

"他没事的，"克罗斯说，"他太好赌了，舍不得死。他不是个天才吗？"

克劳迪娅咯咯地笑。"他自己总是这样说，我也觉得是。"她说，"而且他是个胆小鬼。"她虽然这么说，却亲热地伸手摸着厄内斯特。

"你怎么老黏着他？"克罗斯说，"为什么要和他住一间房？"

"因为我是他最好的朋友，也是最后的朋友。"克劳迪娅气呼呼地应道，"再说我喜欢看他的书。"


克劳迪娅和维尔离开后，克罗斯整夜都在忙着五百万转账的事。一切准备完成后，他打电话给赌场经理——克莱里库齐奥家族的高级成员，要他把钱送到他的阁楼套房去。

经理和两个克莱里库齐奥家族的保安拎来了两大麻袋的钱。他们帮克罗斯把钱装进中式旅行箱。赌场经理笑着说："箱子不错。"

他们离开后，克罗斯把被子从床上扯下来包在箱子上。然后他让客房服务准备两份早餐。几分钟后，保安打电话告诉他利亚·瓦齐已经等着见他了。他点头让保安带利亚上来。

克罗斯拥抱了利亚，他一向很愿意看见利亚。

"好消息还是坏消息？"客房服务送来早餐后，克罗斯问他。

"坏消息，"利亚说，"我去比弗利山庄找斯堪尼特的时候，那个把我拦住的探员叫吉姆·洛西。他竟然摸到猎场来了，他询问我和斯堪尼特的关系。我把他打发走了。问题是，他怎么知道我是谁的？他怎么知道我在猎场？我没有案底，也没惹上过麻烦。也就是说，有内奸。"

利亚的话让克罗斯很吃惊，克莱里库齐奥家族很少有内奸，有的话一定会被毫不留情地铲除。

"我会告诉唐，"克罗斯说，"你呢？你想去巴西休假吗？等我们查清楚再回来？"

利亚吃得很少。自己倒了杯白兰地，点起了哈瓦那雪茄，这都是克罗斯特地给他准备的。

"我不紧张，至少现在还好，"利亚说，"只要你同意我对付这个家伙就行，我得保护自己。"

克罗斯警惕道："利亚，你不能这么干，在这个国家，杀警察很危险。这不是西西里。这件事本来不应该告诉你的，吉姆·洛西是克莱里库齐奥家族的关系人之一，收了不少钱。我猜他只是打听着什么风声了，拿你讹一笔封口费而已。"

"好，"瓦齐说，"但肯定还是有内奸。"

"我来处理，"克罗斯说，"别担心洛西。"

利亚吸了一口雪茄，说道："他是个危险的家伙，小心点。"

"我会的，"克罗斯说，"但你不能先动手，明白吗？"

"好，"说完，利亚明显松了口气，然后随口问道，"被子里是什么东西？"

"一件给大人物的小礼物，"克罗斯说，"在酒店住一晚上吧？"

"不了，"利亚说，"我回猎场，你有了进展可以告诉我。但要我说的话，还是趁早除掉洛西比较好。"

"我去跟唐谈谈。"克罗斯说道。


维文参议员下午带着三名男性随从入住了桃源酒店三楼。跟以前一样，他的座车没有任何标记，也没有护卫车队。五点钟的时候，他把克罗斯叫到了自己住的别墅。

克罗斯带着两个保安，把棉被裹着的钱箱装进高尔夫球车的后座。一名保安开车，克罗斯坐在乘客位上看着箱子。放箱子的位置通常是放球杆和冰镇水的地方。只要五分钟，就能从桃源酒店的首层走到七幢别墅的院子，整个院子都布置了单独的警卫。

克罗斯一直都很喜欢这些别墅的样子，看上去就有种彪炳权势的感觉。一座座都像是小号的凡尔赛宫，每一座都带着翠绿色钻石形状的游泳池，广场中心还有座珍珠形状的小赌坊，专供别墅住客的私人娱乐。

克罗斯带着箱子独自走进别墅。参议员的一名随从领他到餐厅，参议员在那儿正享用丰盛的冷食和冰镇柠檬汁呢。他已经不喝酒了。

维文参议员还是那么优雅随和。他已经在国家政坛里爬得很高了，身兼多个重要委员会的主席职位，绝对是角逐下届总统的黑马。他站起身来，欢迎了克罗斯。

克罗斯把棉被掀开，把箱子搁在地上。

"酒店的小小礼物，参议员，"他说，"周末愉快。"

参议员双手握住克罗斯的手。他的手很滑。"看着这礼物就高兴，"他说，"谢谢你，克罗斯。我能和你说几句悄悄话吗？"

"当然可以，"克罗斯说着，并把箱子的钥匙给了他。维文把钥匙揣进裤袋，转向他的随从说道："箱子放到卧室里去，留个人看着。我和我的朋友克罗斯要单独待会儿。"

他们离开后，参议员在房间里踱来踱去，皱着眉头，"好消息肯定是有，不过也有坏消息。"

克罗斯点点头，欣然说道："祸福相依嘛。"他觉得凭着这五百万，好消息肯定比坏消息要重要得多。

维文轻笑道："谁说不是呢？先说好消息吧，是个非常好的消息。最近几年，我把精力都投入到全美博彩的合法化上了。包括体育博彩。现在参议院和上议院终于有意投我的票，箱子里这钱是用来游说几张关键选票的。是五百万，没错吧？"

"是五百万，"克罗斯说道，"好好利用，坏消息呢？"

参议员悲哀地摇摇头。"你的朋友们肯定特别不愿意听见这个坏消息，"他说，"尤其是乔治，他性子太急了。但他很厉害，真的很厉害。"

"我最喜欢他这个叔叔了。"克罗斯干巴巴地说。克莱里库齐奥家族所有人里面，他最不喜欢的就是乔治了，参议员显然也一样。

维文这时候丢出了重磅炸弹："总统说，他要否决我的提案。"

克罗斯本以为唐·克莱里库齐奥完美的计划即将实现，一个博彩合法的帝国就要浮出水面了。结果这话让克罗斯糊涂了，参议员到底想说什么？

"我们票数不够，应付不了总统的否决权。"维文补充道。

克罗斯得冷静一下。他说："那这五百万是给总统的吗？"

参议员吓了一跳。"不，不是，"他说，"我和他根本就不是一个党的。再说了，总统退休后绝不愁钱。哪家大公司的董事会都会争着抢着要他。这点儿小钱儿他看不上。"维文对克罗斯满意地笑笑。"当了美国总统，很多事就不一样了。"

"就是说，除非总统死了，否则我们束手无策。"克罗斯说道。

"完全正确，"维文说，"他呼声很高。就算阵营不同，这点我也得承认。他肯定连任。我们得耐心一点。"

"那我们还得再等五年，然后期待下一任总统不会否决？"

"这倒不是。"参议员说，他犹豫了一下，继续说，"我说老实话吧。五年之后议会的班底都变了，现在能控制这么多票，到时候就未必了。"他又顿了顿，"变数太多。"

克罗斯彻底不明白了。维文他妈的到底什么意思？这时，参议员终于说到正题："当然啦，要是总统发生了什么不测，那就是副总统签字。所以，虽然听起来有点儿大不敬，不过也只能盼着总统心脏病突发、飞机失事或者中风瘫痪。这也不是不可能，我们都是肉体凡胎。"参议员朝他微微一笑。克罗斯突然恍然大悟了。

他极度的愤怒，这个混蛋是要告诉克莱里库齐奥家族：参议员能做的都做了，要通过法案，只有美国总统。他真是狡猾，连一点话柄都不留下。克罗斯确信，唐不会同意去杀总统的；万一他真同意了，克罗斯绝不会留在家族。

维文堆着可亲的笑容继续说道："似乎不可能，但是谁说得准，命运无常。副总统跟我关系非常好。虽然我和他也不是一个党派，但是我知道，我的法案他肯定点头。我们等着瞧就行。"

克罗斯简直难以置信，这种话参议员都说得出来。维文参议员虽然也有弱点——女人和高尔夫球，但他是美国政客的道德楷模。他仪表堂堂，言行高雅，像是世界上最可亲的人。可现在呢？他居然暗示克莱里库齐奥家族去刺杀总统！这老家伙简直疯了，克罗斯心想。

参议员开始挑着吃桌上的食物。"我就待一晚，"他说，"你这儿那么多唱歌跳舞的姑娘，不知道有没有愿意跟我共进晚餐的。"

回到自己的阁楼套房后，克罗斯打电话给乔治，说自己明天要去科沃格。乔治告诉他，到了之后机场有家族的司机接他。乔治没问任何问题。克莱里库齐奥家的人从来不在电话里谈生意上的事。

克罗斯到科沃格的主楼后，惊讶地发现人都到齐了。在那间没有窗户的书房里，唐、皮皮，以及唐的三个儿子乔治、文森特和佩蒂耶都在场。丹特也来了，这次戴着天蓝色的帽子。

桌上没有吃食。先说正事，后用晚餐。如往常一样，唐要所有人看看壁炉架上的照片：有西尔维奥的，也有克罗斯和丹特受洗的照片。"多快乐的一天啊。"唐经常这么说。他们都坐在椅子上或是沙发上，乔治给每个人拿了饮料，唐点燃了他的黑色意大利方头手卷雪茄。

克罗斯仔细地讲了一遍：从他是怎么把五百万交给维文参议员开始，只字不差地把两人的对话复述了一遍。

克罗斯说完后，房间里陷入了长时间的沉默。不需要克罗斯再解释什么，所有人都明白了。最发愁的是文森特和佩蒂耶。文森特名下有一家连锁餐馆，他不情愿去冒险。佩蒂耶虽然统领着家族在布朗克斯那块地盘上的兵，最关注的还是自己名下数目不小的建筑施工生意。都安安稳稳活了大半辈子了，他们可不想接这么个倒霉买卖。

"那个混蛋疯了。"文森特说道。

唐对克罗斯说："你确信这是参议员的意思？我们得杀了我们的国家元首、他的政坛同事？"

乔治冷冷地说道："参议员说他们不是一个党派的，不算同事。"

克罗斯答道："参议员不会让自己卷入这件事，他点到即止，料定我们会按他说的做。"

丹特想到这件事能给他带来的荣耀和利益，兴奋地说："为了赌博业合法，这是值得的，那可是棵摇钱树啊。"

唐转向皮皮，亲切地问道："你怎么看，我的'铁锤'？"

皮皮怒形于色："这种事不可能成功，而且就不应该干。"

丹特用嘲笑的口吻说："皮皮表舅，你要是做不到，那就我来吧。"

皮皮轻蔑地看着他。"你是屠夫，根本不会计划。给你一百万年，你也想不出一个像样的办法。这件事风险大、太引人注目，执行起来也非常困难，你根本没法脱身。"

丹特傲慢道："祖父，派我去吧，我一定能做到。"

唐没有拂他外孙的面子。"我知道你一定能做到，"他说，"而且事成之后回报丰厚。但是皮皮说的没错，这件事的后果对家族来说风险太大了。人可以不断犯错，但绝不能犯要命的错。

就算得手了，目的也达到了，这件事的阴影也会一直笼罩着我们。这罪孽太大了。立法通过与否，并不危及家族的根本，仅仅是我们的一个目标罢了。只要有耐心，目标总会实现的。况且，我们现在干得很不错。乔治在华尔街也算有点地位；文森特有很多餐馆；佩蒂耶有建筑公司。克罗斯，你名下有酒店，还有皮皮，你也一把年纪了，该享享福了。还有，丹特，我的外孙，你一定要有耐心，整个博彩帝国早晚都是你的，你是继承人。那一天到来的时候，你也用不着因为罪恶感而成天提心吊胆的。所以——让参议员一个人下地狱吧。"

房间里的所有人都松了口气，紧张的氛围消失了。除了丹特，所有人都乐于见到这项决定。而且所有人和唐一样都诅咒参议员该下地狱。他胆子也太大了，敢让他们两头为难。

只有丹特似乎不同意，他对皮皮说："就你还叫我屠夫。那你是什么东西？白衣天使弗洛伦斯·南丁格尔吗？"

文森特和佩蒂耶听后大笑。唐摇了摇头表示不满。"还有一件事。"唐·克莱里库齐奥说，"我觉得眼下我们得跟参议员保持好关系。我不心疼白白花掉的五百万，但他竟然觉得就为了多挣几个钱，我们就能杀国家总统，真是把我们给看扁了。下一步他还要对付谁？这里面他有什么好处？他这是在利用我们。克罗斯，他去你酒店的时候，多给他些筹码，让他玩得开心点儿。这样的人变成我们的敌人实在太危险了。"

计划已定。克罗斯很犹豫要不要提出另一个敏感的问题。最终他还是说了利亚·瓦齐和吉姆·洛西的事情。"家族里有内奸。"克罗斯说道。

丹特冷冷道："那是你做的事，你的问题。"

唐不容置疑地摇头。"不可能有内奸，"他说，"那探员碰巧知道了点儿什么，想靠这个赚一笔。乔治，交给你了。"

乔治酸溜溜地说："又是五万，克罗斯，这是你的买卖，这钱得从你的酒店里出。"

唐重新点起了雪茄。"既然大家都在，还有别的问题吗？文森特，你饭店的生意怎么样？"

文森特花岗岩一样的表情软化了。"我又开了三家。"他说，"费城一家，丹佛一家，纽约一家。高端餐饮业。爸爸，我一盘意大利面要卖十六块。我自己在家做的时候，成本不过五十美分。不管我怎么算，通心粉最多也就值这个价。我甚至把蒜头和肉丸的价钱都算进去了。而且不知道为什么，我是唯一一家卖肉丸的高级意大利餐厅。但是肉丸一份我卖八块，还不是多大的一份，成本只有二十美分。"

他还想继续说，但是唐打断了他。他转向乔治，说："乔治，你在华尔街做得如何？"

乔治谨慎地说："行情有起有落，但是我们的交易佣金跟在街头拼了命放贷赚的钱一样多。没人赖账，也坐不了牢。我看，别的生意可以全扔了，顶多把博彩留下。"

唐很欣慰，他很满意他们在合法世界里取得的成功。他说："还有佩蒂耶，你的建筑公司呢？我听说你前两天遇到了个小问题……"

佩蒂耶耸耸肩，"生意太大，我都管不过来了。到处都在盖楼，而且我们还包揽了修路。我的手下都靠这个生意养家，挣得还不错。不过一个礼拜之前，有个黑茄子跑到我最大的施工项目里头来了，还跟着一百个黑人，举着各种各样的标语，都是民权啊什么的。所以我就把这家伙带进了我的办公室，突然间他就摊牌了。我只要给百分之十的黑人安排工作，然后悄悄塞给他两万美元就行。"

这把丹特逗笑了。"我们被人讹了？"他咯咯笑道，"克莱里库齐奥家族被人给讹了？"

佩蒂耶说："我试着用爸爸的方式去想：他们为什么不能有份工作？于是我给了这个黑茄子他要的两万，然后跟他说，我解决百分之五的人的工作。"

"你做得很好，"唐对佩蒂耶说，"你小事化了，没让小问题变大。再说了，克莱里库齐奥家族凭什么就不能为人类和社会的进步作贡献？"

"要我就杀了那个黑鬼，"丹特说，"他早晚要得寸进尺。"

"那我们还是让步，"唐说，"只要不过分就行。"他转头对皮皮说，"你呢，有什么问题吗？"

"没有，"皮皮说，"只是家族几乎都没有什么任务了，我也没事干了。"

"这是好事，"唐说，"你已经工作得够卖力了，多少次你都是死里逃生，现在该享受生活了。"

丹特没等唐问他。"我和皮皮一样，"他对唐说，"但我还年轻，要退休还太早。"

"那就打高尔夫去吧，代理人不是都喜欢玩这个吗？"唐·克莱里库齐奥干巴巴地说，"你也别急，事情总会有的，麻烦也会有的。另外，保持耐心。你的机会恐怕就要来了，我的也是。"

# 第十四章

伊莱·马林葬礼的那天早上，鲍比·邦茨朝着斯基比·迪尔大吼大叫。

"这简直是疯了，这就是电影这一行的问题所在，你怎么能同意这种事情？"他抓起一沓装订在一起的文件，在迪尔的眼前挥来挥去。

迪尔看了看这沓纸，这是某部片子到罗马取景的出行计划。"是的，怎么了？"迪尔说。

邦茨怒不可遏："所有人都坐头等舱去罗马……剧组、配角、跑龙套的、助手还有实习生。就一个人不坐头等舱，你知道那是谁吗？是罗德斯通派到罗马控制我们花销的会计主管！他一个人坐经济舱。"

"是，那又怎么了？"迪尔说道。

邦茨故意装得更加生气："这片子的预算里还要建一座学校，让剧组人员的孩子去上学。还要租两个礼拜的游艇。我刚才仔细看了看剧本，有十二个演员只有两三分钟的镜头。需要游艇的镜头拍两天也够了。现在你给我解释一下，这种预算你怎么能批准的。"

斯基比·迪尔冲他笑了笑。"没问题，"他说，"这片子导演是洛伦佐·塔卢福。他要求他的人要坐头等舱；配角和跑龙套之所以能在剧本里，是因为他们勾搭上那些明星；游艇要租两周，因为洛伦佐想要坐游艇去参加戛纳电影节。"

"你是制片人，你和洛伦佐去谈谈。"邦茨说。

"别找我，"迪尔对他说，"洛伦佐拍了四部票房过亿的片子，拿了两次奥斯卡。能给他租船我高兴还来不及。要说你自己去说。"

邦茨不吱声。照理说，电影公司的老板是最有分量的人，制片人负责统筹安排、监督预算，还要琢磨剧本。但事实上，一旦电影开拍，导演说了算。票房大卖的导演就更不必提了。

邦茨摇摇头："没有伊莱支持，我可不敢和洛伦佐谈。我要是找他，洛伦佐肯定告诉我有多远让我滚多远，这片子也拍不了。"

"而且他还理直气壮，"迪尔说，"他妈的，洛伦佐每次都要拿走额外的五百万，这已经成业界惯例了。冷静点，等会我们还要出席葬礼。"

但是邦茨又看到了另一张成本清单。"你的片子里，"他对迪尔说，"叫个中国菜的外卖要花五十万。谁能吃中国菜吃掉五十万，谁能？连我老婆都吃不了这么多。法国菜没准儿还说得过去，但是中国菜？中国外卖？"

斯基比·迪尔心念急转，鲍比这是抓到他的漏洞了。"是日本餐厅，要的是寿司。全世界的食物里就属寿司最贵了。"

邦茨顿时消停了，谁都抱怨寿司。一个对头电影公司的老板曾经带一个日本投资商去吃晚餐，去的是一家做寿司出名的餐厅，他后来向邦茨抱怨道："两个人吃了一千美元，就他妈吃了二十个鱼头。"邦茨当时诧异坏了。

"好吧，"邦茨对斯基比·迪尔说，"不过还是得省点儿花。下个片子里多找大学实习生。"实习生是免费劳动力。

在好莱坞，伊莱·马林的葬礼甚至比一线红星的葬礼更有报道价值。他德高望重，在电影公司的高层、制片人、经纪人、红演员、导演甚至是电影编剧中间，没谁不尊敬他，而且不少明星、导演和编剧还喜欢他。他能有这样的地位，因为他彬彬有礼、老谋深算，给电影行业解决了不少问题。而且他还是个公正讲理的人。

他晚年的时候变得清心寡欲，不在乎权力，对女明星也没有兴趣了。罗德斯通早已是业界巨擘，出品的经典巨制远胜其他公司，对真正用心做电影的人来说，没有什么比这更可贵的了。

美国总统派幕僚长致简短的悼词。虽然法国的文化部长一向与好莱坞电影针锋相对，但他还是来了。梵蒂冈派来了教皇的特使。这是一名年轻、俊朗的红衣主教，凭外表都可以接到片约了。从日本竟然还来了一批商务高管。荷兰、德国、意大利和瑞典诸多电影公司的最高层人物都为了缅怀伊莱·马林而亲临现场。

仪式开始。致悼词的先是一名当红男星，然后是位当红女星，接着是一位主流大制作的导演，甚至编剧宾尼·斯莱都为马林献上了哀思。幕僚长讲完后，为了使场面看上去不至于太假惺惺，电影界两名最伟大的滑稽演员讲了几个笑话，都是关于伊莱·马林的权力和商业嗅觉的。最后是伊莱的儿子凯文、女儿朵拉，以及鲍比·邦茨。

凯文·马林称颂伊莱·马林是一名慈父，不仅关爱自己的孩子，而且对罗德斯通的全体同侪都照顾有加。他是电影艺术的一代巨擘、一盏明灯。凯文还对前来吊唁的来宾说，他会继承他父亲的遗志，继续擎起这盏电影业的明灯。

伊莱·马林的女儿朵拉的悼词由宾尼·斯莱执笔。这篇讲稿文辞隽秀、震撼心灵，用幽默的口吻阐述了对伊莱·马林高尚德行和斐然成就的尊重。"我爱我的父亲，爱他超过其他一切人，"她说，"但我很庆幸，我从来不必跟他谈判。而今，我只要和鲍比·邦茨谈就行，这家伙可没我聪明。"

众人大笑。最后轮到鲍比·邦茨致辞，他暗恨朵拉拿他开玩笑，上台后说："三十年来，我和伊莱·马林共同建起了罗德斯通，他是我生平仅见的最聪明、最善良的人。在他手下工作的这三十年，是我人生中最快乐的三十年。而从今以后，我会继续完成他的梦想。他信任我，让我在之后的五年内掌管公司，我不会让他失望。我不敢指望自己能做到伊莱那么好。他把梦想播洒给了全世界无数的人。他将财富和爱分享给了家人和美国的民众。他的确是块磁石。"

在场来宾都知道，这是鲍比·邦茨亲手执笔的悼词，因为他向全行业传达了一个重要信息：之后五年内，罗德斯通他说了算，他希望所有人能像尊敬伊莱·马林一样尊敬他。鲍比·邦茨不再是二把手了。他现在是第一把交椅。

葬礼后两天，邦茨把斯基比·迪尔叫到公司，升任他为罗德斯通的制作总监，也就是邦茨自己曾经的职位。而他现在则接替了马林的位子，做了董事长。他给迪尔提供的薪水很丰厚，迪尔可以从公司拍的每一部电影的票房里抽提成。少于三千万预算的片子，他都能自己决定。他甚至可以把自己的制片公司并入罗德斯通，但保持独立性，由他自己指派这家下属公司的负责人。

斯基比·迪尔对于这些优待很是吃惊，他分析了一下，认为这是邦茨的不安感作祟。邦茨深知自己在创意领域方面的弱势，指望迪尔能够帮他一把。

迪尔接受了这份工作，然后指定克劳迪娅·德·莱纳主管他的制片公司。因为她有创意、谙熟电影制作，还因为她很老实，不会瞒着他做小动作。他可以放心大胆地把事情交给她。有她在，他就有了一个得力助手。此外，他也喜欢她的陪伴和她的温和，这两点在电影制片这一行是宝贵的品质。他们早就不是床伴的关系了。

斯基比·迪尔整天想着他能变得多有钱。迪尔早就知道，即使是卖座明星，老了以后也有不少人生活变得拮据。迪尔已经很有钱了，但是他觉得富有程度排十个档次的话，他自己不过是在第一档罢了。当然，他下半辈子能活得奢侈富足，但他还买不起私家飞机，置不了五座豪宅，养不起情人。他也没钱做个烂赌棍，没法离五次婚，雇不起一百个仆人。甚至没钱给自己的电影投资。他也收藏不起太贵的艺术品，伊莱能为收藏莫奈或是毕加索的名作而伤脑筋，这种事他却做不了。不过从现在开始，说不定哪一天，他就能从第一档升级到第五档呢？要更有钱，他必须得工作得非常努力，同时也得动足脑筋，最重要的是，得摸透邦茨这个人。

邦茨陈述了他大胆的计划，显然他想要在权力的世界里站稳脚跟。

他要先跟梅洛·斯图尔特达成一笔交易，这样罗德斯通就能优先征用梅洛经纪公司里所有的红星。

"我来处理，"迪尔说，"我答应他，他最感兴趣的项目我一律放行。"

"我非常希望安提娜·阿奎坦内能出演我们的下一部片。"鲍比·邦茨说。

迪尔心里想：果然。邦茨执掌了罗德斯通的大权，就想着把安提娜拐上床。自己作为制作总监，也不是没有机会啊。

"我马上让克劳迪娅为她量身定做一部电影。"迪尔说。

"非常好，"邦茨说，"你记住，很多事情伊莱都想做而不能做，他太软弱了，而这些我一清二楚。我们得摆脱掉朵拉和凯文的公司。他们只会赔钱，我不想带着两个累赘。"

"这件事你还是慎重点，"迪尔说，"他们是公司的大股东。"

邦茨笑了。"没错，但伊莱让我在未来五年管理公司，所以，就由你出面否决他们所有的电影。最多一两年，他们就待不下去了，但他们只能埋怨你。伊莱就是这样做的，所有的坏事都是由我出面办的。"

"不大好办，"迪尔说，"这是他们俩的第二个家，他们就是在这儿长大的。"

"试试看，"邦茨说，"还有一件事，伊莱死之前那晚，他答应过厄内斯特·维尔，他写的小说改编的电影，都得按照毛利给他提成。伊莱之所以会同意，都是因为茉莉·弗兰德斯和克劳迪娅到伊莱的病床前逼他，真让人恶心。我已经给茉莉发了书面通知，不管从法律上还是道德上讲，我都没有义务履行这个承诺。"

迪尔仔细考虑了一下这个问题，说："他绝不会自杀，可是万一他活不过五年，我们也要考虑一下这种情况。"

"不必，"邦茨说，"伊莱和我问过律师，律师说茉莉在法庭上站不住脚。就算给他点儿钱，也不能按毛利算。那是抽我们的血。"

"那么茉莉答复了吗？"迪尔问。

"答复了，律师函都是些陈词滥调，还能有什么新东西，"邦茨说，"我告诉她滚蛋。"

邦茨摘下电话，打给他的心理医生。多少年来，他的妻子一直催他去接受一下心理治疗，让他这个人多少变得可爱点。

邦茨通过电话说："我就是确认一下我们约好下午四点，没错吧。对，下周我们聊聊你的剧本。"说完他挂了电话，对迪尔诡秘地笑了笑。

迪尔知道，邦茨和法莱内·方特要去公司在比弗利山庄里订的房间幽会。而他的心理医生很乐意为他作掩护，因为他写的剧本——心理医生是连环杀手——被公司买下了。好笑的是，邦茨买了本子，却觉得这东西一文不值；而迪尔看过剧本后却觉得，当作小制作来做的话这片子还是不错的。所以迪尔准备拍这部片，顺便卖了邦茨一个人情。

然后邦茨和迪尔聊了聊，为什么和法莱内厮混会那么开心。他们一致同意这是由于他们这类大人物就喜欢法莱内的孩子气。他们也觉得，和法莱内做爱真是太美妙了，她非常有趣，而且不对他们提要求。当然会有些暗示，但是她的确才华横溢，如果时机合适，的确是可以给她机会的。

邦茨说："有件事让我担心，如果她成了个不大不小的明星，也许我们和她之间的快乐日子也就到头了。"

"没错，"迪尔说，"明星不都这样吗，不过管他呢，那时候她可以给我们赚很多钱。"

他俩又聊了聊制片和上映计划，《梅莎琳娜》在两个月内就能杀青。而且会成为圣诞档期的主打制作。维尔作品的一部续集已经在预热了，两周内就能上映。罗德斯通出品的这两部电影加在一起，算上录像带的话，在全世界能赚到十亿美元。邦茨能够拿两千万，迪尔大概也有五百万。那时候，鲍比就会被大众看作是天才，在接替马林的第一年就有这么好的业绩，大家也会承认他第一把交椅的地位了。

迪尔若有所思道："《梅莎琳娜》调整之后的毛利，我们还得给克罗斯分出去百分之十五，想想真丢脸。我们干脆把钱连本带利还给他好了。他要是不满，就去告我们。明显他害怕上法庭。"

"他不会是黑手党吧？"邦茨问道。听到这话，迪尔觉得这家伙真是个彻头彻尾的胆小鬼。

"我了解克罗斯，"迪尔说，"他不是什么狠角色。要是他有那么危险，他妹妹克劳迪娅早告诉我了。只有茉莉·弗兰德斯我才担心一下。我们这可是同时在坑她的两个当事人啊。"

"好吧，"鲍比说，"耶稣基督啊，我们真是干得不错。在维尔身上省下两千万，大概在德·莱纳身上也能省个一千万。我们的奖金有着落了，我们都是大英雄了。"

"是啊，"迪尔说，他看了看表，"快四点了，你不去找法莱内吗？"

就在这个时候，鲍比·邦茨办公室的门被粗暴地推开了，茉莉·弗兰德斯站在门口。她穿着一套格斗用的训练服，裤子、外套，还有白色的丝绸衫，脚下还蹬着平底鞋。她俏丽的脸蛋因为愤怒涨得通红。眼里还噙着泪，但是她这个样子，却比她以往的扮相都要美。她的声音里带着点怨恨，也带着点欣喜。

"好了，你们这两个杂种，"她说，"厄内斯特·维尔死了。我已经申请了强制令，从现在开始你们不得发布他作品的新续集了。现在你们两个混蛋准备好坐下来谈谈交易了吧？"

厄内斯特·维尔知道，在自杀问题上他最大的障碍是如何避免暴力手段。他太胆小了，不敢使用时下流行的法子。枪太吓人了，刀和毒药又太直接，而且一点也不方便。把脑袋塞进煤气炉里，在车里被一氧化碳毒死，这些方法永远都不保证一定奏效。割腕会见血。不，他想迅速、彻底而又不用受罪的死亡，尸体要完整，死得要有尊严。

厄内斯特感到很骄傲。这是个理性的决定，这个决定对大家都好，只是罗德斯通会有点麻烦。这纯粹是个人经济利益和恢复自尊心的事。他能够重新掌控自己的生命，思及至此他不禁大笑。说明他的确没疯——他还保持着幽默感呢。

游泳出海溺水身亡实在是太"电影化"的桥段；冲到公交车面前被车撞又疼又不一定会死，而且这种死法太丢脸，简直跟流浪汉一样了。他突然想到一种安眠药，这种东西已经没多少人用了，因为它是栓剂，得塞进直肠。不过，这样死也太没尊严了，还不保证成功。

厄内斯特推翻了所有这些手段，继续寻找一种愉快彻底的死法。他越想越兴奋，甚至都不想死了。写遗书时越写越高兴，他要把所有的艺术天赋都用上，不能太自大，也不能抱怨。最重要的是，他要靠这份遗书让别人明白：他自杀是经过理性分析，而不是因为胆小怕事。

他从致第一任妻子的信开始写，他认为她是他唯一的真爱。第一句话他就试着写得客观、实际。

"见字请即联系我的律师茉莉·弗兰德斯。她有要事告知。谨此感谢你与孩子给我多年快乐生活。我并不希望你将我此番作为理解为对你的责备。我们分开之前已然互相厌烦。这绝非我情绪恶劣或酲酲思想之产物。我的行为完全合乎理性，我的律师会详加告知。告诉孩子我爱他们。"

写完后厄内斯特把便笺纸推到一边。这东西还得修改。他继续给第二任和第三任妻子写信，这两封信里的语气连他自己都觉得冷漠。信的大意是通知她们，她们可以得到一小部分他的遗产，感谢她们带给他的快乐，并安抚她们说绝不需要为他的行为负责。从这两封信看来，他写的时候似乎不存在爱意。所以给鲍比·邦茨的信更简单，就一句骂人的脏话。

之后他给茉莉·弗兰德斯留了信，写完"让那帮混蛋见识你的能耐吧"，让他心情变好了一点。

致克罗斯·德·莱纳的信中，他写道："我做了应该做的事。"德·莱纳看不起他，这他早就感觉到了。

最后，在写信给克劳迪娅的时候，他终于敞开了心扉。"虽然我们甚至连恋人都不曾做过，但你给了我生命中最快乐的时光。你有没有感到同样快乐呢？为什么你所做的事情总是对的，我总是磕磕绊绊要出错呢？事到如今，把我对你写的东西做的评价都丢到一边吧，我对你作品的刻薄，不过是一个打铁匠一样的过气小说写手的嫉妒心作祟而已。谢谢你一直在出力帮我夺回我的分成，虽然最后没成功，但是你努力了，我爱你。"

他把这些写在黄色便笺上的信件都摞在一起，虽然这些信眼下看起来有点糟糕，但是他会修改的，修改总是写出好作品的关键所在。

不过写便笺这件事勾动了他的思维，他终于想到了自杀的完美方法了。


肯尼斯·卡尔多涅是好莱坞最棒的牙医，在这个小圈子里，他的名气像当红的明星一样众人皆知。他技术精湛，生活丰富多彩，为人勇敢。他憎恶那些书籍和电影，它们总是把牙医塑造成极端平庸的人。他总是尽一切努力推翻这种形象。

他衣冠楚楚，举止礼貌，他的牙科办公室装饰奢华，有一书架的英美顶级杂志，还有个稍小的书架，上面放着外语杂志，德语、意大利语、法语应有尽有，甚至还有俄语的。

在等待间的墙上挂着一流的现代艺术作品，而当你走进治疗室的路上可以看到，走廊处处装点着一些签名照，都是全好莱坞最杰出的名字。他们都找他看牙。

他为人开朗，谈吐幽默，隐约有点娘娘腔，让人看不透彻，弄不明白。他热爱女人，但他无论如何也不明白为什么有人可以为了女人而放弃一切。对他来说，做爱跟美食、美酒、美妙的音乐都是一样的。

肯尼斯唯一信仰的是牙医的艺术。在牙科领域，他就是个艺术家，他时刻紧跟技术上和美观上的发展。他拒绝在病人嘴里安装可拆卸的齿桥；他一再坚持用钢制植入片，这样能让假牙永久嵌进牙床。他曾经在牙科大会上做过讲座，在这方面是绝对的权威，还给摩纳哥王室成员看过牙。

肯尼斯·卡尔多涅的病人，不必半夜把假牙放进玻璃杯。只要坐在他精心配置的牙科用诊疗椅上，不管接受什么治疗，都不会感到一丝疼痛。他用药一向大手大脚，尤其是"甜香"，一种"笑气"和氧气的混合气体，病人带着橡胶面具把这种气体吸入肺部之后，就感受不到手术中的任何疼痛了。而且，患者还会进入一种半清醒状态，有一种飘飘欲仙的感觉，就像吸了鸦片。

厄内斯特和肯尼斯相识并成为朋友，是差不多二十多年前了，那时候厄内斯特才第一次来好莱坞。当时，有个制片人为了得到厄内斯特一本书的版权，对他大献殷勤。在这位制片人举办的晚宴上，厄内斯特被牙疼折磨得死去活来。制片人大半夜挂电话给肯尼斯，肯尼斯当即赶到了宴会现场，把厄内斯特带回诊所治疗坏牙。治疗完毕后，他又把厄内斯特送回酒店，并交代他次日去复诊。

后来厄内斯特评论此事时认为，那位制片人肯定和那位牙医关系匪浅，才能在大半夜打通他家里的电话。制片人却否认了，他解释说，肯尼斯·卡尔多涅秉性就是如此。对他来说，一个人患了牙病，就像快要溺死一样，他必须赶来救人。当然也有一部分原因是，卡尔多涅喜欢厄内斯特的作品，他把厄内斯特所有的书都读完了。

第二天，厄内斯特去了肯尼斯的办公室，一个劲儿地说着感激的话。肯尼斯举起手来，阻止了他的滔滔不绝，说："你的书很有趣，算起来还是我欠你的呢。咱们讲讲钢制植入片的事情吧。"他说了很久，告诉厄内斯特称保护牙齿必须尽早开始。还说厄内斯特之后还会掉几颗牙齿，现在有了钢制植入片，他就用不着每天晚上把假牙放进玻璃杯里再灌上水了。

厄内斯特说："我考虑考虑。"

"不行，"肯尼斯说，"质疑我的专业的病人，我可不治。"

厄内斯特大笑。"幸亏你不是个小说家，"他说，"好吧，那就装植入片。"

他们成了朋友。维尔每次来好莱坞，都会邀他共进晚餐。有时候，他会专程跑来洛杉矶，就是为了吸一口"甜香"。肯尼斯对厄内斯特的小说评价很是精辟，他对文学的理解，几乎赶得上他对牙科的理解了。

厄内斯特爱死甜香了。吸了甜香以后他再也感觉不到疼，而且在那种飘飘欲仙的状态中，他还想出过一些精彩的情节。之后的几年里，他和肯尼斯建立了深厚的友谊，他在牙根新装了一套钢片、换了整整一套牙，结实到足够陪着他一路进棺材了。

但是，厄内斯特对肯尼斯最主要的兴趣，是把他视作小说里的一个角色。厄内斯特相信，任何人都有反常怪异的一面。肯尼斯所暴露出来的怪癖，则是在性爱上的——只不过不是色情片里那种通常套路罢了。

在治疗前，他们通常会聊聊天，然后厄内斯特才会吸入甜香。肯尼斯说，跟他关系最密切的女朋友，他"重要的另一半"，除了跟他之外，还跟她的狗做爱，一条大型的德国牧羊犬。

厄内斯特当时刚开始吸甜香。听到这话，他脱下橡胶面具不假思索地问："你在和一个跟狗做爱的女人乱搞，你就不担心吗？"他指的是医学和心理的复杂状况。

肯尼斯没听懂言下之意，说："我为什么要担心？狗可没法和我比。"

一开始厄内斯特觉得他在说笑。这时他才发现，肯尼斯是认真的。厄内斯特重新戴上面具，沉浸在笑气和氧气带来的梦幻状态里。他的意识活跃得一如既往，详尽地分析着他的牙医。

　　肯尼斯这样的人，完全不明白爱情是一种关乎心灵的活动。他认为愉悦才是最重要的，这就跟止痛措施是为了让人飘飘欲仙一个道理。沉溺享乐的时候必须控制肉体。

　　当天晚上他们一起吃了晚餐。肯尼斯或多或少地验证了厄内斯特的分析。"做爱就比笑气更好，"肯尼斯说，"不过就像笑气一样，必须混合百分之三十的氧气。"他朝厄内斯特狡黠一笑，"厄内斯特，你是真喜欢甜香，这我看得出来。我给你吸的是最大量，百分之七十的笑气，你竟然跟没事儿人似的。"

　　厄内斯特问："这很危险吗？"

　　"危险倒不会，"肯尼斯说，"除非你把面罩连续扣在脸上好几天，就算这样问题也不大。当然，纯的笑气可以在十五至三十分钟内要你的命。其实，每个月我都会在办公室组织一次小型午夜聚会，参加聚会的'美人'都是精挑细选出来的，都是我的病人，我有他们的血检报告，都是健康人。笑气能激起他们的欲望。吸气的时候你也感觉到性快感了吧，对不对？"

　　厄内斯特大笑："刚才你一个助手走过的时候，我就想去捏捏她的屁股。"

　　肯尼斯诡秘一笑："我确信她会原谅你的。不如你明晚来办公室吧？会很有意思的。"他看到厄内斯特的脸上浮现出一丝反感来，于是说道，"笑气不是可卡因，可卡因让女人完全失去理智了，而笑气只是让她们放松而已。来吧，就把这当成一个鸡尾酒会。你用不着非得做什么。"

厄内斯特恶毒地想，狗也来吗？然后接受了邀请。他对自己说，这只是为了小说做个研究而已。

他一点也没觉得这个聚会有什么意思，压根儿没有参与进去。说实话，与其说笑气激起了他的性欲，倒不如说笑气让他的精神得到了"升华"，仿佛这甜香是专门用来祭祀某个仁慈神祇的圣药。来参加聚会的客人们动物似的到处性交，这场面瞬间就让他明白了，肯尼斯不在乎他"重要的另一半"和德国牧羊犬做爱，完全是合情合理。这样的性交不包含一点人类情感，简直有点无聊。肯尼斯自己没有参与，他忙着控制释放笑气呢。

但现在，若干年后，厄内斯特知道他有自杀的办法了。这种死法就和无痛看牙一样。他不会有痛苦，不会让遗容有碍观瞻，也不会感到害怕。他会毫无遗憾地在一片飘飘欲仙之中直上云端，从此端的世界往生于彼岸的世界——说得通俗点，这种死法很快乐。

现在的问题是，怎么在半夜潜入肯尼斯的办公室，弄明白怎么操作笑气……

他和肯尼斯约了检查牙齿。肯尼斯在看他的X光片时，他告诉肯尼斯要在新小说里加入一名牙医角色，想知道应该如何操作释放甜香。

肯尼斯是一个天生的老师，他详细演示了怎么使用甜香罐上的开关，还强调了安全比例。

"但这不危险吗？"厄内斯特问，"你要是喝醉了搞错了呢？我会死的。"

"不可能，这东西会自动调节，所以永远可以保证氧气含量不低于百分之三十。"肯尼斯说。

厄内斯特犹豫了一会儿，装出一副难以启齿的样子："你知道的，好几年前那个聚会，其实我挺喜欢的。现在我有个小女朋友，特漂亮，但是比较腼腆。我想你帮我个忙。能把你办公室的钥匙给我吗？我想带她来这儿一趟，甜香能让她放得开一点。"

肯尼斯仔细地看着X光片。"你这套牙齿简直棒极了，"他说，"我可真是个好牙医。"

厄内斯特问："钥匙的事？"

"货真价实的大美女吗？"肯尼斯问，"告诉我是哪个晚上，我来控制甜香。"

"不行，不行，"厄内斯特说，"这是个正派的姑娘，你在旁边的话，她放不开，"他顿了顿，"她很老派的。"

"少扯淡。"肯尼斯说。他盯着厄内斯特的双眼，然后开口道，"等我一分钟。"他离开了治疗室。

回来的时候，他手里攥着钥匙。"去配一把一样的，"肯尼斯说，"让他们知道你是谁，然后把钥匙还给我。"

厄内斯特又惊又喜："我也没说现在就要。"

肯尼斯把X光片整理到一起码到一边，转身看着厄内斯特。他脸上的欢乐爽朗已经完全看不见踪影了，自从厄内斯特认识他以来，几乎没见过他这样凝重的表情。

"当警察在我的治疗椅上找到你的尸体时，"肯尼斯说，"我不想被牵连进去，我不想我的专业素养受到危害，也不想失去我其他的病人。警察会找到钥匙和配钥匙的商店，最终他们会觉得这是你自己的诡计。我猜，你肯定已经留了信了吧？"

厄内斯特惊住了，又觉得很羞愧。他没想过这样会伤害肯尼斯。肯尼斯看着他，嘴角带着些责备意味的微笑，同时也泛着伤感。厄内斯特接过钥匙，少见地动了感情。他犹豫不决地拥抱了肯尼斯。"看来你明白了，"他说，"不过，我的决定可是完全理性的。"

"我当然懂，"肯尼斯说，"我也想过如果我老了以后，或者日子过不下去的时候，"他开心地笑道，"什么都比不上一死了之。"他们都笑了。

"你真的知道我寻死的缘故吗？"厄内斯特问道。

"好莱坞的人都知道，"肯尼斯说，"在一场聚会上，有人问斯基比·迪尔，他是不是真打算拍那几部片子。他当时回答说，'除非地狱结冰，或者厄内斯特·维尔自杀，否则我拍定了'。"

"你不觉得我疯了吗？"厄内斯特说，"为了钱干这种事儿，而且这笔钱我还花不着了……"

"这有什么呢？"肯尼斯说，"比为了爱情自杀要聪明多了吧。就是操作起来有点麻烦，你得断开墙里面输送氧气的阀门。这能让自动分配不起作用，你就能把笑气的成分调到百分之七十以上了。等周五晚上清洁工走了之后你再来，这样的话你的尸体直到周一才会被发现。要不然，被人发现的话，你总有被救活的可能。当然，如果你吸百分百的纯笑气，三十分钟之内就死。"他又带着一丝悲哀笑了笑，"我在你牙齿上下的工夫都废了。真可惜。"

两天后的周六，厄内斯特很早就在比弗利山庄酒店房间醒来。太阳才刚刚升起。他洗了澡，刮了脸，穿上T恤和宽松的牛仔裤，外面套上一件棕褐色的亚麻夹克。房间里满地的衣服和报纸，但是也没必要整理了。

肯尼斯的办公室离酒店需要走半个小时，厄内斯特走出酒店，感受到了自由的味道。洛杉矶谁都不走路。他很饿，但是害怕如果吃东西的话，到时候笑气会让他吐得一塌糊涂。

办公室在一栋十六层楼建筑的十五层。大厅里只有一个保安，电梯里一个人都没有。厄内斯特用钥匙打开牙医诊所的大门，进门，回身锁好，然后把钥匙揣进夹克的口袋。房间里静谧一片，前台的窗子闪耀着清晨的日光，电脑则静静地藏在诡谲的阴影之中。

厄内斯特打开门，走进工作区。沿着走廊一路走去，走廊墙上大牌明星的照片都在向他致意。一共有六个治疗室，左手边三个，右手边三个。走廊尽头是肯尼斯的办公室和会议室，他们常常在那里聊天。肯尼斯的私人治疗室里配有特制水压牙科椅，供最有身份的病人使用。

那张椅子极尽奢华，垫子更厚、皮子更软。椅子旁的滑动桌上放着吸入甜香用的面具。控制台的阀门连在输气管上，装着笑气和氧气的罐子藏在墙里，两个控制旋钮都指向零点。

厄内斯特把旋钮调到一半笑气一半氧气，然后坐上椅子，戴上面具，放松身体。不管怎么说，这次肯尼斯不会用刀子切进他的牙床了。所有的疼痛和苦厄都离他而去，他的大脑在整个天地之间徜徉。他感觉棒极了，这时候还要想到死亡的话，真是荒唐。

下一部小说该怎么动笔的想法跃进了他的头脑，他想到了很多认识的人，没有谁是怀揣恶意的，这是他最爱笑气的一点。该死，他忘了修改绝笔信了，他意识到，不管他下笔时初衷多么良善、文辞有多考究，这些信都会伤人的心。

厄内斯特现在好像身处一个巨大的、航行中的彩色气球里。

他飘荡在他所知的世界之上。他想到了伊莱·马林，追逐自己的命运、获得了巨大的权力，无情而睿智的手腕让世人敬畏。当时厄内斯特刚刚发表他的得意手笔，电影制作公司就买下了这部小说准备改编成电影，这部小说还让他获得了普利策奖。出版商为他举办了鸡尾酒会，而伊莱也出席了这次庆典。

伊莱伸出手说："你是个非常优秀的作家。"他参加酒会的消息传遍了好莱坞。而且伟大的伊莱·马林在大去之时又对他表示了最后的、绝对的尊重，他愿意按照毛利给他提成，尽管邦茨在马林死后对此拒不履行了。

其实邦茨也不是坏人，他这样不懈地追逐利益，都是源于他在那样一个名利场中的种种经历。说老实话，斯基比·迪尔才叫混蛋，因为迪尔凭借的是精明、魅力、禀赋的能量和与生俱来的背信弃义，可是个危险得多的人。

厄内斯特又想到，他为什么总是看不起好莱坞和电影，为什么总要嘲笑他们呢？这是嫉妒。电影是现在最受尊敬的艺术形式，而且他自己也喜欢好电影。但是他嫉妒摄制电影时剧组成员之间的联系。演员、剧组、导演、大明星，甚至是"西装男"——那些粗鲁不文的管理层，在拍摄期间都亲密无间像家人一样。虽然这个家庭不能天长地久，但至少能持续到电影杀青之前。他们相互赞美、亲吻、拥抱，彼此发誓一直相亲相爱。要是能拥有这种感觉该有多好。他记起来，当他和克劳迪娅第一次写剧本的时候，还一直以为这个大家庭会接纳他呢。

但是以他的性格、恶意的机智和总是浮上嘴角的讥笑，要怎么融进那个家庭呢？不过在甜美的笑气里，就连剖析自己也没那么犀利了。他有版权，他写过了不起的作品（厄内斯特真心爱自己的作品，这在小说界可不常见），他应该得到更多的尊重。

浸没在宽恕一切的笑气中，厄内斯特想通了，他其实不想死。钱没那么重要，也许邦茨会发发慈悲，又或者克劳迪娅和茉莉能想到别的法子。

他又想到了所受的那些羞辱。他的几任妻子没有一个真正爱过他。他一直就像个乞丐，却从没得到过爱情的施舍。他的书广受好评，但没有真正地引起轰动让他变得富有。有些评论家恶意诽谤，他还要假装一点都不在乎。毕竟，不能在批评家面前失态是作家基本素养，但这让他痛苦不堪。他的男性朋友偶尔也很欣赏他的聪明、坦率，但他们的交情止于普通朋友，连肯尼斯都算不上他的密友。他知道只有克劳迪娅是真的喜欢他，茉莉·弗兰德斯和肯尼斯只是同情他。

厄内斯特探起身子，关上了甜香的控制钮。过了几分钟他就清醒多了，然后去肯尼斯的办公室坐了下来。

清醒之后，他再度消沉。他回到肯尼斯的安乐椅上，看着太阳从比弗利山上升起。电影公司出尔反尔让他愤怒到无暇顾及任何别的事情。他讨厌新一天的黎明，至少在夜里，他还能早早吞下安眠药，然后能睡多久是多久……他恨自己竟然被这些他根本瞧不起的人羞辱了。他现在连读书也读不下去，阅读是永远不会背叛他的一种快乐。当然，他再也没法写作了。那些笔触优雅的散文，那么受人欢迎，现在看来都是无病呻吟，夸张做作而且自命不凡。他不再喜欢写这样的东西了。

很长一段时间里，他每天早上醒来时，都会对这新的一天满怀畏惧。他太疲劳，连澡也懒得洗，脸也懒得刮。而且他破产了。他的确赚过几百万美元，但他嗜赌、好色、酗酒，有时甚至直接把钱送给别人。直到现在他才发现钱有多么的重要。

两个月前，他已经付不起孩子和前妻的赡养费了。和大多数男人不同，厄内斯特付这笔钱时感到很快活。他已经五年没出版过一本书了，性子也变得越发难以亲近，就连自己都觉得讨厌。他成天抱怨自己命不好，自己就好像社会这张大脸里的烂牙。而这种想象只能让他更加沮丧。像他这样天赋异禀的作家怎么会沦落进这样狗血的肥皂剧情里呢？浓重的忧郁侵袭了他整个人，他浑身都瘫软了。

他起身走进治疗室。肯尼斯告诉过他如何操作。他拉出那根电线，电线顶端连着两个插头，一个供给氧气，另一个输送笑气。他只插上了一个插头——输送笑气的那个。他坐上牙科椅，伸出手旋转旋钮，那时候他想，肯定有办法能调整到最少百分之十的供氧，那样就不一定会死。他拿起面具，戴在脸上。

高纯度笑气让他感受到了片刻的狂喜，苦痛一扫而光，他进入梦幻般的世界里。笑气净化了他的大脑。他感受到了最后的、最纯粹的愉悦，那一刻他相信，世上存在上帝和天堂。


茉莉·弗兰德斯对着鲍比·邦茨和斯基比·迪尔大发雷霆，要是伊莱·马林还在世的话，她会小心得多。

"你们有一部厄内斯特作品的续集马上就要发行了，但是我申请的限制令不会允许你们上映的。现在这些财产都属于厄内斯特的遗产继承人。当然，你们也可以无视禁令强行上映，那我就起诉。要是我胜诉，那部电影和大部分收入都会算进厄内斯特的遗产。而且你们永远别想用他书中的角色再拍任何其他的电影。现在我们先不谈那些，也不谈法院上的事。我要求你们预付五百万、每部片子拿出一成毛利来。还有录像带的收入，我要你们给我一个真实有效的账户，存上录像带的分成。"

迪尔惊惧交加，邦茨则怒气冲冲。厄内斯特·维尔，一个编剧，要在一部片里拿走比大部分人都高的利润分成，都快赶上大明星了，简直岂有此理。

邦茨立即打电话给梅洛·斯图尔特和罗德斯通的首席法律顾问。不到半小时，他们就来到了会议室。梅洛必须到场，因为他负责这个系列电影的统筹，大明星、导演、编剧都要付给他佣金。这种情况是他损失几个点的利益的时候。

首席法律顾问说："维尔先生第一次恐吓公司的时候，我们就研究过这个问题了。"

茉莉·弗兰德斯怒气冲冲地打断了他："你把他的自杀说成是恐吓？"

"除了恐吓还有勒索，"首席法律顾问不假思索道，"我们已经完全研究过这种情形下的法律条款，目前的情形比较复杂，但我还是建议公司上法庭，我们肯定赢。在这种特定情况下，财产的各项权利不会回到遗产继承人名下。"

"你凭什么保证？"茉莉问律师，"有百分之九十五的把握吗？"

"没有，"法律顾问说，"法律里没有那么准的事。"

茉莉听了后感到心情愉悦。如果能胜诉，她靠着这个案子里挣的钱就可以直接退休享福了。她起身准备离开，说："你们都得完蛋，我们法庭见。"

邦茨和迪尔吓得一句话也说不出来。邦茨真心诚意地希望伊莱·马林还活着。

还是梅洛·斯图尔特站起来挡住了茉莉，他带着乞求，亲切地拥抱了茉莉。"嘿，"他说，"我们不是正在商量吗，大家都文明点吧。"

　　他把茉莉请回了座位，注意到她眼里带着泪。"我们可以做笔交易，我可以放弃一部分利益。"

　　茉莉平静地对邦茨说："你想冒险失去一切吗？你的顾问能保证你必然胜诉吗？他当然做不到。你他妈到底是商人还是烂赌棍？你为了省下两千万，最多四千万，想用十亿来冒险吗？"

　　他们商定，预付给厄内斯特的遗产四百万，还有将要上映的那部电影百分之八的毛利。如果要出其他的续集，每一部都会支付给他两百万和百分之十调整后的毛利润。厄内斯特三任前妻和孩子现在是有钱人了。

　　茉莉临走时说："别说我不留情面，等克罗斯发现他被耍了，你们等着瞧他会怎么做。"

　　茉莉凯旋而归，她还记得有一夜她是怎么把厄内斯特带回家的。当晚她喝得醉醺醺的，无比空虚，而厄内斯特机智诙谐，让她觉得和他过一晚可能会很有意思。然后他们就去了她家，在路上她酒就醒了，到家后她把他带进了卧室，却绝望了。厄内斯特平淡无奇、在性事上还放不开，像个居家的男人一样，笨手笨脚，张口结舌。

　　但茉莉是个有教养的人，箭在弦上了总不能撵他出去。于是她又把自己灌醉，两人上了床。说真的，一片黑暗中，没差到哪儿去。厄内斯特十分享受，而她也因而心情大好，早上还为他把早餐端到了床上。

　　他对她狡黠地笑了笑。"谢谢你，"他说，"再次谢谢你。"她以为他这是完全明白她昨夜的感受才说出的话，以为他感谢的不仅仅是早餐，还有昨晚上施舍给他的美妙体验。她一直很遗憾，自己这个演员要是客串得再好点就好了。不过无所谓，反正她是律师不是演员。而且这一次，她已经为厄内斯特·维尔演了一出戏——得到回报的爱。

大卫·雷德菲洛博士在罗马参加一场重要会议时，接到了唐·克莱里库齐奥的召唤。当时他正在向意大利总理报告一项新的银行法规，大力制裁贪腐的银行官员——他自然是反对这项提案的。于是他立即中断了发言，飞往美国。

流亡意大利的二十五年来，大卫·雷德菲洛的事业发展到了他做梦也不敢想的高度。刚开始，唐·克莱里库齐奥帮助他在罗马买下一家小银行。他拿出从毒品生意上赚来的钱和瑞士银行里的存款，买下更多银行和电视台。不过，都是靠着唐·克莱里库齐奥在意大利的朋友的点拨和帮助，他才建立了他的帝国，除了银行，他们帮他拿下了不少杂志、报纸和电视台。

但是大卫·雷德菲洛也很满意自己的表现。他改头换面，拿到意大利公民身份，娶了意大利籍的妻子，生了意大利籍的孩子，养了典型的意大利情妇，还从意大利大学拿到一个尊贵的博士学位（花费两百万）。他穿阿玛尼的西服，每周花一小时打理发型，在咖啡吧（他收购的）里有一群男性的密友；他还踏入政界，向内阁和总理建言。虽然位高权重，但是他每年都会去一次科沃格见他的导师——唐·克莱里库齐奥，完成他的期望。所以这次特殊的召唤让他很是警惕。

科沃格家中的晚餐已经准备好了，他到了之后当即开宴。萝塞·玛丽耶使出了浑身解数，因为雷德菲洛一直是罗马餐馆的忠实拥趸。克莱里库齐奥全家——唐的儿子乔治、佩蒂耶和文森特，他的外孙丹特，还有皮皮和克罗斯·德·莱纳——都聚集在这里欢迎他。

这是个致英雄的欢迎会。大卫·雷德菲洛——大学辍学的毒枭，离经叛道的狂野年轻人——如今摇身一变，成了社会的中流砥柱。他们不仅为他感到骄傲，唐·克莱里库齐奥甚至觉得他欠雷德菲洛的。因为正是雷德菲洛给他上了一堂道德课。

有件事让唐·克莱里库齐奥十分感伤，他曾经认为法律是不可能被毒品腐蚀的，而大卫·雷德菲洛扭转了这一点。

1960年，大卫·雷德菲洛还是个二十岁的大学生。那时他刚开始贩毒，不是为了赚钱，只是为了让他和朋友能买到便宜的毒品。他只卖可卡因和大麻。一年的时间里，他们的生意已经发展到可以买下一架飞机专门从墨西哥和南美边境进货。他们自然要面对法律的制裁，这时候大卫才真正地显露出他的天才之处。贩毒的六人团队赚了很多钱，大卫·雷德菲洛慷慨解囊买通各方渠道，很快，他的行贿名单上就有了治安官、地方检察官、法官和美国东海岸成百上千的警察。

他常说这很简单。去搞清楚这些人的年薪，按五倍的数额开价就行了。

但是后来，哥伦比亚的贩毒团伙出现了，他们比旧西部片里的印第安人还要凶狠，对付敌人，他们不仅仅是扒掉头皮，连整个脑袋都要切掉。雷德菲洛死了四个合伙人，于是雷德菲洛寻求了克莱里库齐奥家族的庇护，代价是百分之五十的收益。

佩蒂耶·克莱里库齐奥带着一批布朗克斯的手下做他的保镖。

1965年，唐把雷德菲洛送到了意大利。毒品行业实在太危险了。

如今，大家再次共聚晚餐，都称赞唐多年前的英明决定。丹特和克罗斯是第一次听说雷德菲洛的故事。雷德菲洛是个讲故事的好手，他大加赞赏佩蒂耶。"真是个战士啊，"他说，"要不是他，我活不到去西西里的那天。"他转向丹特和克罗斯说："那是你俩受洗的那天，我还记得他们差点把你们在圣水里淹死，但是你们一点不怕。我做梦也想不到有朝一日，竟然能和你们一起共事，你们都长大了。"

唐·克莱里库齐奥干巴巴地说："他们和你不一样，你只跟我，还有乔治一起共事。需要帮助的话，就找皮皮·德·莱纳。我已经决定了，上次我们谈的生意要继续。乔治给你解释原因。"

乔治把最新的进展告诉大卫，伊莱·马林死了，鲍比·邦茨上位后夺走了克罗斯在《梅莎琳娜》中所有的分成，只是把投进去的钱连本带利还了回来。

雷德菲洛很喜欢这个故事。"这人很聪明。他料定你不会告他，就拿你的钱。真会做生意。"

丹特正在喝咖啡，闻言恶狠狠地瞟了一眼雷德菲洛。萝塞·玛丽耶就坐在他身边，这时把手搭在了他的胳膊上。

"你觉得这很好笑吗？"丹特对雷德菲洛说。

雷德菲洛打量了丹特一会儿。他板起脸说："因为我知道，这种事情玩手段就大错特错了。"

唐看着这场交锋，似乎被逗乐了。他很少这样不稳重，但是只要这种情绪一出现，他的儿子们就能注意到，而且很喜欢。

"那么，外孙，"他对丹特说，"你打算怎么办？"

"让他去死。"丹特说道。唐朝他笑了笑。

"那你呢，克罗奇菲西奥？你怎么解决？"唐问。

"我只能接受，"克罗斯说，"然后吸取教训。我以为他们没这个胆子，所以中了他们的算计。"

"佩蒂耶和文森特呢？"唐问。

但他们拒绝回答，他们知道这是唐玩的老把戏。

"你不能认栽，"唐对克罗斯说，"这样的话，大家都把你当傻子看，全世界的人谁也不会尊重你了。"

克罗斯认真地听了唐说的话。"伊莱·马林买的画还在他房子里，差不多值两千到四千万。把这些弄来，要赎金。"

"不行，"唐说，"那你就暴露了，底牌就泄了。而且不管怎么小心，都有危险。太复杂。大卫，你怎么做？"

大卫若有所思地吐出一口雪茄，说："买下电影公司。做一次文明像样的生意。靠我们的银行和关系，买下罗德斯通。"

克罗斯不太相信。"罗德斯通是全球最老、最有钱的电影公司。就算你可以拿出一百亿，他们也不肯卖的。这是不可能的。"

佩蒂耶开玩笑道："大卫，我的老伙计，你能搞到一百亿元吗？你的小命还是我救下的呢，你不是还说过，这辈子都还不清欠我的债吗？"

雷德菲洛不理他的玩笑。"你不懂大宗资金是怎么运转的，那就像生奶油一样，拿一点小钱，然后用债券、贷款和股票把这笔钱搅成越来越蓬松。钱不是问题。"

克罗斯说道："问题是怎么让邦茨出局，他控制着公司，不管他能犯什么错，他一直奉行马林的遗愿。他绝不会同意卖掉公司的。"

"我去和他谈谈。"佩蒂耶说。

唐作了决定。他对雷德菲洛说："按你的计划来吧。放手做。但是要小心。皮皮和克罗斯归你指挥。"

"还有一件事，"乔治对雷德菲洛说，"按照伊莱·马林的遗愿，鲍比·邦茨管理电影公司五年。但是马林的儿子和女儿在公司里所持有的股份比邦茨要多。邦茨不会被炒，但如果电影公司出售，要打发掉他还得再花一笔钱。这事儿你也得解决了。"

大卫·雷德菲洛微笑着吐出一口雪茄："跟那个时候一样。我只需要你——唐·克莱里库齐奥的帮助就够了。意大利有一部分银行也许不愿冒这种险赌一把。要知道，我们花的钱肯定会大于电影公司真正的价值。"

"别担心，"唐说，"我在那些银行里有很多钱。"

皮皮·德·莱纳警惕留意着周围。这次会面有太多人在场，按道理，应该只有唐、乔治和大卫·雷德菲洛在场。皮皮和克罗斯本应该在其他场合受命去协助雷德菲洛。为什么他们要被卷进这个秘密里面来呢？更重要的是，为什么丹特、佩蒂耶和文森特也在？这一切不像是他所认识的唐·克莱里库齐奥的所作所为，他所知道的唐一向是尽可能地把计划内容隐藏起来。

文森特和萝塞·玛丽耶扶唐上楼睡觉。他坚决不同意在楼梯上装升降椅。

等到他俩离开后，丹特嬉皮笑脸地问乔治："我们买下电影公司后，谁来管理？克罗斯吗？"

大卫·雷德菲洛淡淡地插了话："我持有，我经营。有你祖父一笔收入。这些都写入法律文件。"

乔治表示认同。

克罗斯笑道："丹特，我们俩谁也不适合经营电影公司。我们还没冷血到那个程度啊。"

皮皮看着他们所有人。他对危险一直都很敏感，这也是他能活那么久的原因。但是这次他也弄不明白，也许只是因为唐老了吧。

佩蒂耶载着雷德菲洛去肯尼迪机场，他的私人飞机停在那里。克罗斯和皮皮包了一架飞机从拉斯维加斯飞过来。唐·克莱里库齐奥严禁桃源酒店或他名下任何产业买飞机。

克罗斯开着租来的车去机场。途中，皮皮对克罗斯说："我要在纽约市待一段时间。等到了机场，把车给我。"

克罗斯看着紧张的父亲。"我表现得不好。"他说。

"你还好，"皮皮说，"但唐说的没错，你不能让任何人一而再地占你便宜。"

他们抵达肯尼迪机场的时候，克罗斯下车，皮皮从副驾驶钻到了驾驶位。车窗摇下来，他们握了握手。皮皮抬头看着他儿子英俊的脸庞，满是欣慰。他轻柔地拍了拍克罗斯，试图挤出一个微笑，说："要小心。"

"小心什么？"克罗斯问，他深色的眼睛寻找他父亲的目光。

"所有的东西。"皮皮说，然后，说了一句让克罗斯震惊的话，"也许我该让你跟着你的妈妈，但是我太自私了，我想把你留在身边。"

克罗斯看着他的父亲开车离开，第一次意识到他父亲有多么在乎他，多么爱他。

# 第十五章

皮皮·德·莱纳决定结婚了，这件事连他自己都不敢相信，不是为了爱情，而是为了找人做伴。的确，他有克罗斯，有桃源酒店的好友，有克莱里库齐奥家族和一大堆关系复杂的亲戚；他还有三个情妇，胃口也不错；他喜欢打高尔夫，让别人十杆都稳赢不输；他还喜欢跳舞。唐就曾评价，他可以一路跳到棺材里。

所以，在五十七八岁的年纪里，这个身体硬朗、性情乐观、有钱的半退休老人想要稳定的家庭生活了，也许还能再生几个孩子呢？他越想越觉得心驰神往。他竟然想再当一次父亲了。抚养女儿长大肯定充满乐趣，当克劳迪娅还是个孩子的时候，他深爱着她，但是如今他们连话都不说了。她从小就狡黠调皮，但同时又有坦率真诚的一面，如今她已经在世界上闯荡成一个成功的电影编剧。而且世事难料，也许有朝一日他们会和好呢。在某些方面，她和他一样固执，所以他能理解她，并尊重她选择的道路，因为那是她自己的信仰。

克罗斯在电影行业下的赌注输了，但是对他来说，此路不通也总有其他路能走通。他还有桃源酒店的产权，而且唐会帮他拿回这场豪赌里赔掉的部分。他是个好孩子，但还年轻，年轻人必须得承担风险。人生不就是这样嘛。

把克罗斯送到机场后，皮皮开车去纽约市，他准备找东海岸的情人待两天。她是个有着深色头发的美女法律秘书，有着纽约式的机智，舞跳得也好。她说话刻薄、喜欢花钱，肯定会是一个烧钱的太太。不过这些不是真正的问题。她已经过了四十五岁，不再年轻了。而且她也太独立，做情人是很妙，但是不是皮皮想要的那种太太。

虽然她周日有半天时间都在读《时代周刊》，但他们还是共度了一个愉快的周末。他们在最好的餐厅吃了饭，又去夜店跳舞，然后在她的公寓待了一晚。但是皮皮想要更加平静的夫妻生活。

皮皮飞去芝加哥，他在那儿也有个情人，她的性感很衬这座喧嚣的城市。她喜欢酒和疯狂的聚会，她随遇而安而且相当有趣。但她有点懒，太过于邋遢。皮皮喜欢干净的家。真要组建家庭的话，她也太老了。她说自己最少也有四十岁。但是那又如何呢，他还真要和一个年轻女人过日子吗？在芝加哥待了两天，皮皮把她也划出了名单。

皮皮没把握说服她们任何一个定居拉斯维加斯。她们都是生活在大城市的女人，皮皮心里知道拉斯维加斯不过是个乡下小镇，唯一的区别只是用赌场换了牛棚。但是除了拉斯维加斯，皮皮不可能住在别的地方。这是因为拉斯维加斯是个不夜城。城市在夜晚熠熠生辉，电流驱走了所有的幽魂。好似沙漠中的玫瑰红宝石；而到黎明再现，炙热的天球又会烧尽昨夜幸免于霓虹灯的幽灵。

他最看好的是洛杉矶情人，皮皮对自己这种按照地区清晰安排情人的做法很是高兴。她们绝不会意外撞见，他也不用费心在她们之间做出抉择。她们都是他的情妇，但互不冲突。回首往事，他对自己的人生很满意。大胆而谨慎，勇敢但不莽撞，忠诚于家族也受到家族的奖励。他唯一的错误就是娶了娜莱内那样的女人，不过即便如此，娜莱内在那十一年中也给予了他独一无二的快乐。还有谁敢扬言这辈子只犯了一个错呢？唐挂在嘴边的那句话怎么说来着，人可以犯很多错，但绝不能犯要命的错。

他决定直接去洛杉矶，不在拉斯维加斯停留。他给米歇尔打了电话，说他已经在路上，而且拒绝她来接机。"准备一下，在家等我就行。"他告诉她，"我很想你，还有很重要的话要对你说。"

米歇尔够年轻，只有三十二岁，她更温柔，更愿意奉献，也没那么神经质，也许这都是因为她生长在加利福尼亚的缘故。她的床上功夫也不错，这不是说别人就不好，但这是皮皮选择妻子一条主要的考量标准。她没有棱角，不会让人烦心。可她有个怪癖，相信新纪元的胡说八道，什么通灵、灵魂沟通，总是谈论她前几辈子都干了什么。不过她也算是很有趣。和很多加利福尼亚美女一样，她也曾梦想过做个女演员，但是后来也就不做梦了。她现在把全副身心都投入到瑜伽和通灵里，锻炼身体、跑步、去健身房。而且她还经常夸奖皮皮的言行。当然，他的情人们都不知道他真正的职业，以为他是拉斯维加斯酒店联盟的行政主管。

是的，和米歇尔在一起，他可以住回拉斯维加斯，他们可以在洛杉矶买下一间公寓，在拉斯维加斯待腻了就坐四十分钟飞机去洛杉矶待两个星期。为了让她有事可做，也许他还可以给她买下一间礼品店来。这些都是可以实现的，不过，万一她拒绝他怎么办？

有些事从记忆深处浮现出来，娜莱内在孩子们还小的时候，给他们读《金发姑娘和三只熊》，他不就是故事里金发姑娘的翻版吗？纽约的女人太强硬，芝加哥的女人太软弱，而洛杉矶的女人则刚刚好。他觉得这个想法很有意思。当然，现实生活中没有什么东西是"刚刚好"的。

他在洛杉矶下了飞机，大口呼吸着加利福尼亚的芬芳空气，连烟雾都没注意。他先租了辆车，去罗迪欧道，他喜欢给他的女人们带点小礼物作为惊喜，并很享受逛街的乐趣，当然街边必须得是高级店铺，店里卖的也必须得是价钱昂贵的商品。他在古驰专柜买了一块奢华的腕表；在芬迪专柜买了一款女包，尽管他觉得这包很难看；还有爱马仕的围巾和一些香水，装在看上去像雕刻品的瓶子里。他买下一盒昂贵的女用内衣的时候，每个细胞都带着欣喜，他向年轻的金发服务员打趣说这是他打算自用的。那女孩儿瞥了他一眼说："好吧……"

回到车上时，身上已经少了三千美元，他开车去了圣莫妮卡，礼物放在客座，都用古驰颜色艳丽的购物袋装着。路过布伦特伍德时，他在布伦特伍德大超市停了车，这是他最喜欢的地方。他喜欢这里开放的广场，一圈都是食品店和露天餐桌，可以在桌上享用食物和冷饮。飞机餐不好吃，他饿了。米歇尔在节食，冰箱里从来都不会有食物。

他在一家店里买了两份烤鸡、十二块烤排、四根配料十足的热狗，在另一家店买了新鲜出炉的白面包和黑麦面包，在一家露天摊位买了一大杯可乐。然后他坐在一张露天餐桌旁边，享受这最后一刻的独居生活。他吃了两根热狗、半份烤鸡、一些薯条，觉得自己好像从来没吃过这么好吃的东西。坐在加利福尼亚傍晚金色的斜阳里，甜美芬芳的气息拂过他的脸庞。他不想离开，但米歇尔已经在等了。她肯定已经洗了澡、喷了香水，还小酌了几杯,他一出现就会被立即拉到床上,连刷牙的时间都没有。在他们缠绵之前,他要求婚。

装着食物的购物袋上写着几则关于食物的寓言,带着知识的购物袋正适合商场里有知识的客人。他把购物袋放上车,只顺便瞟了上面的第一行:"水果是人类最早消费的产品。在伊甸园……"瞎说八道,皮皮想。

他驱车前往圣莫妮卡市,停在米歇尔的公寓前。这是几幢西班牙风格的双层连体小别墅。他步出车门的时候,自然而然地把两个购物袋拎在左手,空出右手来。出于习惯,他四处看了看街面。景致很好,没有停着的车,西班牙风格的建筑略带几分宗教性的温厚,有宽敞的便道。人行道的边缘隐藏在花草中,枝繁叶茂的树木挡住了落日的余晖。

皮皮得走过一段长长的甬道,甬道两边是刷成绿色的木质栅栏,栅栏上缀着玫瑰。米歇尔的公寓就在后面,是圣莫妮卡老城区的一处遗迹,还保留着田园风格。建筑群似乎是老旧的木头所造,每一个独立游泳池边上都放着几把白色的长椅。

皮皮突然听见甬道外边有汽车发动机"嗡嗡"的空转声。他顿时警惕起来,他向来都很警觉。同一时刻,他看见一个男人从长椅上站起身。他诧异万分,不假思索道:"你他妈怎么跑这儿来了?"

那个男人并没有要跟他握手的意思,皮皮恍然大悟了。他知道要发生什么。那么多信息全都涌现在他脑海里,让他完全来不及反应。他看见对方掏出了枪——看上去小巧无害,他看见杀手的脸上神情紧张。他第一次明白了死于他手的人们脸上的表情,他第一次明白了那种生命行将终结的极度震惊,他也明白这次是在劫难逃，报应来了。他心里甚至还闪过一个念头，杀手的计划有瑕疵，要是换成他，就不会这么干。

他竭尽全力，知道这次必然无幸。他丢下购物袋向前猛冲，同时伸手拔枪。杀手也向他冲来，皮皮也全力扑过去。皮皮身中六发子弹，向后弹起，又狠狠地摔进绿色栅栏边上的一丛鲜花里。他闻到花朵的芬芳，抬头，看着伫立在跟前的杀手道："你这桑塔迪奥家的狗。"最后一发子弹打穿了他的脑壳。皮皮·德·莱纳死了。

# 第十六章

皮皮·德·莱纳死的那天早上，克罗斯驱车到马里布，和安提娜前往圣地亚哥去见她的女儿贝萨妮。

护士给贝萨妮换好了可以出门的装束。克罗斯可以看得出她对母亲印象模糊，而且在她这个年纪来说，长得算高了。她还是面无表情，双眼无神，身体慵懒。她的五官似乎尚未成型，好像被溶解了一部分，就像一块用过的肥皂。她依然穿着红色塑料围裙，这围裙是用来防止涂画时把颜料染到衣服上的。她今天一大早就在墙上涂画。她好像没看见他们，对母亲的拥抱和吻，也只是避开身子扭开脸地退缩。

安提娜仿佛浑然不觉，甚至抱得更用力了。

今天要去森林繁茂的河边野餐。安提娜装了一个午餐篮。

短暂的途中，贝萨妮坐在他俩中间，安提娜坐驾驶位。安提娜不停地帮贝萨妮梳理头发，抚摸她的脸庞，而贝萨妮却笔直盯着前方。

克罗斯想，今天结束后，他和安提娜要回到马里布做爱。他正在遐想她赤裸的躯体躺在床上，而他趴在她的身上。

突然贝萨妮开口说话了，对他说的。她之前可从没认出过他。她用呆滞的绿眼睛盯着他。"你是谁？"

安提娜作了回答，声音自然，好像贝萨妮开口问话是世界上最自然不过的事情一样。她说："他叫克罗斯，是我最好的朋友。"贝萨妮似乎听而不闻，又回到自己的世界去了。

安提娜把车停在离湖几码远的树林里。湖面闪耀着粼粼波光，好似一大块绿色布料中间的一小粒蓝宝石。克罗斯把午餐篮拎到野餐的地点，安提娜在草地上铺开一块红色的桌布，把午餐篮里的食物一一放在桌布上。她把崭新的绿色餐巾和餐具也取了出来。桌布上绣着的各种乐器吸引了贝萨妮的注意。接着，安提娜排开一大堆不同种类的三明治，几份用玻璃碗装的土豆沙拉和水果薄片。然后是一碟香甜的奶油蛋糕和一盘炸鸡。她好似一个想要迎合客户口味的大厨，精心准备好这一切，因为贝萨妮喜爱食物。

克罗斯从车后备厢拿出一箱汽水。午餐篮里有玻璃杯，他为他们斟满饮料。安提娜把她的杯子递给贝萨妮，但贝萨妮却拍开她的手，然后看着克罗斯。

克罗斯望着她的眼睛。她板着的脸像是一张面具，但她的眼神警惕起来。就仿佛她跌入某个隐秘的洞穴里，仿佛快要窒息却无法呼救，仿佛浑身起了水泡因而谁也碰不得。

野餐的时候，安提娜不停说话，极力想把贝萨妮逗笑。克罗斯惊异于她的娴熟，假装的愤怒和无聊，好像她孩子的自闭症行为完全理所当然，她把贝萨妮当作闲聊的对象，但是贝萨妮却从不应声。这是一出感人的独角戏，她自导自演，为了消减自己的痛楚。

最后是甜点时间，安提娜取出一块奶油蛋糕，端给贝萨妮，贝萨妮不要。她给克罗斯也取了一块，克罗斯摇摇头。他现在很紧张，因为虽然贝萨妮吃得不少，但显然她很生妈妈的气。他知道，安提娜一定也感觉到了。

安提娜咬了一口蛋糕，兴高采烈地呼喊这东西如何美味。又取出两块放在贝萨妮面前，这女孩喜欢甜食。贝萨妮把它们拿出桌布放到草地上。仅仅几分钟，点心上就爬满了虫子。然后贝萨妮把这两块糕点取回来，往自己嘴里放了一块，把另一块递给克罗斯。克罗斯毫不犹豫地把蛋糕塞进嘴里。他感觉整个上颚和牙龈两侧有点痒痒的，连忙猛灌了几口汽水，好把这些虫子冲进肚子里。然后贝萨妮看向安提娜。

安提娜若有所思地蹙起了眉头，好像一个女演员，正面对一场很难表演的戏。很快，她笑了起来，笑得很有感染力，拍着手说道："很好吃吧。"她再取出一块蛋糕，但贝萨妮和克罗斯都不要。安提娜随手把点心一丢，用餐巾帮贝萨妮擦了嘴，然后也给克罗斯擦了擦，看上去自得其乐。

回医院的途中，她用对贝萨妮说话的语调向克罗斯说话，仿佛他也是个自闭症。贝萨妮注意着她，然后扭头端详着克罗斯。

他们在医院放下了孩子。有那么一会儿，贝萨妮牵着克罗斯的手。"你很美。"她说，但当克罗斯打算吻她的脸颊告别时，她却扭开头跑了。


开车回马里布时，安提娜高兴地说："她回应你了，这是个好现象。"

"因为我很美。"克罗斯干巴巴地说。

"才不是因为这个，"安提娜说，"是因为你能吃虫子。我也很美，至少不会输给你，但她讨厌我……"她笑得很开心，如往常一样，她的美丽让克罗斯心旌摇荡。

"她觉得你和她一样，"安提娜说，"也有自闭症。"

克罗斯笑了，他喜欢这个想法。"她也许是对的，"他说，"也许你应该把我和她都送进医院。"

"不行，"安提娜笑道，"那我渴望你的肉体的时候就没办法了，而且拍完《梅莎琳娜》之后，我要带她出院。"

他们到了马里布的住处后，克罗斯和她一起进门。他们打算共度良宵。这时候他突然理解了安提娜：她表现得越活泼，心里越痛苦。

"要是你不开心，我可以回拉斯维加斯的。"他说。

现在她终于露出难受的样子了，克罗斯想知道他什么时候最爱她，是当她生气勃勃的时候，当她严肃认真的时候，还是她闷闷不乐的时候。她美丽的面容不断变化，似乎有种魔力，克罗斯自己的情绪也随她一起变化。

她深情地对他说："你今天过得不好，你会得到补偿的。"声音带着一丝戏谑，但他知道，这是她对自己美丽的戏谑，她知道她的魔法都是假的。

"我今天过得挺不赖。"克罗斯说，而且事实的确如此。今天他感受到的快乐，他们三个在湖边大片的树林里的时光，让他回想起他的童年。

"你喜欢蛋糕上的蚂蚁……"安提娜难过地说。

"味道还行，"克罗斯说，"贝萨妮会好起来吗？"

"我不知道，但我会继续寻找治疗方法，直到找到为止。"安提娜说，"拍完《梅莎琳娜》后，我有个很长的假期。我打算和贝萨妮飞去法国，巴黎有个名医，我想带她再去做个评估。"

"要是医生说没希望呢？"克罗斯说。

"那我就不相信，这无所谓，"安提娜说，"反正我爱她。

我会照顾她。"

"永远照顾她吗？"克罗斯问。

"是的，"安提娜说，然后她拍手，绿色的眼睛闪烁着，"现在呢，我们应该给自己也找找乐子了。我们上楼、洗澡，然后上床。我要把你榨干净，然后给你做个夜宵补补。"

克罗斯觉得自己就像回到了小时候，妈妈准备好早餐，和好友做游戏，和爸爸出门打猎，然后全家一起吃晚餐，克劳迪娅、娜莱内和皮皮。饭后打打牌。真是无忧无虑的生活。在黄昏，他和安提娜做爱前，在凉台看着太阳渐渐消失到太平洋之下，天幕映成奇妙的红色和粉色，她温暖的躯体和丝绸般的皮肤。她美丽的脸庞和让人渴望轻吻的嘴唇。他微笑着把她领上楼。

卧室的电话此时响起，安提娜比克罗斯快一步接起电话。她捂住话筒惊声道："是找你的，一个叫乔治的男人。"他从没在她家接过电话。

肯定是出了麻烦，克罗斯想，然后做了他认为自己不可能做的事情——他摇了摇头。

安提娜对着电话说："他不在这儿……好，他来了以后我会让他回电给你。"她挂断电话后问，"乔治是谁？"

"一个亲戚。"克罗斯说，他对自己的所作所为感到震惊，而这样做的原因竟然是他不想放弃和安提娜度过一晚。这是重罪。他还想知道，乔治是怎么知道他在这儿，他有什么事。肯定有要紧的事，他觉得，但是不管什么事都能等明早再说。没什么事比和安提娜做几个小时爱更让他心驰神往的了。

这是他们一整天，一整周都在等待的时刻。他们脱光了衣服，虽然还没洗澡，但他忍不住抱住她，他们身子上还带着野餐时的汗水。接着，她牵起他的手走到喷头下。

他们用橘黄色的浴巾擦干彼此的身体，又用这大浴巾把两个人的肉体紧紧裹在一起，站在凉台上，看着太阳渐渐滑到地平线以下，他们回到屋子里，躺在床上。

克罗斯和她做爱时，大脑中的所有细胞以及身体似乎都飞了出去，他仿佛陷入了狂喜的梦境。他是由喜悦构成的幽灵，进入她的躯体。他失去了平时的谨慎和理智，甚至不去看她是否在敷衍他，是不是真爱他。这快乐似乎永不消退，直到他俩枕在彼此手臂上进入梦乡。醒来的时候他们还紧紧抱在一起，月光洒落在他们身上，似乎比日光更加明亮。安提娜吻了吻他说："你真的喜欢贝萨妮吗？"

"真的，"克罗斯说，"她是你的一部分。"

"你觉得她能好起来吗？"安提娜问，"你觉得我能帮她吗？"

那一刻，克罗斯愿意放弃生命来治好那个女孩。他急切地想牺牲自己成全自己爱的女人，很多男人都有过这种感觉，现在轮到他了。

"我们可以一起努力。"克罗斯说。

"不，"安提娜说，"这事儿我只能自己做。"

他们又睡着了，电话再响的时候已经是第二天清早，在初晨的薄雾中，安提娜接起电话，听了一会儿后对克罗斯说："是门卫打来的，他说有一辆车载着四个人，想进门见你。"

克罗斯感到一阵恐惧，他接过电话对门卫说："让他们中间一个人接电话。"

电话里传来文森特的声音。"克罗斯，佩蒂耶和我在一起，我们有个非常糟糕的消息要告诉你。"

"好，让门卫接电话。"克罗斯说，之后他对门卫说，"放他们进来。"

他完全忘了昨天乔治的电话。都是爱情的错，他有点儿看不起自己，这样下去，一年我也活不过。

他迅速穿上衣裤跑下楼，车正好在屋前停下，太阳依旧半露着脸，阳光从地平线上洒出来。

文森特和佩蒂耶从长轿车后座钻出来。克罗斯看得见前座的司机和另一个男人。佩蒂耶和文森特沿着长长的花园走道来到门前，克罗斯为他们打开门。

突然安提娜站到他身边，罩着便裤和套衫，里面什么也没穿。佩蒂耶和文森特的目光看到她就挪不开了。她从来没有这么美过。

安提娜把他们都带进厨房，开始冲咖啡，克罗斯向安提娜介绍这都是他表叔。

"你们怎么来的？"克罗斯问，"昨天晚上你们还在纽约。"

"乔治给我们包了一架飞机。"佩蒂耶说。

安提娜一边做咖啡，一边观察他们。这些人没有流露出一丝情绪。他们看上去像是兄弟，两个都是大人物，只是文森特脸色像花岗岩一样苍白，而佩蒂耶略瘦的脸颊由于日晒或是饮酒的缘故，显得红彤彤的。

"什么坏消息？"克罗斯说。他期待听见唐死了，萝塞·玛丽耶疯了或是丹特做了什么蠢事给家族带来危机。

文森特用一贯简练的口吻说："我们得单独告诉你。"

安提娜给他们倒上咖啡。"我的坏消息你都知道，"她对克罗斯说，"我也要听听你的。"

"我要和他们离开一会儿。"克罗斯说。

"别想随便打发我，"安提娜说，"也别想着溜。"

这时候文森特和佩蒂耶有了反应。文森特花岗岩般的脸窘得通红。佩蒂耶则对安提娜意味深长地一笑，好像要她注意一些。克罗斯看到这里，笑道："好吧，那我们一起听。"

佩蒂耶试着尽量减轻打击。"你父亲出了点事。"他说。

文森特粗鲁地打断道："皮皮被一个黑人抢劫犯用枪给打死了。那个抢劫的也死了，在逃跑时被一个叫洛西的警察开枪射杀。他们要你去洛杉矶认尸，然后做一些笔录。老爷子希望把他葬在科沃格。"

克罗斯感觉喘不过气来，他摇晃了一下，仿佛在昏暗的风中颤抖，然后他感到安提娜用双手握住了他的手臂。

"什么时候的事？"克罗斯问。

"昨晚八点，"佩蒂耶说，"乔治给你打了电话。"

克罗斯想，当我做爱的时候，爸爸躺在停尸房里。他对自己那时的软弱感到异常鄙夷，还有无尽的羞耻。"我得走了。"他对安提娜说。

她凝视他沉痛的脸庞，她从没见过他这个样子。

"我很抱歉，"她说，"给我打电话。"


在轿车后座，克罗斯听到前座的那两个人向他吊唁。他认出来，他们是家族在布朗克斯的手下。随着他们驶出马里布住宅小区的大门，驶上海岸公路，克罗斯观察到车辆的行动有些迟缓，他们的车已经做了防弹保护。

五天后，皮皮·德·莱纳的葬礼在科沃格举办。唐的宅邸里拓了一片私家墓地，主楼里还辟有一间私人礼拜堂，皮皮葬在西尔维奥边上，以显示唐的敬意。

只有克莱里库齐奥家族的人和布朗克斯最出色的手下出席了葬礼。应克罗斯的要求，利亚·瓦齐从内华达山脉里的猎场赶来。萝塞·玛丽耶不在场。听到皮皮的死讯后，她又发作了一场，被送去精神病院了。

但是克劳迪娅·德·莱纳来了。她飞来安慰克罗斯，并和爸爸永诀。她感到，在皮皮生前她没有做的事，必须在他身后补上。她想要和爸爸恢复父女关系，让克莱里库齐奥家族的人知道，他不仅是他们家族的一员，也同时是她的爸爸。

克莱里库齐奥主楼前的草坪上放着一个巨大的花圈，尺寸和大广告牌差不多，草坪上摆着自助餐桌，侍应生穿梭其中，一个临时搭建的吧台里，酒保侍奉来客。这是全家哀悼的一天，不讨论任何家族生意。

克劳迪娅哭得很伤心，因为多年来她没能和爸爸在一起，但是克罗斯则带着庄重平静的神情接受人们的吊唁，没有显示出一点悲伤。


第二天，克罗斯站在桃源酒店套房的凉台上，俯瞰着霓虹灯里五光十色的长街。即使隔得这么远，他也能听见街上传来的音乐，还有寻觅赌场的赌徒叫叫嚷嚷。不过这已经足够安静，能让他分析过去一个月发生了什么，仔细想想他爸爸的死。

克罗斯不相信皮皮·德·莱纳会被一个随便的抢劫犯给杀了。这样一个中选者不可能落得这么个下场。

他把所听到的消息重新梳理了一遍。爸爸被一个叫休·马罗威的黑人抢劫犯杀死，该犯二十三岁，有贩毒前科。马罗威在逃离作案现场时被吉姆·洛西探员击毙，探员正在一宗毒品案里追缉马罗威。马罗威用枪指着洛西，因而被洛西枪杀，干净利落的一枪，从鼻梁上穿入。洛西调查时发现皮皮·德·莱纳的尸体，当即打电话通知丹特·克莱里库齐奥。那时他还没把事情上报给警察呢。即使他是家族行贿名单上的一员，还是说不通。他为什么要做这种事呢？真是绝大的讽刺——皮皮·德·莱纳，最出色的中选者，三十年来克莱里库齐奥首屈一指的铁锤，竟然被一个手段拙劣的贩毒强盗杀了。

但另一方面，为什么唐要派文森特和佩蒂耶用防弹车来接他，保护他直到葬礼呢？为什么唐要这么如临大敌？在葬礼上他问过唐。但唐只是说在事情水落石出之前，多准备一点比较明智。他做的全套调查似乎说明所有事情都是真的。一个小偷犯了个错，造就一起荒诞的悲剧，但另一方面，唐说过，绝大多数悲剧都是荒诞的。

毫无疑问，唐的哀伤是真的。他一直把皮皮视若己出，对他偏爱有加，还对克罗斯说过："你要做到你爸爸在家族那样的地位才行啊。"

但是现在克罗斯站在凉台上俯视着拉斯维加斯，思索着最核心的问题。唐从不相信巧合，而这桩事情正是因巧合而生。吉姆·洛西探员在家族的行贿名单上，只是洛杉矶千千万万探员和警察中的一员，但偏偏是他撞见了凶杀。这里面有什么猫腻？且不论这个，更为重要的是，唐·多梅尼科·克莱里库齐奥清楚地知道，一个街头混混绝不可能走到离皮皮·德·莱纳这么近的距离。而且哪个抢劫犯会在逃跑前打出六发子弹？唐绝不可能相信这种事。

所以问题出现了。克莱里库齐奥是不是认定他们最出色的手下已经对他们造成威胁呢？是出于什么原因？他们否认皮皮的忠心和热忱、否认他们对皮皮的感情了吗？不对，他们是无辜的。最有力的证据就是，克罗斯还活着。如果是他们杀了皮皮，唐绝不会让自己活下来。但是克罗斯知道，他肯定处于危险之中。

克罗斯想他是真的爱爸爸。皮皮生前感到很伤心的是克劳迪娅拒绝和他说话。然而她却来了葬礼，为什么？是不是她想起在家庭分崩离析之前，他对她们俩有多么好呢？

他想起那天他选择和爸爸走，因为他意识到以爸爸的性情，如果娜莱内把两个孩子全带走，他真会杀了她。他走上前牵起爸爸的手，并非出于爱，而是因为克劳迪娅眼神里的恐惧。

克罗斯一直觉得爸爸是他在这个世界的保护神，一直觉得爸爸是刀枪不入，给予死亡，而非被人杀死。而现在，他需要自己来对抗敌人了，这敌人甚至可能是克莱里库齐奥家族的人。毕竟，他很富有，坐拥价值五亿的桃源，他的命很值钱。

这让他想到了他人生的方向。他想要达成什么目标呢？像爸爸那样老去，冒着各种风险到头来还是死于他人之手吗？的确，皮皮享受有权力和金钱的生活，但对于如今的克罗斯而言，这似乎是空虚的人生。爸爸从不知道，爱上像安提娜这样的女人，所能感受到的甜蜜滋味。

他才三十六岁，可以过新的生活，他想到安提娜，他明天会去看她工作，这还是第一次呢，观察她表演出来的生活和她脸上所有的假面具。皮皮会多么喜爱她啊，他喜爱所有的美女。不过另一方面，他想到维吉尼奥·巴拉佐的妻子，皮皮就很喜爱她，和她同桌吃饭，拥抱，共舞，和她的丈夫打室外保龄球，然后设计杀了他们夫妻俩。

他叹了口气，起身走回套房。天破晓了，如同剧院巨大的幕布一样悬在长街上的霓虹，被晨曦蒙上了一层薄雾。他可以看见所有赌场大酒店的旗帜：沙湾酒店、凯撒、弗拉明戈、沙漠旅店、还有生意兴隆的海市蜃楼大酒店。桃源酒店比他们规模都大。他看着桃源酒店上飘扬的旗帜。他生活在怎样的梦境中啊，而现在，这梦将醒了。格罗内韦尔特死了，爸爸也被杀了。

回到房间里后他拿起电话，拨给利亚·瓦齐，邀他上楼共进早餐。他们在科沃格的葬礼结束后，同路回到拉斯维加斯。然后他点了他俩的早餐。他记得利亚爱吃薄烤饼，虽然在美国待了那么多年，他还是没法接受这种饼。保安把瓦齐带来的时候，正巧早餐也送到了。他们在套房的厨房里用餐。

"你是怎么想的？"克罗斯问利亚。

"我早说，"利亚说，"我们该杀了这个洛西探员。"

"也就是说，你不信他那些话？"克罗斯问。

利亚把薄烤饼切成一条条的，"那就是胡扯，"他说，"像你父亲这样的中选者，绝不会让一个流氓离他那么近。"

"可唐信了，"克罗斯说，"他调查过。"

利亚伸手拿了一支哈瓦那雪茄，满上一杯白兰地，这都是克罗斯特地给他准备的。"我绝不会否定唐·克莱里库齐奥，"他说，"但是让我杀了洛西来确认一下。"

"要是给他撑腰的是克莱里库齐奥呢？"克罗斯问。

"唐是个正派的人，"利亚说，"从很久以前就是。而且，如果是他杀了皮皮，绝不会留你一命。他知道，你肯定会为父亲报仇，而他向来谨慎。"

"但如果这一切都是真的，"克罗斯说，"你会选择对付谁呢？是我，还是克莱里库齐奥？"

"我没得选，"利亚说，"我以前和你父亲走得太近，现在也和你太亲近。你死了，我也没命。"

克罗斯第一次和利亚一起，在早餐的时候喝了白兰地。"也许只是一场荒诞的巧合吧。"他说。

"不可能，"利亚说，"肯定是洛西干的。"

"但他没有动机，"克罗斯说，"我们得把事情弄得水落石出。去组织个小队，六个人，要最忠心于你的人，不要布朗克斯的人。准备就绪后听我指示。"

利亚的表情异乎寻常的严肃。"请原谅我，"他说，"此前我从没质疑过你的命令，但在这件事上，制订全盘计划的话，请跟我商量着来。"

"好，"克罗斯说，"下周末我打算飞去法国待两天。那时候你就尽全力调查洛西。"

利亚朝克罗斯微笑道："你要和你的未婚妻一起去吗？"

克罗斯被他的礼貌逗乐了："是的，还有她的女儿。"

"脑子缺了四分之一的那个？"利亚问。他无意冒犯。这是一则意大利俗谚，也指聪明但健忘的人。

"是的，"克罗斯说，"那儿有个医生可能帮得上她。"

"太棒了，"利亚说，"祝你一切顺利。这个女人，她知道家族的事情吗？"

"但愿她不知道。"克罗斯说，然后他俩都笑了。克罗斯则纳闷利亚怎么对他的私生活了解那么多。

# 第十七章

克罗斯第一次去片场探安提娜班，看她装出虚假的情绪、假装成另外一个人。

在罗德斯通的片场，克劳迪娅的办公室，他和克劳迪娅会合，一起去见安提娜。办公室里还有两个女人，克劳迪娅为他们彼此作了引见。"这是我哥哥克罗斯，这位是导演迪塔·汤美，还有法莱内·方特，她今天要出镜。"

汤美打量着他，觉得凭他的俊美可以进军电影业，可惜一副冷漠的样子，没有激情。他要是上了台，会像块冰冷的石头那样死气沉沉。她顿时没了兴致。"我要走了。"她摇摇头，又说，"对你父亲的事儿，请节哀。顺便说一句，欢迎你来片场参观。虽然你也是制片人之一，但克劳迪娅和安提娜都向我担保说，你肯定不会乱来。"

克罗斯开始注意到另一个女人——法莱内。她好似一块黑巧克力，脸上时常挂着偏执傲慢的神色，而衣服则衬出姣好的身材，显得比起汤美随意得多。

"我不知道，克劳迪娅竟有这么个英俊的哥哥。我还听说你很有钱。如果你想找人陪你吃晚餐，就打我电话。"法莱内说。

"我会的。"克罗斯说，他不惊异会收到邀请。桃源酒店有大把舞蹈演员甚至舞女，跟法莱内一样直接。这是个本性轻浮的女孩，她知道自己有多漂亮，不想因为社会规则就让看着顺眼的男人溜走。

克劳迪娅说："我们刚给法莱内加了几个镜头。迪塔觉得她挺有才华，我也这么看。"

法莱内向克罗斯投去灿烂的笑容，"是的，以前我得对着镜头扭六次屁股，现在我得扭十次啦。我要对梅莎琳娜皇后说，'全罗马的女人都爱您，全罗马的女人都期盼您的凯旋'。"她顿了一分钟又说，"我听说你也是这个电影的制片人，你可以说服他们让我在电影里扭二十下屁股吗？"

虽然她活力四射，但是克罗斯感觉到她尽力隐藏着什么。

"我就是个出钱的，"克罗斯说，"谁都有要扭屁股的时候。"他带着纯真迷人的微笑道，"无论如何，祝你好运。"

法莱内探过身子吻了他的脸颊。他能闻到她身上的香味，浓郁而性感。然后又感受到她礼貌的拥抱，为他的美好祝愿。之后她站直身子说："我得对你和克劳迪娅说件事儿，可你们一定得保密。我可不想惹上麻烦，尤其是现在。"

克劳迪娅坐在电脑桌前，皱起眉头没有回应。克罗斯退开一步，他可不喜欢惊喜。

法莱内注意到这些反应，声音有点支吾。"对你父亲的事，先请节哀，"她说，"但是有些事我得告诉你。那个嫌犯马罗威，他是我从小玩到大的伙伴，我很了解他。外界传说是那个吉姆·洛西探员射杀了所谓的嫌犯马罗威。但我知道，马罗威从没带过枪。他怕枪怕得要死。他是个小毒贩，但他还会演奏黑管呢，他就是个可爱的胆小鬼。吉姆·洛西和他的伙伴——菲尔·

沙尔基，也曾带着他四处转悠指认毒贩。他很怕坐牢，还是警方的线人。但他突然就成了抢劫犯和杀人犯。我了解马罗威，他绝不会伤害任何人。"

克劳迪娅一言不发，法莱内向她挥了挥手，然后步出门外，却又转了回来。"别忘了，这是我们之间的秘密。"

"事情过去就过去了，"克罗斯做出最让人安心的笑容，"况且，你说这些也改变不了什么了。"

"我只是不想憋在心里，"法莱内说，"马罗威真是个挺不错的人。"说完她就离开了。

"你怎么看？"克劳迪娅对克罗斯说，"到底是怎么回事？"

克罗斯耸肩道："瘾君子从不按常理出牌。他需要钱，就抢，结果运气不好，死了。"

"我猜也是，"克劳迪娅说，"法莱内心肠好，什么都信。不过这可真是讽刺，爸爸竟然落得这么个下场。"

克罗斯板着脸盯着她："谁都有不走运的时候。"

下午剩下的时间，克罗斯在片场观看拍摄。有这么一场戏，主角赤手空拳干掉了三个全副武装的敌人。这把他惹毛了。是英雄就不应该让自己陷入这么绝望的局面。这种事只能证明这家伙太蠢，根本不配当英雄。之后他看安提娜出演爱情场面和争吵场面。他有点失望，她似乎没怎么演，其他演员都比她出彩。克罗斯没经验，他不懂安提娜的表现会在电影中被更有力地展示出来，摄影机会为她完成这项魔术。

而且他没发现安提娜有真情流露。她只有短短几个镜头，而且两场之间的间隔也很长。你完全找不到看大银幕时那种来电的感觉。在镜头前,安提娜甚至看上去都不那么美了。

那夜他们在马里布的时候,他什么也没说。但他们做完爱,她烹制夜宵的时候却说:"我今天表现得不怎么样,是吗?"她向他投去一笑,狡黠得像只小猫,这笑容常让他惊艳。"我可不想在你面前表现得太好,"她说,"我知道你会站在那儿,指望把我看透呢。"

他笑了,每次知道她理解他,他都很开心。"不,没那么糟,"他说,"周五你飞法国的时候,我能一起去吗?"

从安提娜的眼神里,他看出她的吃惊。她的表情没什么变化,她总是能控制自己。她想了想道:"那真是帮了大忙啦,而且我们还能一起游览巴黎哪。"

"那我们周一回来吗?"克罗斯问。

"回来,"安提娜说,"我周二早上还得出镜,没几周就杀青了。"

"那之后呢?"克罗斯问。

"之后我就退休,照看女儿,"安提娜说,"况且,我也不想再把她藏起来了。"

"巴黎的医生说了算吗?"克罗斯问。

"谁说了也不算,"安提娜说,"在这件事上,谁也做不了主。但他的话会挺有分量。"

周五晚上他们坐上专机飞往巴黎。安提娜戴着假发,化上妆掩饰自己的美貌,看上去平平无奇。她穿着宽松的衣服,完全显不出身材,活脱脱一个家庭主妇。克罗斯惊讶不已,她甚至连走路姿势都不一样了。

飞机上贝萨妮惊喜于可以俯瞰地球，满飞机乱逛，在每一面舷窗前向外张望。她似乎又有点害怕窗外的景色，向来呆滞的表情几乎和正常人差不多了。

他们下机后，到了乔治-曼德尔大道上的一家小酒店。他们定了一间双卧室套房，克罗斯住一间，安提娜和贝萨妮住另一间，起居室在两间卧室之间。他们早上十点抵达旅馆；安提娜脱下假发，卸下妆容，换了衣服。她可不能忍受自己在巴黎还那么丑。

他们三人中午抵达医生办公室，一栋小别墅矗立在庭院里，庭院四周围着一圈铁栅栏。门卫在大门前核对过他们的姓名后，就把他们放了进去。

女仆在门前候着他们，领他们来到一间巨大的起居室里，房间里堆了好多陈设，医生正在这里等着他们。

奥塞尔·热拉尔德医生身材魁伟，穿着裁剪美观的褐色细纹西服、白衬衫、配上一条深褐色的丝织领带，浑身上下打理得一丝不苟。他有一张圆脸，要是蓄些胡须来掩盖宽大的下巴就好了。他的嘴唇很厚，是深红色的。他向安提娜和克罗斯介绍了自己，却没有理会孩子。安提娜和克罗斯顿时对这位医生大为不满。他不像是个适合从事这种敏感职业的医生。

桌上放着茶和糕点。一位女仆走进屋，侍立在旁。两位年轻的女护士也走了进来，她俩穿着职业套装——白色护士帽以及乳白色的上衣和裙子。用餐时间，两位护士热情地盯着贝萨妮。

热拉尔德医生对安提娜朗声道："女士，感谢您愿意慷慨解囊资助我们自闭症儿童医学院。您要求评估要完全保密，所以我将评估地点放在了我的私人中心。现在请详细地告诉我，您对我有什么要求。"他操着浑厚的男低音，富有磁性的声音吸引了贝萨妮的注意，她紧紧盯着他，但他毫不理会。

安提娜显得不怎么放心，她真是不喜欢这个男人。"我想要你做个评估。如果可能的话，我希望她能过上正常人的生活，为此我愿意付出一切。我要你把她收入机构，还愿意住在法国，在她上课的时候帮点忙。"

她带着几分沮丧和希冀说着，极力自制的样子很是迷人，两位护士近乎崇拜地凝视着她。克罗斯意识到，她正使出所有表演技巧以说服医生接纳贝萨妮入院。他看见她伸出手臂，爱怜地搂住贝萨妮的手。

热拉尔德医生却无动于衷。他并不瞧贝萨妮，而是直接对安提娜说："别自欺欺人啦，您的爱帮不上这个孩子。我检查过她的病例，毫无疑问，她是自闭症。她不会回馈您的爱。她的世界里没有我们，甚至连动物都没有。她在另一个星球，完全孤独地生活着呢。"

他继续道："这不是您的错，而且我相信，也不是她父亲的错。这是人类身上一种神秘的精神疾病。我所能做的，就是帮她做个更详尽的测试。之后我会告诉您机构可以做什么以及不可以做什么。要是我无能为力，您必须带她回家。要是我们帮得上忙，您就把她交给我，让她在法国调理五年。"

他对一名护士用法语说了几句，护士出门拿了一本厚厚的书回来，书里有著名画作的照片。她把这本书递给贝萨妮，但是书太大了，她的膝盖上放不下。热拉尔德医生第一次向她说话了。他用的是法语。她听后立即把书放在桌上，开始翻书。很快就看书里那些图片入了迷。

医生似乎挺不安。"我无意冒犯，"他说，"但这也是为了您女儿好。我知道德·莱纳先生不是您的丈夫，但他会不会是孩子的父亲呢？如果是这样的话，我想让他也做一下检查。"

安提娜说："女儿出生的时候我还不认识他呢。"

"好吧，"医生耸肩道，"这种事总有可能嘛。"

克罗斯笑道："也许大夫在我身上也发现了一些症状吧。"

医生点头露出亲切的微笑，这时候他厚实通红的嘴唇皱了起来，说："您是有症状。我们都有。谁知道呢？或多或少罢了，我们所有人都可能是自闭症。我现在要去给孩子做详尽的评估，再做些测试。这至少要花四个小时呢，不如两位逛逛我们可爱的巴黎吧。德·莱纳先生，这是您第一次来巴黎吗？"

"是的。"克罗斯说。

安提娜说："我想陪着女儿。"

"如您所愿，女士，"他说完后对克罗斯说，"好好享受您的旅程吧。我个人讨厌巴黎。如果城市会得自闭症的话，巴黎就是一例。"

克罗斯叫了辆出租车回到酒店房间。安提娜不在身边，他没有游览巴黎的兴致。而且，他来巴黎就想散散心，理清思路把事情想想明白。

他回想法莱内对他说的话，记起来洛西是一个人来的马里布，而探员一般是两人一起行动。在离开巴黎之前，他已经安排瓦齐对这一点展开调查了。

四点钟，克罗斯回到医生那里。他们已经在等他了。贝萨妮聚精会神地读着画集，安提娜则脸色苍白，这是克罗斯所知她唯一演不出来的神色。贝萨妮一边看书还一边抓糕点大嚼，医生把那碟饼拿开，用法语说了几句。贝萨妮没有反抗。然后一名护士走进来，带她去了游戏室。

"原谅我，"医生对克罗斯说，"但我必须问您几个问题。"

"请说。"克罗斯说。

医生从座位上站起来，在房间里踱步。"我会把对女士说的也告诉您。"医生说，"自闭症患者身上不可能出现奇迹，绝对没有。长时间训练的话，病人可能会有长足的进步，但这种情况不多。而这位小姐的话，即便有进步恐怕也很有限。她必须去尼斯，在我的机构里至少调理上五年。我们在那儿有老师，他们可以竭尽每一种可能性。那时候我们就能知道，她到底能不能过基本正常的生活，或是只能在医院待一辈子。"

听到这里，安提娜开始哭泣，用一块蓝色小丝帕擦了擦眼睛，克罗斯能闻到丝帕的香味。

医生不带感情地看着她。"女士已经同意了，她会加入机构，成为一名教师……就是这样。"

他坐到克罗斯正对面。"有些很好的迹象，她有绘画的天赋。虽然不会逃跑，但却能实实在在地感觉到警惕。我说法语的时候，她虽然听不懂，但很感兴趣，还能凭直觉感知我的意思。这是个很好的迹象。还有一点：今天下午孩子显示出一点想念您的迹象，她对另一个人能有感觉，意味着她对其他人也可以有感觉。这可少见得很，但也可以作出并非不可思议的解释。当我和她探讨这个问题的时候，她说您很美。现在请一定不要生气，德·莱纳先生。我想问您一个问题，这个问题只是出于治疗上的考虑，而非质问您。您是否以某种方式激起了这女孩的性欲呢，也许只是无意的？"

克罗斯先是惊呆了，然后爆发出一阵大笑："我不知道她竟然对我有反应，而且我没有做过任何可以让她有反应的事。"

安提娜的脸气得通红。"荒唐，"她说，"他都没和她单独待过。"

医生继续道："那您是否爱抚过她呢？我不是指揽住她的手，或是拍拍头发，甚至是亲脸颊也不算。这女孩的身体已经成熟了，她可能仅仅只是身体反应。而且，被这样的纯真少女所诱惑的男人很多，就算您是如此，也并非是第一个。"

"也许是因为她知道我和她母亲的关系呢。"克罗斯说。

"她不在乎她母亲，"医生说，"请原谅我，女士，但这件事您得承认，她不在乎自己的母亲，也不在乎她母亲的美貌和声望。这些对她来说根本不存在。而您不一样。她将自我延伸到了您身上。想一想。也许是哪次无意识地柔情表露呢。"

克罗斯冷冷地看着他。"要是有，我会告诉你的。我也希望这孩子好。"

"那您喜欢这个女孩吗？"医生问。

克罗斯想了想，说："喜欢。"

热拉尔德医生靠回座位，双手相扣。"我相信您，"他说，"这样的话希望就大得多了。如果她能回应您，那么接受帮助后，她也能回应其他人。有朝一日，她也许能接纳她的母亲，而这对您来说就够了，我说得对吗，女士？"

"啊，克罗斯，"安提娜说，"我希望你没生气。"

"没关系，真的。"克罗斯说。

热拉尔德医生仔细地看着他。"您没有被冒犯吧？"他说，"听到这些，大多数男性都会非常生气。一名病人的父亲还动手打我。但您并不生气，请告诉我原因。"

他没法儿向这个男人解释，甚至对安提娜也无法解释，贝萨妮在拥抱机里那一幕对他的影响有多大。他想到了蒂芙尼和所有歌舞团里和他做过爱的舞女，不过在她们那儿，他只感觉到了空虚；而后他又想到了爸爸，乃至克莱里库齐奥全家人，他们让他感到的也只有孤独和失望；最后还有他亲手伤害过的人，他们像是他噩梦的受害者一样。

克罗斯直视医生的眼睛。"也许因为我也是自闭症。"他说，"又或者，因为我有更可怕的罪行要掩饰吧。"

医生靠在椅背上满意地说："啊，"他顿了顿，第一次笑逐颜开，"您要检查一下吗？"他们两个都笑了。

"现在，女士，"热拉尔德医生说，"我知道，您明早要赶飞机回美国。不如现在把女儿留在这里吧。我的护士们都很出色，而且我能向您保证，女孩儿不会想念您的。"

"但我会想她，"安提娜说，"今晚我能带走她吗？明早我再送她回来？我们有包机，所以我随时都可以走。"

"当然可以，"医生说，"明早您把她带来，我会让护士送她去尼斯。您有机构的电话号码，随时可以找我。"

他们起身离开，安提娜猛地在医生脸上亲了一口。医生脸红了，虽然长得丑怪，但他并不是对她的美貌和名声没有感觉。


安提娜、贝萨妮和克罗斯当天剩下的时间都在游览巴黎的大街小巷，安提娜为贝萨妮买了新衣服，可以装满整整一柜子。她还买了画具和大提箱，箱子是用来装这些新东西的。他们把所有东西都送去了旅馆。

他们在香榭丽舍大街的一家饭店用晚餐。贝萨妮吃得狼吞虎咽，尤其爱吃糕点。她一整天都没说一个字，也没有回应过安提娜的慈爱举动。

克罗斯从没见过像安提娜对贝萨妮这样的爱。除了小时候看见母亲娜莱内为克劳迪娅梳头。

晚餐时间，安提娜抓住贝萨妮的手，掠去她脸上的食物残渣，解释说她会在一个月内回到法国，之后五年会在学校陪她。

贝萨妮没听。

安提娜激动地告诉贝萨妮她们可以一起学习法语，一起去博物馆，看所有伟大的画作，贝萨妮可以随心所欲地画画，想画多久都行。她描述她们能怎么玩遍整个欧洲，去西班牙，去意大利，去德国。

然后贝萨妮开口说了今天第一句话："我想要我的拥抱机。"

如往常一样，克罗斯被一种圣洁感触动了。这个美丽的女孩就好像一张绝美的自画像，但是没有画家的灵魂在里面，仿佛是具留给上帝的躯壳。


他们走回酒店的时候已经入夜了，贝萨妮走在他俩之间，他们吊着她的手让她悬在空中，这一次她接受了，事实上还挺高兴，于是他们就这么吊着她走回酒店。

这一刻克罗斯又感受到了野餐时那种快乐。而这种快乐仅仅在于他们三个人心连心，手牵手。突然，他对自己的多愁善感十分不解，又有点害怕。

最后他们回到酒店，贝萨妮上床睡觉后，安提娜回到套房的起居室，克罗斯正在这儿等着她。他们并肩坐在淡紫色的沙发上，手拉着手。

"巴黎恋人，"安提娜向他微笑道，"我们还从没在法国床上睡过觉呢。"

"你担心把贝萨妮留在这吗？"克罗斯问。

"没有，"安提娜说，"反正她不会想我们的。"

"五年，"克罗斯说，"五年是一段很长的时间啊。你愿意放弃这五年，放弃你的事业吗？"

安提娜从沙发上站起来，在房间里踱来踱去。她热情洋溢地说："我一直感到骄傲，任何事我想做就能做，不用假装。小时候我梦想成为一名女英雄——玛丽·安托瓦内特上了断头台；圣女贞德被绑上柴堆；玛丽·居里把人类从肆虐的疾病手上救了回来。当然梦想里还有最可笑的一部分，要爱上一个了不起的人而放弃一切。我梦想做个英雄，知道自己一定会上天堂。我的身心都将纯净无瑕。我厌恶做出妥协，尤其是为了钱。我志愿绝不伤害任何人。每个人都会喜爱我，包括我自己。我知道我聪明，所有人都说我漂亮，而且我也证明自己不仅能干，而且有天赋。

"但我都做了什么？我爱上博兹·斯堪尼特；我和男人上床，却并非出于渴望，而是为了铺平前程；我的孩子也许不会爱我，也不会爱任何人；然后我巧妙地操纵别人，或者说是要求别人杀了我丈夫。我几乎是毫不含蓄地问谁能杀了我的丈夫，他现在对我是个严重的威胁，"她按住他的手，"为此我感谢你。"

克罗斯安慰她说："这些都不是你做的。按照我家族里的说法，'命中注定罢了'。至于斯堪尼特，我们家族还有句话，'他是你鞋子里的石头'，既然这样，怎么就不能除掉他呢？"

安提娜在他的唇上轻点了一下，"现在我除掉了，"她说，

"我的骑士，现在的问题是你还在继续屠龙，不肯收手。"

"五年后，要是医生说她不能好转的话怎么办呢？"克罗斯问。

"我不在乎别人怎么说，"安提娜说，"总有希望，我这辈子都要陪着她。"

"你不会怀念工作吗？"他问。

"当然会，也会想你。"安提娜说，"但是我终究得做些我自己认为是对的事，而不是只做个电影里的女英雄。"她的声音带着笑意，然后又用平缓的语调说，"我要她爱我，仅此而已。"

他们拥吻，互道晚安，然后各自回房就寝。


第二天早上，他们带贝萨妮去医生的办公室。安提娜在与女儿离别的时候依依不舍。她抱着女儿哭泣，但是贝萨妮却既没有回抱她，也没有流泪。她推开母亲，还作势推克罗斯。但克罗斯根本没上前抱她。

克罗斯激愤于安提娜对她的女儿束手无策。医生注意到这点，随即对安提娜说："您回来的时候需要接受大量训练，学会怎么和这孩子相处。"

"我会尽快回来。"安提娜说。

"不用急，"医生说，"她的世界里并没有时间观念。"

在回洛杉矶的飞机上，克罗斯和安提娜达成一致，他直接飞回拉斯维加斯，不陪她去马里布了。飞机上他们度过了全部旅程中唯一一段糟糕的时间，整整半个小时，安提娜沉浸在悲伤之中，一句话也不说，只是哭。慢慢才平静下来。

当他们分别的时候，安提娜对克罗斯说："很抱歉，我们在巴黎没有做爱。"但他知道，她只是客气一下。在这种时候，做爱的念头会让她反感。就像她的女儿一样，她现在也与世界隔绝开了。

猎场派出来的一辆礼宾车在机场接上了克罗斯。利亚·瓦齐坐在后座。利亚关上玻璃隔墙，免得驾驶员听见他们说话。

"洛西探员还想着再见我一次，"他说，"下次见面就是他的死期。"

"别那么冲动。"克罗斯说。

"我知道这种事，你一定要相信我。"利亚说，"还有一件事，布朗克斯的一帮人去了洛杉矶，我不知道是谁下的命令。但你最好还是带几个保镖。"

"还用不着，"克罗斯说，"你六个人找齐了吗？"

"齐了，"利亚说，"不过要是直接对克莱里库齐奥家族下手的话，他们不会干的。"

他们抵达桃源酒店后，克罗斯发现一份安德鲁·波拉德留下的备忘录，这是一份吉姆·洛西的完整文件资料，读来挺有意思。还有一条可以立即采取行动的信息。

克罗斯从赌场资金里拿出十万美元，都是面值一百的大钞。他告诉利亚他们要去洛杉矶。利亚开车，就他们俩。他把波拉德的备忘录给利亚看。他们第二天就飞到洛杉矶，租了辆车前往圣莫尼卡市。

菲尔·沙尔基正在修建屋前的草坪。克罗斯和利亚跨出车门，自称是波拉德的朋友，想要点消息。利亚仔细地观察沙尔基的脸。然后回到车里。

菲尔·沙尔基的长相没有吉姆·洛西那样令人印象深刻，但看上去依然是个厉害的角色。他在警署工作的这些年似乎熬尽了他对同僚的信心。他机警多疑，严肃认真，这都是最出色的警察才拥有的品质。但他显然不快乐。

沙尔基把克罗斯带进房间，一栋真正的平房，内部沉闷老旧，没有女人和孩子，一副孤寂的样子。沙尔基进门后，第一件事先打电话给波拉德确认访客的身份。之后没有任何客套，直接对克罗斯说："问吧。"

克罗斯打开公文包，拿出一包百元大钞。"这是一万美元，"他说，"我有事问你，但我们得说上一会儿。有啤酒没有？我们坐下谈好吗？"

沙尔基笑逐颜开。一个出色的警察竟然肯合作，真是好说话得出奇，克罗斯想。

沙尔基随手把钱揣进裤袋。"我喜欢你，"沙尔基说，"你很聪明。知道钱比废话管用。"

他们坐在平房后廊上一张小圆桌边，可以俯瞰海洋大道、沙滩和远处的水面，他们直接端着瓶子喝啤酒。沙尔基拍了拍口袋，确保钱还在身上。

克罗斯说："要是你如实回答我的问题呢，我们谈完马上再给你两万给你。如果你不把我来这儿的事儿说出去，两个月后我再来见你，再给你五万。"

沙尔基咧嘴笑了，不过笑容里带着几分促狭。"那两个月之后，我告诉谁都无所谓了，是吧？"

"是的。"克罗斯说。

沙尔基这回认真了："要是有让人坐牢的事情我可不会说的。"

"我看你还是没搞清楚我是谁，"克罗斯说，"也许你应该再给波拉德打电话问问？"

沙尔基没好气地说："我知道你是谁。吉姆·洛西告诉我，遇上你无论什么事都要小心。"然后摆出了一副洗耳恭听的样子，这也是他职业的一部分。

克罗斯说："你和吉姆·洛西十年来都是搭档。而且你俩也另外赚了不少钱。但之后你就退休了，我想知道这是为什么。"

"这么说来，你调查的是吉姆了，"沙尔基说，"那很危险啊，他是我见过最勇敢，也是最聪明的警察。"

"他诚实吗？"克罗斯问。

"我们是警察，洛杉矶警察。"沙尔基说，"你知道这他妈的意味着什么吗？要是老老实实工作，真的找西班牙人和黑人的麻烦，我们早就被告得饭碗都丢了。也就动动那些有钱但脑子不好使的白人才不会有麻烦。我没有偏见，不能抓有色人种就去抓白人吗？这样不公平。"

"吉姆可有不少奖章啊，"克罗斯说，"你也有不少。"

沙尔基无所谓地耸耸肩。"在这个镇子里，稍微有点胆子就能当英雄。那群人不知道好好说话就能谈成生意。而且他们里有些是不折不扣的杀手。所以我们得保护自己，就得了几块勋章。相信我，我们从没主动找过碴儿。"

克罗斯怀疑沙尔基讲的一切。吉姆·洛西虽然穿得讲究，但是个天生暴力的家伙。

"你俩干什么事都是搭档吗？"克罗斯问，"你都知道所有

448

的事吗？"

沙尔基笑道："和吉姆·洛西？一直是他说了算，有时候我甚至不知道我们在干什么。甚至不知道我们会拿到多少钱。都是吉姆在处理，然后给我一笔钱，说这是我的份儿。"他顿了一会儿，"他有他自己的准则。"

"那你们怎么赚钱？"克罗斯问。

"收大赌博集团的贿赂，"沙尔基说，"有时候也从毒贩那里拿钱。有一次吉姆·洛西不想赚这笔钱，但马上就被别人占了，于是我们又拿了。"

"你和洛西有没有利用过一个叫马罗威的黑人孩子指认大毒贩子？"克罗斯问。

"有过，"沙尔基说，"马罗威，一个连自己影子都怕的家伙。我们一直找他帮忙。"

克罗斯说："那你听说他抢劫的时候杀了人，结果逃跑的时候被洛西开枪给打了，你会不会惊讶？"克罗斯问。

"妈的，才不会。"沙尔基说，"嗑药的总是越陷越深，干什么事都会搞砸。要是吉姆碰到这种情况，他才不管按规定我们应该先警告。他会直接开枪。"

"但这不太巧了吗？"克罗斯说，"两个不同路的人怎么刚好碰见了？"

这时候，沙尔基才稍稍放松，他露出了一丝悲哀的表情。"有问题，"他说，"整件事都不大对头。不过，我可以老实告诉你，吉姆·洛西很勇敢，女人喜欢他，男人尊重他。就算我是他搭档我也这么想。可这家伙一向都不大对头。"

"所以这件事有可能是个圈套。"克罗斯说。

"不，不，"沙尔基说，"你得搞清楚，这个工作可以让你拿点贿赂，但不会把你变成杀手。吉姆·洛西绝不会做那种事。这点我绝对不信。"

"那为什么你在那之后退休了呢？"克罗斯问。

"只是因为吉姆让我不安罢了。"沙尔基说。

"不久之前，我在马里布见过洛西，"克罗斯说，"就他一个人，他经常单独行动吗？"

这时候沙尔基又笑了。"有时候也会，"他说，"比如去勾搭女演员的时候。说出来吓你一跳，你知道那一行里的大腕儿他都勾搭多少了？有时候他跟人一起吃午饭的时候，也不愿意我跟着。"

"说个别的事儿，"克罗斯说，"吉姆·洛西是种族主义者吗？他是不是讨厌黑人？"

沙尔基露出惊讶的表情，里面透着一股玩味。"他当然是。你肯定是个该死的自由主义者，对吧？你觉得种族主义太糟糕了？那你去当一年警察试试。你肯定会投票赞成把黑人全关到动物园里去。"

"我还有一个问题，"克罗斯说，"你见没见过他跟一个小个子在一起过，那小个子老戴个傻乎乎的破帽子？"

"意大利人是吧，"沙尔基说，"我们吃过一回午饭，吃完吉姆就把我打发了。那人也让人害怕。"

克罗斯把手探进公文包，拿出另外两包钱。"两万，"他说，"记住，闭上嘴，你就能再拿五万，知道吗？"

"放心，我知道你是谁。"沙尔基说。

"你当然知道，"克罗斯说，"就是我让波拉德告诉你的。"

"我知道你的真实身份，"沙尔基带着有感染力的笑容说，"否则我早就扣下你整个箱子。知道我为什么答应你保持沉默两个月吗？你和洛西，不一定谁先杀了我呢。"

克罗斯·德·莱纳意识到，他遇到大麻烦了。他知道吉姆·洛西在克莱里库齐奥家族的贿赂名单上。每年收受五万美元，特殊工作另外加钱，但这些都不包括杀人。这些信息够克罗斯作出最终判断了。是丹特和洛西杀了爸爸。他不需要合法的证据，也能轻易作出这个判断。他在克莱里库齐奥家族受到的全套训练帮助他下了这个有罪判决。他知道爸爸的能力和素质。抢劫犯绝不可能接近他。他也知道丹特的能力和素质，还有，丹特不喜欢他爸爸。

大问题在于：丹特是自行其是，还是受唐指使？但是克莱里库齐奥家族没理由杀皮皮。皮皮对家族尽忠四十年，在家族里身居要职。在与桑塔迪奥的战争中，他是伟大的将军。克罗斯想知道，为什么没人告诉自己那场战争的细节，这不是第一次了，他爸爸不说，格罗内韦尔特也不说，乔治、佩蒂耶和文森特都不说。

他越想越确定一件事：唐在杀他爸爸这桩事上没插手。唐·多梅尼科在公事上是个老派的人。对忠诚的下属，他奖励而非责罚。他处事极为公平，乃至于冷酷无情。而最有力的论据是：如果是唐杀的皮皮，绝不可能让克罗斯活着。这就是唐无辜的证据。

唐·多梅尼科信上帝，有时候也相信命运，但不信巧合。警察吉姆·洛西杀了的抢劫犯，正巧是杀死皮皮的凶手，这样的事唐绝对不信。他肯定私下做过调查，发现了丹特和洛西的关系。而且他除了知道丹特有罪以外，肯定还知道他的动机。

那萝塞·玛丽耶——丹特的母亲呢？她知道些什么？当她得到皮皮的死讯时，发了最严重的一次病，莫名其妙地尖叫，不停地哭泣，乃至唐不得不把她送去东汉普顿的精神病院，这家诊所他多年以前资助过。她至少需要调理一个月。

唐禁止任何访客探望诊所里的萝塞·玛丽耶，除了丹特、乔治、文森特和佩蒂耶。但克罗斯经常会送去花和果篮。那么萝塞·玛丽耶到底他妈的在难过些什么？她知道丹特的罪行，明白他的动机吗？这时候克罗斯想到，唐说过要丹特继位。这可不是好兆头。克罗斯决定无视唐的禁令，去探望萝塞·玛丽耶。带上鲜花和水果、巧克力和奶酪，带上深重的情意，不过目的是骗她背叛自己的儿子。

两天后，克罗斯走进东汉普顿的精神病诊所大厅。门口有两名门卫，其中一名送他到了前台。

前台是一个中年女性，穿着考究。他说明了来意。她热情地笑了一下，告诉他萝塞·玛丽耶正在做一个小疗程，他得等半小时。疗程结束的时候她会提醒他。

克罗斯坐在接待区的等待室里，等待室就在大厅旁边，有桌子和柔软的扶手椅。他拿起一份好莱坞杂志。阅读时看见一篇关于吉姆·洛西的文章——《洛杉矶的英雄探员》。文章详细描述了他英雄般的成就，其中功绩最高的就数击毙抢劫杀人犯马罗威。里边有两件事把克罗斯逗乐了，报道说皮皮是一家金融服务机构的所有者，成了一场残酷凶案的典型无辜牺牲品；另一件事，文章的结语里说，要是吉姆·洛西这样的警察再多一些的话，街头犯罪能控制住了。

一名护士拍拍他的肩，这位护士看上去强壮得吓人，笑得却一脸和蔼，她说："我带你上去。"

克罗斯拿起带来的巧克力和鲜花，跟着她走上一层短短的楼梯，之后沿着一条长廊继续前行，长廊两边是一道道门，他们在最后一扇门前停下，护士取出万能钥匙打开门，示意克罗斯进去，然后在他身后关上了门。

萝塞·玛丽耶穿着灰色的睡袍，头发编得整整齐齐，正在看一台小电视。当她看见克罗斯的时候，一下从沙发上蹦向他，抱着他泪流满面。克罗斯吻了她的脸颊，把巧克力和鲜花交给她。

"啊，你来看我了。"她说，"我还以为你会怪我呢，怪我对你爸爸做的事。"

"你对爸爸没有做任何事。"克罗斯说着，把她带回沙发，关上电视，跪坐在沙发边说，"我就是担心你。"

她伸出手抚摸他的头发，"你总是这么美，"她说，"真遗憾啊，你竟然是你父亲的儿子。你爸爸死了，我很高兴。不过，我早知道会出可怕的事。空气和土地里都是我给他下的毒。事到如今，你觉得我父亲会善罢甘休吗？"

"唐是个正直的人，"克罗斯说，"他不会责怪你的。"

"他愚弄了你，也骗过了所有人啊。"萝塞·玛丽耶说，"永远别信他，他背弃了亲生女儿、亲外孙和侄子皮皮……现在轮到你啦。"

她的嗓门越来越大，克罗斯害怕她又要发病。

"小点儿声，姨妈，"克罗斯说，"告诉我你为什么而难过，甚至还发病被送回这里。"他直视她的眼睛，想着她曾经肯定是个非常美丽的女孩儿，她眼神里还留着纯真呢。

萝塞·玛丽耶放低声音说:"你要是弄清楚我们和桑塔迪奥家的事,你就什么都明白了。"她看向克罗斯身后,然后用手盖住了脸。克罗斯转身,看见门开着,文森特和佩蒂耶安静地站在那儿。萝塞·玛丽耶从沙发上跳起来冲进卧室,重重地带上门。

文森特花岗岩般的脸庞显出同情和绝望。"老天,"他说,走到卧室前敲敲门,然后透过门说,"萝塞,开门。我们是你哥哥,不会伤害你的……"

克罗斯说:"真巧啊,在这里遇到你们,我也来探望萝塞·玛丽耶呢。"

文森特向来不说废话:"我们不是来探望的,唐要在科沃格见你。"

克罗斯想了想。显然前台给科沃格的某人挂了电话,这是早已计划好的程序;唐不想他和萝塞·玛丽耶对话,他派来佩蒂耶和文森特说明这不是刺杀,否则的话他们不会这么不小心地暴露自己。

文森特说的话更证实了克罗斯的估计。"克罗斯,我坐你的车,佩蒂耶坐自己的车。"克莱里库齐奥家族的刺杀绝不会是一对一。

克罗斯说:"我们不能把萝塞·玛丽耶就这么留在这儿。"

"当然可以,"佩蒂耶说,"护士会给她打针的。"

克罗斯开车的时候试着和文森特说话:"文森特,你们来得真快。"

"是佩蒂耶开得快,"文森特说,"他就他妈是个疯子。"他顿了一会儿,然后用略显忧虑的声调说,"克罗斯,你是知道规矩的,为什么还要去探望萝塞·玛丽耶呢?"

"嘿，"克罗斯说，"萝塞·玛丽耶是我小时候最喜欢的姨妈。"

"唐可不喜欢这点，"文森特说，"他气坏了。他说这不像是克罗斯做的事。克罗斯知道规矩。"

"我会向他解释，"克罗斯说，"但我真的很担心你妹妹。她病情如何？"

文森特叹口气："这次也许好不了了，你知道她小时候最讨唐的喜欢。谁能料想皮皮的死对她的打击这么大？"

克罗斯捕捉到文森特声音里的虚伪，他知道一些事。但是克罗斯只说："爸爸一直都很喜欢萝塞·玛丽耶。"

"以前她可不怎么喜欢他，"文森特说，"尤其是发病以后。你真该听听那时候她是怎么说他的。"

克罗斯漫不经心地说道："你们都参加过跟桑塔迪奥家的那场战争，为什么你们从没跟我说起过这事呢？"

"因为我们从不谈论以前干过的事，"文森特说，"我父亲告诫我们，谈论没有意义。你得向前走。现在要担心的麻烦多的是。"

"但我爸爸当年表现挺神勇，是吗？"克罗斯说。

文森特的笑容只绽开了一会儿，他花岗岩般的声音略略融化了些。"你父亲是个天才，"文森特说，"他运筹帷幄的本事赶得上拿破仑。他布下的局从来不会出错。就算有那么一两次岔子，也是因为运气不好。"

"那么与桑塔迪奥的战争，是他筹划的吗？"克罗斯说。

"这些问题你去问唐吧。"文森特说，"现在聊点别的吧。"

"好吧，"克罗斯说，"我会像爸爸那样被除掉吗？"

听到这话，素来冷酷并拥有岩石般脸庞的文森特勃然变色。他抓住方向盘强迫克罗斯在公路上靠边停车。他说话的时候，声音因为强烈的感情而哽咽："你疯了吗？你觉得克莱里库齐奥家族会做这种事吗？你父亲身上流着克莱里库齐奥家族的血。他是我们最好的手下，他救了我们的命。唐对他视若己出。上帝啊，你为什么要问出这种话？"

克罗斯温顺地说："你们两个这样突然出现，我只是被吓着了。"

"继续上路，"文森特还没消气，"你父亲、我、乔治和佩蒂耶在真正艰难的时刻并肩战斗。我们绝不会对彼此动手。皮皮只是不走运，撞见一个疯狂的黑人劫犯而已。"

一路无话。

科沃格宅邸的大门口站着两个门卫，都是熟面孔，门廊上歇着一个人，似乎没什么不寻常的举动。

唐·克莱里库齐奥、乔治和佩蒂耶已经在主楼的密室里等着了。吧台上有一盒哈瓦那雪茄和一个装满黑色手卷意大利方头雪茄的罐子。

唐·克莱里库齐奥坐在一张巨大的褐色皮扶手椅上。克罗斯进去打招呼，吃惊地看到唐握住扶手自己站起身子，动作灵敏得不符合他的年纪，唐起身后过来拥抱了他。之后他示意克罗斯去大咖啡桌那里，桌上摆着各种酪食和干肉。

克罗斯感觉到唐暂时不打算说话，就给自己做了一份夹着马苏里拉奶酪和熏火腿的三明治。熏火腿被切成薄片，暗红色的筋肉边缘连着嫩白色的脂肪。马苏里拉奶酪则是一个白色小球，新鲜得能够滴出奶来。奶酪球顶上是个扎起来的咸味小球结，长得像个绳结。唐这辈子所说的最像吹牛的一句话，就是他自称从来不吃做好超过三十分钟的马苏里拉奶酪。

文森特和佩蒂耶也吃了点东西，乔治则当起了酒保，给唐斟上酒，给其他人斟上饮料。唐只吃滴着奶的马苏里拉奶酪，让奶酪在嘴里化开。佩蒂耶给唐取出一支手卷方头雪茄，为他点上。老爷子胃口真好，克罗斯想。

唐·克莱里库齐奥突然说："克罗奇菲西奥，不管你打算向萝塞·玛丽耶打听什么，我都能告诉你。你怀疑你父亲的死有蹊跷。你错了。我也做过调查，事实确凿无疑，而且如其所说，皮皮只是不走运。他是他那行最谨慎的人，但这种荒唐的意外也有可能发生。放心吧。你父亲是我的侄子，是克莱里库齐奥家族的人，也是我最尊敬的朋友之一。"

"那就告诉我桑塔迪奥家族和我们的那场战争吧。"克罗斯说。

# 第七部

## /桑塔迪奥家族之战

# 第十八章

"和蠢人讲道理是很危险的事情，"唐·克莱里库齐奥说，接着从酒杯里啜饮了一口，把烟放到一边，"好好听着吧，这件事说来话长，而且所有的事情都并非表面看上去的那样。那差不多是三十年前……"他对他三个儿子示意道，"如果我忘了什么重要的事情，帮我补上。"他的儿子们听着笑了，唐怎么会忘记什么重要的事情。

书房里的灯光柔和金黄，弥漫着雪茄的烟雾，甚至食物的气味如此芬芳，似乎也对灯光产生了影响。

"这个道理直到桑塔迪奥的事情之后我才彻底明白……"他顿了顿，啜了一口酒，"那时候我们和桑塔迪奥家族势均力敌，但桑塔迪奥树敌太多，吸引当局太多注意力，而且从不讲究公正。他们建立的世界没有一点价值观念，而不讲究公平的世界是绝不能长久存在的。

"我向桑塔迪奥家提出很多协定，我作出妥协，想要两家和平共处。因为他们强大，所以他们像莽夫一样仗势欺人。他们相信实力至上。因此导致我们之间的战争。"

乔治打断道："为什么克罗斯必须知道这些事？说了对他或对我们有什么益处呢？"

文森特转开头不看克罗斯，佩蒂耶紧紧盯着他，往后缩了缩脑袋，揣摩着什么。他们三个都不想让唐讲那段历史。

"因为这是我们欠皮皮和克罗奇菲西奥的。"唐说，然后他面对克罗斯说，"你怎么想随便，但我和我的儿子们并没有犯下你所怀疑的罪行。皮皮就像是我的孩子，你对我来说就像孙子一样。你们都是克莱里库齐奥的骨血。"

乔治又说："说这些对我们所有人都没好处。"

唐·克莱里库齐奥不耐烦地摆摆手，然后对他的儿子们说："话是没错，但我刚才说什么来着？"

他们点头，然后佩蒂耶说："我们一开始就该把桑塔迪奥家斩尽杀绝。"

唐耸耸肩，然后对克罗斯说："我的儿子们当时还年轻，你的父亲也很年轻，都没到三十岁。我不想让他们把命丢在这场大战里。唐·桑塔迪奥——愿上帝保佑他的灵魂——有六个儿子，但他待他们与其说像儿子，不如说是手下。吉米·桑塔迪奥是他的长子，同时也是我们的老朋友——格罗内韦尔特的同事——愿上帝也保佑他的灵魂。桑塔迪奥那时候有酒店一半的股份。吉米是桑塔迪奥家最出类拔萃的一个，只有他预见到和平是对我们所有人来说最好的解决办法。但是那老头子和另外几个儿子却都嗜血成性。

"那时候，流血战争对我没好处，我需要时间和他们讲道理，说服他们接受我的提议是有好处的。我把所有的毒品生意给他们，他们要把所有的赌博行当交给我。我要他们在桃源酒店那一半股份，作为回报，他们可以控制全美的毒品生意，毒品这种见不得光的生意需要一双蛮横而稳定的手来操控。这提议很切合实际。毒品赚的钱比别的行当要多得多，但不能长久，还需要大

462

动干戈。这一切会让桑塔迪奥家更加强大。克莱里库齐奥家族控制所有的赌博行业，风险不如毒品那么大，也没毒品那么赚钱，但是如果经营有方，从长远来看赌博比毒品更有价值。这也会让克莱里库齐奥家更为强大。一直以来，我的最终目的就是使家族成为社会的一员，而赌博可能是合法化的摇钱树，那时候我们就用不着每天冒着风险，也不用干些见不得人的勾当。在这件事上，时间证明我是正确的。

"不幸的是，桑塔迪奥想要一切。什么都要。想想吧，外孙，那时候我们所有人都很危险。联邦调查局已经知道我们这些家族存在，而且互相合作。政府凭借资源和技术剿灭了不少家族。缄默之墙已经被攻破了。

"出生在美国的年轻人，为了保命和当局合作。幸亏我组建了布朗克斯聚居地，能把西西里的新人送过去训练成我的手下。

"唯一一件我弄不懂的事情就是，女人怎么能惹上那么多麻烦。我的女儿萝塞·玛丽耶那时候只有十八岁。她是怎么迷上吉米·桑塔迪奥的？她说他们就像什么'罗密欧'和'朱丽叶'。罗密欧和朱丽叶是谁？我的老天爷啊，这两位到底是什么人啊？肯定不是意大利人。我知道这件事以后，又打算和解了。于是重新开启了和桑塔迪奥家族的协商。还放宽了我的要求，以便让我们共存。可他们愚蠢地认为，这是我们软弱的迹象。于是持续多年的悲剧开始了。"

唐说到这里停了下来。乔治喝了杯酒，吃了片面包和一块新鲜奶酪，吃完后站到唐身后。

"为什么今天说这些事呢？"乔治问。

"因为我的孙子关心他父亲究竟是怎么死的，我们必须消解他对我们的任何怀疑。"唐说。

"我对您没有一丝怀疑，唐·多梅尼科。"克罗斯说。

"每个人对任何事都有怀疑，"唐说，"这是人类的本性。但让我继续说。萝塞·玛丽耶当时很年轻，她完全不知道外面发生了什么。两个家族开战时她痛苦得不能自拔。但她不知道战争由来。于是她决心让大家握手言和，她那时候很深情，相信爱能战胜一切，而这件事她后来才告诉我。而且她当时是我生命里的珍宝。我妻子很年轻就去世了，但我没有再结婚，因为我不能容忍把萝塞·玛丽耶分享给一个陌生人。我从没拒绝过她，对她的未来有很高的期望。但我受不了和桑塔迪奥家联姻。于是我下了禁令。但我那时候也很年轻，以为孩子们会遵从我的命令。我想要她上大学，嫁给另一个世界的人。乔治、文森特和佩蒂耶这辈子只能跟着我干了，我需要他们的帮助。但我也希望他们的孩子能够去一个更好的世界。还有我的小儿子，西尔维奥。"唐指指密室壁炉架上的照片。

克罗斯从没仔细看过这张照片，他此前并不知道它的历史。照片上是一个二十岁的年轻男子，看上去和萝塞·玛丽耶极为神似，只是更加温和一些，而且瞳色更灰，眼神里更有灵性。这张脸栩栩如生，不由让克罗斯猜测这张照片是不是后来修整过。

乔治点起了一支哈瓦那雪茄，烟雾使无窗房间的空气变得更加浑浊。

唐·克莱里库齐奥说："我对西尔维奥的喜爱甚至超过萝塞·玛丽耶。他比大多数人心肠要好，被大学录取的时候还拿到了奖学金。我所有的期望都在他身上，但他太天真了。"

文森特说："他没有社会经验，要是我们的话都不会去的。而

464

他一点保护措施都没有做，就这样去了。"

乔治接过话头："萝塞·玛丽耶和吉米·桑塔迪奥在那家科马克快捷旅馆过夜了。萝塞·玛丽耶想到如果吉米和西尔维奥聊聊，也许可以把两个家族联系到一起。她打电话给西尔维奥，结果他谁也没告诉就来到旅馆。他们三个商量策略。西尔维奥一直称呼萝塞·玛丽耶为'萝伊'，他留给她的最后一句话是，'一切都会好起来的，萝伊，爸爸会听我说的'。"


但是西尔维奥永远也没机会对他的父亲说话了。不幸的是，桑塔迪奥家的两兄弟——丰萨和伊塔洛看上去是在当保镖，实际上是监督他们的长兄吉米。

桑塔迪奥家的人脑子里都是暴力妄想，他们怀疑萝塞·玛丽耶是在引诱吉米踏入陷阱。或至少是引诱他结婚以降低他们在家族里的地位。而萝塞·玛丽耶凭着无畏的勇气和嫁给他们长兄的决心，对他们气势汹汹。她甚至连自己的父亲，伟大的唐·克莱里库齐奥都敢反抗。没什么能阻止她。

西尔维奥步出旅店的时候，他们认出了他，然后在罗伯特·摩斯大堤路设陷把他射杀，之后还拿走他的钱包，让整个现场看上去像是抢劫杀人。这是典型的桑塔迪奥做派，凶残野蛮。

唐·克莱里库齐奥当时就识破了这套把戏。但守灵那天，吉米·桑塔迪奥来到灵堂。他没带任何手下，也没带武器。他要单独求见唐。

"唐·克莱里库齐奥，"他说，"我的悲伤不比你少。如果你觉得这是桑塔迪奥家族的责任，我的命就在你的手上。我和父亲谈过，他否认下过这样的命令。而且他也让我传话给你，愿意重新考虑你所有的提议。此外，他也同意我娶你的女儿。"

萝塞·玛丽耶投入吉米的怀抱，露出可怜兮兮的表情，那一刻唐心软了。悲伤和恐惧让她显露出悲剧性的美丽，黑亮的眼睛噙着泪水，让人心惊，脸上还带着惊骇不解的神色。

她把视线从唐身上移开，含情脉脉地看向吉米·桑塔迪奥。唐·克莱里库齐奥这辈子少有的几次心软了。他怎么能让这么美丽的女儿伤心呢？

萝塞·玛丽耶对她父亲说："吉米很怕你觉得这事和他们家有关。我知道他们没做过。吉米还向我保证说，他家愿意和我们达成协议。"

无需任何证据，唐·克莱里库齐奥已经认定这桩命案是桑塔迪奥家族下的手。但是心软是另一回事。

"我相信你，我也接受你，"唐说，他确实相信吉米是无辜的，虽然这也没带来什么不同，"萝塞·玛丽耶，我允许你嫁给他，但是不能在这里成婚，而且家族里的任何人都不会去参加婚礼。还有吉米，告诉你父亲婚礼后我再和他谈生意。"

"谢谢你，"吉米·桑塔迪奥说，"我理解，婚礼会在我们家族的棕榈泉馆举办，一个月之内我们家族的所有人都会到那，而且请柬也会发给克莱里库齐奥家族的所有人。他们可以决定不参加。"

唐被这话激怒了："他还没下葬你们就要结婚，不嫌太快了吗？"他指了指灵柩。

听见这话，萝塞·玛丽耶瘫倒在唐的怀里，他能感觉到她的恐慌。她用极低的声音悄悄告诉他："我怀孕了。"

"啊。"唐恍然道，并对吉米·桑塔迪奥投去微笑。

萝塞·玛丽耶又轻声说:"我会给他取名叫西尔维奥,为了纪念弟弟。他会和西尔维奥一样出色的。"

唐拍拍她的深色头发并吻了她的脸颊。"很好,"他说,"很好,但我还是不会参加婚礼。"

这时候萝塞·玛丽耶已经恢复了勇气,她仰起脸看着父亲,吻了他的脸颊后说:"爸爸,总得有人来,总得有人在婚礼上把我交给新郎啊。"

唐转向站在身边的皮皮:"皮皮你去。代表家族参加婚礼。他是我的侄子,而且爱跳舞。皮皮,你去把你的表妹交出去,然后就随心所欲地跳舞吧。"

皮皮弯下腰吻了玛丽耶的脸颊:"我会去的,"他还故作英勇道,"要是吉米不出现,我们就私奔。"

萝塞·玛丽耶感激地抬起头,一下投入他的怀中。


一个月后,皮皮坐上拉斯维加斯飞往棕榈泉馆的班机去参加婚礼。此前的一个月他一直和唐待在科沃格的主楼里,同乔治、文森特和佩蒂耶多次商谈。

唐明令皮皮统领整个行动,无论他下达什么命令,都必须看作是唐本人的命令予以执行。

只有文森特敢质问唐:"万一桑塔迪奥没有杀西尔维奥呢?"

唐说:"这不要紧,不管做没做,他们在这件事上都显得太蠢了,这种愚蠢以后会危及我们的。即使放过这次,我们迟早都会和他们打一场。他们当然有罪。恶意本身就是谋杀。如果桑塔迪奥家族是无辜的,那我们就只能承认是命运在和我们作对。你们愿意相信哪种呢?"

人生中第一次，皮皮注意到唐的心碎了。他在地下室的礼拜堂里待了很久，只吃一点点东西，喝许多酒，这对他来说并不寻常。他还把西尔维奥的裱框照片在卧室里放了几天。有一个礼拜天，他请求正在做弥撒的牧师听他告解。

最后一天，唐只叫上皮皮密谈。

"皮皮，"唐说，"这是一件棘手的活儿，如果吉米·桑塔迪奥得以幸免的话可能会有问题，别让这种情况发生。所有人都不能知道这是我的命令，这件事得算在你的头上。我没有插手，乔治、文森特和佩蒂耶都没有插手。你愿意为我承担这份罪责吗？"

"我愿意，"皮皮说，"你不希望女儿憎恨你或是责备你，也不希望她这么对待她的哥哥们。"

"萝塞·玛丽耶可能有危险。"唐说。

"是的。"皮皮说。

唐叹口气。"竭尽全力保护我的孩子们，"他说，"必须由你来下最后的命令。但要记住，我从没要求你杀死吉米·桑塔迪奥。"

"那要是萝塞·玛丽耶发现这是……"皮皮说。

唐直视皮皮·德·莱纳，说："她是我的孩子，也是西尔维奥的姐姐。她绝不会背叛我们。"


棕榈泉馆的桑塔迪奥家主楼有三层楼，四十个房间，西班牙式的装修风格和周围的沙漠景色相得益彰。一圈红色的石制围墙将整片宅院和广袤的沙漠区分开来。围墙内除了房屋之外，还有一个巨大的游泳池，一片网球场以及一个地掷球场。

婚礼当天，宅院的草坪上挖了一个宽大的烧烤灶坑，为交响乐队搭了个乐池，还搭了个木板舞池。舞池周围放着许多长餐桌，宅院古铜色大门边上停着三辆准备食物的大卡车。

皮皮·德·莱纳周六早上带着一个手提箱抵达了，手提箱里装着婚礼上要穿的礼服。桑塔迪奥家给他安排的住处在二楼，沙漠上太阳的金色光芒灌入窗户，他开始整理行李。

教堂婚礼仪式将在半小时后于棕榈泉馆举行，宗教仪式会在中午开始，仪式结束以后宾客返回宅院庆祝。

随着一记敲门声，吉米走了进来，满脸喜气洋洋，热情地拥抱了皮皮。他还没换上新郎礼服，穿着宽松的白色便裤和银灰相间的丝质T恤，这副形象看上去非常英俊。他握住皮皮的手示好。

"你能来真好，"吉米说，"萝伊很激动你要带她走红毯。现在趁典礼还没开始，老头子想要见见你。"

吉米带皮皮下到一楼，沿着一条长廊走到唐·桑塔迪奥的房间，一路上都握着他的手。唐·桑塔迪奥穿着蓝色棉睡衣躺在床上。他比唐·克莱里库齐奥衰老得多，但是两人有着同样锐利的眼神，总是一副留神倾听的样子；他的脑袋和球一样圆，头顶已经秃了。他示意皮皮走近一点并伸出手让皮皮拥抱。

"你来得正巧，"老头子说，声音嘶哑，"我就指望你来让两家人互相拥抱，就像我俩现在这样。你是我们不可或缺的和平鸽。祝福你，祝福你。"说完他躺回床上闭上眼睛，"我今天太快乐了。"

房间里有个矮胖的中年女护士，吉米介绍这位是他的表妹。护士轻声告诉他们老头子要为待会儿的庆典保存体力，他们该走了。那一刻皮皮重新考虑了通盘计划，显然唐·桑塔迪奥活不长了，之后吉米就会继承家业。也许那时候事情可以有转机呢。但是唐·克莱里库齐奥绝不会接受西尔维奥的死；两家之间绝不可能存在真正的和平。而且不管怎么说，唐已经给他下了严格指示。

同一时间，桑塔迪奥家的两兄弟，丰萨和伊塔洛正在搜查皮皮的房间寻找武器和通讯设备，皮皮租来的车里也被彻底搜查过了。


桑塔迪奥家为他们的王子举办了豪华的婚礼。宅院里到处都放着大号编织篮，篮子里都是异域鲜花。色彩鲜艳的凉亭里，酒保为客人倾倒香槟。穿着中世纪服装的小丑给孩子们变戏法，院子各处的扬声器里传出音乐。每个客人都拿到一张摸奖券，奖金额两万美元，稍后开奖。还能有什么庆典能比这个更棒呢？

修剪过的草坪上，到处都支着色彩艳丽的大帐篷，保护宾客不受沙漠酷热的侵扰。舞池上的是绿色帐篷，乐池上的是红色帐篷。网球场上支着的蓝色帐篷里放着新婚礼物，包括唐·桑塔迪奥送给新娘的一辆银色奔驰小轿车和送给新郎的一架小型私人飞机。

教堂仪式简单，时间也不长。宾客们回到桑塔迪奥家的宅院里时，发现乐队正在演奏。他们各自的帐篷里放着食品柜台和三个独立的酒吧台，食品柜台上装饰着猎人追捕野猪的图案，酒吧台上放满高脚玻璃杯，杯子里盛着热带果饮。

新婚夫妇跳了第一曲舞，他们在帐篷的阴影中舞动，沙漠上的红日照进角落，在他们头上投下片片阳光，给他们的欢乐镀上一层金铜色。他们之间的爱意显而易见，周围的人又是欢呼又是拍手。萝塞·玛丽耶看上去从没那么美，吉米也从来没有显得像今天这么年轻。

乐队停止演奏，吉米把皮皮拉出人群，带到数百个宾客面前。

他说："这是皮皮·德·莱纳，是他把新娘交给我。他代表克莱里库齐奥家族，是我最亲爱的朋友。他的朋友就是我的朋友，他的敌人就是我的敌人。"他举起酒杯说，"我们一同敬他，让他与新娘跳一支舞。"

皮皮和萝塞·玛丽耶共舞时，她对他悄悄说："你会让两家人走到一起的吧，皮皮？"

"小菜一碟。"皮皮说，然后带着她转了一圈。

皮皮在婚礼的表现令人大加赞赏，没有比他更欢快的婚礼宾客了。他每一曲舞都要跳，脚步比年轻人还要轻盈。他和吉米跳，然后和他另外五个兄弟跳，丰萨、伊塔洛、本尼迪克特、基诺和路易斯。他和孩子们跳，和主妇们跳。他和乐队领队跳华尔兹，和乐队一起唱歌，用西西里方言唱喧闹的歌曲。他纵情吃喝，晚礼服上还沾上了污渍，有番茄酱，也有用在鸡尾酒和葡萄酒中的果汁。他在地掷球场上活力四射，整整一个小时，他让整个球场成为婚宴焦点。

打完地掷球后，吉米·桑塔迪奥把皮皮拉到一边。"我就指望你搞定一切，"他说，"我们两家人的和解已经势不可挡啦。合作愉快。"说这话的时候，吉米·桑塔迪奥脸上露出最迷人的表情。

皮皮回答得无限真诚："我们会的，当然会的。"而且他也想知道，吉米·桑塔迪奥是不是如他所表现的那么坦率。现在，他总该知道是他家族里的人犯下了那场命案。

吉米似乎感觉到了这点："我向你发誓，皮皮，我和这件事一点关系都没有。"他拉起皮皮的手，"我们和西尔维奥的死没关系，毫无瓜葛。我用我父亲的脑袋起誓。"

"我相信你。"皮皮说道，并用力握紧吉米的手。他犹豫过一刹那，不过没关系，太晚了。

沙漠红日西沉，黄昏的日光尽皆洒落宅院。这是正式晚宴开宴的信号。而新郎的弟弟们，丰萨、伊塔洛、基诺、本尼迪克特和路易斯一致提议为新人干杯，祝愿他们新婚美满，赞美吉米的美好品质，还有为他们了不起的新朋友，皮皮·德·莱纳干杯。

唐·桑塔迪奥年事已高，病重不能下床。但他送来了最真诚的祝愿，提到送给儿子的飞机时所有人都笑了。随即新娘亲自为公公切了一大块婚礼蛋糕，送去老头子的卧室，但他已经睡了。于是他们把蛋糕给了护士，护士承诺在他醒来以后喂蛋糕给他吃。

午夜的时候，派对终于结束了。吉米和萝塞·玛丽耶要返回新房，他们明早得启程去欧洲度蜜月，今晚得休息。宾客们听到后大声起哄，讲起了下流的话。大家都非常兴奋。

数百辆车驶离宅院，各自驱车开进沙漠。备办食物的卡车塞得满满的，工作人员撤下帐篷，收起桌椅，拉起平台，甚至还匆匆检查了庭院里有没有留下垃圾。终于，他们把事情都清理得差不多了，明天再来收尾。


根据皮皮的要求，宾客离开后，桑塔迪奥家的五兄弟和皮皮开了一场正式会议。他们要交换礼物，来庆贺两个家族之间新的友谊。

午夜时分，他们聚集在桑塔迪奥主楼巨大的晚宴厅里。皮皮带了满满一箱子货真价实的劳力士手表，还有一件日本和服，和服上手绘了东方的春宫画。

丰萨叫道："咱们这就把这件衣服送去给吉米吧。"

"太晚了，"伊塔洛快活地说，"吉米和萝塞·玛丽耶已经在干第三回合了。"

满堂大笑。

屋外，沙漠上的月亮照在孤零零的宅院上，洒下乳白色的寒光。挂在宅院围墙上的中式灯笼，在白茫茫的月光下显出一个个红圈。

车身一侧上漆着金色"备办食物"几个字的大卡车，隆隆开到桑塔迪奥宅院大门前。

两名门卫中的一位走到车边，司机告诉他，他们是回来拿落下的发电机的。

"这么晚？"门卫说。

他们说话的当口，司机的帮手从卡车里钻出来走向另一个门卫。两个门卫都在婚礼上吃饱喝足，反应迟钝。

两件事同时发生：司机从腿间摸出一把装着消音器的枪，对门卫的脸打出三发子弹。司机的帮手则勒住另一个门卫的脖子，握着一把大尖刀，迅猛地划过他的喉咙。

他们的尸体倒在地上。随着一声轻巧的引擎声，卡车背后的大金属平台放了下来，从里面钻出二十个克莱里库齐奥的手下。个个穿着黑衣，长筒袜蒙面，佩着装有消音器的枪，由乔治、佩蒂耶和文森特带领进入宅院。一支特殊小队去切断电话线，另一支散开控制宅院。乔治、佩蒂耶和文森特带着十个蒙面人冲进晚宴厅。

桑塔迪奥家几兄弟正举杯向皮皮敬酒，他突然走开几步，一言不发。入侵者开枪，一阵弹雨把桑塔迪奥五兄弟打得体无完肤。其中一个蒙面人，佩蒂耶，站在他们跟前，给五兄弟一人从下巴底下补了一枪。地上散着亮晶晶的碎玻璃。

另一个蒙面人乔治，交给皮皮一个头套、一条黑色便裤和一件黑毛衣。皮皮迅速换上衣服，把换下的衣服丢进另一个蒙面人撑开的袋子里。

皮皮还是没有武器，带着乔治、佩蒂耶和文森特走过长廊，来到唐·桑塔迪奥卧室门口，推开房门。

唐·桑塔迪奥终于醒了，正在吃婚礼蛋糕。他一瞅见门外的四个人，就在胸前画了个十字，拿起枕头遮住脸。盛着蛋糕的碟子滑落地上。

护士在房间角落里读书，佩蒂耶像一只大猫似的扑向她，塞住她的嘴，再用细尼龙绳把她绑到椅子上。

乔治走到床前。他轻轻伸手，扯掉唐·桑塔迪奥脑袋上的枕头。犹豫了一会儿，然后打出两枪，一枪打在眼睛上，第二枪从下巴打入，从秃顶的圆脑壳上穿出。

他们重新整队，文森特交给皮皮一根银色长绳，皮皮总算有件武器了。

皮皮带着他们走出屋子，通过长廊，上到三层，新房就在这一层。走廊里到处丢着鲜花和果篮。

皮皮推了一下新房的门，门锁着。佩蒂耶脱下一只手套，拿出开锁器，轻而易举地打开门，把门推开。

萝塞·玛丽耶和吉米躺卧在床上。他们刚恩爱过，浑身湿淋淋的。萝塞·玛丽耶的透明睡袍纠缠在腰际，束带滑落两侧，双乳一览无余。她的右手摸着吉米的头发，左手放在他的肚子上。吉米浑身赤裸，但是看见门口这些人时，一下子坐起来，扯起床单遮住身子。他什么事都明白了。"别在这里，出去吧。"他说着，然后向他们走去。

萝塞·玛丽耶诧异了一瞬间。吉米走向门口的时候，她伸手抓他，但被他躲开了。蒙面的乔治、佩蒂耶和文森特围在门口，他走出房门。这时候萝塞·玛丽耶说道："皮皮，皮皮，请别这样。"突然三个蒙面人扭头看她，她一下子意识到，这都是她的哥哥，"乔治、佩蒂耶、文森特，别这样，别这样。"

这是皮皮最头疼的时刻，要是萝塞·玛丽耶把这件事说出去，克莱里库齐奥家族就完了。他有责任杀了她。唐在这件事上虽然没有特别指示，但他怎么能宽恕杀死自己女儿的凶手呢？她的哥哥们会听令吗？而且她怎么认出他们的？他作出决定，关上身后的门，同吉米和萝塞·玛丽耶的三个哥哥来到走廊上。

唐的意思很明白了。他要绞死桑塔迪奥。也许是出于怜悯，当爱他的人捧着他的尸体哭泣时，他的身体应该是完好无损的；也许一种传统，如果他的死是一场祭礼，那就不应该流血。

吉米·桑塔迪奥突然放手，任床单落下，伸手扯下皮皮脸上的头套。乔治抓住他的一只手，皮皮抓住另一只手。文森特趴在地上抓住吉米的两腿。皮皮随即拿绳子绕过吉米的脖子，用力把他的脑袋往后勒，弯向地面。吉米的嘴角带着一丝扭曲的笑容，看着皮皮的脸时有一种奇怪的怜悯：命运或是某个神秘的神祇会报复他的所作所为。

皮皮勒紧绳子，佩蒂耶伸手帮忙用力，他们都倒在过道上，白色的床单上盛着吉米·桑塔迪奥的尸体，好似一块裹尸布。新房里，萝塞·玛丽耶开始尖叫……

唐说完了，再点起一支方头雪茄，啜了一口酒。

乔治说："皮皮布置了全套计划。我们全都脱罪，而桑塔迪奥全家死绝。英明透了。"

文森特说："什么事都解决了，从那以后我们再没遇上过麻烦。"

唐·克莱里库齐奥叹气："这是我作下的错误决定。但我们怎么知道萝塞·玛丽耶会疯呢？那时候对我们来说危机重重，而这是我们打出决定性一击的唯一机会。你要知道，那时候我还没到六十，我把自己的权势和智慧看得太重。我当时想过，这件事对女儿肯定是一件惨剧，但寡妇不会永远悲伤的。而且他们杀了我的儿子西尔维奥。我怎么能宽恕他们呢，谁还顾得上女儿？但自那以后我学乖了，你不能和蠢人讲道理。我一开始就该把他们统统杀光。在他们俩相爱之前就动手。那样我就能把儿子和女儿都救下了。"他停顿了一会儿。

"所以，你知道了，丹特是吉米·桑塔迪奥的儿子，而你，克罗斯，你俩在婴儿时期用过同一个摇篮，那还是你在这里住的第一个夏天。这些年因为他父亲的事，我尽力弥补丹特。我也努力帮助女儿从悲伤中走出来。丹特长大了，长成克莱里库齐奥家族的一员，而且他也会和我的儿子们一起，做我的继承人。"

克罗斯想弄明白到底发生了什么。他对克莱里库齐奥家族，对这个世界的态度剧变，厌恶得浑身发抖。他想到父亲皮皮，他竟然扮作撒旦的角色，把桑塔迪奥家族引向死亡。这样一个人怎么会是他的父亲呢？他又想到喜爱的萝塞·玛丽耶阿姨，知道真相后，这么多年来伤心痛苦，神志不清地活着。是她自己的家人背叛了她。他甚至对丹特产生了几分怜悯，现在丹特的罪名是坐实了。然后他想知道，唐肯定不信皮皮被抢劫的说辞，那为什么他似乎接受了这种解释呢？他是一个从不相信巧合的人啊。他到底是什么意思？

克罗斯从来看不透乔治，他相信抢劫杀人的说辞吗？显然文森特和佩蒂耶信了。但他现在知道了他父亲和唐父子四人特殊的亲密关系。他们在屠杀桑塔迪奥家族的时候曾并肩战斗。他的父亲放过了萝塞·玛丽耶。

克罗斯说："萝塞·玛丽耶没对任何人说过？"

"没有，"唐语气讥讽道，"她甚至做得更好，直接疯了。"他的声音里还带着一点点骄傲。"我送她去西西里，然后在丹特快临盆的时候带她回美国，让丹特出生在美国的土地上。世事无常，也许他往后能成为美国总统呢。我对这小家伙有希冀，但是两个家族的血脉对他来说太沉重了。"

"你知道最糟糕的事情是什么吗？"唐说，"你父亲皮皮犯了个错，他不该留下萝塞·玛丽耶的，虽然我因此而喜欢他。"他叹口气，啜了口酒，端详着克罗斯的脸，说，"要知道，世界眼下是什么样，就是什么样；你现在是什么人，就是什么人。"

在回拉斯维加斯的班机上，克罗斯不解地思考着。为什么唐要告诉他那些事？是为了防止他去见萝塞·玛丽耶，然后从她那儿听到另一个版本吗？还是为了警告他放弃，因为丹特牵扯其中，所以不要报仇吗？唐的行为让人不解。但有一件事克罗斯是可以确定的，如果是丹特杀了他的父亲，那丹特肯定也要杀他。而且唐·多梅尼科·克莱里库齐奥必定也心中有数。

# 第十九章

丹特·克莱里库齐奥没必要再听一遍这段往事。他的母亲，萝塞·玛丽耶在他两岁的时候就原原本本给他讲过了：每次她发病时，或是因失去丈夫和弟弟西尔维奥而痛苦不已时，又或是沉浸在对皮皮和三个哥哥的恐惧中时，她都会对他诉说。

只有在发病最严重的时候，萝塞·玛丽耶才会把丈夫的死怪到父亲——唐·克莱里库齐奥头上。唐一直否认自己下过命令，也否认三个儿子和皮皮执行了屠杀。但她怪了唐两次以后，他把她打发去诊所调理了一个月。此后她就只是大叫大嚷，再没敢直接指责过他。

但丹特一直记得她的私语。小时候他爱他的祖父，也相信他是无辜的。但他却处心积虑对付三个舅舅，虽然他们都待他不错。他尤其想要报复皮皮，虽然这些都只是幻想，但为了母亲，他还是想这么做。

萝塞·玛丽耶正常的时候，她把丧偶的唐·克莱里库齐奥照料得无微不至，对三个哥哥表现出妹妹的关心，对皮皮，她敬而远之。神志清醒的时候，她面容那么甜美，看不见一星半点的恶意。她的脸型、嘴角的弧度和清澄的褐色双眼里找不到半分憎恶。对儿子丹特，她爱之至深，天底下再没有哪个男人能让她动情至此。出于母爱，她送给丹特好多礼物，虽然丹特的祖父和三个舅舅也送了不少东西，但动机却不那么纯洁，而是一种混杂着内疚的爱意。当萝塞·玛丽耶清醒的时候，她从没对丹特提起过那段往事。

但发病的时候，她骂骂咧咧，满口诅咒，甚至她的脸都因为愤怒而扭曲成丑陋的样子。丹特一直很困惑，他七岁时生起一道疑问。"你怎么知道那是皮皮和我的舅舅们呢？"他问她。

萝塞·玛丽耶一听，咯咯笑个不停。丹特看来，母亲活脱脱就是从自己那些童话书里面走出来的巫婆。她对他说："他们觉得自己有多聪明，他们觉得有了那些蒙面，有了那些特殊的衣服和帽子，我就看不出来了。你想不想知道他们忘了什么？皮皮还穿着他的舞鞋，带着蝴蝶结的漆皮鞋。还有，你的舅舅们站队的顺序永远是特定的。乔治一直站在前面，文森特稍微后边，佩蒂耶在右边。我认出他们的时候，他们转过头看着皮皮，看他会不会下令杀我。他们犹豫不决，都想走开。但是他们当时真应该杀了我的，我的亲哥哥。"之后她放声大哭，伤心欲绝的神色把丹特吓坏了。

即使只是个七岁的小孩子，他也试着安慰她。"佩蒂耶舅舅绝不会伤害你的。"他说，"要是他们伤害你的话，祖父会要他们的命。"他不确定自己对乔治舅舅甚或是文尼舅舅的感情，但是在他幼小的心灵中，他绝不会原谅皮皮。

丹特十岁那年，他已经学会要留心母亲发病，她一叫他过去，又要讲桑塔迪奥家的故事时，他就急忙把她带到她的卧室里，这里安全，不会让祖父和舅舅们听见。

丹特成年之后，他的聪明才智已经足够识破克莱里库齐奥家族的所有伪装。他天性顽劣，有意让他的祖父和舅舅们明白，他是知道真相的。他也能感觉得到，他的舅舅并没那么喜欢他。丹特本是要被遣去合法世界的，也许会接乔治的班，学习复杂的经济知识，但他对此显得丝毫不感兴趣。他甚至奚落舅舅，说他对家族这些娘娘腔的东西没有兴趣。乔治不动声色地听完，这反应让十六岁的丹特吓了一跳。

乔治舅舅说："好吧，你不用去了。"声音里带着沮丧，也有几分愤怒。

丹特中学四年级那年退学后，去佩蒂耶的建筑公司里上班。建筑公司在布朗克斯，丹特工作努力，建筑工地上的艰辛劳作为他锤炼出强壮的肌肉。佩蒂耶把他安排到布朗克斯的手下那里，当丹特年纪到了，唐就让他给佩蒂耶当手下。

乔治把丹特的所作所为向唐汇报之后，唐才作下这个决定。丹特班里一个漂亮的女孩控诉他强奸，另一个同龄同学控诉他用小刀行凶。丹特乞求舅舅别让祖父知道这两件事，他们答应了，但是不出意料，他们转头就告诉了唐。家族花了很多钱，才把这些指控抹平。

在青少年时代，他对克罗斯·德·莱纳的嫉妒越来越盛。克罗斯那时候已经是身材高挑、英俊非凡、礼节周到的年轻人。克莱里库齐奥家族的所有女人都爱慕他，簇拥着他。他的女性表亲纷纷与他调情，这些事她们可从没对唐的外孙做过。丹特矮壮健硕的身材、顽劣的幽默感，再戴上文艺复兴风格的帽子，只会吓到年轻姑娘。丹特可不笨，把这些全看在眼里。

丹特被带去内华达山脉的猎场，他偏爱设置陷阱胜过开枪射击。他爱上了自己的一个表妹，这在克莱里库齐奥家族再自然不过，但是他太性急。而且，他跟布朗克斯手下的女儿们太过亲近。最终，乔治担当起了严师慈父的角色，把他介绍给一个纽约高级应召场子的老板，让他少惹点事。

但丹特好奇心重，机智狡猾，这让他成为克莱里库齐奥这一代唯一知道家族底细的人。所以，最终家族决定送丹特去参加行动训练。

随着时间流逝，丹特发觉自己与家族之间隔阂渐多。唐还是一如既往地疼爱他，而且明确地告诉他，他会成为这个王国的继承人，但他不再把自己的想法和见解告诉外孙，也不再和他分享他的智慧。唐也不支持丹特的建议和计划。

他的舅舅们，乔治、文森特和佩蒂耶，也不如小时候疼爱他。佩蒂耶更像是一个朋友，可他也是佩蒂耶训练出来的。

丹特够聪明，知道也许错在自己，因为他泄露了自己知道桑塔迪奥家族和生父的事。他甚至向佩蒂耶问过吉米·桑塔迪奥的事情，而他的舅舅告诉他，他们非常尊敬他的父亲，而他的死讯令大家十分伤心。他们从没开诚布公地谈过，也从来没有承认过，但唐·克莱里库齐奥和他的儿子们晓得，丹特知道真相，萝塞·玛丽耶在犯病的时候把秘密泄露了。他们有心赎罪，待他像个王子。

但是对丹特性格影响最深的，要数他对母亲的同情和爱。犯病的时候，她在他心中种下了对皮皮·德·莱纳仇恨的种子，却免除了她父亲和哥哥们的罪孽。

这一切帮助唐·克莱里库齐奥下了最终决定，唐能轻而易举地看穿外孙的心思，就好像阅读自己的祈祷书一样简单。唐作出决断，丹特不会参加家族融入社会的最终撤退。他身上的桑塔迪奥血脉和（唐是个公正的人）克莱里库齐奥家的血脉，混杂起来太过凶狠。因此，丹特会进入文森特和佩蒂耶、乔治和皮皮·德·莱纳所在的世界。他们会并肩战斗，直到最后一刻。

而丹特也不负厚望，成了一员出色的悍将，尽管不怎么服管教。他自行其是，蔑视家族规矩，有时候甚至对某些命令充耳不闻。当有昏了头的代理人或不守规矩的兵逾越家族的底线，要被发落去投胎的时候，他的凶狠就派上用场了。除了唐谁也管不住丹特，让人不解的是，唐却不肯亲手严惩丹特。

丹特担心母亲的未来。而这未来得指望唐，她犯病越来越频繁，丹特看得出唐已经越来越不耐烦了。尤其是萝塞·玛丽耶每次离开时都要大吵大闹一番，她用脚画出一个圈，往中间吐唾沫，大喊大叫绝不要再进这栋屋子。这种时候，唐就会送她去诊所调理几天。

所以她每次发病时，丹特都会好言相劝把她哄回来，让她恢复原来的甜美和慈爱。但他一直害怕自己最后保护不了她，除非他变得和唐一样有权势。


这世上丹特唯一害怕的人就是唐。这是他小时候和唐相处的经历留给他的感觉，还有他觉得唐的儿子们对唐·克莱里库齐奥的爱和恐惧一样多。这让丹特觉得不可思议，唐已经八十多岁，已经没了力气，也几乎不出门，连身高也因为衰老而萎缩了。为什么要怕他呢？

唐胃口很好，相貌英武，时光在他身体上留下的唯一伤害，就是牙齿松脱，因此他的食谱上只剩下意大利面、磨碎的干酪、炖烂的蔬菜和例汤。肉要加番茄酱煨碎了才能吃。

但是唐不久就会离开这个世界了，权力会交接。万一皮皮成为乔治的左膀右臂呢？万一皮皮凭着积威掌权呢？要是那样的话，克罗斯就上位了，而且他在桃源酒店还有那么多的财富。

丹特安慰自己，这件事有实在的原因，不是因为他怨愤皮皮，竟敢在家族面前批评他。

丹特跟吉姆·洛西第一次接触，是因为乔治作出的安排。乔治觉得丹特手里得攥住一些权力，所以指派他负责给洛西的份子钱。

当然，万一洛西叛变，保护丹特的预防措施还是做了的。双方签署的合约里写明，聘任洛西担任家族一家证券公司顾问一职。合约属于机密文件，而且洛西的薪水必须现金酬付。在证券公司的税务申报中，给洛西的钱算作开支，用一家挂名公司做收账账户。

丹特给洛西送了很多年的钱以后，他们发展出了更亲密的关系。他没被洛西的臭名吓到，而是把洛西看成是一个处在人生关口的人，想给自己赚一大笔退休金。洛西什么事都有份，保护毒贩，收受克莱里库齐奥家族的贿赂保护赌博，甚至胁迫某些实力强大的零售商付给他额外的保护费。

丹特使出了全部的魅力，打算给洛西留下个好印象；他的狡狯机敏，戏谑的幽默感，还有他对大众接受的道德准则不屑一顾，这一切都很对洛西胃口。丹特对洛西的战史很感兴趣，故事里洛西对付着破坏西方文明的黑人。丹特本人倒是没有种族歧视。黑人对他的生活没有任何影响，要是有的话，早被无情地除掉了。

丹特和洛西极为投契。他们都是注重仪表、好赶时髦的人。在性爱关系上，他们都喜欢驾驭女人。这点倒不是出于情欲，而是为了彰显力量。丹特在西部的时候，就喜欢和洛西混在一起。他俩一起吃晚餐，饭后一道纵情夜店。丹特从来不敢带他去拉斯维加斯，或是去桃源酒店，而这也不是他的目的。

丹特喜欢对洛西说自己刚开始追求女人时的糗事，那时候他低声下气、挥霍金钱，但是女人仗着美貌十分傲慢。而之后他又是多么热衷于耍花招把女人带进无法逃跑的绝地，迫使她们上床。洛西有点瞧不上丹特的把戏，自称靠自己出众的男子气概，从最一开始就能斩获女人，然后再羞辱她们。

他们都声称，如果一个女人对他们的求爱无动于衷，他们绝不强迫她上床。他们一致同意，如果安提娜·阿奎坦内接受他们，那绝对是中大奖。他们一起出没于洛杉矶的俱乐部，勾搭女人，交流经验，嘲笑那些虚荣的女人，以为自己可以不用付出任何代价为所欲为。有时候女人闹得太凶，洛西就会出示盾徽，然后告诉她们他可以依照卖淫把她们都抓起来。因为他们上手的大部分女人多少都干点这个，所以这招屡试不爽。

通过丹特的精心安排，他们夜夜厮混在一起。洛西不说"黑鬼"故事的时候，就会试着给各种各样的妓女下定义。

一种是"一手交钱一手交货"的老娼妇，左手接住你的钞票，右手攥住你的生殖器。另一种呢，则是娇滴滴的小婊子，为你神魂颠倒，和你一夜缠绵，等第二天早上你要离开时，她才张嘴问你要张支票，帮她交个房租。

还有一种小婊子，她爱你，但是也爱其他人。她跟你们所有人都建立了长期的友谊，每个假日都捧着珠宝礼物满载而归，甚至劳动节都不落下。还有出来兼职的白领秘书、空姐、名品店的售货小姐什么的。这些人会跟你吃豪华大餐，会邀你到她家里喝咖啡，问题是最后她们连用手都不答应就会把你赶到街上！这是她们的最爱。和她们做爱非常刺激，充满激情，需要耐心和忍耐，而且这样的性爱比爱情还要美妙。

一天夜里，他们在威尼斯的"中国人"餐馆用过晚餐，丹特提议去海滨人行道走走。他们坐在长椅上，看着人来人往，漂亮的年轻姑娘们蹬着溜冰鞋，各种肤色的皮条客在后面紧追慢赶，嘴里叫着心肝宝贝，娇滴滴的小婊子卖着T恤，上面写着他俩看不懂的格言。印度教克利须那派教徒捧着乞讨用的饭盆，留着胡子的歌手们背着吉他，全家出游的带着相机，这一切的一切，映在黑沉沉的太平洋海面上。在海滩上，情侣们裹在毯子底下，不消说，肯定是在行苟且之事。

"我可以把这儿的人全抓起来，我有合理的理由，"洛西说，"真他妈是个动物园。"

"连那些溜冰的小妞儿你也不放过？"丹特问。

"那我就以她们携带生殖器这种危险武器为理由拘捕她们。"洛西说。

"这儿黑人不多。"丹特说。

洛西在沙滩上伸伸懒腰，一出声就是模仿得惟妙惟肖的南方口音。

"我想我对黑皮肤同胞太严苛了，"他说，"就像自由主义者总挂在嘴边的：这全都因为他们以前当过奴隶。"

丹特等着听他的妙语。

洛西把双手搁在脑袋后面，胳臂把夹克衫往后展了展，露出枪套，以吓退那些鲁莽的小混混。但是压根儿没人盯着他，他在海滨人行道刚走上一步，他们就看出他是警察了。

"奴隶制，"吉米·洛西说，"让人堕落。那样的生活太容易了，让他们变得太依赖别人。自由太艰难了。在种植园一日三餐有人照顾，不用交租，有衣服穿，还有医疗看护，因为他们是宝贵的财产。他们甚至连自己的孩子都不用管。想想吧。农场主强奸他们的女儿，给那些孩子安排一辈子的铁饭碗。当然，他们得工作，但他们不是成天唱歌吗？他们的工作能有多苦呢？我敢打赌，五个白人就能做一百个黑鬼的工作。"

丹特被逗乐了，洛西是认真的吗？无所谓，他只是抒发感情，又不是在讲道理。

他们在这儿很愉快，这是一个宜人的晚上，而且在他们眼中，这个世界很是安全，这些人绝对威胁不到他们。

然后丹特说："我有个非常重要的提案对你说，你打算先听回报还是先听风险？"

洛西向他投去微笑："先听回报，向来如此。"

丹特说："事先给二十万美元，一年以后让你负责桃源酒店的安保。薪水是你现在的五倍。有费用账户，安排专车，吃住全包，女人随你挑。到时候能把调查酒店舞女背景的活儿交给你。还有贿赂，钱数和现在一样。还不用你开枪，承担主要责任。"

"听上去太好了，"洛西说，"但总有人得开枪，这是个有风险的活，是吗？"

"我来担风险，"丹特说，"我来开枪。"

"为什么不是我？"洛西问，"我戴着警徽，可以把这件事弄成合法枪杀。"

"因为就算合法，你也活不过六个月。"丹特说。

"那我干什么？"洛西问，"拿根鸡毛撩拨你屁眼儿助兴？"

丹特解释了全套行动，洛西吹了声口哨，表示钦佩这份计划里的胆量。

"为什么是皮皮·德·莱纳？"洛西问。

"因为他要叛变。"丹特说。

洛西还是满脸疑惑，这是他第一次冷血谋杀。丹特决定再下点猛药。

"你还记得博兹·斯堪尼特自杀的事吗？"他说，"是克罗斯干的，但不是孤身一人，是和一个叫利亚·瓦齐的人合伙动的手。"

"他长什么样？"洛西问。丹特描述了一通瓦齐的长相，他想起来这就是自己在酒店大厅撞见的家伙，他和瓦齐在一起，自己把他拦住了。"我在哪儿能找到这个瓦齐？"

丹特沉吟良久，他正在打破唐定下的、家族唯一真正神圣的规矩。但这能让克罗斯出局，而且克罗斯在皮皮死后可能会变成需要留心的人。

"我绝不把消息来源说出去。"洛西说。

丹特重新想了想，随即说道："瓦齐住在内华达山脉的猎场，那里是我家族的产业。但是在杀皮皮之前，什么动作都不要有。"

"可以。"洛西说。他随心所欲惯了，才不会理会这条。"而且事先我就能拿二十万，是吗？"

"没错。"丹特说。

"听上去不错，"洛西说，"不过有一件事要说清楚，如果克莱里库齐奥来对付我，我会把你供出去的。"

"别担心，"丹特亲切地说，"要是我听到风声，会先杀了你的。现在我们就管商议细节吧。"

一切按照计划行进。

当丹特往皮皮·德·莱纳身上开了六枪，皮皮低声挤出"你这只桑塔迪奥家的狗"的时候，丹特感到了前所未有的快乐。

# 第二十章

第一次，利亚·瓦齐违抗了他的老板，克罗斯·德·莱纳的命令。这也是没有办法的选择。吉姆·洛西探员来到猎场，再次询问他有关斯堪尼特的问题。利亚否认自己认识斯堪尼特，并称自己那时候只是碰巧才会出现在酒店大厅。洛西拍拍他的肩膀，然后又轻拍他的脸颊。"好，你这意大利小杂碎，"他说，"我看你还能嚣张多久。"

利亚在心里已经为洛西签了一张死刑执行令。不管发生什么事，只要他知道自己的未来有危险，就一定要洛西死。但他得非常小心。克莱里库齐奥家族有着严格的规矩，绝对不能伤害警察。

利亚回忆起驾车送克罗斯去见菲尔·沙尔基的事，那是洛西已经退休的搭档。他从来不信沙尔基会为了将来的五万美元就恪守承诺保持沉默。现在他确信了，沙尔基肯定把那场会见告诉了洛西，而且可能把看见瓦齐坐在车里的事也说了。这要是真的，克罗斯和他就很危险了。说实话，他不信克罗斯的判断，警察就和黑手党一样，非常团结。他们有他们自己的缄默规则。

利亚征募了两个手下，开车把他从猎场送去圣莫尼卡市，那是菲尔·沙尔基的住处。他有自信，只要和沙尔基聊上两句，就能知道这家伙有没有把克罗斯拜访的事情告诉洛西。

沙尔基的住处附近人迹罕至，草坪空空荡荡，只剩下一台废弃的刈草机。但是车库门开着，里面停着一辆车，利亚沿着水泥道路走到门口，按响门铃，却无人应答，他继续按铃，然后试了试门把，发现门没锁。现在得做个选择，是进屋还是直接离开呢？他用领带下摆擦净把手和门铃上自己的指纹，然后进门，在短短的门廊里喊沙尔基的名字，却没有人应答。

　　利亚穿过屋子：两间卧室里什么也没有，他还看了看衣柜里和床底下。他穿过起居室，检查了沙发底下和窗帘后。然后他走进厨房，露台桌上有一盒牛奶和一个纸盘子，盘子上盛着吃过几口的奶酪三明治，三明治的白面包皮子边上蘸着脱水的黄色蛋黄酱。厨房里有一扇褐色的板条门，利亚打开门，发现门后的房间地势略低，走下两个木板台阶就到底了，算是一个没窗户的半下沉房间。

　　利亚·瓦齐走下两步台阶，房间里有一堆用过的自行车，利亚瞅了瞅这堆自行车后面。他打开一只衣柜巨大的柜门，里面只挂着一套警察制服，地上摆着一双厚实的黑皮鞋，鞋子上搁着一顶镶着穗带的街警帽。此外无他。

　　利亚走到地上一个箱子跟前，掀开箱盖，竟出人意料地轻。箱子里堆满了叠得整整齐齐的灰色毯子。

　　利亚走回厨房，站在露台上盯着大海。把尸体埋进沙滩里是件蠢事，于是他放弃了这个想法。也许谁来把沙尔基带走了呢？但是这样的话可能被人看见，刺杀就有风险。而且沙尔基也不是容易杀的人。所以利亚推理出，如果有人死了，尸体肯定在屋里。他立即回到半下沉房间，把箱子里的毛毯统统丢开。果然，箱子底部先是一颗硕大的头颅，下面连着瘦削的身子。沙尔基的右眼上有一个洞眼，上面盖着一层薄薄的血痂，像是一枚红色硬币。因为死亡时间长，尸体脸色苍白，脸上还布满了黑点。利亚作为一个中选者，清楚地知道这意味着什么。某个沙尔基深信不疑的人在离沙尔基非常近的地方开枪射击，打中他的眼睛；那些黑点都是火药粉痕。

利亚小心翼翼地把毯子重新码好，盖住尸体，然后退出屋子。他在现场没留下一点指纹，但他知道毯子上的毛肯定沾到自己身上了。他必须彻底销毁这些衣服，还有他的鞋子。他让手下开车送他去机场，打算乘坐班机飞往维加斯，候机的时候，他在机场商场的一家店里买下一套替换衣物，包括鞋子。之后他还买了一个可以随身携带的包裹，把旧衣服丢了进去。

到了拉斯维加斯以后，他入住桃源酒店，并给克罗斯留了信。然后他彻底地把自己刷洗了一遍，再次穿上新衣服，等着克罗斯的电话。

电话来的时候，他告诉克罗斯要见他。他带上装着旧衣服的包，见到克罗斯第一句话就是："你刚省下五万元。"

克罗斯看着他，嘴角泛起了微笑。利亚一向衣着得体，但这次他穿着花里胡哨的衬衫，蓝色帆布裤，还有同样是蓝色的薄外套，看上去就像是一个不上场面的赌场老千。

利亚对他说了沙尔基的事。他试着给自己的行为找借口，但克罗斯不听。"你和我是一起的，得保护好自己。不过话说回来，这他妈的算什么？"

"说来也简单，"利亚说，"唯一能证明洛西勾结丹特的，就是沙尔基。没有他的话，那就是空口无凭。所以丹特让洛西杀了他的搭档。"

克罗斯说："沙尔基怎么能他妈的那么蠢？"

利亚耸肩。"他觉得自己可以从洛西手上拿到钱，然后不管怎样，还能再从你这儿拿五万。他知道你能给出那么多钱，毕竟他也当了二十年的探员，能够把这些都想明白。而且他做梦也想不到，洛西会杀他，他可是他的老搭档啊。但他算漏了丹特。"

"他们做得很彻底。"克罗斯说。

"这种情况，容不下额外的人，"利亚说，"我还挺惊讶，丹特竟然能想到沙尔基是个威胁。洛西肯定不愿杀自己的老搭档，我们都有善感的时候，但是丹特还是说服了他。"

"那就是说，丹特控制着洛西，"克罗斯说，"我觉得洛西没那么软弱。"

"他们是完全不同的人，"利亚说，"洛西是强大，丹特则是疯狂。"

"所以说，丹特知道我已经知道是他杀了皮皮。"克罗斯说。

"我得尽快展开行动了。"利亚说，

克罗斯点点头。"那就得用'圣餐礼'，"他说，"让他们消失。"

利亚笑道："你觉得那骗得过唐·克莱里库齐奥吗？"

"要是计划得当的话，没人能把这事儿算到咱们头上。"克罗斯说。


之后的三天，利亚都在和克罗斯商议计划。那期间他用酒店的焚烧炉亲手把自己的旧衣服烧了。克罗斯练习打十八洞的高尔夫球，利亚则开着高尔夫球车陪他。利亚想不通，高尔夫球是怎么流行在各大家族之间的。在他看来，这种运动就是旁门左道。

第三天夜里，他们坐在阁楼套房的阳台上，克罗斯拿出白兰地和哈瓦那雪茄。然后他们看着拉斯维加斯大道上的人流。

"不管他们有多么聪明，我父亲死后没多久，我也死了，唐肯定会怀疑丹特的，"克罗斯开口，"我觉得我们可以等等。"

利亚吸了一口雪茄。"但不能等太久，现在他们知道你和沙尔基聊过了。"

"我们得把他们同时干掉，"克罗斯说，"别忘了，一定给他们吃'圣餐'，一定要让他们的尸体消失得无影无踪。"

利亚说："你不应该先担心这个，我们该先确认能杀得了他们。"

克罗斯叹气道："肯定很难，洛西是个危险又小心的家伙，而丹特英勇善战。我们必须把他俩孤立在一处，能在洛杉矶动手吗？"

"不行，"利亚说，"那是洛西的地盘，他在那儿势力太大，我们只能在维加斯下手。"

"这会坏了规矩。"克罗斯说。

"要是'圣餐礼'，没人会知道他们死在哪儿，"利亚说，"而且要杀警官，已经算坏了规矩。"

"我想我有办法让他们同时去维加斯。"克罗斯说道。他把计划告诉利亚。

"我们得多放点饵，"利亚对克罗斯说，"我们得保证洛西和丹特在我们要他们来的时候来。"

克罗斯又喝下一杯白兰地。"好，这里还有诱饵，"他对利亚说，利亚点头表示同意，"他们要是消失了，可算是拯救了我们，"克罗斯说，"而且谁也不会知道是我们下的手。"

"除了唐·克莱里库齐奥，"利亚说，"他是我们唯一要害怕的人。"

# 第八部
/坚信礼

# 第二十一章

斯蒂夫·施塔林斯在拍完《梅莎琳娜》最后一个特写镜头之后才死真是太幸运了。如果重新摄制，得花上几百万美元呢。

他的最后一场戏其实是在电影中段，是一场战争戏。拉斯维加斯五十英里外的一个荒漠小镇被选作波斯军的大营，在片中被克劳狄一世（斯蒂夫·施塔林斯饰）和他的妻子梅莎琳娜（安提娜饰）摧毁了。

那天拍摄结束后，斯蒂夫·施塔林斯回到酒店套房。晚上有可卡因、好酒，还有两个女伴，但他气得不行，想把每个人都暴扁一顿。首先，如今他就是一个有角色的普通演员，不是什么大明星了。他意识到自己已经过气了，这是老去的明星躲不掉的命运。其次，安提娜在整个摄制过程中都故意疏远他，他原本可意不止此的。还有一点，连他自己都觉得有些孩子气，就是在庆功宴上，或是试映的时候，他也没有受到明星的待遇，连桃源酒店闻名遐迩的别墅都他都没能住进去。

在电影行业浸淫那么多年，斯蒂夫·施塔林斯知道权力结构是如何运作的。当他还是个卖座明星时，他可以谁的面子都不卖。理论上说，电影公司的头是最大的老板，有权审批电影。有能耐的制片人，可以给电影公司捞来能下金蛋的原著小说，也算得上老板，他可以把所有元素都整合到一块儿——比如明星、导演、电影剧本——管理剧情发展，还能从"联合制片人"身上筹集资金，这些联合制片人虽然有个头衔，但是没有任何权力。那段时间里制片人可是说一不二。

但一旦电影开拍，就是导演做主了。假如他还是一位专拍主流大制作的导演，或更厉害的明星导演（有票房号召力、吸引卖座明星出演的导演），那就更不言自明了。

导演对影片全权负责。每件事都要经过他。服装、音乐、布景，演员怎么演。导演工会也是电影业里实力最强大的团体。没有哪个有名有姓的导演会接受顶替另一个导演。

但是所有这些人，虽然权势彪炳，照样得向那些最炙手可热的大明星折腰。要是导演在他的电影里同时碰上两个大明星演员，那就好比一个人骑着两匹烈马，卵蛋都要碎成四瓣儿。

斯蒂夫·施塔林斯曾经就是这样的明星，但他知道现在他已经风光不再了。

白天的拍摄工作让人身体疲劳，斯蒂夫·施塔林斯需要休息。他洗了个澡，吃了一大块牛排。这时候两位姑娘来了，都是当地的小演员，长得都不错。他让她们吸食可卡因、喝香槟。这一次他敞开了玩，毕竟自己的事业也到了暮年，而且他真的用不着再小心翼翼了。于是他干脆饱吸了一顿可卡因。

两个姑娘所穿的T恤上印着"斯蒂夫·施塔林斯的马屁精"，他的屁股为全世界的男女影迷所崇拜。她俩一开始还有些矜持，但是吸食可卡因之后，就脱了T恤和他滚到床上去了。这让他挺开心。他又吸了一口可卡因。女孩们爱抚着他，脱了他的短裤和衬衫。施塔林斯则被摸得心猿意马，她们的抚摸让他浑然欲仙。

明天的庆功宴上，他会见到所有曾经得手的情人。他搞过安提娜·阿奎坦内，干过写剧本的克劳迪娅，很久以前甚至还和迪塔·汤美有过一腿——当时她还不知道自己的性取向呢。他上过鲍比·邦茨的妻子，也泡过斯基比·迪尔的老婆，但她已经死了，所以不算数。在晚宴上环顾四周，算一算那些如今安静坐在丈夫或恋人身边的女人，总是给他一种功德圆满的感觉。他和她们都有过私情。

突然他的思绪被拉了回来，一个姑娘为了让他更来劲儿，用手指戳进了他的屁眼里，但是他一向最反感的就是这个。他有痔疮。他从床上坐起身，又吸了几口可卡因，灌下一大口香槟，但酒精让胃很难受。他先是觉得恶心，然后头脑发晕，浑然不知自己身在何处了。

忽然他感觉到极度的疲倦，双腿撑不住身子似的，杯子从手里滑落。脑子迷迷糊糊的。女孩儿们的尖叫好似从极远处传来，这声音让他愤懑不已，他人生的最后一个感觉，仿佛有个闪电球在脑袋里炸开了。


而接下来的事会发生，少不了愚蠢和怨愤。一个女孩惊声尖叫，因为被斯蒂夫·施塔林斯直挺挺地压倒在床上。他就此一动不动，嘴巴还张着，双眼直瞪瞪地盯着前方，显然是死了。两个女孩吓得要死，只是不住尖叫。声音引来了酒店服务人员和一群赌客，他们本来都在旅馆的小赌场赌博，这家小赌场里只有吃角子老虎机、一个骰子赌台和一张圆形的大扑克桌。这些人循着尖叫声上了楼。

施塔林斯的房门大开，屋外聚集着不少人，都看着他摊在床上浑身赤裸的尸体。仅仅几分钟后，又有一群人从小镇闻声赶来，差不多几百个。他们争先恐后地挤进房间去抚摸他的尸体。

一开始只是虔诚的碰触，对一个让全世界女人神魂颠倒的男人。然后一些女人吻了他，其他女人摸了他的睾丸、阴茎，一个女人从包里拿出一把剪刀，剪下了一大把乌黑发亮的头发，结果露出了底下灰白色的头发茬儿。

之所以会有这种亵渎，是因为斯基比·迪尔第一个抵达现场，却没有立即报警。他坐视第一批女人在斯蒂夫·施塔林斯的尸体上上下其手。他看得清清楚楚，施塔林斯的嘴巴开着，好似正在歌唱，脸上还带着惊异非常的神色。

迪尔看得清楚，第一个走到他跟前的女人先阖上他的眼帘，掩上他的嘴巴，然后在他的额头上轻吻了一记。但她被第二批不那么拘谨的人推到一边。迪尔对他有怨气，多年前施塔林斯给他戴上的绿帽子如今似乎还隐隐作痛，于是他放任那些女人为所欲为。施塔林斯经常吹嘘，说没有女人可以抵挡他的魅力，而这话的确中肯。就算是死了，女人们还在爱抚他的尸体。

等到施塔林斯连耳朵都丢了一块，身体也被翻过来，露出美名传扬的屁股，整具尸体显出死灰色时，迪尔才终于报了警，并开始控制局势，解决所有问题。这就是制片人的本职，他们的特长所在。

斯基比·迪尔给尸体做下整套安排，立即验尸，然后船运去洛杉矶，三天后葬礼会在那儿举行。

尸检报告显示，施塔林斯死于脑动脉瘤，动脉瘤破裂的时候会把他全身的血液统统冲进脑袋。

迪尔找到了之前和施塔林斯在一起的两个女孩儿，保证她们不会因为吸食可卡因受到起诉，而且她们能在他出品的新片里拿到几个小角色。他每周还支付给她们一千美元，为期两年。不过也有相应的条款约束她们：如果对任何人提起施塔林斯的死，则协议作废。

然后他花了点时间，给洛杉矶的鲍比·邦茨打了个电话，解释他之前的作为，又给迪塔·汤美挂了个电话，告知了施塔林斯的死讯，并让她通知《梅莎琳娜》所有工作人员，不分台前幕后，都要出席维加斯的庆功宴。然后，恐惧终于席卷全身，他浑身颤抖得厉害，程度剧烈得连自己都不敢承认，他随即服下两片安眠药，上床睡觉了。

# 第二十二章

斯蒂夫·施塔林斯的死并没有影响到拉斯维加斯举行的试映和庆功。这都得归功于斯基比·迪尔的专业水准和拍摄电影时的情况。施塔林斯曾经是一个大明星，但是他已经不再卖座。他搞过不少女人，也是成百万女性的意淫对象，但他得到的爱却不比他从中得到的快感多。甚至片中的女性，安提娜、克劳迪娅、迪塔·汤美和另外三个各有特色的女明星对他的死也没有浪漫的想象中那么悲伤。大家都认为，斯蒂夫·施塔林斯也会希望项目继续进行。他若是泉下有知，一定不会同意取消庆功宴和试映会的。

在电影界，片子停机的时候，就要跟你那些拍摄过程当中的风流伴侣礼貌地说再会了。就跟旧时的舞会一样，一曲终了时跟舞伴道别。

斯基比·迪尔把庆功宴摆在桃源酒店，以及把放映粗剪安排在当天晚上都说成是他的主意。他知道安提娜在几天内就要出国，所以要确保她没有需要重拍的场次。

但事实上，这两件事都是克罗斯的提议，他主动提出帮忙。

"这是桃源大好的宣传机会，"克罗斯对迪尔说，"我能给摄制组所有人，还有你所有的客人安排一晚上的住宿、食物和饮料。你和邦茨分别能分到一幢别墅。我也会给安提娜一幢。保安也交给我，我保证，像记者这样不招你待见的人，绝对看不着粗剪。你不是很想住别墅吗？"

迪尔仔细考虑了一下："你做这些就只是为了知名度吗？"

克罗斯朝他咧嘴笑道："你也带来了不少的有钱人，赌场可有的赚呢。"

"邦茨不赌钱，"迪尔说，"但我赌。你能赚到我的钱。"

"我贷给你五万美元，"克罗斯说，"要是你输光了，也用不着还。"

这一条把迪尔说服了。"好吧，"他说，"但告诉电影公司的时候，我得把这说成是我的主意，否则他们不会答应的。"

"当然可以，"克罗斯说，"但是斯基比，你和我合作过不少次。但到最后我总是吃亏。这次不同，这次你必须善始善终。"他对迪尔微笑道，"可不能再让我失望了。"

人生中少有的几次，迪尔因为害怕而打战，却并不知道在怕些什么。克罗斯并没有威胁他，看上去和蔼可亲，好像只是在陈述事实。

"别担心，"斯基比·迪尔说，"我们三周之内杀青，你拟一份计划吧。"

然后，克罗斯得确认安提娜会同意出席庆功宴，并观看粗剪。"为了酒店，也为了能再见你一次，我真心希望你来。"他对她说。

她答应了。如今克罗斯要确保丹特和洛西会来这场盛宴。

他邀请丹特来拉斯维加斯，聊聊罗德斯通的买卖，和洛西的电影计划，影片取材自他在警署的冒险经历。谁都知道洛西和丹特现在是好朋友。

"我要你为我向吉米·洛西美言几句，"克罗斯对丹特说，"我想做他电影的联合制片人，投资一半的预算资金。"

丹特被这话逗乐了，说："你还真对电影这个行业上心啦，为什么？"

"因为可以赚大钱，"克罗斯说，"还可以认识美女。"

丹特笑道："你已经赚到大钱，也有美女了。"

"最好的大钱和最好的美女。"克罗斯说。

"你怎么不邀请我参加这场盛宴呢？"丹特问道，"而且我从来没住过别墅。"

"把我的要求转告给洛西，"克罗斯说，"我就满足你。带上洛西。另外，你要是想要约会，我可以帮你安排蒂芙尼。你看过她演出的。"

对丹特来说，蒂芙尼就是欲望的终极化身——丰满的胸脯，滑润细长的脸，丰润的嘴唇和阔嘴巴，身材高挑，双腿匀称。丹特第一次来了热情。"真的？"他说，"她的个头是我两个大。能想象吗？就这样说定了。"

做得有点太明显了，但克罗斯就指望，所有家族禁止在拉斯维加斯使用暴力的禁令能让丹特相信他克罗斯不敢动他。

之后克罗斯漫不经心地加了几句："连安提娜都要来，她才是我干电影这一行的主要原因。"

鲍比·邦茨、梅洛·斯图尔特，还有克劳迪娅搭乘电影公司的包机飞到拉斯维加斯。安提娜和其他演员，以及迪塔·汤美，则在拍完各自的预告片部分后赶了过来。维文参议员，以及他一手擢拔上来的内华达新州长，将共同代表内华达州。

丹特和洛西住同一幢别墅的两个公寓间，利亚·瓦齐和他的手下住那幢别墅剩下的四个公寓间。

维文参议员、州长和随从们占了另一幢别墅。克罗斯为他们准备了一场私宴，有舞女作陪。他希望他们的出席能消弭将要发生事情的调查热度。凭着他们的政治影响力，什么报道和法律追诉都能压住。

克罗斯破坏了所有的规矩。安提娜有一幢别墅，但克劳迪娅、迪塔·汤美和茉莉·弗兰德斯的公寓间也在这幢别墅。剩下两间公寓里住着利亚·瓦齐的四人团队，保护安提娜。

邦茨和斯基比·迪尔带着随从们住进了第四幢别墅，剩下三幢别墅则安排进了利亚二十个手下，他们会取代原先的安保人员。然而，瓦齐的手下都不会参加正式行动，他们不知道克罗斯的真正目标。执行者只有利亚和克罗斯两人。

克罗斯把别墅的珍珠赌坊关了两天。好莱坞的大多数来人，不管多成功，都用不起赌坊的筹码。而那些已经预订别墅的有钱人则被告知别墅正在修理翻新，不能入住。

克罗斯和利亚·瓦齐商计后，决定由克罗斯动手杀死丹特，利亚解决洛西。否则，要是唐认为丹特是死在利亚手上，可能会杀了利亚全家。而要是唐发现真相，也许不会动克劳迪娅，毕竟她身上也淌着克莱里库齐奥家族的血。

而且利亚和吉姆·洛西之间还有私仇，他痛恨所有代表政府的人，既然这件事这么危险，何不混进一点个人喜好呢？

真正的问题在于，要怎么把两人孤立，然后隐匿尸体。美国所有的家族都规定不许在拉斯维加斯杀人，这是为了获取公众对赌博的支持。唐就是这条规矩最大的支持者。

克罗斯希望丹特和洛西不会怀疑这是陷阱。他们还不知道利亚已经发现了沙尔基的尸体，所以也不会知道他们的意向。另一个问题在于，怎么应对丹特的反击？于是利亚在丹特的阵营里布了眼线。

茉莉·弗兰德斯在盛宴当天早上飞抵，她要给克罗斯办一桩业务。她带来了加州最高法院的法官和罗马天主教拉斯维加斯教区的主教阁下。她还精心准备了一份遗书带在身边，克罗斯在签署这份遗书的时候，这两位将在场见证。克罗斯知道，自己生还的几率很小，他也深思熟虑过，自己如果难逃一死，桃源酒店的这些股份要何去何从。这些份额值得上五亿美元，绝对不容小视。

遗书中列明，利亚的妻子和孩子可以获得一辈子享用不尽的抚恤金，剩下的部分则分给克劳迪娅和安提娜。安提娜的那部分则会以信托方式保管，最终交给她的女儿贝萨妮。下一刻，克罗斯惊诧地发现，竟然没有第三个人可以交付遗产了。

当茉莉、主教和法官来到克罗斯的阁楼套房后，法官赞他少年老成，早立遗嘱。主教不动声色地四处打量了一下套房的奢华布置，似乎在计算这些不义之财的数目。

两个人都是茉莉的好朋友。茉莉分文不取地帮过他们的忙。而因为这层人情的关系，茉莉联系上了他们。这是克罗斯特别吩咐的。克罗斯希望找出几个证人，而这些证人不会屈从于克莱里库齐奥家族的任何手段。

克罗斯给他们拿了饮料，然后签署了遗书。接着，两位先生起身告辞；虽然他们收到请柬，但是他们爱惜名声，不希望自己在赌窟拉斯维加斯参加电影庆功宴的事情传扬出去。他们毕竟不是民众选出来的国家官员。

克罗斯和茉莉两人待在套房里，茉莉给他看了遗书初稿。克罗斯说："你自己也留了备份，是吗？"

"当然，"茉莉说，"你要我准备遗书的时候，我真是吓了一跳。我还不知道你和安提娜已经走得这么近了呢。况且她自己已经很有钱了。"

"她现在的财力可能还不够。"克罗斯说。

"她的女儿？"茉莉说，"我知道她。我是安提娜的私人律师。你说得对，贝萨妮可能用得着那笔钱。我把你想到别处去了。"

"想到别处去了？"克罗斯说，"怎么想的？"

茉莉平静地说："我那时候还以为是你杀了博兹·斯堪尼特。一直以为你是冷血的黑手党。我还记得我替一个孩子辩护过，他当时被指控谋杀，后来判无罪。你跟我提到过这个人。结果他就死了，据说是什么毒品交易。"

"现在你知道你错得有多离谱了吧。"克罗斯向她投去微笑。

茉莉冷漠地看着他："我知道你让鲍比·邦茨卷走你在《梅莎琳娜》的利润的时候，更是大吃一惊。"

"都是小钱。"克罗斯说。这时候他想起了唐和雷德菲洛。

"安提娜后天动身去法国。"茉莉说，"这时候你不陪陪她吗？"

"不了，"克罗斯说，"我这里还忙得很。"

"好吧，"茉莉说，"放映粗剪和庆功宴的时候见吧。也许等你看到粗剪之后的片子，就知道邦茨从你这儿捞了多少钱了。"

"这不要紧。"克罗斯说。

"你知道吗，迪塔打算在粗剪片头放一段祝语，就写'献给斯蒂夫·施塔林斯'。邦茨要是知道，肯定要气死了。"

"他为什么生气？"克罗斯问。

"因为斯蒂夫搞上了所有邦茨搞不上的女人，"茉莉说，"男人真是坏透了。"她添完这句就离开了。


克罗斯坐在阳台上，拉斯维加斯的街道人潮涌动，人们在街边挑选着看得上的酒店赌场。霓虹亮着酒店大名：凯撒、沙湾酒店、海市蜃楼大酒店、阿拉丁、沙漠旅店、星尘酒店——紫的、绿的、红的，彩虹般的色彩一望无际。除非你把目光投向远处的沙漠和群山，否则连下午刺目的太阳也盖不住它们的光芒。

《梅莎琳娜》片组成员三点之后才来。要是事败，这就是他最后一次见安提娜了。他拿起阳台上的电话，给利亚·瓦齐所在的别墅挂了个电话，要他来阁楼套房，再检查一遍计划。


《梅莎琳娜》中午杀青，迪塔·汤美想要最后来一个罗马战场上旭日东升，照遍尸横遍野的镜头。安提娜和斯蒂夫·施塔林斯低头下视。施塔林斯的镜头用替身来拍，阴影打在脸部以掩饰形象。大约下午三点之前，摄影车、摄制组人员的化妆车、移动厨房、服装车和装着公元前武器的卡车一辆接着一辆驶进了拉斯维加斯。由于克罗斯这次用的是拉斯维加斯的老办法举办宴会，所以也来了不少其他车辆。

克罗斯的老办法就是：他不分高低贵贱，为《梅莎琳娜》所有工作人员提供房间、食物和饮料。罗德斯通给的名单上超过三百个人。克罗斯的确是慷慨大方，这件事也的确让人对他赞不绝口。但这三百人会在赌场花掉很大一部分工资。这是他从格罗内韦尔特身上学来的。"人们感觉良好的时候，就想庆贺，开始赌博。"

《梅莎琳娜》的粗剪会在晚上十点放映，不配音乐，也不加特效。放映结束后开始庆功宴。巨大的桃源舞厅曾给大蒂姆办过宴会，整个舞厅分成两个部分，较小的那部分是电影放映厅，较大的那块是自助餐室和乐队所在的地方。

下午四点，所有人都到了酒店和别墅。谁也没缺席：两个光辉夺目世界的聚会，好莱坞和拉斯维加斯，而且一切都是免费的。

记者们被严格的安检惹毛了。别墅和舞厅的入口防备森严，连一张与宴演员的照片都拍不到。更别说电影明星、导演、参议员、州长、制片人和电影公司老板了。他们甚至连粗剪放映会都进不去。这些记者绕着赌场逡巡，花大钱贿赂片组里的小角色，以求进入舞厅的证件。有些人还成功了。

四个片组成员、两个特技替身演员，还有两个后厨的女人把证件卖给了记者，一千美元一张。


丹特·克莱里库齐奥和吉姆·洛西很喜欢他们别墅里的奢华装扮。洛西惊讶地摇头。"小偷哪怕光是从这浴室里搞点儿黄金出去，就够舒舒服服过一年的啦。"他大着嗓门道。

"不可能，"丹特说，"他连六个月都活不过。"

他们坐在洛西公寓间的起居室，没有叫客房服务，因为厨房的冰箱里已经放满了盘子和瓶子，盘子里盛着三明治和夹着鱼子酱的小面包，瓶子里装着进口啤酒和最醇的葡萄酒。

"所以一切就绪啦。"洛西说。

"是的，"丹特说，"事成之后我要求唐把这间酒店给我，我们这辈子都不愁啦。"

"重点是，把他一个人叫来这儿。"洛西说。

"交给我，别担心。"丹特说，"实在不行，我们就开车把他带去沙漠。"

"你怎么把他叫来这幢别墅？"洛西说，"这是重点。"

"我就告诉他，乔治偷偷来了，想要见他。"丹特说，"然后我负责下手，你清理现场。他们是怎么调查犯罪现场的，这些你最清楚。"

他沉吟道："最好的法子就是把他丢进沙漠，他们可能再也找不到他了。"他顿了顿，"你知道的，皮皮死的那晚，克罗斯没接乔治的电话。他可不敢再这么来一次。"

"但万一他敢呢？"洛西问，"我只好孤零零待在这儿，手淫一晚上。"

"安提娜的别墅就在隔壁，"丹特说，"你敲开门就是，会交上好运的。"

"她要是说出去怎么办？风险太大了。"洛西说。

丹特笑逐颜开，道："我们可以把她和克罗斯一起送到沙漠。"

"你真是疯狂。"洛西说。然后又意识到这话没错。

"干吗不做呢？"丹特说，"干吗不找点乐子呢？沙漠很大，容得下两具尸体啊。"

洛西想着安提娜的身子，她可爱的脸庞，她女王一样的气势。他和丹特会找到乐子的。他已经是个杀人犯了，强奸也无所谓。马罗威、皮皮·德·莱纳和他的老搭档——菲尔·沙尔基。他已经杀了三个人，但因为怕羞，还没强奸过别人。他正变成自己逮捕的那些蠢蛋中的一员。还是为了一个把身体卖给全世界看的女人。他面前这个戴着顶破帽子的矮子，可是个彻头彻尾的混蛋。

"我试试，"洛西说，"到时候邀她喝一杯，要是她答应了，那就是她自愿的。"

丹特觉得洛西的逻辑很有趣。"谁都自愿做这码事，"他说，"我们也是。"

他们检查了细节。然后丹特回到自己的公寓间洗澡，他要用别墅里价格昂贵的香水。浸在芬芳的热水里，他那克莱里库齐奥家族独有的、马鬃般的黑发上满了肥皂，仿佛一顶硕大的白色头冠，他想着自己的命运可能会如何。把克罗斯的尸体丢到离拉斯维加斯几英里远的地方以后，最艰难的部分就开始了。他得说服祖父他是清白的。要是事情败露，他就向唐供认不讳，把皮皮的死也交代出来，他祖父肯定会原谅他的。唐一直对他偏爱有加。

而且，丹特现在是家族的铁锤。他要申请出任西部的代理人，还要掌管桃源酒店。乔治会反对他，但文森特和佩蒂耶则会保持中立。他们已经满足于靠那些合法营生赚钱了。老头子总会死，而乔治是个白领。战争狂变身帝王的那天肯定会到来。他才不要撤退到地上社会。他要带着家族恢复荣光，绝不会放弃手握生死的权柄。

丹特走出浴缸，冲掉头发上的肥皂，取出了酒店里的古龙水和发胶，这些东西都装在造型漂亮的容器里。他仔细读着说明书，给自己洒上古龙水，涂上气味芬芳的发胶。然后走到装着文艺复兴风格帽子的衣箱那儿，选了一顶嵌着昂贵珠宝的帽子，形状像块蛋奶糕。帽子有着金色和紫色的编织线，衣箱里的帽子看上去荒谬可笑。但当他戴上头的时候，丹特陶醉了，他真像个王子。尤其是前额一溜绿宝石。这就是安提娜今晚会见到的扮相了，如果见不到安提娜的话，蒂芙尼也行。不过要是有正事，今晚不急着见她们也行。

他打扮好之后，想着人生之后将何去何从。他会住在一幢奢华的别墅里，不逊任何殿宇，有看不尽的美女，都是自食其力的舞女，在桃源酒店的歌舞厅里谋生。他可以在六家不同的饭店里吃饭，吃六种不同国家的风味。他可以下令杀死敌人，犒赏伙伴。在现代社会里能活得像个罗马皇帝似的。唯一的阻碍就是克罗斯。

吉姆·洛西终于独处在公寓了，他想着自己的人生轨迹。职业生涯前半段，他是个出色的警察，守护社会的真正骑士。他疾恶如仇，尤其讨厌黑人。但渐渐地，他变了。他讨厌媒体指控警察野蛮。这个他从渣滓手上保护的社会竟然反过来咒骂他。他的上级，穿着金边制服，和满嘴胡言的政客站在一起，还说些不能仇恨黑人的屁话。仇恨黑人有什么不好？一大半罪人都是黑人。而且他作为一个自由的美国人，难道不是可以憎恨任何人吗？黑人就是一群蟑螂，会啃噬掉所有文明。他们不想干活、不想学习，除非是去月光下投篮，否则开夜车对他们来说就是个笑话。他们抢劫手无寸铁的公民，逼老婆卖淫，还蔑视法律，藐视执法者。保护富人不被仇富的穷人伤害是他的职责，而且他自己也想变得有钱。他想要衣服、轿车、食物、美酒，还有最重要的，有钱才能搞得到的女人。这才是美国人的生活。

一开始是收受贿赂保护赌博，然后是收保护费，为毒贩找替罪羊。他曾经很是得意自己"英雄警察"的身份，这是自己凭着英勇无畏得来的赞誉，但一文不值。他还是得买便宜衣服，精打细算地过日子才能过得长久。而且他保护富人不被穷人侵害，却没收到一点奖励，自己还是个彻头彻尾的穷光蛋。但是，压垮骆驼的最后一根稻草是，公众对他的尊敬还不及罪犯。他的一些执法者朋友不过是履行职责，就被起诉然后投入大牢，或是丢掉了工作。强奸犯、窃贼、抢劫杀人犯和持械劫匪则在光天化日下明目张胆，比警察权力还大。

多年来，洛西对自己的经历愤愤不平。新闻和电视辱骂执法者。该死的米兰达警告，该死的美国公民自由联盟。让那些该死的律师出街巡逻六个月，他们也会忍不住动私刑的。

毕竟他用过欺诈、暴力和威胁让一些渣滓认罪伏法，滚出社会。但洛西还不能完全出卖自己，他是个厉害的警察，不能因为杀过人就泯灭良心。

忘掉那些吧，他要有钱了。他要把警徽和那些颂扬他英勇无畏的引文都丢到政府和大众脸上去。他会成为桃源酒店的保安主管，拿着十倍的薪水，在这个沙漠中的伊甸园里，愉快地看着逍遥法外的罪犯把洛杉矶搞得乌烟瘴气。今晚他要看《梅莎琳娜》的粗剪，还要去庆功宴。也许还能和安提娜做一场。想到这儿他感到有点难为情，虽然光想想那样的性爱场面，就已经让他全身饥渴。晚宴上他要和斯基比说说他的故事片，素材全都取自他——洛杉矶警署最伟大警察的职业生涯。丹特告诉他克罗斯想要投资他的电影，这可真是有趣。为什么要杀掉一个打算出钱的金主呢？这很简单。因为他知道，要是他退出，丹特会宰了他。而洛西虽然凶狠，也不敢动丹特。他太了解克莱里库齐奥家族了。

突然他想到马罗威，一个不错的黑鬼，无忧无虑，做事也很配合。他一直都挺喜欢马罗威，所以动手杀马罗威的时候，他自己也挺遗憾。

离放映和庆功宴还有几个小时，他可以去赌场里玩两把，但赌博是罪犯们的游戏，于是他决定还是不赌了。今晚很重要，先是电影和晚宴，凌晨三点他还要帮丹特杀了克罗斯·德·莱纳，然后再把他埋到沙漠里。


鲍比·邦茨邀请《梅莎琳娜》所有的明星晚上五点到他别墅喝庆功酒：安提娜、迪塔·汤美、斯基比·迪尔，出于礼貌把克罗斯·德·莱纳也请上了。但只有克罗斯回绝了，说在这个特殊的夜晚，酒店工作太多，他走不开。

邦茨带来了他最新的目标，一个新入行的年轻女孩儿约翰娜，一个出色的星探在俄勒冈州的小镇上发掘到她。她签署了一份为期两年的协议，每周工资五百美元。她虽然漂亮，却毫无心机，浑身散发出处女般天真无邪的气息，有一种别样的吸引力。但是，她也有超过年龄的机灵劲儿，死活不同意和鲍比·邦茨上床，除非他带她来看《梅莎琳娜》的粗剪。

斯基比·迪尔和邦茨住同一幢别墅，就在邦茨隔壁，却赖在邦茨的屋里不肯走，妨碍邦茨和约翰娜的好事。这让邦茨大为光火。斯基比正在向邦茨大谈特谈一部自己为之狂热的故事片，对钱狂热是制片人分内的工作。

迪尔和邦茨说的正是吉姆·洛西，洛杉矶警署最伟大的警察，一个高大英俊的混球，甚至可以自己来出演片中的主角，因为这是他的生活。一段"真实"的生活经历，内容可以随便杜撰。

迪尔和邦茨都知道，洛西不可能主演，这只是为了骗他便宜点卖出自己的故事，也是为了欺骗大众。

斯基比·迪尔怀着极大的热情勾画出故事大纲。巧妇难为无米之炊，做不出片子什么钱也赚不到。这一刻他感受到纯粹的快乐，拿起电话，在邦茨阻止之前就挂给探员，邀请他在下午五点钟参加鸡尾酒会。洛西问能不能带个伴儿，迪尔以为是他的女朋友，就同意了。斯基比·迪尔作为一个电影制片人，喜欢把不同的世界混杂到一起。你永远也不知道会发生什么奇迹。


克罗斯·德·莱纳和利亚·瓦齐在桃源酒店的阁楼套房里重审今晚行动的细节。

"我的人都到位了，"利亚说，"别墅院子控制住了。这些人都不知道我们的计划，他们不参与。不过我收到消息了，丹特派布朗克斯的人在沙漠里给你挖坑呢。今晚一定小心。"

"我担心的是今晚之后，"克罗斯说，"那时候我们要对付的是唐·克莱里库齐奥。你觉得他会信我们编的故事吗？"

"很难，"利亚说，"但那是我们唯一的希望了。"

克罗斯耸耸肩。"我没得选，丹特杀了我爸爸，现在也要杀死我才肯罢休。"他顿了顿，然后说道，"我希望唐不是一开始就知道，而且站在他那边，那样的话我们就一点希望都没了。"

利亚小心地说："或者也可以取消所有行动，把问题都摆到唐面前去。让他决定该怎么办。"

"不行，"克罗斯说，"他不会作出不利于自己外孙的决定。"

"也对，人之常情，"利亚说，"现在，唐的心肠有点儿软了。他竟然容忍好莱坞那帮人骗你，换了他年轻的时候，他绝对容忍不了。不是钱的事儿，这是不尊重你。"

克罗斯给利亚的杯子里加上白兰地，为他点起雪茄。他没对他说大卫·雷德菲洛的事情。"喜欢你的房间吗？"他打趣道。

利亚吸了口雪茄。"少废话，漂亮有什么用？谁非得过这种日子不可？太过了。这些东西会让人堕落，引起别人的妒忌。这样侮辱穷人可不明智，他们想杀了你也是合情合理的。我父亲在西西里也算有钱了，他就从来没住这么奢侈过。"

"你不懂美国，利亚，"克罗斯说，"每个看见别墅装潢的人都喜不自胜，因为他们心里知道，有朝一日他们也会住进这样的地方。"


这时候阁楼套房的私人电话响了，克罗斯接起电话，心颤了一下，是安提娜。

"电影放映之前我们能先见面吗？"她问。

"那你得来我的套房，"克罗斯说，"我真离不开。"

"真够殷勤，"安提娜讽刺道，"那我们庆功宴后再见吧，我明早就走，你可以来我的别墅。"

"我真去不了。"克罗斯说。

"我一早去洛杉矶，"安提娜说，"次日飞往法国。要是你不来……我们就只能法国见了。"

克罗斯看向利亚，他摇头皱眉。于是克罗斯对安提娜说："要不然你现在到我这儿来？拜托了。"

他等了很久才听到她的回答："好，等我一小时。"

"我给你派车和保安，"克罗斯说，"他们到你别墅外边等你。"他挂了电话后对利亚说，"我们得关照好她，丹特是疯子，什么都做得出来。"

美女们为邦茨别墅里举办的鸡尾酒会增光添彩。

梅洛·斯图尔特带来一个在戏剧界声誉卓著的年轻女演员，他和斯基比·迪尔打算让这位姑娘担任吉姆·洛西新片的女主角。她有着强烈的埃及式美丽，五官分明，神采飞扬。邦茨则带着新宠约翰娜，姓氏不明的天真处女。安提娜从没这么容光焕发过，被朋友们围着：克劳迪娅、迪塔·汤美和茉莉·弗兰德斯。安提娜反常地不发一言，但虽然如此，约翰娜和戏剧女角丽扎·朗盖特，都带着近乎敬畏和嫉妒的眼神盯着她。两人都来到安提娜——她们希望取而代之的影后面前。

克劳迪娅问鲍比·邦茨："你没请我哥吗？"

"当然请了，"邦茨说，"但他太忙没空来。"

"谢谢你分给厄内斯特家人的利润。"克劳迪娅笑逐颜开道。

"茉莉把我抢劫了。"邦茨说。他一直都喜欢克劳迪娅，也许因为马林当初也喜欢他，所以他不介意她的玩笑。"她挺着一管加农炮抵着我脑袋呢。"

"是你把事情先搞得那么棘手，"克劳迪娅说，"要是马林的话早就没事了。"

邦茨茫然地盯着她，突然间热泪盈眶。他从没成为过马林那样的人。他想马林了。

这时候斯基比·迪尔把约翰娜拉到角落里，对她说新片的事，新片里有个女角色，是个年轻女孩儿，被毒贩粗暴地奸杀了。"这个角色好像就是为你度身定做一样，你没多少经验，但是我可以和鲍比说说，让你来试镜。"他顿了一会儿，然后用热情而富有煽动力的语调说道，"你该改一个名字，约翰娜对你的职业生涯来说，太过古板啦。"言下之意是她星途似锦。

他注意到了她的小脸蓦地潮红一片。真是令人感叹，年轻姑娘们竟然都那么相信她们自己的美貌，那么渴望成名成星，就像文艺复兴时期的女子渴望成为圣徒那样强烈。厄内斯特·维尔那种不屑的嗤笑又浮现在他眼前。他想，你想怎么笑都可以，想成名也是一种高尚的欲望。虽然大多数人到最后都是殉道而不是得道，但这本来就是成名必经之路。

不出所料，约翰娜去找邦茨聊了。迪尔走去了梅洛·斯图尔特和他的新女友丽扎身边。虽然她在舞台上才华横溢，但斯基比怀疑，她在银幕上是不是能出彩。对她展现出来的那种美，摄影机太过残酷。而她的智慧又会让她和许多角色无缘。但梅洛坚持要她做洛西片中的女主角，虽然他自己也承认过，那部片里的女主角没什么价值。

迪尔吻了丽扎的双颊。"我看见你在纽约的演出了，"他说，"非常棒的表演。"他顿了顿，说，"我希望你能在我的新电影里出演，梅洛觉得这会使你在电影业更进一步。"

丽扎冷笑道："我得先看看剧本。"迪尔顿时感觉到一种熟悉的厌恶。她在事业的突破口，不赶紧抓住送上门的机会，还要先看他妈的什么剧本。他看见梅洛在一旁窃笑。

"当然可以，"迪尔说，"但相信我，我绝不会把配不上你才华的剧本给你的。"

梅洛做情人从没做商人那么热心。"丽扎，我们可以保证你是主角，而且是一线的主流制作。电影剧本跟戏剧剧本不一样，没那么神圣，完全可以照你意思改。"

丽扎对他的笑容稍微比刚才温暖了一些。她说："那种鬼话你也信？舞台剧的本子也要修改。要不然你以为我们在城外头试演的时候，究竟是在干吗？"

在他们回应之前，吉姆·洛西和丹特·克莱里库齐奥走进了公寓间，迪尔疾步过去和他们打招呼，并将这两位引见给派对上的其他人。

洛西和丹特几乎就是一对活宝。洛西高大英俊，尽管现在是拉斯维加斯炙热的七月，还是穿着合体的衬衫，打着领带。而他身边的丹特，肌肉鼓胀的身体紧紧包在T恤里，缀着珠宝的文艺复兴式帽子闪闪发光，盖住他黑绳似的头发，而且身形矮小。房间里所有的其他人都是虚伪做作世界的专家，却都知道这两人尽管行为古怪，却肯定不是做作的人。他们神色冷峻，面无表情，绝不可能是假装出来的。

洛西立即找到安提娜，对她说自己有多么想要看她在《梅莎琳娜》里的演出。他舍掉了自己追求女人一贯的胁迫威吓手段，相反有点近乎奉承讨好。女人都觉得他魅力无边，安提娜能是个例外吗？

丹特给自己倒了杯饮料，坐到沙发上。除了克劳迪娅没人走到他附近。这些年他们见面的次数不超过三次，唯一的交集就是儿时的共同回忆。克劳迪娅吻了他的脸颊，小时候他欺负过她，但她在想起他的时候，却总是带着某种情愫。

丹特起身拥抱了她。"表妹，你看上去真美。要是小时候你就这么漂亮，我绝不会动不动就打你。"

克劳迪娅摘下了他脑袋上文艺复兴风格的帽子。"克罗斯对我说过你的帽子，你戴着挺好看的。"她把帽子戴在自己头上，"教皇都没有这么漂亮的帽子。"

"他有很多顶帽子，"丹特说，"谁能料想，你现在是电影圈的大人物了。"

"你近来忙些什么呢？"克劳迪娅问。

"运营一家肉制品公司，"丹特说，"供应给酒店。"他微笑，然后问道，"嘿，你能帮我给你那位漂亮的明星引见引见吗？"

克劳迪娅把他带到安提娜身边，洛西还在对她大献殷勤，安提娜有些烦心。但一看见丹特的帽子，她就忍不住笑了。丹特的形象，有着让人纾解烦躁的滑稽感。

洛西继续甜言蜜语道："我知道，你的电影肯定会很棒，"他说，"庆功宴后，我可以当你的保安，送你回别墅。然后我们可以一起喝一杯。"他极力扮演一个好警察的角色。

安提娜手段高妙地回绝了他的建议。她向他甜美地笑道："我很愿意，但我只能在派对上待半个小时。明天一早得赶飞机去法国。琐事太多，我可不希望你错过派对。"

丹特这时候对她升起一股钦佩之意。他看得出来她讨厌洛西，也有点害怕洛西。但她的表现让洛西着迷，还以为自己能有希望能和她做爱呢。

"我可以和你一起飞去洛杉矶，"洛西说，"几点的飞机？"

"你真好，"安提娜说，"但那是一架小型包机，已经坐满了。"

她安然回到别墅以后，打电话告诉克罗斯，自己已经出发过去了。

安提娜察觉到的第一件蹊跷事是安保，去桃源酒店阁楼套房的电梯附近配置了保安。开启电梯需要用一把特殊的钥匙。电梯顶部还装有监控摄像头。电梯开启的时候正朝向一个休息室，里面有五个人。其中一个站在电梯口迎接她。另一个站在长桌跟前看着一组监控屏幕。还有两个人在房间一角打牌。剩下那个坐在沙发上读着《体育画报》。

他们都以一种特殊的眼神打量着她，略显惊讶。这种眼神她已经遇到好多次了，不过是承认她的美貌异乎寻常。她早就不会因此而自满了，如今看见这种眼神，她只会感觉到危险。

桌前的男人按下按钮，打开去克罗斯套房的门，她走进去后，门在她背后关上了。

她在套房的办公区。克罗斯在这里接到她，带她去了起居室。他轻点了一下她的唇，然后带她进了卧室。他们一言不发，就褪去衣服，紧紧抱着彼此赤裸的身躯。克罗斯搂着她，心里如释重负，他看着她光彩四射的脸庞，叹气道："我宁愿每天看着你什么都不做。"

作为回应，她爱抚他、要他吻她、拉他上床。她感觉到这个男人是真爱着她，愿意为她赴汤蹈火，而作为回报，她也愿意满足他的任何要求。在很长的一段时间里，这是她第一次真情萌动。她真爱他，喜爱和他做爱。但她一直知道他很危险，在某种程度上，即使对她来说也很危险。

一小时后，他们穿上衣服走上阳台。

拉斯维加斯沐浴在霓虹灯光下，黄昏的太阳给街道和华美的酒店缀上一条金色的博带。远处是大漠群山。此时此刻，只有他们两个人，别墅绿色的旗帜软绵绵地垂挂在旗杆上。

　　安提娜紧紧握住他的手。"在放映会和庆功宴上我能看见你吗？"她问。

　　"抱歉，我去不了。"克罗斯说，"但我会去法国见你的。"

　　"见你一面真难，"安提娜说，"电梯是锁着的，还有那么多守卫。"

　　克罗斯说："只是这几天会这样，现在有太多陌生人了。"

　　"我遇到你表哥丹特了，"安提娜说，"那个探员似乎是他朋友。他们两个一起很有趣。洛西对我的幸福和日程安排很感兴趣。丹特也提出要帮忙。对我能不能安全抵达洛杉矶，他们非常关心。"

　　克罗斯握紧她的手："你会安全抵达的。"

　　"克劳迪娅说你和丹特是表兄弟，"安提娜说，"他怎么总是戴着那些傻乎乎的破帽子？"

　　"丹特是个好人。"克罗斯说。

　　"但克劳迪娅告诉我，你俩从小就是敌人。"安提娜说。

　　"的确，"克罗斯亲切地说，"但他还是个好人。"

　　他们沉默不语，楼下的街道挤满了车辆和人流，人们穿行于不同的酒店中，寻找合意的菜品和赌场，梦想着惊险刺激的快乐。

　　"看来这是我们最后一次见到彼此了。"安提娜说，握住他的手用了用力，似乎想让自己说的话不算数。

　　"我说过我会去法国见你的。"克罗斯说。

"什么时候？"安提娜问。

"不知道，"克罗斯说，"要是我没来，我就死了。"

"事情有那么严重吗？"安提娜说。

"是的。"克罗斯说。

"你就不能告诉我吗？"安提娜问。

克罗斯一时没有回应。"你会安全无事的。"他说，"我觉得我也会没事的，其他的我什么都不能说。"

"我等你。"安提娜说。她吻了吻他，走出卧室，然后离开套房。克罗斯目送她离开，接着走上阳台看她从酒店出来，走上廊道。他看见他手下的保安开着车送她去别墅。随即拿起电话打给利亚·瓦齐，要他再加强安提娜身边的安保。


晚上十点，舞厅的放映厅座无虚席。观众都等着看《梅莎琳娜》粗剪的首映。嘉宾座位区摆着柔软的扶手椅，中间放着一个电话控制台。有一个座位没有人坐，只是放着一个署斯蒂夫·施塔林斯名的花圈。克劳迪娅、迪塔·汤美、鲍比·邦茨和他的女伴约翰娜、梅洛·斯图尔特和丽扎依次列席。斯基比·迪尔直接坐到电话跟前。

安提娜是最后一个到场的，片组下层人员和特技替身演员向她喝彩。而高层人士、主要配角和坐在扶手椅上的所有人都鼓起了掌，在她走到中央扶手椅的路上，纷纷起身亲吻她的脸庞。之后斯基比·迪尔拿起电话，要求放映师开始。

黑色背景下浮现出了"献给斯蒂夫·施塔林斯"的标语，观众们一言不发，满怀敬意地鼓掌。鲍比·邦茨和斯基比·迪尔此前并不同意插入这段祝语，但迪塔·汤美否决了他们。天知道为什么要这么干，邦茨说。但随便吧，这就是个粗剪片，而且感人的镜头也能造就一点新闻效果。

然后电影开始……

安提娜在银幕上大放异彩，她在银幕上的性感更甚平时，还幽默风趣，这点了解她的人都知道。确实，克劳迪娅写的对白特意彰显了她的魅力，简直是不计成本。而且几个关键的性爱场面也是品位高绝。

毫无疑问，《梅莎琳娜》在经历过这么多麻烦之后，绝对会成为一款巨作。而现在这部片子，还没加上后期音乐和特效呢。迪塔·汤美开心得不能自己，她终于成为一名卖座导演了。梅洛·斯图尔特则算着下次找安提娜接片得花多少钱；邦茨看上去不甚高兴，他想的和梅洛相同。斯基比想着自己能赚多少，他终于能买得起自己的飞机了。

克劳迪娅比他们所有人都更加激动。她的作品被搬上银幕了。她是唯一的编剧，而且这是一本原创电影剧本。感谢茉莉·弗兰德斯，给她挣来了毛利润分成。当然，本尼·斯莱也对剧本做了些许改动，但是分量太少，还不足以让他名列制作名单。

所有人都围在安提娜和迪塔·汤美身边，恭喜她们。但茉莉则盯着一个特技替身演员，特技替身演员都是些疯狂的混蛋，但他们身体强壮，而且床上功夫了得。

斯蒂夫·施塔林斯的花圈被掠到地上，人们经过的时候也从上面踩过。茉莉看见安提娜分开人群，捡起花圈放回座位。安提娜注意到茉莉的视线，她俩都耸耸肩。安提娜露出羞涩的微笑，好似在说：这就是电影。

人群走去舞厅另一边，一支小型乐队正在那里演奏。但所有人都涌向自助餐桌。随即舞会开始。茉莉走向特技替身演员，他正怒目四顾；这种派对上他们最是脆弱敏感。他们感到自己的工作不被赞赏，最恨在电影里被那些绵软无力的男星打得满地找牙，现实生活中他们可是能把那些娘娘腔打死。他的生殖器肯定硬起来了，这种时候的特技演员都这样，茉莉一边想着，一边跟他来到了舞池当中。

安提娜在派对就待了一小时，她仪态优美地接受各方祝贺，她其实很讨厌装模作样。她和灯光助理舞了一曲，然后是片组其他成员，再是一个特技替身演员，但那个替身演员动作太粗暴，她想离开了。

桃源酒店的劳斯莱斯正在入口处等她，车上坐着一名武装精良的司机和两名保安。到了别墅后，她钻出劳斯莱斯，惊讶地看见吉姆·洛西从旁边的别墅里走出来。他向她走来。"今晚电影里，你演得真棒。"他说，"我从没看过比你身材更好的女士了，尤其是那美妙的臀部。"

安提娜本该更机警一些的，但是司机和两名保安让她略微放松了警惕，现在他们已经钻出劳斯莱斯，各自站定。学戏剧的时候她受过这方面的训练，懂得如何在舞台上根据众人的位置找准自己的站位。她注意到他们三个人所处的方位，可以避开任何来路的枪击。她也注意到洛西看他们的表情带着一抹轻蔑。

"那屁股是替身的，"安提娜说，"不过还是谢谢夸奖。"她对他微笑道。

突然洛西捉住她的手，"你是我见过最美的女人，"他说，"你怎么不找一个真正的男人试试，干吗非要跟那些假惺惺的娘娘腔胡搞呢？"

安提娜抽回手。"我也是个演员，我可不假惺惺。晚安。"

"我能进去喝一杯吗？"洛西问。

"失陪了。"安提娜说，然后摁响别墅的门铃。男管家打开门，是一张生面孔。

洛西走前一步打算和她一起进门，而出乎安提娜意料的是，男管家出门迅速把安提娜推进别墅。三个保安组成一道人墙，挡在洛西和门之间。

洛西轻蔑地看着他们，问道："这他妈什么意思？"

男管家留在门外。"我们是阿奎坦内小姐的保安，"他说，"请你离开。"

洛西拿出警官证。"你看看我是谁，"他说，"我能让你们全都吃不了兜着走，然后把你们都关起来。"

男管家看着警官证，说："你是洛杉矶警官，在这里没有司法权。"他拿出自己的身份证，"我是拉斯维加斯警察。"

安提娜·阿奎坦内就站在门廊上，起初她还惊诧，男管家竟然是一个探员，但是现在她开始明白了。"别把事情搞大。"她说完后关上门，把他们所有人都关在外面。

两个人都把证件放回外套。

洛西凌厉的眼神从他们脸上一一扫过。"我记住你们了。"他说，但没人搭理他。

洛西转身离开，他还有正经事要办。两个小时之后，丹特·克莱里库齐奥会把克罗斯·德·莱纳带回他们的别墅。


丹特·克莱里库齐奥，顶着文艺复兴风格的帽子，在庆功宴上玩得很开心。玩乐让他准备好动真格的。他盯上餐饮部的一个女孩儿，她注意到了，却并没有鼓励他上前，因为她钟情于一个特技替身演员。那位替身向丹特投来带着威胁性的眼神。算他走运，丹特想，我今晚还有正经事情。他看了看表，也许老练的吉姆已经网住了安提娜。蒂芙尼说过要来，但还是没出现。丹特决定提早半小时展开行动。他致电给克罗斯，用的是接线员给他的私人号码。

克罗斯接起电话。

"我马上要见你，"丹特说，"我在舞厅，庆功宴很棒。"

"那你上来吧。"克罗斯说。

"不行，"丹特说，"这是命令，不能在电话里说，也不能在你的套房里说，下来吧。"

克罗斯很久没有应声，方才说道："我这就下来。"

丹特选了一个可以看见克罗斯穿过舞厅的位置。他似乎没带保安。丹特把帽子往下拍了拍，回想起他们的童年。克罗斯是他唯一忌惮的男孩，因为这种害怕，他经常和克罗斯打架。但他喜欢克罗斯那副模样，经常心生嫉妒。他也嫉妒表弟的自信。真是太糟糕了……

他杀了皮皮之后，丹特就知道他不能留克罗斯活着。这件事了结后，他就得面对唐了。但丹特一点也不怀疑祖父对自己的疼爱，唐经常表现出对他的宠爱。唐也许讨厌他的行径，但他绝不会运用自己可怕的权势惩罚他爱的外孙。

克罗斯站到他跟前了。他得把克罗斯带到洛西所在的别墅。这很简单。他会枪击克罗斯，然后开车带着他的尸体去沙漠埋了。没什么稀奇的，就如皮皮·德·莱纳常说的那样。运尸体的车已经停在别墅后庭了。

克罗斯突然对他说："是怎么回事？"他看上去并无疑心，甚至毫无戒心。"新帽子不错。"他笑道。丹特一直嫉妒这抹微笑，好像已经看穿他的所有想法一样。

丹特装出一副慢条斯理的样子，说话声音压得很低。他拉着克罗斯的手臂出门，走到酒店入口处，色彩艳丽的巨大雨篷前，这门面花了桃源酒店差不多一千万美元。沙漠的月光照耀下，雨篷闪现出蓝色、红色和紫色的光芒，将他俩笼罩在寒光中。丹特对克罗斯悄声道："乔治飞来了，此刻正在我的别墅，他想立即见你。这是最高机密，所以我不能在电话里说。"

丹特很高兴看见克罗斯惴惴不安的表情。"他让我别把所有事都告诉你，看样子气坏了。我觉得他是发现什么关于你父亲的事了。"

这时候克罗斯闷闷不乐地看了一眼丹特，几乎带着点不满。然后说道："好，走吧。"他带丹特穿过酒店广场，走向别墅区。

别墅区大门的四个门卫认出了克罗斯，放他们进去了。

丹特欢快地打开门，摘下帽子说："你先请。"然后诡秘地笑了笑，脸上流露出恶毒的诙谐。

克罗斯走了进去。


吉姆·洛西在安提娜保安面前转身返回自己别墅的时候，虽然气愤难平，犹如冷水浇头，但是他清醒的一部分大脑在估计形势以后，得出警告的信号。那些保安在附近干吗？可是，该死，她是个电影明星啊，和博兹·斯堪尼特在一起的日子肯定让她吓得不轻，所以才会雇这些人。

他掏出钥匙打开门，进入别墅后发现空无一人。所有人都在聚会。他还有一个多小时可以慢慢等克罗斯的到来。他打开自己的手提密码箱，里面的格洛克手枪闪闪发光，用枪油擦得一尘不染。他打开另外一只手提箱，箱子的秘密夹层里装着有子弹的弹匣。他把枪弹都取出来，戴上肩部枪套，把枪塞进枪套。这样就一切就绪了。他发现自己一点也不紧张，在这些事情上，他从没紧张过。这也是他成为一个好警察的原因。

洛西离开卧室，走到厨房。别墅里有很多走廊。他从冰箱里取出一瓶进口啤酒和一碟鱼子酱小面包。他用牙齿咬碎小面包，鱼子酱满溢到嘴里的每个角落。他满足地轻叹一声，从没吃过这么美味的食物。这才是人的活法，他的余生都要这么度过：鱼子酱、舞女，也许有朝一日还能搞上安提娜。只要今晚办妥了，什么都有了。

他托着盘子和瓶子，来到巨大的起居室。

刚到起居室，他就大吃一惊，地上和家具上都盖着塑料罩布，让整个房间闪现出鬼怪似的白色光泽。而后，他看见覆着塑料的扶手椅上坐着一个抽细雪茄的男人，手里端着一杯白兰地。是利亚·瓦齐。

洛西想，他妈的搞什么？他把碟子和瓶子放在咖啡桌上，然后对利亚说："我一直在找你。"

利亚吸了一口雪茄，啜了一口白兰地。"你找到我了，"他说，站起身来又说，"现在你又可以抽我耳光了。"

洛西经验丰富，向来机警。他的大脑正把这些事联系到一起。他想知道为什么这幢别墅的其他房间都是空的，这很奇怪。他漫不经心地解开外套的扣子，朝利亚咧嘴一笑。这次可不只是一记耳光了，他想。离丹特带着克罗斯前来还有一个小时，他可以在等待途中先干掉一个。他已经全副武装，不怕和利亚一对一。

突然房间里闯进一群人。他们从厨房、门厅、电视厅里涌出来。个子都比吉姆·洛西要大。只有两个人带着枪。

洛西对他们说："你们知道我是警察吗？"

"我们都知道。"利亚毫不含糊道。他走近洛西。同时，两个佩枪的男子用枪顶住洛西的后背。

利亚抄进洛西的外套，掏出一把格洛克手枪。他把枪交给一名手下，然后快速搜了洛西的身。

"现在，"利亚说，"你一直有很多问题，我在这儿了，你问吧。"

洛西还是没有真正害怕，他只是担心待会儿丹特会和克罗斯一起到。至于他本人，在那么多险境里都活了下来，他可不信自己这么有运势的人最后会完蛋。

"我知道是你设计杀了斯堪尼特，"洛西说，"迟早我会凭此抓到你的。"

"那最好早点，"利亚说，"迟的话你就来不及了。没错，斯堪尼特是我下的手，现在你可以明白地去死了。"

洛西还是不相信，竟然有人敢谋杀警察。的确，抓捕毒贩的时候会发生交火，因为你出示警徽，一些疯狂的黑鬼也会冲你开枪，抢银行的逃犯也是，但那都是紧急情况。没有哪个暴民敢设计谋杀警官。那风险太大了。

他伸手推开利亚，要重新掌控局势。但突然，他惊讶地发现一发子弹打进自己的肚子，他双腿颤抖，双膝一软，跪倒地上。他感到有什么厚实的东西抽在他的脑袋上，耳朵火辣辣地疼，听不见声音了。他上半身也伏落到膝盖上，感觉膝下的毯子似乎无穷无尽。他抬起头，看见利亚·瓦齐站在自己跟前，手里攥着一根细丝绳。

利亚·瓦齐花了两天时间织出了要用的裹尸袋。袋子是深褐色的帆布做的，袋口有一个束口用的绳结。每个袋子都装得下一个大个子。绝对不会漏血，而且拉上绳结以后，你可以把袋子扛在肩膀上，仿佛是个行军露营袋。洛西没看见沙发上的两个袋子。现在他已经躺进了其中一个袋子里。利亚把绳结拉紧，由着袋子靠在沙发上。下令手下围到别墅附近，除非他召唤，否则别现身。召唤之后要做什么，手下心里也都明白。

克罗斯和丹特从别墅区的大门走向丹特的别墅。白天毒辣的沙漠阳光，使得晚上的空气还是闷热迫人。他们都出汗了，丹特注意到克罗斯穿着便裤、宽松的衬衫和系扣外套，这样的装扮是可以佩枪的……

七幢别墅上的绿色旗帜轻轻飘扬，在月光下尤显壮观。看上去似乎是另一个时代带着阳台的大楼，窗户上搭着绿色褶边遮阳棚，白色大门饰以黄金。丹特抓住克罗斯的手臂。"看看，"他说，"是不是很漂亮？我听说你强奸了电影里的那个大美女，恭喜啊，玩厌了记得告诉我一声。"

"当然可以，"克罗斯亲切地说，"她挺喜欢你和你的帽子的。"

丹特脱下帽子，热切地说："所有人都喜欢我的帽子，她真说她还喜欢我吗？"

"她被你迷住了。"克罗斯冷冰冰地说。

"迷住了，"丹特沉吟道，"真是时髦的说法。"这一刻他想知道洛西到底有没有把安提娜带回别墅喝一杯。要是有的话可就锦上添花了。他被克罗斯刚才的恼怒逗笑了，克罗斯方才的声音里，分明蕴含着轻微的怒意。

他们走到别墅门口，周围似乎没有守卫。丹特摁下门铃，等了会儿，然后又摁了一次。里面一直没有回应，他掏出钥匙打开门，进入洛西的套房。

丹特想，也许洛西正在搞安提娜呢。现在杀人太煞风景，不过他要是先知先觉，本可以和安提娜共度良宵的。

丹特带克罗斯进入起居室，却惊讶地看见墙上和家具上盖着干净的塑料布。沙发上靠着一个褐色大帆布袋。沙发上摞着一个同样的袋子。一切都被盖在塑料之下。"老天爷啊，这他妈的是怎么回事？"丹特说。

他转过脸去看克罗斯，看见克罗斯手里举着一把非常小巧的手枪。"为了不让血洒在家具上，"克罗斯说，"我得告诉你，我从没觉得你的帽子好看，也从来不相信什么抢劫犯杀了我爸爸的鬼话。"

丹特正在想，洛西他妈的去哪儿了？他一边大声喊洛西的名字，一边想着这么小口径的枪可挡不住我。

克罗斯说："你这辈子一直都是桑塔迪奥的人。"

丹特闪了一步，身子缩进过道，然后猛冲向克罗斯。他的策略奏效了：子弹果然只打中了他的肩膀。他感到一阵狂喜，自己赢定了。子弹却突然炸开，崩飞了他半个膀子。这时他意识到，完了。可他接下来的举动让克罗斯大为吃惊：他开始用完好的那只手把地板上的塑料布扯起来。血涌出他的身体，他的胳膊上缠了一大团塑料布，他从克罗斯面前跌跌撞撞地退开，又举起胳膊，好像捧起了一面银色的盾牌。

克罗斯上前一步，不慌不忙地开火打穿了塑料布。一枪，又是一枪。子弹爆开，血红色的塑料屑溅了丹特满头满脸。克罗斯补了一枪，丹特的左大腿跟躯干似乎只剩下藕断丝连。丹特栽倒在地，白色的地毯上晕开了一个个猩红色的同心圆。克罗斯挨着丹特跪下，扯了塑料布卷住他的脑袋，又开了一枪。文艺复兴风格的帽子被炸上半空，但是还连着脑袋。克罗斯注意到，这帽子原来是用某种夹子别在脑袋上的，不过如今只剩下一大块白花花的头盖骨衬着，像是漂在了水面上。

克罗斯站起身，把枪放回后腰的小枪套。这时候利亚走进屋子，他们四目相对。

"解决了，"利亚说，"在浴室洗个澡，回酒店去吧。记得把衣服处理掉。枪给我，我来清理现场。"

"地毯和家具呢？"克罗斯问。

"都交给我吧，"利亚说，"你洗干净去参加派对吧。"


克罗斯离开后，利亚从大理石面桌子上拿起一支雪茄点燃，然后检查桌面上有没有血迹，桌面上倒是没有，但是沙发和地板上到处都是。好吧，情况就是这样。

他用塑料罩布裹起丹特的尸体，在两个手下的帮忙下，把尸体塞进了空的裹尸袋。然后他收起了房间里所有的塑料布，把它们塞进同样的袋子里。完事后，他拉紧绳结。之后，他依次把装着洛西和丹特的裹尸袋拿到别墅车库，丢进卡车。

卡车已经被利亚·瓦齐改装过，货箱两层之间被辟出一块独立空间，利亚和他的手下把两个袋子塞进独立空间里，然后闩上货箱门。

作为一个中选者，利亚对什么都有准备。卡车里有两罐汽油。他亲自带着汽油回到别墅，洒在地板和家具上。设置了一个五分钟后引燃汽油的导火线后，他钻进卡车开往洛杉矶。

他前后左右是他手下的车队。

次日大清早，他开车到了海边，海岸边有一艘游艇正等着他。他把两个袋子搬上游艇，游艇随即离岸而去。

差不多正午的时候，他们已在远海，他看着铁笼子装着的两具尸体缓缓地沉入海中。"圣餐礼"完成了。


茉莉·弗兰德斯和她的特技替身演员一起离开了，他们并没有来别墅，而是去他在酒店的房间。因为茉莉虽然对无权无势者有好感，但还是存着老派的好莱坞式势利，她不希望被人知道她和一个下层演员做爱。

天刚破晓，庆功宴开始渐渐散场，太阳罩在一团不祥的红色里，一道细长的蓝烟直冲天际。

克罗斯换过衣服洗过澡后动身参加派对。他坐在克劳迪娅、鲍比·邦茨、斯基比·迪尔和迪塔·汤美身边，一同庆贺《梅莎琳娜》的成功。突然外面传来阵阵呼喊，好莱坞的人冲了出去，克罗斯也跟着他们。

一根细长的火柱洋洋得意地盖过拉斯维加斯长街上霓虹的光芒，不久楼就垮了，仿佛一个巨大枕头形状的梅子，升起的红云挡住了远处的沙山。

"我的天哪，"克劳迪娅说，紧紧抓住克罗斯的手臂，"那是你的一幢别墅啊。"

克罗斯不吱声，他看着别墅顶上的绿色旗帜在烟火中若隐若现，听到消防车的引擎在长街上熄火。一千两百万美元付之一炬，为了掩盖他洒下的鲜血。利亚·瓦齐真是一个不折不扣的中选者，不计任何代价，不冒一点风险。

# 第二十三章

因为还在出公差，吉姆·洛西探员失踪的事情直到桃源酒店失火五天以后才被人发现。当然，丹特·克莱里库齐奥的消失则永远不会报告给警察。

调查中，警察发现了菲尔·沙尔基的尸体。嫌疑落在洛西身上，怀疑他畏罪潜逃了。

洛杉矶探员专门来造访过克罗斯，因为洛西最后的身影出现在桃源酒店。但这两人之间似乎毫无瓜葛。克罗斯说他只在晚宴开始前见过他，时间很短。

但克罗斯并不担心法律的制裁，他在等唐·克莱里库齐奥的决定。

克莱里库齐奥家族当然知道丹特失踪了，也知道他最后一次现身在桃源酒店。但为什么还没有联系他、问他情况呢？整件事就这么过去了吗？克罗斯可不信。

他继续照常经营酒店，忙着筹划重建烧毁的别墅。利亚·瓦齐的确把血迹给抹干净了。

克劳迪娅来见他，喜气洋洋。克罗斯准备了晚餐，稍后会送到阁楼套房让他俩谈私事。

"你肯定不信，"她对克罗斯说，"你妹妹要成为罗德斯通工作室的头儿啦。"

"恭喜，"克罗斯说，并给了她一个兄长式的拥抱，"我早就说，你才是克莱里库齐奥家族最厉害的人。"

"看在你的面子上，我才去了爸爸的葬礼。这点我跟大家说得很清楚。"克劳迪娅蹙眉道。

克罗斯笑道："这倒是，你把所有人都气得够呛，除了唐说了句'让她去做电影吧，上帝保佑她。'"

克劳迪娅耸肩道："我才不在乎他们呢。不过，有件事情可奇怪啦，我给你讲。我们乘邦茨的飞机离开拉斯维加斯的时候，一切都很完美。但等我们降落在洛杉矶的时候，就出怪事了。探员逮捕了邦茨，你猜罪名是什么？"

"因为电影拍得太烂了。"克罗斯揶揄道。

"才不是，听着，这件事很古怪，"克劳迪娅说，"还记得邦茨带去庆功宴的女孩儿约翰娜吗？你还记得她长什么样吗？她竟然才十五岁。邦茨的罪名是强奸幼女，还有卖女性为娼，因为他带着她跨过州境了。"克劳迪娅激动得瞪大双眼，"但这肯定是陷害，约翰娜的父母嚷着他们可怜的女儿被一个大她四十岁的男人强奸了。"

"她看上去肯定不像十五岁，"克罗斯说，"倒像个老练的骗子。"

"这本来会变成一桩特大丑闻的，"克劳迪娅说，"但老练的斯基比·迪尔控制住了局势，他暂且保全了邦茨。没让他被捕，也没让这件事进入媒体的视线。所以似乎已经风平浪静了。"

克罗斯微笑，老练的大卫·雷德菲洛宝刀不老。

"这可不好笑，"克劳迪娅嗔怪道，"可怜的鲍比被陷害了。那女孩儿咬定鲍比在拉斯维加斯逼她发生了关系。而她的父母硬说自己不在乎钱，只想阻止未来还有人强奸无辜少女。公司上下全都闹翻天。朵拉·马林和凯文·马林商量着要把公司卖掉。然后斯基比又挺身而出，把那女孩儿签去主演一个低成本的片子，剧本是她父亲写的。片酬丰厚。然后他又花了另外一大笔钱雇了本尼·斯莱，让他花一天时间把剧本修改了。效果不错，顺便说一句，本尼的确有几分天才。这样就万事俱备了。不过洛杉矶的地方检察官坚持要起诉鲍比，这位检察官是罗德斯通支持获选的，也被伊莱·马林皇帝似的供着。斯基比甚至聘过他在公司的业务部干五年，年薪一百万美元。但他却说除非鲍比·邦茨引咎辞职，否则没门。谁也不知道他为什么一副铁石心肠。"

"一个不吃贿赂的公职人员，"克罗斯耸肩道，"这种人也是有的。"

他又想到大卫·雷德菲洛。雷德菲洛肯定会矢口否认存在这种生物。克罗斯在心里想着大卫是如何设计好这一切的。雷德菲洛也许会对检察官这么说："这是贿赂，但我是在贿赂你让你依法办事。"至于钱，他可能直接就开出最高价。两千万，克罗斯算了算，一百亿买下电影公司，两千万他妈的算什么？而且检察官不用承担任何风险。他只要严格依法办事就行。真是件美差。

克劳迪娅还在絮叨个不停，语速很快。"总之，邦茨要下台了。"她说，"而朵拉和凯文很愿意把公司卖掉，条件是给他们自己的五部片子开绿灯，外加十亿美元装到他们个人的口袋里。这时候有个矮小的意大利人出现在公司，开了个会，说自己是这里的新老板了。出人意料的是他任命我当公司的头儿。斯基比气坏了。现在我是他的老板了，这一切听起来是不是有点疯狂？"

克罗斯只是开心地盯着她，嘴角绽放出微笑。

突然，克劳迪娅退后一步看着兄长。她的眼神显得比以前都要更深邃、更犀利、更睿智。但她的脸上仍然绽放着和善的笑容。她说："跟男人一样，对吧，克罗斯？现在，我就和男人做的事情没什么差别了。而且我也不用跟谁上床……"

克罗斯诧异道："怎么了，克劳迪娅？我以为你挺高兴的呢。"

克劳迪娅微笑道："我是高兴，但我不傻。因为你是我哥哥，我爱你，所以我想让你知道，我没有被愚弄。"

她走过去，坐在他旁边的沙发里："我说我去参加爸爸的葬礼只是为了你，我说谎了。我去是因为我想和你和他一样，成为大家的一部分。我去是因为我不想一直逃避下去了。但我的确讨厌他们那一套，克罗斯。唐也是，其他人也是。"

"这话的意思是说你不想接管电影公司吗？"克罗斯问。

克劳迪娅大声笑道："不，我愿意承认我还是克莱里库齐奥家族的人。而且我想拍好电影、赚大钱。电影可是个聚宝盆啊，克罗斯。我要拍一部描述伟大女性的伟大电影……不妨看看，我把家族遗传的天分用在正路上，能发生些什么事。"他们都笑了。

然后克罗斯把她搂进怀里，吻了吻她的脸颊。"我觉得不错，真不错。"他说。

这话他既是对她说的，也是对自己说的。因为唐如果任命她做工作室的头头，就意味着他没有把丹特失踪的事怪到克罗斯头上。整个计划成功了。

吃完饭，他们又聊了好几个钟头。克劳迪娅起身准备离开的时候，克罗斯从桌子里掏出一袋黑色筹码。"去玩几把，输了算我的。"他说。

她亲昵地拍了拍他的面颊说："别把我当小孩，上次我真是想狠狠揍你一下呢。"

他拥抱了她，离她这么近感觉真好。克罗斯突然感到一阵软弱，说道："你知道的，万一我发生不测，我给你留了我三分之一的财产。而且我很有钱。所以你什么时候不想继续在电影公司干都没问题。"

克劳迪娅双眼闪闪发亮。"克罗斯，我很感激你这么担心我，但不管有没有这笔财产，我都可以随时随地让电影公司滚蛋……"突然她露出急切的神情，"发生什么事了吗？你病了吗？"

"没有，没有，"克罗斯说，"我只是让你知道而已。"

"感谢上帝，"克劳迪娅说，"既然我参与了家族的生意，也许你可以休息了。你可以远离家族做个自由人。"

克罗斯笑了。"我本来就自由，"他说，"我就要走了，去法国和安提娜一起生活。"


第十天下午，乔治·克莱里库齐奥出现在桃源酒店要见他，克罗斯心里一沉，他知道要是控制不好情绪就会显得很恐慌。

乔治把保安留在门外，和酒店保安待在一起。不过克罗斯毫无幻想，他的保安肯定会毫不犹豫地执行乔治的任何命令。而且他从乔治脸上也看不出端倪。乔治似乎瘦了几斤，面色苍白。克罗斯第一次觉得乔治似乎没有完全控制好情绪。

克罗斯向他打招呼，热情得过分。"乔治，"他说，"你怎么也不告诉我一声就跑过来啦，来，我给你开间别墅吧。"

乔治投给他一个疲惫的微笑，然后说："我们找不到丹特了，"他顿了顿，"他不见了，最后一次有人见到他是在桃源酒店。"

"上帝，"克罗斯说，"这很严重啊。但你也知道丹特的，他一向我行我素。"

乔治收起微笑。"他和吉姆·洛西在一起，吉姆·洛西也不见了。"

"这一对活宝，"克罗斯说，"我也想知道他们去哪儿了。"

"他们是朋友，"乔治说，"老爷子不喜欢这个。不过洛西的钱一直是丹特负责给。"

"有我帮得上忙的尽管吩咐，"克罗斯说，"我会跟酒店所有员工核实一下情况的。但是也知道，丹特和洛西没登记过。别墅的客人都是不登记的。"

"你回来再说吧，"乔治说，"唐想单独见见你。他还特地包了一架飞机。"

克罗斯沉吟良久。"我收拾一下，"他说，"乔治，问题严重吗？"

乔治板着脸看着他："我不知道。"


坐在飞往纽约的租用机上，乔治研究着满满一提箱的文件。克罗斯没有自欺欺人，但这是个糟糕的信号。乔治无论如何都不会向他透露什么的。

飞机降落后，三辆封闭式轿车和六名克莱里库齐奥的手下来接机。乔治钻进一辆轿车，示意克罗斯钻进另一辆。又是一个糟糕的信号。天破晓的时候，车轮正滚过克莱里库齐奥家族在科沃格的一道道门闸。

屋前有两名守卫，其他人则分散在宅院各处，但看不见女人和孩子。

克罗斯对乔治说："大家都去哪儿了，迪士尼乐园吗？"但乔治不理会他的玩笑。

在科沃格的起居室，克罗斯第一眼就看见八个人围成一个圈，圈里两个人亲切交谈着。他的心猛地一揪。那是佩蒂耶和利亚·瓦齐。文森特则气冲冲地盯着他们。

佩蒂耶和利亚看上去关系很好。但利亚只穿着便裤和衬衫，没打领带也不见外套。利亚一向都着装正式，这就是说他已经被搜过身而且缴了械。而且他看着的确就像一只快乐的老鼠，被一群险恶愉悦的猫围着。利亚向克罗斯惨然点头。佩蒂耶则一眼没有朝他看过。但乔治把克罗斯往密室带时，佩蒂耶和文森特越众而出，跟了上来。

唐·克莱里库齐奥在那里等着他们。他坐在一张巨大的扶手椅上，正在吸手卷的雪茄。文森特走到他跟前，从吧台上为他取了一杯酒，但什么也没给克罗斯。佩蒂耶倚着门口站着。乔治坐到挨着唐的沙发里，示意克罗斯过来坐到他旁边。

岁月在唐的脸上越发明显。他的面孔没有任何表情。克罗斯吻了他的脸颊。唐看着他，脸上的表情松了下来，仿佛泛起了一阵悲哀。

"那么，克罗奇菲西奥，"唐说，"一切都做得天衣无缝。

但你现在得解释原因，我是丹特的祖父，我女儿是他妈妈。这里的几个男人是他的舅舅。你必须给我们所有人一个交代。"

克罗斯试着保持镇静。"您说什么我不明白。"他说。

乔治厉声道："丹特在哪儿？"

"上帝，我怎么知道？"克罗斯说话的表情仿佛吃惊不小，"他从不向我报告行踪，没准这会儿正在墨西哥逍遥自在呢。"

乔治说："你不明白。别兜圈子了。你已经被判定有罪了。你把他的尸体丢到哪儿去了？"

吧台边的文森特转过身去，好像不肯看他的脸。他背后的克罗斯听见佩蒂耶朝沙发走来。

"证据呢？"克罗斯说，"谁说我杀了丹特？"

"我说的，"唐说，"搞清楚：我宣布你有罪。这是我的裁决，你不得上诉。我让你到这儿来，是打算从轻发落。但是你必须给我个合理的理由，为什么杀了我的外孙。"

听到这话，听到他毫无感情的语调，克罗斯知道一切都完了。他和利亚·瓦齐都完蛋了。但瓦齐已经知道了，从他刚才的眼神里就看得出来。

文森特转过身子面对克罗斯，花岗岩般的表情软化下来："跟我爸爸说实话吧，克罗斯，这是你唯一的机会了。"

唐点点头，说："克罗奇菲西奥，你父亲对我来说可不只是一个同族的侄子，你也不只是一个侄孙。你父亲是我信得过的朋友。所以我也会听听你的理由。"

克罗斯仔细斟酌了一下："丹特杀了我爸爸，我判定他有罪，就像现在您宣布我有罪一样。他因为仇恨和野心杀了我爸爸，他骨子里还是桑塔迪奥家的人。"

唐一言不发。克罗斯继续说："我能不为我爸爸报仇吗？我能忘了我爸爸对我的养育之恩吗？还有，我一直都那么尊重克莱里库齐奥家族，就像我爸爸一样。所以我绝对不会相信我爸爸的死跟您有任何牵扯。但是我觉得，您肯定知道这件事情丹特是有罪的，可是您什么也没做。那我又怎么能来求您主持公道呢？"

"你的证据。"乔治说。

"皮皮·德·莱纳这样的人绝对不可能被打得措手不及，"克罗斯说，"而且吉姆·洛西的出现也太凑巧了。这间屋子里没有人相信巧合。你们都知道丹特有罪。还有，唐，桑塔迪奥家的事情是您亲自告诉我的。谁知道丹特杀了我之后有什么打算，不过他自己可一清二楚。下一个，就轮到他的舅舅们了。"克罗斯毫不畏惧地提及唐，"他敢这么干，是因为您对他的宠爱。"他对唐说。

唐把雪茄放到一边。他的表情高深莫测，蕴含着几分悲伤。

佩蒂耶开口了，他曾经和丹特最为亲近。"你把尸体扔哪儿了？"佩蒂耶又问了一遍。而克罗斯没法回答他，一个字也说不出口。

一段长久的沉默后，唐终于抬起头，对他们所有人说："给年轻人办葬礼是浪费，他们做了什么需要奠念呢？凭什么让大家又是吊唁又是追思的呢？年轻人不懂同情，没有感激。再说了，我女儿已经疯了，我们还要让她雪上加霜、一点儿康复的希望都没有吗？就告诉她儿子逃跑了吧，就算她知道真相，也肯定是多少年以后了。"

房间里的人似乎都松了口气，佩蒂耶走上前坐到克罗斯身边。文森特在吧台后面，把一杯白兰地端到唇边，像是向他致意。

"但不论公正与否，你都对家族犯了罪。"唐说，"必须有惩罚，你赔钱，利亚·瓦齐偿命。"

克罗斯说："利亚没动丹特，他只是杀了洛西。让我花钱救他的命吧。我有桃源酒店一半的股份。我愿意手中一半的份额交出来给您，赎我和瓦齐的命。"

唐·克莱里库齐奥似乎斟酌了一番，"你很忠诚啊。"他说。他转向乔治，然后又朝向文森特和佩蒂耶。"你们三个同意的话，我也同意。"他们没有回答。

唐叹了口气，好像怀着懊悔："签字转让吧。把一半财产过户给家族。但是从此你不再是我们的人了。瓦齐必须举家回到西西里，也可以不去，随他喜欢吧。我也只能做这些了。你和瓦齐往后不许再有交谈。而且我当着你的面，对我的儿子们下令，绝不能追究他们侄子的死。你有一周时间处理这些问题、签完字的文件给乔治。"然后唐舒缓语调道，"我向你保证，我对丹特的计划一无所知。现在平平安安地去吧，还有记住，我一直把你的父亲视如己出。"

克罗斯离开房间的时候，唐·克莱里库齐奥从椅子上站起来对文森特说："去睡觉。"文森特扶着他上楼，唐现在两腿真的不行了。岁月终于开始毁坏他的身体了。

# 尾 声

/法国尼斯
/科沃格

在拉斯维加斯的最后一天，克罗斯·德·莱纳坐在阁楼套房的凉台上，俯瞰阳光普照的拉斯维加斯大道。那些大酒店——凯撒皇宫、弗拉明戈、沙漠旅店、海市蜃楼酒店和沙湾酒店——霓虹雨篷上的光芒耀眼超过太阳。

唐·克莱里库齐奥的流放令说得很明确：克罗斯绝不能再踏上拉斯维加斯的土地。皮皮曾经在那里过得多开心啊，格罗内韦尔特把这座城市建造成自己的瓦尔哈拉殿堂，但克罗斯从没享受过他们享受过的悠闲。他在拉斯维加斯享受过不少乐趣，但这样的乐趣向来带着钢铁的冰冷气息。

七幢别墅的旗帜在寂静的沙漠中无力地垂着，但其中一面挂在烧毁的建筑上，好像一具焦黑的骷髅，又像是丹特的鬼魂。但他再也看不见这一切了。

他曾爱过桃源，爱过爸爸、格罗内韦尔特和克劳迪娅。但他在某些意义上都背弃过他们。对格罗内韦尔特，他没有对桃源尽忠；对爸爸，他没有对克莱里库齐奥家族尽孝；而克劳迪娅，他背叛了她的信任。现在他要摆脱他们了，开始一场新生活。

他要怎么表达对安提娜的爱呢？格罗内韦尔特、爸爸，甚至唐他老人家都曾警告过他爱情的危险。对任何伟大的人物来说，那会成为他们的死穴。那如今他为什么要无视他们的建议呢？为什么他要将自己的命运置于一个女人的怜悯中呢？

答案很简单：她的容貌，她的声音，她的举手投足，她的快乐和伤悲，这一切都让他欣喜若狂。当与她相伴，他的世界洋溢着喜悦。食物更美味，太阳的热量温暖到骨头里，还有他升起对她身体的渴望，都让生命为之神圣。而当他和她相拥而眠的时候，他从未害怕过那些破晓前的梦魇。

距他上次见安提娜已经过去三周了，但他今天早上才听过她的声音。他给她打电话说自己要来了，电话里她的声音流露出喜悦，因为她知道他还活着。这也许说明她爱他。而现在，还有不到二十个小时他就能见到她了。

克罗斯相信总有一天她会爱上自己的，会回馈他的爱。像一个天使那样，将他从地狱中拯救出来。


安提娜·阿奎坦内也许是法国唯一一个用妆容和衣服来遮掩自己美丽的女人了。她不是故意变丑，她可不是受虐狂，但她开始觉得，对她的内心世界来说，自己外表的美丽太过危险。她厌憎美丽带给她的力量，让她凌驾于周围人之上。她也厌憎虚荣心败坏她的灵魂。这些会妨碍她的工作，她认为自己会为之奋斗一生的工作。

第一天在尼斯的自闭症儿童治疗机构上班的时候，她学孩子们那样走路，想和他们打成一片。那天她一心仿效，放松脸上的肌肉，现出一股毫无生气的安详，还学被车撞了的孩子们那种掌握不好平衡、一瘸一拐的怪异走路方式。

热拉尔德医生见了，讥嘲道："啊，效果不错，可惜方向不对。"然后他牵起她的手轻声地说，"你绝不能认同他们的不幸。你必须与那些不幸战斗。"

安提娜感觉受了责备，很是难为情。她女演员的虚荣心再次误导了她。但她在照顾孩子的时候会觉得心境平和。她法语不是很好，但不要紧，他们反正也不明白她话里的意思。

甚至恼人的现实也没让她颓丧。孩子们有时候很有破坏欲，不守社会的规矩。他们互相殴打，打护士，在墙上蹭脏脸，还随处小便。他们偶尔发狂或是排斥外部世界的时候，真让人心惊胆战。

在尼斯租下的小公寓里，安提娜唯一一次感觉到无助。那时候她正研究机构的文献，是有关孩子们进步情况的报告，文献内容让人不寒而栗。然后她爬上床不停哭泣。不像是她参演过的那些电影，这些报告里的结局大多惨淡。

当她接到克罗斯来电说要来见她时，她好似被快乐和希望的浪潮淹没了。他还活着，而且会帮她。不过快乐之后她又有些忧虑，就去咨询热拉尔德医生。

"你觉得怎样比较好？"她问。

"他可能会对贝萨妮大有帮助。"热拉尔德医生说道，"我很想观察他们一段时间，看看他们能建立什么样的联系。对你可能也很有好处。母亲绝不该成为孩子们的陪葬。"她一路斟酌他的话，前往尼斯机场接克罗斯。


克罗斯走下飞机进入机场低矮的航站楼。尼斯的空气温和芬芳，不像拉斯维加斯那样热得可怕。混凝土浇筑的出站大厅边缘，栽满了大红大紫的花卉，品相奢华。

他看见安提娜在大厅等他，惊异于安提娜高明的乔装手段。

她虽不能完全隐藏自己的美丽，但伪装得很不错。

她戴着金边的有色眼镜，原先伶俐的绿色眼睛变成灰色，穿着显胖的衣服，一头金发统统塞进了蓝色丁尼布裁成的宽檐帽里。帽子还把她的脸遮住一半。他突然生起一阵占有的快感，他是唯一知道她真正美丽的人。

克罗斯走近后，安提娜摘下眼镜放进上衣口袋里。他看见她表现出一股抑制不住的骄傲，嘴角不由得扯起微笑。

不到一小时后，他们就到了内格雷斯科酒店的套房里，拿破仑曾在这里和约瑟芬共度良宵。至少大门上的酒店宣传册上是这么写的。一名侍者敲门进来，举着一个托盘，托盘上放着一瓶葡萄酒和一碟美味的小三明治。他把托盘放在凉台的桌上，在那里可以俯瞰地中海。

起初他们还有些尴尬，她放心地握着他的手，却仿佛掌控着他。他轻抚她温热的胴体，欲火蓦地燃起。可他看得出，她还没有准备好。

套房的装潢很漂亮，比桃源酒店的别墅更加富丽堂皇。床以暗红色的丝绸为顶，相配的床幔上绣着金色的鸢尾花。桌椅中流露出的优雅绝不可能在拉斯维加斯见到。

安提娜带克罗斯来到凉台，这时候克罗斯猛地吻上她的脸颊。她顿时情难自禁，拿起包在酒瓶上的湿棉巾，用力擦掉脸上难看的妆容。随着水从下巴滴落，她容光焕发，脸蛋变得粉扑扑的。她一只手搭在他肩上，温柔地吻上他的嘴唇。

在凉台上，他们能看见尼斯的石屋，经过几百年的风霜洗礼，石屋上的蓝绿油漆已经褪色。楼下的尼斯市民沿着盎格鲁街散步，石滩上的男男女女几乎全裸跳进蓝绿色的水里，而孩子们则待在卵石沙滩上挖洞，要把自己埋起来。更远处翔鹰般的白色游艇张灯结彩，在海际游弋。

克罗斯和安提娜啜了一口酒，突然听到一阵淡淡的轰鸣声。那轰鸣声来自石海堤，来自形似炮管的下水道排污口，一股深褐色的大浪涌进了原先清澈苍蓝的大海。

安提娜转过头，对克罗斯说："你在这儿待多久？"

"你愿意的话我就待五年。"他说。

"别犯傻，"安提娜皱眉道，"你要在这儿做什么？"

克罗斯说："我有钱，也许买一家小旅馆吧。"

"桃源酒店发生什么事了吗？"安提娜问。

"我得卖掉我的股份，"他说，然后顿了顿，"所以以后再也不愁钱了。"

"我也有钱，"安提娜说，"你要了解，我打算在这儿待五年，然后带她回家。他们说什么都行，反正我绝不会把她送到疗养院去，我要照顾她一辈子。她如果先走了，我这辈子就跟像她一样的孩子们在一起。所以你明白，我们永远也过不到一块儿去。"

克罗斯很了解她，他酝酿了很久才作出回答。

他的声音坚定有力："安提娜，我唯一确信的事情就是我爱你和贝萨妮。你必须相信我。我知道情况肯定艰难，但我们都会竭尽全力。你要帮助贝萨妮，而不是做个陪葬。所以我们该迈出最后一步了。只要能帮上你，我什么都愿意做。你看，我们就像是我赌场里那些赌客。赔率虽不利于我们，但总有赢的机会。"

克罗斯见她踌躇不决，于是又添了一把火。"我们结婚吧，"他说，"然后生几个孩子，像正常人那样生活。将来我们跟孩子们一起纠正这个世界上的不正确。生活就是这样不易，但我知道我们可以克服过去的。你相信我吗？"

安提娜终于凝视着他："除非你也相信我，我是真爱你的。"

他们在卧室做爱的时候，已经完全信任了对方。安提娜相信克罗斯真的会帮她救贝萨妮，而克罗斯也相信安提娜真心爱他。最后她将身子转过来朝着他，低声道："我爱你，真的爱你。"

克罗斯弯下身子吻她。她又说："我真的爱你。"克罗斯想，天底下哪个男人会不信她呢？

独处在卧室，唐把冰凉的褥单拉到头颈。死亡已经迫近，他那么睿智，不会察觉不到它的来临。但所有事情都按照他的伟大计划发展了。啊，和年轻人斗智得胜是多么简单。

最近五年里，他发觉丹特成为伟大计划的重大威胁。丹特会阻止克莱里库齐奥家族融入社会。然而，作为唐他又能做些什么呢？下令杀死自己女儿的孩子，他自己的外孙吗？乔治、文森特和佩蒂耶会不会执行这样的命令呢？要是执行，他们又会不会觉得他是个怪物呢？之后他们会不会对他戒惧多过爱呢？还有萝塞·玛丽耶，那以后她还能恢复正常吗？她肯定会知道这一切的。

但当皮皮·德·莱纳被谋杀，一切就不能挽回了。唐很快识破了整件事的真相，调查了丹特和洛西的关系并作出了判断。

他派文森特和佩蒂耶去护送克罗斯，并安排了防弹车等一切事情。而后为了预先警告克罗斯，他告诉了克罗斯与桑塔迪奥家族那场战争的往事。矫正世界是多痛苦的一件事啊。他百年之后，谁能来作这些可怕的决定呢？他现在下令：克莱里库齐奥家族要开始最终撤退，这样就能一劳永逸了。

文尼和佩蒂耶将悉心照料各自的餐饮和建筑生意。乔治会在华尔街买下一家公司。洗底将会很彻底。布朗克斯也不会再补充新人了。克莱里库齐奥家族安全了，而且还要打击新生的不法之徒。他不会因为女儿的不幸和外孙的死谴责自己，他毕竟放走了克罗斯。

　　陷入沉睡之前，唐看到了一种景象。他将永生不死，克莱里库齐奥之血统将代代延续人间。而正是他单枪匹马，缔造了这不朽的基业。他凭着一己之力，立下这不世的功勋。

　　不过，唉，这个世界真是邪恶，不断驱使人们坠入罪恶的深渊。

**读客®**
# 悬疑文库

**认准读客读悬疑，本本都是大师级。**

专注出版英、美、日、意、法等世界各国各流派的顶尖悬疑作品。

为读者精挑细选，只出版两种作品：
经过时间洗练，经典中的经典；以及口碑爆表、有望成为经典的当代名作。

跟着读客悬疑文库，在大师级的悬疑作品中，
经历惊险反转的脑力激荡，一窥人性的善恶吧。

**图书在版编目（CIP）数据**

教父.3，最后的教父/（美）普佐（Puzo,M.）著；
依廉译. -- 南京：江苏文艺出版社，2013.12（2022.5 重印）
（读客全球顶级畅销小说文库）
书名原文：The Last Don
ISBN 978-7-5399-6741-7

Ⅰ.①教… Ⅱ.①普… ②依… Ⅲ.①长篇小说－美
国－现代 Ⅳ.① I712.45

中国版本图书馆 CIP 数据核字 (2013) 第 259922 号

# 教父.3，最后的教父

［美］马里奥·普佐 著　　依 廉 译

| | |
|---|---|
| 责任编辑 | 丁小卉 |
| 特约编辑 | 赵思婷　　许珊珊 |
| 装帧设计 | 读客文化　021-33608320 |
| 责任印制 | 刘　巍 |
| 出版发行 | 江苏凤凰文艺出版社 |
| | 南京市中央路 165 号，邮编：210009 |
| 网　　址 | http://www.jswenyi.com |
| 印　　刷 | 三河市天润建兴印务有限公司 |
| 开　　本 | 890 毫米 ×1270 毫米　1/32 |
| 印　　张 | 17.5 |
| 字　　数 | 387 千字 |
| 版　　次 | 2013 年 12 月第 1 版 |
| 印　　次 | 2022 年 5 月第 37 次印刷 |
| 标准书号 | ISBN 978 - 7 - 5399 - 6741 - 7 |
| 定　　价 | 54.00 元 |

江苏凤凰文艺版图书凡印刷、装订错误，可向出版社调换，联系电话：010-87681002。